A ESPOSA SILENCIOSA

KARIN SLAUGHTER

A ESPOSA SILENCIOSA

Tradução
Laura Folgueira

Rio de Janeiro, 2023

Copyright © 2020 por Karin Slaughter
All rights reserved.
Título original: The Silent Wife
Will Trent is a trademark of Karin Slaughter LLC.

Lyrics from:
"Whistle" (written by Flo Rida, David Edward Glass, Marcus Killian, Justin Franks, Breyan Isaac, Antonio Mobley, Arthur Pingrey and Joshua Ralph)
"Can't Take My Eyes Off You" (written by Bob Crewe and Bob Gaudio)
"The Girl from Ipanema" (written by Antônio Carlos Jobim, Portuguese lyrics by Vinicius de Moraes, English lyrics by Norman Gimbel)
"My Kind of Town" (written by Jimmy van Heusen and Sammy Cahn)
"Funky Cold Medina" (written by Young MC, Matt Dike and Michael Ross)
"Into the Unknown" (written by Kristen Anderson-Lopez and Robert Lopez)

Todos os direitos desta publicação são reservados à Casa dos Livros Editora LTDA.

Nenhuma parte desta obra pode ser apropriada e estocada em sistema de banco de dados ou processo similar, em qualquer forma ou meio, seja eletrônico, de fotocópia, gravação etc., sem a permissão do detentor do copyright.

Diretora editorial: *Raquel Cozer*

Gerente editorial: *Alice Mello*

Editor: *Ulisses Teixeira*

Preparação: *Rayssa Galvão*

Revisão: *André Sequeira* e *Anna Beatriz Seilhe*

Diagramação: *Abreu's System*

Capa: *Darren Holt, HarperCollins Design Studio*

Imagens de capa: *Woman © Mark Owen / Trevillion, Landscape © Stephen Carroll / Trevillion*

Adaptação de capa: *Osmane Garcia Filho*

CIP-Brasil. Catalogação na Publicação
Sindicato Nacional dos Editores de Livros, RJ

S641e

Slaughter, Karin, 1971-
  A esposa silenciosa / Karin Slaughter ; tradução Laura Folgueira. – 1. ed. – Rio de Janeiro : Harper Collins, 2020.
  480 p.

  Tradução de : The silent wife
  ISBN 9786555110326

  1. Ficção americana. I. Folgueira, Laura. II. Título.

20-64886
CDD: 813
CDU: 82-3(73)

Camila Donis Hartmann – Bibliotecária – CRB-7/6472

Os pontos de vista desta obra são de responsabilidade de seu autor, não refletindo necessariamente a posição da HarperCollins Brasil, da HarperCollins Publishers ou de sua equipe editorial.

HarperCollins Brasil é uma marca licenciada à Casa dos Livros Editora LTDA.
Todos os direitos reservados à Casa dos Livros Editora LTDA.
Rua da Quitanda, 86, sala 601A — Centro
Rio de Janeiro, RJ — CEP 20091-005
Tel.: (21) 3175-1030
www.harpercollins.com.br

Para Wednesday

Fale comigo.
Deixe-me ver esses olhos enquanto aprendo.
Por favor, não os esconda por causa das lágrimas.
Deixe-me ninar você com um "Calma, calma, agora pare de se mexer".
Deixe-me ver onde dói e como curar a dor.
Me poupar? Não me poupe de problema algum.
Me incomode, me perturbe com todos os seus problemas e aflições.
Fale comigo e nossas palavras vão construir um abrigo da tempestade.

Trouble Me
Por Natalie Merchant e Dennis Drew,
10,000 Maniacs

Nota: esta é uma obra de ficção. Tomei algumas liberdades com a linha do tempo.

PRÓLOGO

Beckey Caterino vasculhou os cantos mais escuros da geladeira do alojamento. Examinou os rótulos dos alimentos com raiva, buscando suas iniciais rabiscadas em qualquer coisa — queijo cottage, comida pronta, pizzas congeladas, cachorro-quente vegano, até palitos de cenoura.

KP, Kayleigh Pierce. DL, Deneshia Lachland. VS, Vanessa Sutter.

— Vacas.

Beckey bateu a porta da geladeira com tanta força que as garrafas de cerveja chacoalharam. Ela chutou a coisa mais próxima que encontrou — por acaso, a lata de lixo.

Embalagens vazias de iogurte rolaram pelo chão, e também sacos amassados de pipoca light e várias garrafas de Coca Zero. Tudo com duas letras escritas em canetinha preta nos rótulos.

BC.

Beckey olhou para os pacotes de comida vazios que tinha comprado com seu dinheiro precioso e que as colegas de alojamento babacas comeram enquanto ela passava a noite na biblioteca escrevendo um trabalho que valia cinquenta por cento de sua nota de química orgânica. Tinha que encontrar o professor às 7 horas para se certificar de que estava no caminho certo.

Olhou rápido para o relógio.

Eram 4h57 da manhã.

— Suas filhas da puta! — gritou para o teto.

Acendeu todas as luzes que conseguiu encontrar. Os pés descalços abriram um caminho de fogo pelo carpete do corredor. Estava exausta. Mal conseguia ficar de pé. O saco de Doritos e dois pães de canela gigantes da máquina da biblioteca tinham virado cimento em seu estômago. Só o que a fizera ir para o alojamento era a promessa de comida.

— Podem ir acordando, suas ladras escrotas!

Bateu com tanta força que a porta de Kayleigh se abriu bruscamente.

A fumaça de maconha fazia uma cortina no teto. Kayleigh piscou para ela debaixo dos lençóis. O cara junto dela virou-se de lado.

Era Markus Powell, namorado de Vanessa.

— Caralho! — Kayleigh pulou da cama, nua exceto por uma meia no pé esquerdo.

Beckey socava as paredes enquanto caminhava para o próprio quarto. O menor deles, pois ela se ofereceu para ficar com ele porque era um capacho que não sabia se defender contra três garotas da mesma idade, mas com o dobro na conta corrente.

— Não conta pra Nessa! — pediu Kayleigh, correndo atrás dela, ainda nua. — Não foi nada, Beck. A gente ficou bêbado e...

A gente ficou bêbado e.

Toda merda de história que aquelas vacas contavam começava com essas mesmas cinco palavras. Quando Vanessa foi pega chupando o namorado de Deneshia. Quando o irmão de Kayleigh acidentalmente mijou no armário. Quando Deneshia pegou a calcinha dela "emprestada". As três sempre estavam bêbadas, chapadas, transando com alguém ou ferrando umas com as outras, porque aquilo não era a faculdade, era um Big Brother onde ninguém era eliminado e todo mundo tinha gonorreia.

— Beck, por favor. — Kayleigh esfregou os braços nus. — Nessa ia terminar com ele mesmo.

As opções de Beckey eram começar a gritar e nunca mais parar ou sair dali o mais rápido possível.

— Beck...

— Vou sair para correr.

Ela abriu uma gaveta com força. Procurou suas meias, mas, claro, nenhuma tinha par. O top esportivo favorito estava embolado embaixo da cama. Pegou o short de corrida sujo e aceitou usar duas meias que não combinavam, uma delas com um furo no calcanhar. Ficar com uma bolha não era nada em comparação a continuar ali, onde ia enlouquecer com cada ser vivo.

— Beckey, para de ser escrota! Você está me magoando.

Ela ignorou a reclamação. Pendurou os fones de ouvido no pescoço e ficou chocada de encontrar o iPod Shuffle exatamente onde devia estar. Kayleigh era a mártir do alojamento, todos os seus crimes eram em nome do bem maior. Ela só transara com Markus porque Vanessa partira o coração dele. O único motivo para copiar a prova de Deneshia era que a mãe ia ficar arrasada se ela reprovasse em outra matéria. Tinha comido o macarrão instantâneo de Beckey porque o pai estava preocupado por ela ser magra demais.

— Beck. — Kayleigh tentou desviar do assunto. — Por que você não conversa comigo? O que está acontecendo?

Beckey estava prestes a dizer exatamente o que estava acontecendo quando, por acaso, notou que a presilha de cabelo não estava na mesa de cabeceira, onde sempre deixava.

Sentiu o ar escapar de seus pulmões.

Kayleigh ergueu as mãos, alegando inocência.

— Não fui eu que peguei.

Beckey ficou momentaneamente hipnotizada pelas aréolas perfeitamente redondas dos seios dela, os mamilos empinados como um segundo par de olhos.

— Cara, tá bom, eu comi suas coisas da geladeira — admitiu Kayleigh. — Mas eu nunca tocaria na sua presilha de cabelo. Você sabe disso.

Beckey sentiu um buraco se abrir no peito. A presilha era de plástico barato, do tipo que se comprava na farmácia, mas significava mais para ela do que qualquer coisa no mundo, porque era a última coisa que a mãe lhe dera antes de entrar no carro, sair para o trabalho e ser morta por um motorista bêbado que entrou na contramão da rodovia interestadual.

— Ei, Blair e Dorota, dá pra maneirar no volume? — A porta do quarto de Vanessa se abriu. Os olhos dela eram duas fendas na cara inchada de sono. Ela passou batido pela nudez de Kayleigh e foi direto a Beckey. — Menina, você não pode sair pra correr na porra da hora dos estupros.

Beckey saiu correndo. Passou pelas duas vacas. Subiu o corredor. Voltou para a cozinha. Atravessou a sala de estar. Saiu pela porta. Outro corredor. Três lances de escadas. A sala de lazer principal. A porta de vidro, que exigia cartão magnético para entrar de volta, mas dane-se, porque precisava se afastar daquelas monstras. Da malevolência casual delas. Das línguas afiadas, dos seios pontudos e dos olhares maldosos.

O orvalho molhou suas pernas enquanto ela corria pelo pátio gramado do campus. Beckey contornou uma barreira de concreto e chegou à estrada principal. O ar ainda estava gelado. Uma a uma, as lâmpadas da rua foram sendo desligadas conforme o amanhecer se aproximava. Sombras abraçavam as árvores. Ela ouviu alguém tossindo à distância. Seu corpo foi atingido por um tremor repentino.

Hora dos estupros.

Como se elas ligassem se Beckey fosse estuprada. Como se ligassem de ela mal ter dinheiro para comida, de precisar trabalhar muito mais, estudar mais, esforçar-se mais, correr mais... mas sempre, sempre, não importava o quanto se dedicasse, acabava dois passos atrás de todo mundo.

Blair e Dorota.

A garota popular e a empregada gorducha e bajuladora de *Gossip Girl.* Duas chances para descobrir quem fazia qual papel na cabeça de todos.

Beckey colocou os fones de ouvido e deu play no iPod preso no cós da saia. A música do Flo Rida começou.

Can you blow my whistle baby, whistle baby...

Os pés batiam no chão no ritmo. Ela passou pelos portões da frente, que separavam o campus da ruela triste do centro da cidade. Não havia bares nem lugares de encontros de alunos, porque a universidade ficava num condado em que era proibido vender álcool. Seu pai dizia que era como Mayberry, mas, de alguma forma, mais branco e tedioso. A loja de ferramentas. A clínica infantil. A estação de polícia. A loja de roupas. O velho dono da lanchonete lavando a calçada com mangueira, enquanto o sol despontava acima das árvores. A luz dava a tudo um brilho de fogo sombrio laranja-avermelhado. O velho tocou o boné quando ela passou, em saudação. Beckey tropeçou numa rachadura do asfalto e teve que parar. Olhou direto para a frente, fingindo que não vira o homem largar a mangueira no chão e se mexer para ajudá-la, porque queria manter em mente a verdade de que todos na terra eram babacas e sua vida era uma merda.

— *Beckey* — *tinha dito sua mãe, tirando a presilha de plástico da bolsa* —, *desta vez estou falando sério. É pra me devolver depois.*

A presilha de cabelo. Dois pentes articulados com um dos dentes quebrado. A estampa de tartaruga era malhada como um gato. Julia Stiles usava uma igual em *10 coisas que eu odeio em você,* que Beckey vira com a mãe um quintilhão de vezes, porque era um dos poucos filmes que ambas amavam.

Kayleigh não teria roubado a presilha da mesa de cabeceira. Era uma vaca sem coração, mas sabia o que a presilha significava para Beckey, porque as duas tinham ficado chapadas juntas uma vez e ela contara a história toda. Contara que estava na aula de inglês quando a diretora foi buscá-la. Que o policial que fazia a segurança da escola estava esperando no corredor e que ela tinha surtado porque nunca se metera em problemas. Mas não estava metida em problemas. Em algum lugar bem lá no fundo, Beckey devia saber que algo estava horrivelmente errado, porque, quando o policial começara a falar, sua audição falhara como uma ligação ruim de celular, palavras soltas cortando a estática…

Mãe… interestadual… motorista bêbado…

Estranhamente, Beckey estendera a mão para a presilha na cabeça. A última coisa em que a mãe tocara antes de sair de casa. Beckey relaxou a mandíbula. Passara os dedos pelo cabelo para soltá-lo. Apertara a presilha de plástico na palma da mão com tanta força que um dente se quebrara. Ela se lembrava de pensar que a mãe ia matá-la — *quero de volta*. Mas, depois, percebera que a mãe não podia matá-la mais, pois estava morta.

Beckey limpou lágrimas de seu rosto conforme chegava ao final da rua principal. Esquerda ou direita? Na direção do lago, onde moravam os professores e gente rica, ou dos lotes minúsculos, pontuados por trailers e casas pequenas?

Virou à direita, para longe do lago. Em seu iPod, Flo Rida dera lugar a Nicki Minaj. Sentiu o estômago revirar os Doritos e pães de canela, jogando o açúcar direto na garganta. Desligou a música. Deixou os fones de ouvido caírem ao redor do pescoço. Os pulmões fizeram aquele movimento tremido que sinalizava que estavam prontos para parar, mas ela continuou, respirando bem fundo, os olhos ainda ardendo conforme os pensamentos voltavam para a lembrança de estar sentada no sofá com a mãe, comendo pipoca light enquanto cantavam "Can't Take My Eyes Off You" junto com Heath Ledger.

You're just too good to be true…

Beckey correu mais rápido. O ar ficava mais parado conforme avançava pelo bairro triste. Os nomes das ruas, estranhamente, tinham tema de café da manhã: rua do Omelete. Passarela Bolinho. A luz vermelho-alaranjada tinha virado um marrom sujo. Picapes desgastadas e carros velhos lotavam a paisagem. A tinta das casas descascava. Várias janelas estavam fechadas com tábuas. O calcanhar começou a latejar de dor. Que surpresa: o buraco na meia estava formando uma bolha. A memória puxou uma imagem: Kayleigh pulando da cama usando apenas uma meia.

A meia de Beckey.

Diminuiu o ritmo para uma caminhada. Então, parou no meio da rua. As mãos descansaram nos joelhos quando se dobrou à frente para recuperar o fôlego. O pé estava ardendo de verdade, como se tivesse uma vespa presa no sapato. Não ia conseguir voltar ao campus sem arrancar a pele do calcanhar. Precisava se encontrar com a dra. Adams às sete da manhã para revisar o trabalho. Beckey não sabia que horas eram, mas sabia que a médica ficaria irritada se não aparecesse. Não estava mais na escola; ali, os professores podiam ferrar de verdade com quem desperdiçava seu tempo.

Kayleigh teria de buscá-la. A maldita era um ser humano deplorável, mas Beckey sempre podia confiar em uma carona de resgate — mesmo que só pelo drama. Colocou a mão no bolso, mas a memória tirou outro conjunto de imagens: Beckey na biblioteca deslizando o telefone para a mochila e, depois, no alojamento, jogando a mochila no chão da cozinha.

Sem telefone. Sem Kayleigh. Sem ajuda.

O sol já estava ainda mais acima das árvores, mas ela ainda sentia uma escuridão se aproximando. Ninguém sabia que estava lá. Ninguém a esperava de volta. Estava num bairro desconhecido. Um bairro desconhecido *e ruim*. Bater numa porta e pedir para usar o telefone parecia o começo de uma matéria triste no jornal. Já podia ouvir o repórter narrando em sua cabeça...

As colegas de alojamento de Beckey acharam que ela estava tirando um tempo para se acalmar. Dra. Adams supôs que ela tivesse faltado à reunião porque não finalizara o trabalho. Ninguém sabia que a jovem caloura nervosa batera à porta de um estuprador canibal...

O odor pungente de algo estragado a trouxe de volta à realidade. Um caminhão de lixo virou na intersecção no começo da rua, então chiou os freios até parar. Um cara de macacão pulou da parte de trás. Rolou uma lata de lixo. Encaixou no negócio de levantar. Beckey observou os mecanismos triturando o lixo dentro do caminhão. O homem de macacão nem se dera ao trabalho de olhar em sua direção, mas Beckey, de repente, ficou atordoada pelo sentimento de estar sendo observada.

Hora dos estupros.

Ela se virou, tentando lembrar se dobrava à esquerda ou à direita naquela rua em particular, que sequer tinha placa. A sensação de estar sendo observada se intensificou. Beckey analisou as casas, o interior dos caminhões e dos carros. Nada a olhou de volta. Nenhuma cortina se mexeu nas janelas. Nenhum estuprador canibal saiu para oferecer ajuda.

Seu cérebro imediatamente fez aquela coisa que as mulheres não deviam fazer: repreendeu-se por estar assustado, ignorou a intuição, disse para ir na direção da situação que a assustava, em vez de fugir correndo feito um bebê.

Beckey contra-argumentou: saia do meio da rua. Fique perto das casas, onde há gente dentro. Grite pra caralho se alguém chegar perto. Volte para o campus, porque lá vai estar segura.

Todos bons conselhos, mas onde ficava o campus?

Ela se esgueirou entre dois carros estacionados e não chegou a uma calçada, e, sim, a uma faixa estreita de ervas-daninhas entre duas casas. Numa cidade, teria chamado de beco, mas ali era mais como um lote abandonado. Bitucas de cigarro e garrafas de cerveja quebradas jogadas por todo o chão. Beckey conseguia ver um campo bem aparado atrás das casas, depois, o bosque logo acima.

Ir para lá parecia um contrassenso, mas ela era íntima das trilhas de terra que cruzavam o bosque. Provavelmente acharia outros alunos certinhos andando de bicicleta, indo para o lago fazer tai chi ou praticando sua corrida matinal. Olhou para cima, usando o sol como guia. Ir a oeste a levaria de volta ao campus. Com ou sem bolha, teria que voltar ao alojamento, porque não podia reprovar em química orgânica.

Beckey sentiu o gosto de um arroto azedo na boca, com um aroma distinto de canela. A garganta estava incomodando. As guloseimas da máquina de vendas estavam forçando uma segunda aparição. Tinha que voltar ao alojamento antes de vomitar. Não queria despejar tudo na grama, igual a um gato.

Caminhar entre as duas casas a fez tremer tanto que os dentes bateram. Aumentou o ritmo, atravessando o campo aberto. Não correu, mas também não caminhou. A bolha parecia um belisco no calcanhar cada vez que pisava. Fazer careta de dor ajudava. Depois, começou a se forçar a seguir em frente. Passou a trotar pelo campo, as costas queimando com milhares de olhares que, provavelmente, não a estavam observando.

Provavelmente.

A temperatura caiu quando adentrou o bosque. Sombras se moviam, entrando e saindo da linha de visão. Não teve dificuldades de encontrar uma trilha que já conhecia de milhares de corridas. A mão foi para o iPod, mas ela mudou de ideia. Queria ouvir o silêncio do bosque. Só um raio de sol ocasional conseguia cortar as copas grossas das árvores. Pensou sobre o que acontecera mais cedo. Sobre quando estava parada em frente à geladeira. O ar frio tocando as bochechas fervendo. Os sacos de pipoca e garrafas de Coca-Cola vazios espalhados pelo chão. Aquelas piranhas iam pagar pela comida. Sempre pagavam. Não eram ladras. Só eram preguiçosas demais para ir ao mercado e desorganizadas demais para bolar uma lista quando Beckey se oferecia para fazer as compras.

— Beckey?

Uma voz de homem a fez virar a cabeça, mas seu corpo continuou em frente. Viu o rosto dele no mínimo segundo entre tropeçar e cair. Parecia gentil, preocupado. A mão estava esticada para ajudá-la enquanto caía.

A cabeça bateu contra algo duro. O sangue encheu a boca. A visão ficou borrada. Tentou rolar para o lado, mas só conseguiu fazer metade do movimento. O cabelo estava preso em algo. A coisa puxava os fios. Arrancava. Ela colocou a mão atrás da cabeça, por algum motivo esperando encontrar a presilha da mãe. Em vez disso, sentiu madeira, depois aço. Então o rosto do homem entrou em foco, e ela percebeu que o que estava cravado em seu crânio era um martelo.

CAPÍTULO UM

Atlanta

WILL TRENT REMEXEU o corpo de 1,93 metro, tentando encontrar uma posição confortável para as pernas dentro do Mini da parceira. O topo da cabeça se encaixava bem no teto solar, mas o carrinho de bebê no banco de trás limitava seriamente o espaço na frente. Tinha que manter os joelhos bem próximos para não resvalar sem querer na marcha. Devia estar parecendo um contorcionista, mas Will pensava em si mesmo mais como um nadador mergulhando e saindo da conversa que Faith Mitchell parecia estar tendo consigo mesma. Em vez de braçada-braçada-respiração, era nada-nada-*o que foi, mesmo?*

— Então eu estava lá às três da manhã, postando uma resenha péssima sobre aquela espátula claramente defeituosa… — Faith tirou as duas mãos do volante para fazer mímica de que estava digitando. — E aí percebo que tinha colocado um saquinho de sabão de roupa na máquina de lavar louça, o que é uma loucura, porque a lavanderia fica no andar de cima. E, dez minutos depois, estava parada na janela pensando: *será que maionese é mesmo um instrumento musical*?

Will notara a inflexão da voz no fim, mas não conseguia saber se a mulher queria uma resposta. Tentou relembrar a conversa. O exercício não lhe trouxe clareza. Estavam no carro havia quase uma hora, e Faith já tinha mencionado, sem ordem específica, o preço exorbitante da cola em bastão, o Complexo Industrial de Aniversários do Chuck E. Cheese e o que chamava de tortura de pais postando fotos dos filhos voltando às aulas enquanto a filha pequena ainda estava em casa.

Ele inclinou a cabeça para o lado, voltando à conversa.

— Aí, chegamos à parte em que Mufasa cai e morre. — falou, aparentemente, sobre um filme. — Emma começa a chorar muito, igualzinho ao Jeremy quando tinha a idade dela, e me dei conta de que, por algum motivo, acabei dando à luz duas crianças diferentes a exatamente dois *O rei leão* de distância.

Will saiu de novo da conversa. Sentiu o estômago se contrair com o nome de Emma. A culpa se espalhou como chumbo grosso em seu peito.

Quase matara a filha de 2 anos de Faith.

Tinha sido assim: Will e a namorada estavam de babás de Emma. Sara cuidava de burocracias na cozinha, e Will estava sentado na sala de estar com a menina, mostrando a ela como substituir a minúscula bateria de botão num brinquedo. O objeto estava desmontado na mesa de centro. Will tinha equilibrado a bateria do tamanho de uma balinha na ponta do dedo, para Emma poder ver. Estava explicando que deviam tomar cuidado extra para não deixá-la por aí, porque Betty, a cadela, podia comê-la sem querer, quando, de repente, sem qualquer aviso, Emma se inclinara para a frente e sugara a bateria para dentro da boca.

Will trabalhava na AIG, a Agência de Investigação da Geórgia, uma versão estadual do FBI. Já estivera em emergências do mundo real em que vida e morte estavam em jogo, e a única coisa que mudava a balança era sua habilidade de agir rápido.

Mas, quando aquela bateria desapareceu, Will ficou paralisado.

O dedo vazio ficou estendido, impotente. Seu coração se dobrou como uma bicicleta ao redor de um poste telefônico. Só conseguia observar em câmera lenta enquanto Emma se acomodava, com um sorrisinho no rosto de querubim, e se preparava para engolir.

Foi quando Sara salvou a todos. Tão depressa quanto Emma abocanhara a bateria, Sara se lançou como uma ave de rapina, enfiou o dedo em forma de gancho na boca da menina e pescou o objeto de volta.

— Enfim, estava olhando por cima do ombro dessa menina na fila do mercado, e ela estava mandando um monte de mensagem para o namorado...

— Faith passara para outra história. — Aí, ela foi embora, e tenho que passar o resto da vida sem saber se o namorado pegou ou não a irmã dela.

O ombro de Will bateu na janela quando o Mini fez uma curva fechada. Estavam quase na prisão estadual. Sara estaria lá, fato que transformou a culpa de Will em relação a Emma numa trepidação em relação a Sara.

Ele se remexeu de novo no banco. As costas se descolaram do couro. Desta vez, Will não estava suando de calor. Estava suando de nervoso por seu relacionamento com Sara.

As coisas estavam indo bem, mas, de algum jeito, também estavam indo muito, muito mal.

Por fora, nada havia mudado. Ainda estavam passando mais noites juntos do que separados. No fim de semana, tinham compartilhado a refeição favorita dela — café da manhã pelado de domingo — e a refeição favorita dele — o segundo café da manhã pelado de domingo. Sara ainda o beijava da mesma forma. Parecia que ainda o amava da mesma forma. Ainda jogava as roupas sujas a três centímetros do cesto, ainda pedia salada, mas comia metade das batatas fritas dele... porém algo estava horrivelmente errado.

A mulher que martelara a cabeça de Will nos últimos dois anos, forçando-o a falar sobre coisas de que não queria, de repente, declarara que um assunto era zona proibida.

Acontecera assim: seis semanas antes, Will chegara em casa depois de resolver algumas tarefas na rua. Sara estava sentada à mesa da cozinha. De repente, ela começara a falar sobre reformar a casa dele. Não só reformar, mas demolir, para que houvesse mais espaço para ela, o que era um jeito meio esquisito de dizer a Will que deviam morar juntos. Então, ele decidiu emendar um pedido de casamento meio esquisito, dizendo que deviam se casar numa igreja, porque a mãe dela ficaria feliz.

Então, o chão congelou e ele ouviu um som de rachadura estalando sob seus pés, o gelo envelopou todas as superfícies, e a respiração de Sarah saiu numa baforada quando, em vez de dizer *"Sim, meu amor, eu adoraria me casar com você"*, falou, numa voz mais gelada que os pingentes de gelo caindo do teto:

— *Que porra minha mãe tem a ver com isso?*

Os dois tinham discutido, o que tinha sido complicado para Will, já que não sabia exatamente por que estavam discutindo. Conseguira dar alguns golpes sobre a casa não ser boa o bastante para ela, mas logo se transformou numa briga sobre dinheiro, que o deixou em melhor pé, já que Will sempre fora um funcionário público humilde e Sara — bem, Sara atualmente era uma funcionária pública humilde, mas, antes disso, tinha sido uma médica rica.

A discussão continuara até a hora de encontrar os pais dela para um brunch. E, aí, Sara colocara um limite na discussão de casar ou morar juntos pelas três horas seguintes, e aquele período se prolongou pelo resto do dia, depois pelo resto da semana, e já se passara um mês e meio. Will estava vivendo com uma colega de apartamento muito gata que vivia querendo fazer sexo com ele, mas só aceitava falar sobre o que pedir para jantar, a determinação da irmã mais nova de estragar sua vida e como era fácil aprender os vinte algoritmos que resolviam um cubo mágico.

Faith entrou no estacionamento da prisão, dizendo:

— Claro que, como o mundo me odeia, foi bem naquela hora que minha menstruação finalmente veio.

Ela ficou em silêncio enquanto entrava numa vaga. A última frase não teve conclusão. Ela estava esperando resposta? Sim, sim, ela definitivamente estava esperando resposta.

Will decidiu-se por:

— Que droga.

Faith pareceu assustada, como se acabasse de perceber que ele estava no carro.

— O que é uma droga?

Ele compreendeu perfeitamente que ela *não estava* esperando uma resposta.

— Meu Deus, Will. — Ela colocou o carro em ponto morto, irritada. — Por que não me avisa da próxima vez que estiver mesmo escutando?

Faith saiu do carro batendo o pé e foi na direção da entrada de funcionários. Estava de costas para Will, mas ele a imaginou resmungando a cada passo. Ela mostrou a identidade para a câmera em frente ao portão. Will esfregou o rosto. Respirou o ar quente dentro do carro. Será que todas as mulheres da sua vida eram loucas, ou ele era um idiota?

Só um idiota faria essa pergunta.

Ele abriu a porta e conseguiu se contorcer para fora do Mini. O suor fazia o couro cabeludo coçar. Era a última semana de outubro, e o calor fora do carro não era muito melhor do que dentro. Will ajustou a arma no cinto e pegou o terno pendurado entre a cadeirinha de Emma e um saco de biscoitos velhos. Virou-o na boca, igual ao Homer Simpson, de olho num ônibus de transporte de prisioneiros que entrava na rua. O veículo quicou ao passar num buraco. Atrás das janelas gradeadas, os rostos dos prisioneiros exibiam vários tons de miséria.

Will jogou o saco vazio no banco de trás, mas pegou de volta e carregou-o enquanto andava na direção da entrada de funcionários. Ergueu o olhar para o prédio rebaixado e deprimente. A Prisão Estadual Phillips era uma instalação de segurança média localizada em Buford, a mais ou menos uma hora de Atlanta. Quase mil homens estavam alojados em dez unidades com dois dormitórios cada uma. Sete tinham celas para dois, os outros eram combinações de celas para uma ou duas pessoas e de isolamento, com prisioneiros SM/GE. SM significava prisioneiros diagnosticados com problemas de saúde mental. GE significava gestão especial, ou proteção policial, o que significava policiais e pedófilos, as duas classes mais odiadas em qualquer prisão.

Havia um motivo para os SM e os GE estarem juntos. Para alguém de fora, a cela de uma pessoa só parecia um luxo. Para um prisioneiro em isolamento, significava vinte horas por dia de confinamento solitário numa caixa de concreto sem janelas, de três metros por cinco. E isso depois de um processo revolucionário que decretou que as antigas regras de confinamento solitário da Geórgia eram desumanas.

Quatro anos antes, a Phillips, junto com outras nove prisões estaduais da Geórgia, foi alvo de uma investigação do FBI que derrubou 47 agentes penitenciários corruptos. Todos os que sobraram tinham sido transferidos dentro do sistema. O novo diretor não aceitava palhaçada, o que era bom e ruim, dependendo de como se via os perigos inerentes ao encarceramento de homens irritados e isolados. A prisão estava em confinamento depois de dois dias de rebeliões. Seis agentes penitenciários e três prisioneiros tinham ficado feridos. Um detento fora assassinado no refeitório.

Era por causa deste crime que estavam lá.

Segundo a lei estadual, a AIG deveria investigar todas as mortes ocorridas em custódia. Os prisioneiros saindo no ônibus de transporte podiam não estar diretamente envolvidos no assassinato, apenas deviam ter cumprido algum papel na rebelião. Estavam recebendo o que se chamava de *terapia a diesel*. O diretor estava se livrando dos bocudos, dos agitadores de merdas, dos joguetes das rivalidades de gangue... Tirar quem causava problemas era bom para a saúde da prisão, mas não tanto para os homens que estavam sendo mandados embora. Eles estavam perdendo o único lugar que podiam chamar de casa, indo para uma instituição nova bem mais perigosa do que a que deixavam para trás. Era como começar em uma escola nova, mas, em vez de garotas malvadas e valentões, havia estupradores e assassinos.

Uma placa de metal estava presa ao portão de entrada. Departamento Penitenciário da Geórgia, DPG. Will jogou o saco de biscoitos na lata de lixo ao lado da porta, e limpou as mãos na calça para se livrar do farelo amarelo. Depois, esfregou as digitais sujas na palma das mãos, até parecerem menos horríveis.

A câmera ficava a cinco centímetros do topo da sua cabeça. Will teve que dar um passo para trás para mostrar as credenciais. Depois de um apito alto e um clique, estava dentro do prédio. Deixou a arma num armário e guardou a chave no bolso. Depois, precisou tirar a chave do bolso, junto com tudo o mais, para passar pela fila de segurança. Foi levado para a porta de ferro por um agente penitenciário silencioso que usou o queixo para se comunicar: *E aí, cara, sua parceira está no fim do corredor, vem comigo.*

O agente arrastava os pés em vez de andar, um hábito que vinha com o emprego. Não havia necessidade de pressa quando o lugar para onde iam era exatamente igual ao lugar de onde estavam saindo.

A prisão tinha os sons típicos de uma prisão. Detentos berrando, batendo nas grades, protestando contra o confinamento e/ou as injustiças da humanidade. Will afrouxou o nó da gravata conforme se aprofundavam nas entranhas da instalação. O suor escorria pelo pescoço. Prisões eram difíceis de esfriar e esquentar por natureza. Os corredores amplos e longos, com esquinas duras. As paredes de bloco de concreto e o piso de linóleo. O fato de que cada cela tinha um esgoto aberto para as necessidades e cada homem lá dentro gerava suor suficiente para transformar o fluxo suave do rio Chattahoochee em correntezas de nível seis.

Faith esperava por ele diante de uma porta fechada, de cabeça baixa, enquanto anotava alguma coisa em seu caderno. A tagarelice a tornava muito boa no trabalho. Faith estivera ocupada reunindo informações enquanto Will comia biscoitos.

Ela cumprimentou o agente penitenciário mudo com um movimento da cabeça, e ele assumiu seu lugar do outro lado da porta.

— Amanda acabou de chegar — disse Faith para Will. — Quer ver a cena do crime antes de falar com o diretor. Seis agentes do escritório local de North Georgia estão avaliando suspeitos há três horas. Vamos entrar rasgando quando tiverem uma lista de suspeitos viáveis. Sara disse que está pronta quando quisermos.

Will olhou pela janela da porta.

Sara Linton estava parada no meio do refeitório, usando um macacão Tyvek branco. O cabelo longo castanho-avermelhado estava preso embaixo de um boné azul. Ela era perita médica da AIG, um desenvolvimento recente que deixara Will extremamente feliz até cerca de seis semanas atrás. Sara conversava com Charlie Reed, chefe da perícia criminal, que estava ajoelhado para fotografar uma pegada de sapato sangrenta. Gary Quintana, assistente de Sara, segurava uma régua ao lado da pegada, para dar referência de escala.

Ela parecia cansada. Processando a cena havia quatro horas. Will estava em sua corrida matinal quando a ligação a tirara da cama, e ela deixara um bilhete com um coração desenhado no canto.

Will tinha ficado olhando aquele coração por mais tempo do que admitiria a qualquer pessoa viva.

— Ok, então, a rebelião começou há dois dias. Às 11h58 da manhã de sábado — disse Faith.

Will desviou sua atenção de Sara. Esperou a parceira continuar.

— Dois criminosos começaram a trocar socos — disse ela. — O primeiro agente penitenciário que tentou apartar foi derrubado. Cotovelo na cara, cabeça no chão e até amanhã. Quando ele caiu, começou o jogo. O segundo agente foi enforcado. Um terceiro que correu para ajudar foi golpeado na cabeça. Depois disso, alguém pegou as armas de choque, outro agarrou as chaves, e foi rebelião total. Claramente, o assassinato foi planejado.

Will assentiu para o *claramente*, porque rebeliões de prisão tendiam a vir em surtos, como alergias. Sempre havia uma coceira distinta, e sempre havia um cara ou um grupo que sentia aquela coceira e começava a planejar como usar a rebelião para sua própria vantagem. Saquear a dispensa? Colocar alguns guardas no lugar deles? Tirar alguns rivais do caminho?

A questão era se a vítima tinha sido dano colateral ou um alvo específico. Da porta do refeitório, era difícil julgar. Will olhou de novo pela janela. Contou 13 mesas grandes, cada uma com um banco para acomodar doze pessoas, todos soldados ao chão. Havia bandejas espalhadas pelo cômodo. Guardanapos de papel. Comida estragada. Um monte de líquido seco, principalmente sangue. Vários dentes. Will notou que a mão de alguém, congelada, despontava por baixo de uma das mesas. Supôs que pertencesse à vítima. O corpo do homem estava embaixo de outra mesa perto da cozinha, de costas para a porta. O uniforme branquíssimo, lavado com a água sanitária da prisão, com listras azuis, dava à cena do crime uma sensação de massacre na sorveteria.

— Olha — começou Faith —, se você ainda está chateado com a história da Emma e da bateria, não fique. Não é culpa sua as baterias parecerem tão deliciosas.

Will achava que, ao ver Sara, soltara algum sinal de incômodo que Faith tinha captado.

— Crianças pequenas são como os piores prisioneiros — continuou ela. — Quando não estão mentindo na sua cara e detonando suas coisas, estão dormindo, cagando ou tentando pensar em formas diferentes de ferrar com a sua vida.

O agente penitenciário levantou o queixo. *Pode crer.*

Faith perguntou ao homem:

— Pode avisar ao nosso pessoal que estamos aqui?

O cara assentiu como se dissesse *posso, sim, moça, eu vivo para servir*, e saiu arrastando os pés.

Will observou Sara pela janela. Ela estava fazendo alguma anotação numa prancheta. Tinha aberto o zíper do macacão e amarrado as mangas em volta da cintura. Não usava o boné. O cabelo estava amarrado num rabo de cavalo frouxo.

— É a Sara? — indagou Faith.

Will baixou o olhar para a parceira. Volta e meia se esquecia de como ela era minúscula. Cabelo loiro. Olhos azuis. Cara perpétua de decepção. Com as mãos nos quadris e a cabeça voltada tão para cima que o queixo e os seios formavam o mesmo tipo de curva, ela lembrava Pearl Pureheart, a namorada do Super Mouse, se ela tivesse engravidado aos 15 anos e depois de novo aos 32.

O que era o principal motivo para não falar com sua parceira sobre Sara. Faith agia forçosamente como mãe de todos em volta, fosse um suspeito em custódia ou o caixa do supermercado. A infância de Will tinha sido bem barra pesada. Ele sabia de muitas coisas sobre o mundo que a maioria das crianças nunca aprendia, mas não sabia como ser cuidado por uma mãe.

A segunda razão para o silêncio era que Faith era uma policial das boas. Levaria apenas dois segundos para resolver o Caso da Namorada Que Não Quer Mais Conversar.

Pista número um: Sara era uma pessoa extremamente lógica e consistente. Ao contrário da ex psicótica de Will, ela não viera ao mundo vomitada de uma montanha-russa infernal. Se estava brava, irritada, incomodada ou feliz, sempre dizia a Will como tinha ficado daquele jeito e o que queria fazer a respeito.

Pista número dois: Sara não era de joguinhos. Não havia gelo, bicos ou comentários maldosos para interpretar. Will nunca precisava adivinhar no que ela estava pensando, porque ela sempre dizia.

Pista número três: Sara claramente gostava da vida a dois. Antes de ficarem juntos, fora casada duas vezes, ambas com o mesmo homem. E ainda estaria com Jeffrey Tolliver se ele não tivesse sido assassinado cinco anos antes.

Solução: Sara não tinha objeção ao casamento nem ao pedido improvisado. A objeção era a se casar com Will.

— Lá vem Voldemort — anunciou Faith, assim que ouviram o clique-claque do salto alto da vice-diretora, Amanda Wagner.

Amanda andava pelo corredor com o celular nas mãos. Ela vivia mandando mensagens ou fazendo ligações em busca de informações com a rede de velhas amigas, um grupo assustador de mulheres, quase todas aposentadas, que

Will só conseguia visualizar sentadas ao redor de um covil secreto tricotando proteções para granadas de mão.

A mãe de Faith era uma delas.

— Muito bem. — Amanda percebeu as calças manchadas de cheddar de Will a dez metros. — Agente Trent, você foi o único mendigo que caiu do trem, ou tinha outros?

Will pigarreou.

— Ok. — disse Faith, folheando o caderno. — A vítima é Jesus Rodrigo Vasquez, hispânico de 38 anos, cumpriu seis de dez anos por LCD depois de não passar num teste de metanfetamina no pronto-socorro, três meses antes.

Will traduziu mentalmente: *Vasquez, preso por lesão corporal dolosa, serviu seis anos antes de sair em condicional, e três meses atrás foi reprovado num dos testes de drogas obrigatórios para presos em liberdade condicional. Então foi mandado de volta à prisão para cumprir o resto da pena de dez anos.*

Amanda perguntou:

— Afiliação?

Ele era de alguma gangue?

— Suíça — disse Faith. *Neutro.* — A ficha está cheia de advertências por andar com telefones no cofre. — *Ele foi pego várias vezes escondendo celulares no ânus.* — Pelo jeito, o cara vivia no trono. — *Sempre fazendo merda.* — Meu chute é que foi morto porque abriu a boca.

— Problema resolvido. — Amanda bateu no vidro para chamar atenção. — Dra. Linton?

Sara se demorou pegando alguns instrumentos antes de abrir a porta.

— Estamos terminando de processar a cena do crime. Vocês não precisam de macacões, mas tem muito sangue e fluidos.

Ela entregou máscaras e protetores de sapato aos três. Apertou de leve a mão de Will quando ele pegou seu kit, então continuou:

— O corpo está saindo do *rigor mortis* e entrando em processo de decomposição; isso, combinado com a temperatura do fígado e a temperatura ambiente mais alta, nos dá um horário de óbito fisiológico consistente com relatos de que Vasquez foi atacado há mais ou menos 48 horas. O que coloca a hora da morte perto do início da rebelião.

Amanda perguntou:

— Primeiros minutos ou primeiras horas?

— Estimativa entre meio-dia e quatro da tarde de sábado. Se quiser um horário exato, vai ter que confiar nos testemunhos. — Sara ajustou a máscara de Will enquanto lembrava a Amanda: — Claro que a ciência sozinha não é capaz de delimitar a hora precisa.

— Claro. — Amanda não era fã de estimativas.

Sara revirou os olhos para Will. Ela não gostava muito do jeito da mulher.

— Tem três localizações na cena do crime de Vasquez: duas nesta área principal, uma na cozinha. Vasquez tentou resistir.

Will estendeu a mão por trás de Sara, segurando a porta aberta. O cheiro de merda e urina, cartão de visitas dos prisioneiros em rebelião, permeava cada molécula do cômodo.

— Meu deus... — Faith apertou as costas da mão contra a máscara.

A parceira já não era muito boa com cenas de crime, mas o cheiro ali estava tão forte que até Will ficou com os olhos lacrimejando.

Sara se virou para seu assistente:

— Gary, pode pegar os alicates menores na van? Vamos ter que desaferrolhar essa mesa para remover o corpo.

Gary saiu alegremente, o rabo de cavalo balançando debaixo da touca. Ele estava na AIG havia menos de seis meses. Aquela com certeza não era a pior cena de crime que já processara, mas tudo dentro de uma prisão era mais avassalador.

O flash da câmera de Charlie estourou. Will piscou, tentando ajustar os olhos depois do golpe de luz.

— Consegui dar uma olhada no vídeo de segurança — contou Sara para Amanda. — Tem nove segundos de gravação, pega o começo da briga e vai até o comecinho da rebelião. Foi aí que uma pessoa não identificada veio de fora da imagem, por trás da câmera, e cortou a transmissão.

— Sem digitais válidas na parede, no cabo ou na câmera — informou Charlie.

Sara continuou:

— A discussão começou na frente do refeitório, perto do balcão de serviço. As coisas esquentaram bem rápido. Seis prisioneiros de uma gangue rival entraram na briga. Vasquez ficou sentado na mesa do canto, ali. Os outros onze homens da mesa dele correram para a frente do refeitório, para ver melhor a confusão. Foi aí que cortaram a transmissão.

Will avaliou as distâncias. A câmera ficava na parte de trás do cômodo, então nenhum dos onze homens poderia ter ido até lá sem serem vistos.

— Por aqui. — Sara os levou para uma mesa no canto, onde doze bandejas de almoço estavam postas diante de doze assentos de plástico. A comida estava mofada, com leite estragado derramado por todo o tampo. — Vasquez foi atacado por trás. O trauma com objeto contundente criou uma fratura no crânio com afundamento. A arma, provavelmente, foi um objeto pequeno e pesado balançado em alta velocidade. A força do golpe impeliu a cabeça para a frente, e pedaços do que parecem os dentes da frente de Vasquez ficaram encrustados na bandeja.

Will olhou de novo para a câmera. Parecia uma operação de dois homens — um cortou a transmissão, outro neutralizou o alvo.

A máscara de Faith era sugada para dentro e para fora enquanto ela respirava pela boca.

— O primeiro golpe foi para matar ou paralisar?

— Não posso afirmar a intenção — respondeu Sara. — Foi um golpe considerável. Não localizei laceração, mas fratura com afundamento é exatamente o que o nome sugere: o osso quebrado fica afundado para dentro, pressionando o cérebro.

— Por quanto tempo ele se manteve consciente? — perguntou Amanda.

— Pelas evidências, podemos deduzir que a vítima ficou consciente até o momento do óbito. Não sei dizer em que estado. Com certeza sentia náuseas. É muito provável que estivesse com a visão borrada. Mas o quanto estava raciocinando? Bem, impossível dizer. Cada um reage diferente a um trauma craniano. Do ponto de vista médico, sempre que falamos de lesão cerebral, a única certeza é a falta de certezas.

— Claro. — Amanda estava de braços cruzados.

Will também cruzou os seus. Cada músculo do corpo estava retraído. A pele parecia tensa. Não importava quantas cenas de crime investigasse, seu corpo nunca aceitava como natural a proximidade com um ser humano que tinha sido violentamente assassinado. Podia lidar com o fedor de comida estragada e excrementos. Mas o odor metálico do sangue quando o ferro oxida deixava um gosto no fundo da garganta que durava uma semana.

— Vasquez apanhou até cair no chão — continuou Sara. — Quatro molares do lado esquerdo foram quebrados na raiz, a mandíbula esquerda e o osso orbital sofreram fraturas. A análise preliminar também sugere fraturas na costela esquerda. Dá para ver que os respingos de sangue na parede e no teto têm um padrão semicircular. Encontramos três conjuntos de pegadas aqui, então vocês estão procurando dois agressores, ambos, provavelmente, destros. Eu chutaria que os golpes foram dados usando uma meia com cadeado, por isso não vai haver dano óbvio nas mãos dos agressores.

Uma meia com cadeado era exatamente o que nome sugeria: um cadeado guardado dentro de uma meia.

Sara continuou:

— Vasquez, de alguma forma, acabou descalço após o ataque inicial. Não achamos os sapatos nem as meias em lugar algum do refeitório. Os agressores estavam usando tênis do uniforme da prisão, com padrões de solado idêntico. Mesmo assim, podemos deduzir bastante das pegadas de sapatos e pés. A próxima localização para onde o levaram foi a cozinha.

— E essa tatuagem? — Amanda estava do outro lado do cômodo, examinando a mão decepada. — É um tigre? Um gato?

Foi Charlie quem respondeu:

— A base de dados de tatuagens diz que um tigre pode simbolizar ódio à polícia, ou que ele é um ladrão gatuno.

— Um condenado que odeia a polícia. Impressionante... — Amanda estalou os dedos para Sara. — Vamos prosseguir, dra. Linton.

Sara gesticulou para que todos a seguissem até a parte da frente do refeitório. A esteira de recolhimento estava cheia de bandejas vazias, indicando que alguns prisioneiros tinham terminado o almoço antes do início da rebelião.

— Vasquez tinha mais ou menos 1,72 metro e pesava 63 quilos — continuou Sara. — Estava desnutrido, mas não é de se surpreender, já que era usuário de drogas intravenosas. Encontramos marcas de agulha no braço esquerdo, entre os dedos do pé esquerdo e na carótida direita, portanto, podemos supor que ele era destro. Tem um cutelo de carne na área de preparação da cozinha e muito sangue, o que aponta que a mão esquerda foi removida lá.

— Não foi ele mesmo que cortou? — indagou Amanda.

Sara balançou a cabeça.

— Improvável. Sapatos e pegadas indicam que ele foi segurado.

— Não encontramos marcas distintas nas pegadas de tênis — acrescentou Charlie. — Como Sara disse, são padrão. Todos os prisioneiros usam o mesmo modelo.

Sara chegou ao local de descanso final de Vasquez. Agachou-se em frente à outra mesa. Todos imitaram, menos Amanda.

Will sentiu as narinas inflamem. O corpo passara quase dois dias inteiros apodrecendo no calor. A decomposição já estava bem avançada. A pele descolava do osso. Alguém empurrara o corpo de Vasquez para baixo da mesa com o pé, chutando-o para fora do caminho como um adolescente chutaria roupas sujas para baixo da cama. Faixas de sangue e marcas de solado de sapato indicavam que pelo menos dois homens o puseram ali.

Os pés descalços de Vasquez estavam cobertos de sangue. O corpo estava de lado, dobrado na cintura, com a única mão restante esticada à frente. O toco ensanguentado onde costumava ficar a outra mão estava enfiado na barriga. Literalmente. Os assassinos de Vasquez o esfaquearam tantas vezes que a barriga se abrira como uma flor grotesca. O toco do pulso estava fincado dentro da cavidade corporal, como um caule.

Sara se pronunciou:

— Na falta de evidências do contrário, a causa da morte é hemorragia incontrolável ou choque.

O cara parecia mesmo em choque. Olhos esbugalhados. Lábios abertos. Fora isso, ele tinha um rosto comum, descontando o inchaço e a mancha preta em forma de lua crescente em que o sangue se acumulara, no ponto mais baixo do crânio. Cabeça raspada. Bigode de ator pornô. Um pingente de cruz num cordão de ouro fino no pescoço, permitido pelo DPG por ser um símbolo religioso. A corrente era delicada. Talvez um presente da mãe, filha ou namorada. Will podia concluir algumas coisas do fato de os assassinos terem tirado os sapatos e as meias de Vasquez, mas deixado o colar.

— Merda. Isso aqui é merda — gemeu Faith, pressionando a máscara com as mãos, sentindo ânsia de vômito.

Os intestinos de Vasquez estavam pendurados para fora do abdome, como linguiças cruas. As fezes tinham se acumulado no chão e secado até virar uma massa preta do tamanho de uma bola de basquete murcha.

Amanda se virou para Faith:

— Vá verificar se já reviraram a cela de Vasquez. Se sim, quero saber quem e o que encontrou. Se não, faça as honras.

Faith nunca precisava de uma segunda ordem para se afastar de um cadáver.

— Will. — Amanda já estava digitando no celular. — Termine aqui, depois comece a segunda rodada de entrevistas. Esses homens tiveram tempo o bastante para acertar as histórias. Quero que isso se resolva rápido. Não é uma situação de agulha no palheiro.

Will achava que era exatamente esse tipo de situação. Tinham cerca de mil suspeitos, todos criminosos.

— Sim, senhora.

Sara inclinou a cabeça, num gesto para que ele a seguisse até a cozinha. Puxou a máscara para baixo.

— Faith durou mais do que eu imaginei.

Will também puxou a máscara. A cozinha estava uma confusão similar. Bandejas e comidas jogadas por todo lado. Marcadores plásticos amarelos no bloco de açougueiro indicavam onde a mão de Vasquez tinha sido cortada. Havia um cutelo de carne caído no chão. O sangue tinha jorrado como uma cachoeira.

— Sem digitais na faca — informou Sara. — Envolveram o cabo em papel-filme, que depois jogaram pelo ralo da pia.

Will viu que o ralo embaixo da pia estava desconectado. O pai de Sara era encanador, e ela sabia se virar com canos básicos.

— Todos os indícios indicam que os agressores tiveram a presença de espírito de encobrir seus rastros — afirmou Sara.

— Por que levar a mão para o refeitório?

— Eu chutaria que jogaram a mão para longe, atravessando o ambiente.

Will tentou construir uma teoria provisória sobre o crime.

— Quando a briga começou, Vasquez ficou sentado à mesa. Não se levantou, porque não é membro de alguma gangue. — Prisioneiros tinham sua própria forma de Otan. Um ataque a um aliado significava que a pessoa também estava na briga. — Só dois caras foram para cima dele, não uma gangue.

— Isso diminui o campo de suspeitos? — perguntou Sara.

— Prisioneiros tendem a se agregar. Vasquez não teria se misturado abertamente com detentos de outra raça. — O palheiro tinha ficado menor. — Parece um plano de contingência. *Se tiver uma rebelião, matamos o cara desse jeito.*

— O caos cria oportunidade.

Will esfregou a mandíbula enquanto analisava as pegadas de sapatos e pés ensanguentadas pelo chão. Vasquez lutara como o diabo.

— Ele devia ter alguma informação, não é? Não se corta a mão de alguém à toa. Ele foi segurado e ameaçado, e, quando não deu o que queriam, pegaram um cutelo e cortaram a mão dele.

— É o que eu faria.

Will sorriu.

Sara sorriu de volta.

O telefone vibrou em seu bolso, mas ele não atendeu.

— Vasquez era conhecido por esconder telefones dentro do corpo. Pode ser por isso que foi eviscerado?

— Não tenho certeza de que ele foi eviscerado, acho que foi esfaqueado repetidamente. Se estivessem procurando um telefone, o golpe de cadeado na meia nas costelas teria agido como uma espécie de manobra de Valsalva. Tem um motivo para os guardas mandarem tossir quando a pessoa se abaixa. O aumento da pressão abdominal reduz a força constritiva do esfíncter. O telefone teria caído logo no primeiro golpe — explicou Sara. — Além do mais, cortar a barriga não faz muito sentido. Se eu estivesse procurando um telefone no ânus de alguém, olharia no ânus.

Faith tinha um timing impecável.

— Opa, estou atrapalhando um momento íntimo?

Will tirou o telefone do bolso. A ligação perdida era da parceira.

— Achamos que os assassinos de Vasquez estavam buscando alguma coisa. Informação. Talvez a localização de contrabandos.

— A cela de Vasquez estava limpa — anunciou Faith. — Nada de contrabando. A julgar pela coleção de arte, o cara era fã de mulheres seminuas e de Nosso Senhor Jesus Cristo. — Ela deu um tchauzinho para Sara enquanto levava Will de volta pelo refeitório, onde cobriu o nariz com as mãos, bloqueando o cheiro. — Nick e Rasheed diminuíram a lista de suspeitos para 18 possíveis candidatos. Ninguém com homicídio doloso na ficha, mas temos dois homicídios culposos e um mordedor de dedo.

— O dedo dele próprio ou de outra pessoa?

— De outra pessoa — respondeu Faith. — Para nossa surpresa, não temos testemunhos confiáveis, mas vários delatores ofereceram teorias da conspiração. Sabia que o Estado tem uma rede de pedofilia no sistema de bibliotecas da prisão?

— Sim. Acha que esse assassinato parece pessoal?

— Com certeza. Estamos atrás de dois homens hispânicos, mais ou menos da faixa etária de Vasquez... de dentro do círculo social dele?

Will fez que sim.

— Quando foi a última vez que a cela de Vasquez foi revistada?

— Houve uma busca na prisão toda há 16 dias. O diretor trouxe oito equipes para vasculhar as celas. O escritório do delegado mandou doze representantes. Foi um choque. Ninguém estava esperando. Mais de quatrocentos telefones foram confiscados, talvez duzentos carregadores, além dos narcóticos e armas de sempre. Mas os telefones eram o problema mais óbvio.

Will sabia do que ela estava falando. Celulares dentro de uma prisão podiam ser muito perigosos, embora nem todos os encarcerados os usassem para propósitos nefastos. O Estado ficava com uma fatia de todas as ligações feitas pelos telefones fixos, cobrando um mínimo de 50 dólares para abrir um cartão telefônico, depois cerca de cinco paus por uma ligação de quinze minutos e mais cinco a cada vez que a pessoa adicionava mais fundos. Por outro lado, era possível alugar um celular sem internet de outro prisioneiro por 25 dólares a hora.

E havia os propósitos nefastos. Smartphones podiam ser usados para encontrar informações pessoais sobre os agentes penitenciários, supervisionar organizações criminosas através de mensagens criptografadas, organizar esquemas de proteção para famílias de prisioneiros e, mais importante, coletar dinheiro. Aplicativos como Venmo e Paypal tinham substituído cigarros e pacotes de batatas fritas como moeda na prisão. As gangues mais sofisticadas usavam Bitcoin. A Irmandade Ariana, a Gangue da Máfia Irlandesa e a Nação de Sangue Unida arrecadavam milhões no sistema carcerário estadual.

E bloquear o sinal de celular era ilegal nos Estados Unidos.

Will segurou a porta aberta para Faith ao sair. O sol banhava o pátio de recreação vazio. Viu sombras atrás das janelas estreitas das celas. Mais de um homem gritava. A opressão do confinamento era quase tangível, como um parafuso lentamente sendo rosqueado no topo da cabeça.

— Administração. — Faith apontou para um prédio de um andar com teto plano. Foram pelo caminho mais comprido, usando as calçadas em vez de atravessar a argila vermelha densa que se dizia ser o pátio de recreação.

Passaram por três agentes penitenciários encostados na cerca, todos com o olhar vazio. Não havia nada a guardar. Estavam tão entediados quanto os prisioneiros. Ou talvez estivessem ganhando tempo. Seis de seus colegas tinham sido feridos na rebelião. Como grupo, esses profissionais não eram conhecidos pela capacidade de perdoar e esquecer.

Faith manteve a voz baixa, dizendo:

— O diretor surtou com os telefones. A área de segregação já estava lotada. Ele suspendeu o tempo no pátio, fechou a loja da prisão, encerrou as visitas, desligou os computadores e a televisão, fechou até a biblioteca. Durante duas semanas, a única coisa que esses caras podiam fazer era provocar um ao outro.

— Parece um ótimo jeito de começar uma rebelião.

Will abriu outra porta. Os dois passaram por escritórios com janelas de vidro que davam para o corredor. Todas as cadeiras estavam vazias. Em vez de escrivaninhas, havia mesas dobráveis, para garantir que ninguém pudesse esconder alguma coisa. Os prisioneiros ocupavam quase todos os cargos administrativos, já que era difícil de competir com o salário de três centavos por hora.

O escritório do diretor não tinha janela para o corredor, mas Will reconheceu o tom enganosamente calmo de Amanda do outro lado da porta fechada. Imaginou que o homem estivesse soltando fogo pelas ventas. Diretores não gostavam de ser investigados. Outro motivo para o homem ter surtado com todos os telefones confiscados: não havia algo mais humilhante do que ouvir um de seus prisioneiros falando com uma emissora de TV ao vivo de dentro de sua própria instituição.

Will perguntou a Faith:

— Quantas ligações foram feitas durante a rebelião?

— Uma para a CNN e uma para a 11-Alive, mas estava rolando uma história sobre algum escândalo na eleição, então ninguém prestou atenção.

Chegaram a um corredor longo e amplo, com uma fila ainda mais longa de prisioneiros, que Will supôs que fossem os 18 suspeitos de assassinato. Os homens tinham sido postados como triângulos isósceles infelizes: a parte superior do corpo inclinada para a frente, com pernas esticadas, tornozelos dobrados, a testa apoiada na parede, sustentando um pouco do peso. Ao que parecia, os dois agentes penitenciários cuidando dos suspeitos eram uns escrotos.

O protocolo de confinamento ditava que qualquer detento fora da cela fosse contido com os pulsos algemados e ligados à frente do corpo a uma corrente presa na barriga, e os tornozelos presos a algemas conectadas por uma corrente de 30 centímetros que os impediria de se movimentar pelo espaço. Amarrado dessa forma e forçado a pressionar a testa contra a parede de concreto, o corpo exercia uma pressão e tanto no pescoço e nos ombros. A corrente da barriga adicionava pressão extra à lombar, já que as mãos eram puxadas para a frente pela gravidade. Ao que parecia, os prisioneiros estavam parados dessa forma havia algum tempo. O suor manchava as paredes. Will viu braços e pernas trêmulos. As correntes chacoalhavam como moedas na máquina de lavar.

— Meu Deus do céu — murmurou Faith.

Enquanto a seguia até o fim da fila, Will notou uma variedade de tatuagens com a tinta estremecida familiar da prisão. Todos os prisioneiros pareciam ter mais de 30 anos, o que fazia sentido. Por experiência própria, ele sabia que homens com menos do que isso faziam muitas coisas idiotas e sem sentido. Se um cara ainda estava na prisão depois da terceira década de vida, era porque tinha feito uma merda grande, porque tinha se ferrado muito na sentença ou porque estava ativamente tomando o tipo de decisão ruim que o mantinha no sistema.

Faith não se deu ao trabalho de bater à porta fechada da sala de interrogatório. Os agentes especiais Nick Shelton e Rasheed Littrell estavam sentados à mesa com uma pilha de pastas à frente.

— ... estou falando, a mina tinha bunda de centauro. — Rasheed parou de contar a história quando Faith entrou. — Desculpa, Mitchell.

Faith franziu o cenho enquanto fechava a porta.

— Eu não sou metade cavalo.

— Caralho, então é isso que quer dizer? — Rasheed deu uma risadinha amigável. — E aí, Trent?

Will ergueu a cabeça, à guisa de cumprimento.

Faith folheou os arquivos na mesa.

— São todas as pastas?

A pasta de cada prisioneiro era basicamente um diário da vida na cadeia: relatórios de prisão, diretrizes de condenação, detalhes de transporte, prontuários médicos, classificação de saúde mental, avaliação de ameaça, nível de educação, programas de tratamento, registros de visitação, histórico disciplinar, preferência religiosa, orientação sexual...

— Alguém promissor? — perguntou a mulher.

Rasheed deu os detalhes sobre os 18 suspeitos no corredor. Will manteve a cabeça voltada na direção do agente especial, como faria alguém que estivesse prestando atenção, mas, na verdade, estava tirando um momento para pensar no que dizer a Nick Shelton.

Anos atrás, quando fora designado ao escritório local sudeste da AIG, Nick trabalhara muito de perto com o ex-marido de Sara. Jeffrey Tolliver era chefe de polícia de Grant County. Tinha sido jogador de futebol americano na faculdade, e o consenso é que se tornara um homem incrível. Alguns dos resumos de Nick sobre os casos que resolveu com o ex de Sara pareciam roteiros de filmes. Jeffrey Tolliver era o Cavaleiro Solitário do Tonto de Nick, se Tonto falasse como Foghorn Leghorn e se vestisse como um dos integrantes dos Bee Gees, com correntes de ouro e jeans apertados demais. Os dois policiais tinham encerrado redes de pedofilia, prendido traficantes de drogas e investigado assassinos. Jeffrey poderia ter transformado suas vitórias num salário muito mais alto numa cidade maior, mas desprezara a fama e a glória para servir em Grant County.

Sara, provavelmente, teria casado uma terceira vez se o cara não tivesse morrido durante a segunda rodada.

— Bem, podemos trabalhar em cima disso — falou Faith, que, ao contrário de Will, estava prestando atenção ao resumo de Rasheed. Ela perguntou: — Mais alguma coisa?

— Não. — Nick coçou a barba de Barry Gibb. — Podem ficar com a sala. Rash e eu temos três testemunhas que queremos ver de novo.

Faith se acomodou na cadeira abandonada por Rasheed e começou a escolher suspeitos promissores. Will viu que ela foi direto para os formulários disciplinares. Faith acreditava firmemente que a história se repetia.

— E como anda a Sara? — perguntou Nick, virando-se para Will.

Depois de mentalizar diversas respostas humilhantes, ele finalmente se decidiu por:

— Está lá no refeitório. Você devia falar com ela.

— Valeu, cara.

Com um misto de tapinha e aperto no ombro de Will, Nick saiu.

Will prestou atenção demasiada àquela agarrada no ombro. Era algo entre um aperto do nervo Vulcano e um carinho no pelo da bunda de um cachorro.

Faith esperou até a porta fazer um clique de que tinha sido fechada.

— Foi desconfortável?

— Depende de pra qual metade do cavalo você está perguntando. — Will segurou a maçaneta, mas não abriu a porta. — Qual é a nossa jogada? Não sei se esses caras vão se sentir confortáveis interrogados por uma mulher.

— Acho que você tem razão. — Ela tirou uma pasta da pilha. — Maduro é o primeiro.

Will abriu a porta e encontrou o agente que esperava lá fora. Mantendo a voz baixa, pediu:

— Tire os homens dessa posição antes que eu faça você mijar pela boca.

O homem olhou feio para Will, mas, como a maioria dos valentões, era um covarde. Virou-se para os detentos, berrando:

— Prisioneiros! Para o chão!

Todos soltaram grunhidos de alívio. Os homens se soltaram das paredes de concreto, tinham manchas vermelhas nas testas e olhos vidrados. Alguns tiveram dificuldades de sentar. E outros caíram de bunda, aliviados.

Will chamou:

— Maduro, sua vez.

Um homem baixo e atarracado parou no meio do agachamento. Virou um dos pés, os tornozelos presos na corrente curta. Trinta centímetros não era muito, mais ou menos o tamanho de duas notas de dinheiro lado a lado.

O caminhar do homem era tenso e difícil. Ele sustentava a corrente da barriga para cima, para não machucar os ossos dos quadris. Havia gotículas de sangue onde o cimento rompera a pele da testa. Ele passou de lado pela porta e esperou em frente à mesa.

As prisões da Geórgia funcionavam com um esquema paramilitar. A não ser que estivessem algemados, os prisioneiros precisavam andar com as mãos unidas atrás das costas. Esperava-se que mantivessem a postura ereta. As celas deviam estar impecáveis, e os lençóis do beliche, arrumados. Mais importante: exigia-se que se dirigissem aos agentes penitenciários com respeito: *sim, senhor, posso coçar minhas bolas, senhor?*

Maduro olhou para Will, esperando que lhe dissessem o que fazer.

Will cruzou os braços diante do peito e deixou Faith tomar a liderança, porque esses caras eram suspeitos de assassinato. Não podiam escolher quem os interrogaria.

— Sente-se — ordenou Faith, e comparou o cartão de identificação e a foto do prisioneiro com a informação na pasta. — Hector Louis Maduro. Servindo quatro anos por uma série de invasões de propriedade. Com risco de mais 18 meses por participar da rebelião. Foi aconselhado sobre seus direitos?

— *Español.* — O homem recostou-se pesadamente na cadeira. — *Tengo derecho legal a un traductor. O te podrías sacar la camisa y te chupo esas tetas grandes.*

O pai de Emma era da segunda geração de americanos em uma família mexicana alocada nos EUA. Faith aprendera espanhol para poder irritá-lo em dois idiomas.

— *Yo puedo traducir por ti y puedes hacerte una paja con esa verguita de nada cuando vuelvas a tu celda, pendejo de mierda.*

Maduro arqueou as sobrancelhas.

— Caramba, branquela, não sabia que ensinavam essas sujeiras na escola das riquinhas.

Faith foi direto ao ponto.

— Você era associado conhecido de Jesus Vasquez.

— Olha... — Maduro se inclinou para a frente, as mãos agarrando a beirada da mesa. — Tem um monte de prisioneiros aqui que vão dizer que são inocentes, mas eu não sou inocente, está bem? Cometi os roubos pelos quais fui condenado. Mas vou falar uma coisa: já vi um monte de injustiças aqui nesta instituição. Tanto da equipe com os prisioneiros, quanto dos prisioneiros com outros prisioneiros. E tenho que avisar que sou cristão. Para mim, o certo é o certo e o errado é o errado. Então, quando eu digo que os prisioneiros estavam juntos por um propósito comum, para garantir os direitos humanos de…

— Vou interromper essa sua palestrinha — disse Faith. — Você conhecia Jesus Vasquez?

Maduro olhou dela para Will, ansioso.

Will manteve uma expressão neutra. Aprendera que em interrogatórios o silêncio servia como um quebra-gelo eficaz.

Faith continuou:

— Você já foi pego com celulares. Tem duas advertências na ficha por discutir com…

Nick entrou na sala como um raio. Claramente, estivera correndo. O suor escorria pelas costeletas. Segurava uma folha de papel amassada no punho fechado. Ele se virou para Maduro, mandando:

— Cai fora, prisioneiro.

Faith olhou para Will, sem entender. Will deu de ombros. Nick era agente havia vinte anos. Tinha visto de tudo, do odioso ao idiota. Se algo o deixara abatido, melhor que todos soubessem.

— Anda. — Nick empurrou Maduro na direção do agente no corredor. — Quero todos de volta às celas.

A porta foi fechada. Nick não falou, apenas abriu o bilhete em cima da mesa. O suor pingou no papel. Ele estava ofegante.

Faith olhou outra vez para Will, sem entender.

Ele deu de ombros, como fizera cinco segundos antes.

Faith abriu a boca para tentar arrancar alguma informação de Nick, mas ele começou a falar antes:

— Um detento chamado Daryl Nesbitt me passou este bilhete. Quer negociar. Diz que sabe quem matou Vasquez e como estão conseguindo os telefones.

Desta vez, foi Will que olhou para Faith, sem entender. Era um acontecimento extremamente positivo. Por que Nick parecia tão surtado?

Faith teve a presença de espírito de perguntar:

— O que mais o bilhete dizia?

Nick não falou, o que era ainda mais estranho. Em vez disso, deslizou o papel na direção de Faith.

Ela estudou as palavras, recitando as partes importantes.

— Quer fazer uma troca. Sabe onde os telefones estão sendo escondidos…

Nick interrompeu:

— Terceiro parágrafo.

Faith leu:

— Sou vítima de uma conspiração da polícia de uma cidade pequena para me colocar na prisão pelo resto da vida por um crime que não cometi.

Will não examinou a carta por cima do ombro dela, apenas observou o rosto de Nick. Era o retrato de um homem em conflito. A única coisa de que Nick parecia certo era que não ia olhar para Will.

Faith continuou:

— Aquele condado de merda era uma panela de pressão. Uma universitária branca foi atacada. O campus estava em alerta. Mulher alguma se sentia segura. O chefe tinha que prender alguém, qualquer um, ou ia perder o emprego. Inventou um motivo para vir atrás de mim.

Faith se virou para Will. Claramente tinha lido mais à frente e não gostava de onde aquilo estava indo.

Will manteve o foco em Nick, que, de repente, foi consumido pelo desejo de limpar as manchas das pontas ornamentadas de metal de suas botas azuis de caubói. Will o observou tirar um lenço do bolso, depois se inclinar e polir a prata como um engraxate.

Faith continuou lendo:

— Sou inocente. Não estaria aqui se não fosse por aquele policial corrupto e seu departamento mais corrupto ainda. Todos em Grant County acreditavam nas mentiras daquele chefe de merda.

Faith leu mais, mas Will tinha ouvido tudo o que precisava.

Universidade. Grant County. O chefe.

Nesbitt estava falando de Jeffrey Tolliver.

CAPÍTULO DOIS

F AITH TEVE QUE USAR o banheiro masculino, porque o único feminino ficava na ala de visitas, uma caminhada de dez minutos. Ela lavou as mãos na pia asquerosa, jogou água fria no rosto... Apenas uma boa esfregada com bucha de aço tiraria o limo de prisão de seus poros.

Mesmo dentro do prédio administrativo, o ar era pesado, cheio de desespero. Dava para ouvir gritos vindos da ala de segregação. Choros. Uivos. Apelos. Sua pele formigava, contendo a reação de fuga ou luta. E o corpo estava em fuga desde o momento em que passara pelos portões. O trabalho a fazia passar a maior parte dos dias sendo a única mulher do lugar, mas ser a única mulher numa prisão masculina era outro papo. Não podia se afastar muito dos homens que sabia que eram bacanas. E por bacanas estava se referindo aos homens que não iam estuprá-la.

Sacudiu as mãos para tirar a água, deixando o medo de lado. Precisava concentrar todo o seu poder cerebral em quebrar Daryl Nesbitt, porque não ia explodir a vida de Sara só por uma jogada de um condenado sórdido querendo chamar atenção.

Faith abriu a porta. Nick e Will estavam de cara fechada. Reparou que os dois não tinham se falado — afinal, por que falar, quando podiam remoer em silêncio?

Teve que se pronunciar:

— Esse escroto desse Nesbitt deve estar falando merda, né? Ele é um criminoso. Nunca é culpa deles. Sempre são inocentes. Os policiais sempre são corruptos. Foda-se a autoridade, não acham?

Nick meio que assentiu, mas não com muita força de vontade.

Will olhou feio para ela.

— O que você sabe sobre Nesbitt? — perguntou Faith a Nick.

— Sei que é um pedófilo condenado, mas não examinei a pasta dele a fundo.

Examinar a pasta de Daryl Nesbitt teria sido o primeiro ato de Faith, antes de sair correndo como uma galinha sem cabeça.

Por isso, teve que perguntar:

— Por quê?

Faith notou que o maxilar de Nick tremia. Era por isso que Will estava parecendo tão furioso. Nick não estaria tão abalado se realmente acreditasse que Daryl Nesbitt estava mentindo. Não teria invadido a sala de interrogatórios. Não estaria com aquela cor de água de cachorro-quente. Cada ação de Nick até aquele momento era um neon gigante piscando uma flecha apontada para uma placa de *PODE SER VERDADE.*

— Vamos acabar logo com isso.

Faith seguiu pelo corredor. Não se deu ao trabalho de conferir com Will o que ele queria fazer; o parceiro não estava ansioso para uma conversa cheia de sentimentos com Nick. Com base em experiências passadas, ela conseguia imaginar o que estava passando pela cabeça dele. Will estava tentando descobrir como esconder aquilo tudo de Sara.

E achava ótima essa conspiração do silêncio. Pelo amor de Deus, Sara presenciara a morte do marido cinco anos antes. Tinha conseguido se arrastar para fora do luto, atravessando as chamas do inferno. Finalmente estava feliz com Will. Os dois, provavelmente, iam se casar, se ele um dia criasse coragem para pedir. Não havia motivo para contar sobre Daryl Nesbitt. A não ser que houvesse algo para contar — e *quando* houvesse…

Faith virou à esquerda no último escritório no fim do corredor.

Nesbitt estava sentado numa cadeira, junto à mesa dobrável. Era caucasiano, com 30 e poucos anos, o cabelo castanho já com fios grisalhos, os óculos colados no meio com fita adesiva. Não estava preso. Sem algemas, sem correntes. O homem não tinha a metade de baixo de uma perna, e uma prótese abaixo do joelho estava apoiada na parede junto de uma bengala de metal. Ele parecia um maconheiro que sonhava em virar estrela do skate, mas acabou preso por roubar um Dunkin' Donuts. Recortes de jornais estavam arrumados em pilhas organizadas na mesa à frente dele.

Nick fez as apresentações.

— Daryl Nesbitt, agentes especiais Trent e Mitchell.

Nesbitt foi direto ao assunto.

— Esta aqui. — O homem pousou o dedo numa pilha de reportagens. — Ela tinha 22 anos. — Ele apontou para outra pilha. — Essa daqui tinha 19.

Faith sentou-se na única cadeira da sala, de frente para Nesbitt, que estava do outro lado da mesa. O homem cheirava a deterioração, mas talvez ela estivesse apenas sentindo seu próprio cheiro. As roupas e o cabelo tinham absorvido o odor do refeitório. O escritório era pequeno, pouco maior que uma das celas. Nick assumiu seu lugar diretamente atrás do prisioneiro. Apoiou as costas contra a parede. Will ficou na porta, logo atrás de Faith.

Ela deixou o silêncio se estender, para Nesbitt saber quem mandava. Fez questão de não baixar o olhar para os recortes de jornal; já vira o suficiente para saber o básico. Eram dez pilhas, cada uma com talvez cinco ou seis reportagens. Duas das pilhas pareciam recentes, as outras oito tinham amarelado com o tempo. Uma continha reportagens quase completamente desbotadas. As palavras em cinza eram como fantasmas espalhadas pelas páginas. Ela viu um logo do *Grant Observer*. Nick não tinha dito nada sobre as reportagens. Mas ele também não estava dizendo muito sobre o que quer que fosse.

Nesbitt insistiu para Faith:

— Se você ler…

— Espere um pouco. — Ela acrescentou um tom formal à entrevista, e continuou: — Você está sob custódia, mas ainda tem o direito de ficar em…

— Abro mão de meus direitos. — Nesbitt ergueu os braços, as mãos espalmadas, em rendição. — Estou aqui para negociar uma troca. Não tenho nada a esconder.

Faith duvidava muito disso. Se tivesse visto Nesbitt na rua, tacharia o homem como criminoso na hora. O olhar inexpressivo. Os ombros caídos, numa postura abalada e cheia de raiva. Se ele não estava escondendo algo, Faith estava na profissão errada.

Ela leu algumas das manchetes da primeira pilha de recortes.

— "Corpo de adolescente encontrado em bosque." "Estudante declarada desaparecida." "Mãe implora à polícia para buscar filha desaparecida."

Ela folheou as outras pilhas. Mais do mesmo, todos em ordem reversa, de modo que começavam com um corpo sendo encontrado e terminavam com uma mulher que não tinha aparecido no trabalho, na aula ou num jantar de família. Outra pessoa coletara essas reportagens para Nesbitt, já que não havia jornais na prisão. Os artigos deviam ter sido enviados pelo correio. E como eram de jornais impressos, Faith supunha que a mãe ou uma familiar idosa tivesse feito as honras.

Ela conferiu as datas acima das manchetes. Os recortes de Grant County eram todos de oito anos atrás. Os outros se espalhavam ao longo dos anos até hoje.

— Essas histórias não são muito atuais.

— Minha pesquisa é limitada pelas circunstâncias. — Nesbitt indicou os dois casos mais recentes. — Neste, a mulher desapareceu há três meses. O corpo foi encontrado no mês passado. Este aqui foi encontrado ontem de manhã. Ontem de manhã!

O homem elevara um pouco a voz na última frase. Faith permitiu que alguns segundos passassem antes de responder, deixando claro que gritos não seriam tolerados.

— Como você ficou sabendo que um corpo foi encontrado se está em confinamento desde a rebelião?

Nesbitt abriu a boca, depois fechou depressa. Ele deve ter tido acesso a um smartphone.

— O nome da mulher é Alexandra McAllister. Dois homens encontraram o corpo em uma trilha.

Faith queria ver como Will estava. Olhou por cima do ombro, dizendo a ele o nome da cidade onde o corpo tinha sido encontrado:

— Sautee Nacoochee.

Ele assentiu, mas a atenção estava focada no rosto de Nesbitt. Will era bom em identificar mentirosos. A julgar pela expressão, não estava olhando para um.

Faith passou os olhos pela reportagem de oito dias atrás sobre o desaparecimento de Alexandra McAllister. A mulher tinha saído para caminhar e não voltara. A busca se iniciara por causa do clima inclemente. Sautee ficava em White County, o que significava que o departamento do xerife estava cuidando da investigação. Faith assistira a uma notícia sobre o corpo da mulher que foi encontrado no bosque. A repórter tinha dito que não havia suspeita de crime.

— Quem manda essas coisas para você? — perguntou.

— Um amigo, mas isso não importa. Tenho informações valiosas para oferecer. — Nesbitt uniu as duas mãos diante do corpo. As unhas estavam contornadas de preto, como mofo no rejunte dos azulejos de um banheiro. — Eu sei quem matou Jesus Vasquez.

— A gente, provavelmente, descobre isso até o fim do dia — blefou Faith, mas não era um blefe muito absurdo. Tinha bastante certeza, depois de examinar as pastas dos 18 prisioneiros, que estavam perto de pegar os caras. — Um *passe livre* da prisão custa bem caro.

— Posso poupar seu tempo. Só estou pedindo uma investigação justa.

O homem estava deixando alguma coisa de fora. Claro. Era como os presos sempre deixavam o *feliz* de fora, quando ligavam para desejar à mãe um *feliz* aniversário.

— Investigue isso. — Nesbitt indicou as reportagens de novo. — Vocês podem ser os policiais que prenderam um assassino em série. Todas essas mulheres foram levadas depois de eu ser preso. Esse é o cara que vocês querem. Não eu. Eu sou inocente.

— Nossa, então você é diferente de todos os outros prisioneiros dentro destas paredes.

— Você não está me escutando, caramba!

A voz de Nesbitt saiu alta o bastante para ecoar na sala atulhada. Ele cerrou os dentes, segurando uma explosão de palavras. Estava preso havia tempo o suficiente para ter aprendido que a raiva não lhe ajudaria a conseguir o que queria. Mas também tinha sido preso — ou seja, autocontrole não era uma de suas maiores qualidades.

— Olha, eu não devia estar nesta instituição — insistiu ele. — Eu só estava no lugar errado, na hora errada. A polícia local me prendeu porque uma universitária jovem e branca tinha sido morta, e tinham que culpar alguém. Foi claramente pelo meu perfil.

— Estatisticamente, mulheres brancas têm mais chance de serem assassinadas por homens brancos — comentou Faith.

— Não é desse tipo de perfil que estou falando! — As barragens do temperamento de Nesbitt, finalmente, tinham se rompido. — Por que não está me ouvindo, sua vagabunda?

Faith sentiu Will ficar tenso atrás dela, como uma cascavel se preparando para o bote.

Nick tinha se afastado da parede.

Nesbitt estava cercado, mas ainda mantinha as mãos cerradas. A bunda mal tocava a cadeira. Faith pensou em todos os lugares em que o homem poderia socá-la antes de Will e Nick o conterem. Aí, baniu esses pensamentos, porque tinha um trabalho a fazer. Dissera a Will que prisioneiros eram como crianças pequenas. E, se havia algo que ela sabia, era como lidar com uma criança mimada.

— Tempo! — Faith fez um T com as mãos. — Nesbitt, se vamos continuar conversando, você vai ter que fazer algo por mim.

Ele continuava furioso, mas de ouvidos atentos.

— Respire fundo e inspire lentamente.

Ele pareceu confuso, o que era a ideia.

— Cinco vezes. Vamos, eu faço junto. — Faith puxou o ar para inspirá-lo a começar. — Inspire e expire.

Nesbitt finalmente aceitou, o peito subindo e descendo uma, duas vezes... por fim, a fúria começou a drenar de seus olhos.

Faith silenciou a quinta respiração, sentindo seus próprios batimentos cardíacos começarem a desacelerar.

— Ok, explique seu caso para mim. Por que levou isto ao agente Sheldon, e não ao diretor?

— O diretor é um merdinha de pau mole. Eu *conheço* a lei. A AIG é a encarregada de investigar policiais corruptos. — Nesbitt praticamente cuspiu as palavras, mas estava empenhado em forçar alguma calma ao tom de voz. — Eu sou vítima de corrupção policial. Fui escolhido porque sou pobre. Porque já tinha ficha. Porque passava tempo demais com meninas.

Meninas.

— Quantos anos tinham essas jovens?

— Não é isso que importa. Meu Deus.

O punho de Nesbitt pairou acima da mesa. Ele percebeu e se conteve antes de socar o tampo. Sem que Faith pedisse, o homem respirou fundo mais uma vez e soltou o ar com um silvo por entre os dentes. O hálito dele era nojento. Faith notou que a pele também estava viscosa.

Olhou por cima do ombro de Nesbitt. Nick tinha colocado os óculos para poder ler a parte de Grant County. Oito anos parecia uma vida. O jornal era tão velho que era preciso segurar o artigo com as duas mãos para não rasgar. Dava para ver no rosto dele que cada palavra era como um soco no estômago.

— Como eu disse, já praticamente descobrimos a situação de Vasquez. E, se escolhermos investigar esses casos, você já nos deu as reportagens, então realmente não... — começou Faith.

— Espera! — Nesbitt fez menção de segurar a mão dela, mas se conteve. — Só espera, tá? Eu tenho mais.

Faith deixou a mão esquerda sobre a mesa, mesmo que o instinto tivesse sido recolhê-la. Ela olhou para o relógio de pulso.

— Você tem um minuto.

— Vasquez foi morto por causa da rede de distribuição. — Nesbitt lambeu os lábios, ansioso por uma reação. — Posso dizer como estão trazendo os telefones. Onde estão guardando eles. Como o dinheiro funciona. Não vou testemunhar, mas posso colocar vocês onde os caras vão estar quando os telefones entrarem.

Faith se sentiu obrigada a apontar o óbvio:

— Nós mesmos podemos quebrar a rede de distribuição. Fizemos isso há quatro anos. Quase cinquenta agentes penitenciários estão atrás das grades por causa disso.

— Você tem mais um ano para iniciar uma investigação? — retrucou Nesbitt. — A AIG quer desperdiçar todo esse tempo, dinheiro e recursos e ainda chamar o FBI, o Departamento de Narcóticos e o escritório do xerife? Colocar agentes disfarçados e trabalhar em mais uma batida que gaste milhões de dólares e acabe envergonhando a reputação já manchada de vocês diante do público, vendo todos aqueles policiais corruptos sendo julgados cada vez que ligam a televisão?

O cara tinha feito a lição. Dinheiro. Agências federais. Humilhação pública. Não havia uma única parte do que ele dissera que não colocava medo no coração de cada policial com uma patente acima de sargento.

— Posso dar os contrabandos de telefone de bandeja — disse Nesbitt. — Dou uma semana para vocês investigarem esses casos nos jornais. Uma semana, em vez de uma investigação de um ano. E você ainda vai prender um assassino em série. Só precisa...

— Pare com essa merda!

Sem aviso, Nick arrastou a cadeira de Nesbitt para trás e bateu-a com força contra a parede.

Faith ficou tão chocada que se levantou, a mão indo direto para o cinto. Mas a arma estava num armário ao lado do detector de metais.

— Afaste-se do...

— Seu estuprador de crianças nojento! — Nick agarrou a camiseta de Nesbitt e o puxou para ficar de pé. — Você sabe que não vai sair daqui! Sua própria reportagem diz que a condenação foi mantida duas vezes. Ninguém acreditou nas suas merdas. Nem o júri. Nem o tribunal de apelações. Nem o tribunal superior estadual.

— E daí? — retrucou Nesbitt, gritando. — Sandra Bland está morta! John Hinckley é um homem livre! OJ está jogando golfe na Flórida! Você está me dizendo que nosso sistema é justo?

Nick estava com o rosto tão colado ao dele que os narizes quase se encostavam. O policial preparou o punho, antes de grunhir:

— Estou mandando calar a porra da boca para eu não te dar uma puta surra.

Will pousou a mão no ombro de Nick. Faith não tinha visto o parceiro se mexer, mas, de repente, ele estava lá. Notou que ele flexionava os dedos, o que lembrou um pouco o tapinha de Nick em suas costas, ainda na sala de interrogatório.

Faith pensava em todas as formas de como aquilo poderia ir de mal a pior quando o clima na sala mudou.

Nick se virou bem devagar e encarou Will. Os olhos enlouquecidos em um momento e, de repente, calmos. Os músculos, que estavam tão tensos, relaxaram. Os punhos se abriram. Ele deu um passo para trás.

— Jesus! — Nesbitt pulou numa perna só, tentando se afastar um pouco.

Will endireitou a cadeira e ajudou o prisioneiro a se sentar de novo.

Faith rezou para que Nick saísse logo dali, mas o homem reassumiu o posto atrás do prisioneiro, as mãos enfiadas nos bolsos da frente do jeans.

— Babaca — resmungou Nesbitt, ajeitando a camiseta amassada, visivelmente abalado.

Faith também se sentia estremecida. Não era assim que a polícia fazia as coisas. Nunca tinha visto Nick explodir daquele jeito — e nunca mais queria ver.

— Muito bem — começou Faith, mal conseguindo ouvir a própria voz por cima da batida de seu coração acelerado. Precisava colocar a entrevista de volta nos trilhos, sobretudo porque não queria ser chamada para testemunhar se algum promotor acusasse Nick de abuso de autoridade. — Nesbitt, eu estou prestando atenção. Conte sobre as reportagens. O que estamos procurando?

O prisioneiro limpou a boca com as mãos.

— Você vai deixar ele se safar disso?

— Se safar de quê? — Faith balançou a cabeça, fingindo descrença, tornando-se o tipo de policial mais merda que havia no mundo. — Eu não vi nada.

Não precisava olhar para Will para saber que ele também estava balançando a cabeça.

— Nesbitt — continuou —, este é o seu momento. Ou você começa a falar, ou vamos embora.

— Armaram pra mim. — Ele limpou a boca de novo. — Juro por Deus. Fui incriminado.

— Está bem. — Faith sentia um rio de suor escorrendo pelas costas. Precisava fazer aquele homem sentir que estava sendo ouvido. — Quem o incriminou? Me conte.

— Foram aqueles policiais de cidadezinha, entende? Eles controlavam tudo o que acontecia no condado. O promotor, o juiz, o júri… Todos compraram a babaquice daquele caubói arrogante.

Ele se virou, garantindo que todos soubessem de que tipo de babaquice de caubói ele estava falando.

— Cuidado, filho — alertou Nick, a voz muito séria. — Você não quer deixar escapar algo que não possa trancar de volta.

A raiva de Nesbitt dera lugar ao desespero.

— Seu caipira filho da puta idiota, o que você acha que eu tenho a perder?

Faith achou que Nick fosse fazer mais alguma idiotice, mas ele só empinou o nariz e encarou o corredor lá fora.

Ela examinou o rosto de Nesbitt. Círculos roxos ao redor dos olhos. Rugas profundas crispando a testa. Parecia um velho. A vida lá dentro envelhecia qualquer um, mas a vida lá dentro com uma deficiência física devia ser outro círculo do inferno.

Durante aquele silêncio, batucou os dedos na mesa. Então perguntou a Nesbitt:

— Como você sabe do esquema de celulares do Vasquez?

— Trabalho como zelador deste lugar há seis anos. Ninguém me vê, então eu vejo todo mundo. — Nesbitt contou nos dedos. — Posso dar os nomes dos dois homens que mataram Vasquez. Posso dizer quem está trazendo os celulares. E posso dizer como estão fazendo. Posso dizer onde os celulares estão escondidos agora mesmo. Acha que o diretor encontrou todos os telefones que tem aqui? Não dá nem pra cagar aqui sem sair uma merda de um celular.

Faith examinou as reportagens de Grant County, que confirmaram o que Nick dissera.

— Você já perdeu duas apelações. Sabe que juízes não gostam de admitir que outros juízes estão errados. Como uma investigação poderia ser benéfica à sua situação?

— Vai beneficiar todo mundo. Estamos falando de policiais corruptos. Que prenderam o cara errado. Fui incriminado, e vão deixar o verdadeiro assassino escapar. A sujeira começou em Grant County, mas se espalhou pelo estado, e essas outras mulheres morreram por causa disso. — Nesbitt se recostou, mantendo uma expressão arrogante. Sentia a maré virando. — Ficaremos mais uma semana em confinamento. Como eu disse, dou esse tempo para vocês investigarem.

— Precisamos de uma amostra — argumentou Faith. — Para provar que você pode mesmo entregar o que está oferecendo.

— Conto um dos esconderijos quando tiver certeza de que vocês estão investigando os casos a sério.

— Defina isso — pediu Faith. — O que é "investigar a sério" para você?

A expressão arrogante se acentuou.

— Eu vou saber.

Faith ainda batucava a mesa com os dedos conforme tentava chegar ao fim desse jogo.

— Hipoteticamente, digamos que a gente encontre provas de que a polícia agiu de forma inapropriada. Mesmo assim, não há garantias de que você vá sair daqui.

Nesbitt confirmou uma de suas suspeitas:

— Fora me tirar deste inferno, a segunda melhor opção seria colocar aqueles canalhas corruptos aqui comigo.

— Olha, sinto em ter de contar — começou Faith —, mas Jeffrey Tolliver morreu há cinco anos.

— E você acha que eu não sei? A porra do condado inteiro ficou de luto. Tem uma merda de uma placa no meio da rua principal, como se ele tivesse sido um herói ou coisa do tipo. Mas estou dizendo, o cara era uma cobra. — O detento estava ficando agitado de novo, desta vez se enchendo de uma indignação justiceira. — Tolliver era só o líder da gangue. Ele ensinou todo mundo a como se safar infringindo a lei, e continuam fazendo isso. Quero que arranquem aquela merda daquela placa. Quero cagar no nome dele e depois tacar fogo.

Faith precisava encerrar aquela conversa antes que Nick pirasse de novo, então se virou para Nesbitt:

— A verdade é que não importa se o que você diz é ou não fato, o estado não vai gastar recursos com vingança. A gente investiga crimes. Constrói casos. Não temos como acusar gente mortas.

— Esta escrota aqui é outra policial suja e vai dedurar Tolliver no instante em que vir as algemas.

Nesbitt colocou o dedo numa das reportagens de Grant County: INVESTIGADORA É CHAMADA PARA DEPOIMENTO.

— Ela ainda é policial — explicou o prisioneiro. — Continua fazendo as sujeiras que aprendeu com Tolliver, destruindo tudo que toca. Pegar policiais corruptos é seu trabalho, sim. E, se capturar essa aqui, garanto que ela arrasta Tolliver e todo mundo junto.

Mesmo sem olhar os artigos, o *ela* restringia bastante as possibilidades. Grant County só teve uma investigadora em toda a sua história. Lena Adams tinha sido recrutada logo que saíra da academia, e todo o potencial precoce se dissolvera num fosso de atalhos preguiçosos e truques sujos.

Faith sabia disso porque Lena já tinha sido investigada pela AIG. Will tinha sido o agente responsável. Sara quase o largou quando descobriu, e tinha bons motivos. Nesbitt não estava errado sobre Lena Adams destruir tudo o que tocava.

Era por culpa dela que Jeffrey Tolliver tinha sido assassinado.

Faith apoiou a cabeça nas mãos enquanto lia a pasta inteira de Daryl Eric Nesbitt. O arquivo era tão grosso quanto a Bíblia, quase todo preenchido com anotações de tratamentos relacionados à amputação. Ela sentiu o jargão médico impenetrável passar como um borrão. As costas doíam. Estava mais se equilibrando do que sentada naquilo que a capela da prisão chamava de banco. Ergueu o olhar para conferir como estava o parceiro. Will estava, como sempre, apoiado numa parede, ouvindo tudo, mesmo sem escutar. Nick detalhava para Amanda o que tinham ouvido de Nesbitt no escritório apinhado e por que tinham esperado até agora para contar a ela.

Não sabia se ele ia contar da parte em que pusera as mãos no prisioneiro, mas Nick parecia mais focado no comportamento arrogante de Nesbitt. À noite, quando estivesse tentando dormir, Faith ia repassar cada segundo da entrevista e se repreender por ter protegido Nick. Tinha sido instintivo, visceral, como vomitar depois de comer algo estragado.

E o pior era que sabia que faria o mesmo da próxima vez.

Faith piscou, desanuviando o olhar, ignorando o grunhido baixo das perguntas afiadas de Amanda. Olhou pelo cômodo, arrumado para receber todas as crenças, com Jesus de todas as cores e um escorredor de metal, que supôs que fosse para os pastafarianistas — depois de vários processos, a religião satírica criada para protestar contra o ensino religioso em escolas públicas tinha sido legalmente reconhecida pelo estado. O púlpito tinha sido grafitado e rabiscado. Adesivos coloridos davam um efeito de vitral à única nesga de janela. O quartinho úmido era deprimente o bastante para transformar até o Papa em ateu.

— Senhora — disse Nick, claramente tentando se conter —, Tolliver era um policial dos bons. Você sabe disso. Ele era um dos melhores policiais, um dos melhores homens na droga do estado. Deixei minha vida nas mãos dele mais de uma vez. E, se ainda estivesse aqui conosco, colocaria de novo sem o menor problema. Ah, eu até trocaria de lugar com ele agora mesmo se eu pudesse.

Faith conferiu mais uma vez como Will estava. Competir com um fantasma já era difícil o bastante; ouvir Jeffrey ser colocado no mesmo patamar dos santos devia ser insuportável.

— Não tem como separar uma coisa da outra? — perguntou Amanda. — Jogar Adams no fogo, mas deixar Tolliver de fora?

Nick fez que não.

Faith também.

Daryl Nesbitt parecia determinado a jogar o nome de Jeffrey na lama junto com o de Lena. E isso era um talento particular daquela escrota: Lena sempre levava as pessoas ao redor.

— Está bem. — Amanda assentiu. — Nesbitt está oferecendo duas coisas. A primeira é os nomes dos assassinos de Vasquez. A segunda é a informação sobre o influxo de celulares nesta instalação. Em troca, acionou um cronômetro de uma semana para abrirmos os casos das mulheres mortas dessas reportagens e investigarmos Grant County. É isso?

— É isso — confirmou Nick.

Faith fez que sim com a cabeça.

Will continuou encarando a parede.

— Então vamos começar com o assassinato de Vasquez — definiu Amanda. — Dois suspeitos: Maduro e quem mais?

— Minha aposta é Michael Padilla — sugeriu Nick. — É um quebra-ossos meio psicótico. Foi transferido de Gwinnett pra cá depois de morder o dedo de outro prisioneiro.

Faith reconheceu o nome da pilha de pastas que examinara.

— Não acho exagero pensar que uma pessoa que arranca o dedo de outra com uma mordida acabaria cortando a mão de alguém.

— Nick, veja se consegue fazer Maduro se virar contra Padilla — orientou Amanda. — Se conseguirmos desvendar o assassinato de Vasquez, talvez dê para cortar as pernas de Nesbitt.

Faith sentiu uma onda de choque. A chefe não sabia da prótese de Nesbitt, e ela não conseguia pensar em como mencionar isso agora.

Amanda virou-se para Nick.

— Não quero nada disso chegando no ouvido de Sara. Entendido?

— Sim, senhora. — Nick ostentava um sorrisinho.

Na saída da capela, Nick deu um tapa no ombro de Will.

Faith não sabia se o gesto representava um oferecimento de apoio, um agradecimento por intervir junto a Nesbitt ou se era apenas alguma espécie de aviso. O mínimo que podia fazer era garantir que dissesse o nome de Jeffrey Tolliver o mínimo possível.

Amanda virou-se para ela.

— Faith, resuma pra mim.

— Ok, é aqui que a coisa fica complicada. Grant County nunca acusou Nesbitt de homicídio.

A vice-diretora levantou a sobrancelha.

— Não?

— A investigação tecnicamente ainda está aberta e é considerada não resolvida. Muitas evidências circunstanciais levaram os investigadores a pressupor que Nick era o assassino. O que mais pesou foi que as coisas ruins pararam de acontecer quando Nesbitt foi preso.

— O Caso Wayne Williams.

— Correto. Nesbitt foi preso e condenado por crimes não relacionados descobertos durante a investigação de assassinado, mas pressupõe-se que tenha cometido os delitos subjacentes. Se eu tivesse que usar um clichê ruim — acrescentou Faith —, diria que Nesbitt está jogando xadrez, em vez de damas. Acha que ser inocentado do assassinato vai abrir uma possibilidade para seu próximo movimento, que seria derrubar as outras acusações.

— Que seriam?

— Inicialmente, Grant County o pegou com uma cacetada de pornô infantil no laptop. Estamos falando de pré-adolescentes, de 8 a 11 anos. — Faith evitou pensar nos próprios filhos. — Nesbitt foi condenado a cinco anos com possível condicional depois de três, mas nunca chegou a isso. O idiota é ótimo em se ferrar sozinho e começou a criar problemas no minuto em que passou pelos portões. Muitas brigas, posse de contrabando, roubou coisas das pessoas erradas… Até que, finalmente, deu na cabeça de um agente penitenciário. O cara ficou em coma e só acordou duas semanas depois. Nesbitt teve dois anos adicionados à sentença inicial por tentativa de homicídio de um agente.

— Ele pegou uma sentença típica de Buck Rogers — disse Amanda, usando uma gíria tão antiga que parecia fantasia. — Nesbitt não tem muito a perder e tem o histórico de criar problemas. Qual é a sua impressão? Ele acha mesmo que vai sair andando?

— Ele tem uma perna amputada logo abaixo do joelho.

— Isso muda a resposta?

— Não. — Faith tentou se colocar no lugar de Nesbitt. — Ele está preso por causa do ataque ao agente, e isso não vai mudar, não importa o que aconteça com o caso original. Não tem conexão de causa entre a suposta violação constitucional e os atos contra o guarda. Mas é aí que entram os movimentos de xadrez... Se tirarmos a nuvem negra sobre a cabeça de Nesbitt, a que veio com a história da investigação de Grant County... Bem, se ele conseguir tirar o pornô infantil da ficha, sai da custódia protetora. Com isso, pode pedir transferência. Sim, a tentativa de assassinato ao guarda vai pesar, mas dá para imaginar um cenário em que ele argumente perda de capacidade por conta da deficiência. O que pode garantir a passagem para uma instalação de segurança mínima, que é um clube de campo comparado com onde ele está agora.

— Você acha que ele está jogando com a gente para conseguir acomodações melhores?

— Ele *com certeza* está jogando com a gente. É o que os criminosos fazem. Nesbitt não faria isso se não estivesse pensando em pelo menos vinte movimentos possíveis. Meu instinto diz que a vingança contra Grant County é a motivação primária, mas ele pode conseguir vários outros benefícios, se reabrirmos o caso original. Coisas como atenção, tratamento especial, viagens à delegacia, ao tribunal...

— E você, Will? — perguntou Amanda. — Algo a acrescentar?

— Não.

A chefe se voltou outra vez para Faith.

— Fale das petições de Nesbitt para recursos pós-julgamento.

— Ele entrou com recurso na condenação por pornografia infantil em duas instâncias separadas. — Faith consultou as notas para garantir que a informação saísse certa. — Primeiro, alegou que a busca inicial em sua casa, que revelou o conteúdo do disco rígido, teria sido propositadamente adulterada. A polícia não tinha mandato nem justificativa para entrar; nada o apontava como suspeito.

— E a segunda?

— Mesmo que a polícia tivesse motivo para entrar, estaria limitada a procurar um suspeito, uma arma ou um possível refém, não um arquivo de computador. Os investigadores não tinham mandato para acessar o computador.

Amanda ergueu outra vez a sobrancelha. Os passos dos advogados de Nesbitt estavam em terreno firme.

— E?

Faith sentiu as bochechas vermelhas. Will começou a prestar muita atenção — o maldito tinha um sexto sentido para saber quando as coisas iam ficar sérias.

— No julgamento, uma das investigadoras testemunhou que estava procurando armas nas gavetas da escrivaninha quando esbarrou no laptop. A tela se acendeu, e ela viu as imagens de pornografia infantil. Com isso, Nesbitt acabou acusado de posse de imagens ilegais.

— Essa foi Lena Adams.

O nojo na voz de Amanda dizia tudo: ninguém acreditava naquela mulher. Por isso Nick tinha ficado tão irritado interrogando Nesbitt. Na opinião de Faith, não dava para acreditar em Lena Adams nem se ela jurasse sobre uma pilha de Bíblias que o sol nascia no leste.

Faith não conseguia conter o impulso de afirmar o óbvio.

— Se houver uma investigação e descobrirmos que Lena mentiu sobre como encontrou as fotografias no computador de Nesbitt, todos os casos em que ela já trabalhou vão ser postos sob o microscópio. E Nesbitt vai ter um excelente argumento para tirar a acusação de posse de pornografia infantil da ficha. Em outras palavras, ajudaríamos um pedófilo.

— Você acabou de falar que ele continuaria na prisão.

— Mas em uma prisão *melhor*.

— Pensaremos nessa parte quando for a hora. — Amanda andava de um lado para o outro no espaço entre o púlpito e a parede, as mãos unidas sob o queixo. — Conte mais sobre as reportagens.

Faith queria insistir na questão de Nesbitt, mas Amanda estava certa.

— Todas as reportagens parecem ser do *Atlanta Journal-Constitution* — contou a investigadora. — Fora as de Grant County, que são do *Grant Observer*. Quando perguntei a Nesbitt como ele conseguia as reportagens, ele só disse que "um amigo" as enviava.

— Mãe? Pai?

— Segundo o arquivo, a mãe morreu de overdose quando ele era criança. Foi criado pelo padrasto, mas o cara está cumprindo pena na penitenciária de Atlanta há quase uma década. Os dois não trocam cartas nem falam ao telefone. Nesbitt não tem outros parentes conhecidos. Não recebeu visita desde que entrou no sistema. Não faz ligações nem manda e-mails. A não ser que esteja usando um celular contrabandeado, aí não temos como saber o que quer que seja.

— Vou solicitar a leitura da correspondência de Nesbitt. Tem uma estação central em que as correspondências de prisioneiros são escaneadas e conferidas para prevenir a troca de atividade criminosa. — Amanda digitou o pedido no celular enquanto perguntava para Faith: — Qual a importância do prazo de uma semana de Nesbitt? O que acontece daqui a uma semana?

— Acaba o confinamento na prisão. Talvez as informações sobre o contrabando não sejam mais tão relevantes depois que os prisioneiros estiverem fora das celas. Talvez ele leve uma surra quando descobrirem que anda falando com os policiais. — Faith deu de ombros. — Talvez ele esteja aqui há tempo o bastante para saber que a inércia é inimiga do progresso.

— Talvez. — Ela guardou o celular de volta no bolso. — Preciso me preocupar com o Nick?

Faith sentiu um aperto no estômago.

— Sempre é preciso se preocupar com alguém em algum momento.

— Obrigada, agente Biscoito da Sorte. — Ela bateu o indicador no pulso no ritmo do relógio, querendo acelerar a conversa. — Volte às reportagens.

— Oito possíveis vítimas no total. Isso sem incluir Grant County. — Faith olhou as anotações de novo. — Todas mulheres caucasianas entre 19 e 49 anos. Estudantes, funcionárias de escritórios, uma médica, uma professora de jardim de infância e uma técnica veterinária. Casadas. Divorciadas. Solteiras. As reportagens começam em Grant County, os outros casos se espalham pelos oito anos subsequentes e aconteceram em Pickens, Effingham, Appling, Taliaferro, Dougall e, se ele estiver certo sobre a mulher encontrada ontem, White County.

— Então alguém jogou dardos no estado. — Amanda se virou e andou de volta ao púlpito. — *Modus operandi?*

— Todas foram dadas como desaparecidas por amigos ou familiares. Foram encontradas entre oito dias e três meses depois, em geral, em áreas florestadas. Não escondidas, só jogadas no chão. Algumas estavam de costas. Outras, com o rosto para baixo, o corpo de lado. Várias tinham sido atacadas por animais selvagens, principalmente no norte. Todas as vítimas usavam as próprias roupas.

— Estupradas?

— As reportagens não dizem, mas, se estamos falando de assassinato, é mais do que provável também estarmos falando de estupro.

— Causa da morte?

Faith não precisou olhar as anotações, porque as mortes tinham sido classificadas da mesma forma.

— Os examinadores não notaram perversidade, então, temos: desconhecida, sem violência suspeita, desconhecida, indeterminada e por aí vai.

Amanda franziu o cenho, mas, claramente, não estava surpresa. Nos condados, apenas examinadores médicos tinham o poder de decretar oficialmente uma morte suspeita e exigir a autópsia de um médico legista profissional. Eram oficiais eleitos, que não precisavam ter licença médica para o trabalho. Só um examinador de condado na Geórgia era médico, os outros trabalhavam, com outras coisas, como diretores funerários ou professores, e havia uma cabeleireira, um proprietário de um lava-carros, um técnico de aquecedor e ar-condicionado, um mecânico de barco a motor e um dono de um estande de tiros.

— Algumas reportagens especulam sobre assassinato, mas nada concreto — continuou Faith. — Talvez os policiais locais tenham discordado do examinador e vazado informações para a imprensa, tentando abrir uma investigação. Eu teria que ir a cada condado pedir os arquivos do caso, depois precisaríamos entrevistar os investigadores e as testemunhas para descobrir se havia algum suspeito. São oito agências policiais locais diferentes com quem negociar.

Faith deixou subentendido o show de horrores que se seguiria. A AIG era uma agência estadual que atuava mais ou menos como o FBI a nível federal. Com exceções limitadas, não tinham jurisdição sobre casos locais, nem mesmo de homicídio. Não podiam entrar lá e assumir uma investigação; precisavam ser chamados pelo xerife, pelos promotores locais ou pelo governador.

— Posso conversar com algumas fontes por baixo dos panos — disse Amanda. — Conte mais sobre as vítimas. Loiras? Bonitas? Baixas? Gordas? Cantavam no coral? Tocavam flauta?

Ela estava buscando algum detalhe que ligasse todas.

— Só tenho acesso às fotos que acompanhavam as reportagens — explicou Faith. — Algumas loiras. Outras morenas. Algumas usavam óculos, outras não. Uma usava aparelho. Algumas tinham cabelo curto, outras, comprido.

— Então — resumiu Amanda —, tirando Grant County, temos oito mulheres diferentes de idades diferentes trabalhando em áreas diferentes e que não se pareciam em nada. E todas foram encontradas sem causa de morte discernível, em áreas diferentes de um estado em que milhares de casos de mulheres desaparecidas continuam abertos, num país em que cerca de trezentas mil mulheres e meninas são dadas como desaparecidas a cada ano.

— As árvores — interveio Will.

Amanda e Faith se viraram para encará-lo.

— É isso que conecta as vítimas — explicou ele. — Os corpos foram encontrados em áreas florestais.

— Dois terços do estado são cobertos por florestas. Seria difícil *não* deixar um corpo numa área florestal. O telefone toca sem parar durante a temporada de caça — argumentou Amanda.

— Temos que descobrir como elas morreram — disse Will. — Não foram assassinatos violentos e visíveis, e os corpos não foram exibidos da forma que se esperaria de um assassino em série. A morte era secundária ao estupro.

Faith tentou colocar a teoria dele em linguagem fácil.

— Você quer dizer que o cara não é um assassino em série, e sim um estuprador em série que mata as vítimas por medo de ser identificado?

Amanda interveio:

— Não vamos sair usando essa expressão *em série* sem pensar. Daryl Nesbitt é um pedófilo condenado que parece estar jogando com a gente. A única *série* por enquanto é a que passa na televisão.

Faith baixou o olhar para as anotações. Sabia que Amanda tinha razão, mas também era policial há tempo o bastante para confiar em seus instintos. Imaginou que, se pudesse dissecá-la, veria nela o mesmo tipo de formigamento que fazia seus ossos vibrarem.

Will perguntou:

— Sabe todos aqueles kits de estupro atrasados que estão finalmente sendo analisados?

— Claro — confirmou Amanda. — Fizemos dezenas de prisões com os resultados.

— Sara me contou sobre um artigo em um dos jornais dela — continuou Will. — Alguns alunos de pós-graduação encontraram o *modus operandi* dos agressores a partir dos casos resolvidos. Estamos falando do país inteiro. O que descobriram foi que, com algumas exceções, a maioria dos estupradores em série não se prende a uma só maneira de fazer as coisas. Eles, às vezes, são violentos e, às vezes, não. Às vezes levam a mulher para um segundo local e, às vezes, não. O mesmo cara pode usar uma faca uma vez e uma arma de fogo em outra, ou pode amarrar uma vítima com corda e usar braçadeiras de plástico na próxima. O *modus operandi* de um estuprador em série é o estupro.

Faith foi tomada por uma sensação avassaladora de futilidade. Toda aula para policiais ensinava a começar a investigar pelo *modus operandi*.

Amanda perguntou:

— E?

— Se todos os casos das reportagens de Nesbitt estiverem conectados, tentar ligar as vítimas pelos empregos ou hobbies não vai nos levar ao assassino.

— Devíamos pegar denúncias de estupro das áreas — sugeriu Faith, achando que o parceiro estava no caminho certo. — Pode haver outras vítimas que foram estupradas, mas não assassinadas. Talvez não tenham visto o rosto do sujeito. Talvez ele tenha decidido soltá-las.

— Você quer reunir milhares de denúncias de estupro dos últimos oito anos? — questionou Amanda. — E as mulheres que foram atacadas, mas não denunciaram? Devíamos começar a bater na porta delas também?

Faith suspirou, ignorando a animosidade da pergunta.

Will falou primeiro:

— Precisamos descobrir como as vítimas morreram. Ele as matou sem deixar uma causa de morte visível, o que nem sempre é fácil. Ossos mostram marcas de bala e lâmina de faca. Estrangulação quase sempre resulta em um hioide quebrado. Um exame toxicológico mostraria envenenamento. Como o cara está matando essas mulheres?

Faith continuava gostando da teoria dele.

— Se o cara for um estuprador que assassina, em vez de um assassino que…

— O artigo acadêmico que você está citando é só isso, um artigo acadêmico. — Amanda sentou-se no primeiro banco. — Vamos voltar a Nesbitt. Por que essas reportagens em particular?

— Será que foi Nesbitt quem selecionou elas? — questionou Faith. — Ele está trabalhando com alguém de fora. Precisamos saber quem é esse *amigo* e qual critério a pessoa usou para selecionar as reportagens.

— O amigo pode ser o assassino — cogitou Will. — Ou um imitador.

— Ou um maluco. Ou um perseguidor — concordou Faith. — Nesbitt falou que saberia se estivéssemos "investigando a sério". E precisaria de alguém de fora para saber disso. Então talvez seja um investigador particular. Um agente penitenciário. Ou, Deus me livre, um policial.

— Não vamos nos jogar desse abismo por enquanto — alertou Amanda. — Nesbitt está se fazendo de onisciente, mas só teria como saber que estamos investigando da mesma forma que o resto do mundo. Os jornalistas cairiam em cima de um possível caso de múltiplos assassinatos. E não só locais, mas *nacionais*. Esse tipo de escrutínio é exatamente o que quero evitar. Tudo fica entre nós daqui por diante. Precisamos voar tão abaixo do radar que nem uma cobra consiga saber o que estamos fazendo.

Faith não teve como discordar, mas só porque estava tentada a negar qualquer coisa que Daryl Nesbitt quisesse.

— Bem, de qualquer forma isso é subjetivo. O que é uma investigação séria? Quem dá essa definição? Um criminoso condenado por atacar crianças? Acho que não.

— Por enquanto, vamos lidar com o que está na nossa frente — decretou Amanda. — Nick vai trabalhar no assassinato de Vasquez. Eu vou atrás desse *amigo* de Daryl Nesbitt. Vocês dois precisam pegar a versão de Lena sobre a investigação de Grant County. Ela ainda usava uniforme na época, então imagino que tenha anotado cada variação de grau no clima. Vão com calma. Até um relógio quebrado acerta duas vezes por dia. Podemos acabar precisando dela. A gente se reúne à tarde e vê o que faz.

— Espera — pronunciou-se Will, e o que ele disse surpreendeu tanto Amanda quanto Faith: — Sara tem direito de saber o que está acontecendo.

— E o que está acontecendo? — perguntou Amanda. — Temos um pedófilo fazendo acusações insanas. E algumas reportagens de jornal que não mostram absolutamente qualquer padrão. Não tenho certeza de que isso tudo não passe de uma paranoia de perseguição de um prisioneiro. Você tem?

— Sara era examinadora médica de Grant County — explicou Will. — Ela pode lembrar...

— Como você acha que Sara vai reagir à acusação de que Jeffrey Tolliver era corrupto e corrompia seus policiais? Olhe o que isso fez com Nick. Em vinte anos, nunca o vi tão abalado. Acha que Sara vai reagir melhor? Ainda mais com Lena Adams envolvida... — Amanda atacou para matar. — Isso deu muito certo pra você da última vez, né?

Will não respondeu, mas todos ali sabiam que Sara ficara furiosa da última vez que ele se permitira ser sugado pelas merdas de Lena. E não tinha sido sem motivo. Lena tinha o hábito de atrair a morte para as pessoas próximas a ela.

— Precisamos de informação, Wilbur. Somos investigadores e vamos investigar. — O tom de Amanda indicava que aquele era o fim da discussão. — Lena Adams ainda está em Macon. Quero que os dois peguem o carro e vão arrancar a verdade dela. Quero cópias de arquivos do caso, relatórios de autópsia, cadernos, guardanapos de bar, qualquer coisa que ela tiver. Como eu disse, sejam bonzinhos, mas lembrem que foi Adams quem jogou esse monte de bosta de cavalo fumegante no nosso colo. Se tudo der errado, o monte vai de volta na cara dela.

Faith estava pronta para sair da capela atrás da chefe, mas Will assumira os atributos físicos de um bloco de cimento.

Amanda completou:

— Se você concordar em deixar Sara fora disso por enquanto, vou pedir para o legista de White County colocá-la no caso mais recente.

Will esfregou a mandíbula.

— Há menos de cinco minutos, você disse que a melhor forma de achar o criminoso era estabelecendo *o modus operandi*. Se Sara tiver feito a autópsia da primeira vítima, pode reconhecer a assinatura do assassino na mais recente.

— Ela é uma mulher adulta, não uma deusa adivinha — interveio Faith.

— E vocês dois trabalham para mim — completou Amanda. — Meu caso. Minhas regras.

A chefe tirou o telefone do bolso e se concentrou na tela, encerrando a discussão. Ela ainda estava digitando enquanto saía da capela.

Will sentou-se no banco. A madeira rangeu.

— Noventa por cento de todas as discussões que tive com Sara foram porque não contei alguma coisa — comentou.

Parecia uma porcentagem baixa, mas Faith não debateu.

— Olha, eu não teria como saber se uma relação é saudável nem se o Lula Molusco desenhasse para mim, mas este é um dos raros casos em que concordo com Amanda. O que exatamente você está escondendo dela? Por enquanto, só temos um monte de *"que merda é essa?"*.

Will começou a esfregar a mandíbula de novo.

— Você está me pedindo para esperar umas horas e ver o que conseguimos descobrir, mas, de qualquer forma, contar a verdade para ela hoje à noite, não é?

A parte do *hoje à noite* era nova, mas Faith respondeu com uma pergunta:

— Você quer mesmo que Sara passe as próximas seis horas se preocupando com algo que pode dar em nada?

Ainda hesitante, Will assentiu.

Faith olhou para o relógio de pulso.

— É quase meio-dia. A gente almoça no caminho para Macon.

Will assentiu de novo, mas perguntou:

— E se virar alguma coisa?

Faith não tinha uma resposta. Obviamente, a pior parte seria perceber que um assassino em série estava operando havia anos sem ser detectado. A segunda pior parte era mais pessoal: uma condenação errônea era o tipo de escândalo de várias camadas, e a mídia descascaria tudo. A corrupção. O julgamento. As investigações. As audiências. Os processos. As condenações. Os inevitáveis podcasts e documentários.

Will resumiu tudo:

— Sara vai assistir ao marido sendo assassinado outra vez.

CAPÍTULO TRÊS

Grant County – terça-feira

JEFFREY TOLLIVER VIROU à esquerda em frente à faculdade e subiu com o carro pela rua principal. Abriu a janela para deixar o ar fresco entrar, e o vento frio assoviou dentro do automóvel. A tela do scanner policial, cheio de estática, emitia um som baixo. Ele estreitou os olhos contra o sol do início da manhã. Pete Wayne, dono da lanchonete, ergueu o chapéu quando ele passou.

A primavera tinha chegado cedo, e as árvores já deixavam uma cortina branca de flores nas calçadas. As mulheres do clube de jardinagem tinham plantado flores nos canteiros da rua, e havia um gazebo em frente à loja de ferramentas. Na de vestidos, uma arara de roupas ostentava uma placa de LIQUIDAÇÃO. Nem as nuvens pretas no horizonte conseguiam fazer a rua parecer menos perfeita.

Grant County não recebera o nome por causa de Ulysses S. Grant, general do Norte que travara uma das últimas batalhas durante a Guerra Civil, e, sim, de Lemuel Pratt Grant, que, no fim dos anos 1800, estendera a ferrovia de Atlanta até o mar, passando pelo sul da Geórgia. As novas linhas tinham aumentado a relevância de cidades como Heartsdale, Avondale e Madison, cujos campos planos e solo rico ofereciam os melhores milho, algodão e amendoim do estado. Com isso, os negócios floresceram para atender à classe média que ali se estabelecia.

Mas toda bolha precisa estourar, e o primeiro estouro veio com a Grande Depressão. As três cidades só conseguiriam sobreviver caso se unissem, combinando serviços de saneamento e bombeiros e o departamento de polícia para economizar. A economia impedira o naufrágio até a chegada de outra bolha, que veio quando uma base do exército foi construída em Madison. E mais uma quando Avondale foi designada como centro de manutenção da linha férrea Atlanta-Savannah. Alguns anos depois, Heartsdale conseguiu convencer o estado a financiar uma faculdade comunitária em sua rua principal.

Todo esse crescimento acontecera antes da época de Jeffrey, mas ele estava familiarizado com as forças políticas que tinham levado ao estouro atual que vivenciava. Vira isso acontecer em sua pequena cidade natal, no Alabama. A base militar tinha sido fechada, e as políticas econômicas do presidente da época, Ronald Reagan, escorreram pela indústria ferroviária até secar o centro de manutenção. E ainda houve acordos de comércio e guerras aparentemente infinitas... Sem falar que a economia mundial não só afundou, mas foi direto para o esgoto. Se não fosse pela faculdade, que acabou virando uma universidade tecnológica especializada em agronegócio, Heartsdale teria seguido a mesma tendência negativa que as outras cidades rurais dos Estados Unidos.

Pode chamar de planejamento cuidadoso ou alegar que foi pura sorte, mas o fato era que a Universidade Grant Tech era a alma do condado. Os alunos mantinham os negócios locais vivos, e esses os toleravam, desde que pagassem as contas. A primeira ordem que Jeffrey recebeu do prefeito ao se tornar chefe de polícia foi de manter a centro de ensino feliz — se quisesse manter o emprego, claro.

E duvidava muito que a escola estivesse feliz naquele dia. Um corpo tinha sido encontrado no bosque próximo; uma jovem, provavelmente aluna, morta. O policial que chegara primeiro à cena dissera a Jeffrey que parecia um acidente. A garota usava roupas de corrida e estava deitada de barriga para cima; provavelmente tinha tropeçado numa raiz de árvore e batido a nuca em alguma pedra.

Não era a primeira vez que morria uma aluna durante o mandato de Jeffrey. Havia mais de três mil jovens matriculados na universidade, e era apenas estatística: alguns morreriam a cada ano. Uns de meningite ou de pneumonia, alguns de suicídio ou de overdose, outros — principalmente homens jovens — por estupidez.

Uma morte acidental no bosque sem dúvida era trágica, mas algo naquela morte em particular não estava caindo bem para Jeffrey. Já tinha corrido bastante naquele mesmo bosque. Até tropeçara em raízes de árvores mais vezes do que gostaria de admitir. Era o tipo de acidente que causava ferimentos diferentes. Uma fratura no pulso, se a pessoa tentasse amparar a queda com a mão. O nariz quebrado, se não conseguisse. Talvez bater a têmpora ou luxar o ombro, se a pessoa caísse de lado. Havia várias formas de se machucar, mas era muito improvável que alguém conseguisse se virar no meio da queda e cair de costas no chão.

Fez uma curva fechada na Frying Pan Road, a artéria principal que alimentava um bairro conhecido como zona da Panqueca, porque todas as ruas tinham nomes fáceis de encontrar no cardápio de alguma loja de café da manhã tradicional dos Estados Unidos. Praça da Panqueca, passagem do Waffle Belga, avenida Batata Frita.

Jeffrey viu as luzes dos faróis de uma viatura tomando o canto sudoeste da Omelet Road e estacionou o sedã atravessado na rua. Espectadores já observavam de seus jardins, e o sol ainda estava baixo no céu. Alguns estavam com roupas de trabalho, outros usavam uniformes manchados do turno da noite.

Ele se virou para Brad Stephens, um de seus oficiais juniores, instruindo:

— Passe a fita para afastar essa gente.

— Sim, senhor.

Brad se atrapalhou procurando as chaves para abrir o porta-malas. O menino era tão novo no trabalho que a mãe ainda passava os uniformes e estivera os últimos três meses escrevendo multas e fazendo a limpeza de acidentes de trânsito. Este era seu primeiro caso envolvendo uma fatalidade.

Jeffrey analisava a cena conforme subia a rua. Carros e caminhões antigos estacionados pela via. Aquele era um bairro operário — que, francamente, ainda era melhor do que o lugar onde ele passara a infância. Só algumas janelas estavam tapadas com tábuas, e muitos dos gramados eram bem cuidados. Ainda havia lâmpadas acesas nos postes. A tinta estava descascando, é verdade, mas as cortinas estavam limpas, e as latas de lixo estavam devidamente alinhadas ao meio-fio para serem recolhidas.

Jeffrey abriu a tampa da lata mais próxima. Estava vazia.

Viu sua equipe parada num campo amplo e aberto atrás das casas. O bosque ficava a quase cem metros, no topo de uma leve inclinação. Jeffrey saiu da rua, mas não havia calçada. Atravessou um lote vago, examinando o chão com atenção enquanto seguia a trilha de grama gasta. Bitucas de cigarro, garrafas de cerveja, pedaços de papel-alumínio amassado. Ele se abaixou para olhar melhor. Sentiu cheiro de mijo de gato.

— Chefe.

Lena Adams apressou o passo até ele. A jaqueta azul do uniforme da jovem oficial era tão grande que o colarinho chegava no queixo. Jeffrey fez uma anotação mental para verificar a disponibilidade de tamanhos femininos da próxima vez que pedisse uniformes. Lena não ia reclamar, mas ele não gostava de ter esquecido esse detalhe.

— Você foi a primeira na cena? — perguntou.

— Sim, senhor. — Lena começou a ler seu caderno. — A chamada de emergência veio de um celular, às 5h58 da manhã. Fui despachada nesse horário e cheguei ao local às 6h02. O autor da chamada me encontrou no meio do campo às 6h03. O oficial Brad Stephens chegou para me ajudar às 6h04. Truong, então, nos levou até o local. Verifiquei, às 6h08, que a vítima estava morta. Avaliei a posição do corpo e notei uma pedra grande e coberta de sangue embaixo da cabeça. Liguei para o investigador Wallace às 6h09. Às 6h22, passamos fita na área ao redor do corpo e esperamos pelo Frank.

Frank tinha ligado para Jeffrey a caminho dali. O chefe já sabia dos detalhes, mas assentiu para que Lena continuasse. Ela só aprenderia fazendo.

A policial continuou a leitura:

— A vítima é uma mulher branca, com idade entre 18 e 25 anos, vestida com short de corrida vermelho e camiseta azul-marinho com logo da Grant Tech. Foi encontrada por outra aluna, Leslie Truong, de 22 anos, que caminha por aqui de quatro a cinco vezes por semana, e vai ao lago praticar tai chi. Truong não conhecia a vítima, mas ficou bem abalada. Ofereci um carro para levá-la à enfermeira do campus, e ela respondeu que queria caminhar, tirar um tempo para pensar. Me pareceu cheia de não-me-toques.

Jeffrey cerrou a mandíbula, tenso.

— Você a deixou voltar sozinha para o campus?

— Sim, Chefe. Ela ia ver a enfermeira. Eu a fiz prometer que...

— É uma caminhada de pelo menos vinte minutos, Lena. Sozinha.

— Ela disse que queria...

— Chega. — Jeffrey se esforçou para manter a voz calma. O trabalho policial era quase todo aprendido com os erros. — Não faça mais isso. Levamos as testemunhas para familiares ou amigos. Não as mandamos numa caminhada de três quilômetros.

— Mas ela...

Jeffrey balançou a cabeça; não era hora de um sermão sobre compaixão.

— Quero conversar com Truong ainda hoje. Mesmo sem conhecer a vítima, o que ela testemunhou foi traumático. A mulher precisa saber que alguém está encarregado do assunto e cuidando das pessoas.

Lena assentiu, em um cumprimento formal.

Jeffrey desistiu.

— Quando você chegou, a vítima estava de costas?

— Sim, senhor. — Lena folheou o caderno até o fim, onde encontrou um desenho rudimentar do corpo diante de uma fileira de árvores. — A pedra estava à direita da cabeça. O queixo estava meio virado para a esquerda. O solo não estava remexido. A mulher não se virou. Caiu já de costas e bateu a cabeça.

— Vamos deixar o legista determinar isso. — Ele apontou para o papel-alumínio. — Alguém andou usando metanfetamina por ali. Viciados cheios de hábitos e manias. Quero que encontre todos os relatos de incidentes dos últimos três meses e veja se conseguimos encontrar o dono daquele alumínio.

Lena segurava a caneta, mas não escrevia nada.

Jeffrey continuou:

— Hoje é dia de coleta de lixo. Vá falar com a equipe. Quero saber se viram algo suspeito.

Lena olhou para a rua atrás, depois para o bosque.

— A vítima tropeçou, Chefe. Bateu a cabeça numa pedra enorme. A pedra está coberta de sangue. Por que precisamos de testemunhas?

— Você estava lá quando aconteceu? Foi exatamente isso que viu?

Lena não tinha a resposta pronta. Jeffrey saiu andando pelo descampado, e Lena teve que apressar o passo para alcançá-lo. A mulher estava na polícia havia três anos e meio, era inteligente e quase sempre prestava atenção, então ele se esforçava para ensiná-la.

— Quero que lembre disto, é importante — alertou ele. — Essa jovem tem família. Tem pais, irmãos, amigos. Teremos que informar sobre a morte. E eles precisam saber que fizemos o trabalho completo ao investigar o que aconteceu. Tratamos todos os casos como homicídio até termos certeza de que não é.

Lena finalmente pegara o caderno e estava transcrevendo cada palavra. Ele a viu sublinhar *homicídio* duas vezes.

— Vou conferir os relatórios em busca de incidentes e falar com o pessoal do caminhão de lixo.

— Qual é o nome da vítima?

— Ela não tinha identidade, mas Matt foi para a faculdade investigar.

— Bom.

Dos investigadores, Matt Hogan era o mais compassivo. Também havia outros homens bons na patrulha. Jeffrey dera sorte com a maioria das contratações que herdara. Só alguns eram peso morto, e já iriam embora no fim do ano. Depois de quatro anos provando que era capaz de fazer o trabalho, ele sentia que merecia o benefício de poder jogar as maçãs podres fora.

— Chefe — chamou Frank, parado no meio do campo.

Ele era vinte anos mais velho que Jeffrey e tinha o físico de uma morsa asmática. Frank recusara o cargo de chefe quando a vaga abrira; não gostava de política e conhecia suas limitações. E Jeffrey estava certo de que o investigador estava ao seu lado no que dizia respeito ao trabalho. Já nas outras áreas de sua vida... bem, aí não tinha tanta certeza.

— Brock... — Frank tossiu sem tirar o cigarro da boca. — Brock acabou de chegar e está indo até o corpo. Ela está mais para lá, uns sessenta metros morro acima.

Dan Brock era o legista do condado, mas tinha um trabalho de tempo integral na funerária. Jeffrey o achava competente, mas o pai de Brock morrera de ataque cardíaco havia dois dias — tinha sido encontrado ao pé de uma escada, o que na opinião de Jeffrey não era surpresa alguma, já que o homem era um alcoolista não assumido e estava sempre fedendo a bebida.

— Acha que Brock está bem para o serviço?

— Ele ainda está arrasado, coitado. Era muito próximo do pai. — Frank abriu um sorriso largo, sabia Deus por quê. — Acho que vamos ficar bem.

Jeffrey se virou para ver o motivo por trás da alegria de Frank.

Sara Linton cruzava o lote vazio. Usava óculos escuros, e o cabelo castanho--avermelhado estava preso num rabo de cavalo. Ela vestia camisa branca de manga comprida e saia curta combinando.

— Ah, ótimo — resmungou Lena. — A Barbie Jogadora de Tênis veio nos salvar.

Jeffrey lançou um olhar de alerta para a subordinada. Na época do divórcio, tinha cometido o erro de reclamar de Sara na frente dela. Desde então, a mulher passara a achar que tinha carta branca para insultos.

— Vá ver se Brock não está perdido no bosque — mandou. — Diga que Sara está aqui.

Lena saiu, relutante.

Frank amassou o cigarro com o sapato enquanto Sara se aproximava, cruzando o descampado.

Jeffrey se permitiu o prazer de observá-la. Objetivamente, ela era linda. Com pernas longas e esguias, além de certa graça nos movimentos. Era a mulher mais inteligente que já conhecera, e conhecera muitas mulheres muito inteligentes. Depois do divórcio, tinha se convencido de que Sara o odiava. Apenas recentemente percebera que o que ela sentia era pior do que ódio: estava decepcionada.

Num dia bom, Jeffrey também admitia estar decepcionado consigo mesmo.

— Eu podia socar suas bolas pelo resto da vida e ainda não seria castigo suficiente pelo que você fez — comentou Frank.

— Valeu, amigo.

Jeffrey deu um tapinha falsamente agradecido no ombro do subordinado. A família de Sara era tão envolvida na comunidade quanto na universidade. Frank jogava cartas com o pai dela, e a esposa era voluntária com a mãe de Sara. Jeffrey teria sido menos criticado se tivesse decapitado o mascote da escola local.

— Bom te ver, menina. — Frank deixou Sara beijar a bochecha dele. — Voltou agora de Atlanta?

— Decidi passar a noite. Oi. — Sara jogou a última palavra como uma saraivada na cara de Jeffrey. — Mamãe me contou sobre o corpo. Achou que Brock talvez precisasse de ajuda.

O chefe percebeu que Frank não estava dando privacidade aos dois. E lembrou que era terça de manhã. Sara deveria estar se aprontando para o trabalho, e, não, jogando tênis.

— É meio cedo para uma partida de tênis.

— Joguei ontem. É por aqui? — Ela não esperou pela resposta, e seguiu a trilha até o bosque.

Frank foi atrás, junto com Jeffrey.

— Sara acabou de vir de Atlanta, mas está com a mesma roupa de ontem. O que será que isso quer dizer?

Jeffrey sentiu o gosto metálico das obturações nos dentes.

Frank chamou Sara:

— Como está Parker? Você veio no avião dele de novo?

O gosto metálico virou gosto de sangue.

Sara não respondeu, então Frank completou para Jeffrey:

— Parker era piloto de guerra. Bem no estilo *Top Gun*. Agora, é advogado. Dirige uma Maserati. Eddie me contou tudo sobre ele.

Jeffrey podia até imaginar o pai de Sara todo animado, passando as informações durante alguma partida de baralho, feliz com a certeza de que Frank faria sua parte e usaria aqueles detalhes para espezinhá-lo mais tarde.

Frank riu de novo e tossiu, já que os pulmões estavam cheios de alcatrão.

Jeffrey tentou retomar a conversa para um assunto mais sério. Caminhavam na direção de uma jovem morta, afinal. Olhou o relógio de pulso e anunciou, para as costas de Sara:

— A vítima foi encontrada há meia hora. Lena que atendeu ao chamado.

Sara não se virou, mas assentiu, balançando o rabo de cavalo. Jeffrey disse a si mesmo que era bom tê-la ali. Sara era a legista antes de Brock assumir o cargo e, ao contrário do diretor funerário, era médica. A opinião de uma especialista era exatamente do que o caso precisava — e, para aquilo, não havia alguém em quem Jeffrey confiasse mais. O fato de o sentimento não ser mútuo, devido aos últimos acontecimentos, tinha começado a incomodar.

Já passara, pelo menos, um ano desde que Sara pedira o divórcio. Jeffrey achava que a raiva da mulher alguma hora se esgotaria, mas, na verdade, o sentimento ganhara aspectos de uma chama eterna. Racionalmente, compreendia que Sara não conseguia deixar pra lá. Já era ruim o bastante Jeffrey ser um traidor escroto, mas ele ainda por cima a humilhara. Sara o pegara no flagra, na cama que dividiam, na casa em que moravam. Qualquer esposa normal teria ficado puta. Mas o que Sara fez depois é que foi aterrorizante.

Jeffrey gritou para ela esperar, mas ela não tinha esperado. Ele se enrolou num cobertor para correr atrás dela pela casa. Sara saiu, levando o taco de beisebol que ele mantinha ao lado da porta da frente. Jeffrey tropeçava para varanda quando ela golpeou com tudo, parada de pé em cima do Ford Mustang 1968 dele. O som que escapou dos lábios de Jeffrey foi como um uivo.

Mas Sara não tinha destruído o carro. Tinha simplesmente lançado o taco no chão. Então, andou até seu Honda Accord. Em vez de ir embora com o carro, ela enfiara a mão pela janela aberta, soltara o freio de mão, colocara em ponto morto e deixara o carro rolar para trás, até o lago.

O choque tinha sido tão grande que Jeffrey deixara o cobertor cair.

No dia seguinte, a mulher contratou um advogado de divórcios, comprou uma BMW Z4 conversível e entregou o pedido de demissão do cargo de legista do condado. Clem Waters, o prefeito, ligara para Jeffrey para ler a carta. Tinha sido só uma frase, sem mais explicação, mas a cidade toda já sabia do caso, e Jeffrey tivera que ouvir um sermão e tanto do prefeito.

Depois, ouviu outro sermão de Marla Simms, secretária da delegacia.

Depois, Pete Wayne lhe passara um terceiro sermão, quando o viu almoçando na lanchonete.

Sem querer ficar para trás, Jeb McGuire, farmacêutico da cidade, mal falara com ele ao entregar seus medicamentos para hipertensão.

Cathy Linton, a mãe carola, temente a Deus e moralista de Sara, mostrara o dedo do meio das duas mãos para ele, no estacionamento.

Quando Jeffrey enfim conseguiu se acomodar na sala úmida em Kudzu Arms, perto de Avondale, ficou feliz com o silêncio. Depois, bebeu um monte de uísque, assistiu a um monte de televisão sem prestar atenção e, pouco a pouco, percebeu que tudo era culpa sua. Na sua opinião, o problema não tinha sido trair, mas ser pego. Tinha crescido numa cidade pequena, deveria ter imaginado que, traindo Sara, também destruiria o relacionamento que tinha com todo o condado.

Soltou mais uma tosse rouca enquanto se embrenhavam pelo bosque. O clima estava apropriadamente sombrio, e o ar, gelado. Sombras se remexiam para a frente e para trás no chão. Ao longe, Jeffrey viu a fita amarela da polícia amarrada nas árvores. Lena tinha delimitado um grande círculo ao redor do corpo.

O pé de Sara escorregou numa pedra, e Jeffrey esticou o braço para segurá-la, posicionando a mão em sua lombar. Pensou na resposta que o gesto teria recebido, um ano antes. Sara teria colocado o braço para trás e apertado de leve sua mão. Ou se virado e sorrido. Ou feito qualquer coisa diferente do que fez: se afastar bastante.

Frank tossiu mais forte conforme subiam o morro. Pararam junto à fita amarela. A vítima estava a cerca de cinco metros dali. Uma garota magra, com cerca de 1,67 metro e, talvez, 55 quilos. Olhos fechados. Lábios ligeiramente abertos. Cabelo castanho-escuro. Vestida para correr. A pedra estava ali perto, meio enterrada no chão, era mais ou menos do tamanho de uma bola de futebol americano. Sangue escuro formava uma teia na superfície. Um fio vermelho escorrera da narina direita da garota. Não havia marcas visíveis nos pulsos ou tornozelos nem sinal de hematoma, mas a jovem devia estar morta havia menos de uma hora. Manchas levavam tempo para aparecer.

Jeffrey estava prestes a pedir a Lena para verificar outra vez se ela não virara o corpo por acaso, quando ouviu um choro baixo.

Ele se virou. Dan Brock estava com as costas apoiadas numa árvore. As mãos cobriam o rosto. O corpo tremia, tomado pelo luto.

— Brock. — Sara correu até o homem. Tinha tirado os óculos escuros, e havia olheiras sob seus olhos. Era bom o *Top Gun* não se acostumar com as noitadas. — Sinto muito por seu pai.

Brock limpou as lágrimas. Parecia envergonhado, mas só porque Jeffrey e Frank estavam assistindo.

— Não sei o que me deu. Desculpe, de verdade.

— Dan, por favor, não precisa se desculpar. Não consigo nem imaginar pelo que você está passando.

Sara tirou um lenço da manga. A mulher sempre tivera um fraco por Brock. A vida dele não tinha sido fácil, e o homem era bem esquisitão. Crescera numa casa funerária. Na escola, ela era a única que sentava com ele no almoço.

Brock assoou o nariz e deu a Jeffrey um olhar arrependido.

— Sara tem razão, Brock. É normal ficar chateado num momento desses. — Jeffrey vinha de uma família de alcoolistas. Devia ser mais empático. — A gente cuida da cena. Vá lá ficar com sua mãe.

Jeffrey viu o pomo de adão de Brock se remexer enquanto ele tentava soltar algumas palavras, mas, enfim, desistiu e assentiu antes de sair.

— Credo. — Lena soltou o ar.

Jeffrey deu uma olhada que a fez calar a boca. Lena era jovem demais para entender o que era perder alguém. Infelizmente, era o tipo de empatia que só se aprendia do jeito difícil.

— Ok, vamos acabar com isso antes dessa chuva chegar. — Sara pegou o kit de suprimentos que Brock deixara. Tubos para coleta. Sacos de evidência. A câmera Nikon. A gravadora da Sony. Luzes. Ela calçou um par de luvas de exame.

— A vítima foi encontrada há meia hora?

Jeffrey ergueu a fita amarela para Sara poder atravessar por baixo e transmitiu a informação que recebera de Frank pelo telefone.

— Uma aluna ligou, Leslie Truong. Estava indo para o lago. Ouviu a música que estava saindo dos fones de ouvido da vítima.

Sara notou os fones de ouvido, que estavam no chão, ao lado da cabeça da jovem. Estavam conectados a um iPod Shuffle cor-de-rosa preso no cós da saia. Ela perguntou a Lena:

— Você desligou a música?

Lena inclinou a cabeça, numa resposta afirmativa. Jeffrey queria dar uma sacudida na jovem policial. Ela deve ter percebido a desaprovação, porque completou, dizendo:

— Não queria que a bateria acabasse, caso houvesse algo importante nele.

Os olhos de Sara encontraram os de Jeffrey com uma expressão clara de "Isso é sério?".

A mulher nunca gostou de Lena. O que Jeffrey via como uma ignorância juvenil que podia ser treinada, Sara interpretava como arrogância deliberada que viraria um problema para a vida toda.

A questão com a ex-esposa era que ela nunca tinha cometido um erro idiota. Seus anos de escola não tinham sido cheios de festas embriagadas. Na faculdade, Sara jamais acordara ao lado de um garoto desconhecido e sem nome, com um tubo de narguilé enrolado no pescoço. Ela sempre soube o que queria fazer da vida. Tinha se formado no ensino médio um ano mais cedo do que o normal e terminara a graduação em três anos — e em dois cursos diferentes. Depois, formara-se em terceiro lugar na Faculdade de Medicina de Emory. Em vez de aceitar uma bolsa para se especializar em cirurgia numa importante instituição de Atlanta, voltara para Grant County, para trabalhar como pediatra na comunidade rural, perpetuamente, sem fundos.

Não era de se surpreender que o condado inteiro o desprezasse depois da traição.

Sara perguntou a Lena:

— Ela foi encontrada exatamente assim? De costas?

Lena assentiu.

— Tirei fotos com meu BlackBerry.

Sara disse:

— Baixe e imprima as imagens assim que voltar à delegacia.

Jeffrey assentiu em concordância. Lena não aceitaria ordens de Sara, mas isso era problema para outro momento.

— A forma como a garota caiu não faz sentido — comentou com a médica.

Captou um brilho nos olhos dela. Sara era educada demais para discordar dele na frente da equipe. Achou melhor prosseguir com uma pergunta:

— Consegue explicar como ela poderia cair de rosto para cima?

Sara olhou outra vez para a raiz da árvore que despontava do chão. Uma fenda profunda na terra ali perto correspondia ao tênis esquerdo da vítima.

— As etiologias das quedas são bem documentadas. São a segunda maior causa de ferimentos não intencionais, atrás apenas de acidentes de automóvel. Este exemplo aqui seria classificado como Queda ao Mesmo Nível ou QMN. Os traumatismos cranioencefálicos, TCEs, aparecem em 25 por cento de todas as QMNs. Cerca de trinta por cento das vítimas experimentam o que se chama mudança incontrolável — então, em alguns graus, veríamos uma fratura em espiral no punho, uma fratura de quadril ou um TCE. Dez por cento das vítimas giram até 180 graus. O centro de gravidade vai para fora da área de apoio do tronco e dos pés, e os danos se devem à energia absorvida no momento do impacto. A energia cinética é igual à massa corporal e à velocidade, que está relacionada à altura da queda.

Jeffrey assentiu, pensativo, mais pelo linguajar confuso de especialista do que por ter de fato entendido tudo aquilo. Ele tentou:

— Então o pé esquerdo dela parou, mas o corpo continuou se movendo para a frente, então ela girou no ar e bateu a nuca na pedra?

— Possivelmente.

Sara se ajoelhou e abriu as pálpebras da garota. Depois, colocou o dorso da mão em sua testa.

Jeffrey achou aquilo estranho, como se Sara fosse como aquelas mães que seguiam o conhecimento popular que afirmava ser possível saberem se os filhos tinham febre só tocando suas testas. Sara era extremamente científica, às vezes, até demais. Se quisesse conferir a temperatura, teria usado um termômetro.

Ela perguntou a Lena:

— Você foi a primeira na cena?

A policial assentiu.

Sara pressionou os dedos na lateral do pescoço da menina. A expressão foi de preocupação a choque, então para raiva. Jeffrey estava prestes a perguntar o que estava acontecendo quando Sara pressionou o ouvido no peito da vítima.

Jeffrey ouviu um clique baixinho.

Primeiro achou que fosse de um inseto ou algum pequeno animal. Depois, percebeu que o som vinha da boca da vítima.

Clique. Clique. Clique.

O barulho se esvaiu lentamente no silêncio.

— Ela parou de respirar — anunciou Sara, entrando em ação imediatamente. Levantou-se, apoiada nos joelhos, as mãos pressionadas sobre o peito da vítima, os dedos entrelaçados, travando os cotovelos para fazer as compressões.

Jeffrey sentiu o pânico apunhalar seu cérebro.

— Ela está viva?

— Chame uma ambulância! — gritou Sara. As palavras fizeram todos entrarem em ação.

— Merda! — Frank pegou o telefone. — Merda-merda-merda.

— Pegue o desfibrilador! — mandou Sara, virando-se para Lena.

A policial saiu às pressas, passando atrapalhada por baixo da fita amarela.

Jeffrey caiu de joelhos e inclinou a cabeça da garota para trás. Examinou dentro da boca, querendo garantir que as vias aéreas estivessem desimpedidas, e esperou pelo sinal de Sara. Então inspirou e expirou na boca da vítima.

— O ar está passando? — perguntou a médica.

— Não muito.

— Continue. — Sara retomou as compressões, contando cada aperto rápido. Jeffrey podia ouvi-la resfolegando com o esforço enquanto tentava bombear sangue para o coração da menina.

— A ambulância está a oito minutos daqui — anunciou Frank. — Vou lá embaixo para sinalizar o caminho.

Sara terminou de contar:

— Trinta.

Jeffrey deu mais duas respirações curtas. Era como soprar por um canudo. O ar passava, mas não parecia entrar o suficiente.

— Meia hora — disse Sara, começando outra rodada de reanimação. — Lena não pensou em conferir pra ver se tinha uma merda de pulsação?

Sara não esperava resposta, e Jeffrey não tinha como responder. Esperou a contagem chegar a trinta, depois se inclinou e expirou o mais forte que podia.

Sem aviso, vômito foi cuspido em sua boca. A cabeça da garota deu um impulso para a frente, batendo no rosto dele com um estalido duro.

Jeffrey se afastou vendo estrelas. O nariz latejava. Piscou várias vezes. Seus olhos estavam cheios de sangue, assim como seu rosto inteiro. Tentou cuspir.

Sara começou a bater em seu colo, tateando as calças dele. Jeffrey não sabia o que diabos a mulher estava fazendo, até que ela pegou seu canivete suíço no bolso da frente.

— Não consigo desobstruir as vias aéreas. — Ela abriu a lâmina e completou, dizendo a Jeffrey: — Mantenha a cabeça dela imóvel.

Ele sacudiu a cabeça, tentando se livrar da tontura. Apoiou as mãos uma de cada lado da cabeça da garota. A pele já não estava branca e pálida, e, sim, com um tom azul-arroxeado. Os lábios estavam ficando da cor do oceano.

Sara encontrou a marca, depois abriu uma pequena incisão horizontal na base do pescoço da menina. O sangue escorreu. Ela estava fazendo uma traqueostomia improvisada, ultrapassando o bloqueio na garganta.

Jeffrey tirou uma caneta esferográfica do bolso, desatarraxou a ponta e se livrou do cartucho de tinta. A parte de plástico oca serviria como tubo para a garota respirar.

— Merda — sussurrou Sara. — Tem… Eu não sei o que é isso.

Ela usou os dedões para abrir a pele ao redor da incisão. O sangue fresco deu lugar a uma massa granulosa atulhada dentro do esôfago. Jeffrey viu faixas de azul em meio ao vermelho, como se a menina tivesse engolido tinta.

— Vou ter que desviar do bloqueio. — Sara rasgou a camiseta fina da menina. O top esportivo era grosso demais para rasgar, então ela pressionou com a lâmina serrilhada até conseguir rasgar o material.

Jeffrey viu os dedos de Sara apertarem o topo do esterno, logo abaixo da incisão da traqueostomia. Ela contou as primeiras costelas com a mesma certeza com que contara as compressões. A menina era tão magra que dava para ver o desenho dos ossos sob a pele.

Sara pressionou o dedão da mão esquerda logo abaixo da clavícula, então apoiou a parte gordinha da palma por cima, e apertou com todo o seu peso.

Os braços dela começaram a tremer. Os joelhos saíram do chão.

Jeffrey ouviu um *crec* seco.

Então, Sara fez a mesma coisa de novo, só que mais abaixo.

Outro *crec*.

— Foram a primeira e a segunda costelas — explicou a médica. — Temos que trabalhar rápido. Vou deslocar a articulação manúbrio-esternal com a faca. Tenho de levantar o manúbrio e empurrar o esterno para baixo. Depois, preciso que você use a parte de cima da caneta para tirar a veia e a artéria da frente, com muito cuidado. Dá para acessar a traqueia por entre os anéis de cartilagem.

Jeffrey não conseguiu compreender o que precisaria fazer.

— Só me diga quando fazer isso.

Sara arregaçou as mangas e limpou o suor dos olhos. As mãos permaneciam estáveis. Usou a lâmina pequena e afiada para fazer uma incisão vertical de dez centímetros a partir do fim da incisão anterior.

O sangue escuro se acumulou nas bordas da abertura. Jeffrey sentiu o estômago se revirar com a visão do osso branco brilhando dentro do corpo. O esterno era achatado e liso, com pouco mais de um centímetro de espessura, mais ou menos do tamanho e formato de um raspador de gelo. Jeffrey sabia tanto de anatomia quanto um jogador de futebol americano — ou seja, conhecia os lugares em que era ruim ser atingido. O osso do peito tinha três seções: o topo atarracado, o meio longo e um pedaço comprido, parecido com uma cauda, que se destacava no fim. Os ossos eram todos unidos por articulações, mas, com força o bastante, podiam ser separados.

Se Jeffrey estivesse certo, Sara ia arrancar o topo atarracado do esterno como a tampa de uma lata de sopa.

A mulher abriu a lâmina serrilhada.

— Segure a menina. Vou golpear na junta, para ficar mais fácil de deslocar.

Jeffrey apertou as mãos nos ombros da garota.

Sara se ajoelhou outra vez. Ela serrou o osso, como se cortasse a articulação de uma coxa de frango.

Jeffrey mordeu o interior da bochecha. O gosto de sangue o deixou tonto de novo.

— Jeff? — Pelo tom, Sara estava mandando que ele mantivesse a compostura.

Ele agarrou os ombros da garota enquanto Sara serrava. A vítima era muito pequena, e tudo nela parecia frágil. Sentia o corpo da menina dar um tranco a cada corte grosseiro da lâmina.

— Segure com mais força.

Foi o único alerta que recebeu de Sara.

A médica enfiou a lâmina por baixo da junção da articulação.

Jeffrey cerrou os dentes com força ao ouvir o som de raspagem.

De novo, Sara usou o peso do próprio corpo. A parte inferior da mão direita empurrava contra a parte larga do esterno da vítima, e a mão esquerda se fechou em torno do cabo da faca enquanto ela puxava, tentando levantar o osso do alto junto com a lâmina serrilhada.

Os ombros de Sara começaram a tremer.

O osso não se abriu como a tampa de uma lata de sopa. Foi mais como enfiar a faca na tampa e tentar abrir a lata à força.

— Puxe e pressione minhas mãos.

Jeffrey cobriu as mãos dela com as suas, inclinando o corpo para a frente, sem jeito, com medo de esmagar a menina.

— Mais força.

Ele pressionou e puxou com mais força, embora cada músculo em seu corpo o mandasse parar com aquilo. A garota era tão frágil... Pouco mais que uma adolescente. Destroçar seu corpo ia contra cada parte de Jeffrey como homem.

— Mais — ordenou Sara, com suor pingando da ponta do nariz. Jeffrey sentia os ombros dela tremendo. — Mais forte, Jeffrey. A menina vai morrer se não conseguirmos jogar ar nos pulmões dela.

Jeffrey lançou todo o peso do corpo para baixo e puxou o esterno com toda a força que tinha. A lâmina começou a se dobrar, mas ele logo viu que não era a lâmina que estava cedendo. Era o osso.

A articulação cedeu como a concha de uma ostra.

Ele mais uma vez tentou segurar o vômito. O som da quebra tinha reverberado por seus braços até os dentes. Pior ainda era o da sucção de cartilagem quebrando, nervos rasgando, tendões separando-se enquanto o osso era arrancado da articulação.

— Aqui. — Sara apontou para a incisão aberta. — Esta é a veia. Esta é a artéria. Você precisa usar o topo da caneta, para não deixar a mão na frente.

Jeffrey viu a veia e a artéria, dois canudos cor-de-rosa serpenteando diante dos anéis da traqueia. Um deles tinha coisinhas vermelhas grudadas. O outro parecia liso. Não conseguia fazer os dedos pararem de tremer ao usar a caneta para afastar, delicadamente, a veia e a artéria do caminho.

— Fique imóvel.

Sara segurou o cano plástico da caneta entre o dedão e o indicador. O cotovelo estava bem junto ao corpo. Ela moveu o cano de plástico para baixo, empurrando a ponta prateada contra a traqueia até enfiar um terço da caneta.

— Saia.

Jeffrey levantou a mão, hesitante. A veia e a artéria deslizaram de volta para o lugar.

Sara inspirou, fechou os lábios em torno do canudo de plástico e lançou um fluxo de ar direto na traqueia da garota.

Nada aconteceu.

Sara inspirou de novo. Exalou na caneta.

Os dois se inclinaram para a frente, querendo ouvir. Escutaram pássaros cantando e folhas farfalhando, até que, finalmente, depois do que pareceu uma eternidade, ouviram o sopro de ar escapando pelo cano da caneta.

O peito da menina tremeu ao subir para respirar. Foi uma movimentação lenta e quase imperceptível. Jeffrey segurou a própria respiração, contando os segundos até o peito se levantar de novo, para ver a menina encher os próprios pulmões de ar.

Respirou junto da garota, inspirando e expirando na mesma velocidade, enquanto o azul sumia do rosto dela e a vida voltava ao corpo.

Sara arrancou as luvas cheias de sangue e acariciou o cabelo da menina, sussurrando:

— Você está bem, querida. Continue respirando. Você está bem.

Jeffrey não sabia se Sara estava falando com a vítima ou consigo mesma. As mãos dela começaram a tremer. Lágrimas encheram seus olhos.

Ele estendeu a mão para confortá-la.

Sara se retraiu, e Jeffrey nunca se sentiu tão monstruoso, tão inútil, em toda sua vida.

Deixou as mãos caírem, inúteis.

Só lhe restava esperar em silêncio pela chegada da ambulância.

CAPÍTULO QUATRO

Atlanta

— Tessa — Sara praticamente gritou ao telefone. — Tessie, será que você pode só...

A irmã mais nova não ia ouvir. Tessa apenas continuou tagarelando, a voz assumindo a cadência dos adultos nos desenhos do Snoopy.

Wah-wah-wah-wah, wah-wah-wah-wah.

Sara botou o celular no viva-voz e o pousou na prateleira acima da pia. Lavou o rosto com o sabonete cor-de-rosa do dosador. O papel-toalha barato se desintegrou em suas mãos. Se não saísse logo daquela prisão, acabaria numa cela.

Tessa percebeu o barulho.

— O que diabos você está fazendo?

— Estou tomando um banho de gato aqui no banheiro de visitantes da Prisão Estadual Phillips. — Sara arrancou um pedaço de papel da bochecha. — Passei as últimas cinco horas atolada até o pescoço em sangue, mijo e merda.

— Foi como voltar à faculdade então.

Sara riu, mas não de um jeito que Tessa conseguisse ouvir.

— Tessie, faça o que quiser. Se quer estudar para ser parteira, então estude. Você não precisa da minha aprovação.

— Até parece.

Sara não retrucou. A verdade era que as duas sempre precisavam da aprovação uma da outra. Sara não conseguia dormir se Tessa estivesse brava com ela.

Tessa não funcionava bem se Sara estivesse chateada. Por sorte, quanto mais velhas ficavam, menos isso acontecia. Mas, desta vez, era diferente.

Tessa estava fora de controle. Devia ter pegado um avião de volta para casa um mês antes, mas adiara a viagem. Mandara uma mensagem ao marido pedindo o divórcio. Fizera uma chamada de vídeo com a filha de 5 anos para dizer que estaria em casa no Dia de Ação de Graças. Ao que parecia, tinha se mudado de volta para o apartamento na garagem dos pais. Um dia, queria fazer pós-graduação; no dia seguinte, queria ser parteira. O que Tessa realmente precisava era achar um bom terapeuta que pudesse ajudá-la a entender que todas essas *mudanças* não iam *mudar* nada.

Como dizia o ditado: aonde quer que você vá, você sempre está lá.

— Mana, você já devia saber disso — retrucou Tessa. — A Geórgia tem uma das maiores taxas de mortalidade no parto. É pior ainda para mulheres negras, que têm seis vezes mais probabilidade de morrer dando à luz do que mulheres brancas.

Sara não respondeu que *sabia* disso, porque, como médica forense do estado, era responsável por compilar todas as estatísticas deprimentes que a irmã estava jogando na sua cara.

— Você está argumentando a favor de mais médicos, não de mais parteiras.

— Não tente mudar de assunto. É comprovado que partos em casa são tão seguros quanto partos hospitalares.

— Tess. — *Cale a boca, Sara. Só cale a boca.* — O estudo de onde você está tirando isso foi feito no Reino Unido. Mulheres grávidas em áreas rurais precisam dirigir mais de uma hora para...

— Na África do Sul...

Wah-wah-wah-wah, wah-wah-wah-wah.

Sara não aguentava ouvir mais histórias comoventes sobre como ser missionária na África do Sul tornara Tessa um ser humano melhor. Como se todo mundo devesse esquecer os seis anos que ela passara indo a todas as festas antes de tirar um diploma em poesia inglesa moderna (curso que só durava quatro anos), e os cinco anos seguintes trabalhando na empresa de encanamentos do pai enquanto transava com todos os homens bonitos da região.

Não que Sara fosse contra transar com homens bonitos — inclusive, transara com um homem lindo várias vezes naquele fim de semana —, mas a intransigência da irmã tinha um problema real que Sara nunca diria em voz alta.

E não achava que a existência de parteiras era uma ideia inerentemente ruim. Mas pensava que Tessa, sua irmã, como parteira, era uma receita para o desastre.

Amava a irmãzinha, mas já a vira jogar o sapato pela janela só porque o cadarço tinha se soltado. A garota não conseguiria resolver um cubo mágico nem se colocassem a fórmula matemática na cara dela. Tessa achava que dieta balanceada era usar um pedaço de salsão para pegar o macarrão com queijo. E a mulher achava que conseguiria ficar calma e equilibrada, seguindo o treinamento durante um parto tenso e potencialmente arriscado?

— Se você não vai me ouvir, vou desligar — anunciou a irmã.

— Estou ouvin...

Tessa desligou.

Sara pegou o telefone com a força com que queria agarrar o pescoço da irmã.

Checou o horário. Charlie devia estar se perguntando se ela caíra na privada. Prendeu o cabelo de novo e esticou as mangas da camiseta — de Will, na verdade. O tecido embolava nos ombros, e as mangas eram compridas demais. Passou os dedos pelo tecido. Tinha se trocado e colocado uma calça nova do uniforme, mas o fedor do refeitório permanecia em sua pele como o pior perfume do mundo.

Quando ela abriu a porta, Charlie esperava pacientemente, sentado a uma das mesas de visitantes. Ele pegou a mala de mão sem que Sara pedisse. O sorriso sob o bigode cheio era genuíno. Charlie era um querido, mas podia ter dificultado as coisas para Sara, quando ela chegou à equipe. O homem era gamado em Will havia anos — Will não fazia ideia, claro, assim como sequer notara que Sara gostava dele. O homem não notava essas coisas nem que estivessem sentadas em sua cara.

— Está tudo bem? — perguntou Charlie.

— Sim, obrigada. Só preciso de um minuto.

Ele deu o sorriso de um homem que ouvira tudo pela porta fina de madeira.

— Desculpe — falou Sara. A descrição do emprego de Charlie em geral não incluía esperar em frente a banheiros femininos. Ele estava mais vigilante que o normal, já que estavam trabalhando numa prisão masculina. — Gary terminou de registrar as evidências?

— Se não tiver terminado, vai terminar logo.

Charlie segurou a porta aberta. O sol secou instantaneamente a água na pele de Sara. Estavam fora dos muros da prisão, atravessando o estacionamento, mas o prédio ainda tinha um peso sinistro. Dava para ouvir gritos. Sempre havia gritos quando as pessoas estavam presas em gaiolas.

— Então — Charlie colocou os óculos de sol —, viu o novato do departamento de impressões latentes?

— Aquele que parece Rob Lowe, só que atlético?

— Ele me convidou para um drinque. Quase fiz as malas... — Charlie balançou a cabeça. — Sou muito Charlotte.

— Charlotte sempre sabia o que queria. — Sara tentou manter o tom casual. — Você tem conversado com o Will?

Charlie tirou os óculos de sol.

— Sobre o quê?

A pergunta entregara demais. E, de toda forma, era inútil. Will não era de falar voluntariamente sobre seus sentimentos. Sara achava uma forma de tirá-lo da concha, mas tinha chegado ao limite. Amava Will de todo o coração, e o que mais queria era passar o resto da vida com ele. Não estava esperando fogos de artifício ou um desfile, mas queria que o homem pelo menos fizesse a droga da pergunta. *Quero que sua mãe fique feliz* era um objetivo de vida, não um pedido de casamento. Estava ficando louca, já se passaram 43 dias sem que ele tocasse no assunto. Não queria um marido calado. E com certeza não ia ser uma esposa calada.

— Sara? — perguntou Charlie. — O que foi?

Por sorte, o celular dela começou a vibrar. Era uma mensagem de Will, um emoji de celular junto com uma interrogação. As mensagens que trocavam eram quase todas com emojis. Will era disléxico. Conseguia ler, mas não tão rápido. Sara sabia que o mundo inteiro trocava esse tipo de mensagens, mas gostava de pensar que era algo especial, que Will e ela tinham desenvolvido sua própria linguagem.

Ela disse a Charlie:

— Preciso fazer uma ligação.

— Vou ajudar Gary a terminar. — Ele saiu andando à frente. — Devemos estar prontos para sair daqui a cinco minutos.

— Chego lá em dois.

Tinha certeza de que Will estava ligando para debater o que pedir no jantar. O homem entrara num pânico de morrer de fome se ficasse mais de uma hora sem comida.

Além disso, não era como se Will tivesse evitado falar de outras coisas muito importantes nos últimos 43 dias.

Ele atendeu logo no primeiro toque. Em vez de alô, disse:

— Pode falar?

Algo estava errado.

— Você está bem?

— Estou ótimo. — Ele parecia incerto. — Precisamos conversar. Não quero que você fique brava. Eu errei de deixar isso se estender por tanto tempo. Desculpe.

Sara cobriu os olhos com a mão. Quarenta e três dias. Não acreditava que ele queria ter aquela conversa naquele momento.

— Amor, eu estou no meio do estacionamento da prisão...

Ele pareceu desconcertado, o que era exatamente o que ela queria.

— Sara, eu...

— Will. — Tessa já começara a deixá-la irritada, mas aquilo era a gota d'água. — Porra, você teve seis semanas pra...

— Daryl Nesbitt.

Aquilo não fez o menor sentido.

Até que ela entendeu.

Seu cérebro passou por várias imagens, como o visor de uma câmera. Estava de volta a Grant County. Atravessando o campo. Sentindo os olhos de Jeffrey nela. Ajoelhada no bosque. Esperando a ambulância. Com sangue nas mãos. O ar passava assoviando pelo cano da caneta plástica. Lena atravessava a clareira correndo com o desfibrilador de que não precisavam mais.

Sara pressionou as pálpebras. As lágrimas começaram a sair.

— Sara?

— O que tem Nesbitt?

— Ele está aqui. E fez algumas acusações contra Lena Adams. — Will parou, como se esperasse que ela dissesse algo. — E, ahn... também falou umas coisas... umas coisas ruins sobre...

Sara sentiu os pulmões pesarem quando forçou a palavra para fora.

— Jeffrey.

— É. — Ele hesitou de novo. — Coisas muito ruins.

A mão dela foi para a garganta. Sem querer, lembrou de como Jeffrey acariciava seu pescoço quando estavam deitados na cama. Baniu a memória para longe.

— Nesbitt está dizendo que foi incriminado? Que o departamento agiu ilegalmente?

— Sim.

Sara assentiu. Não era uma acusação nova.

— Ele tentou processar o espólio de Jeffrey. — Na verdade, o homem tinha tentado processar *Sara*. Na época, ela ainda estava tendo dificuldade de aceitar a morte do ex-marido. Dormia demais, chorava sem parar, tomava muitos remédios para dormir, sem se importar se acordaria ou não. — O caso não foi adiante. O que ele quer agora?

— Está oferecendo algumas informações em troca de reabrirmos a investigação.

Sara não conseguia parar de assentir. Era a forma de seu corpo tentar colocar sentido naquilo tudo, como se pudesse antecipar o que estava por vir, e não tivesse problema em aceitar.

— Que informações?

Will deu os detalhes, mas tudo o que ele dizia ficou sem sentido. Sara quase se afogara no luto depois de perder Jeffrey. Tinha se mudado para Atlanta para se afastar do fantasma dele a cada esquina. E, lá, conhecera Will. E se apaixonara por ele. Estava prestes a começar uma nova vida, mas agora...

— Sara?

Ela tentou deixar as emoções de lado e levar aquilo à conclusão lógica. Não era fácil. O coração batia como socos contra as costelas.

— Você vai ter que falar com Lena sobre o caso de Nesbitt.

Will hesitou antes de responder:

— Sim.

— E Lena vai dizer que Nesbitt está falando merda, porque ele sempre falou merda. Ou talvez não esteja, porque Lena é uma mentirosa e é uma péssima policial. Mas Nesbitt é um pedófilo preso, em quem as pessoas vão acreditar?

— Sim. — O tom dele ainda estava estranho, mas tudo parecia estranho. — Tem mais uma coisa.

— Claro que tem.

— Nesbitt alega que há outras vítimas. A primeira...

— Rebecca Caterino. — O nome da garota ainda estava gravado em sua memória. — O apelido dela era Beckey.

— Nesbitt disse que houve mais vítimas depois da prisão dele. — Will fez outra pausa. — E que tem um assassino em série que opera no estado inteiro.

Sara ainda não conseguia processar as informações. Cobriu a boca com a mão. Cada parte de seu corpo queria terminar aquela conversa.

— Você acredita nele?

— Não sei. Faith e Amanda disseram para não contar a você até termos mais informações, mas achei que você ia querer saber. Imediatamente. E esta foi a primeira chance que tive. Estou no banheiro. Faith está me esperando no carro... — Ele hesitou, obviamente esperando uma resposta, mas Sara estava sem palavras. — Você queria que eu contasse, né?

Ela honestamente não sabia dizer.

— O que mais?

— Fiz Amanda concordar em deixar que você examinasse a última vítima. Ou melhor, suposta vítima. Ainda não temos certeza. — Ele engoliu em seco. — Acho que Amanda queria que você examinasse a vítima sem informação alguma que pudesse influenciar no resultado. Tipo, se você visse algo, um detalhe ou assinatura que a lembrasse do caso de Grant County... Mas eu...

— Faith também concordou em mentir?

Ele não respondeu.

Sara analisou o estacionamento. Viu o Mini vermelho de Faith na entrada de funcionários. A amiga estava sentada no banco do passageiro, a cabeça inclinada na direção do colo. Provavelmente, estava lendo o arquivo de Daryl Nesbitt, depois de resolver com Will a mentira que contariam para ela.

— Will?

Sara o ouviu respirando do outro lado da linha, mas ele não respondeu.

Ela mordeu o lábio, querendo evitar que tremesse. Baixou o olhar para a mão.

Carpos. Metacarpos. Falanges proximais, médias e distais.

Havia 27 ossos na mão. Se passasse por todos sem Will falar, desligaria e iria embora.

Ele pigarreou.

Escafoide. Lunato. Piramidal. Pisiforme. Trapézio. Trapezoide.

— Sara? — indagou ele, finalmente. — Eu fiz a coisa errada?

— Não.

Sara desligou o celular e o guardou de volta no bolso. Seguiu pelo estacionamento. Sentia-se borrada, como se estivesse cinco centímetros fora do corpo. Uma parte estava no presente, vivendo a vida com Will, a outra estava sendo puxada de volta para Grant County. Jeffrey. Frank. Lena. O bosque. A vítima. As circunstâncias sombrias do caso.

Lutou contra as imagens, que competiam entre si. Buscou coisas sólidas, verificáveis.

Gary e Charlie estavam parados atrás da van de equipamentos forense.

Faith ainda estava em seu Mini.

Amanda estava em seu Audi A8 branco, com o celular no ouvido. O cabelo cortado em formato de capacete, preto com fios brancos, avançou inteiro para a frente, como um sino, quando ela apoiou a cabeça no descanso do banco. Amanda a notou ali, e gesticulou para que ela se aproximasse.

Abrindo a janela do passageiro, Amanda disse:

— Você vem comigo. Tem um caso interessante em Sautee.

Amanda queria que você examinasse a vítima sem informação que pudesse influenciar no resultado.

Sara agarrou a maçaneta da porta. Estava no piloto automático. O cérebro carregado demais para processar qualquer coisa que não comandos musculares. Abriu a porta. Começou a entrar.

— Sara? — Will vinha correndo na direção do carro. Parecia exatamente com como ela se sentia: pego de surpresa. Estava sem fôlego quando a alcançou. Ela olhou para Amanda, Charlie, Gary, Faith... Todos deviam saber sobre Nesbitt, mas tinham concordado em não contar a ela.

Ela se virou para Will e disse:

— Quero salada no jantar.

O homem hesitou, antes de assentir.

Sara colocou a mão no peito dele, sentindo o coração batendo loucamente sob a palma.

— Ligo quando estiver chegando.

Ela o beijou na boca, como faria normalmente. Sentou-se no carro de Amanda. Will fechou a porta enquanto ela colocava o cinto de segurança. Ele acenou. Sara acenou de volta.

A chefe saiu com o carro e virou à esquerda na rua principal. Só falou quando estavam entrando na interestadual.

— Sautee Nacoochee fica em White County, a quase oitenta quilômetros daqui. Alexandra McAllister, uma mulher de 29 anos, foi encontrada no Parque Estadual Unicoi por volta das seis da manhã de ontem. Foi dada como desaparecida pela mãe há oito dias. Fizeram uma busca de grande escala, mas não deu em nada. Duas pessoas estavam caminhando com o cachorro, que encontrou o corpo numa área com mata fechada entre duas trilhas principais. O legista do condado definiu que foi morte acidental. Meu instinto diz outra coisa.

Tem mais.

— Cobrei alguns favores para podermos dar uma olhada no corpo — prosseguiu Amanda. — Molhamos o pé na água, mas podem nos tirar da piscina a qualquer momento, então melhor irmos com calma.

Mais vítimas. Outras mulheres. Assassino em série.

Sara só vira Daryl Nesbitt em pessoa uma única vez, sentado junto do advogado no tribunal. Ela estava de pé com Buddy Conford, o homem que contratara para representá-la no processo civil contra o espólio de Jeffrey. Na época, estava tão sem forças que Buddy teve que segurá-la. A perda de Jeffrey fizera seu mundo parar de girar. Sempre pensara em si mesma como alguém forte. Era inteligente, determinada, capaz de ir a extremos. O assassinato do amado a mudara num nível molecular. A mulher que nunca deixava alguém de fora da família vê-la chorar não conseguia nem atravessar o corredor do mercado sem cair em prantos. Tinha se tornado vulnerável de uma forma que nunca achara possível.

Tinha se tornado vulnerável de uma forma que tornava seu relacionamento com Will possível.

Será que fiz a coisa errada?

Sara deixou a cabeça cair entre as mãos. O que tinha feito com Will? Ficara paralisada em silêncio, depois se irritara com a falta de resposta dele, depois lhe mandara pedir salada no jantar. Ele devia estar em pânico. Pegou o celular no bolso e se preparou para mandar uma mensagem, mas o que poderia dizer? Não conhecia um emoji que expressasse o que queria fazer: ir para casa, encolher-se na cama e dormir até tudo aquilo acabar.

— Está tudo bem? — perguntou Amanda.

Sara digitou o número de Will. Ouviu os toques.

Desta vez, ele respondeu:

— Alô?

Dava para ouvir o ruído da rua. Faith estava no banco do passageiro, o que significava que Will estava dirigindo — ou seja, a ligação estava no viva-voz.

Sara tentou soar casual:

— Oi, amor. Mudei de ideia sobre a salada.

Will pigarreou. Podia imaginá-lo esfregando o queixo, um de seus poucos tiques nervosos.

— Ok.

Sabia que Amanda estava prestando atenção a cada palavra. Faith também devia estar atenta em Will; porque era isso que acontecia quando as pessoas guardavam segredos.

— Vou passar no McDonald's — explicou a ele.

O homem pigarreou. Sara nunca se oferecia para ir ao McDonald's, dizia que não era comida de verdade.

— Ok.

Ela continuou:

— Estou…

Apavorada. Preocupada. Irritada. Magoada. Despedaçada pelo Jeffrey, mas ainda profunda e irrevogavelmente apaixonada por você, e sinto muito não saber mais o que dizer.

Tentou de novo:

— Eu aviso quando estiver a caminho.

Will hesitou um pouco antes de responder:

— Ok.

Sara desligou. Três *oks*, e, provavelmente, tinha deixado as coisas piores. Era exatamente por isso que odiava mentir ou esconder coisas, ou qualquer desculpa de merda que Amanda tivesse dado para não lhe repassar a informação, como se ela fosse uma criança incapaz de lidar com a verdade sobre o coelhinho da Páscoa.

Nesbitt. Jeffrey. A escrota da Lena Adams.

O silêncio de Faith era o que doía mais. Ficar brava com a mentira de Amanda era como ficar brava com uma cobra por silvar. Will lhe dissera a verdade porque até uma ameba conseguia aprender a evitar estímulos negativos. Mas Faith era sua amiga. As duas nunca falavam sobre Will, mas falavam sobre outras coisas. Coisas sérias, como o horror de Faith quando engravidara aos 15 anos. Como a dor de Sara quando Jeffrey morreu. Trocavam receitas que nenhuma jamais testaria. Fofocavam sobre o trabalho. Faith reclamava da vida sexual. Sara ficava de babá de sua filha.

— Você se importa de baixar o vidro? — pediu Amanda. — Tô sentindo um cheiro que parece...

— Um banheiro cheio de sangue?

Sara abriu a janela, só o bastante para deixar entrar um pouco de ar fresco. Olhou para o borrão das árvores, que passavam depressa pela estrada. A floresta a levou de volta àquele dia no bosque. Sua mente trouxe a imagem: Sara de joelhos, com Jeffrey à frente.

Ah, como quisera que ele a abraçasse, naquele momento, e lá estava de volta aquele sentimento devastador. A única pessoa de quem queria conforto era justamente a pessoa de quem não devia querer nada. Acabara ligando para a irmã, pedindo para encontrá-la no trabalho só para ficar um pouquinho ao seu lado enquanto chorava.

— Você está quieta demais — reclamou Amanda.

— Estou? — As palavras pareciam sair emboladas, pesadas.

— Queria saber o que se passa nessa sua cabeça.

Amanda não podia ler seus pensamentos.

— Sabe essas texturas na lateral da estrada? — comentou Sara. — Essas que fazem barulho quando os pneus passam por cima. Como chamam?

— Bandas sonoras.

Sara segurou a respiração um tempo.

— Sempre que passamos por elas fico pensando em como é passar o dedo pela barriga de Will. Os músculos do abdome dele são tão...

— Que tal uma música? — O rádio de Amanda só tocava Frank Sinatra. Os alto-falantes começaram a tocar uma canção familiar...

The girl from Ipanema goes walking...

Sara fechou os olhos. A respiração estava superficial demais. Sentia-se tonta. Forçou a respiração a se acalmar. Relaxou as mãos no colo. Deixou os pensamentos voltarem para Grant County.

Rebecca Caterino tinha sido encontrada exatamente um ano e um dia depois de Sara dar entrada nos papéis do divórcio. Para celebrar a ocasião, ela tinha dirigido até Atlanta para encontrar um homem. Não um particularmente memorável, mas combinara consigo mesma que se divertiria, nem que fosse a última coisa que fizesse. Aí, bebera vinho demais. Depois, uísque demais. Então, acabara abraçada com a privada.

A próxima coisa de que se lembrava era de acordar em seu quarto de infância, sofrendo uma ressaca avassaladora. Seu carro estava estacionado na frente da casa. Tessa e o pai tinham dirigido até Atlanta para buscá-la. Sara não era o tipo de pessoa que bebia demais. Nunca. Tessa a provocara durante o café da manhã. Eddie perguntara se a filha tinha curtido a viagem para a Vomitolândia. Cathy a mandara ajudar Brock. A única roupa limpa que Sara conseguira encontrar na velha cômoda era um uniforme de tênis da época da escola.

— Conhece essa aqui? — Amanda aumentou o volume. Sinatra agora cantava "My Kind of Town". — Meu pai sempre cantava essa pra mim.

Sara não queria dar um passeio pelas lembranças de Amanda. Tinha suas próprias lembranças para lidar.

Jeffrey tinha sido um homem tipo Frank Sinatra. Respeitado. Capaz. Admirado. As pessoas queriam ficar perto dele, seguir sua liderança. Jeffrey levava isso a sério... Estudara na Auburn, com uma bolsa de futebol americano. Formara-se em história americana. Escolhera ser policial porque seguiu os passos de seu mentor. Mudara-se para Grant County porque entendia da vida em cidades pequenas.

Sara lembrava muito bem a primeira vez que o vira. Trabalhava como médica voluntária do time de futebol da escola local de ensino médio. Jeffrey, o novo chefe de polícia, controlava a multidão. Era um homem lindo, de tirar o fôlego. Em toda a vida, Sara nunca sentira uma atração tão nua, tão visceral. Ficara olhando Jeffrey tempo o suficiente para fazer os cálculos. Tessa transaria com ele antes que o fim de semana acabasse.

Mas Jeffrey escolhera Sara.

Desde o começo, Sara tinha agido errado com ele. Ficara lisonjeada. Sentia-se um peixe fora d'água. Cedera fácil, transando no primeiro encontro. E ainda traumatizada: Jeffrey era o primeiro homem com quem se deitara depois de sofrer um estupro brutal em Atlanta.

Tinha dito a Jeffrey que voltara a morar em Grant County porque queria servir a uma comunidade rural. Era mentira. Desde os 13 anos, estivera determinada a ser a melhor cirurgiã pediátrica em Atlanta. Cada momento vago tinha sido passado com a cara num livro ou a bunda numa cadeira.

Mas aqueles dez minutos no banheiro da equipe do Grady Hospital tinham tirado sua vida dos trilhos.

Sara tinha sido algemada. Silenciada. Estuprada. Esfaqueada. Ainda por cima, desenvolvera uma gravidez ectópica que roubara sua capacidade de ter filhos. Depois, viera o julgamento. A espera excruciante pelo veredito, depois a espera mais excruciante pela sentença, a volta a Grant County, para finalmente estabelecer uma nova carreira, uma nova vida, um novo tipo de normal.

E, então, aquele homem lindo, inteligente, tirou seu chão.

No início, Sara não contara a Jeffrey sobre o estupro, porque estava esperando o momento certo. Até que percebeu que não haveria um momento certo. A coisa pela qual Jeffrey mais se atraía, a coisa que Sara tinha mais que todas as outras, era a força. Não podia mostrar a ele que tinha sido quebrada. Que tinha desistido de seus sonhos. Que tinha sido uma vítima.

Ela guardara o segredo durante o primeiro casamento. Ficara aliviada de ter se segurado durante o divórcio. Mantivera segredo quando começaram a sair de novo, a se apaixonar de novo. Guardara o segredo por tanto tempo que, quando finalmente o revelara, morreu de vergonha. Como se, de algum jeito, fosse culpa dela.

A música no rádio a trouxe de volta ao presente. Amanda batia o anel contra o volante, batucando a ode de Sinatra a Chicago:

One town that won't let you down.

Sara procurou um lenço. A manga — de Will, na verdade — estava vazia. Charlie levara sua maleta de mão. Ela deixara a bolsa na van. Podia ligar e pedir a Charlie para trancar a bolsa no escritório dela, mas pensar em pegar o telefone no bolso e digitar o número era demais.

Queria Will. Queria ficar de conchinha com ele no sofá. Sentar em seu colo e sentir seu abraço. Will já devia estar a meio caminho de Macon. Os dois estavam literalmente indo em direções opostas.

Sara se lembrava exatamente de quando contara a Will sobre o estupro. Só o conhecia havia alguns meses. Ele ainda era casado. Ela ainda estava incerta. Estavam no jardim dos pais dela, fazia um frio congelante. Os cachorros tremiam. Sara queria que Will a beijasse, mas claro que ele não a beijaria se ela não começasse o beijo. A confissão viera naturalmente — pelo menos, o mais naturalmente possível. Tinha dito a Will que adiara contar a Jeffrey sobre o estupro porque não queria que ele a achasse fraca.

Will comentara que nunca poderia pensar nela como nada menos que forte.

E Will era assim, gentil. Tinha um físico. Era muito inteligente. Mas não era o tipo de homem que exigia atenção. Numa festa, era o tipo que ficava no canto, fazendo amizade com o cachorro. Seu humor era autodepreciativo. Ele se preocupava com os sentimentos dos outros. Era silencioso, mas sempre atento. Sara supunha que fosse por causa da infância horrível — Will tinha crescido em casas de adoção. Ele raramente falava sobre a época, mas ela sabia que incluíra um nível chocante de abusos. A pele dele contava a história: queimaduras de cigarro, queimaduras elétricas, ranhuras irregulares onde o osso tinha perfurado a pele. Ele era tímido com as cicatrizes, ficava envergonhado por ter sido o tipo de criança que alguém odiaria.

Não era o Will que o resto do mundo conhecia. Seus silêncios prolongados deixavam as pessoas desconfortáveis. Ele tinha uma ferocidade, uma aura de violência, uma mola interna que ameaçava se abrir, rápida como a lâmina de um canivete. Em outra vida, talvez tivesse sido um daqueles bandidos trancados na Phillips. Will mal se formara no ensino médio. Virara um sem-teto aos 18 anos. Seu histórico era cheio de acusações criminais que Amanda, de algum jeito, conseguira expurgar. Essa tela em branco dera a Will a oportunidade de mudar de vida. Eram raros os homens aproveitariam uma chance dessas, mas Will não era a maioria dos homens. Ele aproveitara para ir à faculdade e se tornar agente especial. Era um bom policial. Preocupava-se com as pessoas. Queria acertar as coisas.

Sara detestava comparar os dois grandes amores de sua vida, mas havia uma diferença marcante entre eles: com Jeffrey, sabia que havia dezenas, possivelmente centenas, de mulheres capazes de amá-lo com a mesma intensidade que ela.

Com Will, tinha a certeza nítida que era a única mulher da Terra capaz de amá-lo da forma que ele merecia.

— Temos mais meia hora pela frente — comentou Amanda. — Prefere ouvir alguma outra coisa?

Sara mudou para a rádio Pop2K e aumentou o volume. Abriu a janela até o fim. A brisa afiada cortava a pele. Fechou os olhos para que não ardessem.

Amanda só aguentou dez segundos de Red Hot Chilli Peppers.

O rádio foi desligado de repente. O vidro de Sara subiu.

Amanda falou:

— Will contou sobre Nesbitt.

Sara sorriu. Até que tinha demorado.

— Achei que você fosse detetive.

— Eu também achava. — O tom de Amanda mostrava um respeito relutante. — Quanto você sabe?

— Tudo que Will sabe.

As palavras doeram. Amanda não estava acostumada a ver Will do outro lado. Ainda assim, disse a Sara:

— O arquivo de Nesbitt está na minha pasta, ali no banco de trás.

Sara se esticou para pegar o arquivo. Abriu-o no colo. A pasta tinha, pelo menos, cinco centímetros. Pulou a parte previsível — o escroto conseguira ganhar mais vinte anos de cadeia —, e foi direto para a seção médica. Não precisavam de mandato para ler os detalhes. Como prisioneiro, Nesbitt não tinha direito à privacidade. Sara passou os olhos pelas notas volumosas sobre as hospitalizações e múltiplas visitas à enfermaria da prisão.

Nesbitt era amputado abaixo do joelho, abreviado como AAJ. Durante seu encarceramento de oito anos, visitara dezenas, talvez centenas, de médicos diferentes. Na prisão, não havia continuidade de cuidado. Era mais fácil ver um unicórnio do que um especialista em cuidados de feridas. Os prisioneiros aceitavam o que lhes era dado e, se tivessem sorte, o médico não estava fugindo de processos por negligência nem era empregado de um contratante particular cujo lucro dependia de fornecer o mínimo do mínimo de cuidado.

Sara pulou páginas e mais páginas de recibos. Os visitantes pagavam cinco dólares por visita dos prisioneiros como copagamento, não importava se estavam vendo o médico por insuficiência cardíaca ou para cortar as unhas do pé. Nesbitt devia 2.655 dólares ao estado da Geórgia. A conta na loja da prisão e o salário de três centavos a hora como zelador estavam sendo retidos até a dívida se resolver. Se ele saísse da prisão, o dinheiro continuaria sendo tirado de qualquer salário que ele conseguisse ganhar. Só nos últimos oito anos, Nesbitt precisara de 531 consultas médicas e 28 hospitalizações. Era mais de uma visita por semana.

Sara disse a Amanda:

— O pé de Nesbitt foi amputado depois de um acidente de carro. Ele perdeu dez centímetros de perna desde que foi preso. A prótese foi mal medida. Uma prótese ruim é como um sapato que não serve, mas o atrito e a fricção obstruem a pressão capilar normal, e o tecido fica isquêmico. Se durar tempo suficiente, o que sempre acontece na prisão, o tecido necrosa.

— E depois?

— Depois… — Sara folheou o prontuário, um estudo de caso da medicina do terceiro mundo. — Em matéria de diagnóstico, damos os estágios do dano com base no que podemos ver. O estágio I é superficial. O estágio II envolve as duas camadas principais da pele. Parece uma bolha. O estágio III é uma úlcera com espessura total, uma ferida aberta. Dá para ver a gordura, mas o osso e o músculo não ficam visíveis. Tem um lamaceiro branco ou amarelo que precisa ser limpo.

— Pus?

— É mais como um filme pegajoso. O cheiro é horrível… Tem que ser mantido limpo para não desenvolver crescimento bacteriano anaeróbico. — Sara notou no prontuário que a bactéria se instalara várias vezes na perna de Nesbitt. Os prisioneiros não tinham permissão de manter medicamentos nas celas, e era difícil achar panos estéreis, ainda mais numa consulta de cinco dólares.

Sara continuou:

— O estágio IV é uma úlcera de espessura total. Dá para ver até o osso, músculo e tendão. Depois disso, é tecnicamente impossível colocar um estágio, porque não dá para ver nada. A pele desenvolve uma cicatriz preta e rígida, grossa como uma sola de sapato. E tem que serrar. O cheiro é pútrido. Tipo carne estragada, porque é isso o que é. O músculo fica destruído. O osso fica infectado. Nesbitt chegou a esse ponto quatro vezes nos últimos oito anos e, a cada vez, cortavam um pouco mais da perna.

— É o melhor jeito de tratar?

Sara teria rido se a situação não fosse tão absurda.

— Só se for num campo de batalha da Guerra Civil, aí com certeza. Mas estamos no século XXI. O padrão ideal é usar um curativo a vácuo e tratamentos com oxigênio hiperbólico, para devolver o fluxo sanguíneo à área. Na melhor das circunstâncias, levaria meses de cuidado intensivo com a ferida.

— O estado nunca pagaria por isso.

Sara deixou a risada sair. O estado mal pagava por lençóis limpos.

— Nesbitt está com uma úlcera de espessura total. Daria para sentir o cheiro de podre, estando perto o bastante. Ele está a uma, talvez duas infecções de perder a articulação do joelho. Isso traz todo um novo conjunto de problemas. Até bons candidatos têm dificuldade de se adaptar a uma prótese acima do joelho.

— Ele vai continuar perdendo pedaços da perna até não sobrar nada?

— Não vai chegar a isso. Vai ser colocado numa cadeira de rodas. E não vai ter acesso a fisioterapia. Os exercícios serão limitados. É quase impossível se manter hidratado bebendo água da privada. Ele já está com quase dez quilos a mais. A pressão arterial, o colesterol e a hemoglobina glicada estão elevados. A diabetes já está espreitando.

— E isso vai ser outro nível de inferno?

— Vai ser o fundo do poço — explicou Sara. — Ele pode monitorar a glicemia na cela, mas vai ter que ir à enfermaria toda vez que precisar de uma injeção. Dá para imaginar como esse sistema funciona bem. Centenas de prisioneiros morrem de cetoacidose diabética por ano. Nesbitt está à beira do precipício de uma cascata que vai cortar anos de sua vida. Isso sem falar no trauma que já está sofrendo.

— Você parece cheia de compaixão por um pedófilo que tentou processar o espólio do seu marido.

Sara percebeu que Amanda fizera sua própria investigação. O processo civil não era mencionado na pasta de Nesbitt.

— Estou falando como médica, não dando minha opinião.

Ainda assim, ouvia a vozinha irritante da mãe: *o que fizeram a algum dos meus irmãos menores, a mim o fizeram.*

— É estranho — disse Amanda. — Nesbitt nunca tentou usar suas necessidades médicas na negociação. Podíamos transferi-lo para um hospital para tratar a ferida.

— É um cuspe no oceano. Para cuidar dele de verdade, gastaria mais de um milhão de dólares. — Sara detalhou os custos: — Um especialista em feridas. Um ortopedista especializado em salvar membros e amputações. Um cardiologista. Um cirurgião vascular. Uma prótese bem encaixada. Fisioterapia. Ajustes a cada trimestre. Substituição total a cada três ou quatro anos. Suporte nutricional. Administração da dor.

— Entendi… E Nesbitt também deve entender. É por isso que está tão interessado em vingança. Está determinado a manchar a reputação da força policial de Grant County.

— De Jeffrey.

— De Lena Adams. Ele quer a mulher atrás das grades.

— Olha, que coisa. Achei algo em que eu e um pedófilo concordamos.

— Sara folheou as páginas até a visita mais recente de Nesbitt à enfermaria. — Se não acontecer um milagre, ele vai entrar em sepse daqui a duas semanas. Quando os sintomas ficarem ruins, vai ser hospitalizado. Aí, vai ser transferido de volta à prisão. A situação vai piorar. Vai ser hospitalizado de novo. Ele já passou por isso quatro vezes. Sabe o que o espera.

— Isso explica o prazo de uma semana — comentou Amanda. — Você lembra alguma coisa da investigação de Grant County?

— Só posso dar a perspectiva de examinadora médica. — Sara tentou ser diplomática. Na época, quase todas as conversas dela com Jeffrey logo se transformavam em acusações baratas e xingamentos. — Eu estava trabalhando como conselheira do legista local. Jeffrey e eu não estávamos bem.

Amanda fez uma curva fechada para entrar numa rua lateral. Sara tinha perdido a noção do tempo. Já estavam na Casa Funerária Ingle, de Sautee. Amanda deu a volta no prédio e estacionou na entrada principal. Pegou o celular para avisar que tinham chegado.

Só havia mais um carro na entrada, um Chevy Tahoe vermelho. Sara ergueu os olhos para o prédio de tijolos de dois andares. Acabamento branco novo. Calhas de cobre. Alexandra McAllister estava lá dentro. A jovem de 29 anos. Desaparecida havia oito dias. O corpo tinha sido encontrado por duas pessoas que passeavam pelo bosque com o cachorro.

Em vez de chafurdar no passado, Sara devia estar sondando Amanda por detalhes do presente.

— Dois minutos. — Amanda tinha desligado o telefone. — A família está saindo.

Sara fez a pergunta que devia ter feito há meia hora.

— Você acha que Nesbitt tem razão? Acha que temos um assassino em série?

— Todo mundo quer trabalhar num caso de assassino em série — retrucou Amanda. — Meu trabalho é trazer foco à equipe, fazer o pessoal parar de matar as moscas e descobrir onde está a carne estragada.

A porta da frente se abriu. O silêncio se abateu dentro do carro enquanto assistiam a um homem e uma mulher deixando o prédio. Os dois tinham quase 60 anos. Estavam abalados pelo luto. Os pais de Alexandra McAllister, Sara supôs. Usavam preto. Devem ter pedido a eles para escolherem um caixão, impelindo-os a selecionar uma almofada e um forro de cetim colorido.

Teriam instruído a trazer a última roupa que a filha usaria. Gentilmente lembrando de não esquecer a roupa de baixo, os sapatos, as joias. Tinham sido obrigados a assinar papéis, escrever cheques, entregar fotografias e marcar uma data e horário para visitas, o velório e o enterro — tudo que um pai nunca queria fazer pelos filhos.

Ou que uma esposa nunca queria fazer pelo marido.

Amanda esperou até os McAllister estarem dirigindo para perguntar:

— O que aconteceu com os arquivos de casos de Jeffrey?

Sara lembrou das curvas artísticas da caligrafia do ex-marido. Parte dela se apaixonara por causa da letra cursiva precisa.

— Está tudo num depósito.

— Preciso desses arquivos. Especialmente os cadernos.

Amanda saiu do carro.

Em vez de entrarem pela porta da frente, a vice-diretora a conduziu pela lateral do prédio. Sara pensou na logística de levar os arquivos de Jeffrey a Atlanta. Ele mantinha registros meticulosos, então não haveria problema em localizar as caixas certas. Podia pedir a Tessa para trazê-las de carro. Mas a irmã ia querer discutir. Sara sabia que haveria alguma tensão com Will. Não podia deixar o dia passar sem falar com Faith. De repente, a lista de tarefas estava parecendo uma lista de desgostos.

A porta lateral não estava trancada. Não havia segurança em frente ao prédio, nem uma câmera. Amanda simplesmente abriu a porta, e as duas entraram. Estava óbvio que ela recebera instruções, pois virou à direita num corredor longo, depois foi descendo as escadas até o porão.

A temperatura esfriou. Cheiro de antisséptico. Sara viu uma escrivaninha embaixo das escadas e um porta-arquivos na parede dos fundos. Um portão sanfonado bloqueava o poço aberto do elevador de cargas. O frigorífico emitia um zumbido baixo. O chão estava coberto por um laminado cinza, com um ralo grande no centro. A torneira na pia industrial de aço inoxidável pingava sem parar.

Sara tinha passado tempo demais dentro de casas funerárias. Embora não fosse fã do processo de eleição da Geórgia, que mais parecia um jogo de *Quem vai virar legista!*, sempre ficava grata quando o responsável local — geralmente um homem — era diretor funerário. Agentes funerários licenciados tinham uma compreensão clássica de anatomia. Também era mais provável que absorvessem as nuances do curso introdutório de quarenta horas que o estado obrigava todos os futuros legistas a fazerem.

Amanda conferiu o relógio de pulso.

— Não vamos nos estender.

Sara não tinha planejado demorar, mas também não ia se apressar.

— Aqui, só dá para fazer um exame visual preliminar. Se a garota precisar de uma autópsia completa, vai ter que ir de volta para a sede.

— Entendido — disse Amanda. — Lembre-se de que a *causa mortis* oficial é acidente. Não podemos levar a menina a lugar algum, a não ser que o legista revise o próprio relatório.

Sara duvidava que isso fosse difícil. Amanda sabia fazer alguém mudar de ideia.

— Sim, senhora.

Ouviram um chiado alto quando o elevador de carga chegou ao porão. Sara notou sapatos de couro pretos, calça social preta, paletó combinando, colete abotoado alguns centímetros abaixo do pescoço, gravata preta e camisa branca, completando o visual.

O elevador parou. O portão se abriu. O homem tinha a exata aparência que Sara esperava. O cabelo grisalho estava penteado para trás, o bigode, bem aparado. Devia ter quase 80 anos. Havia algo de antiquado nele, além de um ar sombrio que combinava com a profissão.

— Bom dia, senhoras. — Ele puxou uma maca do elevador e a empurrou até o meio do porão. Um lençol branco cobria o corpo. O material era algodão grosso com um monograma do Dunedin Life Services Group, um conglomerado multinacional proprietário de metade das casas funerárias do estado.

O homem continuou:

— Vice-diretora, bem-vinda. Dra. Linton, sou Ezra Ingle. Por favor, desculpem-me pela demora. Apesar dos meus conselhos, os pais insistiram em ver a filha. — O sotaque dos Apalaches dizia a Sara que aquele homem nascera e fora criado ali. Quando ele apertou sua mão, foi com uma segurança ensaiada.

— Obrigado, sr. Ingle — respondeu. — Agradeço por me permitir olhar por cima do seu ombro.

Ele deu um olhar desconfiado a Amanda, mas disse a Sara:

— Eu estou sempre pronto para uma segunda opinião. Porém, devo admitir que fiquei surpreso com o pedido.

Amanda permaneceu calada, embora os dois obviamente se conhecessem. O que era ótimo para Sara. Era o momento ideal para mais tensão.

— Os pais confirmaram que a garota era experiente em trilhas. Disseram que não era incomum ela passar o dia todo sozinha no parque. — Ele foi até a escrivaninha e pegou os papéis. — Acho que você verá que fui bastante cuidadoso.

— Obrigada. Tenho certeza que sim.

Sara não podia culpar o homem por sentir que estavam pisando em seu calo. Só podia tornar a coisa toda o menos dolorosa possível.

As anotações de Ingle tinham sido digitadas numa máquina de escrever de verdade. Ainda dava para sentir o cheiro do corretivo onde ele corrigira um único erro de digitação.

O corpo tinha sido localizado a cinquenta metros do lago Smith, no Parque Estadual Unicoi, que ficava na parte nordeste do estado. O local tinha mais de quatrocentos hectares. O lago era um afluente de dez quilômetros do rio Chattahoochee. O corpo estava orientado de leste a oeste, a aproximadamente sessenta metros da trilha de mountain bike de 120 quilômetros, uma trilha de solo batido considerada de moderada a extenuante. O circuito em formato de oito ia entre o Unicoi e o lago Smith, e era marcado com um giz branco.

Sara virou a página.

O lago ficava a quarenta metros de descida numa ladeira a 25 graus do corpo. A vítima estava completamente vestida, com roupas de trilha de nível profissional. O estado moderado de decomposição era condizente com a temperatura ambiente entre 14 e 21 graus da semana anterior. O Subaru Outback da mulher estava estacionado na entrada do parque, na rota estadual 3, a aproximadamente 7 quilômetros de onde o corpo foi encontrado. O telefone e a bolsa estavam trancados dentro do veículo. A chave do Subaru estava guardada no bolso interno da jaqueta de chuva, fechado com zíper. Uma garrafa d'água de aço inox, parcialmente cheia, foi encontrada a dois metros do corpo.

Sara disse:

— Sr. Ingle, queria que meus professores fossem tão detalhistas quanto o senhor. Seu relatório preliminar é incrivelmente detalhado.

— Preliminar — repetiu Ingle.

Sara lançou um olhar a Amanda pedindo ajuda. Só via o topo da cabeça dela, que estava digitando no telefone — ou *sendo extremamente rude*, como diziam no linguajar local. O telefone da própria Sara tinha vibrado no bolso, mas nada era mais importante do que o que estava à sua frente.

— Se me der licença. — Ingle dispôs duas dúzias de fotografias coloridas 4x6 na escrivaninha de madeira.

O homem tinha sido conciso na documentação. O corpo *in situ* de quatro ângulos diferentes. O torso exposto mostrando atividade de predadores. As mãos. O pescoço. Os olhos com e sem os óculos de sol que estava usando. Nada em close extremo, exceto o interior da boca. A imagem estava ligeiramente desfocada, mas não havia bloqueios visíveis na garganta.

Ingle disse:

— Essa próxima série de fotos conta a história mais provável. A trilha de mountain bike estava lotada naquele dia, então suponho que ela estivesse cortando caminho pelo bosque, procurando a trilha do lago Smith, menos cheia. É bem difícil atravessar por ali. É cheio de raízes e coisas assim. Ela caiu. Bateu a cabeça numa pedra, acho. Tem muitas na área. Ficou incapacitada pelo ferimento na cabeça. A chuva veio, forte. Tem um relatório climático na página do verso. Choveu demais naquela noite. A pobrezinha fez o possível para se proteger, mas acabou sucumbindo.

Sara analisou a segunda série de fotos impressas em jato de tinta. Como na primeira, os pretos e marrons estavam esvanecidos. A luz não era muito boa. Alexandra McAllister estava torcida na altura da cintura, os joelhos dobrados apontando mais para o meio do bosque, o torso na direção do riacho. O close do torso chamou sua atenção. A atividade animal era significativa, mas incomum. A não ser que houvesse uma ferida aberta, carnívoros costumavam buscar orifícios corporais – boca, nariz, olhos, vagina e ânus. As fotos mostravam que quase todo o dano estava na área da barriga e do peito.

Ingle pareceu antecipar a pergunta.

— Como você pode ver, ela estava usando uma jaqueta de chuva muito boa. Da marca Arc'teryx, tecido Gore-Tex, completamente impermeável, fechada nas mangas e em torno do capuz. O problema é que o zíper da frente estava quebrado, então, não ficava fechada. A calça era da Patagônia, feita de algum material de montanhismo impermeável, fechada nos tornozelos, enfiada nas botas de trilha.

Sara entendia por que o homem estava chamando atenção para aqueles detalhes. No cenário de Ingle, o capuz fechado protegera o rosto. Os óculos de sol tinham protegido os olhos. O fechamento nas mangas e na calça agira como barreira contra insetos e animais. Isso só deixava uma área exposta a predadores. O zíper quebrado permitira que a jaqueta se abrisse. A camiseta de baixo era uma regata com decote em V profundo. Pelo jeito, mais de uma criatura lutara pelo corpo — o que explicaria por que ela tinha sido puxada em direções diferentes.

— Tem muita raposa-cinzenta por aqui — explicou Ingle. — Alguns anos atrás, uma raivosa mordeu uma mulher.

— Eu lembro. — Sara puxou um par de luvas de exame da caixa na escrivaninha e disse a Ingle: — Por enquanto, tudo o que está me dizendo, tudo o que li, aponta para um acidente infeliz.

— Fico contente de você concordar comigo. — E completou: — Por enquanto.

Sara o observou remover o lençol grosso e branco que cobria o corpo. Outro lençol estava amarrado ao corpo, cobrindo-o como uma múmia dos ombros para baixo. Claramente para impedir que os pais vissem mais do que deviam. Ingle usou uma tesoura para cortar o material fino. Seus movimentos eram gentis, indo lentamente do peito até o pé.

O homem obviamente tinha se dedicado muito a Alexandra McAllister antes de deixar que os pais vissem a filha. O corpo nu cheirava a desinfetante. O rosto estava inchado, mas não a ponto de parecer desfigurado. O cabelo tinha sido penteado. Ingle devia ter massageado o *livor mortis* do rosto da garota, colocando suas feições da forma mais relaxada e natural possível, e aplicara maquiagem para apagar o horror das últimas horas da mulher. Eram atos de decência que a lembraram de Dan Brock em Grant County. Ainda mais após a morte do próprio pai, Brock mostrava uma gentileza quase santa com quem estava de luto.

Sara experimentara isso em primeira mão quando Jeffrey morrera.

Ingle dobrou o lençol fino. Havia outra camada. Ele cobrira o torso com plástico para impedir que os fluidos vazassem. O efeito era de filme-plástico cobrindo uma panela cheia de espaguete.

— Doutora? — Ingle estava adiando remover o plástico até o último minuto. Mesmo com as precauções que tinha tomado, o cheiro seria potente.

— Obrigada. — Sara começou o exame visual pela cabeça. Viu a fratura aberta na parte de trás do crânio. Tontura. Náusea. Visão borrada. Estupor. Perda de consciência. Não havia como saber qual era o estado da vítima pós-ferimento. Cada cérebro reagia de forma diferente. O único denominador comum era que crânios eram contêineres fechados. Quando o cérebro começava a inchar, não havia para onde ir. Era como explodir um balão dentro de uma bola de vidro.

Pressionou os olhos da mulher para se abrirem. As lentes de contato tinham se fundido às córneas. Havia sinais de petéquia, a explosão vermelha e dispersa de vasos sanguíneos nos olhos. Podia ser resultado de estrangulamento, mas podia apontar que o cérebro inchara até o tronco cerebral, deprimindo a respiração até o ponto da morte. Uma autópsia talvez mostrasse um hioide quebrado, indicando compressão manual, mas aquilo não era uma autópsia.

E Sara ainda não via motivos para sugerir uma.

Apalpou o pescoço com os dedos. A estrutura parecia dura. Havia múltiplas explicações para isso, de traumatismo cervical na queda até linfonodos inchados.

— O senhor tem uma lanterna? — pediu a Ingle.

Ele tirou uma portátil do bolso.

Sara abriu a boca da mulher. Nada parecia diferente da foto. Apertou a língua para baixo e usou a luz para olhar dentro. Nada. Enfiou o dedo indicador pela garganta até o máximo possível.

Ingle perguntou:

— Sente uma obstrução?

— Não sinto, não. — A única forma definitiva de saber seria dissecar o bloqueio traqueal. De novo, não havia motivo para isso. Não ia fazer essa família passar por um segundo luto com base nas teorias de um pedófilo com interesses pessoais.

— Pronto — anunciou.

Ingle lentamente puxou o plástico que cobria o torso.

O som de sucção ecoou no teto baixo. Parecia que uma granada tinha explodido dentro do abdome. O cheiro era tão insalubre que Sara tossiu. Os olhos lacrimejaram. Voltou-se para Amanda, com o topo da cabeça ainda visível, mas digitando com uma só mão. Colocara a outra no nariz, para bloquear o cheiro.

Sara não tinha esse luxo. Inspirou fundo algumas vezes, forçando o corpo a aceitar que era assim que ia ser. Ingle pareceu não se abalar. Os cantos dos lábios subiram, num sorriso merecido.

Sara voltou ao corpo.

A linha de demarcação entre onde os materiais à prova d'água tinham protegido seções do corpo e onde a camiseta fina de algodão cobria o torso podia ter sido feita com uma régua. Tudo acima das clavículas e abaixo dos quadris estava intocado. A barriga e o peito eram outra história.

Os intestinos tinham sido detonados. Os peitos, arrancados. Não havia mais quase órgão algum. As costelas tinham sido lambidas até ficarem limpas. Sara viu marcas de dente onde o osso tinha sido roído. Afastou o braço esquerdo do corpo para seguir a trilha de carnificina do seio retalhado até a lateral do tronco. A axila tinha sido eviscerada. Os nervos, as artérias e as veias estavam projetados como fiapos de fios elétricos quebrados. Abriu o braço direito e viu o mesmo tipo de destruição.

— O que você acha da região axilar? — perguntou a Ingle.

— O sovaco? As raposas podem ser muito ferozes, ainda mais quando lutam. Têm garras afiadas como lâminas. Devem ter entrado em frenesi.

Sara assentiu, embora não concordasse muito com a avaliação.

— Aqui. — Ingle voltou à escrivaninha e encontrou uma lupa na gaveta de cima. — Dá para ver pedaços de material azul da camiseta de algodão. Não tive tempo de retirar tudo.

— Obrigada.

Sara pegou a lupa e ajoelhou-se ao lado da maca. As marcas de dentes e garras estavam claramente visíveis. Não tinha dúvidas de que vários animais pequenos tinham se alimentado do corpo. O que queria examinar era o dano às axilas.

Predadores eram atraídos pelo sangue na carne de órgãos e nos músculos. Não havia muita recompensa na axila. Os nervos, veias e artérias do plexo braquial se estendiam desde a espinha dorsal, passando pelo pescoço, por cima da primeira costela, até a axila. Havia formas mais complexas de descrever as estruturas, mas, grosseiramente, o plexo braquial controlava os músculos dos braços. Os vários feixes eram distinguíveis por cor. Veias e artérias eram vermelhas. Nervos iam de branco-perolado a amarelo.

Sob a lupa, viu que as veias e artérias tinham sido arrancadas por dentes atraídos por sangue.

Em contraste, os nervos pareciam ter sofrido um corte limpo, feito por uma lâmina.

— Sara? — Amanda, finalmente, tinha levantado os olhos do telefone.

Sara balançou a cabeça, perguntando a Ingle:

— E o arranhão nas costas?

— O ferimento?

— Você chamou de arranhão nas anotações.

— Ferimento. Corte… Acho que a menina arranhou a nuca em algo. Talvez uma pedra? As roupas não estavam rasgadas, mas já vi acontecer. Fricção básica.

Ele estava usando *ferimento, corte* e *arranhão* como sinônimos, o que era como dizer que um cachorro era um frango ou uma maçã.

— Podemos virar a vítima de lado? — pediu Sara.

Ingle recolocou o plástico sobre o abdome antes de virar os ombros da jovem. Sara rotacionou os quadris e as pernas. Usou o feixe estreito da lanterna para examinar as costas da mulher. O *livor mortis* deixara a área preta como um hematoma cortando a coluna. A pele tinha se esticado e rachado com a decomposição.

Sara contou as vértebras cervicais a partir da base do crânio. Lembrou uma técnica de memorização da faculdade de medicina:

C 3, 4, 5 mantêm o diagrama vivo.

O nervo frênico, que controla a subida e descida do diafragma, sai dos nervos espinhais na terceira, quarta e quinta vértebras cervicais. Ao avaliar traumas da espinha dorsal, se esses nervos estiverem intactos, o paciente não precisa de um respirador. Qualquer dano abaixo da C5 paralisaria as pernas. Danos acima do C5 paralisariam as pernas e os braços, mas também cortaria a habilidade do paciente de respirar sozinho.

Sara achou o ferimento das anotações de Ingle diretamente abaixo da C5.

O arranhão, porque a pele tinha mesmo sido arranhada, era mais ou menos do tamanho da unha do dedão, mais fundo de um lado, terminando como um cometa do outro. Entendia por que Ingle desprezara a marca. Parecia o tipo de ferimento acidental que acontecia o tempo todo. É fácil bater o pescoço contra algo afiado ou coçar com força demais. Vem uma dor, mas não muita. Mais tarde, pede a alguém para olhar, porque não tem ideia de por que o pescoço está doendo.

Mas aquele ferimento em particular parecia mais que uma coceira. O arranhão claramente tinha sido feito para cobrir uma ferida. E não só uma ferida, mas uma perfuração. A circunferência do buraco era mais ou menos um quarto do tamanho de um canudo. Sara imediatamente pensou no furador de um canivete suíço. A ferramenta redonda, pontuda, era ideal para fazer furos no couro. Seu pai usava um apetrecho parecido para colocar as cabeças de pregos em trabalhos delicados de marcenaria.

Quando pressionou a perfuração, escorreu um líquido aquoso, marrom escuro.

— Isso é gordura? — perguntou Ingle.

— Gordura seria mais branca e borrachuda. Isso é fluido cérebro-espinhal — disse Sara. — Se estou certa, o assassino usou uma ferramenta de metal para romper a espinha dorsal da vítima. Cortou os nervos do plexo braquial para imobilizar os braços.

— Espere aí... — A calma ensaiada sumira da voz de Ingle. — Por que alguém ia querer paralisar essa pobrezinha?

Sara sabia exatamente por quê; já tinha visto esse tipo de dano antes.

— Para ela não poder revidar enquanto era estuprada.

CAPÍTULO CINCO

Grant County – terça-feira

JEFFREY CAMINHAVA PELA ENTRADA principal da faculdade, avançando em direção aos portões. A chuva batia de lado no guarda-chuva. O céu começara a cair enquanto ele estava no escritório do reitor, recebendo um sermão sobre *imagem*. Kevin Blake era uma enciclopédia ambulante do discurso corporativo, estava sempre *olhando o cenário geral, no comando do navio, pensando fora da caixa* ou *defendendo uma abordagem holística*.

Traduzindo: o reitor queria emitir um comunicado cheio de blá-blá-blá, vamos juntos superar o trágico acidente na bosque e ajudar o corpo discente a embarcar numa jornada de cura. Jeffrey deixou claro que ainda não estava preparado para essa jornada. Pediu uma semana. Blake lhe deu até o fim do dia. Não havia muito a dizer depois disso. As escolhas de Jeffrey eram limitadas. A dúvida era se caminhava na chuva para acalmar a cabeça ou se jogava Blake pela janela.

A opção de caminhar ganhara por pouco, apesar do dilúvio que começara a cair enquanto esperavam pela ambulância. Ainda no meio do caminho até os portões, as meias de Jeffrey já estavam encharcadas. O pesado guarda-chuva da polícia estava deixando uma marca em seu ombro. Ele segurou o cabo com mais firmeza. Já fazia quatro horas desde aquele momento no bosque, e suas mãos ainda não conseguiam apagar o eco da memória chocante do osso se quebrando dentro do peito da garota. Jeffrey não estava acostumado a receber ordens, mas tudo o que Sara lhe mandara fazer, tudo o que tinham feito juntos, salvara uma vida.

Se aquela vida seria contada em horas, dias ou décadas, isso ainda era incerto.

O nome da garota era Rebecca "Beckey" Caterino, 19 anos. Era filha única de um pai viúvo e estudava química ambiental. Talvez nunca acordasse da cirurgia depois de sofrer o que, segundo todas as aparências, era um acidente trágico.

A parte de *acidente* era a fonte de discordância entre Jeffrey e Blake. Não importava os QCMs, TCEs ou PQPs de Sara, Jeffrey não gostava da teoria de que a garota caíra de costas. A isso, somava-se a ligação perturbadora que recebera do pai de Caterino. O homem chegara ao hospital trinta minutos depois da filha e transmitira algumas informações médicas que Jeffrey precisava que Sara interpretasse. A conclusão era que não tinha jeito de Beckey Caterino ter conseguido virar o corpo no bosque. Ou a jovem caíra de costas, ou alguém a colocara naquela posição.

Jeffrey não conseguia explicar muito bem por que acreditava na segunda possibilidade. Nenhuma das provas apontava para um delito, mas estava no emprego havia tempo o bastante para saber que, às vezes, o instinto podia ser melhor do que os olhos.

Examinou a linha do tempo que tinha criado. As colegas de apartamento de Caterino disseram que a jovem saíra em torno das cinco da manhã. A ligação para a emergência chegara uma hora depois. A aluna era corredora frequente. Jeffrey olhara as estatísticas. Mulheres do grupo etário de Caterino, em geral, conseguiam correr a cerca de oito quilômetros por hora. Supondo que a jovem tivesse corrido direto para o bairro da zona da Panqueca, sem desvios nem paradas, a corrida de 2,4 quilômetros teria levado 18 minutos.

Sobravam 42 minutos para acontecer algo ruim.

Se Caterino tivesse sido alvo de alguém, o próximo passo seria determinar quem desejaria machucá-la. Um antigo namorado com raiva por ela terminar tudo? Ou o caso seria o cenário oposto, em que um antigo namorado arranjava uma nova namorada e queria apagar o passado? Caterino brigara com alguma colega de apartamento? Haveria uma rival acadêmica? Um professor obcecado que não gostava de ouvir não?

Jeffrey mandara Frank para sondar Chuck Gaines, a piada ambulante que atuava como chefe da segurança no campus. Matt Hogan estava entrevistando todos no alojamento. Brad Stephens estava com Leslie Truong, a mulher que encontrara Caterino no bosque. Lena estava falando com a dra. Sibyl Adams. Por coincidência, a irmã de Lena era uma das professoras da vítima. Sibyl se oferecera para chegar mais cedo e debater o artigo de química orgânica da jovem.

Jeffrey não sabia muito bem se a garota conseguiria entregar qualquer trabalho nos próximos meses. Sara instruíra a ambulância a levar Caterino à CTI mais próxima, que ficava em Macon. O Centro Médico Heartsdale mal era equipado para cuidar de arranhões e hematomas. Quando Jeffrey pedira um prognóstico, Sara ficara em silêncio. Estava furiosa com Lena por não ter checado o pulso, focando toda a sua energia na jovem policial de uma forma que devia ter deixado Jeffrey até aliviado.

Para variar, não era o alvo da língua afiada de Sara.

Jeffrey deu um passo para o lado, para deixar um carro passar, e cruzou os portões da universidade. A rua principal esticava-se à frente. A chuva batia tão forte que quicava meio metro no asfalto. A delegacia ficava para a esquerda. Subindo o morro, à direita, ficava a Clínica Pediátrica de Heartsdale, como um monumento à arquitetura ruim dos anos 1950.

Penitenciária de luxo era a melhor descrição possível para o estilo de muros de tijolos. Nada no exterior indicava que as crianças seriam bem-vindas ali. As janelas eram estreitas, o beiral de plástico transformava qualquer luz natural num marrom pálido. Um octógono de tijolos de vidro se inchava como um furúnculo na ponta. Era a sala de espera. Durante o verão, a temperatura lá dentro podia chegar a mais de trinta graus. O dr. Barney, proprietário da clínica, insistia que o calor ajudava os pacientes a suar a doença que lhes afligisse. Sara discordava veementemente, mas o médico tinha sido pediatra dela antes de se tornar seu chefe, e Sara tinha dificuldade de desafiá-lo abertamente.

O homem não tinha ideia da sua sorte.

Jeffrey subiu a ladeira íngreme da entrada. O Z4 turbo prateado de Sara estava no estacionamento ao lado do prédio, estacionado num ângulo de grande exibição, e virado diretamente não só para a delegacia, mas para as portas da frente. Porque só dava para castrar Jeffrey com uma faca uma única vez, mas Sara podia dar na cara dele com seu conversível de oitenta mil dólares cada vez que ele saía do trabalho.

E, por falar em castração, Tessa Linton estava parada sob o beiral estreito, em frente à porta lateral da clínica. Usava short jeans cortado e uma camiseta justa de manga longa com o logo do *Encanadores Linton e Filhas* cortando o peito amplo. Como sempre, o cabelo loiro e longo estava preso numa espiral no topo da cabeça. Jeffrey tentou um sorriso. Quando não funcionou, ofereceu o benefício de seu guarda-chuva, dizendo:

— Há quanto tempo.

Tessa apenas encarou a rua.

De todas as pessoas da cidade, Jeffrey imaginava que Tessa seria a mais compreensiva com sua transgressão. Ela não era uma mulher sem passado. E não era uma mulher sem presente. As ruas de Grant County estavam lotadas de corações que ela partira. Os dois tinham se reconhecido como espíritos irmãos desde a primeira vez em que Sara levara Jeffrey para conhecer a família. Tessa brincara, avisando-o para não partir o coração da irmã mais velha. Jeffrey brincara de volta, dizendo que não é traição se for cada vez com uma mulher diferente. Os dois brincaram assim por anos. Aí, Sara pegara Jeffrey no flagra. Aí, Tessa cortara os pneus de seu Mustang.

— Sara está bem? — perguntou Jeffrey. — Tivemos uma manhã difícil.

— Meu pai está vindo me buscar.

Jeffrey examinou a rua, hesitante. Ofereceu o guarda-chuva a Tessa.

— Você pode só deixar na porta.

Ela cruzou os braços diante do peito.

Jeffrey observou a chuva torrencial caindo no estacionamento. A água cascateava pelo beiral do teto. Tessa ficaria encharcada logo no primeiro passo. Devia deixar que ela se virasse sozinha, mas o cavalheirismo venceu. E duvidava que o guarda-chuva estivesse lá, quando voltasse.

Tessa perguntou:

— E como está a casa antiga dos Colton?

Jeffrey ia perguntar como Tessa sabia que ele tinha comprado uma casa, mas se deu conta de que a cidade toda devia saber.

— A estrutura é boa. Vou reformar a cozinha, jogar uma tinta nas paredes.

Ela estava sorrindo.

— A privada ainda dá descarga?

Uma angústia se abateu sobre Jeffrey. Não tinha conseguido contratar um inspetor profissional. Ninguém retornava suas ligações. Eddie Linton colocara uma *omertà* de encanadores nele.

— Aquele cano de esgoto de argila velho está cheio de raízes de árvore — comentou Tessa. — Daqui a um mês, você vai ter que cagar num balde.

Jeffrey mal podia pagar a hipoteca. Suas economias tinham sido detonadas pela entrada na casa.

— Tess, por favor. Me ajuda, vai.

— Você quer minha ajuda? — Ela desceu da calçada. A van do pai estava na rua. — Compre um balde de metal. O plástico absorve cheiro.

Jeffrey se atrapalhou para fechar o guarda-chuva quando Eddie encostou no estacionamento. Sabia que o homem mantinha uma Ruger .380 no porta-luvas.

A van deu uma guinada descontrolada na frente do prédio.

Jeffrey abaixou o guarda-chuva e abriu a porta da clínica com força. Dentro, quase deu um encontrão em Nelly Morgan.

— Hm. — A gerente administrativa da clínica fez um muxoxo para ele antes de dar meia-volta e se afastar. Jeffrey suprimiu um comentário sarcástico. Nelly era imune a sarcasmo.

Mas o dr. Barney, não.

— Está com uma cara ótima, filho — disse o médico, fechando incisivamente a porta de uma sala de exames atrás de si.

Jeffrey analisou seu reflexo no espelho em cima da pia do corredor. A chuva fizera seu trabalho. A camisa estava ensopada, a parte de trás de seu cabelo estava para cima, espetada como a bunda de um pato.

— O que você está fazendo aqui? — Molly Stoddard, enfermeira de Sara, parecia a menos feliz de vê-lo.

Jeffrey arrumou o cabelo.

— Preciso falar com a Sara.

— Precisa ou quer? — Molly olhou para o relógio de pulso, mesmo sendo uma daquelas mulheres que sempre sabiam que horas eram. — Ela vai atender até o fim do dia. Você vai ter que...

— Molly. — A porta do consultório de Sara se abriu. — Vá começando a inalação do Jimmy Powell. Eu já vou.

Molly deu mais uma olhada cheia de raiva para Jeffrey antes de arrastar os pés corredor afora.

Sara perguntou a Jeffrey:

— Como está a menina?

— Em cirurgia. Ela...

Sara desapareceu no consultório.

Jeffrey ficou se perguntando se devia segui-la. Arrumou o cabelo de novo. Passou por uma mãe que o olhava com desaprovação. O filho pequeno também estava franzindo o cenho para ele. Jeffrey precisava de um diagrama como aqueles impressos no início de romances russos para entender como as pessoas se relacionavam com Sara e em que nível o odiavam.

Encontrou a ex-esposa sentada atrás da mesa, de caneta na mão, preenchendo uma receita. O consultório de Sara era do mesmo tamanho que o do dr. Barney, mas o dela parecia menor, com tantas fotos de pacientes nas paredes.

A maioria eram fotos escolares. Havia algumas espontâneas, com gatos, cachorros e até alguns hamsters. O estilo de decoração caótico se espalhava pela sala. A caixa de papéis estava transbordando. Havia livros médicos espalhados pelo chão e prontuários empilhados nas duas cadeiras e em cima dos armários de arquivos, que continham ainda mais prontuários. Se Jeffrey não a conhecesse, acharia que a sala tinha sido roubada.

Tirou uma pilha de prontuários de uma cadeira, para poder sentar.

— Encontrei Tessa lá fora.

— Feche a porta. — Sara esperou que ele se levantasse de novo, fechasse a porta e se sentasse, antes de perguntar: — Você finalmente vai se livrar de Lena?

Jeffrey tinha a própria pergunta pronta:

— Quanto tempo você levou para encontrar um pulso?

— Eu, pelo menos, procurei.

— Lena conferiu a pulsação quando chegou à cena. Vi nas anotações dela.

— Estava em caneta da mesma cor? — Sara não esperou resposta. — Me diga o que o hospital falou. Como está a garota?

Jeffrey deixou o tom mordaz dela pairar entre os dois. Durante o último ano, tinha se familiarizado intimamente com aquelas duas Saras: a versão em público era tragicamente silenciosa, sempre respeitosa. A versão em particular dava um pau nele sempre que podia.

Jeffrey colocou as pastas sobre uma pilha já oscilante.

— O nome da garota é Rebecca Caterino, também conhecida como Beckey. O hospital não pode liberar as informações…

— Mas?

— Mas — ele pausou, para desacelerá-la — falei com o pai da vítima. O neurologista vai fazer uma…

— Craniectomia para aliviar a pressão interna no crânio? — perguntou Sara. — E o material na garganta?

— O pneumologista disse que parecia…

— Massa não digerida?

Jeffrey agarrou os braços da cadeira.

— Você vai terminar todas as minhas…

Sara não entrou na brincadeira.

— Por que está aqui, Jeffrey?

Ele teve de deixar a irritação de lado para responder:

— Você notou que as pernas da jovem estavam paralisadas?

— Paralisadas? — Sara, enfim, estava prestando atenção. — Explique melhor.

— O cirurgião disse ao pai de Beckey que a coluna espinhal foi rompida.

— A coluna vertebral ou a medula espinhal?

Mantendo a calma, Jeffrey tirou o caderno do bolso e folheou até a página certa.

— Durante a avaliação, os pés e as pernas não reagiram a estímulos. Uma ressonância revelou uma pequena perfuração no lado esquerdo da medula espinhal.

— Perfuração? — Sara se inclinou por cima da mesa. — Seja mais específico. A pele também estava perfurada?

— Só sei isso. — Jeffrey fechou o caderno. — O pai estava compreensivelmente nervoso. Os cirurgiões não deram muitas informações. Você sabe como é o começo dessas coisas. Eles não têm como falar do que sabem ou do que não sabem.

— Eles sabem muito mais do que deixaram transparecer — retrucou Sara. — Você sabe a localização da perfuração?

Jeffrey consultou as anotações.

— Abaixo da C5.

— Então não vai precisar de respirador. Menos mal. — Sara recostou-se na cadeira. Dava para ver que estava analisando as possibilidades. — Ok, lesões de medula espinhal. A maioria é resultado de trauma físico. Lesões esportivas, acidentes de carro, armas de fogo e ferimentos de faca... Acidentes também podem causar essas lesões, mas quedas não costumam ter esse tipo de efeito. Precisa de uma força tremenda para romper a medula espinhal. Pode ser que uma vértebra tenha perfurado a medula... Ou talvez ela tenha caído em algo pontiagudo? Você achou algo na cena que pudesse causar um ferimento penetrante?

— Quando falei com o pai, a cena já tinha sido lavada pela chuva.

— E você não pensou em cobrir com uma tenda?

— Para quê? — perguntou Jeffrey, porque esse era o xis da questão. — Por que eu tomaria cuidados extras com a cena do que parecia ser um acidente? Você viu algo no local que a fez pensar o contrário?

Sara balançou a cabeça.

— Tem razão.

Jeffrey colocou a mão em concha na orelha, como se não conseguisse ouvi-la.

Sara abriu um sorriso relutante. Jeffrey odiava a forma como se sentia quando recebia uma reação positiva da mulher, como se estivesse no terceiro ano do ensino médio tentando impressionar uma líder de torcida.

— Este caso está parecendo suspeito, certo? — indagou ele. — Ou sou só eu?

Sara balançou a cabeça, mas Jeffrey notou que ela compartilhava de sua apreensão.

— Quero ver a ressonância. A perfuração é estranha, pode mudar tudo. Ou pode ser explicada. Preciso de mais informações.

— Eu também. — Jeffrey sentiu um pouco da pressão no peito se aliviando. Uma das coisas de que mais sentia falta em Sara era poder falar sobre o que o incomodava. — Kevin Blake está me forçando a fazer um comunicado hoje. Quer acalmar a população. Parte de mim concorda com ele, mas outra parte acha que estamos deixando passar alguma coisa. Aí, me pergunto: "O que estamos deixando passar?" Não temos nenhuma evidência física levantando questões que uma investigação possa responder.

— E duvido que a garota vá poder ajudar — completou Sara. — Mesmo que ela sobreviva à cirurgia, mesmo que consiga se comunicar, a amnésia pós--traumática provavelmente vai inutilizar sua capacidade como testemunha.

— Vou falar com Leslie Truong, a jovem que achou o corpo. Talvez ela lembre de algo.

— Talvez.

Jeffrey analisou o rosto de Sara, que parecia ter mais a dizer.

— O que foi?

— Estamos só conversando, certo?

— Certo.

Sara batucou com a caneta na mesa, como um metrônomo.

— Você devia pedir um exame pélvico.

— Você acha que a garota foi estuprada? — Jeffrey ficou confuso com o salto mental. — A vítima é uma boa menina, comportada… Você viu as roupas dela. A garota não estava nem usando maquiagem. Tinha passado a noite inteira na biblioteca. Não é o tipo de menina festeira que alguém imaginaria ser atacada.

A caneta parou de batucar.

— Está dizendo que existem mulheres estupráveis?

— Não, que loucura. — Sara estava interpretando errado de propósito, só podia. — Estou dizendo que precisamos olhar as evidências. Caterino não foi amarrada, não mostrou sinais de hematomas e ainda estava vestida. Nada parecia fora do lugar. Era plena luz do dia, num bosque movimentado a cerca de 200 metros de uma rua agitada.

— E ela estava na biblioteca tarde da noite, em vez de num bar. E as roupas não eram de quem estava querendo.

— Pare de colocar palavras na minha boca. Ninguém quer uma coisa dessas — retrucou Jeffrey. — Tá bom, talvez eu tenha me expressado mal, mas é verdade: a menina não está numa categoria de alto risco. É boa aluna, não curte drogas. Ela é como você, sempre com o nariz enfiado num livro. Pelo amor de Deus, a garota saiu para correr de madrugada, não estava enfiada num beco tentando comprar crack.

Sara apertou os lábios e respirou fundo. Jeffrey viu as narinas dela se inflarem.

— Sabe de uma coisa, Jeffrey? Esse não é mais o meu trabalho.

— Que trabalho?

— Não é comigo que você tem que discutir os casos. Não sou sua confidente do que é ou não *suspeito*. Não vou dizer como neutralizar Kevin Blake. Não é mais trabalho meu ser a estrutura emocional que mantém sua vida.

— E o que isso quer dizer, porra?

— Quer dizer que não preciso ficar ouvindo você falar, nem me preocupar, nem ajudar, nem mesmo olhar pra você. — Sara bateu a ponta do indicador na mesa. — O aniversário da sua mãe é amanhã. Você lembra?

— Merda — sussurrou ele.

— A floricultura fecha às 16 horas e não faz entregas no mesmo dia, então, a não ser que queira sua mãe chorando ao telefone, é melhor ligar agora, antes que esqueça.

Jeffrey olhou para o relógio. Ainda tinha cinco horas para resolver isso. Não ia esquecer.

— Isso é uma coisa. Eu nunca pedi para você...

— Você lembra que o aniversário de 17 anos de casamento de Possum e Nell é no mês que vem? — Parece que Sara, pelo menos, tinha lembrado. — Da última vez que os visitamos, você prometeu que iria à festa. E que escreveria um brinde. Também prometeu a Jared que o ensinaria a jogar uma bola em espiral. E você precisa tomar a vacina da gripe. Os anticorpos das vacinas precisam ser testados. E só Deus sabe o quanto você devia fazer testes para DSTs. Está atrasado nas consultas médicas. Quer mais remédio de hipertensão? Você tem que marcar uma consulta com seu clínico geral antes da receita acabar.

— Eu sei de tudo isso — mentiu Jeffrey. — Já marquei as consultas. Já tenho o discurso no meu notebook.

— Você mente muito mal.

— E você, Sara? A gente pode falar um pouco sobre como *você* estragou tudo, pra variar? — Jeffrey sentiu o joelho bater na mesa quando se inclinou para a frente. — E esse cara novo com quem está andando em Atlanta? Esse tal de Parker? Isso não é nome de homem. É nome de marca de caneta do vovô.

Sara riu.

— Uau, parece que você me pegou mesmo.

Ah, Jeffrey ia pegá-la. Nem que fosse a última coisa que fizesse.

— E agora está com uma cara péssima. O que é isso? Não escovou o cabelo, não? A ressaca está estampada na sua cara. Não deve dormir direito há uma semana, pelo menos. Mal se aguenta de pé. Estou tentando ter uma conversa adulta sobre...

— Jeffrey. — A garganta pareceu travar na palavra. Sara nunca gritava quando estava brava. Sua raiva sempre saía num sussurro furioso. — Saia do meu escritório agora.

— Ah, qual é, tire essa régua do rabo! — Jeffrey bateu a mão na escrivaninha. Sara não tinha direito de ficar brava com ele agora. — Meu Deus, Sara! Eu estava tentando conversar sobre um caso e você transformou nesse...

— Eu não sou a legista. Não sou sua audiência. E você fez questão de garantir que eu não seja sua esposa.

Ele forçou uma risada.

— Não fui eu quem deu entrada no divórcio.

— Não, mas era você quem mentia sempre que eu perguntava por que tinha voltado tarde pra casa, por que, de repente, tinha que sair para atender ligações, por que mudou a senha do e-mail, por que desligou as notificações do celular, por que colocou uma tela de bloqueio no computador. — Dava para ver que a garganta de Sara estava se esforçando para manter a voz ativa. — Você me fez achar que eu estava ficando louca. Você me humilhou na frente da cidade toda. E não cansa de mentir sobre...

— Eu cometi um erro. Só um.

— Só um. — A voz era quase um sussurro irritado. Não importava o que ele dissesse, Sara se recusava a acreditar que tinha sido só uma vez, só um erro idiota. — Já faz um ano, e você ainda não consegue admitir a verdade.

— Quer saber, meu bem? Vou dizer a verdade: *eu* não sou mais seu marido. — Ele se levantou para sair. — Também não preciso ficar ouvindo essa merda.

— Então vá embora.

Jeffrey não ia deixar que ela tivesse a última palavra.

— Você também fez coisas, Sara.

Ela abriu os braços, convidando-o a tentar sua melhor acusação.

— Já pensou em passar um domingo na cama com o marido, em vez de sair correndo pra almoçar com a família? Ou em dizer para a sua mãe não aparecer sem convite seis vezes por semana? Ou, quem sabe, falar para o seu pai parar de correr atrás de mim para finalizar projetos que posso finalizar no meu próprio tempo? Que tal não contar cada detalhe da nossa vida sexual para a sua irmã? Você pensou em, pelo menos uma vez, só uma vez em todo o casamento, colocar as minhas necessidades, os meus sentimentos, antes das vontades de cada pessoa da porra da sua família?

Sara começou a remexer nas gavetas da escrivaninha, espalhando papéis e materiais de escritório pelo chão.

Jeffrey olhou para a bagunça. Era como no carro, quando ela surtou e destruiu as próprias coisas, em vez das dele.

— O que você está fazendo?

— Procurando isso. — Ela jogou uma calculadora na mesa. — Preciso de ajuda para contabilizar o tanto que não me importo com seus sentimentos.

Jeffrey fechou a cara, cerrando a mandíbula com tanta força que sentiu a pulsação latejando no rosto.

— Enfia essa porra dessa calculadora no cu.

— E você vá se foder.

— Tem um fila de mulheres querendo me ajudar com isso.

— Ah, jura, é piru de ouro?

— Vá se foder.

A resposta de Sara se perdeu no barulho de Jeffrey deslizando a porta de correr com tanta força que o batente estourou. A madeira lascou. Fotos de pacientes voaram pelo ar. No corredor, deu de cara com uma parede branca — enfermeiras, assistentes de médicos, o dr. Barney de jaleco, todos reunidos ao redor da estação de enfermagem. Todos o olharam com nojo. Sara era tão estratégica que só o lado dele da discussão chegara ao corredor.

Aquilo não era um divórcio. Era o carrossel de *A fuga no século XXIII*.

Os sapatos encharcados iam fazendo barulho pelo corredor. As meias molhadas embolaram no tornozelo. Jeffrey sentia que estava saindo fumaça da sua cabeça. Abriu a porta com o ombro. A tempestade ainda assolava o dia lá fora. Relâmpagos rachavam o céu. As nuvens estavam tão densas quanto seu humor.

Procurou o guarda-chuva; estava no meio do estacionamento, com as varetas dobradas. Saiu pela chuva torrencial e o pegou do chão. O celular começou a tocar. Ignorou, os músculos do braço ficando tensos conforme tentava forçar o guarda-chuva a se abrir.

— Merda!

Jeffrey jogou o objeto inútil na direção da porta fechada. A chuva batia com tudo em sua cabeça. Marchou na direção da entrada, e olhou para o carro de Sara, mas não estava tão surtado a ponto de dar a ela a satisfação de fazer algo estúpido.

Olhou de novo para o guarda-chuva. Olhou para o carro.

O celular tocou mais uma vez.

Ele pegou do bolso.

— Deus do céu, o que foi?

Houve uma hesitação. Uma respiração leve. Sabia que era Lena sem nem olhar para o identificador de chamadas.

Ele bradou:

— O que foi, Lena? O que você quer?

— Chefe… — A hesitação dela o fazia querer tacar o celular no chão. Viu a mulher do outro lado da rua. Lena estava parada do outro lado da porta de vidro na frente da delegacia. — Chefe…

— Você sabe que eu estou ouvindo, Lena. Você está me vendo pela merda do vidro. O que foi?

— A garota… — Ela hesitou. — A outra garota. A aluna.

— Você esqueceu como se fala?

— Ela está desaparecida — completou Lena. — Leslie Truong. A testemunha que encontrou Beckey Caterino no bosque. A menina nem sequer chegou à enfermaria. Não apareceu na república onde mora nem foi às aulas. Não a encontramos em lugar algum.

CAPÍTULO SEIS

Atlanta

WILL DIRIGIA EM SILÊNCIO enquanto Faith transcrevia detalhes dos recortes de jornais de Daryl Nesbitt em seu caderno. Ouvia a caneta esferográfica arranhando o papel. Faith gostava de circular palavras importantes, e o barulho soava como lixa. Will ansiava por uma distração, mas, para manter as boas relações, nunca ligavam o rádio no carro. Faith não queria ouvir Bruce Springsteen. Will se recusava a aceitar NSYNC.

Exceto por um *há* ocasional, Faith parecia satisfeita com o silêncio prolongado. O cérebro de Will não parava de criar inícios de conversas centradas em Faith — *E aí, como estão as coisas com o pai de Emma? É verdade que teve uma briga entre mães que trabalham fora e mães que ficam em casa? Qual é a letra de "Baby Shark"?* —, qualquer coisa para salvá-lo do buraco de analisar cada palavrinha que ouvira de Sara na última hora.

Não que houvesse muito no que se basear. Durante as três conversas breves, sua namorada engraçada e articulada, de repente, passara a falar num código que nem Alan Turing conseguiria desvendar. Ainda na prisão, Sara não tinha tecnicamente desligado na cara de Will quando ele ligou do banheiro, mas a conversa terminara de repente, o bastante para fazê-lo disparar feito doido pelos corredores. Tinha sorte de os agentes penitenciários não terem atirado em suas costas. Aí, Sara atirara na cara dele.

Salada?

McDonald's?

Quê?

Quando Will era criança e as coisas saíam do controle, imaginava que seu cérebro era uma pilha de bandejas de almoço. Sempre fora fã de comida servida em compartimentos — pizza no retângulo grande, milho, batatas fritas e molho de maçã nos quadrados menores. Visualizar essas bandejas lhe dava seções claramente definidas para armazenar os problemas, para poder lidar com tudo mais tarde. Ou não. Com o sistema de empilhamento, passara por algumas situações muito angustiantes. Se o pai de um lar temporário era duro com ele, ou se uma professora gritava por ele ser estúpido, Will colocava o sentimento ruim num compartimento e, quando todos os compartimentos ficavam cheios, jogava mais uma bandeja na pilha.

Só que não sabia onde armazenar as três conversas com Sara. As duas últimas já faziam pouco sentido. Ela, em geral, recusava-se a falar sobre o jantar antes do almoço. E nunca, nunca mesmo, levaria um lanche do McDonald's para Will. Sobrava a primeira ligação, de menos de um minuto, para analisar. Sara parecera confusa, depois irritada, depois robótica, depois como se estivesse prestes a cair no choro.

Will esfregou o rosto.

Estava faltando a pista mais óbvia.

Sara tinha dito que estava parada no meio de um estacionamento. Por isso que tinha desligado. Não ia começar a chorar na frente de uma plateia. Apesar de todas as conversas sobre manter a comunicação aberta, ela tendia a lidar com as emoções como o desenho animado do Michigan J. Frog. Em público, seu humor era sempre estável. Em particular, Sara às vezes desabava de uma forma de que pouca gente adivinharia que ela fosse capaz. Will podia contar em uma só mão o número de vezes que a vira surtar. Às vezes acontecia quando Sara estava com raiva, às vezes, quando estava magoada, mas sempre, sempre era escondido.

Ele olhou no retrovisor. A estrada se estendia atrás do carro. Sara já estava a meio estado de distância. Pegou o celular do bolso. Podia saber a localização exata dela com um aplicativo, mas sabia onde a mulher estava, e o app não ia lhe dizer o que ela estava pensando.

Will baixou o olhar para o celular. A tela bloqueada mostrava uma foto dela com os cachorros. Betty estava aconchegada embaixo do queixo de Sara enquanto Bob e Billy, os dois gigantes, lutavam por espaço em seu colo. Os óculos de Sara estavam tortos, e ela estava tentando fazer palavras-cruzadas. Começara a rir, e Will tirara a foto. Sara implorara para que ele a apagasse, achava que parecia uma pateta, então Will colocara a foto como proteção de tela. Mas nada disso importava agora, por que...

Por que Sara não tinha mandado mensagem?

— Meu Deus, Will. Como você aguenta ficar sentado aqui? — indagou Faith. — Tipo, fisicamente, mesmo. Como seu corpo cabe neste espaço?

Will olhou de relance. Faith estava empurrando o banco para trás, tentando ganhar mais espaço para as pernas.

— A cadeirinha de Emma está atrapalhando.

Faith perguntou:

— Por que você não tirou?

— Ah, o carro é seu.

— E você é um gigante. — Faith se ajoelhou no banco, tentando abrir espaço no banco de trás.

Will enfiou o celular no bolso. Tentou manter a conversa.

— Achei que eram difíceis de colocar. Essas cadeirinhas.

— Não é física quântica. — Ela afastou o banco e esticou as pernas no glorioso espaço livre. — Sabe quantos sábados passei parando pais para checar as cadeirinhas, quando ainda era novata? Você não acreditaria em como as pessoas são estúpidas. Tinha um casal...

Will se esforçou para prestar atenção à história, que deu uma guinada inesperada para apreensão de drogas e uma chamada ao centro de zoonoses. Esperou até Faith dar uma pausa para respirar e inclinou a cabeça para as anotações dela.

— Alguma coisa pareceu mais relevante?

— Os celulares estão me incomodando. — Faith se concentrara na oferta de Daryl Nesbitt para trocar informações. — A operação deve ser sofisticada. Mais do que o normal. Antes da rebelião, o diretor confiscou quatrocentos telefones. É coisa demais pra enfiar no rabo. Quer dizer, eu já vi um cu. Já vi um celular. Não entendo como a coisa funciona. Fisicamente mesmo, sabe? Olhe só o meu celular.

Will olhou para o iPhone X na mão dela. Então, comentou:

— Isso aí deve valer três mil dólares lá dentro.

— Eu acho que conseguiria levar dois por vez.

O celular apitou com uma mensagem. Depois outra. Depois outra.

Will adivinhou que era Amanda por trás dos apitos. A mulher enviava cada frase em uma mensagem separada, porque a Convenção de Genebra não se aplicava à sua equipe.

Faith resumiu:

— Amanda está dizendo que Nesbitt tem problemas médicos sérios com a perna, e é isso que está por trás do prazo de uma semana. Suponho que as mensagens signifiquem que as duas já estão na casa funerária.

Will olhou para o relógio. Amanda fizera um tempo bom.

A casa de Lena devia ficar a mais dez minutos de viagem. Já tinham passado pela Delegacia de Polícia de Macon, para pegá-la de surpresa. Eles é que tinham sido pegos: Lena estava em casa de licença-maternidade. Estava a um mês da data prevista para o parto.

— Eu devia assumir a liderança com Lena — sugeriu Faith.

Will nem sequer pensara em uma estratégia, mas concordou:

— Faz sentido. Ela está grávida. Você tem dois filhos.

— Não vou falar sobre maternidade com aquela piranha. — Faith fez uma expressão de desdém. — Odeio grávidas. Ainda mais de primeira viagem. São tão arrogantes, como se tivesse acontecido algo mágico e, de repente, estivessem cultivando vida. Sabe como eu magicamente cultivei Jeremy? Deixei um idiota de 15 anos me convencer de que eu não podia engravidar se fosse só a cabecinha.

Will analisou o monitor do GPS no painel.

— Eu devia assumir a liderança com Lena porque conheci sua ex-mulher mentirosa e traiçoeira. E li suas anotações do caso, das últimas duas vezes que você investigou essa mulher aí.

— Só a primeira vez foi uma investigação. E ela não foi acusada de nenhuma transgressão. Pelo menos, transgressão alguma que eu pudesse provar. — Will percebeu que não estava exatamente se defendendo. — A segunda foi por acaso. Lena, por acaso, foi pega com uns caras que...

— Ela por acaso foi pega? — Faith lançou um olhar afiado. — Não tem como pisar em merda de cachorro se a pessoa não estiver seguindo um cachorro.

Will conhecia bem os parques de cachorros.

— É só olhar para baixo.

Faith grunhiu.

— Você não vê o lado ruim dessa Lena. Não vê o lado ruim de ninguém da laia dela.

Will teve que concordar, em silêncio, que Faith talvez estivesse certa. Sempre tivera um fraco por mulheres raivosas e danificadas. Com frequência, quem elas mais machucavam eram a si próprias.

E também tinha que concordar que não tinham dirigido até Macon para uma sessão de terapia. Estavam tentando tirar informações de Lena — e Will, mais que todos, sabia como isso ia ser difícil.

Então disse a Faith:

— Ela é instável.

— Como um demônio?

— Como uma pessoa em quem uma hora você pode confiar, até que não pode mais — explicou Will. — Você está lá, no meio da conversa, e tudo o que ela diz faz sentido. Aí, de repente, sem como, quando ou por quê, ela fica irritada, magoada ou paranoica, e você tem que lidar com uma pessoa irritada, magoada ou paranoica.

— Ela parece adorável.

— O difícil é que ela às vezes pode ser uma ótima policial. — Will ouviu o suspiro de descrença de Faith. — É sério, ela tem o instinto. Sabe falar com as pessoas. Não trapaceia o tempo todo. Só às vezes.

— "Meio corrupta" é tipo "meio grávida" — retrucou Faith. — O que eu quero são os cadernos de Lena. Foi um dos primeiros casos grandes dela. Amanda tem razão: quando a pessoa está começando, escreve cada peido no vento. É aí que Lena deve ter cometido seus erros. Vamos enforcar a mulher com suas próprias palavras.

Will sabia que Faith tinha razão. Nos primeiros anos no cargo, seu caderno espiralado parecia um diário. E o chefe não conferia. Não era um relatório oficial, juramentado. Não era a constatação de fatos. Era o lugar onde ele colocava os pensamentos aleatórios e os detalhes triviais que queria investigar. Até que um advogado de defesa requisitava o caderno, um juiz concordava e, quando você menos esperava, estava suando frio num banco de testemunhas, tentando explicar que DQ era o nome de um lugar onde tinha almoçado, não as iniciais de um outro suspeito que podia ser o verdadeiro assassino.

Will disse:

— Lena é ardilosa. Vai saber que estamos tentando alguma coisa no instante em que pedirmos os cadernos. E teve bastante tempo pra pensar. Um monte de gente nos viu na delegacia. Sem chance de ela não ter recebido uma ligação de que a AGI perguntou por ela.

— Policiais são umas velhas fofoqueiras — reclamou Faith. — Mas não contamos a ninguém em que caso estamos trabalhando. Lena deve ter um monte de casos preocupantes. A sorte dela uma hora acaba, e estarei lá com as algemas.

Will ficou surpreso com a veemência da parceira.

— Quando foi que você ficou com todo esse tesão nela?

— A mulher tem 32 anos. Quinze de experiência na polícia. Não merece mais o benefício da dúvida. Além disso — Faith levantou o dedo, como se para mostrar que aquela era a parte importante —, sou amiga da Sara. A inimiga da minha amiga é minha nêmesis.

— Não acho que foi isso que Churchill disse.

— Ele estava só combatendo os nazistas. Nós estamos falando de Lena Adams.

Will deixou a comparação passar. Não admitiu que o discurso de Faith estava reforçando o argumento anterior dela: quanto mais a parceira atacava Lena, mais Will queria dar desculpas por ela. Seu defeito fatal era conseguir compreender por que Lena fazia as coisas horríveis que fazia. Nenhum dos erros da mulher tinha sido cometido por malícia. Ela achava estar fazendo a coisa certa.

O que o fez lembrar de uma das lições mais importantes que Amanda o ensinara: o policial mais perigoso, em qualquer investigação, era o que sempre achava estar certo.

— Acho que você devia contar a Sara sobre Daryl Nesbitt — comentou Faith.

Will girou a cabeça de repente na direção dela, rígido como um canhão virando para o alvo.

Faith deu de ombros.

— Você tem razão. Não devíamos esconder isso dela. Sara merece saber.

Will não sabia se confessava ou não.

— Você parecia muito certa de si, lá na prisão. Chegou a dizer que concordava com Amanda.

— É, bom, eu falo merda demais para alguém que não consegue nem ficar acordada depois das 21h30. — O celular dela apitou de novo. E de novo. E de novo. Faith abriu a mensagem. — Amanda. Ainda nada das correspondências de Nesbitt, então nada de notícias do *amigo* que enviou as reportagens. Sara acabou de começar o exame preliminar em Alexandra McAllister. Amanda quer ficar atualizada sobre a situação com Lena. Puxa, Mandy, obrigada pelo lembrete. Eu nem cogitei contar o que acontecesse.

Will escutou os bipes discretos do teclado enquanto a parceira digitava o que ele supunha ser uma resposta mais comedida.

— Sério, você devia contar para Sara — continuou Faith. — Temos que parar para abastecer, de qualquer jeito. Eu espero na loja de conveniência, pra você ter um pouco de privacidade.

Will encarou a estrada à frente. Sabia que Faith não ia largar mão do assunto.

— Já contei.

A parceira pressionou o canto do telefone à testa. Os olhos se apertaram.

— Zoeira, né?

— Liguei do banheiro, antes de sairmos.

— Caralho, obrigada, Will. Ela vai ficar puta comigo. E isso... — Faith suspirou. — Tá, sim, eu sei o que você está pensando. Ela vai ficar puta com *você*, que é namorado dela, então devia ter contado. E contou. E eu sou amiga, então é culpa minha por não contar, mas... meu Deus, esse negócio de relacionamento saudável é difícil. Não sei como você consegue.

Will não sabia se estava mesmo conseguindo.

— Vou pedir desculpas agora mesmo — decidiu Faith, já digitando no celular. — Ajudaria muito se você depois contasse que eu disse para contar a ela antes de saber que você tinha contado.

— É a verdade.

— E não concordamos com Nick, que deu uma dura em Nesbitt, certo?

Will tentou entender a mudança abrupta de assunto. Quase se esquecera da explosão de Nick. Will era grande defensor de ameaças, mas colocar as mãos num suspeito já passava dos limites.

— Não, não concordamos.

— É uma merda, porque temos que defender Nick para ele nos defender, se um dia precisarmos. Não que a gente fosse fazer algo assim, mas... cacete, é mais uma coisa infernal nesse dia infernal.

Ela largou o telefone no porta-copos.

— Preciso de mais reportagens sobre essas mulheres mortas. Estavam em aplicativos de encontros? Como era a presença delas nas redes sociais? Trabalhavam em escritórios ou em casa? Preciso de arquivos de caso, relatórios de legista, fotografias, depoimentos de testemunhas, desenhos de cenas de crime, relatórios de toxicologia... A única coisa que tenho, até agora, é que oito mulheres foram encontradas em bosques. E Amanda tem razão sobre os bosques. Olhe essa paisagem: como pode alguém morrer na Geórgia *fora* de um bosque?

Will já estava olhando a paisagem havia quase uma hora e não estava tão convencido quanto Faith. Alguém estava vendo uma semelhança entre os cadáveres. Esse alguém tinha dedicado os últimos anos da sua vida a rastrear esse padrão de vítimas. Ninguém fazia isso se não estivesse obcecado. Will sentia, lá no fundo, que encontrar a raiz dessa obsessão responderia a várias de suas perguntas.

— Se procurarmos em todas as jurisdições, alguém vai acabar falando — retrucou. — Você mesma disse. Policiais são umas velhas fofoqueiras. Então, vamos divulgar que estamos procurando um possível assassino em série?

Faith foi salva pelo gongo: o celular começou a apitar. Depois apitou de novo. Ela resmungou ao ler a mensagem.

— Amanda quer que você use seu relacionamento com Sara para criar uma conexão com Lena.

Will sentiu as sobrancelhas franzindo. Sara culpava Lena pelo assassinato de Jeffrey. A mulher só se conectaria com Lena por meio de um taco de beisebol.

— Ele é pedófilo, certo? — Faith tinha voltado a Daryl Nesbitt. — Quer dizer, parte de mim diz: claro, Nick, vai lá, senta o cacete nele. Daí outra parte responde: o cara ainda tem direitos. Fizemos um juramento à Constituição, não ao que parece certo. E Nesbitt ainda é um ser humano. E provavelmente foi abusado quando criança, então tem isso.

Will deixou essa última frase rolar para dentro de um compartimento em seu cérebro.

— Não que haja causalidade entre abuso infantil e pedofilia — completou Faith, provavelmente, lembrando-se de com quem estava falando. — Quer dizer, o mundo estaria cheio de pedófilos se o abuso infantil fosse a causa raiz, para começar. E fora que qualquer pedófilo conversando com um pesquisador, provavelmente, vai estar na prisão, e quase toda a população prisional teve uma infância de merda. É meio que um pré-requisito do cárcere, a não ser que a pessoa seja psicopata. — Ela voltou atrás de novo. — Mas não dá para descontar a estupidez. Prendi um monte de idiotas em casas boas.

Will olhou para o rádio.

O celular começou a soltar um apito atrás do outro.

— Amanda diz que o exame preliminar do legista de Alexandra McAllister aponta para morte acidental. Por enquanto, Sara não achou nada que vá contra isso. Ainda está procurando, mas parece ser apenas uma formalidade. — Faith ergueu os olhos do telefone. — E desde quando Sara faz coisas apenas por formalidade?

Will conseguia pensar em algumas vezes, mas não ia compartilhar.

— Se McAllister não foi assassinada, talvez as reportagens sejam aleatórias, e essa caça seja em vão.

— Ainda temos as alegações de Nesbitt contra Lena, que nós dois sabemos que, provavelmente, são verdade, porque ela é uma policial corrupta e faz coisas corruptas para incriminar as pessoas.

Will encarou a estrada. Sentia o redemoinho de mais um vórtex Lena, o que só concretizava a metáfora de Faith com merda de cachorro.

Outro apito do celular.

— E Amanda e eu estamos em sintonia. Ela disse: "Sem dó com Lena".

Outro apito.

— Tudo maiúsculo. "QUERO OS CADERNOS DELA." Sim, dã.

Outro apito.

— "Tente conseguir algo útil para usar contra Nesbitt."

Outro apito.

— "Pergunte a Will se ele tem algum plano."

Faith resmungou de novo.

— Ok, boomer, já chega. — Ela botou o celular no silencioso antes de largá-lo de novo no porta-copos. — Você deve estar se corroendo por dentro, né?

O GPS anunciou a saída que precisavam tomar. Will desacelerou o carro enquanto desviava para a faixa da direita.

Faith deixou alguns segundos se passarem antes de perguntar:

— Você não vai responder?

O rosto de Will parecia tenso. O estômago também. E todos os outros órgãos. Se houvesse como falar com Faith e depois fazê-la esquecer tudo, teria desabafado alegremente.

— Você vai ter que ser mais específica.

O pedido não comprou tanto tempo quanto ele esperava. Faith foi direto em seu ponto fraco.

— A parte de Jeffrey. Eu estava só pensando em como me sentiria se a mulher que eu amo de repente tivesse que lidar com o fantasma do ex-marido. Acho que ia querer morrer. Tipo, me matar.

Will deu de ombros. O GPS mandou pegar a saída seguinte, e ele deslizou na direção da rampa. Já via uma bifurcação no topo.

Faith disse:

— Acho que tem uma razão para você não ter pedido a Sara em casamento, certo?

Will esperou que o GPS lhe dissesse o que fazer.

— A primeira regra do Clube de Policiais é: não faça uma pergunta cuja resposta não vai gostar de ouvir — completou Faith, e desligou o som do GPS. Sabia que esquerda e direita não eram fáceis para Will e apontou para o fim da rua. — Por ali.

Will foi naquela direção.

— Se vale de alguma coisa, Sara ama você para valer — disse Faith. — Mesmo chamando você de *meu amor*, ela nem soa brega. E sempre se ilumina quando vê você chegando. Mesmo hoje de manhã. No meio de uma cena de crime violenta, ela viu você e sorriu como Rose vendo Jack pela primeira vez, no *Titanic*.

Will franziu a testa.

— Tá bom, sei que o Jack morre, mas você entendeu. Vá por aqui. — Faith apontou a próxima saída. — Que tal Duke e... qual é o nome da garota daquele *Diário de uma paixão*? Ah, merda, deixa pra lá, os dois também morrem no fim. — Ela apontou a próxima saída. — *Ghost*. Não. Patrick Swayze foi assassinado. *A culpa é das estrelas. Brilho de uma paixão. Love Story: uma história de amor...* Ah, a verdade é que nesse a mulher devia era ter morrido, de tão mal que atuava. Ah! *A princesa prometida*. Westley só estava mais ou menos morto. Agora vá por aqui.

— Como quiser.

Faith apontou para uma caixa de correio ao longe.

— Do meu lado da rua. Número três-quatro-nove.

Will estacionou em frente à casa do vizinho. Lena e o marido moravam numa casa térrea, um chalé marrom e branco parecido com todos os outros do bairro. Uma árvore esguia se elevava no quintal, e a caixa de correio estava cercada de flores. A entrada de carros era íngreme. Jared Long, marido de Lena, tinha estacionado a moto na calçada. O homem estava enrolando a mangueira do jardim; claramente tendo acabado de lavar o veículo — uma das máquinas mais bonitas que Will já vira.

Faith soltou um:

— Caaaaaaara...

— É a Chief Vintage. — Will não tinha ideia de que a parceira curtia motos. — Seis cilindros, Power Plus 105ci, motor V2 com arrefecimento de ar, exaustão de ciclo fechado...

— Cale a boca.

Will então compreendeu seu erro. Faith não estava de olho na moto. Estava de olho em Jared, que usava apenas shorts de banho e tinha o corpo de um homem de 25 anos que passava três horas por dia na academia.

Will tinha segurança o bastante na própria masculinidade para admitir que o garoto era incrivelmente lindo. A insegurança vinha de saber que Jared era uma cópia do pai biológico incrivelmente bonito, que por acaso se chamava

Jeffrey Tolliver. O marido de Sara morrera sem nunca saber que Jared era seu filho — uma tragédia do tipo Jack e Rose, olhando de uma perspectiva de Westley, o mais ou menos morto.

— Porra, Lena. — Faith abaixou o visor para se olhar no espelho. — Como essa vaca conseguiu a vida da J.Lo tendo a personalidade da Lizzie Borden?

Will saiu do carro. Conferiu outra vez o celular enquanto caminhava até Jared. Ainda nenhuma mensagem de Sara. Nada de carinha sorridente. Nada de coração.

Desligou o telefone.

Tinha um trabalho a fazer. Não podia parar a cada cinco minutos para conferir o celular, como um adolescente apaixonado.

— Ei, cara, há quanto tempo. — Jared cumprimentou Will com um sorriso aberto. — O que está fazendo aqui?

— Estou procurando Lena. — Will endireitou os ombros. Pelo menos, era mais alto que o cara. — Ela está por aqui?

— Está em casa. Bom ver você. — Jared deu um aperto de mão firme, seguido de um tapinha no ombro de Will, porque, ao que parecia, os homens das cidades pequenas do sul dos EUA se cumprimentavam com tapinhas, como cachorros. — Como anda a tia Sara?

— Ela... — A boca de Will fez algo insano: — A gente vai casar.

— Uau, que ótimo. Diga a ela que eu... — O jovem se encolheu. Faith tinha sido catapultada de volta para o Mini; tinha saído sem tirar o cinto de segurança. — Quando vai ser?

— Logo. — Will começou a suar. Rezava para Faith não ter ouvido. — Não estamos contando por aí, tá?

— Claro. — Jared sorriu para Faith, que se aproximava lentamente. — Como vai? Sou Jared, marido de Lena.

— Mitchell. Faith. Pode me chamar de Faith. — Em sua defesa, Faith não se derreteu. — Prazer em te conhecer, Jared.

— Igualmente. — O jovem cruzou os braços. Os músculos fizeram volume para o lado errado. O garoto obviamente estava pulando as flexões para o tríceps. — Vocês estão bem longe de Atlanta. Têm um caso aqui ou o quê?

Will olhou de relance para Faith, e parece que uma parte do cérebro dela acordou, porque a parceira perguntou:

— Lena não recebeu uma ligação da delegacia?

— Desliguei o telefone dela. — Jared apontou para a casa. O Toyota RAV4 de Lena estava estacionado com o nariz para fora, na frente da garagem.

— A pobrezinha está dormindo faz duas horas. Tipo, ela está criando todo um ser humano novo dentro da barriga. É incrível.

— Incrível — ecoou Faith. O que restava do feitiço de homem bonito desvaneceu. — Precisamos falar com ela. Tudo bem se a acordarmos?

Faith foi subindo a entrada de carros íngreme sem esperar resposta.

Jared lançou um olhar questionador a Will, que tentou sorrir.

Sentia os lábios esticados como o plástico que envolvia um engradado de Coca-Cola. Pegou o balde vazio ao lado da moto e gesticulou para Jared começar a se mexer.

O jovem jogou a mangueira do jardim por cima do ombro e foi atrás de Faith. Ele perguntou a Will:

— É sobre um dos casos de Lena?

Will percebeu que Jared não tinha dito nada sobre desligar o próprio telefone. O cara era patrulheiro de moto da brigada de Lena. Quando a mulher não atendeu, a ligação seguinte deve ter sido para ele.

— Precisamos da perspectiva dela — explicou Will. — Tenho certeza de que ela vai querer ajudar.

— Só não estressa a coitada, tá? Ela está frágil. Com o bebê e tudo o mais. Esse final está sendo muito difícil.

Will ouviu Faith soltar um suspiro longo e enojado.

— Prometo que não vou dizer nada para chateá-la — disse.

— Valeu, cara. — A mentira por omissão garantira a Will outro tapinha viril no ombro.

Viu Faith tocar o painel traseiro da RAV4 de Lena ao passar. Depois, viu Jared fazer o mesmo. Nenhum dos dois devia ter notado o que fizera; era a memória muscular de trabalhar na patrulha. Ambos eram treinados a deixar DNA e digitais na traseira de qualquer veículo que mandassem parar, caso depois houvesse necessidade de estabelecer uma cadeia de custódia da prova.

Lena trabalhava numa delegacia. Havia dezenas de digitais no painel traseiro.

— Muita escada — anunciou Faith, aproximando-se da varanda da frente. Will supôs, pelo tom satisfeito, que a parceira estava pensando em Lena arrastando um carrinho de bebê pela ladeira íngreme. Faith tinha muitas opiniões sobre carrinhos de bebês.

Will deixou Jared ultrapassá-lo. Lembrava de ver aqueles degraus, um ano antes. Estava trabalhando disfarçado, não sabia de quem era a casa em que estava entrando. Aí, ouvira um tiro. Depois, encontrara Lena com sangue nas mãos.

Jared segurou a porta da frente aberta e pegou o balde de Will, que deixou junto da mangueira, logo atrás da porta.

— Vou avisar a Lee que vocês estão aqui. Se não nos encontrarmos mais, tenham um bom dia. Preciso tomar banho antes de ir para o trabalho.

— Obrigada — agradeceu Faith.

Will baixou o olhar para a mangueira, que arrastara um monte de pedacinhos da grama cortada para a casa. Já estava se desenrolando, porque Jared não enrolara cada ponta três vezes e rosqueara as conexões uma na outra, que era o jeito certo de armazenar uma mangueira.

— Ei. — As sobrancelhas de Faith estavam quase no couro cabeludo.

Will imaginou que ela estivesse julgando cada centímetro da casa de Lena. O espaço de convivência tinha uma planta aberta, a sala de estar na frente, a sala de jantar e a cozinha nos fundos, a entrada para o corredor entre ambas. Tudo parecia muito organizado, exceto a cozinha, congelada no exato mesmo estágio da reforma de quando Will estivera ali antes. Os armários ainda não estavam pintados, as caixas de piso laminado esperavam para serem instaladas. Pelo menos, havia uma pia de verdade para substituir o balde embaixo da torneira.

Will se permitiu uma satisfação mesquinha. Imaginou que Jeffrey Tolliver tivesse sido o tipo de homem que não terminava seus projetos rapidamente. Em contraste, Will só dormia quando tinha passado massa no último buraco de prego e aplicado a terceira camada de tinta.

— Ei — insistiu Faith, apontando para uma fotografia que parecia Lena beijando outra mulher na boca.

— É Sibyl, irmã gêmea dela — explicou Will. — Morreu há alguns anos.

Faith pareceu levemente decepcionada.

— Will?

Lena vinha pelo corredor, apoiando as mãos nas paredes para manter o equilíbrio. Ela era uma mulher mignon, mas a gravidez arredondara seu rosto e tirara um pouco do brilho do cabelo castanho-escuro. Jared tinha razão sobre a dificuldade do final: a pele morena clara de Lena estava cor de meia, os olhos, avermelhados. Ela parecia exausta. Nada nela brilhava, a não ser a infelicidade. O inchaço da barriga lembrava uma bola de beisebol enfiada dentro de um canudo.

— Uau — comentou Faith. — Você está enorme! Deve estar para chegar a qualquer dia.

Por algum motivo, Lena pareceu chocada.

— É no mês que vem.

— Ah. — Faith deu uma breve pausa. — Você está com a barriga tão baixa... São gêmeos?

— Não, ahn, só um. — Lena olhou para Will em pânico, algo que ele não entendeu muito bem. A mulher passava as mãos pela barriga como se faz para acalmar um cachorro assustado. E perguntou a Faith: — Quem é você?

— Faith Mitchell, parceira de Will. — Ela apertou a mão de Lena com força. — Desculpe por ter me metido. Eu tenho dois. Amava estar grávida.

Era oficial: Faith estava sacaneando Lena.

— Você disse que falta um mês? — A voz de Faith estava cheia de uma falsa exuberância. — É uma época tão turbulenta... Logo antes de sua vida mudar para sempre. Meu primeiro levou duas semanas a mais da data prevista. Achei que fosse explodir. Dizem que você esquece a dor, mas, nossa, foi como sentar numa serra de mesa. Espero que Jared goste de ficar abraçadinho.

Faith riu. Lena riu. Só um daqueles risos era sincero.

— Que tal a gente se sentar? — sugeriu Will.

Lena pareceu aliviada ao arrastar os pés até o sofá.

Faith esperou até o último segundo para pedir:

— Pode me dar um copo d'água?

Lena se dividiu entre se sentar e ficar de pé.

— Eu pego. — Will esperava que sua expressão transmitisse a Faith que ela precisava parar com aquilo.

Não transmitiu.

Faith continuou tagarelando enquanto Will entrava na cozinha.

Ele não teve problemas em encontrar um copo no armário, porque as portas estavam empilhadas em cima da geladeira. Abriu a torneira. O chão claramente tinha sido varrido, mas a areia grudava nas solas dos sapatos. Argamassa. O contrapiso mostrava entalhes de goiva onde os azulejos tinham sido arrancados. Fazia sentido querer deixar o piso uniforme, ainda mais com um bebê chegando. Will só tinha percebido o quanto era importante ter uma superfície longa e reta até rolar uma bola de tênis para lá e para cá com Emma, um jogo que a menina de dois anos podia passar cinco horas jogando.

— E a Beyoncé — ia dizendo Faith —, que levou seis meses inteiros para perder o peso da gravidez. Seria de se pensar que alguém com todos os recursos dela emagreceria mais rápido.

Will voltou na direção do sofá fazendo uma careta de aviso para Faith. Entregou o copo d'água a Lena, que parecia precisar mais, então disse:

— Temos umas perguntas sobre um de seus casos de Grant County.

— Grant County? — Lena pareceu surpresa pelo detalhe. — Achei que era sobre a apreensão de drogas do mês passado.

Will notou que Faith fez uma anotação mental para examinar esse caso mais de perto.

Ele alisou a gravata enquanto se sentava diante de Lena.

— Não, isso foi há oito anos. Um cara chamado...

— Daryl Nesbitt.

Will não ficou surpreso com a descoberta. O caso não era do tipo que se esquece facilmente.

Lena perguntou:

— O que aquele pedófilo mentiroso está dizendo agora?

Faith fingiu que procurava o caderno em sua bolsa.

Lena falou para Will:

— Nesbitt está tentando convencer vocês a reabrir o caso?

Will perguntou:

— Por que ele faria isso?

— Porque *isso* é o que ele faz. Cria ângulos. Manipula pessoas. O cara é um idiota... — Lena colocou o copo na mesa de centro com dificuldade. A barriga estava no caminho.

Will a ajudou.

— Obrigada. — Ela se recostou, expirando fundo. As mãos descansaram na barriga. — Nesbitt teve duas apelações, e ambas fracassaram. Aí ele processou o espólio de Jeffrey. Isso menos de três meses depois de Jeffrey morrer. Trabalhei com o procurador-geral nos bastidores para comprar Nesbitt e ele desistir. Sara estava um caco. Todos estávamos.

— Comprar? — Faith estava com o caderno e a caneta a postos. Finalmente entrara no jogo. — O que aconteceu?

— Nesbitt estava com os dias contados — explicou Lena. — Sua deficiência atrapalhou a avaliação de perfil PULHESDWIT. Aí, ele continuou com uma tentativa de assassinato de um agente penitenciário e se ferrou.

PULHESDWIT era o sistema de avaliação usado pelo setor de Diagnósticos e Classificação das Prisões Estaduais da Geórgia para designar que prisioneiros iriam para cada instituição. A soma de várias notas um colocava o preso nas cadeias de segurança mínima. Vários quatros significavam regime fechado, ou segurança máxima. A primeira parte do PULHESDWIT avaliava a condição física: força da parte superior e inferior do corpo, audição e visão. A última parte ia direto ao ponto: penas, histórico psiquiátrico, deficiência, capacidade de trabalho, incapacidade, transportabilidade. Nesbitt começara com um déficit, por causa de sua amputação, mas havia alguma flexibilidade no sistema. A tentativa de assassinato teria levado os números lá para cima.

— Não fico surpresa por ele ter descoberto como envolver a AIG — comentou Lena. — Nesbitt sabe usar o sistema. O processo civil foi o jeito dele de conseguir umas férias na cadeia do condado. O estado nos pagou para hospedarmos o desgraçado durante o julgamento. Não queriam pagar a conta do transporte cada vez que houvesse uma audiência ou moção.

— Então, como vocês compraram Nesbitt? — perguntou Faith.

— Frank Wallace, chefe interino depois de Jeffrey, foi direto ao procurador-geral. Não queríamos Nesbitt na nossa cadeia. Além de ser um idiota, ele estava colocando o dedo numa ferida aberta. O escroto não parava de falar de mim, de Jeffrey... Era como se quisesse que alguém o matasse.

Will esperou que ela chegasse à parte em que fez algo para resolver o problema.

Lena continuou:

— O procurador-geral conseguiu envolver o escritório do governador. As pessoas costumam retornar as ligações quando a viúva de um policial falecido está sendo assediada. No dia do julgamento, conseguimos que Nesbitt abrisse mão do processo em troca de reclassificação para uma prisão de segurança média. O governador assinou. O Departamento Penitenciário da Geórgia assinou. O juiz descartou o processo.

Will esfregou o rosto. Estava tentado a acreditar que Lena era uma mentirosa, mas a mulher estava oferecendo vários detalhes concretos, possíveis de serem provados. Sara não tinha mencionado nada disso durante a primeira ligação. Mas, também, era informação demais para transmitir em menos de um minuto.

Lena pareceu captar os pensamentos de Will.

— Sara não sabia o que estava acontecendo nos bastidores. Como eu disse, ela estava um caco. Nesbitt com certeza teria perdido o processo, já que não tinha provas nem testemunhas. Fico surpresa dele ter conseguido achar um advogado, mas estava recebendo dinheiro de algum lugar. Se dependesse de mim, eu teria brigado até a porra do túmulo, mas Sara mal conseguia ficar de pé. Frank e eu conversamos sobre isso. Jeffrey ia querer que cuidássemos de dela. Então, cuidamos.

Will sentiu um comichão no fundo da garganta. Sabia como Lena funcionava. Ela estava sendo razoável, quase mostrando compaixão, mas a história dizia que esses sentimentos não iam durar.

Faith interveio:

— Às vezes, os prisioneiros abrem processos civis para receber informações sobre seus próprios casos criminais. Isso dá a eles uma chance de colocar testemunhas no registro oficial. E podem requerer os arquivos do caso e relatórios internos. Podem inclusive conseguir os seus cadernos.

— Sim — concordou Lena. — Podem.

Houve uma mudança sutil no tom dela. Will quase conseguia ver as antenas ligando.

Faith também percebeu e ajustou a abordagem.

— Por que Nesbitt pediu por segurança média, em vez de mínima?

— Ele nunca ia conseguir mínima. Não com a tentativa de assassinato de um agente penitenciário na ficha. — Lena deu de ombros. — Como eu disse, o cara conhece o sistema. E joga um jogo de longo prazo. É esperto demais para estar onde está. Tivemos sorte de pegá-lo com pornografia infantil.

— Falando nisso… — começou Faith.

— Se vai me perguntar sobre o computador, continuo com meu relatório inicial e meus depoimentos e meu testemunho juramentado no julgamento. Eu estava procurando armas nas gavetas da escrivaninha e esbarrei no laptop sem querer. Vi várias fotos de crianças nuas na tela. Você pode ler as transcrições da corte de apelações. Os juízes foram unânimes. Disseram que não havia dúvida de que eu estava falando a verdade.

Sentado diante dela, Will não conseguia saber se a mulher estava mentindo, mas sentia que ela tinha certeza absoluta de que estava sendo sincera. O que era um dos muitos dilemas de ser Lena Adams: ela sempre era a própria vítima.

— Não estamos aqui para questionar como você encontrou a pornografia — mentiu Faith. — Queremos ver a investigação original. Você tem os arquivos, ou talvez os cadernos do caso?

— Não.

— Não? — ecoou Faith, porque policiais não se livravam de seus cadernos.

Os de Will estavam armazenados no sótão. Faith mantinha os dela na casa da mãe, junto com os cadernos que a mãe mantivera desde os anos 1970, quando entrou no Departamento de Polícia de Atlanta. Não tinha como dizer quando um caso se voltaria contra você.

— Destruí todos os meus cadernos antes de mudar para Macon — explicou Lena.

— Destruiu? — indagaram Faith e Will, com o mesmo choque.

— Sim, eu queria deixar tudo aquilo para trás. — Ela piscou para Will. — Queria um novo começo.

Ele sabia *por que* Lena queria um novo começo. Havia um número limitado de pontes que se podia queimar antes de os pés ficarem chamuscados. A força policial de Grant County era muito tóxica quando Will a investigou. Lena tinha sorte de Macon não ter sentido o cheiro da mácula.

Mas destruir os cadernos não era um novo começo. Era destruir evidências potencialmente incriminadoras.

— Quando exatamente você os destruiu? — perguntou Faith.

— Exatamente? — Lena balançou a cabeça. — Não lembro.

— Foi antes ou depois do processo civil? — indagou Faith.

— Pode ter sido antes... Ou talvez não? — continuou Lena, balançando a cabeça, mas o sorriso malicioso indicava que estava gostando do jogo. — Você sabe como é, Faith. Cérebro de grávida. Estou numa névoa.

Faith assentiu, mas não em concordância. Lena a descobrira. Não havia mais por que fingir.

— Nesbitt teria requerido seus cadernos como parte do processo civil — explicou Faith.

— E ele com certeza fez isso — disse Lena. — Todos os meus relatórios oficiais estavam no servidor da delegacia.

— Mas seus cadernos teriam documentação adicional.

— Certo.

— Seus cadernos também seriam onde você registrou qualquer coisa que tenha parecido estranha, mas não tivesse fundamento para entrar no relatório.

— Correto.

— Mas seus cadernos se foram.

— Destruídos. — A mulher já não nem tentava esconder o sorriso. A verdadeira Lena parecia feliz de finalmente estar à solta. — Tem mais alguma coisa que posso fazer pela AIG?

Faith estreitou os olhos. Não ia desistir tão fácil.

— Rebecca Caterino. Lembra dela?

— Vagamente. — Lena suprimiu um bocejo. — Desculpa, gente, estou muito cansada.

— Não vai demorar muito. — Faith buscou um detalhe em seu caderno. — Você estava investigando Nesbitt pelos ataques a Beckey Caterino e...

— Leslie Truong — Lena completou, fornecendo o nome da segunda vítima de Grant County. — Era uma boa menina. Lembro disso sobre as duas. Estavam na lista de melhores alunos. Ambas eram muito queridas, mas não populares. Minha irmã deu aula para as duas, o que não é incomum. Sibyl estava no posto mais baixo da hierarquia do departamento na época, e química orgânica era matéria obrigatória. Acho que Leslie tinha um namorado. Beckey tinha terminado com uma namorada mais ou menos um ano antes, mas, segundo as amigas, não tinha saído nem ficado com ninguém.

Will seguiu o olhar de Lena. Estava fixado na fotografia da irmã. Sibyl estava de olhos fechados, beijando a namorada. Parecia muito feliz. As gêmeas tinham as mesmas feições latinas. Eram idênticas, incluindo a pinta ao lado do nariz. Quando a irmã morreu, Lena deve ter sentido como se perdesse uma parte de si.

— É ridículo, porque o que eu mais lembro daquela época foi ficar irritada com Sibyl — comentou Lena. — Eu estava muito preocupada de as pessoas descobrirem que ela era lésbica. E, hoje, penso: "Quem se importa?" Quer dizer, sério. Só quero que esse bebê crescendo dentro da minha barriga seja saudável e feliz.

Faith esperou um momento antes de perguntar:

— Você disse que estava preocupada com Sibyl. Ela estava envolvida com Beckey?

— De jeito nenhum. Sibyl era cem por cento comprometida com Nan. A coisa dela ser lésbica era encanação minha. Sabe como é quando se é policial. E mulher. Eu ainda era nova, um ano mais jovem do que Jared é agora. Frank e Matt eram os detetives seniores, das antigas. Muito conservadores, a não ser quando estavam traindo as esposas, largando os filhos ou bebendo no trabalho. Fiquei preocupada caso eles não me aceitassem, se descobrissem sobre Sibyl. Eu era muito novinha. Precisava muito que as pessoas me aceitassem. Hoje penso, *você deveria estar preocupado se eu aceito você.*

Will não comentou que a mulher estava fechando o círculo. Agora que tinham saído do assunto dos cadernos, a Lena instável se transformara de novo.

Ela continuou:

— Uma coisa que eu lembro é que Jeffrey falou muito com a mãe de Truong. Ele era bom com pessoas. Compassivo, paciente... Recebeu muita informação incidental que não entrou nos relatórios formais.

Will esperou Faith dizer algo enérgico sobre essa informação estar nos cadernos picotados de Lena, mas a parceira teve o bom senso de deixá-la continuar falando.

— Jeffrey era ótimo em fazer as pessoas confidenciarem coisas. — Lena balançou a cabeça, como se para se livrar da tristeza. — Enfim, mais ou menos uma semana antes de Caterino ser atacada, Leslie tinha ligado para a mãe e pareceu atordoada. Achava que as colegas de apartamento estavam roubando ela. É normal acontecerem furtos dividindo um apartamento, então vai saber se significava algo.

— Havia algo específico que Leslie achava ter sido roubado, ou tinha várias coisas sumidas? — perguntou Faith.

— Não tenho certeza.

— E Rebecca Caterino? Tinha sumido alguma coisa dela?

— Talvez? Talvez não? — Lena deu de ombros. — Desculpa. Oito anos é muito tempo.

— Aham. — Faith lançou a Will um olhar que dizia: *e é por isso que as pessoas guardam os cadernos.*

Lena notou o olhar.

— Considerando o que tínhamos que resolver, uma colega de quarto mão-leve não era nossa prioridade.

— Você se lembra de quando o caso Caterino virou investigação? — indagou Faith.

— Não especificamente — admitiu Lena. Aquele era outro acontecimento que estaria em seu caderno. — Jeffrey ficava dizendo desde o início que algo estava estranho no caso. Ele foi o melhor policial com quem já trabalhei. Quando dizia que algo estava estranho, a gente dava atenção.

— Você achava a mesma coisa sobre Caterino?

— Não. Para ser sincera, fui tonta demais com muitas coisas. Não quero culpar Frank, mas ele vivia dizendo bobagens tipo "preconceito racial com suspeitos existe por um motivo". Quer dizer, ele dizia isso na minha cara. Na *minha* cara. — Lena apontou para o próprio rosto. — Outro clássico dele era: "Nunca investiguei um caso de estupro em que a mulher foi de fato estuprada".

Faith pareceu chocada.

— Né? — retrucou Lena. — Tipo, estatisticamente, como isso é possível? Você trabalha numa cidade universitária com quase duas mil alunas matriculadas todo ano e está dizendo que, em três décadas de trabalho, nenhuma mulher foi estuprada?

Faith cutucou Lena para voltar aos trilhos.

— Então, o que a levou a acreditar que Jeffrey estava certo sobre Caterino?

— Leslie Truong. Foi um dos casos mais horrendos que já vi. E sou responsável pela divisão de crimes sexuais numa cidade seis vezes maior e cheia de homens nojentos.

— Achei que você tinha sido designada para o esquadrão de drogas — questionou Faith.

— Pedi transferência. — Lena esfregou a barriga. — Senti que podia ajudar mais as vítimas de abusos.

— Sim — retrucou Faith. — A gravidez realmente nos coloca em contato com o lado feminino.

— Talvez. — Lena reconheceu o sarcasmo, mas deixou pra lá. — Fui estuprada há sete anos. E, agora, vou ter uma filha. Não consigo tornar o mundo mais fácil para minha bebê, mas posso trabalhar para ser um lugar mais seguro.

Will notou Faith engolindo em seco. Era um dos dons de Lena: dava um golpe sem nem levantar o punho.

— Enfim, vocês não dirigiram até aqui para escutar minha filosofia de vida — continuou Lena. — Querem saber se eu acho que Nesbitt é responsável pelo que aconteceu com Rebecca Caterino e Leslie Truong? Com certeza. Se posso provar? De jeito nenhum. Por que eu acho que foi ele? Porque a situação parou quando Nesbitt foi preso. É só o que posso falar.

Faith tinha ficado quieta, então Will assumiu, perguntando:

— E se houvesse mais casos? Mais vítimas?

Lena pareceu desconfiada.

— Não em Grant County. Nesbitt tinha uma assinatura, e nunca mais vimos nada do tipo. E, antes que você pergunte, Jeffrey me fez analisar cinco anos de casos. E não só em Grant, mas nos condados ao redor, para garantir que não houvesse outra vítima que tivéssemos deixado passar.

Mesmo a contragosto, Will tinha que admitir que era uma boa prática.

— Nesbitt nos apontou na direção de mais oito casos que aconteceram desde que ele foi encarcerado. Acha que estão conectados. — comentou Will.

— Ah, é? — Lena riu. — Tá. E vocês vão acreditar num pedófilo que tentou assassinar um agente penitenciário porquê...

— Nesbitt só foi condenado por pornografia infantil — interveio Faith. — Os casos Caterino e Truong continuaram sem solução.

— Isso não tem a ver com o caso. Tem a ver com Nesbitt atacando de novo a reputação de Jeffrey. — Lena analisou Will, arqueando a sobrancelha. Ele percebeu a paranoia repentina meio segundo antes de ela fazer a pergunta. — Foi Sara quem mandou você investigar?

Will pigarreou. Não daria informação alguma sobre Sara.

— Não tem relação.

— O cacete que não tem.

— Lena...

— Já entendi. Fui um pouco lenta antes, mas... — A risada de Lena foi afiada e, de repente, ela se transformou de novo. — Jesus, isso é que é jogar a longo prazo. Sara acha que encontrou um ponto fraco, né? Vocês dois estão aqui para me encurralar por causa de Nesbitt. É por isso que querem meus cadernos. Acham que eu fui idiota o bastante de escrever algo que vai me dar problema.

Faith reassumiu.

— Estamos aqui investigando uma série de...

— Mitchell — interrompeu Lena, como se tivessem acabado de ser apresentadas. — Há quanto tempo vocês são parceiros?

Faith não respondeu.

— Você mataria por ele, certo? — Lena assentiu para si mesma, como se já soubesse a resposta. — Sara acha que sabe como é, mas não é policial. Os bandidos, os chefes, os mafiosos, os criminosos, os civis e até as vítimas... tudo o que eles fazem, cada respiração, é para aumentar a tensão. Até que alguém machuca você. Ou pior, o seu parceiro. E aí você não consegue deixar de ficar tenso. E atira em busca de vingança.

— O segredo é não deixar alguém se machucar para começar. — disse Faith.

— Você sabe que não é tão fácil — contrapôs Lena. — Estou dando um conselho, porque vi Jeffrey pular cada vez que Sara estalava os dedos, e isso acabou fazendo com que ele fosse morto.

Will esfregou o rosto. Via nuvens vermelhas aparecendo no canto de sua visão.

— Não sei se sua memória está certa sobre isso — retrucou Faith.

Lena a ignorou, dizendo a Will:

— Fala sério, cara. Vira homem. Sara está usando Nesbitt para manipular você.

— Muito bem. — Faith enfiou o caderno na bolsa. — Hora de ir.

Lena deu um sorriso falso.

— Tenho que admitir... Sara parece uma certinha esnobe, mas aquela vaca tem a pegada de uma planta carnívora.

Will cerrou os punhos.

— Cala a porra da boca.

— E você, tome cuidado — retrucou Lena. — Você pensa com a cabeça de baixo, igualzinho a Jeffrey.

Will se levantou tão rápido que sua cadeira foi para trás.

— Ok. — Faith também estava se levantando. — Se alguém for dar um soco na cara da grávida, serei eu.

— Vocês dois precisam ir. — Jared apareceu atrás de Lena; devia estar escutando do corredor. Estava de uniforme. A mão, apoiada no cano da arma. — Agora.

Will abriu a jaqueta. Também tinha uma arma.

— Jesus! Ok, estamos indo. — Faith agarrou o braço de Will e o empurrou na direção da porta. — Vamos.

Will deixou que Faith o arrastasse, mas só porque sabia que a alternativa acabaria em derramamento de sangue.

Suas mãos coçavam para arrancar o escárnio da cara de Jared a tapa. Faith teve que empurrá-lo de novo pela porta, depois escada abaixo. Will encarava Jared com ódio. Podia surrar o garoto com uma só mão.

— Mitchell — Lena parou na porta atrás do marido —, eu aviso se lembrar de algo importante. Pena que não tenho meus cadernos para ajudar a memória.

— Meu Deus do céu — murmurou Faith. — Cale essa boca.

Will sentiu a mão da parceira pressionando suas costas. Deixou Faith levá-lo pela entrada e pela calçada e abrir a porta do lado do passageiro. Depois que Will se sentou, ela se acomodou ao volante. Passou a marcha ré. Os pneus do Mini arrancaram uma boa parte do jardim de Lena e de Jared enquanto ela fazia o retorno.

— Filha da puta do caralho! — Faith apertou o volante com toda a força.

— Odeio aquela vaca. Sério. O ódio está sugando o oxigênio do meu sangue.

Will baixou o olhar para os punhos. Estava tão furioso que mal conseguia enxergar. Aquele garoto de merda… E Lena. Especialmente Lena. Will nunca tinha batido numa mulher. Mesmo quando a ex o perseguiu, nunca perdeu o controle. Agora, estava precisando de cada grama de disciplina para não voltar na casa e socar a boca imunda de Lena até ela cuspir o nome de Sara.

— Vamos lá, respire fundo — disse Faith. — Vamos superar isso.

Will não ia superar. Não até poder machucar alguém.

— Respire fundo de novo, vamos lá — continuou Faith.

Will sentia as unhas afundando nas palmas. Não era um dos suspeitos de Faith precisando de um tempo para se recuperar.

— Ok. — Pelo tom, Faith estava pronta para continuar. — Vamos focar o que conseguimos. Arrancamos dois detalhes novos antes de dar merda.

Will cerrou os dentes. Não estava nem aí para os detalhes.

— O primeiro é: quem deu dinheiro a Nesbitt para contratar um advogado? Ninguém processa a esposa de um policial morto só por contingência.

Will tinha sido tolo de pensar que Lena tinha salvação. Não restava nada de bom naquela mulher. Lena o torcera como uma tampa de garrafa, e ele não tinha nem percebido.

— O segundo — continuou Faith, ignorando a raiva dele — é que a mãe de Truong relatou que a filha achava que as colegas de apartamento estavam roubando ela. Pode ser o bandido levando um troféu.

Will cerrou mais o punho. Queria quebrar alguma coisa. Machucar alguma coisa. Matar alguma coisa.

— Podemos descobrir se as mulheres das reportagens de Nesbitt eram…

— Meu Deus, Faith! — explodiu Will. — Qual é a porra da importância disso? Amanda falou antes. A morte de McAllister foi acidental. Colegas ladras e um perseguidor de ambulância não são pistas. E você tem razão sobre os bosques: estão por todos os lados, porra.

Faith fechou a cara.

— O que foi, Faith? Pra que serve falar sobre isso? Dessa porra toda?

Ela não respondeu.

Will percebeu que o alarme do cinto de segurança estava soando desde que tinham saído da casa de Lena. Deu um puxão no cinto. Ficou preso. Puxou mais forte.

— É uma babaquice, é isso que é. Tudo isso é uma porra de uma babaquice, porque Sara já falou. Amanda já falou. *Você* já falou. Lena é uma mentirosa, Nesbitt é um mentiroso, e…

Will não conseguia afivelar o cinto. O alarme era como um prego de trilho de trem em seu ouvido.

— Não tem nada aqui, tá? — continuou. — Lena não nos deu merda alguma, exatamente como você disse que seria. Vai me responder? Vai?

— É.

— É — repetiu ele. — O que quer dizer que desperdiçamos uma porra de um dia inteiro. Ouvindo uma porra de um pedófilo. Ouvindo uma vaca mentirosa e nojenta. E morrendo. Porque, sim, Faith, aqui está a resposta à sua pergunta: sim, caralho, a parte de Jeffrey nessa história está me matando. E é tudo culpa minha, porque Amanda tinha razão de pedir para esperar para contar pra Sara. Mas eu não ouvi, então Sara passou a porra do dia inteiro preocupada com Jeffrey, sem me mandar uma única merda de mensagem, e vou ter que voltar e dizer *na cara dela* que Lena acha que ela está por trás de algum esquema para prendê-la por falso testemunho. E não venha me dizer alguma babaquice de mentir sobre o que aconteceu, porque eu não vou mentir, porra. Caralho!

Ele desistiu do cinto. A fivela de metal bateu na janela quando a faixa foi puxada para trás. Will socou o painel. Depois socou de novo e de novo.

— Caralho! Caralho! Caralho!

Ele deu o último soco, chocado com a própria violência. O punho estava no ar, pronto como um martelo. Ele estava suando, a respiração saindo como o vapor de um motor. O carro tinha chacoalhado com cada golpe. O que diabos estava fazendo? Will nunca surtava assim. Era o cara que impedia os outros de surtarem.

Faith diminuiu a velocidade até parar no acostamento. Colocou o carro em ponto morto. Deu um momento para Will se recompor.

Não demorou muito. A emoção principal que veio foi a vergonha. Não conseguia nem olhar para ela.

— Acho que essa foi a coisa mais longa que você já me falou desde que nos conhecemos — comentou Faith.

Will limpou a boca com o dorso da mão. Sentiu gosto de sangue. Os nós dos dedos tinham se aberto com os impactos.

— Desculpa.

— Não tem problema. Mesmo. Apesar de este ser o último carro novo que vou dirigir até minha filha se formar na faculdade.

Will passou os dedos no painel para garantir que não tinha rachado a superfície.

— Não acredito que o airbag não foi acionado — comentou Faith.

— Né?

Ela encontrou um lenço de papel na bolsa.

— Nova regra: nunca mais falamos com Lena Adams.

Will secou o sangue na mão. Como ia contar essas coisas para Sara? Não tinha nem certeza de quando o interrogatório dera uma guinada tão séria para o pior. Será que Lena os estava manipulando desde o início? Ela era como o escorpião nas costas do camelo, querendo atravessar o rio.

O telefone de Faith começou a tocar.

— É Amanda — anunciou a parceira.

Ele esfregou o rosto. Amanda era o mesmo que Sara. O que dizer a ela? Que queria Burger King, em vez de McDonald's? Que estava no clima de salada? Que teria levado dois segundos para ela mandar uma porra de uma mensagem dizendo que os dois estavam bem, daí ele talvez não tivesse entrado numa espiral de raiva e atacado o carro de Faith?

O telefone continuou tocando.

— Atenda — falou Will.

Faith clicou no botão.

— Estamos os dois aqui. Você está no viva-voz.

— Onde estavam? — inquiriu Amanda. — Estou ligando e mandando mensagem há 28 minutos.

Faith murmurou um xingamento enquanto se dava conta das dezenas de notificações no celular.

— Desculpe, estávamos entrevistando Lena e…

— Sara encontrou uma coisa no exame. Alexandra McAllister com certeza foi estuprada e assassinada. Sara confirmou que há ligações com os casos de Grant County.

Will olhou para Faith.

A parceira estava com as duas mãos na frente da boca, incrédula.

De repente, tudo o que Lena dissera era importante. O que tinham deixado passar? Alguém pagou o advogado para processar o espólio de Jeffrey. As coisas de Leslie Truong tinham sumido, mas coisas sempre sumiam. Talvez algo de Caterino tivesse sumido. Talvez não. Não podiam voltar e pedir a Lena para esclarecer. A mulher tinha destruído os cadernos. Will quase apontara uma arma para o marido dela. Faith reivindicara o direito de socar a cara da maldita. Não tinha jeito de entrarem no mesmo cômodo que Lena Adams de novo.

— Tem mais — disse Amanda. — O Departamento Penitenciário avisou quem está mandando aquelas reportagens para Daryl Nesbitt. É o mesmo benfeitor que financiou o processo civil contra o espólio de Tolliver.

— Está bem. — Faith, finalmente, recuperou a voz. — Quem é?

— Gerald Caterino — disse Amanda. — Pai de Rebecca Caterino.

CAPÍTULO SETE

GINA VOGEL DESVIOU O olhar do laptop e admirou a vista da janela. Os olhos tiveram dificuldade de focar a nova perspectiva. Árvores, um comedouro para pássaros, um sino dos ventos... Tinha chegado àquela idade em que óculos de leitura deixavam de ser uma humilhação futura e começavam a se tornar uma necessidade real.

Baixou o olhar para o computador. As letras ainda estavam borradas. Ajustou o tamanho da fonte até parecer um cartaz de exame de vista. Depois, abriu o navegador e buscou no Google: *dá para as pessoas saberem quando mudo o tamanho da fonte no meu e-mail?*, porque não ia deixar o chefe adolescente achar que estava recebendo e-mails da avó.

O Google precisava de mais informações do que Gina era capaz de fornecer.

Ela fechou o notebook e o largou na mesa de centro. Tentou olhar outra vez para a árvore. O oftalmologista tinha dito para reiniciar a visão à distância, pelo menos, duas vezes a cada hora. No ano passado, o conselho soara bobo, mas agora ela olhava as árvores obsessivamente a cada dez minutos, porque a visão estava tão ruim que precisava levantar e andar até a TV sempre que um personagem na tela enviava ou lia uma mensagem de texto.

Ficou de pé e alongou a coluna — outra parte traidora do corpo. Tinha apenas 43 anos, mas, ao que parecia, todos os anos de avisos dos médicos sobre comer melhor e se exercitar mais estavam certos.

Quem teria imaginado?

O joelho direito precisou de alguns passos para pegar de novo o jeito de caminhar. Gina estava no sofá havia tempo demais. Trabalhar de casa tinha suas vantagens, mas teria que começar a usar a escrivaninha. Ficar no sofá, encolhida como um gato, era privilégio da juventude.

Gina ligou a TV na cozinha e assistiu a alguns minutos de previsão do tempo. Quando o apresentador começou a relatar que o corpo de uma mulher tinha sido encontrado num bosque, mudou o canal para o Discovery Home & Health. Os únicos corpos sobre os quais queria ouvir eram os dos *Irmãos à obra*.

Abriu a geladeira, pegou vários vegetais e os deixou na pia para lavar. Por alguns segundos, contemplou pedir algo no Uber Eats, mas, segundo as estatísticas, em breve chegaria aos 44 anos, e logo depois aos 45, que já era praticamente 50, o que significava que era melhor comer uma salada saudável no jantar, em vez de cheeseburger gorduroso com batata frita.

Ou não?

Abriu a torneira antes que mudasse de ideia. Pegou o escorredor no armário. Esticou a mão na direção da vasilha no parapeito da janela, e os dedos não acharam o elástico de cabelo esperado. Gina não era desorganizada. Sempre mantinha aquele mesmo elástico na mesma vasilha. Era cor-de-rosa bem menininha, com margaridas brancas, roubado da sobrinha durante uma viagem de férias em família, havia mais de dez anos.

Buscou nas bancadas, vasculhando entre latas e a batedeira Cuisinart. Abaixou-se e procurou embaixo dos armários. Revirou a bolsa, pendurada no encosto da cadeira da cozinha. Procurou na sacola da academia junto da porta. Conferiu o chão do corredor. Esvaziou as prateleiras do banheiro. Abriu cada gaveta do quarto. Depois, cada uma do quarto de hóspedes. E cada uma da sala de estar. Olhou até a geladeira porque, uma vez, tinha deixado o celular junto do leite.

Parou, no meio da cozinha, com as mãos no quadril.

— Merda.

Nunca usava o elástico de cabelo na rua porque tinha vergonha da cor, sem falar que a sobrinha tinha memória de elefante e a capacidade pulmonar de uma criança mimada de três anos.

Mesmo assim, pegou as chaves na mesinha e foi procurar no carro. Abriu até o porta-malas.

Nada do elástico cor-de-rosa.

Voltou para a casa. Trancou a porta. Jogou as chaves na mesinha. Sentiu um formigamento estranho no corpo. Alguém entrara na sua casa? Tivera uma sensação estranha na semana anterior, como se tivessem mexido nas coisas. Nada tinha sumido. Até o elástico de cabelo continuava no lugar.

No dia anterior, encontrara uma janela destrancada, mas o clima lá fora estava bom, e ela de fato começara a deixar as janelas abertas durante o dia. Talvez tivesse esquecido de trancar. Na verdade, era uma explicação mais provável do que um ladrão de elásticos de cabelo à solta no bairro. Quem iria querer o notebook, o iPad ou a TV de 55 polegadas quando havia um elástico de cabelo cor-de-rosa com margaridas brancas dando sopa numa vasilha em cima da pia?

Voltou para a cozinha. Não conseguia se livrar daquela sensação perturbadora. Era o tipo de coisa que não se podia descrever, porque, se tentasse, as pessoas ririam dizendo que é besteira.

E *era mesmo* besteira. Deixara a água correndo na pia. A tampa do ralo descera e tapara o escoamento. Estava a dois segundos de inundar a cozinha.

Gina não estava só ficando velha.

Estava ficando gagá.

CAPÍTULO OITO

FAITH DETESTAVA QUANDO OS homens citavam seu status de pai, marido ou irmão como motivo para defender questões que afetavam as mulheres, como se criar uma garotinha os fizesse perceber que estupro e assédio na verdade eram coisas bem ruins. Mas sentia, bem lá no fundo, que ser mãe de um filho sensível e irmã de um irmão mais velho odioso lhe ensinara a lidar com homens quando estavam numa situação difícil. O certo não era perguntar como estavam se sentindo. Ou insistir para que falassem. Era só deixar que ouvissem suas músicas chatas na rádio e levá-los para comprar porcaria.

Ficou sentada no carro enquanto Will pagava pelo carregamento de porcarias na loja de conveniência. Ele continuava tenso. Estava com aquele olhar feroz de antes de Sara entrar em sua vida.

Faith focou as mensagens em seu celular:

FAITH: *Acabei de falar para o Will contar, mas ele já contou. Desculpa por ser uma amiga horrível. Por favor, me perdoe.*

SARA: *Obrigada. Tudo bem. Todos estamos tendo um dia difícil. Nos falamos depois.*

A mensagem tinha sido entregue havia cinco minutos. Era uma resposta educada e normal, a não ser para alguém que tivesse passado metade do dia com Will.

Faith não conseguia nem pensar em como responder. As duas tinham uma regra sobre Will: Sara dissera desde o começo que não deviam falar da vida pessoal do casal, porque Faith era parceira dele e sempre, sempre precisava ficar do lado de Will.

Em teoria, ela entendia o raciocínio. O trabalho os colocava em situações tensas, e as armas que carregavam não eram enfeite. Naquele momento, estava profundamente agradecida pela regra, porque ver Will tão arrasado, conferindo o celular a cada dez minutos, até, finalmente, desligá-lo, fazia Faith querer estrangular Sara.

Devolveu o celular para o porta-copos. Testou a irritação, deixando a mente voltar a Lena Adams, querendo ver se o ódio ofuscante tinha diminuído, mesmo que só um pouquinho.

Não.

A porta se abriu. Will entrou no carro. Os braços estavam cheios de Doritos, Cheetos e um cachorro-quente já meio comido, que ele enfiou na boca antes de fechar a porta. Ele colocou as mãos nos bolsos da jaqueta e pegou uma latinha de Dr. Pepper para si e uma Coca Zero para Faith. A maratona de compras claramente não incluíra Band-Aids. Will era irritantemente pão-duro com coisas esquisitas. Tinha pegado papel higiênico no banheiro da loja de conveniência e enrolado na mão sangrando.

— Você tem alguma fita adesiva? — Ele indicou o curativo pendurado, parecia um absorvente interno sujo. — Esse negócio fica soltando.

Faith deu um suspiro bem alto e abriu a tampa do descanso de braço. Achou alguns Band-Aids em seu suprimento de primeiros-socorros.

— Elsa ou Anna?

— Não tem Olaf?

Faith suspirou de novo. Achou o último Olaf, esperando um chilique de Emma quando percebesse que seu boneco de neve favorito tinha acabado.

— Eu estava pensando em Lena e Jared.

Will começou a desenrolar o papel higiênico barato. Pedaços ficaram grudados na ferida.

— Jared devia estar no ensino médio quando Lena estava trabalhando no caso de Caterino. — Faith abriu o Band-Aid com os dentes. — É uma matemática nojenta.

— Ele é um garoto bonitão — comentou Will.

— É. Bem — Faith cobriu os nós dos dedos dele, que ainda sangravam —, os caras complicados e incompreendidos aos 20 anos acabam se revelando uns babacas aos 30.

Will olhou para o rádio. Faith tinha colocado na estação E-Street.

— Adoro ouvir velhos pigarreando sem parar — comentou Faith.

Will desligou a música.

— O que você descobriu sobre Gerald Caterino?

Faith pegou o celular. Tivera alguns minutos para pesquisar e descobrir um monte de informações que devia ter buscado horas antes.

— Sem antecedente criminal. Nem uma multa de trânsito. Tem uma empresa de paisagismo, e o site é bem chique. Parece uma operação legítima, com gerente administrativo e dois chefes de equipe. Quer ver?

Will pegou o celular e navegou pelo site. Clicou na seção sobre o proprietário. A foto de Gerald Caterino o fazia parecer ter 50 e poucos anos, o que combinava com o pai de uma filha de 27. O que sobrava do cabelo escuro estava grisalho. O homem usava bigode grosso e óculos com aro de metal.

Faith explicou:

— A biografia diz que seus hobbies são jardinagem, ler com o filho e buscar justiça para a filha. Olhe esta parte aqui.

Faith clicou no link. Uma página do Facebook abriu na tela.

— *Justiça por Rebecca* — leu Faith. Nunca tinha certeza de qual era a velocidade de leitura de Will. — Caterino criou a página há cinco anos, e tem quase quatrocentos seguidores. Está linkada a várias outras páginas do Facebook para mulheres desaparecidas ou assassinadas. A maioria é de pais reclamando que a polícia é preguiçosa, estúpida, incompetente ou que não está fazendo o bastante.

— Curtiram 31 vezes uma piada sobre donuts... — Will foi descendo a página. — Ele postou as mesmas reportagens de jornal que Nesbitt nos deu?

— A última é uma do *AJC* sobre Alexandra McAllister, encontrada ontem.

— Ele está sempre de olho na página — concluiu Will. — Sempre que alguém posta algo, ele responde em minutos.

— E se prepara, porque essa história toda dá uma virada muito sombria.

— Faith acessou o histórico de navegação e abriu o site JUSTIÇA PARA REBECCA. Apontou os menus enquanto lia — O CRIME. A INVESTIGAÇÃO. AS PROVAS. A FARSA.

Clicou num menu secundário abaixo de A FARSA e leu as palavras em azul, com hiperlinks:

— Jeffrey Tolliver. Lena Adams. Frank Wallace. Matt Hogan.

Will selecionou os nomes aleatoriamente. As fotografias que os acompanhavam tinham sido editadas no Photoshop para parecerem as fotos de prisioneiros fichados na delegacia. Um alvo vermelho tinha sido colocado em cima de cada rosto, como num estande de tiro.

Jeffrey Tolliver tinha um buraco falso de bala entre os olhos.

Faith vira as imagens enquanto Will estava dentro da loja, mas ainda as achava muito perturbadoras. Pela lei, eram permitidas pela liberdade de expressão. Não havia como saber se Caterino estava fazendo piada, fantasiando um pouco ou encorajando a violência contra policiais.

Como oficial, Faith não tinha a generosidade necessária para dar o benefício da dúvida.

— Muita gente na internet faz essas coisas só porque pode — comentou Will.

O carro ficou um tempinho mergulhado em silêncio. Ele estava tentando ver os dois lados da situação, mas Faith sabia que estava tão perturbado quanto ela. O parceiro ficou encarando a tela do celular. Devia estar pensando no que Sara sentiria ao ver uma foto do marido morto com um buraco de bala colocado na testa.

De repente, falou:

— Não quero que Sara veja isto, a não ser que seja necessário.

— Concordo.

Ele devolveu o celular.

— O que mais tem aí? Alguma coisa útil?

Faith respirou fundo. Nunca sairia de casa caso se deixasse afetar por aquele tipo de merda.

— Passei os olhos pela parte que fala do crime e das provas. O cara adora um advérbio. E tem várias teorias insanas e conspirações sem sentido, mas quase nenhum fato concreto. O foco principal é em como a polícia não presta e todos os oficiais deviam ser condenados à pena de morte por não fazerem o trabalho direito. Parecendo a Peppa Pig fingindo ser o John Grisham.

— Pena de morte?

— Aham.

Houve mais um momento de silêncio, até que Will perguntou:

— Então, ele é um perseguidor? Imitador? Maluco? Assassino?

Ele estava fazendo as perguntas que os dois tinham levantado de manhã, na capela da prisão.

— Acho que é um pai arrasado cuja filha foi brutalmente atacada e que culpa a polícia por destruir a vida dos dois. No máximo, fica parecendo um Don Quixote que odeia policiais.

— Você disse que Caterino começou esse negócio on-line há cinco anos. Beckey foi atacada há oito. Ele esperou três anos antes de entrar nessa. Qual foi o gatilho?

— Vamos ver se ele conta.

Faith deu a partida. Já tinha colocado o endereço no GPS. Pelo menos, Lena lhes fizera um favor ao arrastá-los até o meio do estado. Gerald Caterino morava em Milledgeville, a cerca de meia hora de Macon. Faith ligara para o escritório dele fingindo precisar de um orçamento de paisagismo e descobriu que, naquele dia, Gerald estava trabalhando de casa. Então puxara os registros fiscais do condado e localizara a casa de 240 mil dólares numa parte mais antiga da cidade.

Will abriu o saco de Doritos.

— Precisamos saber mais sobre o caso de Leslie Truong. Pelo que Amanda disse, Sara encontrou uma perfuração na medula espinhal de Alexandra McAllister do mesmo tipo da de Beckey Caterino. E Truong?

— Aposto que Lena desenhou um diagrama no caderno — comentou Faith. — Aquela escrota.

— A informação deve estar nos arquivos.

Faith o ouviu mastigando.

Os arquivos eram os arquivos de Jeffrey. Sara ia pegá-los no depósito, um detalhe que Amanda transmitira junto com uma longa lista de tarefas que esperava que a dupla completasse até o fim do dia. Por sorte, era a semana de Emma ficar na casa do pai. Já eram quase três da tarde, e Faith estava acordada desde as três da manhã. Só conseguia pensar em entrar em casa, tirar o sutiã e ler histórias sobre acidentes fatais de elevador até estar escuro o bastante para dormir.

— É preciso, no mínimo, três assassinatos para considerar que temos um criminoso em série.

— Podíamos ter muito mais que isso, se desse para exumar os corpos que estão nas reportagens. — Faith rogou a Deus para não ser escolhida para pedir às famílias permissão de desenterrar as filhas mortas. — Digamos que Gerald Caterino concorde em falar com a gente. Contamos para ele sobre a morte de McAllister ser considerada homicídio?

— Se for preciso... — respondeu Will. — Mas é melhor segurar os detalhes.

— Por mim, tudo bem.

Faith ainda não conseguia assimilar tudo o que Amanda tinha dito. Atacar uma mulher, estuprá-la, aterrorizá-la, assassiná-la... tudo isso já era ruim o bastante. Mas aquela tortura, aquela ideia de paralisar a mulher para ela não lutar... Ah, era um outro nível de horror.

— Sara encontrou feridas de faca nas áreas do abdome e das axilas — comentou Faith. — O assassino devia saber algo sobre comportamento animal, certo? Ele abriu a pele de McAllister para tirar sangue, de modo que os predadores comessem a evidência.

Will enfiou um punhado de salgadinhos na boca. Estava evitando a parte do debate sobre Sara. Ou talvez ainda estivesse processando os detalhes macabros, assim como Faith. A maioria dos assassinos não eram pegos porque deixavam para trás um grão de areia de uma ilha remota que só uma pessoa podia ter visitado. Mas por serem desleixados e idiotas.

Esse assassino não era algo nem parecido.

— Brad Stephens. — Will abriu o saco de Cheetos. — Falta ele na lista de policiais, na seção FARSA.

— Stephens devia ter acabado de sair da academia quando o crime aconteceu. — Faith sabia exatamente como era isso. — O cara devia fazer o trabalho sujo, reunindo e enviando relatórios, fazendo varredura, batendo em portas, falando com testemunhas secundárias...

— Ele deve ter visto tudo.

Faith olhou para o parceiro, que limpava migalhas da gravata. Quanto mais falavam sobre o caso, melhor Will parecia.

— Me explique seu raciocínio — pediu. — Qual você acha que é a relação entre Gerald Caterino e Brad Stephens?

— Eu sou Gerald Caterino — começou Will. — Minha filha foi gravemente ferida. Tenho que lidar com isso imediatamente, certo? A recuperação, a fisioterapia, o que for. E esse tempo todo, estou pensando que o cara que a machucou está atrás das grades. Esse mesmo cara entra com duas apelações, mas perde. Três anos se passam. Estou seguindo a vida, mas aí aquele que acho que é culpado me escreve e fala que não foi ele.

Faith assentiu, porque parecia a reviravolta mais provável.

— Você não acreditaria.

— Não. — Will jogou o resto do Cheetos na boca, mastigou, e engoliu e só então disse: — Mas eu sou pai. Não posso simplesmente deixar pra lá. Esse cara que acredito que machucou minha filha está me dizendo que foi outra pessoa, alguém que ainda está a solta, possivelmente machucando outras mulheres. O que eu faço, então?

— Você é um homem branco de classe média, então imagina que a polícia vai ajudá-lo. — Faith entregou a Coca Diet para ele abrir. — Há cinco anos,

Matt Hogan não estava mais no departamento. Nem Tolliver. E Frank Wallace era chefe interino. Lena era a investigadora-chefe. Brad era patrulheiro sênior.

Will devolveu o refrigerante aberto.

— Frank não ajudaria em nada. Lena até podia tentar, mas nada significativo.

Faith já imaginava Lena tentando controlar a situação e vendo a coisa explodir como uma bomba.

— O processo civil não daria a Nesbitt acesso aos arquivos de Truong e Caterino. Nesbitt era só o suspeito. Sua condenação foi baseada em pornografia infantil.

— Certo, mas tem algumas formas de processar um policial. Força excessiva. Violação da quarta emenda por busca e apreensão descabida. Acusação de discriminação ou assédio… — enumerou Will. — Não dá para basear o caso em um único ato errado. É preciso mostrar um padrão de comportamento. Foi assim que conseguiram acesso aos arquivos de Truong e Caterino. Dizendo ao juiz que precisavam olhar as investigações anteriores para estabelecer um padrão.

Faith tomou um gole do refrigerante. Aquela parecia uma estratégia legal eficiente.

— Gerald Caterino deve ter ficado puto quando Daryl Nesbitt desistiu do processo em troca de transferência para uma prisão de segurança média.

— Mas continuou em contato — argumentou Will. — Enviou as reportagens a ele.

— Só as reportagens — continuou Faith, lembrando do detalhe que Amanda lhes passara. — Não havia cartas nem bilhetes em Post-its. Só recortes num envelope com uma caixa postal como endereço de retorno.

— O Departamento Penitenciário da Geórgia só mantém registros de correspondência por três anos. Não sabemos se houve trocas antes disso.

Faith concluiu que só Gerald Caterino poderia preencher os detalhes. Isso se o homem concordasse em falar com eles.

— Você ainda não estabeleceu uma conexão disso tudo com Brad Stephens.

— Fácil. Frank e Lena não vão ajudar. Então, eu, como pai, começo a procurar pontos fracos na polícia de Grant County. Alguém que estava lá quando tudo aconteceu. Alguém que não esteja interessado só em estar certo. Brad Stephens é minha única escolha.

Faith não comprou a teoria.

— Está dizendo que Stephens poderia se virar contra Jeffrey?

— Nunca. Mas poderia se virar contra Lena sem pensar duas vezes.

— Achei que Brad e Lena fossem parceiros.

— Eram — confirmou Will. — Mas ele é todo certinho.

Faith entendeu o que o parceiro queria dizer. Brad via as coisas em preto e branco — boa característica para um policial, mas não necessariamente para um bom parceiro. Ninguém queria trabalhar com um dedo-duro.

— Precisamos falar com Brad — definiu Will.

— Coloque na lista, depois de falar com cada investigador, legista e parente próximo envolvido em cada caso das reportagens de Daryl Nesbitt.

Will virou o saco de salgadinho na boca, acabando com o que restava das migalhas. Depois, pegou um punhado de balas do bolso, como sobremesa, e Faith não aguentou mais assistir.

O GPS os mandou virar à direita.

Faith atravessou uma área residencial mais antiga. Cornisos altos ladeavam as ruas, e grandes arbustos e árvores ornamentais preenchiam os jardins. O desenho lembrava Faith de seu próprio bairro, onde tinham sido construídas centenas de casas de dois andares, em estilo rancho, para veteranos da Segunda Guerra Mundial. A dela era uma das poucas que não tinham sido transformadas naquelas mansões bregas e emergentes, um verdadeiro Frankenstein arquitetônico. Seu salário de funcionária pública mal cobria reparos no aquecedor de água. Se não tivesse herdado a casa da avó, teria sido obrigada a morar com a mãe. Nenhuma das duas teria saído viva dessa empreitada.

Desacelerou para ler os números nas caixas de correio.

— Estamos procurando a 8472.

— Ali. — Will apontou para o outro lado da rua.

Gerald Caterino morava num sobrado colonial modesto de tijolinhos. O gramado era bem aparado, e a grama zoysia ainda não se recolhera com a mudança de estação. Flores que Faith não sabia nomear se derramavam de vasos de argila. Blocos de pavimento ladeavam a entrada de cascalho para carros. Ela estacionou diante do portão de ferro fundido que bloqueava a garagem. Uma criança brincava do outro lado com uma bola de basquete. Parecia ter 8 ou 9 anos, e Faith lembrou da biografia de Caterino no site da empresa — devia ser o tal filho para quem o sujeito gostava de ler.

— Lá em cima. — Will indicou uma câmera de segurança.

Faith analisou a fachada da casa. Duas delas cobriam os acessos laterais.

— Não é o tipo de coisa que se compra na Amazon — comentou Will.

Faith concordou. Pareciam câmeras profissionais, do tipo que se veria num banco.

O portão ganhou um novo significado. Faith vivera a vida toda em Atlanta e vira um daqueles como algo normal. Então lembrou que estavam em Milledgeville, onde a taxa anual de homicídios era zero, e que todas as outras casas daquela rua bucólica e arborizada mantinham as portas da frente destrancadas.

— A filha dele foi brutalmente atacada há oito anos — lembrou.

— E ele acha que somos culpados pelo que aconteceu depois.

— Não nós *especificamente*. Ele culpa a polícia do condado.

Will não respondeu, mas também não precisava. O perfil on-line de Gerald Caterino deixava claro que ele não via diferença entre os dois e a corporação.

Faith se permitiu exatos dois segundos para pensar sobre o tiro de bala colocado cuidadosamente no meio dos olhos de Jeffrey Tolliver.

Então perguntou:

— Pronto?

Will saiu do carro.

Faith pegou a bolsa no banco de trás e juntou-se a ele. O parceiro descansava os cotovelos no topo do portão de ferro e observava o menino jogar a bola na direção da cesta. O garoto errou por mais de um quilômetro, mas, mesmo assim, olhou para Will em busca de aprovação.

— Uau, foi quase! — Will assentiu de leve para Faith, na direção dos fundos da casa. — Consegue fazer de novo?

O garoto saiu correndo alegremente atrás da bola.

Faith teve que ficar na ponta dos pés para ver a casa. Uma varanda telada saía dos fundos, e um homem estava sentado à mesa, abrigado pelas sombras. Ele se inclinou para a frente, buscando o sol. O que sobrava do cabelo estava grisalho. O bigode cheio estava bem aparado. Os óculos com aro de metal estavam no topo da cabeça.

— O que vocês querem? — O tom raivoso de Gerald Caterino deixou a nuca de Faith arrepiada.

— Sr. Caterino — começou, já estava com a identidade a postos, erguida acima do portão —, sou a agente especial Mitchell. Este é o agente especial Trent. Somos da Agência de Investigação da Geórgia. Queríamos saber se podemos falar com o senhor.

Ele continuou sentado à mesa, então disse ao menino:

— Heath, vá dar uma olhada na sua irmã.

Heath deixou a bola quicando enquanto corria para dentro da casa.

Faith ouviu um clique, e o portão se abriu bem devagar.

Ela se obrigou a ir na frente, cruzando a entrada de carros, aberta a qualquer coisa que pudesse acontecer. O quintal era enorme e muito bem protegido. Uma cerca de arame com 1,80 metro resguardava o terreno, e havia mais câmeras embaixo do beiral. Uma de ferro fundido, combinando com o portão, circundava uma piscina linda. Uma cadeira elevatória estava montada no deque de pedra, e a varanda telada era acessada por uma rampa, em vez de degraus. Uma grande van para cadeira de rodas estava estacionada na garagem, junto de uma picape com a caçamba cheia de ferramentas de paisagismo.

A porta telada também era de ferro fundido. Estranho, já que a tela podia ser cortada sem a menor dificuldade. Mas Faith não estava ali para fazer uma avaliação de segurança. Heath não fechara a porta completamente, mas de jeito nenhum pisaria naquela varanda sem convite.

As câmeras de segurança. O portão. A cerca alta. Os alvos nas fotos do pessoal de Grant County. O buraco de bala na cabeça de Jeffrey Tolliver.

Rebecca Caterino tinha sido atacada havia quase uma década. Era tempo demais para viver em alerta. Faith tinha visto o que o luto podia fazer com uma família, sobretudo com um pai. Apesar de toda a segurança, Gerald não se levantara para inspecionar as identidades deles antes de abrir o portão. Sua presença on-line estava cheia de propaganda contra a polícia. Faith ficou imaginando se ele não teria continuado sentado porque tinha uma arma presa por baixo do tampo da mesa. Depois, perguntou-se se estava sendo paranoica. Aí, lembrou que paranoia era o que a fazia voltar para casa em segurança e poder ver sua bebê todos os dias.

E percebeu que já estavam em um impasse.

— Sr. Caterino, preciso de autorização verbal para entrar em sua residência.

Com os braços musculosos cruzados diante do peito, o homem assentiu, seco.

— Permissão concedida.

Will estendeu o braço para abrir a porta, e Faith manteve a bolsa perto do corpo. A sensação ruim tinha se transformado num tsunami de alertas. Tudo em Gerald Caterino parecia carregado, prestes a explodir. Ele estava sentado na ponta da cadeira. Os braços ainda cruzados. O notebook fechado, com uma pilha de cartões de ponto ao lado. O homem usava short cargo preto e camisa polo preta, e a pele branca clara despontava no V do colarinho desabotoado. O bronzeado de paisagista seguia o padrão da camisa de trabalho.

Faith olhou em volta. Viu outra câmera, do tipo bolha, montada no teto, ao lado da porta da cozinha. A varanda era estreita e ampla, e a mesa tinha três cadeiras e espaço para uma de rodas.

Faith ofereceu suas credenciais. Vários segundos se passaram antes de Caterino pegá-las. Ele colocou os óculos e analisou a identidade, comparando a foto com Faith. Will entregou sua carteira e recebeu o mesmo escrutínio.

Até que ele perguntou:

— Por que vocês estão aqui?

Faith se remexeu, mudando o peso de um pé para o outro. O homem não os convidara a sentar.

— Daryl Nesbitt.

O corpo de Caterino ficou nitidamente mais tenso. Em vez de contar que mandava reportagens a Nesbitt durante os últimos cinco anos, ele olhou para o quintal. A luz do sol refletia na superfície da piscina, que, com o efeito, mais parecia um espelho.

— O que ele está querendo agora?

— Acreditamos que, no fim das contas, ele quer ser transferido para uma instalação de segurança mínima.

Caterino assentiu, como se aquilo fizesse sentido. E, provavelmente, fazia. O último acordo de Nesbitt o fizera sair da segurança máxima. Caterino devia ter pagado quase cem mil em honorários.

Faith começou:

— Sr. Cateri...

— Minha filha ficou meia hora largada naquele bosque, antes de alguém perceber que ela estava viva. — Ele olhou para Faith, depois para Will. — Vocês sabem o que trinta minutos teriam significado para a recuperação dela? Para a vida dela?

Faith não achava que essa pergunta pudesse ser respondida, mas era algo a que o homem se apegava.

— Trinta minutos — repetiu Caterino. — Minha garotinha ficou paralisada, traumatizada, incapaz de falar ou até de piscar, e nenhum daqueles policiais de merda sequer pensaram em conferir para ver se ela ainda estava viva. Não pensaram nem mesmo em tocar o rosto dela ou segurar sua mão. Se aquela pediatra não tivesse aparecido...

Faith tentou manter o tom leve, em contraste ao amargor na voz daquele homem.

— O que mais Brad Stephens contou sobre aquele dia?

Caterino balançou a cabeça.

— Aquele moleque inútil fez igual a todos os outros. É sempre assim com os policiais: no segundo em que você pede uma declaração oficial, ele se fecha. Aquela linha azul parece uma merda de uma forca no meu pescoço.

— Sr. Caterino, estamos aqui para descobrir a verdade — declarou Faith. — A única linha para a qual ligamos é a que separa o certo do errado.

— Até parece. Vocês são uns filhos da puta que sempre se protegem.

Faith lembrou de Nick agarrando Daryl Nesbitt e o jogando na parede.

— Desgraçados inúteis — continuou Caterino, soltando um longo suspiro por entre os dentes. — Não devia ter deixado vocês entrarem. Eu conheço meus direitos! Não preciso responder nada.

Faith tentou contornar a situação com a cartada da maternidade.

— Eu também tenho um filho. Quantos anos tem o Heath?

— Seis. — Caterino ajeitou o notebook no colo. — Minha ex-namorada, mãe dele, não aguentou quando Beckey foi machucada. Não nos separamos numa boa. Eu estava com muita raiva na época.

Faith achava que ele estava com muita raiva agora.

— Sinto muito por isso.

— Sente muito? — repetiu o homem. — E por que raios você sente muito?

Faith sabia que não era sua culpa, mesmo assim, sentia-se responsável. O site *Justiça para Rebecca* tinha dezenas de fotos que mostravam Beckey antes e depois do ataque. Era uma jovem linda que sofrera danos permanentes, consequências daquele dia no bosque. Paralisia da cintura para baixo, comprometimento da fala, perda de visão, traumatismo cranioencefálico... Segundo o site, o ataque a deixara com deficiência intelectual, a ponto de a garota precisar de cuidados em tempo integral.

Aqueles trinta minutos na floresta tinham sido os últimos trinta minutos de solidão na vida de Rebecca Caterino.

O pai dela empurrou os óculos de volta para o topo da cabeça. Olhou outra vez para a piscina e teve de pigarrear antes de falar:

— Há doze anos, eu realmente acreditava que a pior coisa que me aconteceria na vida era perder minha esposa. Aí, oito anos atrás, minha filha foi para a faculdade e voltou uma... — A voz se perdeu. — Sabe o que é pior do que essas duas coisas, agente especial Faith Mitchell?

Aquele era um jogo que Faith já tinha jogado antes. Não podia adivinhar o que era pior do que perder alguém que se amava. Só podia rezar que nunca acontecesse.

Caterino continuou:

— E você, agente especial Will Trent? O que é pior? Qual é a pior coisa que os dois podiam fazer comigo agora?

Will não hesitou:

— Dar esperança.

O homem pareceu surpreso. Os olhos começaram a lacrimejar, e ele assentiu uma vez. Então focou de novo a piscina.

— Sinto muito, sr. Caterino. Não estamos aqui para dar esperanças ao senhor.

Ele soltou outro daqueles grunhidos, e Faith percebeu que o que tinha interpretado como raiva, na verdade, podia ser a forma de Gerald Caterino lidar com o medo. O homem passara anos tentando vingar a filha. Estava aterrorizado com a possibilidade de passar mais cinco, dez, trinta sem a conclusão do caso.

— Pode nos dizer por que enviou aquelas reportagens a Daryl Nesbitt? — indagou Will.

Caterino balançou a cabeça.

— Aquele merdinha é tão sujo que devia ter entrado para a polícia.

— Por que aquelas reportagens em particular? — insistiu Will.

O homem o encarou.

— O que importa?

— É por causa delas que estamos aqui, senhor — explicou o policial. — Estamos investigando as mortes das reportagens.

— Investigando? — Ele soltou uma risada incrédula. — Sabem quanto dinheiro eu gastei com detetives particulares? Passagens de avião ou de trem e quartos de hotel, para falar com outros pais... Psicólogos criminais e policiais aposentados... Paguei até uma merda de um vidente, tudo porque vocês, seus canalhas preguiçosos e interesseiros, não conseguem fazer o seu trabalho.

Faith não daria uma abertura para ele começar um sermão contra a polícia.

— O senhor com certeza deve saber que o corpo de Alexandra McAllister foi encontrado ontem de manhã num bosque.

Ele deu de ombros, defensivo.

— O jornal disse que foi acidente.

Faith esperou o ok silencioso de Will antes de explicar:

— Ainda não soltamos a informação, mas a morte de McAllister foi declarada como homicídio.

Caterino franziu o cenho, confuso. Não estava acostumado a ouvir as coisas que queria.

— Por quê?

— A médica legista encontrou uma perfuração na parte de trás do pescoço da vítima.

Caterino se levantou, hesitante. A boca se abriu, mas não ofereceu palavras. Ele parecia chocado, desacreditado, confuso.

— Sr. Caterino — chamou Faith.

— Era… — Ele cobriu a boca com a mão. Gotas de suor pontilhavam a careca. — A perfuração era na C5?

Will confirmou:

— Sim.

Sem mais palavra, Gerald Caterino correu para dentro da casa.

Faith o observou atravessar um longo corredor. Então, o homem virou à direita.

Aí, sumiu.

— Hum — murmurou Will.

Faith repassou a conversa mentalmente.

— Ele nos avisou para não dar esperança alguma.

— E aí, demos.

Ela sentiu um frio desagradável percorrendo a coluna. Disse a si mesma que Caterino, na verdade, precisara ir ao banheiro, e com muita urgência. Depois, disse a si mesma que o homem estava buscando uma arma. Os discursos do site e as fotos adulteradas ainda mexiam com ela. Um monte de gente falava sobre matar policiais. Havia até músicas sobre isso. Mas só um pequeno número estava disposto a agir. Era fácil saber a diferença entre os dois. O primeiro grupo não agia, mas o segundo apontava uma arma para sua cabeça e puxava o gatilho.

Faith olhou para Will, querendo ver se estava louca. O parceiro perguntou:

— Homicídio ou suicídio?

Loucura confirmada.

— Heath está na casa. E Beckey provavelmente também.

— Já entendi.

Faith entrou na casa. A cozinha estava cheia de luz e era muito familiar. Ela viu travas para crianças em todos os armários e gavetas. As tomadas estavam cobertas. As quinas tinham proteção de espuma. Aos seis anos, Heath era velho demais para medidas de segurança para bebês. Deviam ser para a filha de 27 anos, Beckey.

Faith virou-se, querendo verificar Will. Ele olhava para uma câmera de segurança montada na prateleira, em meio a pilhas de livros de culinária. Ficou na ponta dos pés para ver o topo dos armários. Então gesticulou, botando o dedão para cima e estendendo o indicador, mostrando que vira uma arma.

— Oi, pessoal. — Uma mulher com uniforme de enfermeira entrou na cozinha. Um copo infantil na mão. — Estão visitando Gerald? O tonto acabou de subir as escadas correndo.

Faith sentiu a ansiedade melhorar um pouco. Outra pessoa. Uma testemunha. Fez as apresentações, mostrando a identidade. A mulher não pareceu confusa nem alarmada ao ver dois agentes especiais na cozinha.

— Prazer, sou Lashanda. — Ela lavou o copo na pia. — Cuido de Beckey durante o dia.

Faith achou melhor aproveitar a oportunidade.

— Como ela está?

— Hoje foi bom. — Lashanda abriu um sorriso largo. — Ela luta contra a depressão. É por causa do trauma cerebral. E, às vezes, desconta na gente. Mas hoje é um dia bom.

Heath entrou saltitando na cozinha antes de Faith conseguir perguntar como eram os dias ruins. Ele sorria como o gato de Alice.

— Aqui! — Heath mostrou a Will um desenho de um tiranossauro. Era bem impressionante para um menino de 6 anos.

Will estudou a obra de arte.

— Que incrível, cara. Você fez isso sozinho?

Heath ficou tímido e se escondeu atrás da perna de Lashanda.

— Ele é adorável — disse Faith à mulher. — Tem quantos anos?

— Seis, mas vai fazer sete daqui a dois meses. Mais um desses nenéns que nasceram no Natal, esse pimpolho.

— Você é bem grande pra alguém com 6 anos. — Faith se abaixou até ficar da altura de Heath. — Aposto que sabe somar. Quanto é dois mais dois?

— Quatro!

O sorriso do garoto tinha voltado. Um de seus dentes permanentes da frente estava crescendo torto.

— E com que mão você escreve? — indagou Faith.

— Direita! — Ele sacudiu a mão direita.

— E você amarrou seus sapatos sozinho hoje?

— Sim! — Ele jogou os braços para cima como o Super-Homem. — E fiz minha cama e escovei os dentes, até o que está mole, e eu...

— Já está bom, menino, eles não querem saber de tudo que você fez no dia. — Lashanda bagunçou o cabelo dele. — Por que não vão comigo até a sala? Não dá para saber quanto tempo Gerald vai demorar.

Faith a seguiu sem hesitar. Ainda estava muito inquieta com o desaparecimento abrupto de Caterino. Se não tivesse visto as teorias insanas na internet, acharia aquilo no mínimo estranho. Mas ainda tinham as teorias insanas da internet para piorar as coisas.

— Por aqui.

Lashanda os conduziu pelo longo corredor. Passaram pela sala de jantar formal. Havia livros-texto espalhados pela mesa.

— Lição de casa? — perguntou Faith.

— Heath faz educação domiciliar. O professor dele acabou de ir embora.

Faith sabia que havia muitas razões boas e legítimas para educar uma criança em casa, mas, em sua carreira, os únicos pais que encontrara que manifestavam o desejo de manter os filhos longe das escolas públicas, eram os malucos, com medo de que aprendessem assuntos polêmicos com o sistema de ensino, por exemplo, que incesto era errado e escravidão era ruim.

Não havia suásticas gigantes na parede. Viu impressões e fotografias emolduradas de Beckey em vários estágios da vida. Faith reconheceu as fotos escolares típicas, com maçãs, pilhas de livros e globos giratórios ao fundo. Beckey tinha sido do time de corrida. Em uma das fotos, estava com um grupo de garotas em uniforme de atletismo. Em outra, quebrava a fita na linha de chegada.

As fotos acabavam, de repente, depois do ensino médio. Faith percebeu que não havia fotos de Heath, nem mesmo instantâneos. Gerald o mencionava na biografia, em seu site, mas também não havia imagens on-line.

Ergueu o olhar quando eles entraram na sala de lazer. O pé direito era de pelo menos seis metros. Uma sacada se curvava, saindo de um estúdio no segundo andar. Um elevador tinha sido adaptado para dar acesso aos dois níveis.

Faith conferiu de novo o relógio de pulso. Gerald Caterino estava sumido havia quatro minutos. Virou-se para trocar um olhar com Will, que examinava o estúdio lá em cima, claramente fazendo uma avaliação tática. Faith estava feliz de ver que não era a única paranoica desconfiada.

— Srta. Beckey — chamou Lashanda. — Olhe aqui. Seu pai tem visitas.

A cadeira de rodas de Beckey Caterino estava de frente para umas janelas grandes que davam para o quintal. Havia um jardim com flores e animais de concreto e uma fonte, tudo feito para entretê-la. Faith viu um beija-flor cor de rubi no comedouro.

— Beckey — repetiu Lashanda.

A menina mexeu as mãos para virar a cadeira. Uma escova de cabelo estava em seu colo. A camisola era cor-de-rosa. As meias azul pastel tinham estampa de coelhinhos cor-de-rosa.

— O-i.

Beckey sorriu com metade da boca. Um olho focou em Faith, o outro parecia vazio. Faith reconheceu a paralisia facial que vira na própria avó. A mulher sofrera diversos derrames antes de morrer. Essa jovem era jovem demais para isso.

— Ah, vou limpar isso aqui para você — avisou Lashanda, e limpou a boca de Beckey com um lenço de papel. Faith viu uma cicatriz desbotada em forma de T que atravessava a garganta e descia até o esterno. — Esses são a sra. Mitchell e o sr. Trent.

— Prazer em... — Beckey engoliu antes de conseguir fazer o resto da frase sair — conhecer.

— Digo o mesmo, Beckey. — Faith tentou manter o tom estável, porque sentiu que estava inclinada a falar com aquela mulher adulta como se ela fosse criança.

Havia algo muito inocente nela. Era muito magra. Os movimentos ao pegar a escova de cabelo com as duas mãos eram desajeitados. Becky claramente acabara de sair do banho. O cabelo estava úmido. As roupas pareciam limpas.

Heath subiu no colo da irmã e encostou a cabeça no peito dela. Faith se lembrou de como Jeremy era doce naquela idade. Na época, não sabia que seu menininho adorável estava prestes a se transformar no Marquês de Sade dos *porquês*.

— Aqui. — Beckey estendeu a escova para Lashanda. — Trança.

— Meu docinho, você sabe que não sei fazer tranças. — Lashanda se virou para Faith. — Ela quer o cabelo trançado como o da Elsa. Vi um vídeo no YouTube, mas não deu certo.

Will pigarreou e ofereceu a Beckey:

— Posso fazer, se você quiser.

A mulher sorriu e estendeu a escova para ele.

— Tudo bem se eu virar sua cadeira?

Ela assentiu, o sorriso se alargando.

Will virou Beckey, colocando-a de costas para a sala. Por coincidência, isso também dava a ele uma visão melhor da área do estúdio. Escovou o cabelo longo com delicadeza, enquanto Heath observava, então explicou:

— A gente começa com três mechas separadas.

Will trabalhou rápido na trança. Faith percebeu que era o mesmo penteado que Sara usava nos fins de semana. Em outro universo, uma Faith alternativa podia ter ficado com Will, se não tivesse o dom de se atrair por babacas irresponsáveis e férteis. Agora, só podia torcer para encontrar um homem que soubesse como beber água.

— Espere — pediu Lashanda. — Vou pegar algo para amarrar.

Will apertou a ponta da trança enquanto a mulher procurava na escrivaninha. Ele deu uma piscadinha para Heath.

— Aqui em cima. — A cabeça de Gerald despontou por cima da sacada. — Estou pronto para vocês. Não deixe ninguém mais vir.

E ele desapareceu de novo.

Will passou as pontas da trança para Lashanda, que respondeu ao seu olhar questionador dando de ombros.

— É o jeito de Gerald — explicou. — Ele tem sua própria maneira de fazer as coisas.

Will não deixou Faith subir na frente. Esperou até os dois estarem no patamar para ajustar a jaqueta. Ele mantinha a Glock num coldre lateral. Como Faith achava que passaria o dia todo trabalhando numa prisão, tinha colocado o revólver dentro de um saco Crown Royal, na bolsa. Por via das dúvidas, para mais segurança, abriu o zíper da bolsa. Certificou-se de que a alça estivesse solta no topo.

Lembrou dos dias de patrulha. Multas de trânsito, roubo de carro, violência doméstica... Tudo isso era rotina. Até deixar de ser, porque as pessoas eram como eram, e nunca dava para saber o que realmente estavam pensando até que mostrassem.

Will tinha visto outra câmera no topo das escadas. A paranoia de Faith disparou de novo. Gerald podia estar observando a chegada deles. O homem odiava policiais. Estava guardando rancor. Tinha, até o momento, provado-se imprevisível.

Os dois viraram à esquerda no corredor, e Will parou, ajoelhou-se no chão e pegou um tufo de pelugem cor-de-rosa. Isolante. Apontou para o teto. As escadas do sótão tinham sido baixadas.

Ele disse a Faith:

— Não estou gostando de nada disso.

Faith também não estava. Ela chamou:

— Sr. Caterino?

— Aqui no quarto — avisou Gerald. — Vocês precisam vir sozinhos.

A voz vinha do lado oposto do sótão, no fim do que parecia um corredor de duzentos metros.

O homem já tinha fugido duas vezes. Tinha uma arma lá embaixo, e provavelmente teria outra no andar de cima. Não fazia muito tempo que o sujeito entrara no sótão. E não parava de dizer para irem sozinhos.

Faith seguiu Will na direção do quarto. Ambos viravam a cabeça a cada porta que passavam. Banheiro do corredor. Lavanderia. Heath tinha decorado as paredes do quarto com dinossauros e personagens de *Toy Story*. O espaço de Beckey estava cheio de equipamentos médicos, uma cama hospitalar e um guincho de transferência. O quarto extra em frente devia ser da enfermeira da noite. Faith se perguntava quanto dinheiro aquilo tudo custava. Dizer que Beckey se qualificava para receber assistência para pessoas com deficiências era o mesmo que dizer que uma ferida torácica se qualificava para receber um curativo.

Tinham chegado ao quarto. Havia brinquedos espalhados ao redor de uma televisão. Faith reconheceu o videogame como uma versão mais nova do que tinha em casa. Para passar pelo último trecho do corredor, teve que saltar sobre um cordão de plástico com mais ou menos o tamanho de uma lombada de rua. Não havia cordões lá dentro. A barreira era para impedir a entrada da cadeira de Beckey.

— Porra — murmurou Will.

Faith olhou para o quarto à frente. Nenhuma luz acesa. As janelas bloqueadas por cubículos que pareciam da Ikea, lotados de roupas dobradas. Feixes de luz do sol passavam por entre as prateleiras.

Will deu seis longos passos e entrou no quarto. Faith ficou no corredor. Viu o parceiro limpar a boca com o dorso da mão. O Band-Aid do Olaf descolou porque o adesivo estava encharcado de suor.

— Sr. Caterino, isso é uma arma do lado da sua cama?

Gerald respondeu:

— Ah, sim, vou…

— Eu pego. — Will saiu da linha de visão dela.

O revólver de Faith estava fora da bolsa, na mão, pronto para disparar. Faith estava prestes a invadir o quarto quando Will reapareceu na porta.

Ele carregava uma Browning Hi-Power 9mm. Faith não se mantinha tão informada sobre armas quanto Will, mas sabia que o revólver tinha um desconector de gatilho complexo para tirar o pente. Ou Gerald sabia atirar muito bem, ou alguém o convencera a comprar uma arma mais potente do que o necessário.

Will soltou o pente e acendeu a luz do teto.

Faith guardou o revólver de volta na bolsa, mas manteve a mão lá dentro. Entrou pela porta e fez uma varredura visual no quarto. Janelas, nada. Portas, nada. Mãos, nada. Obviamente, era onde Gerald dormia. Não havia decoração. A cama king size estava desfeita, as mesas de cabeceira não combinavam, uma televisão estava presa à parede, havia os cubículos da Ikea e, além da outra porta, um banheiro. A porta para o que imaginava ser um closet estava fechada, com a chave na fechadura.

— Feche essa porta — pediu Gerald.

Faith empurrou a porta de entrada do quarto até quase fechar.

— Não gosto de falar disso na frente de Heath — explicou o homem. — E não tenho certeza do que Beckey sabe ou do que consegue reter. Minha filha não lembra do ataque, mas fico com medo de ela ouvir algumas coisas. Ou de ver isto.

Ele virou a chave e abriu a porta do closet.

Faith sentiu a boca abrindo.

As paredes dentro estavam cobertas de recortes de jornal, páginas impressas, fotografias, diagramas, anotações. Tachinhas coloridas mantinham tudo preso. Fios vermelhos, azuis, verdes e amarelos conectavam as várias peças. No fundo, viu caixas de arquivo empilhadas do chão ao teto. O homem tinha transformado o closet numa enorme sala de investigação e estava morrendo de medo de os filhos descobrirem.

Faith sentiu o coração se partindo por aquele pai. Cada folha de papel, cada tachinha, cada fio era um símbolo de seu tormento.

— Deixo a chave do closet escondida no sótão — explicou Gerald. —Heath gosta de brincar com meu chaveiro e uma vez quase entrou aqui. Eu confio na Lashanda, mas ela às vezes acaba se distraindo. Se Heath um dia vir isto... Não quero que ele saiba. Não antes de estar pronto. Por favor, venham aqui, vou mostrar tudo.

Faith fechou e trancou a porta do quarto. Pegou seu celular e seguiu Will para dentro do closet. Ligou a câmera de vídeo. Para a gravação, perguntou:

— Sr. Caterino, tudo bem se eu documentar isso com meu celular?

— Sim, claro. — Gerald começou a apontar, primeiro para as fotos. — Tirei essas no dia em que Beckey estava no hospital, cerca de doze horas depois de ela ser atacada. A incisão aqui é da traqueostomia. Aqui é onde o esterno foi quebrado para salvar a vida dela. — O homem deslizou o dedo para baixo. — Esses são os raios X. Neste aqui dá para ver bem a fratura no crânio. Olhe o formato.

Faith deu zoom no raio X, preso ao lado de uma foto da cena do crime, que parecia mais antiga.

— Você conseguiu cópias dos arquivos do caso de sua filha com Brad Stephens?

Gerald abriu e fechou a boca antes de responder:

— Eu consegui. É só o que importa.

Faith deixou para lá. Pelo menos o homem lhes poupara algum tempo. Deu zoom nos depoimentos de testemunhas, anotações de investigação, relatórios de legista, anotações de ressuscitação, diagramas da cena do crime...

Will estava com as mãos no bolso, inclinado para a frente, examinando a fotografia de uma jovem parada ao lado da ponte Golden Gate. Ele perguntou:

— É Leslie Truong?

— Me negaram acesso ao arquivo, porque tecnicamente ainda é um caso em aberto — explicou Gerald. — A mãe, dona Bonita, me deu essa foto. A gente se falava o tempo todo. Agora, já nem tanto. Depois de certo ponto, isso consome a nossa vida, sabe? A gente fica...

Ele não precisava finalizar o pensamento. As paredes contavam a história da sua vida depois do ataque de Beckey.

Faith se virou, trabalhando em etapas para filmar toda a parede. Gerald tinha imprimido páginas e mais páginas da internet. Havia posts de Facebook, tuítes, e-mails... Deu zoom para se certificar de que pegaria os autores. Quase todos os e-mails vinham do endereço dmasterson@Love2CMurder.

Ela se virou para Gerald:

— Você teve acesso a algum dos arquivos dos casos das reportagens?

— Fiz requisições de acordo com a lei de acesso à informação, mas não havia nada nos arquivos, só algumas páginas sobre cada mulher. — Ele apontou para a seção correspondente na parede. — Todas foram classificadas como acidentes, assim como Beckey teria sido, se não tivesse sobrevivido. Não que a vida dela seja o que era antes. Nunca vai ser.

O desespero na voz dele era como um véu caindo sobre o quarto.

Will entrou na conversa:

— O senhor enviou aquelas reportagens específicas a Nesbitt por um motivo. Por que as escolheu?

— Conversei com as famílias. — Gerald foi depressa até o fundo do closet e parou ao lado das caixas de arquivos. — Veja, aqui estão minhas anotações sobre as ligações. Filme as anotações.

Faith girou a câmera. Queria que Gerald também estivesse na gravação.

— Fiz dezenas de telefonemas — explicou ele. — Cada vez que uma mulher era encontrada, eu rastreava a família e conversava. Consegui delimitar oito vítimas.

Caterino apontou para algo atrás de Faith, mas ela não se virou. Reconhecia os rostos das mulheres das reportagens, mas as fotos na parede eram diferentes, mais pessoais, o tipo de coisa que se coloca num porta-retratos na mesa de trabalho.

Gerald apontou para cada mulher, recitando os nomes:

— Joan Feeney. Bernadette Baker. Jessica Spivey. Rennie Seeger. Pia Danske. Charlene Driscoll. Deaundra Baum. Shay van Dorne.

Faith fotografou cada uma, tomando o cuidado de manter Gerald enquadrado.

Ele apontou de novo para cada foto, enunciando:

— Faixa de cabelo. Pente. Grampo de cabelo. Arco. Escova. Escova. Elástico. Pente.

— Espere — pediu Faith. — Do que você está falando?

— Das coisas delas que sumiram. Vocês não investigaram isso? Não leram nada?

— Senhor...

— Nada disso! — gritou ele. — Não venha me dizer para ficar calmo! Eu disse para aquele policial filho da puta que a presilha de cabelo que a mãe de Beckey deu a ela tinha sumido. Tinha um padrão igual aos óculos de tartaruga, e Beckey tinha quebrado um dos dentes do fecho sem querer. Ela sempre deixava a presilha na mesa de cabeceira. Na manhã em que saiu... — Ele correu de volta para a frente do closet. — Olhe, diz bem aqui. Kayleigh Pierce, colega de apartamento de Becky. Este é o depoimento oficial dela.

Faith o seguiu com a câmera.

— Kayleigh afirmou que, na manhã em que Beckey foi encontrada, antes disso, quando estava se vestindo, ela disse... — O homem estava sem fôlego. — Disse...

Faith teve que intervir:

— Está tudo bem, sr. Caterino. Olhe para mim.

O homem a encarou com desespero no olhar.

— Diga no seu tempo. Estamos ouvindo. Não vamos a lugar algum — afirmou Faith.

— Está bem, está bem. — Ele bateu com a mão fechada no peito, como se tentasse se acalmar. — Kayleigh disse que Beckey não conseguiu encontrar a presilha na mesa de cabeceira. Não estava lá naquela manhã. E ela sempre deixava a presilha no mesmo lugar. Mesmo antes de ir para a faculdade, Beckey sempre deixava a presilha ao lado da cama. Não queria que quebrasse, mas queria usar quando precisasse se sentir perto de Jill, entende?

— Jill era a mãe dela?

— Sim, era. — Gerald apontou para uma foto de Beckey antes do ataque. A jovem lia deitada na cama. O cabelo estava preso para trás. — A tal presilha nunca foi encontrada. As garotas, Kayleigh e as outras colegas, reviraram o dormitório, entende? Antes mesmo da polícia fazer a busca. Não que os policiais tivessem procurado muito, porque eles não estavam nem aí. Mas as meninas sabiam como a presilha era importante para Beckey, então procuraram enquanto ela estava no hospital. E não acharam. E, quando os policiais se deram ao trabalho de investigar de verdade, também não acharam.

Faith mordeu a língua de leve. Não acreditava que Lena Adams tinha esquecido desse detalhe.

— Aqueles policiais... — resmungou Gerald. — Tolliver era o pior de todos. Parecia todo solidário, fingindo se importar de verdade, mas só queria botar um x nos quadradinhos e acabar logo com o caso, para continuar recebendo seu salário.

Faith sabia como era a vida financeira de um policial. Não inspirava muita motivação.

— Ele me disse... Aquele filho da puta mentiroso me disse... — interrompeu-se, tentando se recompor. — Tolliver incriminou Nesbitt. Isso, eu garanto. Se eu pudesse provar, processaria aquela cidade até destruir tudo. Você sabe que a faculdade comprou o silêncio, né? E o condado. Todos sabiam que a polícia era corrupta. Por isso que, pagaram uma fortuna.

Faith de repente achou bom estar filmando o homem que processava departamentos de polícia. Ela perguntou:

— Houve julgamento por danos?

— Não quiseram ir a julgamento, porque sabiam todos os detalhes comprometedores que seriam revelados. Vocês não entendem? A seguradora, a cidade, os advogados… até os da minha própria equipe. Todos eram parte da farsa.

Na experiência de Faith, advogados sempre faziam de tudo para garantir o maior pagamento possível.

Gerald continuou:

— O condado fez um acordo, e se recusou a admitir que tinha feito algo de errado, embora a gente saiba que fez. A gente *tem certeza*. Trinta minutos, porra. Trinta minutos da vida da minha filha. E só agora estou quebrando o acordo de sigilo. Eu devia ter ido à imprensa. Ainda poderia ir. Eles que tentem recuperar o dinheiro. Eu os desafio.

Faith moveu o dedão para cobrir o microfone, embora fosse tarde demais.

— Você tem um filho, não é? — continuou Gerald, falando com Faith. — Como vai se sentir quando mandar o garoto para a faculdade? Você confia no corpo docente, certo? Na polícia. Confia que todo mundo vai cuidar deles. E, quando não cuidam, você faz com que paguem.

Will pigarreou, entrando na conversa:

— Quanto eles pagaram?

— Não o suficiente. — Gerald examinou o cômodo. O lábio inferior começou a tremer. — Não o suficiente, porra.

A voz subiu na última palavra, cortada por um soluço. Ele cobriu a boca, tentando se segurar, mas perdeu a batalha. Abaixou o corpo, deixando um lamento transtornado escapar de seus lábios. Os joelhos cederam. Ele começou a chorar como uma criança.

Faith parou o vídeo. Will a impediu de ir até Gerald, então encontrou uma caixa de lenços de papel no canto. A lata de lixo ao lado já estava transbordando.

Gerald apertava a cabeça contra o carpete. Os soluços enchiam o quarto. Confortá-lo não era a resposta. Não havia como confortar a esperança.

Will se ajoelhou diante dele e ofereceu a caixa de lenços.

— Desculpe. — Gerald pegou um lenço. Limpou os olhos. — Isso acontece, às vezes. Não consigo segurar.

Will deu um passo para trás, para o homem poder levantar.

Gerald assoou o nariz. O rosto estava vermelho. Ele parecia constrangido.

Faith deu mais alguns segundos antes de trazê-lo de volta ao presente.

— Sr. Caterino, lá embaixo, quando meu parceiro contou que o dano à medula espinhal era na C5, isso pareceu ter despertado alguma memória.

Ele assoou o nariz de novo e alisou a camisa.

— Beckey tinha uma perfuração. — Ele apontou para uma imagem em preto e branco na parede. — Eu ia levar isso para vocês, lá embaixo, mas achei melhor trazer os dois aqui e mostrar. Tem tanta coisa, e eu… Eu não…

— Está tudo bem — Faith o acalmou. — Fico feliz por você ter permitido que a gente visse isso. É importante manter todo o seu trabalho intacto.

— Sim. Você tem razão. — Ele apontou de novo para a parede. — Esta é a perfuração.

Ela começou a filmar de novo. Deu zoom na imagem em preto e branco, tirada de uma ressonância magnética. Mesmo um olhar leigo conseguia ver o dano à medula espinhal, como um furo de pneu num desenho animado, mas com fluido vazando em vez de ar.

— Ninguém soube explicar — declarou o pai, transtornado.

— Tem mais alguma coisa no caso de sua filha que devemos saber?

— Tudo se perdeu. Todas as pistas esfriaram. Não tem ninguém com quem falar. Ninguém quer falar sobre isso, pelo menos. — Gerald jogou o lenço fora. — Tolliver fez um esforço para garantir que ninguém nunca descobrisse a verdade sobre Beckey e Leslie. Ele escondeu informação, alegando que foi perdida nos meandros burocráticos. E aquela puxa-saco dele, a Lena Adams… vocês sabiam que ela picotou os próprios cadernos? Podem imaginar o que tinha escrito? Foi ela a filha da puta que nem conferiu para ver se Beckey estava mesmo morta. Todos ficaram lá, parados, rindo e brincando, enquanto ela sofria danos cerebrais catastróficos.

Faith o puxou para longe daquele terreno pantanoso.

— Conte mais sobre a presilha de cabelo. Sumiu, não foi?

— Isso mesmo — ele mudou de assunto —, sumiu. O que, por si só, não quer dizer nada, né? Mas aí falei com Bonita…

— A mãe de Leslie Truong? — Faith continuava tentando desacelerar a conversa. — O que ela disse?

As lágrimas de Gerald tinham secado. Ele estava com raiva de novo.

— Disse que tinha sumido uma faixa de cabelo que Leslie sempre usava quando lavava o rosto à noite.

— A faixa de cabelo era a única coisa que tinha sumido?

— Sim. — Ele hesitou, depois admitiu: — Não sei. Talvez algumas camisetas, algumas roupas, mas a faixa de cabelo com certeza sumiu. Leslie ligou para a mãe para desabafar sobre isso. Disse que era uma idiotice roubar algo de tão pouco valor. Foi por isso que a garota ficou com tanta raiva. Quer dizer, por que alguém levaria algo assim?

Faith pensou nas outras possíveis vítimas, com outros possíveis itens roubados.

— Tinha sumido uma escova de Shay van Dorne?

— Um pente. Shay estava no carro quando percebeu que o pente tinha sumido. Ficou tão chateada que contou para a mãe. — Ele voltou às fotos das mulheres das reportagens. — Joan Feeney. Usava uma faixa de cabelo na academia. Disse à irmã que não conseguia encontrar a roxa, sua favorita.

Seeger estava em seu carro, assim como Van Dorne, que estava ao telefone com a irmã quando mencionou que o arco azul que ficava no porta-luvas não estava lá.

Faith assentiu para ele continuar.

— Danske tinha uma escova prateada que tinha sido da avó. Sumiu de sua penteadeira. Driscoll guardava uma escova no porta-luvas, e não estava lá quando o marido foi checar. Spivey mantinha um grampo na mesa de trabalho, que usava para prender a franja. Baker tinha um pente cravejado de cristais escrito *Relaxe*. A irmã de Baum diz que ela sempre combinava o elástico de cabelo com as roupas. E foi encontrada com uma camiseta verde, mas o cabelo solto. E, quando a irmã foi olhar as coisas dela, achou elásticos de todos os tipos: vermelho, amarelo, laranja... Mas nada do verde.

Faith podia imaginar um advogado de defesa usando o vídeo como prova de que Gerald Caterino plantara pensamentos na cabeça de familiares desesperados. A uma luz mais dura, o que o pai tinha feito podia ser classificado como manipulação de testemunhas. E a troco de quê?

Uma escova. Um pente. Um elástico de cabelo. Uma faixa de cabelo. Uma presilha. Um grampo. Entre o carro, a bolsa e a casa, Faith tinha todos esses itens, alguns em múltiplos. Seria muito fácil alguém dizer, em retrospecto, que um desses objetos tinha sumido.

Ainda mais se a pessoa estivesse desesperada em busca de conexões.

Era óbvio que Will estava pensando o mesmo. Ele esperou Faith parar de gravar e perguntou a Gerald:

— Quando você ligou para as famílias, como foi?

— Algumas não quiseram falar comigo. Outras, não deram em nada. Eu tinha uma lista de perguntas que filtravam os casos, e foi assim que cheguei a oito vítimas. — Ele foi até a parede oposta e arrancou uma folha de papel presa com uma tachinha. — Era isso aqui que eu usava.

Faith leu a lista:

1. Apresente-se (fique calmo!).
2. Explique o que aconteceu com Beckey (só os fatos!).
3. Pergunte se o parente em questão tem alguma suspeita sobre a causa da morte da vítima (aja normalmente!).
4. Pergunte se a vítima mencionou que algo tinha sumido.
5. Peça que confirmem a ausência do item desaparecido.

Gerald explicou:

— Sempre que eu encontrava uma reportagem, começava a trabalhar. Tem muita coisa na internet. É fácil achar as pessoas. O que eu faço é ligar. Falei com dezenas de parentes de vítimas ao longo dos anos. Acho que fui melhorando nisso. Tem que ir sentindo o terreno, garantir que estejam abertos à possibilidade. Perder uma filha é uma coisa horrível, mas é ainda mais horrível perceber que ela, na verdade, foi roubada.

Faith releu a lista, um exemplo clássico de perguntas influenciadoras.

— Esse último item, o número cinco. Você disse a eles que tipo de coisa buscar? Disse que precisava ser um item relacionado a cabelo?

— Sim. O que mais estariam procurando? — Ele pulou até outra parede e apontou para os e-mails impressos de Love2CMurder. — Esta é uma lista do que os assassinos em série fazem. O primeiro ponto é que eles levam troféus. É o que o agressor de Beckey faz. Ele persegue as vítimas. Pega algo delas. Aí, ataca. E faz parecer que foi acidente.

— Espere… — pediu Faith. — Persegue as vítimas? Como assim?

— Semanas antes de morrerem, cada uma dessas mulheres disse a um parente, amigo ou colega de trabalho que se sentia estranha, como se estivessem sendo observadas.

Faith considerou essa informação nova. Conseguia pensar em muitas explicações, inclusive que ser mulher fazia a pessoa se sentir bastante vulnerável.

— Isso não está na lista. Isso de perguntar sobre a sensação de estar sendo observada.

— Eu sei o bastante de investigação para entender que a gente precisa sempre segurar alguma informação. Então eu deixo que me contem.

— E as pessoas simplesmente contam?

— Eu sempre tomo muito cuidado. — Ele apontou para os e-mails de Love2CMurder. — Esse cara é um policial aposentado. Um dos raros, dos bons. Ele está me ajudando a investigar. Disse que o maior erro das mulheres é não ouvir seus instintos.

Faith passou os olhos pelos e-mails. DMasterson se correspondia com Gerald havia pelo menos dois anos. Viu alguns PDFs de notas fiscais.

— Você já mencionou que pagou por um detetive particular. É ele?

— Não, era Chip Shepherd. Trabalhei com ele há cinco anos. É outro policial aposentado. Paguei por três meses, e ele trabalhou por seis. Os arquivos de caso dele estão aqui. — Caterino cutucou a pilha de caixas com o pé. — Chip não achou um fato concreto sequer. Eles nunca acham. Passei cinco anos empregando cada célula do meu corpo em manter o caso vivo. Os negócios vão bem, mas não é suficiente. Estou acabando com minhas economias. Não tenho mais aposentadoria. Fiz uma hipoteca na casa. O dinheiro dos processos está num fundo fiduciário, para garantir os cuidados de Beckey. Cada parte da minha vida é para cuidar dela e de Heath. Com o que sobra, faço isto.

Faith soltou um longo suspiro. Aquele armário parecia claustrofóbico. E estava prestes a ficar menor: Faith achou que tinha descoberto a resposta à pergunta que Will vinha fazendo desde que começaram a levantar teorias na capela da prisão, naquela manhã.

Ela começou de leve:

— Sr. Caterino, por que enviou aquelas reportagens a Daryl Nesbitt? Não tinha bilhete nem carta. Só as reportagens.

— Porque... — Ele só notou que se entregara depois que começou a responder. — Ele ainda insiste que é inocente. Eu queria que aquele homem se sentisse tão preso, tão impotente quanto eu.

Faith acreditava na justificativa de Caterino de que estava tentando torturar Daryl Nesbitt, mas tinha mais nessa história.

— Desculpe perguntar, mas por que tem tanta certeza de que Nesbitt não é o homem que machucou sua filha?

— Eu nunca disse...

— Sr. Caterino, cinco anos atrás, você gastou um bom dinheiro com advogados para pagar pelo processo civil de Daryl Nesbitt contra o espólio de Jeffrey Tolliver.

A surpresa despontou no rosto de Gerald.

— Muitas vezes — continuou Faith —, casos civis são usados para obrigar policiais a testemunharem, para que as evidências depois possam ser usadas em processos criminais.

Ele apertou os lábios numa linha fina.

— Há cinco anos, você criou uma página no Facebook e o site de Beckey — continuou Faith. — E passou esses últimos cinco anos colecionando reportagens de mulheres desaparecidas que acha que estão ligadas ao ataque contra sua filha.

— Essas outras mulheres...

— Não — interrompeu-o de novo. — Você começou a investigação há cinco anos. Alguns desses casos são de oito anos atrás. O que o fez acreditar, há cinco anos, que Daryl Nesbitt não era o sujeito que atacou Beckey? Deve haver uma razão convincente.

Gerald mordeu o lábio inferior, que não parava de tremer, mas não conseguiu conter as lágrimas.

Faith guiou o homem, tentando fazer com que falasse.

— Você posta sobre muitas coisas, sr. Caterino, mas nunca sobre seu filho.

Ele limpou os olhos.

— Heath entende que o foco tem que ser em Beckey.

Faith não desistiu.

— Notei todas as câmeras que você tem na casa... Dentro e fora. Esta região é perigosa, sr. Caterino?

— O mundo é perigoso.

— Aqui parece um bairro muito seguro. — Faith pausou. — Me faz pensar que você está protegendo algo ou alguém.

Ele deu de ombros, na defensiva.

— Câmeras de segurança e um portão não são contra a lei.

— Não são mesmo — concordou Faith. — Mas eu queria dizer que fiquei muito impressionada com o seu garotinho. Ele é muito inteligente. Está atingindo muitos marcos antes do tempo. Sua pediatra já disse isso? É quase como se ele tivesse oito anos.

— Ele vai fazer sete no Natal.

— Sim — concordou Faith. — O aniversário dele é mais ou menos 39 semanas depois que Beckey foi atacada.

Gerald só conseguiu sustentar o olhar dela por alguns segundos antes de baixar os olhos para a porta.

— O que eu acho é o seguinte — prosseguiu Faith. — Acho que, cinco anos atrás, Daryl Nesbitt lhe escreveu da prisão.

Gerald engoliu em seco, tenso.

— Acho que, quando você recebeu aquela carta, percebeu que Daryl Nesbitt tinha lambido a aba para selar o envelope. Que a saliva dele estava no verso do selo. — Faith tentou ser o mais gentil possível. — O senhor testou o DNA de Daryl Nesbitt no envelope, sr. Caterino?

Gerald manteve a cabeça baixa, o queixo tocando o peito. Lágrimas caíram no tapete.

— Sabe o que me deixaria apavorada, sr. Caterino? O que me faria colocar câmeras de segurança, portões, cercas e dormir com uma arma ao lado da cama?

Ele respirou fundo, mas continuou com os olhos no chão.

— O que me deixaria acordada à noite — continuou Faith — seria pensar que o homem que atacou minha filha descobrisse que, nove meses depois, ela deu à luz o filho dele.

CAPÍTULO 9

SARA OLHOU PARA o relógio no fogão.

Dezenove horas e 42 minutos.

O tempo tinha passado voando enquanto ela cuidava de Alexandra McAllister. Primeiro, havia a logística de fazer Ezra Ingle mudar a causa oficial da morte. Aí, Amanda começara a trabalhar com o escritório do delegado, fazendo os pedidos formais que permitiriam que a AIG assumisse o caso. Depois, Sara tivera que transportar o corpo à sede da AIG, para a autópsia. Ditou o relatório e assinou todas as evidências e pedidos laboratoriais e forenses. Depois, um examinador médico júnior pedira para que ela revisasse os registros de autópsia de Jesus Vasquez, o prisioneiro assassinado na rebelião da prisão. Por fim, Sara passara Deus sabe quanto tempo sentada, tentando trazer alguma clareza àquele dia horrivelmente perturbador.

Só percebeu como estava tarde quando saiu do prédio e olhou para o céu escuro e sem lua.

Sara se levantou da banqueta da cozinha. Os cachorros no sofá ergueram o olhar quando a dona começou a andar de um lado para outro. Sentia-se impotente. Tessa estava vindo de Grant County com os arquivos de Jeffrey, mas tinha pegado o trânsito da hora do rush. Não havia nada que ela pudesse fazer além de esperar. Os cachorros já tinham comido e passeado. Ela já arrumara o apartamento. Preparara um jantar que mal conseguira comer. Ligara a TV, depois desligara, e fizera o mesmo com o rádio. Estava tão inquieta que sentia a pele formigar.

Pegou o celular do balcão e releu as últimas mensagens que mandara para Will: um emoticon de telefone seguido de um ponto de interrogação.

Depois um prato de jantar com um ponto de interrogação. Depois, um ponto de interrogação solitário.

Will não respondera.

Sara repetiu o óbvio para si mesma: Will também perdera a noção do tempo. Os dois estavam lidando com um assassinato; possivelmente, com múltiplos assassinatos. Lena devia ter desvirtuado tudo, como sempre fazia. Sara não podia interpretar coisas demais no silêncio dele. Também não devia achar nada demais o fato de Will ter obviamente desligado o celular. Clicou no app Encontre Meu Telefone algumas vezes, tentando localizar Will no mapa e, a cada vez, só conseguia o endereço de Lena e o número de minutos, depois horas, passados desde que ele estivera lá.

Até que ouviu uma batida na porta.

— Mana? — A batida de Tessa soava mais como um chute. — Anda logo!

Sara abriu a porta para uma Tessa que equilibrava três caixas de arquivo nos braços. Tinha marcas de sapato na parte mais baixa da porta.

— Não precisa ajudar, deixa comigo. — Tessa largou tudo na mesa da sala de jantar. Por sorte, Jeffrey grudara as tampas com fita. — Você não vai acreditar no trânsito que eu peguei. Fiquei com bolha na palma da mão, de tanto que apertei a buzina. E agora estou morrendo de sede.

Pelo tom, Sara entendeu que a irmã não queria água. Hesitou um pouco antes de abrir o armário de baixo. Will não curtia muito que ela bebesse — como se uma única taça de Merlot fosse transformá-la em Judy Garland.

— Uísque. — Tessa passou por ela e pegou a garrafa. — Uma dose pequena para mim, como se fosse para um bebê. Tenho que dirigir de volta ainda esta noite. Qual é a do papel-toalha?

— Nem queira saber. — Will secava papel-toalha para reusar, porque aquele seu namorado inteligente e sexy parecia alguém que tinha sido criado durante a Grande Depressão. — Por que você tem que dirigir de volta ainda hoje?

— Tenho uma entrevista às nove da manhã com aquela parteira de quem falei. Ela vai contratar uma estagiária. Cruze os dedos para que seja eu. — Tessa achou dois copos no armário. — Lemuel ligou bem quando eu estava chegando ao centro. Como se eu já não estivesse querendo assassinar alguém, com aquele trânsito.

Sara serviu as bebidas, com dose dupla para ela. O marido de Tessa ainda estava na África do Sul com a filha do casal.

— Como está Izzie?

— Incrível, como sempre. — Tessa tomou um gole. — Lem recebeu os papéis de divórcio. A reação foi melhor do que imaginei.

Sara a levou de volta à mesa para sentarem.

— Você queria que ele reagisse mal?

— Só estou cansada. — Ela se jogou numa cadeira ao lado de Sara. — É exaustivo estar casada quando você não quer mais estar. E ele, às vezes, é um babaca.

Sara não verbalizou sua correção ao *às vezes*.

— Eu sei que você nunca entendeu o que eu via nele — prosseguiu Tessa. — Digamos que ele é tipo Taco Bell: tem que pagar o preço se quiser carne a mais.

Sara ergueu o copo num brinde.

— E cadê o Will?

— Trabalhando. — Ela se permitiu olhar para as caixas. As caixas de Jeffrey. A caligrafia familiar fluindo pelas etiquetas. Queria estender a mão e tocar as palavras. — Will me pediu em casamento.

Tessa tossiu a bebida.

— Há seis semanas — confessou Sara.

— E você falou comigo quantas vezes desde então?

Ela conversava com a irmã pelo menos uma vez por dia, às vezes mais. Mas não falaram disso.

— Você acha que não deu certo com Jeffrey pela primeira vez porque não dei atenção suficiente a ele?

— Não sei nem o que isso significa.

— Significa que eu sempre estava na casa da mamãe e do papai ou fazendo alguma coisa com você, ou...

— Casamento não é o *rumspringa*. Você não precisa abandonar a família. — Ela apoiou o copo na mesa e pegou a mão de Sara. — Irmãzinha, lembra que eu estava lá? Fui eu que segui aquele miserável pela cidade toda, invadi o computador dele e subornei recepcionistas de motel, porque você estava pirando com todas as mentiras de merda sobre como tinha sido só uma mulher, como tinha sido só aquela vez, quando nós duas sabíamos muito bem que eram mais de cinco mulheres e de cinquenta vezes diferentes.

Sara recobrou a sensação de desconexão entre o que Jeffrey prometia repetidas vezes e a forma como ele se comportava. Se não fosse Tessa bancando a detetive, ela nunca teria descoberto a verdade.

— Eu sei.

— Jeffrey traía você porque só conseguia pensar no que faltava, não no que tinha. — Tessa apertou a mão de Sara. — Ele mudou por você. E se esforçou muito para ser o tipo de homem que você merecia. A primeira vez foi o inferno na Terra, mas a segunda vez foi mais doce.

Sara assentiu, porque tudo o que a irmã tinha dito era verdade.

— Quando Will me pediu em casamento, não estava realmente pedindo. Mas, em defesa dele, foi uma conversa estranha. Do nada comecei a falar sobre reformar a casa, colocar um segundo andar.

— É uma ótima ideia. Você podia fazer exatamente do jeito que quer.

— Foi o que eu disse — falou Sara. — E, aí, Will respondeu que queria se casar numa igreja, porque nossa mãe ficaria feliz.

— O que diabos a mamãe tem a ver com isso? — desdenhou Tessa. — Ele quer que o papai toque *Lohengrin* no piano?

Sara balançou a cabeça.

— Não sei o que ele quer.

— Então esse é o problema. Vocês não estão conversando sobre uma coisa muito importante. Você está fingindo que não aconteceu.

Sara não sabia mais o que estava fazendo.

— Não quero ficar sendo a chata que fala nisso sem parar. Sempre sou eu que forço as coisas. Quero que Will force de volta para variar. Mas, aí, eu penso que ele talvez tenha mudado de ideia. Talvez ache que se safou.

— Besteira da sua cabeça. Você sabe o que ele sente. — Tessa terminou a bebida. — E não está falando porque não quer. E tudo bem. Mas faça o favor a ele de dizer que não está pronta.

— Eu quero que *ele* faça esse favor *para mim*.

— É melhor um pássaro na mão do que dois voando.

Era por isso que Sara ainda não tinha começado a conversa.

— Não que isso tenha algo a ver com Will ou com o que você sente por ele. E nem com por que você não quer conversar sobre casamento. Mas posso ajudar a olhar as coisas de Jeffrey, se você quiser — ofereceu Tessa.

— Não, vá para casa e descanse. — Sara enfim estendeu a mão e tocou uma das caixas. Sentiu um calor se espalhar pelos dedos. — Vou passar a noite lendo.

— Quatro olhos são mais rápidos que dois.

— É um monte de jargão, coisas técnicas.

— Eu sei ler coisas técnicas.

Só então Sara percebeu que tinha sido meio grossa.

— Tessa, eu sei que você sabe…

— Eu não sou burra, sabe. Eu entendo *jargão*. E sei anatomia básica. Ando lendo muitos blogs de parteiras.

Sara tentou disfarçar a risada com uma tosse.

— Você está rindo de mim?

Sara abafou outra risada.

— Ah, Jesus Cristo! — Tessa se levantou, afastando a cadeira da mesa com um tranco. — Já tenho que aguentar essa merda de Lemuel. Não vou aguentar de você.

— Desculpa. Tess. — Sara riu de novo. — Eu não… Desculpa. Por favor, não…

Era tarde demais. Tessa bateu a porta ao sair.

Sara riu de novo.

Aí, sentiu aquele aperto de culpa que sempre vinha depois de agir como uma idiota. Devia seguir a irmã para o corredor, mas as pernas não se mexiam. Olhou de novo as caixas. Três, ao todo. Jeffrey as etiquetara havia oito anos. Antes de os dois voltarem. Antes de reconstruírem a vida juntos. Antes de Sara assistir à vida dele lentamente escoando de seus lindos olhos.

REBECCA CATERINO CAIXA UM DE UM

LESLIE TRUONG CAIXA UM DE UM

THOMASINA HUMPHREY CAIXA UM DE UM

Sara achou uma tesoura na cozinha. Levou a garrafa de uísque de volta à mesa. Encontrou o controle do aparelho de som e botou uma música suave para tocar. Tinha um bloco de anotações e uma caneta em sua pasta de trabalho, e sentou-se com tudo à mesa. Abriu a primeira caixa com a tesoura.

Sentiu um cheiro nas páginas?

Jeffrey sempre passava creme de aveia nas mãos, quando achava que não tinha alguém olhando. Ele não usava perfume, mas o pós-barba tinha um cheiro maravilhoso, amadeirado. Sara ainda se lembrava da sensação áspera da pele dele à noite. O toque suave dos dedos dele traçando seu corpo bem devagar. Fechou os olhos, tentando evocar aquele barítono grave que a emocionava, depois a irritava, depois a fez se apaixonar de novo.

Será que aquilo era traição?

As memórias de Jeffrey eram uma traição a Will?

Escondeu a cabeça nas mãos. Tinha começado a chorar. Secou os olhos. Pegou mais uma bebida. Puxou a primeira pilha de páginas da caixa e começou a ler.

CAPÍTULO DEZ

Grant County – quarta-feira

JEFFREY EXAMINOU O CONTEÚDO do arquivo de caso de Rebecca Caterino. Sua escrivaninha estava coberta pela papelada do acidente no bosque. Depoimentos das colegas de apartamento. Relatórios de Lena e Brad. O resumo de Frank. As considerações do próprio Jeffrey. Fotos do BlackBerry de Lena. Anotações de Sara sobre a ressuscitação. Algumas linhas preliminares escritas por Dan Brock, que ainda era o legista oficial do caso, embora não houvesse necessidade de um.

Pelo menos, não ainda.

Fechou o arquivo e o jogou na caixa de papelão atrás da mesa. A etiqueta dizia GERAL, mas não parecia certo arquivar a garota. Aliás, o *não parecia certo* com certeza se transformara em um *parecia errado*.

Não tinha muita certeza do que o fizera cruzar essa linha. Talvez o fato de que a única pessoa que poderia preencher alguns detalhes sobre o acidente estivesse desaparecida.

Leslie Truong deixara a cena de crime de Caterino por volta das seis da manhã do dia anterior. A caminhada de 2,4 quilômetros de volta ao campus teria levado vinte, talvez trinta minutos. A tempestade chegara mais ou menos naquela mesma hora. Jeffrey disse a si mesmo que Truong tinha se protegido embaixo de alguma árvore, talvez tivesse escorregado no bosque. Teria torcido o tornozelo. Quebrado algum osso. Só por isso não tinha chegado à enfermaria. Estava esperando que a encontrassem.

Metade da patrulha e vários voluntários da faculdade tinham passado a noite tentando localizar a mulher desaparecida no bosque. Jeffrey já participara de sua cota de buscas extenuantes por adolescentes desaparecidas, mas esta era diferente. Truong era uma aluna mais velha, do último ano, já perto de se formar, e defenderia uma tese sobre polímeros químicos. Quando os bosques não deram em algo concreto, Jeffrey dirigira até o apartamento da garota, fora do campus. O Toyota Prius azul que a jovem usava tinha sido encontrado estacionado no terreno atrás do prédio, e a bolsa estava trancada dentro do quarto. As três outras alunas que dividiam o apartamento não tinham ideia de onde Truong estava. A lista de amigos foi um tiro n'água.

Truong tinha levado o celular consigo para o bosque, o mesmo que usara para chamar a polícia e relatar que encontrara Caterino. Estava sem bateria, ou talvez tenha ficado molhado. As ligações não completavam. Segundo o relatório oficial de Lena, a jovem tinha ficado bem abalada por descobrir Caterino, mas não a ponto de precisar de acompanhante até a enfermaria da faculdade. Lena tinha se oferecido para chamar um carro, mas Truong dissera que preferia voltar ao campus a pé.

Isso de acordo com Lena, claro.

Jeffrey ainda mantinha homens no bosque, tentando aproveitar a luz do sol que acabara de nascer. O maior obstáculo era que ninguém fazia ideia do caminho que Truong tomara. Havia várias opções cortando a floresta densa, e isso supondo que a jovem tivesse seguido por uma trilha já aberta. Ela podia ter corrido pelo emaranhado de cipós e roseiras bravas, já que tinha acabado de ver um cadáver e estava desesperada para chegar a um cenário seguro e familiar. Jeffrey se permitiu pensar em Truong esperando embaixo de uma árvore. Talvez estivesse sendo encontrada naquele instante.

Ou talvez nada disso fosse verdade e alguém a tivesse levado.

Os pensamentos sobre Truong balançavam no mesmo pêndulo que o de Rebecca Caterino. Passara a noite toda incomodado sobre o motivo por trás do desaparecimento. Em um minuto, achava que ela estava escondida em algum lugar, depois do trauma de encontrar um corpo. Em seguida, achava que algo de ruim acontecera e que a garota tinha sido levada.

Não tinha ideia de por que uma coisa ruim dessas — ou qualquer outra, na verdade — poderia acontecer com qualquer uma daquelas duas. Todos gostavam de Truong no campus, assim como de Caterino. Jeffrey tinha conversado com as colegas de apartamento da garota, com o chefe na cafeteria onde trabalhava e com a zeladora do prédio onde morava, uma mulher que parecia mais uma mãe dona de casa. Bonita Truong, que morava em São Francisco, não falava com a filha havia dias. O que não era incomum, além de ser algo com que a mãe parecia não se importar. Jeffrey só podia pensar que havia apenas dois motivos para uma universitária se mudar para o outro lado do país para fazer faculdade: ou estava tentando se livrar dos pais, ou os pais tinham criado o tipo de filha independente, com suas próprias asas.

Jeffrey tinha a forte impressão de que Leslie se encaixava nessa última categoria. Se tivesse que descrever a aluna desaparecida com base no pouco de informação que conseguira juntar, diria que Leslie Truong era tranquila, esforçada e sensata. Em quatro ou cinco dias da semana, a jovem acordava ao nascer do sol e caminhava até o lago, para praticar tai chi. Lena a descrevera como *doidinha*, mas a garota realmente não parecia do tipo que sumia na noite. Até aí, Truong também nunca encontrara um suposto cadáver no bosque.

O que o incomodava era um detalhe solto, que podia até não significar alguma coisa. Ao telefone, na noite anterior, Bonita Truong dissera a Jeffrey que a filha estava irritada com as colegas de apartamento e que algumas de suas roupas tinham sumido. Alguém pegara sua faixa de cabelo favorita e não devolvera. Ao que parecia, Leslie usava sempre a mesma faixa cor-de-rosa para prender o cabelo toda noite, quando lavava o rosto, algo com que Jeffrey se familiarizara quando morou com Sara. Os dois sempre discutiam sobre a faixa de cabelo azul que Sara deixava na pia, uma área já bem pequena. Jeffrey até comprara uma cesta para guardar as tralhas cosméticas, mas Sara a usou para armazenar os brinquedos de cachorro.

Jeffrey virou a cadeira para olhar pela janela. O Z4 não estava lá para provocá-lo. O relógio de pulso mostrava que mal passava das seis da manhã, e a clínica só abria às oito. Olhou para o calendário. Era a última quarta-feira do mês, então Sara não estaria aqui, de qualquer forma. Ela passava as quartas em casa, lidando com a montanha de papelada acumulada do mês anterior.

Ele olhou de novo para o relógio. O avião de Bonita Truong vindo de São Francisco pousaria dali a três horas. O caminho de Atlanta para a cidade levaria mais duas. Precisava trocar alguns dos buscadores, para os homens dormirem um pouco. A delegacia estava vazia, exceto por Brad Stephens. O jovem oficial tinha se voluntariado para ser babá dos prisioneiros nas celas temporárias, mas Jeffrey imaginava que, se passasse nas celas, também encontraria Brad dormindo. Então não passaria por lá.

Levantou-se e alongou as costas. A caneca de café estava vazia. Entrou na sala do batalhão, com as luzes ainda apagadas, e as acendeu enquanto ia para a cozinha.

Ben Walker, seu predecessor, mantinha o escritório nos fundos da delegacia, perto da sala de interrogatórios. A mesa era do tamanho de um refrigerador comercial, e os assentos à frente eram tão confortáveis quanto uma Cadeira de Judas. Toda manhã, Walker chamava Frank e Matt em seu escritório, onde distribuía as missões do dia, depois dizia para fecharem a porta ao sair. Aquela porta só se abria de novo ao meio-dia, quando Walker ia à lanchonete almoçar, e então, às 17 horas, quando ele passava na lanchonete de novo a caminho de casa. Quando Walker se aposentou, a mesa teve que ser cortada ao meio para passar pela porta. Ninguém conseguia explicar como o homem conseguira enfiá-la lá, para começo de conversa.

Muitas coisas permaneciam sem explicação no que dizia respeito a Ben Walker. A mesa por si só já era uma lição de como não chefiar uma equipe. Jeffrey passara seu primeiro fim de semana no cargo mudando o escritório para a frente da sala do batalhão. Fizera um buraco na parede, que servia de janela, para poder ver a equipe — e, mais importante, para que a equipe pudesse vê-lo. O vidro tinha persianas, mas era raro serem fechadas. A porta ficava sempre aberta, a não ser que alguém precisasse de privacidade. Numa cidade tão pequena, havia muita necessidade de privacidade.

O telefone tocou. Jeffrey pegou o receptor na parede da cozinha.

— Polícia de Grant.

— E aí, cara! — Era Nick Shelton. — Fiquei sabendo que você está com uns problemas.

Jeffrey botou café fresco na caneca.

— Parece que as notícias voam.

— Tenho um espião no Macon Hospital.

Jeffrey ouvira um ponto final definitivo no fim da frase, mas sabia que tinha mais vindo por aí.

— O que foi, Nick?

— Gerald Caterino.

— Pai de Rebecca Caterino? — Jeffrey colocara um alarme no celular para lembrar de ligar para o homem às 6h30. Percebeu, pelo tom de Nick, que devia repensar isso. — Devo me preocupar?

— É, o cara deixou uma mensagem na caixa postal do departamento, ontem à noite. Ouvi hoje de manhã e achei que podia interceder por você.

— Interceder? — repetiu Jeffrey. — Não sabia que eu precisava de ajuda.

— É por causa da hora.

A frase de duplo sentido era porque Nick estava sendo cuidadoso, mas Jeffrey entendeu. Alguém no hospital dissera a Gerald Caterino que a filha dele tinha sido dada por morta quando Lena chegou à cena. O tipo de detalhe que podia acabar num processo.

— Obrigado pelo aviso.

— Sem problema, parceiro. Avise se precisar de alguma coisa.

Jeffrey desligou o telefone. Sentiu uma dor de cabeça subindo pelo pescoço. Devia ter acatado a própria ordem e dormido um pouco. No mínimo, teria conseguido processar os próximos passos que precisava dar. Garantir que todos estavam de acordo com o que acontecera na manhã anterior, no bosque. Reler as anotações de Frank, Lena e Brad. Certificar-se de que o próprio caderno estava alinhado com as memórias deles. Ligar para o prefeito e avisar que algo ruim talvez estivesse por vir. Dar a Kevin Blake, na universidade, um alerta do inferno que as coisas iriam se tornar.

Olhou para o café. O líquido bateu na borda. Seu corpo ainda estava apegado à memória de ossos quebrando sob as mãos. Rebecca Caterino passara trinta minutos a mais deitada de costas na floresta. Jeffrey achava que só tinham se passado alguns segundos até Sara encontrar uma forma de fazer a garota voltar a respirar, mas, de acordo com as anotações de ressuscitação, tinham sido quase três minutos.

Trinta e três minutos no total. Todos na conta de Jeffrey.

O que ele queria era pedir desculpas a Gerald Caterino. E a Beckey. Dizer a eles o que tinha acontecido, que pessoas tinham cometido erros, alguns erros idiotas, inclusive, mas não tinham sido de propósito.

Infelizmente, advogados não eram conhecidos por aceitar desculpas.

— Chefe. — Frank pegou uma caneca do gancho. — Alguma notícia de Leslie Truong?

— Nem sinal dela.

— Não é surpresa. — Frank suprimiu uma tosse. — Você sabe como essas universitárias ficam histéricas. Ela deve estar chorando numa casa de árvore, ou algo assim.

Jeffrey tinha desistido de tentar ensinar novos truques àquele cachorro velho.

— Preciso que você faça um memorando sobre o que aconteceu ontem de manhã, desde o momento em que recebeu a ligação sobre Caterino até agora.

Frank era bem esperto.

— Processo?

— Provavelmente.

— Sara pode testemunhar sobre como foi difícil achar um pulso. Ninguém sabe se a garota estava apagada. Com esse tipo de lesão, ela pode ter sofrido algumas paradas cardíacas — comentou Frank, completando a caneca de Jeffrey, antes de encher a própria. — Fico com pena de Sara. O bom do divórcio era não ter mais que salvar você o tempo todo.

Jeffrey não estava a fim daquilo.

— Você vai encher meu saco por isso pelo resto da minha vida?

— Suponho que a ordem natural das coisas vá me fazer bater as botas bem antes de você.

— Acho que isso vai ser só a *seleção natural* — retrucou Jeffrey. — Está dizendo que não come fora da caixa nessas suas viagens a cada dois meses a Biloxi, para mergulhar na jogatina?

— O negócio é intercalar tudo isso, mês sim, mês não. Quem muito quer, nada tem. — Frank levantou a caneca em saudação, antes de sair.

Jeffrey jogou o resto do café na pia. Já estava bem agitado, não precisava de mais cafeína.

Na sala do batalhão, encontrou Marla Simms, secretária da delegacia, tirando a poeira da máquina de escrever IBM Selectric. Tinha comprado um computador para ela, mas, até onde sabia, a mulher nunca ligara o aparelho. Todas as missivas que ela enviava eram escritas à mão, em sua caligrafia perfeita de Método Palmer, ou datilografadas na máquina de escrever. Alguns dos policiais mais jovens estremeciam sempre que ela ligava a máquina. As batidas no papel soavam como tiros de revólver.

As portas duplas rangeram. Lena Adams estava ajeitando o cinto de ferramentas na cintura.

— Lena, na minha sala.

A mulher ergueu o olhar para ele de um jeito assustado.

Jeffrey sentou-se à mesa. Seu olhar parou na estante, cheia de livros-texto e de manuais — e, pior de tudo, uma fotografia antiga de sua mãe.

— Cacete.

— Senhor?

— Minha... — Jeffrey deixou o assunto de lado. Esquecera de ligar para a floricultura no dia anterior. Agora, teria que aturar uma ligação da mãe aos berros, irritada por ele ter perdido seu aniversário. — Feche a porta e sente-se.

Lena acomodou-se na ponta da cadeira.

— Aconteceu alguma coisa?

Jeffrey imaginava a voz chata de Sara avisando que Lena sempre supunha que estava encrencada porque, em geral, tinha feito algo errado.

— Quero o seu caderno.

Ela levou a mão ao bolso da camisa, mas hesitou.

— Eu fiz algo de...

— Dá logo isso aqui.

O caderno que Lena entregou era como todos os outros que os policiais carregavam, porque Jeffrey os comprava às centenas e os deixava disponíveis. Tecnicamente, isso os tornava propriedade do departamento, mas ele rezava para esse tecnicamente nunca ser contestado num tribunal.

Folheou até as últimas páginas, que detalhavam a busca fracassada da noite anterior por Leslie Truong. Poderia ler sobre isso no depoimento oficial de Lena, não importata. Achou o que estava procurando na frente do caderno.

Lena tinha riscado DESCONHECIDA e escrito REBECCA CATERINO. Não tinha mudado a avaliação original — *morte acidental*.

Jeffrey conferiu as anotações dela, que estavam de acordo com o depoimento oficial.

5:58: Ligação de emergência recebida na sede.

6:02: L.A. enviada.

6:03: L.A. encontrou a testemunha Leslie Truong no campo atrás das casas.

6:04: B.S. chegou e, com L.A. Truong, localizou o corpo.

6:08: L.A. verificou que vítima estava morta no pescoço e punho. Posição do corpo conforme o anotado.

6:09: L.A. ligou para Frank.

6:15: B.S. delimitou o perímetro.

6:22: Frank chegou.

6:28: Chefe na cena.

Ele perguntou a Lena:

— Brad chegou quando você estava falando com Leslie Truong. Ele conferiu o pulso quando vocês chegaram ao corpo?

— Eu... — Lena tinha saído da defensiva. Estava criando uma estratégia. — Eu não lembro.

Lena era a oficial sênior na cena. Se tivesse dito a Brad para não conferir a pulsação de novo, Brad não teria nem ousado conferir.

— Da próxima vez que tentar jogar outro policial para os leões, tenha certeza de que eles estão com fome primeiro.

Lena baixou o olhar para o chão.

Jeffrey analisou o caderno. Tinha mentido para Sara sobre confirmar os detalhes no dia anterior. Cada frase do texto ocupava uma linha na página. A tinta era da mesma cor. Ou Lena tivera a incrível presença de espírito de pensar adiante, ou tinha feito exatamente o que Jeffrey dissera que tinha feito.

Virou a página. Lena desenhara um diagrama rudimentar da posição do corpo. Notara que as roupas estavam todas no lugar. Nada parecia mexido nem incomum. E tinha sido muito minuciosa, exceto por deixar uma coisa de fora.

— Por que você desligou o iPod?

Lena parecia encurralada.

Jeffrey deixou o caderno na mesa.

— Você não está encrencada. Só quero a verdade.

Finalmente, a mulher deu de ombros.

— Não sei. Acho que eu só... estava tentando fazer as coisas direito, mas fiz isso meio que sem querer. Tipo, eu tenho um iPod Shuffle que uso para correr, e eu nunca o carrego como deveria, então fica com pouca bateria e...

— Você fez por hábito.

Lena assentiu.

Jeffrey se recostou na cadeira. Conseguia pensar em várias coisas que fazia por hábito.

— Quando conferiu o pescoço e o punho para ver se tinha pulso, você lembra se arrumou as roupas da vítima?

— Não, senhor. — Ela estava balançando a cabeça antes mesmo de ele terminar a pergunta. — Eu não faria isso. A camiseta dela estava reta ou, tipo... — Ela colocou a mão no quadril. — Um lado estava aqui, o outro, aqui. Que é o que se espera quando alguém cai.

— E o short?

— Estavam puxados até a cintura. Sério. Eu não toquei nas roupas dela.

Jeffrey uniu os dedos das mãos.

— E você sentiu algum cheiro?

— Tipo o quê?

Jeffrey tomou ciência de muitas coisas diferentes ao mesmo tempo. Que Lena era mulher. Que ele era chefe. Que a porta estava fechada. Que estavam prestes a falar sobre coisas desconfortáveis. Mas Lena era policial, e os dois eram profissionais. E não podia tratá-la diferente do que trataria qualquer outro homem uniformizado.

— Em quantos casos de estupro você já trabalhou?

— De verdade? — perguntou Lena. — Quer dizer, casos em que a mulher foi mesmo estuprada?

A dor de cabeça de Jeffrey começou a latejar de novo.

— Continue.

— Nenhum passou da fase da papelada. — Ela deu de ombros. — Você sabe como são as universitárias. Longe de casa pela primeira vez, bebem demais, começam coisas que não sabem como parar... Daí, na manhã seguinte, lembram do namorado na cidade de onde vieram ou entram em pânico com medo dos pais descobrirem.

Se ela queria soar como Frank, então Jeffrey ia falar com ela como falava com Frank.

— E ela estava cheirando a sexo?

Jeffrey se forçou para não desviar o olhar enquanto um rubor explodia pelo pescoço e pelo rosto de Lena.

Ele listou as possibilidades:

— Lubrificante, camisinha, sêmen, suor, urina, perfume masculino?

— N-não. — Ela pigarreou. E pigarreou de novo. — Quer dizer, na verdade, ela estava com cheiro de limpa.

— Limpa como?

— Como se tivesse acabado de tomar banho. — Lena pegou o caderno e o guardou de volta no bolso da camisa. — Acho que isso é estranho, né? Porque ela saiu da faculdade. E não estava muito frio, mas com certeza não estava quente, e a garota tinha corrido, pelo menos, um quilômetro e meio, então por que o cheiro de limpeza, em vez de cheiro de suor?

— Diga como é esse cheiro de limpeza.

Lena pensou um pouco.

— Acho que é cheiro de sabonete.

— Você acha que ela pode ter sido estuprada?

Lena balançou a cabeça na hora.

— De jeito nenhum. Falei com minha irmã sobre ela. Beckey era uma nerd total. Passava as noites na biblioteca. Sempre sentava na frente da classe.

Jeffrey não gostou de ouvir suas próprias palavras para Sara sendo repetidas para ele.

— Quem ela é não importa. Nosso trabalho é descobrir o que aconteceu. Quero que você puxe todos os relatos de estupros não resolvidos na área dos três condados: Grant, Memminger, Bedford. Concentre-se em alguém que tenha sido atacado numa área florestada ou perto, em especial se tiverem características físicas parecidas com as de Caterino. Lembre que estupradores têm um tipo. Além disso, preciso que você faça cópias desse seu caderno. Todas as páginas relevantes. E mantenha isso entre nós. Entendeu?

Lena parecia querer discutir, mas assentiu.

— Sim, senhor.

— Quero falar com sua irmã. Veja se consegue que ela venha aqui agora de manhã.

A boca de Lena se abriu. Depois, fechou.

— Ela é cega. Minha irmã.

— Eu posso ir até a casa dela.

— Não! — gritou Lena. O rubor voltou como um incêndio florestal. — Desculpa, chefe. Eu ligo agora. Ela deve estar indo para a aula. Minha irmã se locomove sozinha. E ela está bem. Só não fale sobre coisas pessoais, porque ela é muito discreta.

Jeffrey não tinha planejado entrar nos detalhes íntimos de Sibyl Adams.

— Avise quando ela chegar. E pode deixar a porta aberta quando sair.

— Sim, senhor. — Lena manteve a cabeça baixa ao caminhar de volta para sua mesa.

Então, como o dia não tinha começado mal o bastante, Jeffrey viu Sara falando com Marla Simms no balcão da recepção.

Sara ergueu os olhos. Acenou. Jeffrey franziu o cenho.

Sara nem hesitou. Saiu de perto de Marla e parou em frente à porta do escritório de Jeffrey. A pasta estava pendurada na mão.

— Desculpe a forma como eu disse o que disse.

— Mas não pelo conteúdo do que disse?

Ela deu um sorriso sem mostrar os dentes.

— Aham.

Jeffrey fez sinal para ela entrar. Viu de relance a foto da mãe na estante e sentiu a dor de cabeça latejar um pouco mais forte.

Ela fechou a porta. Colocou a pasta no chão. Recostou-se na cadeira.

— Três coisas. A primeira é o pedido de desculpas.

— Foi mesmo um pedido de desculpas?

— A segunda é que o dr. Barney finalmente vai se aposentar. Vou comprar a clínica. Vamos começar a contar aos pacientes na semana que vem. Então vou precisar contratar outro médico. Achei que você deveria saber antes.

Jeffrey não estava surpreso. Sara falava sobre assumir o lugar de dr. Barney havia anos. Agora que não estava mais ajudando Jeffrey a pagar os empréstimos estudantis, tinha bastante dinheiro sobrando.

— E a terceira?

— Falei com o cirurgião de Beckey Caterino hoje de manhã. Tudo em segredo. Ele concordou em me deixar olhar as imagens. Dei a ele seu endereço de e-mail particular.

— Por que não deu o seu?

— Porque sou médica, sou legalmente obrigada pelas regulamentações a proteger a privacidade dos pacientes.

— E não lhe ocorreu que eu sou policial, legalmente controlado pela Constituição dos Estados Unidos?

Ela deu de ombros, porque sabia que Jeffrey faria exatamente o que ela queria.

— O que o cirurgião disse?

— Que a fratura craniana parecia incomum. Não quis dar detalhes. Tentei pressioná-lo sobre a perfuração na medula espinhal, mas ele não queria especular. Ou não queria ser chamado para depor.

Jeffrey adivinhou que não era o único com medo de que um processo prejudicasse sua carreira.

— Recebi um aviso de Nick de que o pai está num clima litigioso.

— Não dá para culpar o coitado. A vida da filha foi mudada para sempre. Ela vai precisar de cuidados médicos pelo resto da vida. O homem pode escolher entre falir tentando cuidar dela em casa ou entregá-la para o Estado. Você pode imaginar como seria isso.

Jeffrey pensou em todo o tempo que tinham jogado fora ali, parados, enquanto Beckey Caterino lutava pela própria vida.

— Você acha que trinta minutos teriam feito diferença?

Sara assumiu uma expressão diplomática.

— A garota já estava com bradicardia e bradipneia quando me ajoelhei ao lado dela.

Jeffrey esperou.

— A respiração e os batimentos cardíacos estavam perigosamente baixos.

— Eu li suas anotações de ressuscitação. Três minutos é muito tempo para ficar sem oxigênio.

Sara poderia acabar com ele. Três minutos era o valor de referência para lesão cerebral grave. Jeffrey tinha pesquisado essa informação na internet, mas ela aprendera aquilo na faculdade de medicina.

— Cada segundo conta — foi só o que ela disse. Depois, teve a generosidade de mudar de assunto: — Mas vim pedir um favor. Brock não sabe que tenho feito essas ligações. Ele não chegou até o corpo, muito menos avaliou o estado da vítima, mas não quero que pense que estou pisando no quadrado dele.

Brock não teria problema com Sara pisar nem na cabeça dele.

— Você sentiu algum cheiro em Caterino?

— Está falando de coito? — Sara tinha levantado a possibilidade no dia anterior, antes de entrarem numa briga com gritos, então Jeffrey não ficou surpreso por ela ter pensado um pouco no assunto. — Se Rebecca foi estuprada, estava apagada havia trinta minutos. Estava paralisada, então não podia se mexer. Mas as roupas estavam no lugar. Não havia sinais de luta, nenhuma marca de hematoma ou de trauma, pelo que pude ver nas coxas. Não senti cheiro algum. Mas, sinceramente, eu não fiquei me preocupando em cheirar depois que nós percebemos que ela ainda estava viva.

Jeffrey ficou grato pelo *nós*.

— Perguntei a Lena se ela sentiu algum cheiro…

Sara soltou uma risada genuína.

— E como foi?

— Normal. Ela é uma profissional, Sara. Você precisa respeitá-la.

Sara examinou o escritório dele. Estava se afastando daquele limite em que começavam a se atacar de novo.

— Lena disse que Caterino tinha cheiro de limpeza. De sabonete.

Sara mordeu o lábio inferior.

— Está bem. Vamos analisar isso. Qual seria a conclusão, se Rebecca Caterino tiver sido atacada?

Jeffrey abriu a gaveta da escrivaninha. Não tinha medo de limites, e jogou a calculadora na direção da mulher à sua frente, caso ela precisasse de ajuda para contar a quantidade de foda-se que dava para o caso.

Sara disse apenas:

— Justo.

A admissão não fez com que ele se sentisse melhor.

— Já faz um ano.

— Faz.

— Quero saber sobre seu carro.

— É uma BMW Z4 com um motor de seis cilindros em linha.

Jeffrey sabia, já tinha se torturado com os detalhes.

— O Honda tinha quatro anos. Você tinha acabado de terminar de pagar.

Sara examinou outra vez o escritório.

— Quando comprei o Honda, eu era esposa de um policial. E, quando saí de casa naquele dia, sabia que não seria mais.

— Eu cometi um erro estúpido. Não significou nada.

— Ah, uau, muito obrigada, isso muda tudo.

Jeffrey pegou a calculadora de volta e a jogou de novo na gaveta.

— Rebecca Caterino. Você começa.

Sara apoiou a cabeça na mão. Ela parecia precisar fazer aquilo tanto quanto ele.

— Digamos que Beckey tenha sido atacada. Isso significaria que alguém a seguiu pela cidade até o bosque, depois a atacou. Talvez o homem a tenha deixado inconsciente, batendo com um galho ou uma pedra. A garota cai. O homem a estupra. Depois... o que acontece? Ele pega uma barra de sabonete e a lava?

— E aqueles lencinhos para bebê?

— Tem outros tipos de lenços com desinfetantes. Dá para comprar sem cheiro, mas mesmo assim tem perfume... — Sara ia assentindo enquanto falava. Estava começando a acreditar. — Se o cara tiver usado camisinha, muito provavelmente não deixou esperma. E, se ela estava inconsciente, não lutou. Então, não encontraríamos as feridas de defesa típicas nos braços e no rosto.

— Você disse que o sujeito deve ter seguido ela desde a faculdade. Era por volta de cinco da manhã quando ela saiu para correr.

Sara compreendeu a linha de raciocínio.

— O que quer dizer que o sujeito estava esperando por ela. Observando. Mas Beckey sempre corria pela manhã?

Jeffrey pensou nos relatórios que acabara de ler.

— Não era normal, mas não era incomum. A menina tinha brigado com uma das colegas de apartamento, mas as meninas não disseram sobre o quê. Beckey saiu para correr para se acalmar.

Um visitante chamou sua atenção pela janela. Lena Adams estava parada do outro lado do balcão da recepção, de óculos escuros, vestida com um suéter rosa pastel — o único indício para Jeffrey saber que não se tratava de Lena Adams.

Sara também se virou.

— Eu fui voluntária junto de Sibyl no Clube de Garotas na Ciência, Tecnologia, Engenharia e Matemática.

— Como ela é?

— Sabe como o reflexo de um espelho, em que direita é esquerda, e esquerda é direita?

Jeffrey entendeu o que ela queria dizer. Sacudiu o mouse para acordar o computador e entrou em sua conta do Gmail.

— Tenho que falar com ela. Se quiser, pode esperar pelo e-mail aqui.

A oferta rendeu uma sobrancelha levantada.

— Você está me dando acesso ao seu computador?

— Por que não, Sara? Não tenho nada a esconder. — Ele conferiu de novo a conta, para garantir que era a única de que Sara sabia. — Faça o que quiser. Espere aqui. Ou não espere aqui. Não me importo.

A sala do batalhão começou a encher enquanto Jeffrey caminhava na direção do balcão da recepção. Ele empurrou as portas duplas.

— Srta. Adams?

— É *doutora* Adams — corrigiu Marla, com a voz mais alta do que ele achava confortável. Ao que parecia, a mulher supunha que a cegueira de Sibyl também causava algum tipo de surdez. — Ela estava a caminho da escola quando Lena ligou e pediu que passasse aqui.

— Obrigado, Marla. — Jeffrey estendeu a mão, mas puxou de volta.

— Olá? — Sibyl soava como uma versão mais suave e menos intensa da irmã. — O senhor é o chefe Tolliver?

— Sim. — Jeffrey sentia-se meio idiota. Sua única forma de sair dessa era a sinceridade. — Desculpe, dra. Adams. Não tenho certeza de como lidar com isto. Como posso deixá-la mais confortável?

Ela sorriu, radiante.

— Está bem barulhento aqui. O senhor se importa de irmos lá para fora?

— De maneira alguma.

Sibyl usou a bengala para encontrar a porta.

Jeffrey a segurou aberta, dizendo:

— Obrigado por vir. Sei que está ocupada, com as férias de primavera chegando.

— Isto é prioridade. — Ela ergueu o queixo para o céu. A chuva tinha passado, e havia uma brisa fresca no ar. O sotaque dela era mais suave que o de Lena, mas ainda puro sul da Geórgia. — O que posso dizer sobre Beckey e Leslie?

— Eu sei o principal: as duas eram boas alunas, a senhora deu aula para ambas.

— Beckey está na minha turma deste semestre. Ela devia me encontrar às sete da manhã de ontem. Dei o aviso de sempre sobre não desperdiçar meu tempo, mas fiquei sinceramente surpresa quando ela não apareceu. Em geral, Beckey era dedicada e respeitosa.

— E Leslie?

— Igual. Dedicada, bom comportamento... Era candidata no programa de pós-graduação. Eu escrevi uma carta de recomendação. — E acrescentou: — Para ser franca, não confraternizo com alunos da graduação. Temos idades muito próximas. Estou tentando virar titular, não quero ser amiga dos alunos. Sou professora. Meu trabalho é ser mentora deles.

Jeffrey entendia. Por mais obstinada que Lena pudesse ser, ele ainda encarava como uma grande vitória sempre que conseguia enfiar algo de útil na cabeça dela.

— Mas a senhora sabe algo sobre a vida social de Beckey ou de Leslie? Talvez as tenha visto...

Sibyl sorriu, porque não tinha visto nada.

— Eu ouço bastante coisa. A fofoca sempre se prolifera nas instituições de ensino. Posso dizer que Leslie andava brigando com as colegas de apartamento. Tem uma delas na minha aula de introdução à química das 15 horas: Joanna Gordon. A garota andava reclamando da situação em casa. Parece que tiveram alguns roubos.

Jeffrey lembrou-se de Bonita Truong mencionando que a filha tinha reclamado sobre roupas e uma faixa de cabelo desaparecidas. Ficou agradecido ao pensar que a quantidade incrível de furtos e roubos no campus eram resolvidos pela segurança da faculdade.

— E a senhora diria que Leslie era temperamental?

— Imagino que o senhor esteja perguntando se eu acho que ela fugiu depois de um ataque histérico?

Jeffrey franziu o cenho, até que percebeu que Sibyl não conseguia ver sua expressão.

— O que aconteceu ontem foi bem duro. Acho que não são muitas garotas dessa idade que conseguiriam lidar com o que Leslie viu.

— Acho que também não são muitos os garotos que conseguiriam. Essa conversa aconteceria se Leslie fosse um garoto?

Jeffrey se encolheu, mas Sibyl também não podia ver isso.

— E eu aqui, investindo pesado nas expressões faciais, para minimizar meu constrangimento…

Ela sorriu.

— Eu sei.

Jeffrey olhou para o fim da rua. Um grupo de estudantes andava a caminho da aula. Ele perguntou a Sibyl:

— Tem algo nesta história que lhe parece estranho?

— O senhor acha que a perda de visão aguçou meus outros sentidos?

— Não. Acho que você é professora e, como fui aluno por muitos anos, sei que professores são muito bons em ver quando alguém está falando merda. E não com os olhos.

Sibyl sorriu.

— Tem razão. E vou dizer por que acho que Leslie não fugiria. O trabalho é *importante* para ela. A garota passou vida quase toda se esforçando para chegar a este nível. Tem raízes profundas na faculdade. Faz parte da banda. É voluntária no laboratório de matemática. Tem responsabilidades. E sei que alguém de fora poderia pensar que todas essas responsabilidades são pesos, mas não é assim que Leslie as vê. É muito difícil ser mulher no campo das ciências. Você deve saber, por causa de Sara.

— Eu sei.

— Temos que lutar duas vezes mais por metade do respeito, e aí vamos dormir e acordamos no dia seguinte para lutar as mesmas batalhas, tudo de novo. Leslie estava disposta a fazer isso. Ela sabia no que estava se metendo. Gostava do desafio.

Jeffrey manteve o olhar no fim da rua. Não queria pensar em *ótica*, mas uma aluna desaparecida, outra gravemente ferida e um monte de policiais perguntando sobre garotinhas histéricas não era a forma como queria que seus subordinados fossem vistos.

— Você sabia que ela é lésbica? — perguntou Sibyl.

Jeffrey sentiu suas sobrancelhas se erguendo em surpresa.

— Leslie?

— Não, Beckey. Ouvi quando ela contou para Kayleigh sobre um e-mail da namorada do colégio terminando com ela. Beckey parecia muito triste. Kayleigh estava falando para ela voltar a sair, mas a amiga disse que queria se concentrar nos estudos.

Jeffrey não tinha certeza de por que Lena não tinha mencionado esse detalhe no relatório.

— Está falando da colega de apartamento dela, Kayleigh Pierce?

— Isso — confirmou Sibyl. — Cá entre nós, acho que Beckey tinha uma quedinha por Kayleigh. Notei uma mudança na cadência da voz dela... Não tenho certeza se era correspondida. É difícil nessa idade, os sentimentos são muito intensos.

— Leslie Truong é lésbica?

— Ela tinha um namorado. Claro que isso não quer dizer muita coisa. Ainda é uma cidade pequena, e uma faculdade muito conservadora.

Jeffrey sentiu a necessidade de se desculpar em nome da cidade.

— Tem gente boa aqui, mas você tem razão. Não somos tão acolhedores quanto deveríamos, com as minorias.

— Está dizendo que eu sou uma minoria? — Sibyl colocou a mão no rosto, num gesto dramático. — Ah, não!

Jeffrey demorou demais para perceber que era brincadeira. Talvez porque estivesse se perguntando se aquele era um crime de ódio. Coisa em que podia ter imaginado muito antes, se Lena Adams tivesse feito o mesmo trabalho de investigação fácil que a irmã e descoberto que Rebecca Caterino era lésbica.

— Obrigado, dra. Adams. Agradeço a senhora ter passado aqui para falar comigo.

— Ah, é só isso? — perguntou a doutora. — Quando Lee mencionou Leslie, imaginei que você quisesse perguntar sobre Tommi.

— Quem é Tommi?

— Thomasina Humphrey. Sara não falou dela?

Jeffrey analisou o rosto da mulher, mas não detectou malícia. Sibyl genuinamente supunha que ele soubesse de algo que não sabia.

E que Sara devia ter dito.

Sibyl pareceu adivinhar seus pensamentos.

— Eu não devia ter falado. Desculpe.

— Tudo bem. Se você puder...

— Preciso ir. Boa sorte, chefe Tolliver. Sinto muito não ter ajudado mais.

Jeffrey quase agarrou o braço dela.

Viu Sibyl Adams usar a bengala para encontrar o caminho pela calçada. Um aluno se juntou a ela. Depois, mais um. Logo, a mulher estava no meio de uma multidão.

Jeffrey fechou os olhos e inclinou o rosto para o sol, assim como Sibyl tinha feito. Ouviu um caminhão passar. O vento aumentou, bagunçando seu cabelo.

Ele quebrou a cabeça em busca de qualquer relatório que tivesse passado por sua mesa incluindo o nome Thomasina Humphrey.

Nada.

Voltou à delegacia. Sara ainda estava na sala, tinha aberto o notebook para trabalhar. O monitor do computador dele estava virado de modo que ela pudesse ver se chegasse um e-mail.

Jeffrey fechou a porta e encostou as costas contra a madeira, a mão ainda na maçaneta.

Então falou para Sara:

— Thomasina Humphrey.

A mulher ergueu a cabeça, reconhecendo o nome.

— Tem algo que você não está me contando?

— Obviamente. — Sara parecia querer deixar por isso.

Jeffrey olhou de novo para o batalhão. Havia uma bunda sentada em cada cadeira. Metade da unidade de patrulhamento estava vadiando em frente à sala de reunião, esperando que Jeffrey desse início aos trabalhos do dia. Ele não teria outra discussão em que seria o único idiota histérico que as pessoas ouvissem.

— Sara.

Ela tirou os óculos. Fechou o notebook. Virou a cadeira para encará-lo.

— Sibyl a levou no meu consultório há cerca de cinco meses, no fim de outubro. Tommi não se levantou ao fim da aula da manhã. Tinha começado a sangrar. Ela fingiu que era a menstruação, mas Sibyl percebeu que tinha algo errado. Conversou com ela. Levou um tempo, mas Tommi admitiu que tinha sido estuprada na noite anterior.

Jeffrey levou um segundo para controlar o temperamento, porque estupro era crime, e Sara sabia disso, mas não o tinha reportado.

— Ela conhecia o agressor?

— Não.

— Ela denunciou?

— Não.

— Você sugeriu que ela denunciasse?

— Só uma vez, mas ela se recusou, e eu não a pressionei.

— Por quê...?

— Porque ela era uma boa aluna. Era cuidadosa. Vivia com a cara enfiada num livro.

— Você acha mesmo que agora é hora de jogar essas palavras na minha cara?

— Não, mas você precisa me ouvir, Jeffrey, porque explica muita coisa. — Sara se levantou e foi até ele. — Lembra aquele livro que você leu para mim, sobre Hiroshima?

Havia algo tão íntimo no tom dela, que Sara conseguiu levá-lo de volta ao momento exato. Os dois estavam deitados na cama. Jeffrey amava ler para ela à noite. Estava mostrando algumas fotografias de seu livro, lendo algumas das frases mais impressionantes.

— Você me falou sobre sombras, lembra?

Ele lembrava. O calor da explosão atômica era tão intenso que qualquer coisa em seu caminho queimava uma silhueta de sombra nas paredes ou na calçada embaixo. Um homem caminhando com uma bengala. Alguém sentado numa escada. Plantas, parafusos, maquinário... Todos tinham deixado sombras permanentes, e ainda hoje dava para vê-las.

E Sara explicou:

— Um estupro é assim. É uma sombra que queima a pessoa. Altera o DNA. Persegue você pelo resto da vida.

— Foi ruim?

— Muito ruim. Eu já conhecia Tommi antes disso. Era uma das minhas pacientes. Por isso que Sibyl a levou a mim. Achou que eu poderia ajudar.

— E você ajudou?

— Eu suturei, dei medicação para a dor, prometi que não ia contar para ninguém. Esse era o maior medo dela, que o pai descobrisse os detalhes, que os amigos, professores e todos no campus ficassem sabendo. Mas se eu a ajudei? — Sara parecia assombrada pela pergunta. — Não dá para ajudar alguém que passa por isso. Você pode tentar fazer a pessoa se sentir segura. Pode ouvir. A única coisa que realmente dá para fazer é ter esperança e rezar para que ela encontre uma forma de ajudar a si mesma.

— Entendo o que você está dizendo — retrucou Jeffrey. — Mas por que Sibyl mencionou o nome de Tommi quando estávamos falando de Leslie Truong?

— Suponho que tenha sido porque, no dia seguinte, Tommi desapareceu da faculdade. Deixou todas as coisas. Não voltou. Não entrou em contato com quem quer que seja. O celular foi desligado, e ela sumiu.

— Kevin Blake não...

— Os pais desmatricularam a garota das aulas. Não tenho certeza do que aconteceu com as coisas dela.

— Mas Sibyl...

— Você precisa deixar isso para lá.

— Tommi Humphrey foi vítima de um crime. E um crime sério, pelo que você está dizendo. E agora Leslie Truong desapareceu. E quem sabe o que aconteceu com Beckey Caterino? São conexões, Sara. Precisamos explorar tudo.

— Você vai abrir todas as investigações de estupro da cidade? Como vai achar as mulheres que ficaram destruídas demais ou com medo demais para denunciar? Como vai localizar garotas que deixaram a faculdade porque quinze, vinte, trinta minutos de suas vidas apagaram cada segundo importante das duas décadas que vieram antes?

Era raro ouvir Sara falando daquele jeito tão passional sobre algo tão duro. Jeffrey sempre tinha se perguntado sobre Tessa. A mulher passara muitas noites bêbada durante o ensino médio e a faculdade. Jeffrey lembrava vivamente de dirigir por cinco horas até a Flórida no meio da noite para convencer o delegado a não prendê-la por embriaguez e desacato.

Ele escolheu as palavras com cuidado.

— Se houver uma conexão entre o que aconteceu com Tommi Humphrey e o que aconteceu com Beckey Caterino e Leslie Truong...

— Deixe a menina em paz, Jeff. Por favor. Por mim.

Ele estava muito perto de concordar, mesmo que só porque quisesse desesperadamente fazer algo, qualquer coisa, para Sara confiar nele de novo.

Até que seu computador apitou, anunciando um novo e-mail.

Sara foi para trás da mesa dele. Colocou os óculos. Clicou algumas vezes. Dava para ver as imagens refletidas nas lentes.

— Venha aqui.

Jeffrey parou atrás dela. Adivinhou que estava olhando uma imagem de ressonância magnética. Reconheceu as vértebras cervicais empilhadas abaixo do crânio, mas o cordão que passava por trás delas lembrava um pedaço de corda puída ao meio. Havia fibras salientes. Algo que parecia uma bolha de líquido encapsulava a área.

— Esta é a perfuração na medula espinhal — explicou Sara. — Algo afiado e pontudo entrou na pele bem aqui.

Jeffrey sentiu os dedos de Sara pressionarem sua nuca.

— As pernas dela ficaram paralisadas, paralisou tudo daqui para baixo. — Sara levou a mão até o quadril dele. — Essa lesão foi deliberada. Não aconteceria numa queda. Eu chutaria que o instrumento tinha formato similar a um picador de gelo ou uma sovela, mas você não ouviu isso de mim.

Jeffrey conteve as perguntas. Sara estava abrindo o próximo arquivo, um raio X.

— A fratura craniana. — Ela clicou para ver mais de perto.

Jeffrey sabia como deveria ser um crânio intacto. A fratura ficava na parte de trás da cabeça, bem no ponto em que a maioria dos homens começava a ficar careca. O osso tinha se partido em raios de sol. Um pedaço de osso em semicírculo estava destacado.

Sara se ajoelhou, chegando mais perto do monitor.

— Aqui.

Jeffrey agachou ao lado dela e seguiu seu dedo, que traçava uma meia-lua na parte inferior da fratura.

Sabia que ela não diria com certeza o que tinha acontecido, então, perguntou:

— Melhor palpite?

— Não é um palpite — retrucou Sara. — Bateram com um martelo na parte de trás da cabeça dela.

CAPÍTULO ONZE

Atlanta

S ARA NÃO CONSEGUIU TERMINAR o segundo uísque. O estômago ardia. Estava trêmula, mas de uma forma difícil de explicar. As anotações de Jeffrey. Os arquivos de Jeffrey. Os cartões de entrevista de Jeffrey. As linhas retas como régua de Jeffrey, desenhadas sobre um mapa topográfico desbotado de Heartsdale. Seu fantasma estava sentado à mesa enquanto ela lia as palavras dele de oito anos atrás. Os nomes voltaram com uma clareza assustadora.

Broquinha. Chuck Gaines. Thomasina Humphrey.

A caligrafia delicada era um contraste muito agudo com o exterior durão. Jeffrey era a encarnação do moreno, alto e sensual, com o charme de um jogador de futebol americano combinado com uma inteligência maravilhosamente afiada. Mesmo no jargão preciso e técnico de um relatório policial, como o resumo de uma entrevista com uma testemunha ou a transcrição de um telefonema, sua personalidade brilhava.

Sara segurou um dos cadernos espiralados de Jeffrey na mão. Tinha mais ou menos o tamanho de uma agenda de mão. Ele anotara as datas na capa, junto dos nomes dos casos lá dentro. Ela abriu. Grant County era uma delegacia pequena o bastante para o chefe fazer as vezes também de investigador. Cada caso em que Jeffrey trabalhava acabava nos cadernos, onde ele mantinha registros metódicos. Sara folheou os cabeçalhos das primeiras dezenas de páginas.

Harold Niles/assalto. Gene Kessler/roubo de bicicleta. Pete Wayne/gorjetas roubadas.

Oitenta mil dólares.

A quantia em dólar tinha sua própria página. Jeffrey a sublinhara duas vezes, depois circulara. A escrita tinha dimensionalidade. A caneta esferográfica deixara uma marca funda no papel, como braile.

Sara pensou sobre todas as coisas que podiam significar aqueles oitenta mil dólares. Não um assalto. Nem uma bicicleta. Então, extrapolou o número para a vida de Jeffrey. A casa dele custara mais do que isso. Os empréstimos estudantis, um pouco menos. A fatura do cartão de crédito, pelo menos da última vez que vira, era cerca de cinco por cento desse número.

Sara sorriu.

Só uma coisa daquela época custava oitenta mil dólares, e era o primeiro Z4 de Sara. Ela comprara o carro apenas para humilhá-lo. A expressão infeliz de Jeffrey cada vez que via o esportivo a fazia se sentir mais transcendente que qualquer orgasmo que ele já lhe dera. E Jeffrey era bom pra caralho em matéria de orgasmos.

Sara virou a página.

Rebecca Caterino/encontrada morta.

O *encontrada morta* tinha sido riscado com uma única linha e corrigido para *tentativa de homicídio/estupro.*

A tensão entre Jeffrey e Sara mudara durante os casos Caterino/Truong. Sara encontrara uma forma de ficar em paz com a recusa dele de falar a verdade sobre a quantidade de mulheres e de vezes em que a traíra. Como com muitas de suas mudanças emocionais, a paz tinha vindo da família. Lembrava de uma conversa com a mãe, na noite depois que encontraram Beckey, antes do suposto acidente virar uma investigação frenética.

Estava sentada à mesa da cozinha dos pais, o notebook aberto. Tentava atualizar prontuários de pacientes, mas sentira-se tão sobrecarregada que acabara desistindo e descansara a cabeça na mesa.

Cathy tinha sentado ao seu lado e segurado suas mãos. A pele da mãe era calejada. Ela era jardineira, voluntária, faz-tudo e qualquer outra coisa que exigisse arregaçar as mangas e trabalhar. Sara estava segurando as lágrimas. Estava chateada pela pobre menina no bosque. Estava furiosa com Lena. Estava abalada porque toda aquela tragédia a colocara outra vez próxima de Jeffrey. E estava profundamente envergonhada por ter trocado insultos com ele dentro do consultório, como uma ex-mulher mal-educada.

— *Minha filhinha* — tinha dito a mãe. — *Deixe que eu carregue o peso do seu ódio. Quero fazer isso por você, para você poder seguir em frente.*

Sara tinha brincado sobre haver ódio por Jeffrey o bastante para todos, mas a imagem mental das costas fortes da mãe carregando seu ódio, sua mágoa, sua humilhação, sua decepção e seu amor — porque essa era a parte mais difícil, o fato de que ainda era tão apaixonada por Jeffrey — de alguma forma conseguira tornar mais leve o peso que, no ano anterior, pressionara cada osso de seu corpo.

Sara ergueu os olhos das anotações de Jeffrey. Tomou um gole de uísque. Secou os olhos. Voltou à tarefa.

Rebecca Caterino/encontrada morta—tentativa de homicídio/estupro.

Jeffrey documentara sua chegada à cena no bosque, a discussão sobre contenção de multidões com Brad, as informações que recebera de Lena. Como a maioria dos policiais, ele usava taquigrafia, abreviando Lena como L.A., Frank como F.W., e assim por diante.

E tinha escrito um número de telefone na margem. Sem nome, só o número. O cérebro de Sara automaticamente supôs que pertencesse a uma mulher com quem ele estava saindo. Recostou-se na cadeira, tentou limpar a faísca de ciúme que acompanhava o pensamento.

Até que virou a página.

CONVERSA COM S.L SOBRE: 30 MINUTOS.

Jeffrey estivera assombrado pelos tais trinta minutos que Beckey Caterino esperara no bosque. Sara também se sentia assim. Trinta minutos era muito tempo, metade da hora crítica em que se podia prever a sobrevida de um paciente de acordo com as ações tomadas para prolongar sua sobrevivência. Sara tinha sido vaga quando Jeffrey perguntara se trinta minutos teriam feito diferença. Em termos médicos, trinta segundos podiam fazer uma diferença e tanto. A pior tragédia era que nunca saberiam.

Sara baixou o olhar para o caderno. Embaixo das suas iniciais, Jeffrey escrevera o nome Thomasina Humphrey.

Sara combinou os dois detalhes e, de repente, se viu de volta à sala de Jeffrey. Estava lá, esperando o e-mail chegar no computador dele; Jeffrey voltara da conversa com Sibyl Adams… Chegara tão perto de contar a ele sobre o próprio estupro. Tentara proteger Tommi da dor de um interrogatório. Com certeza o ataque à garota não tinha nada a ver com Leslie Truong, e a mesma certeza de que não podia ser ligado a Beckey Caterino.

Mas estava errada.

Virou as páginas, buscando qualquer coisa que pudesse ajudá-los agora. Brock ainda era o legista oficial durante aquele período, então todos os resultados e descobertas laboratoriais estariam onde quer que ele armazenasse seus arquivos. Jeffrey tinha transcrito algumas das observações de Sara em seu caderno, mas o que Sara *não* vira? O que *Jeffrey* não vira? Haveria um detalhe, uma informação forense aos quais tinham estado cegos, que tinham ignorado — o que permitira que um assassino violento e sádico se livrasse da cadeia?

Sara era viúva de Jeffrey. Herdara seus bens. E, pelo jeito, também herdara a culpa.

Ouviu uma chave girar na fechadura da porta da frente.

Fechou o caderno, empilhou os arquivos e os enfiou de volta na caixa. Quando Will entrou no apartamento, estava de pé, esperando por ele.

Sara notou várias coisas ao mesmo tempo. Que Will tinha tomado banho. Que tinha se trocado e colocado jeans e uma camisa social. Que sua expressão parecia tensa.

Engoliu todas as perguntas duras que se reviravam na boca: *Onde você estava? Por que não ligou? Por que foi para a sua casa tomar banho, antes de vir para cá? O que diabos está acontecendo?*

Sara viu que Will estava fazendo o próprio reconhecimento. Os olhos dele examinavam a sala, vendo o jantar não terminado dela, a garrafa de uísque, a caixa das coisas de Jeffrey.

Ela respirou fundo e soltou bem devagar, tentando evitar o que com certeza seria uma explosão desastrosa.

E disse apenas:

— Oi.

Will se ajoelhou. Os cachorros tinham corrido para ele. Betty dançava ao seu redor, e os outros pulavam nas pernas dele. O ar parecia pesado, como se cada um estivesse se afogando em um rio distinto.

Sara viu um corte no nó do dedo médio dele. Saía sangue da ferida.

Ela tentou brincar:

— Por favor, diga que ficou assim depois de bater na Lena.

Will foi até a geladeira. Abriu a porta. Olhou as prateleiras.

Ela não conseguia lidar com o silêncio. Fez uma pergunta que ele seria obrigado a responder:

— Como foi?

Will inspirou fundo, como Sara tinha feito.

E respondeu:

— Lena acha que você está tentando ferrar com ela.

— Eu estou — admitiu Sara, mas ficou ofendida de Lena achar que ela só ficava ali, sentada, esperando oportunidades de infernizar a vida dela. — O que mais?

— Quase dei um soco na cara dela. Depois, quase puxei minha arma para o Jared. Aí, soquei o carro de Faith. Ah, e antes de tudo isso, falei pro Jared que a gente ia casar.

Sara sentiu a mandíbula tensa. A primeira parte obviamente era hipérbole. Quanto à última... Bem, se era uma nova forma bizarra de pedi-la em casamento, não ia funcionar.

— Por que você disse pro Jared que a gente ia casar?

Will abriu o freezer. Olhou dentro.

Sara mudou de assunto:

— Você jantou?

— Comi uma coisinha em casa.

Não gostou do jeito como ele falou *em casa*. Ali era a casa, o lugar que compartilhavam.

— Tem iogurte.

— Você me disse para não roubar seu iogurte.

Sara não aguentava mais aquilo.

— Meu Deus, Will, eu não sou a polícia dos laticínios. Se está com fome, coma o iogurte.

— Posso tomar sorvete.

— Sorvete não é o mesmo que iogurte. Não tem valor nutricional algum.

Ele fechou a porta do freezer e se virou.

— O que foi? — perguntou ela. — O que você tem?

— Achei que você tivesse proibido a conversa.

Sara queria dar um chute nele.

— É uma merda quando a pessoa com quem você devia estar num relacionamento não fala o que está pensando.

— Então isto aqui é um momento de aprendizado para mim?

Sara pensou que era um momento em que as coisas podiam dar muito, muito errado.

— Vamos só deixar pra lá.

— Por que você não me mandou mensagem?

— Eu mandei. — Ela pegou o telefone e mostrou a tela. — Três vezes e nada, porque, pelo jeito, você desligou o celular.

Will esfregou o rosto.

— Não vou aguentar seus resmungos e silêncios longos agora, Will. Você pode falar comigo como se eu fosse um ser humano normal?

A raiva brilhou nos olhos dele.

Raiva era algo com que Sara podia lidar. Já tinha arrumado briga com a irmã. Estava furiosa com Lena. Estava magoada por Faith ter mentido. Estava magoada pela parte de Jeffrey naquilo tudo. Estava aterrorizada de ter deixado passar algo em Grant County que permitira que um maluco se livrasse e desesperada para acertar as coisas com o homem com quem ia se casar, se ele um dia parasse de trocar os pés pelas mãos e pedisse direito.

Então disse a Will:

— É briga ou sexo.

— O quê?

— Essas são as suas escolhas. Você pode brigar comigo, ou a gente pode transar.

— Sara...

Ela foi até Will, porque sempre tinha que fazer tudo. Colocou as mãos nos ombros dele. Encarou-o nos olhos.

— Ou falamos das coisas que não estamos falando, ou vamos para o quatro.

Ele cerrou o maxilar, mas parecia disposto a se deixar persuadir.

— Will. — Sara colocou o cabelo para trás.

A pele dele estava quente. Ela sentia o cheiro suave do pós-barba, o que significava que, apesar de estar bravo, Will tinha feito a barba, porque sabia que Sara preferia seu rosto liso.

E o beijou de leve nos lábios. Quando ele não resistiu, beijou de novo, desta vez deixando claro que havia outras coisas que podia fazer com a boca.

Will pareceu estar a fim, até não estar. Ele se afastou. Olhou para ela. Sara viu todas as coisas de que os dois tinham medo de falar borbulhando até a superfície.

Não sobreviveria a outra briga, então o beijou de novo. As mãos deslizaram para dentro da camisa dele. Deixou os dedos traçarem as ondas dos músculos. Sussurrou em seu ouvido:

— Vem fazer um meia-nove.

Ele perdeu o fôlego. Os batimentos cardíacos aceleraram. Sara sentiu a reação contra sua perna.

— Sara... — A voz estava grossa, presa na garganta. — A gente devia...

Ela roçou os lábios na orelha dele. Beijou o pescoço e começou a desabotoar a camisa. Ainda sentia a relutância, mesmo enquanto ele colocava a mão em concha sobre seu peito. Retomou os lábios à orelha dele. Em vez de beijar, agarrou o lóbulo entre os dentes.

Will perdeu o fôlego de novo.

Ela aproveitou para sugerir:

— Vamos ser um pouco selvagens.

Desta vez, quando o beijou, Will retribuiu o beijo intensamente. Agarrou-a pela cintura. Empurrou-a contra o armário. Sara sentiu o corpo esmagado contra o dele. A mão dele apertando seu peito. Sentiu o alívio extasiante de seus sentidos transbordando de prazer.

Mas, aí, Will se afastou.

E a manteve à distância do braço.

— Desculpe. Este é meu limite.

Ela balançou a cabeça.

— Quê?

— Você chegou ao meu limite, Sara. Chega.

— O que você está… — Ela falou aquilo para as costas dele, porque Will estava se afastando dela. — Will…

Ele fechou a porta ao sair.

Sara olhou pela cozinha, tentando repassar o que tinha acabado de acontecer.

Que limite?

O que esse *chega* queria dizer?

Tentou abotoar a camisa. Seus dedos estavam desajeitados. Will estava mexendo com ela, fazendo algum jogo. Devia estar parado do outro lado da porta, esperando que ela fosse atrás. Os dois já tinham dançado essa música, quando Sara chegara ao próprio limite. Estava irada com Will por esconder coisas e mentir na cara dela. Mandara ele embora, e ele fora. Mas, quando ela abriu a porta, o encontrou sentado no corredor, esperando por ela. E Will tinha dito…

Eu não sou muito de desistir.

Sara esfregou o rosto. Também não estava disposta a desistir de Will. Não podia ficar sozinha no mundo, não agora. Teria que consertar isso de qualquer jeito. Se isso significasse pedir desculpas a um homem adulto fazendo birra, então pediria desculpas a um homem adulto fazendo birra.

Andou até a porta. Abriu de uma vez.

O corredor estava vazio.

CAPÍTULO DOZE

Grant County – quarta-feira

JEFFREY ESTAVA SENTADO EM frente a Kayleigh Pierce, dentro do apartamento que a jovem dividia com Rebecca Caterino. Não tinha tempo para se culpar por não ouvir seus instintos. Em apenas 24 horas, o caso Caterino tinha ido de *encontrada morta* e *morte acidental*, então para *tentativa de homicídio e possível estupro*. O que ele precisava era de fatos. Até o momento, tinham apenas seguido os passos burocráticos da investigação. Agora, ele sabia a dura verdade.

Caterino tinha sido selecionada pelo agressor. Ninguém andava por aí com um martelo sem planos para usá-lo. A garota tinha sido seguida do campus ou, pelo menos, da rua até o bosque por alguém que pretendia cometer um ato de violência.

Leslie Truong, a testemunha que sua própria equipe tinha deixado ir embora, estava desaparecida, possivelmente, sequestrada.

Seu único caminho era voltar ao começo.

— Não sei o que dizer? — Kayleigh tinha o hábito de deixar a voz mais aguda no fim de algumas frases, como se estivesse perguntando, não respondendo.

— Eu sei que você já falou com um de meus oficiais — explicou Jeffrey. — Só me conte os acontecimentos da manhã de ontem. Qualquer coisa que você conseguir lembrar vai ser útil.

Kayleigh cutucou uma pele solta na sola do pé. A garota estava de pijama de seda azul, e ostentava uma tatuagem de ideogramas chineses na parte interna do pulso. O cabelo loiro curto tinha se embolado quase em uma espiral enquanto ela dormia.

— Como eu falei, eu estava dormindo?

Jeffrey olhou o caderno. Dividido entre dizer ou não a Kayleigh que sua amiga tinha sido atacada. Seguiu seus instintos, que diziam que no segundo em que a garota descobrisse, acabaria sua utilidade como testemunha. A garota tendia a se concentrar apenas em si mesma — o que era de se esperar, já que ainda estava naquela idade em que as pessoas só conseguiam ver o mundo através das próprias lentes.

Então pediu a Kayleigh:

— Continue.

— Becks estava muito brava com a gente? Com todas nós? Ela do nada começou a gritar que nem doida, derrubando tudo, jogando coisas?

A cozinha estava uma zona, mas Jeffrey via que a lata de lixo tinha sido chutada. O plástico estava amassado. O lixo no chão criara uma trilha gosmenta. O único item que parecia ter sido poupado era uma mochila castanha ao lado da geladeira.

— Por que Beckey estava com raiva?

— Quem sabe? — Kayleigh deu de ombros, mas Jeffrey achou que ela não só sabia o motivo da raiva, mas, também, por quem. — Ela abriu minha porta com um chute? E gritou "suas filhas da puta", como se odiasse a gente? Aí eu fui atrás dela até o quarto, pra ver qual era o problema? Só que ela não falava?

— O quarto de Beckey fica no fim do corredor?

— Sim. — Ela finalmente conseguiu pronunciar uma resposta direito. — Logo que fomos chegando, fomos vendo que era o menor quarto. E estávamos todas preparadas para uma briga ou algo assim, mas a Becks só disse que ficava com o quarto pequeno, daí pronto, ficamos todas melhores amigas.

— Ela estava saindo com alguém?

— Ela tinha terminado com a namorada no verão? Mas não teve mais ninguém depois. Nem um encontro. Tem muita gente babaca no campus?

— Alguém estava na cola dela?

— Não mesmo. Becks não ia nem aos bares nem se divertia nem nada do tipo? — Ela balançou a cabeça com força o bastante para sacudir o cabelo. — Se alguém estivesse de olho nela, eu teria ido direto pra polícia. A polícia de verdade, não os seguranças de shopping do campus.

Jeffrey ficou feliz por ela saber que havia diferença.

— Beckey alguma vez disse que se sentia insegura? Ou que estivesse sendo vigiada?

— Ai, meu Deus, ela estava sendo vigiada? — A garota olhou para a cozinha, a porta, o corredor. — Eu devia me preocupar? Estou, tipo, correndo perigo?

— São perguntas rotineiras. É a mesma coisa que eu perguntaria em qualquer outra entrevista. — Jeffrey viu a ansiedade aparecendo e desaparecendo do rosto dela. Dali a uma hora, todas as mulheres do campus estariam se perguntando se deviam estar preocupadas. — Kayleigh, vamos nos concentrar na manhã de ontem. Beckey disse alguma coisa quando você a seguiu até o quarto?

— Ela estava, tipo, colocando roupa de corrida? E, tudo bem, ela gosta de correr, mas era supercedo? E aí a Vanessa fala: "Não saia na hora dos estupros", o que foi engraçado na hora, só que agora a gente está toda preocupada, porque ela está no hospital? E o pai dela, Gerald, ligou hoje de manhã e estava chorando, o que é difícil, porque eu nunca ouvi meu próprio pai chorar, então ouvir o pai dela chorando me deixou muito triste? — Kayleigh esfregou os olhos, mas não havia lágrimas. — Tive que falar para os meus professores que preciso faltar às aulas do resto da semana. É que é tão do nada? Becks sai pra correr, aí bate a cabeça, e a vida dela está... A vida dela está, sei lá? Mas é muito triste. Mal consigo sair da cama, porque penso "E se fosse eu?". Eu também gosto de correr.

Jeffrey examinou algumas páginas do caderno.

— Deneshia disse que Beckey passou a noite anterior na biblioteca.

— Ela fazia isso muito. Becks estava sempre, tipo, apavorada com a ideia de perder a bolsa de estudos? — Kayleigh pegou um punhado de lenços da caixa na mesa. — Quer dizer, ela falava muito de dinheiro. Muito. Tipo, não do jeito que a gente fala, porque a gente não fala?

Jeffrey estava familiarizado com o paradigma. Criado em Sylacauga, ele sabia que era pobre, mas só percebera o oposto de ser pobre em seu primeiro dia em Auburn.

— Aquela é a mochila dela? — perguntou.

Kayleigh olhou para a cozinha.

— Sim?

Jeffrey guardou o caderno de volta no bolso. Entrou na cozinha. Teve que passar por cima de potes de iogurte e sacos de pipoca vazios. A mochila era de um couro bom, com as iniciais BC monogramadas na aba. Supôs que tivesse sido um presente de formatura, porque não era o tipo de coisa em que uma universitária pobre gastaria dinheiro.

Com cuidado, Jeffrey espalhou o conteúdo no pequeno quadrado de balcão disponível. Canetas. Lápis. Papéis. Folhas impressas. Lições de casa. O celular flip era um modelo mais velho. Abriu. Estava quase sem bateria. Não havia ligações perdidas. As ligações recentes tinham sido apagadas. Conferiu os contatos. Daryl. Deneshia. Pai.

Ele perguntou a Kayleigh:

— Quem é Daryl?

— Ele mora fora do campus? — A garota deu de ombros. — Todo mundo o conhece? Ele fazia faculdade aqui, mas saiu há dois anos, porque está, tipo, tentando ser skatista profissional?

— Ele tem sobrenome?

— Tipo, com certeza tem, mas eu não sei?

Jeffrey registrou o número de Daryl em seu caderno. O telefone entraria nas evidências, algo que Lena não tinha feito quando falou com as colegas de apartamento de Caterino.

Enfiou a mão na mochila. Achou um livro-texto de química orgânica, outro sobre têxteis, um terceiro sobre ética na ciência. O notebook era de um modelo mais novo, a julgar pelo peso. Abriu a tampa. O documento na tela era intitulado RCATERINO-QUIM-FINAL.doc.

Passou os olhos pelas páginas do trabalho, tão tedioso e pedante quanto todos os que tinha escrito na faculdade.

Olhou para Kayleigh, que ainda cutucava a pele solta do pé, e perguntou:

— Pode vir aqui e me dizer se está faltando algo?

A garota se levantou do sofá e foi se arrastando até lá. Olhou os livros e papéis e declarou:

— Acho que não? Mas a presilha dela devia estar junto da cama?

— Presilha?

— É, tipo, para o cabelo?

Jeffrey sentiu o instinto lançando um sinal. Uma faixa de cabelo de Leslie Truong sumira. Agora, uma presilha de Beckey Caterino.

Não queria influenciar Kayleigh, então apenas perguntou:

— E ainda está ao lado da cama?

— Não, sabe, é isso que eu estou dizendo? — Ela parecia confusa. — Beckey não conseguiu achar? E aí todas nós procuramos e não achamos? Eu falei isso para a policial?

Só havia uma policial na força.

— A oficial Adams?

— Isso, eu disse a ela que a presilha de Beckey, a que ela ganhou da mãe, não estava na mesa de cabeceira onde sempre ficava. No começo, Beckey ficou brava comigo, mas ela sabia que eu não tinha pegado porque eu não ia pegar uma coisa tão especial, porque ela já tinha me contado a história de como ganhou a presilha da mãe. Tipo, foi a última coisa que ganhou da mãe, só que emprestado. Mas aí a mãe morreu, então ficou com ela pra sempre?

Jeffrey tentou processar aquilo tudo.

— Você disse à oficial Adams que a presilha de Beckey tinha sumido?

— Isso.

Foi a vez de Jeffrey fazer aquela coisa irritante de perguntar sem parar:

— A presilha era da mãe dela?

— Isso.

— E Beckey sempre a deixava na mesa de cabeceira?

— Isso.

— Mas, na manhã em que procurou, a presilha não estava lá?

— Isso.

— Pode me mostrar?

Ela o levou pelo corredor. Jeffrey ignorou o cheiro pungente de maconha, suor e sexo que permeava os quartos. Nenhuma cama estava feita. Roupas estavam jogadas pelo chão. Viu bongs, lingeries e camisinhas usadas jogadas ao lado de latas de lixo.

— Aqui. — Kayleigh parou logo em frente ao quarto no fim do corredor.

— Tipo, a gente já olhou? Pra levar pra ela no hospital? Mas não encontramos?

Jeffrey analisou o quarto. Beckey não era organizada, mas não estava no mesmo nível de desordem que as colegas. Viu a mesa de cabeceira. Copo d'água. Luminária. Livro de poesia aberto de cabeça para baixo, quebrando a lombada. Resistiu à tentação de fechar o livro. Agachou-se para olhar o chão. Não havia algo embaixo da mesa de cabeceira. Olhou embaixo da cama. Uma meia. Um sutiã. Poeira. Os detritos esperados.

Então perguntou a Kayleigh:

— Beckey conhece Leslie Truong?

— A menina desaparecida? — Ela franziu a testa. — Acho que não? Porque, tipo, ela é mais velha? Tipo, quase formada?

— Elas podem ter se encontrado na biblioteca?

— Talvez? Mas é uma biblioteca grande?

O celular de Jeffrey tocou. Ele suprimiu um xingamento ao ver o número. Sua mãe já tinha ligado três vezes. Devia estar curtindo o quarto drinque do dia e lamentando o fato de que seu único filho era um babaca insensível.

Silenciou a ligação.

— Chefe? — Lena estava no corredor. — Fiz outra varredura no dormitório. Ninguém lembrava de nada novo.

Ele se levantou do chão. Uma camada de poeira se colara na metade inferior da calça. Jeffrey tentou limpar.

— Temos que voltar para a delegacia.

Lena foi para o lado, para ele poder passar. Jeffrey já deixara seu cartão de visitas com Kayleigh. Imaginava que a garota usaria o número quando descobrisse que a colega de apartamento tinha sido vítima de mais que um acidente. Supunha que a notícia já estivesse se espalhando pelo campus. Sibyl Adams tinha razão sobre a faculdade adorar fofoca. Talvez alguém dissesse a coisa errada para a pessoa certa, porque, considerando como as coisas estavam, seria o único jeito de desvendar qualquer um desses casos.

Procurou por Brad no corredor principal. O policial tinha sido designado para vasculhar o dormitório uma segunda vez. Jeffrey o pegou saindo de um dos quartos.

— A mochila de Caterino está na cozinha. Registre tudo como evidência.

— Sim, chefe.

Jeffrey pegou seu caderno e discou o número de Daryl. Tocou uma vez, depois ele ouviu uma operadora dizendo que a linha estava fora de serviço.

Olhou para o próprio celular, como se o objeto pudesse oferecer uma explicação. Checou de novo o número. Tentou mais uma vez. A mesma mensagem. A linha tinha sido desconectada.

Lena perguntou:

— O que foi, chefe?

Jeffrey passou direto pelo elevador e pegou as escadas. Podia haver muitos motivos para o telefone de Daryl estar fora de serviço. A maioria dos alunos mal conseguia se virar, e telefones pré-pagos não eram incomuns. Ficar sem dinheiro para comprar mais minutos, também não.

Ainda assim, o que o incomodava era o momento para ficar sem créditos.

Lá fora, Lena apertou o passo ao lado dele para se manter próxima enquanto atravessavam o pátio. Ela perguntou:

— Seu carro não está para o outro lado?

— Sim. — Jeffrey manteve o passo longo, para ela ter que se esforçar para acompanhar. — Você revistou a mochila de livros de Beckey Caterino?

— Eu estava… — Mas o rosto de Lena já contava a história. — Ela sofreu um acidente, pelo menos era o que a gente pensava, então…

— Eu me lembro de estar naquele campo há 24 horas dizendo a você que sempre tratamos acidentes como homicídios em potencial. Eu não disse isso?

— Jeffrey não estava a fim de ouvir uma das desculpas dela. — E a presilha de cabelo?

— A...

— Você não achou que a presilha de cabelo sumida era algo que devia ser mencionado?

— Eu...

— Não está no seu relatório oficial, Lena. Está no seu caderno?

Ela se apressou a desabotoar o bolso da camisa.

— Não coloque aí depois do fato. Vai parecer suspeito.

— Suspeito para...

— Vamos sofrer um belo de um processo por causa disso, você não entende? — Ele abaixou a voz ao passar por um grupo de estudantes. — Rebecca Caterino ficou largada por meia hora enquanto a gente estava lá, chupando o dedo. Você tem mesmo como botar a mão numa Bíblia na frente de um juiz e jurar que fez tudo o que podia desde o momento em que a encontrou?

Lena era esperta o bastante para não tentar responder.

— Foi o que pensei.

Jeffrey abriu a porta do escritório de segurança com toda a força.

Chuck Gaines estava com os pés calçados em seus sapatos tamanho 46 apoiados na mesa. Comia uma maçã e assistia a um episódio de *The Office*. Jeffrey nunca tinha visto o homem sair de sua mesa durante o horário de trabalho, exceto para ir ao banheiro ou ao balcão de almoço. O cara não tinha nem a cortesia de se levantar quando Jeffrey entrava no prédio.

— Daryl — anunciou, sem enrolação, dando logo o nome que vira no celular de Rebecca Caterino. — Era aluno. Preciso do sobrenome dele.

Chuck remexeu o bocado de maçã dentro da boca, abrindo espaço para falar:

— Vou precisar de mais que isso, chefe.

— Skatista. Vinte e poucos. Saiu há dois anos.

— Você sabe quantos...

Jeffrey chutou os pés de Chuck para fora da mesa. Deu um tapa na maçã. Empurrou a cadeira contra a parede e chegou bem perto do rosto dele.

— Responda à porra da pergunta.

— Jesus! — Chuck levantou as mãos em rendição. — Daryl?

Jeffrey deu um passo para trás.

— Skatista. Saiu há dois anos. Supostamente, todo mundo no campus o conhece.

— Não conheço nenhum Daryl, mas... — Chuck foi arrastando a cadeira aos trancos até chegar à mesa. Encontrou uma pilha de cartões de notas numa gaveta. — Talvez tenha algo aqui.

Jeffrey tinha uma coleção similar de cartões de entrevista de campo na delegacia. Todo policial tinha sua própria pilha de ECs, um registro informal dos nomes e detalhes de personagens suspeitos que ainda não mereciam um arquivo oficial.

— Está bem, vamos ver. — Chuck tirou o elástico de borracha dos ECs do campus. Nenhum estava escrito com a letra dele, que deixava o trabalho para os guardas em posições mais baixas, que de fato patrulhavam o campus. Ele folheou os cartões até achar o que estava procurando. — Aqui. Tem um imbecil que vive andando de skate perto da biblioteca. Destrói os corrimãos de metal das escadas. Um cara mais velho, talvez perto dos trinta. Cabelo castanho desleixado. Come todas as meninas com os olhos; quanto mais novas, melhor. Mas quem pode culpar o cara? Não tem nome. Segundo a nota, todo mundo chama ele de Broquinha. É um traficantezinho de maconha. Nada sério.

Rebecca Caterino era universitária. Jeffrey não ficara surpreso com o cheiro de maconha no dormitório. Se Daryl fosse o traficante, isso explicaria por que o celular pré-pago tinha sido desligado. Traficantes viviam mudando de número.

Jeffrey pegou o cartão de EC de Chuck. Broquinha. Skatista. Vinte e tantos anos. Traficante de maconha. A informação refletia tudo o que tinha acabado de ouvir.

Chuck rolou a cadeira para o outro lado da sala, querendo recuperar sua maçã de um canto. Ele a abocanhou e segurou-a entre os dentes, liberando as mãos para se empurrar até a mesa.

— Só isso, chefe?

Jeffrey tentou outro nome.

— Thomasina Humphrey.

O rosto de Chuck mostrou reconhecimento.

— Ela.

— É, ela. O que você sabe?

Foi a primeira vez que Chuck olhou para Lena. Então, desviou os olhos.

— Só boato. A garota desapareceu. Os jovens falam as loucuras de sempre. Entrou pra um culto. Tentou se matar. Quem sabe o que aconteceu de verdade?

Jeffrey podia apostar que Chuck sabia, mas já humilhara o homem uma vez hoje. Haveria outros casos em que teriam que trabalhar juntos. Precisava deixar Chuck com alguma dignidade.

— Você tem acesso às informações de Humphrey?

— Talvez. — Ele bateu em algumas teclas do computador, então pegou um papel em branco e anotou um endereço e um número de telefone. — Foi para esse endereço que os históricos finais foram mandados. Não sei se ela ainda está lá.

Jeffrey viu que o local ficava em Avondale, o que se alinhava com o que Sara tinha dito. Tommi era uma de suas pacientes na clínica, e era por isso que Sibyl Adams lhe pedira ajuda.

Chuck estava com a maçã de volta na boca.

— Da próxima vez, é só pedir *por favor*.

Jeffrey guardou o endereço no bolso do casaco ao sair pela porta.

Sentia Lena correndo em seus calcanhares, como um filhotinho carente.

— Chefe... — ela tentou.

Jeffrey parou tão de repente que Lena acabou esbarrando em suas costas.

— Você já reviu aquelas denúncias de estupro não resolvidas, como eu mandei?

— Enviei os pedidos para os outros condados. Devem me mandar um e-mail no máximo hoje à tarde. Só tem doze relatos de Grant County.

— Só — repetiu ele. — São doze mulheres, Lena. Doze vidas alteradas para sempre. Não quero nunca mais ouvir você falar *só* sobre elas.

— Sim, senhor.

— Moramos numa porra de uma cidade universitária. Tem milhares de jovens entrando e saindo desse campus a cada ano. Você acha mesmo que todas são mentirosas? Que transaram com um cara e se arrependeram, então não tem necessidade de você, como policial, ajudar?

— Chefe, eu...

— Dê seguimento àquela intimação que fiz para os prontuários de Rebecca Caterino. Precisamos oficializar isso. E quero saber no instante em que Bonita Truong chegar à delegacia. Quero falar com ela o mais rápido possível. A mulher não pode ficar sabendo de Rebecca Caterino por ninguém além de mim.

— Sim, chefe, mas... — Lena ponderou o *mas*. — Quando vamos falar às pessoas que não foi acidente?

— Quando eu decidir. Pegue seu caderno. Faça uma lista.

Lena tateou o bolso da camisa, mas ele não esperou.

— Quero que volte até as colegas de quarto de Caterino e veja se tem alguma fotografia dela usando a presilha. Faça o mesmo com Leslie Truong, que perdeu uma faixa de cabelo. Talvez tenham uma foto. Depois, encontre esse tal Daryl Broquinha, quem quer que ele seja. Temos causa provável com a maconha, então reviste o sujeito. Se encontrar erva, prenda. Se não, leve para interrogatório. E não volte para casa até ter revisado cada relatório de estupro da área dos três condados. Quero os relatórios na minha mesa de manhã bem cedo. Entendido?

— Sim, chefe.

Jeffrey foi na direção do carro, no estacionamento de funcionários. O celular começou a tocar de novo. Era a mãe. A essa hora, já devia ter feito um estrago na garrafa. Jeffrey silenciou a ligação. Entrou no carro. Engatou a ré e saiu.

Tentou planejar os próximos passos enquanto dirigia até Avondale. Teria que fazer um anúncio formal de que Rebecca Caterino tinha sido atacada. O que geraria ondas de choque por toda a faculdade. E deveria, mesmo. Algum lunático tinha agredido uma mulher indefesa com um martelo.

— Jesus — sussurrou.

Parando para pensar, ainda lembrava do horror do esterno de Caterino se quebrando. Não podia nem imaginar o que seria preciso para enfiar um martelo dentro do crânio de outro ser humano.

Sacudiu as mãos, deixando a sensação sumir.

A mãe de Leslie Truong estaria na delegacia dali a algumas horas. Teria perguntas que Jeffrey queria tentar responder honestamente. Também precisaria lidar com aquele moleque skatista, o tal Broquinha. Se o cara estava traficando maconha no campus, e era o mesmo Daryl dos contatos do telefone de Rebecca Caterino, ela devia ser cliente. Eliminá-lo ou confirmá-lo como suspeito no ataque era de máxima prioridade.

Por fim, havia Lena Adams. Jeffrey teria que revisar cada informação coletada por ela e verificar o trabalho. No que lhe dizia respeito, a mulher estava oficialmente fora do período de aprendizado. Se Lena não mostrasse que conseguia andar na linha, ia mandá-la para longe.

O telefone começou a tocar. Era a mãe de novo. Estava numa de suas bebedeiras. Jeffrey não podia culpá-la; era um filho de merda. Inferno, tinha sido um chefe de merda, um mentor de merda, um marido de merda…

Jeffrey se permitiu sofrer pelos passos em falso até passar pela placa dando as boas-vindas à fronteira de Avondale, população 4.308. Consultou o endereço que Chuck dera. Devia ter passado a informação em seu próprio sistema, para garantir que os Humphrey ainda moravam no mesmo local, mas não precisava ter se dado ao trabalho. Viu pelo carro estacionado em frente à casa que a garota estava lá.

O Z4 prateado de Sara estava em frente à caixa de correio. A capota conversível abaixada, para aproveitar o clima bom.

— Ah, puta merda.

Jeffrey estacionou atrás do carro esportivo de oitenta mil dólares. Levou alguns segundos para engolir a irritação. Se Sara quisesse andar por aí com a capota abaixada e Dolly Parton no talo, como uma versão triste de uma nerd caipira equipada, que fosse com Deus.

Abriu seu caderno. Anotou uma lista de itens de ação do caminho até lá. Não era tão cuidadoso quanto deveria. Vivia no pé de Lena e Brad, para eles se certificarem de anotar tudo e se resguardar. Odiava estar pensando assim, mas, se Gerald Caterino realmente ia processar a polícia, precisava se resguardar também.

Fechou o caderno e guardou a caneta no bolso. Saiu do carro. Ergueu os olhos para a casa. Avondale tinha sido um lugar cheio de operários de manutenção da ferrovia. O emprego os colocava na classe média, e a arquitetura das casas refletia isso. Tijolo dos quatro lados. Janelas com moldura de alumínio. Entradas de concreto. Todas as conveniências modernas de 1975.

Os Humphrey não tinham feito mudanças no exterior da casa. A tinta branca estava amarelada, mas não descascando. O carro na entrada era uma minivan de um modelo mais antigo. A porta da frente era de um preto brilhoso.

Jeffrey bateu uma vez, mas a porta já estava se abrindo.

A mulher que atendeu parecia exausta. Era só um pouco mais velha do que ele, mas o cabelo estava completamente grisalho, com os cachos presos rente à cabeça. Olheiras escuras emolduravam os olhos, e ela usava um vestido simples com zíper na frente. A forma como olhou para Jeffrey o deixou culpado por estar ali. Supunha que Sara o faria sentir-se ainda pior.

— Sra. Humphrey?

Ela olhou para a entrada de carros, depois para a rua.

— Você viu um caminhão Ford azul?

— Não, senhora.

— Se meu marido chegar, você vai ter que ir embora. Ele não quer ninguém atormentando a Tommi com isso. Entendeu?

— Sim, senhora.

A mulher abriu a porta o suficiente para ele passar.

— Elas estão no quintal. Por favor, seja rápido.

Jeffrey viu que a casa era como esperara encontrar: um retângulo cortado em pequenos cômodos com um corredor que parecia uma pista de boliche no meio. Olhou as fotografias nas paredes. Supôs que Tommi Humphrey fosse filha única. As imagens mostravam uma jovem feliz, em geral, cercada por um grupo de amigos. Ela tocava flauta na banda. Tinha competido em várias feiras de ciências. Tivera vários cachorros, depois um gato, depois um namorado, que a levara ao baile de formatura. A última foto era de Tommi segurando uma caixa de mudança em frente ao que era um dos quartos da república na Grant Tech.

Não havia mais fotos depois disso.

Jeffrey empurrou uma porta de correr de vidro. Viu Sara sentada à mesa de piquenique com uma jovem bem magra. Pele branca clara. O cabelo preto e curto. Tommi Humphrey devia ter 20 e poucos anos, mas, por algum motivo, parecia, ao mesmo tempo, mais velha e mais jovem. Estava fumando um cigarro. Mesmo a vários metros, dava para ver o tremor na mão dela.

Sara não pareceu surpresa em vê-lo, apenas disse à garota:

— Este é Jeffrey.

Tommi se virou de leve, mas não olhou para ele.

Jeffrey foi até as duas, e Sara indicou o outro lado da mesa.

Ele se acomodou no banco. Manteve as mãos no colo. Tinha entrevistado muitas vítimas de estupro em sua carreira. A primeira coisa que aprendeu foi que elas nunca agiam de uma forma específica. Algumas estavam com raiva, algumas entravam em estado de fuga, algumas queriam vingança. A maioria queria desesperadamente ir embora. Algumas chegavam a rir enquanto contavam a história. Tinha notado os mesmos efeitos imprevisíveis em veteranos de guerra. Trauma era trauma; cada um reagia da sua forma.

Sara falou para Jeffrey, mas olhando para Tommi.

— Querida, o que você acabou de me dizer é muito importante. Pode falar para ele?

Jeffrey apertou as mãos sob a mesa. Sua única opção era ficar quieto.

— Se for mais fácil, eu posso contar — insistiu Sara. — Você já me deu permissão. Queremos fazer o que for mais fácil para você.

Tommi bateu o cigarro na lateral de um cinzeiro lotado. Sua respiração tinha o ronco audível de uma fumante compulsiva. Jeffrey pensou em todas as fotografias decorando o corredor. Sara tinha razão de comparar o que havia acontecido com uma explosão atômica. Antes do ataque, Tommi era cheia de energia, popular, feliz... Agora, era uma sombra de seu antigo eu.

— Podemos ir embora agora, se for o que você quer — Sara continuou.

— Mas seria bem útil se Jeffrey pudesse ouvir com suas próprias palavras. Juro pela minha vida que nada vai acontecer. Isto não é oficial. Você não está dando um depoimento. Ninguém vai nem saber sobre esta conversa. Certo?

A pergunta tinha sido para Jeffrey. Ele teve dificuldade para responder, não porque não concordava, mas porque achava que dizer a coisa errada naquele momento podia quebrar essa pobre mulher tudo de novo.

Só pôde arriscar concordar:

— Certo.

O peito de Tommi inflou quando ela tragou forte o cigarro. A jovem segurou a fumaça nos pulmões. Até que, finalmente, levantou o olhar, que não encontrou o de Jeffrey, mas caiu em algum lugar atrás dele. A fumaça saiu deslizando da boca.

— Eu estava no terceiro ano.

Seu tom era monocórdico. Havia algo definitivo na forma como ela falava de si no passado.

— Estava voltando a pé da academia do campus. Não sei que horas eram. Estava escuro. — Tommi voltou o cigarro ardente para os lábios. Jeffrey viu que os dedos dela estavam manchados de nicotina. — Ouvi alguém atrás de mim. Estava balançando alguma coisa na direção da minha cabeça. Não vi o que era, mas era duro. Fiquei paralisada. Ele me agarrou, me arrastou para uma van. Tentou me fazer beber um negócio.

Jeffrey se viu inclinando para a frente, os ouvidos se esforçando para escutar.

— Eu engasguei. Tossi. — Tommi colocou a mão no pescoço. — Estava numa garrafa. O líquido.

Jeffrey viu lágrimas escorrendo pelo rosto dela. Fez menção de pegar seu lenço de pano, mas Sara foi mais rápida, tirando da manga um lenço de papel.

Tommi não secou os olhos. Agarrou o lenço no punho.

— Era Gatorade. Ou outra bebida esportiva. O de cor azul. Deixou meu pescoço grudento.

Jeffrey viu o tremor nos dedos dela ao tocar o pescoço para mostrar onde tinha escorrido.

— Ele ficou bravo porque eu cuspi. Bateu na parte de trás da minha cabeça. Disse para eu não lutar. Eu não lutei.

Tommi sacudiu o maço para tirar mais um cigarro e tentou acender o novo no velho. As mãos trêmulas mal conseguiram manter a conexão.

Ela levou o cigarro novo aos lábios.

Então, continuou:

— Depois, estávamos no bosque. Eu acordei no bosque. Acho que engoli um pouco do Gatorade. Aquilo me fez desmaiar. Depois, voltei a mim. Ele estava lá, sentado. Esperando. Aí, viu que eu estava acordada. Então cobriu minha boca com a mão, mas eu não estava gritando.

Ela tragou de novo. Deixou a fumaça descansar nos pulmões, soltando a cada nova palavra.

— Ele disse para eu não me mexer. Disse que eu não podia me mexer. Que queria que eu agisse como se estivesse paralisada.

Jeffrey sentiu os lábios se abrindo. Sentiu o gosto da fumaça queimando no ar.

— Ele tinha uma coisa... Tipo uma agulha de tricô. Estava encostada na minha nuca. E disse que ia me paralisar de verdade, para sempre, se eu não obedecesse.

Os olhos de Jeffrey encontraram os de Sara. Não conseguia ler a expressão dela; era como se a mulher estivesse tentando desaparecer.

— Não me mexi. Deixei meus braços caírem para o lado. Forcei as pernas a ficarem retas. Ele queria que eu ficasse de olho aberto. Então fiquei. Ele não queria que eu olhasse para ele. Não olhei. Estava escuro. Eu não conseguia ver nada. Só conseguia sentir... rasgando. Cortando.

O cigarro ficou pendurado entre os lábios dela. A fumaça rodopiava diante do rosto.

— Aí, ele terminou. Depois, me limpou lá embaixo. Ardeu. Eu estava machucada. Sangrando. Ele limpou meu rosto. Minhas mãos. Fiquei em silêncio. Não me mexi. Continuei fingindo. Ele me vestiu. Abotoou minha camisa. Puxou minha calcinha. Fechou o zíper da calça jeans. Disse que se eu contasse para alguém, ia fazer com outra. Se eu ficasse quieta, não.

Sara baixou a cabeça. Seus olhos estavam fechados.

— Tentei não olhar para ele — continuou Tommi. — Achei que, se não desse para identificar quem era, ele ia me deixar em paz. E ele me deixou. Me largou lá no bosque. De costas. Fiquei deitada. Ele me disse para agir como se eu estivesse paralisada. Eu ainda estava paralisada. Não conseguia me mexer. Não sei se estava respirando. Achei que estava morta. Eu queria estar morta. É isso. Foi isso que aconteceu.

Jeffrey ainda olhava para Sara. Tinha perguntas, mas não sabia como fazê-las.

Sara inspirou. Abriu os olhos. Então perguntou:

— Tommi, você se lembra da cor da van ou de qualquer coisa?

— Não — respondeu a jovem. Então completou: — Era escura. A van era escura.

— E a localização aproximada de onde você foi deixada no bosque? — continuou Sara.

— Não. — Tommi bateu a cinza do cigarro. — Não lembro de me levantar. Não lembro de andar de volta até o campus. Devo ter tomado banho. Devo ter trocado de roupa. A única memória que tenho depois é pensar que tinha menstruado. E ficar feliz, porque...

Ela não precisava explicar por que tinha ficado feliz de menstruar.

Sara soltou uma respiração curta.

— Você se lembra do que o homem usou para limpar lá embaixo?

— Um pano. Tinha cheiro de água sanitária. Meu pelo ficou... — Ela baixou os olhos para o cigarro. — Lá embaixo, meu pelo ficou descolorido.

— Ele levou o pano?

— Ele levou tudo.

Sara olhou para Jeffrey. Se tinha algo mais que ele queria, era o único momento em que conseguiria.

— Tommi, Jeffrey tem só mais algumas perguntas, tá? Só mais algumas.

Jeffrey recebeu a ordem em alto e bom som. Esforçou-se para manter o tom suave.

— Antes disso acontecer, você sentiu que estava sendo observada?

Ela rolou o cigarro no cinzeiro.

— É difícil pensar sobre essa outra eu. Sobre antes. Eu não... não conheço mais aquela pessoa. Não lembro mais quem ela era.

— Entendo. — Jeffrey olhou de volta para a casa. Viu a mãe de Tommi parada diante da pia da cozinha. A mulher os observava atentamente, cada músculo do rosto tenso. — Você lembra se tinha sumido alguma coisa? Um item pessoal ou...

Ela o encarou nos olhos, assustada.

— Você pode...

A porta dos fundos se abriu com tudo. Um homem enorme, de macacão, preencheu o batente da porta. Tinha uma chave inglesa na mão.

Jeffrey se levantou, já com a mão na arma, antes de o homem conseguir soltar uma palavra.

— Que diabos vocês estão fazendo? — exigiu o sujeito. — Saiam de perto da minha filha, porra!

Jeffrey tentou:

— Sr. Humphrey...

Sara segurou sua mão. O contato foi o bastante para tirá-lo do momento.

— Quem são vocês? — Humphrey desceu os degraus. — Por que estão incomodando minha filha?

— Sou policial — explicou Jeffrey.

— Não precisamos de uma merda de policial. –– Humphrey sacudiu a chave inglesa, cruzando o quintal. — Isto é um assunto pessoal. Você não pode obrigar minha filha a falar.

Jeffrey olhou de novo para Tommi. Ela estava tentando acender outro cigarro, agindo como se nada estivesse acontecendo.

— Saia daqui, seu idiota. — Humphrey continuava avançando na direção deles.

Jeffrey estava doido para ver o homem balançar a chave inglesa. O sujeito claramente tinha aterrorizado a família. A esposa tinha medo dele. A filha já estava quebrada.

— Jeff. — A mão de Sara se apertou a dele. — Vamos.

Relutante, deixou que Sara o conduzisse pela lateral da casa. Quando chegaram ao jardim, estava calculando como poderia voltar.

— Pare. — Sara deu um puxão na mão dele, como se estivesse parando um cachorro na coleira. — Você não está ajudando. Está piorando.

— Aquele homem...

— Está com o coração partido. E está tentando proteger a filha. Está fazendo isso do jeito errado, mas não sabe mais o que fazer.

Jeffrey viu a mãe de Tommi fechando as cortinas da janela da frente. A mulher estava soluçando.

— Pare. — Sara deixou a mão soltar a dele. — Dar uma surra no pai daquela garota vai ajudar *você*, mas não vai adiantar merda alguma para ela.

Jeffrey apoiou as palmas no teto do próprio carro. Sentia-se um inútil. Queria achar o monstro que tinha destruído aquela menina e quebrá-lo como um graveto.

Sara cruzou os braços. Esperou.

— Você sabia disso? — perguntou Jeffrey. — Sabia do que ela falou sobre o estuprador segurando a agulha de tricô na nuca dela?

— Não quando aconteceu. Ela me contou agorinha, antes de você chegar.

— Você nunca pediu detalhes quando estava tratando ela? Quando eu poderia ter feito alguma coisa?

— Não. Ela não queria falar do assunto.

— Foi há cinco meses, certo? Depois do divórcio ser finalizado? Você estava tentando me punir? É isso que está acontecendo?

— Entre no carro, Jeffrey. Não vou fazer isso no meio da rua.

Jeffrey entrou no carro. Sara também, e bateu a porta com tanta força que o veículo tremeu.

— Você acha mesmo, de verdade, que eu esconderia algo assim por birra? — perguntou Sara.

Jeffrey olhou para a casa.

— Você devia ter feito a menina denunciar, Sara.

— Eu não ia forçar uma mulher que tinha acabado de ser brutalmente estuprada a fazer nada além do que fosse preciso para ela se sentir segura. — Sara se inclinou para cima, bloqueando a visão dele da casa. — A não ser para ir a consultas médicas, Tommi não andou mais que dez metros desde que aconteceu. Ela não consegue dormir. Chora se o pai se atrasa na volta do trabalho. Fica assustada com sons, cheiros, qualquer coisa... com o carteiro, até com o vizinho que conhece há vinte anos. O que aconteceu com ela no bosque é uma história só dela. Tommi tem direito de não falar sobre o assunto.

— Está funcionando muito bem. A garota está praticamente catatônica.

— Isso é escolha dela. Você quer tirar a escolha dela? Me diga o nome de um policial na sua delegacia que poderia lidar com a denúncia da forma como deveria.

— Foda-se esta merda. — Jeffrey girou a chave na ignição, mas não queria ir embora. — Por que você está aqui? Você me disse para ficar longe dela!

— Eu sabia que você não ia obedecer e queria preparar a menina. De nada, aliás. Essa é a pior coisa que já tive que fazer com outra mulher.

— Você agora é santa padroeira das vítimas de estupro?

— Sou médica. Ela é minha paciente. — Sara bateu uma das mãos contra o peito. — *Minha* paciente. Não sua testemunha.

— Sua paciente poderia ter dito que tinha um sádico estuprando mulheres no campus no ano passado. Podia ter evitado que Beckey Caterino fosse atacada.

— Do mesmo jeito que você evitou que Leslie Truong desaparecesse?

— Que golpe baixo...

— Tudo é um golpe baixo — retrucou Sara. — Tudo é horrível. É a vida, Jeffrey. Só lhe resta fazer o que você pode fazer. Não dá para esperar que Tommi aguente o peso da responsabilidade por tudo o que aconteceu. Ela mal consegue cuidar de si mesma. E você não vai resolver isso dando uma surra no pai dela, como se ele fosse um substituto do homem que realmente a machucou.

— Eu não ia... — Jeffrey hesitou um pouco, então socou o volante. — Eu não ia bater nele.

Sara o deixou pensar um pouco na própria mentira.

Por mais irritante que o silêncio dela pudesse ser, Sara às vezes o usava com critério. Jeffrey sentiu a tensão começando a se soltar do corpo. A mente começou a se limpar. Era a mágica de Sara. Fazia com que ele sentisse que o mundo não ia moê-lo. Jeffrey faria qualquer coisa para que esses momentos durassem.

Olhou de novo para a casa. Esperava que, um dia, Tommi Humphrey conseguisse encontrar essa mesma paz.

Sara pigarreou.

— Tommi disse que o agressor bateu com algo na cabeça dela. Ela não viu, mas ficou incapacitada com o golpe.

Mais uma vez, Jeffrey pensou na depressão em formato de meia-lua no raio X craniano de Rebecca Caterino.

Então concluiu:

— Um martelo.

— E Tommi não está exagerando sobre os pelos pubianos terem ficado descoloridos. Ainda dava para sentir o cheiro de água sanitária na manhã seguinte, mesmo depois dela tomar banho.

Jeffrey assentiu para ela continuar; precisava discutir o assunto com urgência.

— Sinto que o agressor estava, sim, observando. E viu uma chance quando ela estava saindo da academia. Estava com o martelo. Tinha o pano embebido em água sanitária pronto para limpar qualquer DNA. O que significa que planejou tudo com antecedência, depois esperou pelo momento certo.

Jeffrey tinha pensado o mesmo cenário para Caterino, e falou:

— Acho que ele também estava observando Beckey. A garota saiu da biblioteca por volta das cinco da manhã. Tinha uma reunião com Sibyl às 7 horas. Se o agressor sabia do cronograma, podia estar esperando em frente ao dormitório para ir atrás. Aí, viu que ela saiu para correr e decidiu agir.

— Então podemos supor que ele seja mais velho, mais paciente. Consegue passar despercebido. Quer estar no controle. É metódico. Preparado.

Jeffrey queria que Sara estivesse errada, por que aquele era o tipo de criminoso mais difícil de achar.

— Você sentiu cheiro de água sanitária em Beckey?

— Não. — Sara pausou, pensando. — O que significa para você que cinco meses atrás, com Tommi, o agressor tenha levado um martelo e o pano com água sanitária, mas ontem, com Beckey, ele tenha usado um martelo e provavelmente a limpou com algo sem cheiro?

— Ele está alterando o *modus operandi*, aprendendo a melhorar... — Jeffrey não conseguia considerar as ramificações para a cidade. — E o Gatorade?

— Azul — lembrou Sara. — A comida não digerida bloqueando a garganta de Beckey tinha uma cor azul consistente com Gatorade.

— O vômito também. — Jeffrey tinha jogado fora a camisa e a calça. Teria que tirar tudo do lixo, caso fossem necessárias como evidência. — Devia ter alguma droga na bebida.

— Rohypnol? GHB? — chutou Sara. — Ele quer as mulheres imobilizadas. Qualquer uma dessas drogas causaria perda de controle muscular, tontura, perda de memória, uma sensação de euforia...

— Drogas de estupro — comentou Jeffrey. Trabalhava numa cidade universitária e estava bem familiarizado com as substâncias. — O agressor mandou que Tommi ficasse de olhos abertos. Queria que ela soubesse o que ele estava fazendo, mas não que o impedisse.

— Então a droga tiraria a consciência dela. Tommi disse que o homem esperou que ela acordasse no bosque. Ela ainda estava indo e vindo, perdendo e recuperando a consciência. O que ela contou sobre os detalhes físicos do estupro... tem mais coisa aí.

Jeffrey balançou a cabeça. Não estava preparado para ouvir *mais* naquele momento.

— E a agulha de tricô que ele usou para ameaçar Tommi? Pode ser a ferramenta usada para paralisar Beckey?

— Não. A perfuração que vimos na ressonância de Beckey tinha uma circunferência pequena demais. Ele usou outra coisa.

— Ele *aprendeu* a usar outra coisa — lembrou Jeffrey. — Acha que ele tem algum conhecimento médico?

— Acho que ele tem a internet. Mas você tem razão sobre ele aprender. A violência de Tommi parece ter sido um teste, em relação ao que aconteceu com Caterino. Ele mandou Tommi fingir que estava paralisada, mas garantiu que Beckey não tivesse escolha. Quer que as mulheres estejam cientes do estupro, mas não quer que resistam. É o fetiche dele. Teve cinco meses para se aperfeiçoar.

Jeffrey encarou a rua vazia à sua frente. Leslie Truong ainda estava desaparecida. Tinham vasculhado o bosque na noite anterior, mas era um território grande demais para cobrir no escuro. A garota podia estar lá, jogada, presa num estado meio vivo, meio morto.

— Tem mais garotas, ex-pacientes, de que você não está me falando? — perguntou a Sara.

— Não.

Jeffrey não teve tempo para se sentir aliviado.

— Deve ter um elemento de fantasia. Ele cria uma estratégia antes de agir. Ele as caça. Segue. Esse homem é um predador.

— Do que você estava falando quando perguntou a Tommi se tinha sumido algo? — indagou Sara.

— Caterino tinha uma presilha de cabelo muito importante para ela. Parece que não estava no lugar em que ela sempre a deixava. Leslie Truong deu falta de uma faixa de cabelo, mas parece diferente. Algumas roupas também tinham sumido. Ela achava que as colegas estavam roubando.

O celular de Jeffrey tocou. Ele ficou com medo de olhar o identificador de chamadas, mas não era sua mãe. Era a delegacia.

— O que foi?

— Leslie Truong — avisou Frank. — Uma aluna achou o corpo dela no bosque.

Jeffrey sentiu como se um pedaço de metal quebrado tivesse sido cravado dentro de seu peito.

— É grave?

— Muito — disse Frank. — Você precisa chamar a Sara.

CAPÍTULO TREZE

Atlanta

WILL SENTOU-SE À SUA mesa na sede da AIG e tentou se concentrar nas palavras no papel à frente. Usava uma régua de 15 centímetros para ancorar cada linha, mas as letras ainda trocavam de lugar e pulavam como moscas. Tinha parado de carregar um caderno havia anos. Ditava suas observações para o telefone, depois imprimia as páginas, aí usava um encadernador em espiral para uni-las. Will aprendera do jeito mais difícil que não devia confiar no verificador ortográfico. Revisar era o último obstáculo. As contrações eram especialmente problemáticas. Em geral, conseguia reconhecer frases familiares e ver onde estavam os problemas. Agora, não tinha certeza nem se conseguiria reconhecer o próprio rosto no espelho.

Ele se recostou na cadeira. Esfregou os olhos para afastar o sono. As costas doíam. O cérebro parecia machucado. Os nós dos dedos sangravam toda vez que ele flexionava a mão.

Tinha acabado na casa de Faith na noite passada, dormindo na cama de solteiro de Jeremy, com os lençóis desbotados de *Star Wars*. Os pés tinham ficado para fora do colchão, o que o lembrava dos lares de adoção. O que era excelente. Afinal, por que não empilhar mais coisas na infelicidade?

Não tinha bandejas de almoço suficientes no mundo para que compartimentalizasse o que tinha acontecido com Sara na noite anterior. Nunca a colocara em qualquer categoria nem remotamente próxima de sua ex-esposa, mas, de repente, Sara estava fazendo aquilo que Angie fazia, o que o deixava louco e com raiva e frustrado e se odiando, tudo ao mesmo tempo.

Toda a relação com Angie tinha sido marcada pela ansiedade. Ela estava com ele. Estava com outro. Desaparecia. Voltava. Ela o levava ao limite. Então, colocava-o de volta na linha. Angie o enganara desde que ele tinha 11 anos. Não houvera um momento da vida dos dois juntos em que Will se sentira seguro.

E agora se sentia com Sara como se estivesse à beira do precipício.

Soubera desde o segundo em que entrara no apartamento que iria embora puto. Era por isso que tinha adiado vê-la, para começar. Desde o início, nada tinha parecido normal, nem a música que ela estava ouvindo. Paul Simon. Will não sabia o que fazer com aquilo. Ele era bom em julgar os humores de Sara com base na música que ela colocava. Dolly Parton queria dizer que estava triste. Lizzo a deixava disposta para a academia. Beyoncé a acompanhava em corridas. Ela ouvia os Tiny Desk Concerts da NPR quando trabalhava com papeladas, Adele quando estava se sentindo romântica e Pink quando queria transar.

Ele imaginou que Paul Simon significava que ela estava pensando em Jeffrey.

As caixas de arquivo do ex-marido morto estavam empilhadas na sala de jantar quando Will entrou. A mesma mesa em que os dois faziam as refeições. A mesma mesa em que tinham feito amor pela primeira vez.

O som da chave dele na porta claramente a fizera correr para esconder as coisas de Jeffrey. Will sabia, pela garrafa de uísque, que Sara tinha bebido mais do que uma dose. Estava com os olhos vermelhos. Parecia destroçada. E ele não precisava adivinhar por quê. Há alguns anos, Will entreouvira sem querer Sara dizer algo à irmã sobre a caligrafia linda de Jeffrey Tolliver. Ela tinha uma estranha fixação nisso.

Will baixou o olhar para suas anotações impressas. O aplicativo de ditado era uma dádiva. Sua letra parecia a de uma criança. Até a assinatura era um garrancho ilegível. Até Emma tinha uma caligrafia melhor, e a menina só tinha a permissão de usar giz de cera.

— Wilbur. — Amanda abriu a porta enquanto ainda batia. Os lábios estavam prontos para ladrar uma ordem, mas ela viu o que Will estava vestindo e repensou. — Você estava a caminho da banca para comprar uma cigarrilha?

Will não quis ir em casa de manhã. Dormira com a roupa do corpo, que usara para ir ao apartamento de Sara: camisa social azul-clara e jeans.

Estranhamente, Amanda parecia esperar resposta.

Então ele respondeu:

— Sim.

Ela fez uma careta de desdém, mas deixou para lá.

— Chamada geral na sala de reuniões matinais. Daqui a 15 minutos. Esteja preparado para falar frases completas.

Will a viu fechar a porta. Fez as contas, calculando quanto tempo levaria para dirigir da sede da AIG, na Pantherville Road, até a cidade e voltar.

Bem mais do que 15 minutos.

Outra batida. Will antecipou que a porta se abriria, porque ninguém esperava depois de uma batida. Era mais como um aviso de um segundo de que alguém estava prestes a entrar.

A porta não se abriu.

Will chamou:

— Sim?

Sara entrou. O espaço instantaneamente pareceu menor. Ela fechou a porta atrás de si. Apoiou as costas, a mão ainda na maçaneta, como se precisasse lembrar a si mesma de que havia uma saída.

Estes eram os três cenários principais que Will desenrolara em sua cabeça na noite anterior, tentando ensaiar uma reação ao ver Sara pela primeira vez, de manhã:

1. Na sala de reuniões, ela na frente, ele nos fundos. Sara olhava para ele. Will olhava para ela. Os dois faziam seu trabalho.
2. No necrotério, ela revisando a autópsia de Alexandra McAllister, ele ouvindo pacientemente.
3. No corredor, ela caminhando para sua sala, ele com Faith. Os dois se ignoravam, porque eram profissionais.

Nada disso aconteceu. Nem ia acontecer, porque Sara começou a chorar.

— Meu amor — começou ela. — Me desculpa.

Will sentiu uma pedra emperrada na garganta.

— Eu fui atrás de você — continuou ela. — Esperei na sua casa. Dirigi até a casa de Amanda. Até que finalmente vi seu carro na casa de Faith. Fiquei muito preocupada, mas não… Eu sabia que você precisava de espaço. Você ainda precisa de espaço?

Will pensou nela dirigindo freneticamente no escuro. Procurando por ele. Encontrando-o. Voltando para casa.

— Will. — Sara contornou a mesa. Ajoelhou-se junto dele. Envolveu uma das mãos dele nas dela. — Tenho tanta certeza de você. De nós. Nunca me ocorreu que você precisasse me ouvir dizer isso. Desculpa.

Will tentou pigarrear. A pedra não se mexia.

— Eu devia ter mandado uma mensagem mais cedo. Devia ter ligado. Devia ter ido até você. — Sara apertou os lábios no dorso da mão dele. — Eu ignorei a pessoa de quem mais precisava. Por favor, diga como eu posso consertar isso.

Will conseguia pensar em várias coisas, mas não sabia como pedir uma delas sem soar ciumento ou, pior, patético...

Diga que você quer passar o resto da vida comigo. Diga que eu sou o único homem com quem você quer estar. Diga que você me ama mais do que ao Jeffrey.

— Eu sei que não tenho direito de pedir isso, mas, por favor, fale comigo — insistiu Sara.

Will finalmente conseguiu engolir a pedra, que se transformou em ácido de pilha dentro do estômago. E disse a Sara:

— Está tudo bem.

— Não está tudo bem. — Ela se apoiou nos joelhos. — Eu te amo. Você é minha vida. Mas...

Will sentiu a sala ficando menor.

E falou:

— Eu amava Jeffrey. Ainda estaríamos juntos se ele não tivesse morrido.

Will baixou o olhar para a mão, que Sara ainda estava segurando. A outra mão estava sangrando, e a apoiou na mesa. Não tinha ideia do que ia sair da boca de Sara, mas precisou de cada grama de autocontrole para não interrompê-la.

— Mas isso não faz de você minha segunda escolha, nem um prêmio de consolação, nem um substituto, nem nada do que você está pensando.

Sara não tinha ideia do que ele estava pensando.

— Meu bem, eu não preciso estar com outra pessoa. Podia escolher ficar sozinha pelo resto da vida. — Ela se levantou, apoiada nos joelhos, para os dois poderem se encarar. — Eu escolho você, meu amor. Eu escolho você pelo tempo que me aceitar. Eu quero *você*. Quero estar com *você*.

Sara estava dizendo a maioria das coisas que ele queria ouvir, mas Will não tinha certeza do que fazer com aquilo. Ainda estava magoado. Ainda estava machucado pela forma como ela o tratara. E sabia que o ácido em seu estômago ia continuar supurando se não achasse alguma forma de tirá-lo dali.

— Angie fazia aquilo — explicou. — O que você fez.

Sara parecia que tinha levado um tapa.

— Me conte.

Escorriam lágrimas pelo rosto dela. Will não sabia se podia continuar magoando a mulher que amava daquele jeito. Mas falou mesmo assim:

— Ela me provocava.

Sara mordeu o lábio inferior.

— Queria que eu fosse grosso com ela. Mas não... — Will odiava o gosto amargo e persistente do nome de Angie em sua boca. — Ela não queria que eu batesse nela, nem... Quer dizer, não assim... Mas era o único jeito que queria fazer comigo. Com brutalidade. E ela não... sabe, não terminava. Eu tentava, mas... meu Deus.

Era difícil demais. Will usou o dedão para apertar o sangue que escorria dos nós de seus dedos. Viu o sangue escorrer e pingar na mesa. Olhou de novo para Sara.

Ela estava esperando.

— Era tipo... — tentou.

A culpa pesava sobre ele, porque não era só a infelicidade pessoal de Will. Era a de Angie também. Sabia tanto sobre a vida dela, as coisas profundas, sombrias, coisas que estranhos só podiam imaginar. Havia uma razão para Angie ser tão atraída pela violência. Às vezes, Will pensava em si mesmo como a Caixa de Pandora dela. Era o problema entre eles. Sabiam os segredos mais íntimos um do outro. E não queria cometer o mesmo erro com Sara.

— Não sei — completou.

Sara acariciou o cabelo dele atrás da orelha.

— Eu soube, na primeira que fizemos amor, que ela nunca tinha se entregado a você.

Will teve vergonha. Angie o marcara de tantas formas invisíveis. Ele era um homem bomba que reencarnava continuamente, mas Angie sempre segurava o detonador.

— Você está dentro de mim — disse Sara. — Você tem meu coração. Tem cada parte de mim.

Will olhou para o papel impresso em sua mesa. As letras borraram. Se algo acontecesse com ele, só sobrariam pilhas de páginas digitadas com erros de ortografia idiotas que até um aluno da terceira série conseguiria ver.

E ele falou:

— Desculpe.

— Meu amor, você não tem do que se desculpar. Eu estava errada. Tudo o que fiz com você ontem foi errado. Sou muito sortuda, muito grata de ter você. — Sara virou a cabeça dele bem delicadamente em sua direção. — Você é inteligente, engraçado, bonito, sexy... E eu amo que me faz gozar toda vez.

O rosto de Will ficou tenso. Ele não tinha pedido elogios e se sentia bobo por Sara pensar que precisava daquilo.

— Eu sei que não podemos ficar bem agora, mas podemos tentar ficar bem? — Os dedos suavizaram de leve a tensão da mandíbula dele. Não havia nada de sexual no toque. Sara estava se reconectando com ele, tentando acabar com as dúvidas. — O que posso fazer para você ter certeza de mim?

Will não tinha resposta. Sara estava certa. Ele não estava bem. A única coisa que o faria *ficar bem* era parar de falar. Puxou-a ao seu encontro. Os braços dela se enrolaram em seus ombros, e ela apoiou a cabeça em seu peito. Sabia que ela estava ouvindo às batidas de seu coração. Respirou fundo, tentando diminuir o ritmo. Sentia-se confuso, jogado de um lado para o outro. Ansiava pela segurança que só Sara podia proporcionar.

Duas batidas na porta, e Faith entrou.

Ela viu Sara no colo de Will e disse:

— Ah. Merda.

Will ficou tenso, mas Sara levantou a cabeça e perguntou a Faith:

— A reunião está para começar?

— Aham. Sim, sim. — Faith uniu as mãos. — Siiim, senhora.

O salto do sapato ficou preso na porta quando Faith se apressou para fechá-la.

Sara falou para Will:

— Eu trouxe um terno. Quando você não apareceu na sua casa hoje de manhã, imaginei que fosse precisar de uma roupa limpa.

Will sentiu um consolo mesquinho de pensar em Sara esperando-o voltar para casa.

Ela olhou para a mão sangrando.

— Quero limpar isso antes de você sair.

Will resmungou.

— Preciso pegar minhas anotações para a reunião. — Ela se levantou e ajustou o vestido, leve e fluido em todos os lugares certos.

Will percebeu que Sara não estava usando seu uniforme profissional de sempre, calças largas de cor clara e uma camisa azul-escuro da AIG. O cabelo longo e ondulado estava solto nos ombros, em vez de preso. Ela estava de salto. O delineador era mais escuro que o normal. E tinha até passado batom.

Se Will tivesse notado essas coisas quando Sara entrou na sala, talvez não precisasse ter dito que a ideia de diversão de Angie era antagonizá-lo até foder.

— Vejo você lá. — Sara acariciou o rosto dele mais uma vez antes de sair.

Will olhou para a porta tempo o bastante para o sangue na mesa secar. Reuniu as notas. Por hábito, esticou a mão para pegar seu paletó nas costas da cadeira. Tentou focar os pensamentos no caso. Lena Adams. Gerald, Beckey e Heath Caterino. Teria que falar sobre eles. Na frente de outras pessoas. Pessoas que o conheciam. Algumas das quais sabiam de seu problema para ler.

Amanda nunca pedia para Will liderar reuniões. Em geral, deixava Faith tomar a frente, porque sabia que ela amava tomar a frente. Não sabia se Amanda o estava punindo por não se vestir profissionalmente ou se estava chamando da forma como seus professores faziam, achando que estavam ajudando Will a se abrir quando, na verdade, o expunham ao seu pior pesadelo.

Procurou Faith no corredor. Depois, na sala dela. Encontrou-a na cozinha pegando uma xícara de café.

E disse apenas:

— Desculpe por aquilo.

— Pelo quê?

E era assim que ia ficar.

Will seguiu a parceira até a sala de reunião. Faith se sentou em uma das mesas na fileira da frente. Will sentia que precisava recalibrar sua opinião sobre aquilo de que podiam falar. Não que tivessem falado sobre algo na noite anterior. Quando bateu à porta de Faith, ela não perguntou o que diabos ele estava fazendo lá. Só lhe entregou um pote de sorvete e acabou com sua raça jogando Vice City até a meia-noite.

— E aí? — cumprimentou Charlie Reed, sentando-se ao lado de Faith.

Rasheed foi o próximo; entrou carregando duas xícaras de café que aparentemente não eram para compartilhar. Gary Quintana, assistente de Sara, juntou-se a eles na primeira fileira, todos alinhados como os queridinhos da professora.

Will recostou as costas na parede. Não era um queridinho da professora.

— Bom dia, cara. — Nick Shelton deu um tapinha no ombro dele ao passar, fazendo de novo aquela coisa estranha de bater e apertar ao mesmo tempo.

Usava uma calça jeans tão apertada que Will achava que o homem precisava se deitar no chão para vesti-la. Nick sentou-se a algumas cadeiras de Charlie e abriu a pasta de couro trabalhado que parecia roubada de Patsy Cline.

— Ei. — Sara piscou para ele ao entrar na sala.

Will a observou caminhar até a primeira fileira; tinha prendido o cabelo. Estudou a curva graciosa de seu pescoço quando ela se sentou ao lado de Faith. Sara deu um abraço com um braço só, que Faith pareceu contente de corresponder, uma versão feminina de uma batida de punhos para fazer as pazes.

Imaginou que devia estar sentado, mesmo que só para evitar mais ira de Amanda. Escolheu a mesa na fileira atrás de Sara, para o lado, de modo que conseguisse vê-la de perfil. Ela estava lendo as anotações. Os dedos enrolavam o cabelo distraidamente.

Will se obrigou a olhar para outra coisa que não Sara.

A sala de reuniões era um típico retângulo governamental com carpete puído e um teto baixo bem destruído. As janelas do chão ao teto davam para o estacionamento. Manchas de água se espalhavam pelos azulejos. Quase todas as mesas rangiam ou estavam quebradas, ou as duas coisas. O projetor de teto era uma relíquia da qual Amanda não queria se livrar. A televisão era de tubo, com um videocassete portátil do tamanho de um palete de madeira. O único indicativo de que estavam no século XXI vinha de quatro lousas digitais na frente da sala. Os displays interativos podiam ser conectados a computadores, tablets e celulares.

Will reconheceu o trabalho de Faith, que tinha projetado o closet de assassinato de Gerald Caterino nos quatro painéis. Cada fotografia, impressão, relatório policial e anotação registrada no celular dela estava ampliada nas lousas.

Ainda não tinha ideia de como Faith descobrira que Heath Caterino era filho de Beckey. A saliva na aba do envelope da prisão de Daryl Nesbitt comprovara a hipótese dela. Gerald lhe mostrara os resultados do teste de DNA do laboratório no centro comercial da cidade, um lugar que se especializava em obrigar homens a pagar pensão. Todos os marcadores genéticos excluíam a paternidade de Daryl Nesbitt. Ele não era pai de Heath, o que significava que não tinha estuprado Beckey Caterino.

Não era para menos que o pai da garota dormia com uma arma ao lado da cama nos últimos cinco anos.

Will ouviu o clique dos saltos de Amanda no corredor. Ela ainda estava mandando mensagens no celular enquanto tomava seu lugar no pódio. Por fim, levantou o olhar. Sem preâmbulo. Foi direto ao ponto.

— Temos vários fatores desconhecidos, mas é aqui que estamos: como a dra. Linton vai descrever, há conexões circunstanciais convincentes entre as duas vítimas de Grant County e o assassinato de Alexandra McAllister. É isso. Para os propósitos desta discussão, tratamos os casos Caterino, Truong e McAllister como provavelmente cometidos pelo mesmo suspeito desconhecido. Quanto às outras vítimas das reportagens, só temos suposições. Para quem está contando, é preciso três vítimas para um assassino em série. Para quem não sabe contar, temos duas mulheres mortas. Rebecca Caterino está definitivamente viva. Will? Você começa. Depois a dra. Linton, depois Faith. Daí preciso que Nick e Rasheed me atualizem sobre o assassinato de Vasquez na prisão.

Will sentiu uma agitação nauseante no fundo do estômago. Teria soltado a gravata, se estivesse usando uma. O que claramente era o ponto de Amanda.

Começou direto.

— Entrevistamos...

— Pódio.

Merda.

Will sentiu-se com 3 anos quando caminhou para a frente da classe. Empilhou seus papéis no pódio. Olhou para a mistureba de palavras. O estresse exacerbava seu problema, e a única coisa que ele conseguia discernir eram números. Por sorte, ontem tinha sido o tipo de dia exaustivo que deixava uma marca em cada dobra do cérebro.

Então contou:

— Às 11h45 da manhã de ontem, Faith e eu entrevistamos Lena Adams na casa dela, em Macon, Geórgia. Ela foi notavelmente beligerante.

Alguém soltou uma risada de deboche. Supôs que fosse Faith.

— Faith conseguiu extrair duas informações úteis de Adams. Primeira: o processo de Daryl Nesbitt foi financiado por um benfeitor. Investigações posteriores revelaram que esse benfeitor foi Gerald Caterino. Segunda: Bonita Truong, mãe de Leslie, relatou, durante um telefonema com Gerald Caterino, que, uma semana antes do desaparecimento da filha, a menina relatou estar chateada com um item pessoal roubado. De novo, Gerald Caterino pôde nos fornecer a informação de que o item era uma faixa de cabelo. Quando Faith o pressionou, ele afirmou que obviamente pode ter havido outros itens roubados, como roupas. Mas a faixa de cabelo talvez seja relevante. Segundo as anotações de Caterino sobre as conversas que ele teve com pais e outros sobreviventes, as mulheres das reportagens também tinham dado falta de itens de cabelo, como um pente, uma escova ou uma presilha. Vocês podem ver a lista na lousa.

— Posso? — Sara estava com a mão levantada. Will não sabia se ela estava tentando socorrê-lo, mas foi grato pela interrupção. — Pelo que li nos arquivos de Grant County ontem à noite, tanto Caterino quanto Truong guardavam o acessório de cabelo perdido ou roubado num local específico. Beckey sempre colocava a presilha na mesa de cabeceira. Leslie mantinha uma faixa de cabelo cor-de-rosa numa cesta junto com o sabonete que usava para lavar o rosto toda noite. Em geral, eu diria para ter um pé atrás com isso, porque é tudo de acordo com os cadernos de Lena, mas...

— Espere. — Faith levou um susto. — Repita isso.

Sara abriu uma de suas pastas de arquivo. Segurou duas fotos. Cada uma mostrava uma garota diferente com o cabelo preso de forma diferente.

— Essas fotos mostram os acessórios de cabelo.

— Você tem os cadernos de Lena? — perguntou Faith.

— Nas caixas só tinha fotocópias, mas sim.

— Rá! — Faith socou o ar. — Pega na minha, sua reptiliana grávida.

— Dra. Linton, pode compartilhar essas anotações, por favor? — Amanda adicionou: — Você pode assumir. Will, é só isso. Obrigada pelo trabalho meticuloso de sempre.

Sara apertou a mão dele ao assumir sua posição atrás do pódio.

— Quero começar com Thomasina Humphrey.

Faith virou uma página nova de seu caderno. Will sentou-se ao lado dela. Limpou o suor da nuca. Os nós dos dedos estavam sangrando de novo.

Sara começou:

— Tommi tinha 21 anos quando foi atacada. Ela cresceu na cidade. Foi minha paciente na clínica desde os 14 anos, então eu a conhecia relativamente bem. Era virgem antes do ataque, o que não é incomum. Cerca de 6,5 por cento de todas as mulheres relatam que a primeira experiência sexual é um estupro. A idade média das vítimas é de 15 anos. — Sara segurou uma foto de Thomasina Humphrey, parada na frente do que parecia um display de feira de ciências. — Não posso dizer que ela foi a primeira vítima do agressor, mas pode ter sido a primeira vez que ele encenou sua fantasia. O homem claramente tinha um plano quando a raptou.

Will ouviu Sara relatar todos os detalhes que encontrara nas caixas de Jeffrey. Dava para ver que ela estava abalada. Ficou imaginando se era difícil para ela por conhecer a vítima ou por saber como era ser estuprada.

Sara continuou:

— No dia seguinte ao estupro de Tommi, Sibyl Adams me ligou na clínica. Era fim da manhã, antes do almoço. Encontrei Tommi e ela no centro médico no fim da rua. O pronto-socorro não era muito grande na época. Desde então, o hospital fechou. Mas tinham a maioria dos equipamentos de que eu precisava e privacidade para eu ajudar Tommi. Preciso dizer que foi um dos piores estupros que já vi. A garota teria sangrado até a morte se Sibyl não tivesse insistido em me ligar para pedir ajuda.

Faith se recostou na carteira. Will viu que ela apertava a caneta com força.

Sara prosseguiu:

— Estou pisando em ovos aqui, porque Tommi era minha paciente. Tenho muita informação pessoal que precisa permanecer confidencial. Quando ela foi entrevistada, eu recebi permissão verbal para debater o estupro com a polícia, desde que não houvesse denúncia formal. O que posso dizer é o que foi transcrito nos cadernos que li ontem à noite.

Will via que ela estava evitando pronunciar o nome de Jeffrey.

Sara colocou os óculos. Citou as anotações ao dizer:

— Tommi foi estuprada oral, vaginal e analmente. Três dos molares foram quebrados. Havia várias fissuras anais e hematomas até o cólon. O sangue quase todo vinha do colo do útero, que age como uma ponte para a vagina. A garota estava à beira de um colapso, que é quando a vagina sai da posição normal. O septo retovaginal estava perfurado. O intestino delgado tinha feito uma hérnia até a parede de trás da vagina, o que chamamos de fístula. Conteúdos do intestino tinham vazado para a vagina. Era esse o cheiro que Sibyl sentiu. Ela sabia que era mais do que a menstruação de Tommi.

A boca de Faith se abriu. Ela não conseguia respirar.

— Você consertou?

— Não sou esse tipo de cirurgiã. E, mesmo que fosse, o tecido estava danificado demais para reparar de imediato. Tommi teve que esperar quatro meses até estar curada o bastante para as cirurgias começarem. Quando a entrevistamos, ela estava se recuperando dos dois primeiros procedimentos. Houve uma série de oito operações envolvendo um urologista, um neurologista, um ginecologista e um cirurgião plástico.

— Quatro meses? — Faith questionou. — Ela viveu assim por quatro meses?

— Sim. — Sara tirou os óculos. Sua expressão de sofrimento fez o peito de Will doer. — Durante o tratamento inicial, meu objetivo primário foi controlar o sangramento, depois deixá-la o mais confortável possível. Eu queria que ela fosse transportada imediatamente para um centro de trauma, mas Tommi se recusou. Como ela era legalmente adulta, tinha direito de recusar tratamento. Enfim a convenci a me deixar ligar para a mãe. Os pais dela foram ao hospital. Tommi não permitiu que eu chamasse uma ambulância. Insistiu que o pai a levasse de carro até Grady.

— Meu Deus — disse Faith. — É mais de duas horas.

— Ela estava estabilizada. Administrei morfina e esteroides. Passei o máximo de tempo possível removendo farpas do tecido mole. Minha principal preocupação era infecção, sobretudo com o vazamento intestinal. Pedi permissão a Tommi para preservar as farpas. Ela negou. Visualizei pele embaixo das unhas, onde ela possivelmente tinha arranhado o agressor. Tommi se recusou a me deixar coletá-la. Pedi para colher amostras vaginais, anais e orais, caso o agressor tivesse deixado DNA. Ela recusou.

Will esfregou o rosto. Seu lado policial estava frustrado, mas o lado humano sabia que, às vezes, a única forma de superar algo ruim era fugir o mais rápido possível.

— Farpas? — disse Faith. — Do quê?

Sara segurou outra fotografia.

— Disto.

CAPÍTULO CATORZE

Grant County – quarta-feira

O CELULAR DE JEFFREY TOCOU de novo enquanto ele dirigia para o campus. Tinha dito a Frank para manter qualquer conversa sobre o corpo de Leslie Truong longe dos telefones e rádios. Quando um investigador experiente dizia que algo era grave, você sabia que era grave mesmo. Jeffrey não queria que detalhes sobre o assassinato vazassem para a imprensa. Eram três vítimas. Duas ainda vivas.

Mal e mal.

Olhou para o celular. Um número de Sylacauga apareceu na tela. A mãe estava ligando do telefone da vizinha. Jeffrey silenciou o toque, mas não antes de Sara ver o identificador. Se ela sentiu alguma satisfação em saber que a mãe dele tinha ligado três vezes durante o caminho de 15 minutos desde Avondale, não demonstrou.

Pela lei do silêncio, tanto ele quanto Sara ficaram em seus cantos. Não tinha ideia do que se passava na cabeça dela. De sua parte, Jeffrey estava fazendo o melhor pra não pensar no que Sara tinha dito no caminho.

Ela usara bastante jargão médico para transmitir as ramificações físicas do estupro de Tommi Humphrey. Quando Sara acabou, Jeffrey sentia gosto de sangue na boca. Queria escrever cada palavra, registrar o que tinha acontecido àquela menina de 21 anos, para caso ela um dia chegasse ao ponto de se sentir forte o bastante para fazer uma denúncia oficial.

O tempo não estava ao lado dela. Só o sequestro já era uma acusação criminal, mas as limitações do estatuto da Geórgia reduziam a janela de denúncia a sete anos. Estupro era limitado a 15. Infelizmente, Tommi se recusara a deixar Sara coletar amostras da agressão. As farpas, as amostras bucais, as raspas das unhas... qualquer uma dessas provas podia ter dado mais tempo. A lei estipulava que a acusação de sequestro, sodomia qualificada e estupro qualificado podia acontecer a qualquer momento, se houvesse DNA para identificar o suspeito.

Se dali a 14 anos um advogado de defesa perguntasse por que Tommi Humphrey esperara tanto para se manifestar e como ela podia ter tanta certeza dos detalhes, Jeffrey queria estar lá com seu caderno datado para enfiar os detalhes goela abaixo do imbecil.

O celular tocou de novo. Ele encostou na tela e colocou no viva-voz.

— O que foi, Lena?

— Achei o cara que usa o apelido de Broquinha. O nome dele é Felix Floyd Abbot, de 23 anos. Ele fugiu na porra do skate. Tive que perseguir o desgraçado por quase oitocentos metros. Estava com uns saquinhos de maconha. Pouco abaixo do limite de distribuição.

— Fiche. Deixe o cara sofrer. Depois eu chego.

Jeffrey encerrou a ligação. Felix Floyd Abbott, não Daryl. Então ainda precisava localizar o homem dos contatos de Beckey Caterino. E explicou a Sara:

— Broquinha é o traficante de maconha do campus.

Sara assentiu. A mão estava na maçaneta. Jeffrey estava parando no estacionamento de funcionários. Ela parecia ansiosa para acabar com aquilo.

— Obrigado — declarou Jeffrey.

— Pelo quê?

— Por ajudar com Tommi. Por estar lá.

Sara podia ter dito muitas coisas que o fariam se arrepender daquele agradecimento, mas só assentiu.

Ele estacionou o carro. Conferiu o horário. O avião de Bonita Truong tinha pousado havia uma hora. Ela mandara uma mensagem avisando que ia direto para Grant County assim que conseguisse alugar um carro. A mulher tinha pelo menos duas horas de caminho. Disse a si mesmo que não era a covardia que o impedia de ligar para ela agora. A mãe de Leslie ia querer detalhes. E Jeffrey queria oferecer o máximo possível.

Sara saiu do carro antes dele e foi até a van mortuária de Brock, que estava puxando a tenda de lona branca da funerária de trás. Frank estava tentando e fracassando em ajudá-lo. Jeffrey ficou enjoado. Frank não tinha dito nada sobre uma tenda. A tempestade do dia anterior tinha chegado às Carolinas. A cena era ruim o bastante para já terem concordado que precisavam proteger o corpo.

— Oi, Brock. — Sara esfregou o braço dele. — Estou aqui se quiser. Não quero incomodar.

— Ah, Sara, pode me incomodar o quanto quiser. Isto é terrível. Não tenho certeza de que consigo fazer este trabalho.

— Você vai ficar bem. — Ela pegou o kit de cena de crime da van e passou a alça por cima do ombro. — Vou ajudar o quanto você precisar, muito ou pouco.

Jeffrey pegou a pilha de mastros de barraca de Frank, que avisou:

— O corpo está a uns trezentos metros para aquele lado.

Ele seguiu a direção do dedo de Frank. A área ficava paralela à janela do escritório de Kevin Blake. Imaginou que o reitor já estivesse ao telefone com o conselho, os advogados da faculdade e o prefeito. Jeffrey não queria saber do que estavam falando. Não estava mais preocupado com seu emprego. Estava preocupado com pegar o animal que tinha machucado aquelas mulheres. A cidade era sua responsabilidade. Por enquanto, tinha falhado com três vítimas: uma que não confiava na polícia para cuidar dela, uma que tinha quase morrido enquanto ficavam parados batendo papo e outra que tinha sido largada para fazer a caminhada de meia hora de volta ao campus sozinha e nunca chegara.

A morte de Leslie Truong estava apenas em seus ombros.

— Brad falou que ela está com as mesmas roupas que usava ontem de manhã na cena de Caterino — comentou Frank. — Coisa de ioga, parece. O corpo está bem frio e duro. Deve ter passado a noite toda lá.

Jeffrey se sentiu mal. Olhou para Sara, que não disse nada. Mas, desta vez, soube exatamente o que ela estava pensando.

E disse a Frank:

— Eu tinha 15 pessoas comigo procurando naquele bosque. Como não a vimos?

Frank balançou a cabeça. Não porque soubesse a resposta, mas porque a resposta era óbvia. A floresta era enorme. A noite anterior não tivera luar. Só dava para ver o que dava para ver.

Jeffrey tentou de novo.

— Felix Abbott. Apelido Broquinha. Você conhece?

— Não, mas Abbott é um nome de Memminger. — Frank sacudiu um cigarro para fora do maço. — São todos uns merdinhas de Dew-Lolly.

Dew-Lolly era um cruzamento decadente de duas ruas horríveis em Memminger County. A área ficava a dois condados de distância, então os ocupantes não eram problema de Jeffrey. Com frequência ouvia o delegado de Memminger se referir a alguns criminosos mais idiotas do condado como *do tipo que mora em Dew-Lolly*.

— Caterino tinha um número salvo no celular de um tal de Daryl. Esse nome já apareceu ligado a Felix Abbott?

— Daryl o quê? — indagou Frank.

— Sem sobrenome. Só Daryl.

— Não me lembra nada, mas você sabe que sou de Liberty Line. — Frank então perguntou: — Por que quer saber? Está desconfiando de algum deles?

— Estou desconfiando da cidade toda.

Jeffrey viu Sara reunir os mastros e a corda. Parecia tensa quando foram na direção da cena do crime. Sara tinha visto em primeira mão os danos a Tommi Humphrey. Dos quatro, só ela realmente entendia o que podiam encontrar dentro do bosque.

Brock apoiava a tenda pesada no ombro.

— Sara, por favor, agradeça a sua mãe por ter vindo ontem. Foi muito legal da parte dela ficar com mamãe. A asma está atacando forte. Tenho medo de ela acabar de novo no hospital.

Sara acariciou de novo o braço de Brock.

— Pode me ligar se ela precisar de ajuda, de dia ou de noite. Sabe que eu não me importo de ajudar.

— Obrigada, Sara. É muito importante para mim. — Brock desviou o olhar. Usou a manga para secar os olhos.

Frank continuou contando:

— Truong foi encontrada por uma aluna, Jessa Copeland. Matt está pegando o depoimento na delegacia.

— Mande Matt ficar com a ela até a família ou um amigo poder assumir.

— Ele sabe. — Frank acendeu seu cigarro. Era o único ali que não estava carregando nada. Considerando sua saúde e a subida de trezentos metros, era uma boa ideia. — Copeland, a garota que a encontrou, estava correndo no bosque. Teve que desviar do caminho, sair da trilha. Foi aí que viu Truong. Reconheceu na hora, por causa da foto nos quadros de aviso. Vim com Matt e Brad, que ainda está lá.

— Como ela está?

— Igual a Caterino. De costas. Roupas no lugar. Tem uma marca aqui.
— Frank bateu os dedos no lado da têmpora. — Vermelho-vivo, circular, do tamanho de uma moeda.

Sara olhou para Jeffrey.

Como a cabeça de um martelo.

Frank falou:

— Já estava bem na cara que a garota tinha partido, mas mesmo assim procurei um pulso. Matt procurou. Brad também tentou, depois colocou a orelha no peito dela, para se certificar.

Jeffrey partiu direto para a parte mais séria.

— O que mais?

— Sangue. — Ele indicou a parte inferior do próprio corpo. —- Por todo lado.

Sara perguntou:

— Ela estava deitada em ladeira, com a pelve mais baixa que o peito?

— Não.

— Só duas coisas fazem o sangue fluir: gravidade e um coração batendo. Ela deve ter ficado viva por um tempo.

— Meu Deus! — murmurou Brock. — A pobrezinha, toda machucada.

Sara cruzou o braço livre com o dele. Brock tinha a sua idade, mas era um daqueles homens que sempre se apresentavam como mais velhos. Sara falou com ele numa voz baixa, e Brock pareceu aliviado pelo consolo.

— Eu talvez pendure a chuteira junto com Brock depois desta — comentou Frank.

— Tem outro caso, uma vítima viva, que pode estar ligada a isto. — Jeffrey não ia compartilhar os detalhes. — Precisamos primeiro olhar a lista de criminosos sexuais.

— Molezinha.

Jeffrey tentou não se deixar afetar pelo sarcasmo de Frank. A AIG era obrigada por lei a manter uma base de dados de criminosos sexuais registrados, mas os legisladores, em toda sua sabedoria, não tinham alocado dinheiro ou recursos adicionais para isso. O acúmulo era enorme. Alguns dos condados rurais ainda usavam internet discada. O Departamento de Justiça tinha declarado que os registros do estado eram deficientes quase desde o início.

Não significava que não deviam tentar.

Jeffrey disse a Frank:

— Tire alguém da patrulha e coloque na frente de um computador.

— Por que, aproveitando, também não penduro mais uma placa de saída no *Titanic*?

— Você tem alguma opção melhor? — indagou Jeffrey. Não tinham pistas nem suspeitos, e a única possível testemunha estava morta na segunda cena de crime. — O que Chuck Gaines falou?

Frank fez careta.

— Ele veio aqui botando o pau na mesa. Falei para ele voltar para a porcaria da caverna de onde saiu. Matt está vendo as câmeras de segurança, mas de jeito nenhum o cara estacionou no campus. Deve ter vindo pelo outro lado do bosque. Talvez pela estrada de acesso.

— Leslie está desaparecida há 24 horas. — Jeffrey analisou os arredores. A floresta era densa. Trepadeiras ficavam se enrolando no sapato. — Por que acha que ela ficou lá a noite toda?

— Não vi nenhuma marca de corda nos tornozelos nem nos pulsos. Ela está em forma, é jovem… Deve ter lutado. Teria que ser amarrada. — Frank tossiu um pouco de catarro, depois cuspiu. — Mas não sou legista. E, com certeza, não sou médico. O que aconteceu ontem… Bem, de jeito nenhum eu teria pensado que Caterino não foi apenas um acidente.

Brock aproveitou para acrescentar:

— Tivemos sorte de você estar lá, Sara. Também não sei se teria feito as perguntas certas.

Jeffrey detestava estar pensando sobre o processo que Gerald Caterino podia abrir, o que significava que nenhum deles devia estar brincando com esses "*e ses*" que depois poderiam ser obrigados a explicar em depoimentos.

Direcionou os pensamentos de volta ao caso, lembrando algo que Tommi Humphrey lhe dissera, um detalhe que conectava o agressor dela ao de Rebecca Caterino.

Ele perguntou a Frank:

— Você viu algo azul em Truong, talvez ao redor da boca ou na garganta?

Frank parou de andar.

— Como você sabe?

Sara estava prestando atenção. Ela questionou:

— Sabe o quê?

— Ela tem uma mancha azul nos lábios, bem aqui. — Frank apontou para a própria boca. — Lembrou de quando Darla era pequena e bebia demais desses sucos de pózinho.

Sara cruzou o olhar com o de Jeffrey. A mancha não era de suco. Devia ser de Gatorade azul. Isso explicaria por que os pulsos e tornozelos de Truong não tinham marcas de corda. Como Tommi Humphrey, a jovem tinha sido drogada durante o ataque.

Frank reparou e decidiu perguntar:

— O que não estou sabendo?

Jeffrey indicou com a cabeça que era para ele ir na frente.

Formaram uma fila única enquanto Frank os levava mais para dentro da floresta. Jeffrey reajustou os mastros da tenda para segurar melhor. Revisou em silêncio o que sabia sobre os ataques a Tommi Humphrey e Rebecca Caterino. Queria ter os detalhes na cabeça quando chegassem ao corpo.

O Gatorade azul. O bosque. A universidade. O martelo. O agressor tinha usado água sanitária em Humphrey. Estavam supondo que tivesse usado lenços sem cheiro para limpar Caterino.

Era muito, mas não era o bastante.

Jeffrey considerou as diferenças. Caterino era lésbica. Humphrey, hétero. Uma estava no primeiro ano. Outra, no terceiro. Uma era discreta. A outra, cercada de amigos. As fotos no corredor dos Humphrey tinham dado uma boa ideia de como era a vida de Tommi antes do ataque. Era uma garota meio gorducha. O cabelo loiro tinha um corte Chanel. Nas fotos em grupo, parecia mais baixa que as amigas.

Caterino era muito esguia, quase magra demais. O cabelo castanho era na altura do ombro. A altura aproximada era de 1,67 metro. Ela era fisicamente ativa, enquanto Tommi parecia mais sedentária. Até onde sabiam, Rebecca não tinha sofrido o mesmo dano interno durante o ataque.

Mas, também, talvez Leslie Truong tivesse interrompido o agressor de Caterino antes de dar tempo de mutilar a vítima. Jeffrey precisava olhar mais o caderno de Lena. A oficial teria pegado detalhes de Leslie antes de liberá-la de volta ao campus. Jeffrey tinha lido o relatório oficial, mas o caderno dela podia ter alguma informação que oferecesse uma pista.

E já estava farto de dar a ela o benefício da dúvida.

Jeffrey ouviu o murmúrio suave do rádio de polícia de Brad Stephens pouco antes de ver o jovem patrulheiro. Ele tinha isolado a área com fita amarela de cena de crime, assim como fizera na manhã do dia anterior. Alguns alunos circulavam ao longe. Alguns tinham câmeras. Brad estava de olho em todos. Parecia mais pálido que o normal. Nos últimos dois dias, tinha sido exposto a mais violência do que provavelmente veria em toda a sua carreira.

Se tivesse sorte.

— Chefe. — Brad endireitou os ombros. — A cena está segura. Três de nós verificamos o estado dela como morta.

— Ontem, você checou o pulso de Caterino?

— Não, chefe. — Brad claramente tinha dificuldade de encará-lo nos olhos. — Supus que estivesse morta.

Jeffrey imaginava que Lena tivesse dito a Brad que Caterino estava morta e que não havia necessidade de checar. Como oficial júnior na cena, ele deve ter obedecido.

— Você viu Leslie Truong ontem. Falou com ela, ou foi decisão só de Lena deixar que a garota fosse andando sozinha até o campus?

— Eu estava... — Ele parou, sem conseguir ou sem querer jogar Lena aos leões. — Eu estava lá também, chefe. Não falei nada. Desculpe. Não vai acontecer de novo.

— Aqui. — Jeffrey entregou os mastros a ele. — Vá buscar mais fita amarela. Aumente o perímetro da cena do crime em 15 metros. Chame mais dois oficiais de controle de multidões. Aí, comece a montar a tenda.

— Sim, chefe.

Sara se abaixou para deixar os mastros e a corda no chão. Jeffrey tirou a alça do kit de cena de crime do ombro dela e segurou seu cotovelo com a mão em concha, para que ela não tropeçasse no terreno desigual. A vegetação rasteira era densa. Samambaias, trepadeiras e arbustos de grama se prendiam nas roupas. A lama grudava nos sapatos. Jeffrey ouvia esquilos tagarelando uns com os outros.

Olhou para o chão. Poças da tempestade do dia anterior enchiam os buracos e depressões na terra mole. Durante a busca da noite anterior, Jeffrey notara que o chão estava saturado. Os sapatos tinham ficado cobertos de lama seca.

As únicas pegadas que via agora eram as que tinham acabado de fazer.

Sara estava olhando para o chão. Também tinha notado isso.

Na outra manhã, as nuvens tinham se aberto enquanto esperavam pela chegada da ambulância. Ou o assassino era um fantasma que não deixava pegadas, ou Leslie Truong tinha sido atacada quando estava voltando para o campus para ver a enfermeira. Isso deixava uma janela de trinta minutos. O mesmo tempo que Rebecca ficara sem ajuda no bosque.

A imbecil da Lena.

O vento mudou. Um cheiro pungente de sangue e merda assaltou os sentidos dele. Jeffrey cobriu o nariz com o dorso da mão.

— Os intestinos dela devem ter soltado — explicou Brock.

Jeffrey pegou a máscara que o legista ofereceu. Sabia que o diretor funerário lidava com a morte diariamente. Brock estava tentando entender a cena, mas aquilo não se parecia em nada com cuidar do corpo de uma paciente idosa de uma casa de repouso que tinha se sujado ao escorregar.

Jeffrey colocou a máscara, mas o cheiro ainda enchia o ar.

Leslie Truong estava deitada de costas. Parecia muito jovem. Foi a primeira impressão de Jeffrey. Tinha aquela suavidade infantil nos traços que só a idade podia gastar. Os olhos estavam abertos, encarando, inexpressivos, o facho de céu azul que despontava entre as copas das árvores. Os lábios estavam entre-abertos. O sangue no rosto tinha começado a drenar para a parte de trás do crânio. A pele tinha cor de pergaminho. A mancha azul que Frank mencionara se destacava contra o cor-de-rosa esbranquiçado dos lábios.

Sara conferiu o pulso. Colocou a mão na lateral da bochecha da garota. Verificou a flexibilidade das juntas dos dedos e cotovelos.

— O pico do *livor mortis* em geral ocorre após doze horas e dissipa depois de 48. A temperatura estava baixa, o que impacta o processo. Preciso medir a temperatura do fígado, mas chuto que ela está morta há várias horas, pelo menos desde ontem de manhã.

Desde ontem de manhã. Desde que Lena a deixou voltar ao campus. Desde que um psicopata com um martelo a seguira pelo bosque.

Jeffrey respirou fundo para se acalmar, mas tossiu antes de seus pulmões se encherem. O cheiro pútrido tinha penetrado na máscara de algodão. Focou a atenção de volta na vítima à frente. Estava tendo dificuldade de separar o que Sara tinha dito sobre Tommi Humphrey e o que supunha ter acontecido com Leslie Truong.

Também notou semelhanças com Beckey Caterino.

Considerando a posição do corpo de Truong, podia supor que a jovem tinha tropeçado no bosque, caído de costas, ficado inconsciente e, a certo ponto, morrido. As roupas pareciam todas no lugar. Ela usava um moletom da Grant Tech com gola cortada. Jeffrey via as alças do top esportivo branco por baixo. A calça branca de ioga estava puxada até o quadril. Era da Lululemon, mesma marca que Sara usava. Os tênis de Truong eram azuis e da Nike. Ela usava meias soquetes.

Era aí que as semelhanças paravam.

O sangue fluíra como um rio por entre as pernas de Leslie Truong.

A calça branca estava encharcada. O volume era tanto que nem a chuva tinha conseguido lavar tudo. Folhas e galhos tinham enegrecido com o fluxo.

Ela não estava deitada em ladeira. O sangue jorrara enquanto seu coração batia freneticamente pelas últimas vezes.

Mesmo assim, Jeffrey precisava de confirmação.

— Esta é a cena do crime?

Sara perguntou:

— Estamos supondo que a janela de ataque foi de cerca de meia hora a 45 minutos?

Brock perguntou:

— Desculpe, Sara, mas, para minhas notas, pode me dizer de onde tirou esse horário?

Jeffrey respondeu à pergunta.

— Leslie Truong deixou a cena do ataque a Caterino mais ou menos às seis da manhã de ontem. A chuva chegou meia hora depois.

— Ah — disse Brock. — A chuva lavou as pegadas.

Jeffrey perguntou a Sara:

— O que acha que aconteceu?

— Preciso ver um relatório de clima para determinar o horário exato em que a chuva começou, mas, chutando, posso imaginar dois cenários diferentes. No primeiro, Leslie estava caminhando de volta ao campus. Foi sequestrada e levada a algum lugar próximo, mas privado, como o banco de trás de um veículo. Lá, foi estuprada e assassinada. Aí, o criminoso a trouxe de volta para cá, provavelmente carregando por cima do ombro, como um bombeiro, antes da chuva começar.

Jeffrey imaginou que fosse possível, mas não provável.

— E o segundo cenário?

— O ataque e o assassinato aconteceram aqui e, por causa da chuva, não estamos vendo sinais de luta. — Ela se certificou de incluir Brock, perguntando: — Consegue pensar em outra coisa?

— Não, mas eu diria que o segundo parece mais provável. Numa situação de sequestro, seria de se pensar que o suspeito ficaria sujo. Se a tivesse carregado, digo.

Sara concordou:

— Ele estaria coberto de sangue.

— E teria de ser um cara bem grande para carregar a menina tão longe — completou Brock. — Eu mal consegui carregar a tenda, e a lona pesa 15, talvez vinte quilos.

Sara se sentou por um momento. Jeffrey via que o cheiro estava fazendo os olhos dela lacrimejarem. Ela respirava pela boca.

Brock falou:

— É arriscado sequestrar e trazer a garota para cá. E acho que é mais arriscado atacar a garota, para começo de conversa. Estamos afastados, mas ainda é um caminho movimentado.

Jeffrey não precisava que lhe dissessem que o assassino corria riscos. O pouco que sabiam sobre ele apontava para um homem que gostava de se esconder à vista de todos.

Ele se virou para Frank, que tinha começado a se afastar por causa do cheiro.

— Preciso de um mapa topográfico de toda esta área. Quero ver onde aquela estrada de acesso está em relação à cena. Não importa se o suspeito tiver ou não levado Truong de volta para o veículo, ele teve que estacionar em algum lugar.

Frank começou a se afastar, mas Jeffrey completou:

— Traga mais agentes uniformizados. Quero uma busca da área até a estrada de acesso. Não importa onde ela tenha sido atacada, o suspeito chegou aqui de algum jeito. Vamos expandir o perímetro e garantir que aqueles espectadores não estejam pisando nas evidências. E lembre os buscadores de levantar a cabeça de vez em quando. Nem tudo está no chão.

— Pode deixar. — Frank se afastou, o rádio à frente da boca.

Sara olhava para Brock.

— Posso cuidar da filmagem, se você quiser fazer o exame visual.

— Não. Você é a médica. Melhor fazer as partes importantes. — Brock abriu o kit de cena de crime e pegou a câmera Sony antiga, mas o aparelho volumoso escorregou de suas mãos. — Desculpe. Isso é muito horrível.

— É, sim — Sara concordou. — Mas podemos cuidar dela juntos. Tá bem?

— Sim, você tem razão. — Brock conferiu se havia uma fita VHS na câmera. Tirou a tampa da lente. Jogou no bolso.

Jeffrey pegou seu caderno e a caneta. Todos estavam nervosos. Algo no volume de sangue entre as pernas de Leslie contava uma história que nenhum deles queria saber. Pensou nas conversas telefônicas que tivera com Bonita Truong. A mulher provavelmente já tinha chegado a Macon. Ao longo dos anos, Jeffrey contara a muitos pais sobre a morte de seus filhos. Mesmo assim, não sabia exatamente o que dizer à mãe, quando ela enfim chegasse. A verdade a destruiria. A verdade podia destruir até a ele mesmo.

Sua filha foi brutalmente agredida. Foi drogada. Estuprada. Aterrorizada por um louco, que a largou no bosque onde ela sucumbiu aos ferimentos. E eu acho que deveria mencionar que tudo isso podia ter sido evitado, mas, por favor, não deixe que essa informação atrapalhe seu luto.

Sara vestiu um par de luvas de exame e perguntou a Brock:

— Pronto?

O homem fez que sim e apertou o botão vermelho. A câmera zumbiu ao ligar.

Sara forneceu a data e o horário. Anunciou cada um pelo nome, para constar na gravação. Então, começou o exame preliminar.

Usou uma lanterna de bolso para conferir os olhos.

— Sem petéquias.

Ou seja: a garota não tinha sido sufocada nem estrangulada.

Sara virou a cabeça da vítima de leve, tentando ver melhor a marca vermelha na têmpora. E disse a Jeffrey:

— Deu tempo de formar um hematoma. Esse pode ter sido o primeiro golpe. Considerando o local onde foi atingida, bastou um golpe para ela cair. Eu diria que a arma usada é consistente com um martelo.

Brock inspirou fundo e voltou a atenção para a câmera. Inclinou o visor de LED. Ajustou algumas configurações. Jeffrey viu que a mão dele estava tremendo.

Suas mãos, pelo menos, pareciam estáveis, mas suavam sem parar. A sensação de violência permeava o ar. O cheiro era nauseante, mesmo com a máscara. Testemunhar uma morte não natural era parte do trabalho, mas algo sobre aquela vítima em especial, aquele caso em especial, fazia tremer cada fibra de seu ser.

Jeffrey tinha caçado uma quantidade considerável de assassinos e estupradores.

Mas nunca caçara um predador.

Sara examinou as narinas e dentro da boca. Pressionou os dedos na garganta da garota. Até que disse:

— Não estou detectando bloqueio algum.

— Bloqueio? — repetiu Brock.

— Caterino tinha algo na garganta, provavelmente doces regurgitados.

Brock assentiu, contornando o corpo com cuidado.

Sara inclinou a cabeça da menina num ângulo mais agudo, para examinar a nuca. Jeffrey notou o sangue seco em torno de um buraco minúsculo.

— Tem uma perfuração na C5 — anunciou a médica. — Isso teria dado jeito.

— Jeito de quê? — perguntou Brock.

Jeffrey explicou:

— Achamos que o assassino queria paralisar as vítimas.

Brock balançou a cabeça, enojado. Jeffrey viu uma gota de suor escorrendo na lateral de seu rosto.

Sara continuou descendo. Levantou o moletom. Havia hematomas no torso.

— Ela levou um soco. Parece que uma das costelas foi deslocada.

Jeffrey examinou seu caderno. A página estava em branco. Começou um esboço rudimentar do corpo. Anotou a localização das árvores e pedras.

Sara passou o dedo por baixo do cós da calça de ioga e pediu a Brock:

— Aproxime aqui.

Sua luva de exame mostrava uma mancha vermelha, mas não era sangue. Jeffrey reconhecia a distinta cor ferrugem da argila da Geórgia.

Brock questionou:

— A vítima pode ter rolado no chão?

— Talvez — concordou Sara. — Podemos olhar as costas dela?

Jeffrey pegou a câmera, para Brock poder calçar as luvas. Não era fácil. As luvas de vinil agarravam na pele suada.

— Desculpe. — Brock, finalmente, conseguiu enfiar as luvas até o pulso. O elástico rasgou. Jeffrey notou uma cicatriz antiga no interior do pulso. — Pronto.

O legista se ajoelhou ao lado da cabeça da garota e botou as mãos em seus ombros enquanto Sara posicionava as mãos em sua cintura. Os dois se moveram juntos para girá-la de lado.

O cós da calça de Truong estava enrolado nas costas. Terra e gravetos grudavam na pele nua das nádegas.

Sara explicou:

— A calça foi levantada enquanto ela estava deitada no chão.

— O que acha que significa isso? — perguntou Brock.

Os dois rolaram a garota com cuidado de volta para o chão.

Sara continuou:

— Podia significar que ele voltou à cena.

— Depois de deixá-la para morrer? — questionou Brock. — Por que voltaria?

Sara examinou as mãos da garota. As pontas dos dedos estavam manchadas de vermelho.

— Acho possível que ela mesma tenha subido a calça.

Jeffrey considerou as implicações. Leslie Truong sangrando até a morte no bosque, as mãos esticadas numa tentativa fútil de se cobrir, com vergonha.

Sara abriu as pernas dela com delicadeza.

Jeffrey cerrou os dentes com o cheiro.

— A virilha da calça está rasgada. — Sara usou a lanterna de bolso de novo. Abriu mais as pernas da vítima e pediu a Jeffrey: — Dê zoom.

Ele observou a tela de LED quando a lente da câmera entrou no modo macro. A lycra entre as pernas da garota estava rasgada. Viu coágulos de sangue grossos e o que parecia pedaços afiados de vidro cortando o material, como uma explosão vista no meio da detonação. A calça tinha sido rasgada de dentro para fora.

— O que é isso? — perguntou Brock.

— Um cabo de madeira — explicou Sara. — Ele quebrou o martelo dentro dela.

CAPÍTULO QUINZE

Atlanta

FAITH OLHOU PARA A foto do martelo quebrado. O fotógrafo o dispusera numa folha de papel branco, com uma régua ao lado. A arma tinha sido limpa, mas sangue e fezes tinham se infiltrado no veio. A parte em que ficaria a cabeça do martelo tinha sido fragmentada. As pontas de madeira se projetavam como dentes quebrados.

Sara explicou:

— O cabo quebrado só pôde ser removido dissecando a cúpula vaginal. Estava muito fundo nela, o bastante para fraturar os ossos do arco púbico. A melhor suposição é que o assassino tenha chutado a cabeça do martelo, que se quebrou no ponto mais fino do cabo.

Faith tinha parado de respirar. Teve de desviar os olhos da fotografia.

Sara continuou:

— Encontramos a marca do fabricante na base do cabo. O martelo era de um tipo chamado martelo bola. O cabo é largo embaixo, mas afina.

— É o tipo que se usa para desamassar painéis de carros — comentou Will.

— Isso mesmo — concordou Sara. — Um lado da cabeça é plano, o outro é como uma bola, mas com a ponta cônica. Pelo que lembro, não havia nada de especial nele. Dá para comprar em qualquer loja ou pedir on-line.

— Pelo que você lembra? — perguntou Amanda. — Não achou a informação nos relatórios?

— Encontrei uma cópia do relatório de autópsia nos arquivos de ontem à noite, mas não tenho acesso às minhas anotações pessoais. Devem estar nos arquivos de Brock, junto com relatórios de toxicologia, de laboratório, as medidas e as fotos tiradas na cena. Pela lei, ele era o legista oficial, então fui tratada como conselheira. Não queríamos quebrar a cadeia de custódia.

— Quero essas informações — declarou Amanda.

— Eu ligo para ele. — Sara voltou à autópsia. — Leslie Truong tinha uma ferida de perfuração na C5. Com base nos filmes, a perfuração é consistente com a circunferência e o tamanho do dispositivo usado para paralisar Beckey Caterino.

Amanda interveio, completando:

— E Alexandra McAllister, a vítima de White County autopsiada ontem, tinha o mesmo tipo de perfuração na C5.

— E as outras coisas? — perguntou Faith. — McAllister também tinha a fístula?

— Não, mas foi estuprada violentamente. Havia fissuras ao redor e dentro da vagina. As paredes vaginais mostravam arranhões com algum tipo de instrumento afiado. O clitóris tinha sido rasgado.

Sara fez uma pausa, e Faith ficou grata por poder respirar um pouco.

— Do ponto de vista investigatório, tivemos sorte — continuou a médica. — A calça de trekking que McAllister estava usando era de um material pesado, à prova d'água. Os predadores costumam procurar orifícios, então o assassino supôs que qualquer dano que causasse durante o estupro entraria na conta das atividades de predadores.

Faith teve que perguntar:

— O legista não viu que o clitóris tinha sido arrancado?

— Ele não viu motivo legítimo para fazer um exame pélvico. Talvez notasse durante o embalsamento, quando é colocado algodão nos orifícios para evitar vazamento.

Faith não conseguiu suprimir um tremor.

— Meu exame visual de McAllister, ontem de manhã, confirmou a maior parte do que o legista tinha encontrado: ou seja, que a morte parecia acidental — explicou Sara. — Sem raios X, a ferida na cabeça passava por uma fratura craniana causada pelo impacto da queda contra uma pedra. Só quando procurei uma perfuração espinhal é que fiz a conexão com Grant County. Se eu não soubesse o que estava procurando, talvez não tivesse visto. E, se não tivesse visto, nunca teria trazido McAllister para cá para uma autópsia completa.

A lição de transparência era claramente para Amanda, que respondeu:

— Obrigada pela cronologia, dra. Linton.

Sara continuou:

— A teoria em Grant County era de que o assassino estava no estágio nascente. Via cada nova vítima como uma oportunidade de aprendizado para melhorar suas habilidades. O ataque de Tommi foi malsucedido, por falta de uma forma menos absurda de descrever. Beckey sobreviveu. Truong, não. Agora, estamos oito anos à frente. O assassinato de Alexandra McAllister foi montado de forma muito convincente para parecer acidental. Se me pedir para olhar esses quatro casos como uma peça única, não posso descartar a hipótese de que há uma linha de progressão clara de Tommi a Alexandra McAllister.

Faith batucou com a caneta no caderno. Precisava de mais informações:

— Está dizendo que a mutilação é a assinatura dele?

— A assinatura dele é a paralisia. Sabemos disso pela boca do próprio agressor — explicou Sara. — Ele pediu a Tommi para fingir que estava paralisada. Ameaçou paralisá-la de verdade com uma agulha de tricô, se ela não obedecesse. Com McAllister, suponho que não tenha havido negociação. Ele simplesmente perfurou a medula espinhal dela na C5. E enervou os braços. McAllister teria ficado completamente paralisada, mas ainda respirando, ainda consciente. Esse era o estado que ele tentava imitar com Tommi.

— Meu Deus. — Faith escreveu *paralisia* em seu caderno, mas só para dar a si mesma tempo para se recuperar.

— Dra. Linton — chamou Amanda. — Explique as outras ligações.

— A mais tangível que pode ser provada com raios X é a ferida na cabeça. A fratura craniana de Caterino tinha formato de meia-lua, e era condizente com o martelo. A impressão vermelha ao lado da cabeça de Leslie Truong coincidia com o martelo encontrado dentro dela. Quando fiz a autópsia de Alexandra McAllister, ontem, a fratura craniana era consistente com a cabeça de um martelo.

Faith escreveu a informação, então perguntou:

— E Tommi?

— Disse que seu agressor bateu nela com algo muito duro. Não viu o que era.

Amanda pediu:

— E a próxima ligação?

— Há oito anos, Tommi nos disse que, durante o sequestro, foi forçada a beber um líquido azul e açucarado, consistente com Gatorade. O vômito e o conteúdo da garganta de Rebecca Caterino tinham uma cor azul visível. Durante a autópsia de Leslie Truong, notei um líquido azul em seu estômago. Ontem à tarde, quando fiz a autópsia completa em Alexandra McAllister, achei um líquido azul similar no estômago, além de manchas na garganta e na boca. Enviei a amostra para a toxicologia.

Faith perguntou:

— O legista de Grant County...

— Dan Brock.

— Ele recebeu os relatórios de toxicologia de Truong?

— Brock mandou todas as amostrar para a AIG. Mesmo na pressa, na época ainda levava alguns meses para receber os resultados. Nunca pedi para ver porque, quando chegaram, Daryl Nesbitt era o suposto criminoso.

Amanda começou a digitar no celular.

— Provavelmente temos cópias dos resultados laboratoriais.

— Ok. — Faith precisava de esclarecimento. — Entendo que há uma progressão nos ataques em que ele está aprendendo. E o martelo e o Gatorade fazem sentido. Mas Caterino é uma discrepância. Sim, claro que foi machucada, mas não foi mutilada como as outras duas vítimas.

— Com licença? — Nick esperou que Amanda aprovasse a intromissão com um aceno de cabeça. — Uma das teorias que o chefe e a equipe tinham era de que o suspeito talvez não as sequestre. Talvez ele as siga para o bosque. Nocauteia as vítimas e as leve para um lugar mais isolado, fora das trilhas mais movimentadas. Então as droga até perderem a consciência. Estupra. Depois as deixa lá. E volta sempre, causando mais dano a cada visita. Aí, o corpo é encontrado, e ele tem que procurar uma nova vítima.

Faith estava enjoada.

— Elas ficam vivas o tempo todo? Só esperando que ele volte e as machuque de novo?

— E paralisadas — completou Sara. — Elas poderiam viver por três dias sem água, três semanas sem comida, mas se ele voltava… Quem sabe?

— Ted Bundy voltava para ver as vítimas — lembrou Faith. — Se esse assassino for como Bundy, parte da excitação pode ser o medo de ser pego.

— Nick, conte mais sobre esse perfil — pediu Amanda.

Nick soltou a fivela da pasta Liberace, de onde tirou uma pilha de páginas grampeadas.

— O chefe me pediu para solicitar um perfil do FBI. Vocês sabem que homicídios perpetuados por estranhos são muito difíceis. Imaginávamos que tinha que ser alguém na cidade que conhecesse a disposição da floresta e onde as alunas ficavam. Os agentes mandaram isso aqui de volta, um ano depois.

Faith não botava muita fé em perfis, inclusive, porque todos tendiam a ser gerados por homens brancos e mais velhos, com suas próprias questões pessoais.

— Vou adivinhar: o cara odiava a mãe.

— Disseram que os problemas principais dele eram com o pai. O pai era um encostado, e nosso assassino, não. Mas era socialmente isolado. Um aluno mediano que nunca se dedicou e acabou envolvido em trabalhos braçais. Tinha entre 35 e 39 anos. Baixa autoestima. Não conseguia achar mulher, quanto mais segurá-la. Sentia que era um homem inferior, e é aí que entra o pai. O assassino estava procurando punição, foi assim que os agentes explicaram o risco de deixar os corpos pouco escondidos, à vista de todos, depois voltar até serem encontrados. Com certeza não é um desses caras que acreditam que "o assassino quer ser impedido". Eu acho que assassinos nunca querem ser pegos. Mas esse filho da puta doente estava assumindo uns riscos grandes pra cacete.

— Sara? — chamou Amanda.

— Entendo o que eles quiseram dizer — explicou Sara. — Grant era uma cidade pequena, insular. O alvo eram mulheres jovens e brancas, estudantes, parte da comunidade, com famílias grandes. É óbvio que você vai ser observado.

Nick continuou:

— Ele podia fazer isso noite e dia em Atlanta com prostitutas, jogando o corpo delas no Chattahoochee, e ninguém teria ligado as coisas.

— Pergunta. — Faith levantou a mão. — Se ele tem questões com o pai, por que não matava homens? E por que a mutilação?

— Porque ele odiava a mãe.

Bingo.

— Enfim — continuou Nick. — O perfil acerta Daryl Nesbitt em cheio. O padrasto era um empresário bem-sucedido, pelo menos até ser notado pela lei. Nunca adotou Daryl formalmente, então o menino se sentia abandonado. A mãe era viciada em metanfetamina e se prostituía; morreu de overdose quando o filho tinha 8 anos. Nesbitt saiu da escola aos 16 e passou por diversos trabalhos braçais. Achou que ia ser o próximo Tony Hawk, mas acabou virando um operário que aceitava dinheiro por baixo dos panos para evitar pagar impostos.

Sara completou:

— Não quero sair fazendo afirmações, mas toda a família era considerada má influência. A loja do padrasto tinha sido alvo de uma batida policial alguns anos antes por desmontar carros roubados.

— E usariam um martelo de bola para isso — comentou Will.

— Correto — confirmou Nick. — Todas as evidências apontavam para Daryl Nesbitt. Ele morava nas proximidades. Tinha acesso ao martelo, que era de um tipo muito específico, embora amplamente disponível. Tinha ligação com as vítimas. Motivo, meios, oportunidade... Estava tudo lá.

Faith mordeu a língua para não contrapor o óbvio: que o suspeito ainda estava à solta e matando, então as evidências não eram de fato evidências, e, sim, uma teoria alternativa desmascarada.

O que disse foi:

— Talvez, no início, o assassino quisesse ser pego. Mas aí percebeu que a coisa ficava mais empolgante quando se livrava.

Will pigarreou.

— Se ele está mesmo aprendendo a cada morte, espalhar as vítimas pelo estado é uma jogada esperta.

— Bundy também fazia isso — lembrou Faith.

Amanda lançou um olhar austero de alerta, e Faith deu de ombros. Só podia dizer a verdade, e a verdade era que estavam falando de um assassino em série.

Sara continuou:

— Seguindo o argumento de Faith, se quisermos falar sobre o aspecto tanatológico do caso, tenho algumas estatísticas.

Amanda nunca cortava Sara como fazia com todo mundo.

— Que são?

— Em dezesseis por cento dos assassinatos em série, vê-se alguma forma de mutilação depois da morte. A violação fica abaixo de dez por cento. Necrofilia e canibalismo, menos de cinco. Em três por cento das vezes, o corpo é colocado numa pose que cause choque.

— Você diria que Caterino e Truong foram posadas? — perguntou Amanda.

— Ambas estavam efetivamente paralisadas, mas foram encontradas com as costas no chão. Temos que supor que o assassino as colocou dessa forma. Alexandra McAllister pode ter sido deixada de costas, mas os predadores lutaram por seu corpo, então ela foi mexida após a morte.

— Ok. — Faith teve que fazer um gráfico para registrar tudo. — Temos quatro ligações sólidas entre Humphrey, Truong e McAllister. O martelo na cabeça, o Gatorade azul, a paralisia e a mutilação. Caterino tinha o martelo, o Gatorade e a paralisia, mas não a mutilação. Truong e Caterino tinham perdido itens pessoais, respectivamente a faixa de cabelo e a presilha.

Will completou:

— Gerald Caterino levantou a hipótese da faixa de cabelo perdida, mas pode ser que as coisas estivessem sumidas simplesmente porque essas coisas somem.

Faith olhou para a tabela desenhada na página. Conferiu as outras vítimas das notícias de jornal de Daryl Nesbitt. Precisava tentar mais uma vez com Amanda.

Então pediu:

— Podemos falar disso só por um minuto?

Amanda sabia o que era *isso*.

— Trinta segundos.

— Você está nos dizendo que não podemos chamar esse cara de assassino em série, que temos um palpite, mas não ligações concretas, porque não há evidência de que ele tenha matado três ou mais mulheres, certo?

Amanda olhou o relógio de pulso.

— Então temos oito possíveis vítimas das reportagens. Para conseguir evidências de que foram assassinadas, e não eram coincidentemente um monte de caminhantes desastradas, teríamos de conversar com investigadores, legistas e testemunhas de todos esses casos, certo?

Amanda ainda estava olhando o relógio.

— Então — começou Faith, enfatizando a palavra —, por que não estamos falando com legistas, testemunhas e policiais para averiguar se houve mais vítimas?

Amanda levantou os olhos do relógio.

— Nesse momento, o número de vítimas é irrelevante. Temos um assassino à solta. Sabemos que é um assassino. Também temos algo que raramente conseguimos nessas situações, que é o fator surpresa.

Nick explicou:

— O cara não sabe que a gente sabe que ele ainda está solto.

— Correto — confirmou Amanda. — Se começarmos a bater nas portas de oito jurisdições diferentes, cada uma com dez a quinze oficiais parados lá, procurando fofoca, quanto tempo acha que esse fator surpresa vai durar?

— Mas o que perdemos com isso? — questionou Faith.

— O que ganhamos? — contrapôs Amanda. — Não há relatórios de autópsia, porque as mortes não foram consideradas suspeitas. Em metade dos casos, o corpo foi cremado. As investigações não foram abertas, quanto mais finalizadas. Já temos acesso aos detalhes dos desaparecimentos das mulheres. Já sabemos onde foram encontradas, há quanto tempo estavam desaparecidas, seus nomes, endereços, ocupações, os nomes dos parentes... O que mais você acha que vamos conseguir?

— Talvez um dos investigadores tenha ficado desconfiado das descobertas do legista.

— Coloque isso na balança contra a CNN seguindo todos os seus movimentos. Ou a Fox fazendo um especial no horário nobre. Ou os jornais, repórteres e policiais falando sobre cada descoberta ou possível pista ou suspeito. Agora, pense no assassino vendo esses programas, ouvindo esses vazamentos, ajustando o *modus operandi*. Possivelmente ficando inativo ou se mudando para outro estado, onde não temos contatos nem autoridade.

Faith não conseguia articular uma defesa, mas sabia, instintivamente, que conversar com as pessoas era a melhor ferramenta, às vezes, a única, de um investigador.

Amanda completou:

— Podemos debater as reportagens de jornal aqui, dentro destas paredes, até cansar. Mas ligação alguma será feita nem fonte alguma será acionada sem minha permissão. Entendido?

— Importa o que eu responder?

— Não — retrucou Amanda. — Dra. Linton? Mais alguma coisa para compartilhar?

Sara balançou a cabeça em negativa.

— Ok, vamos chegar à parte de Gerald Caterino. — Amanda chamou: — Faith, sua vez. Por favor, fique à vontade para começar com as reportagens.

Faith tinha planejado fazer exatamente isso, mas deu um suspiro pesado que mataria a filha, Emma, de inveja. Folheou as páginas anteriores do caderno ao tomar o lugar de Sara no pódio. Sentia-se como Barney Fife entrando no palco depois de Charlize Theron. Sara tinha feito uma daquelas coisas de nerd dos filmes de John Hughes, que passavam maquiagem, tiravam os óculos e de repente eram Julia Roberts. Faith parecia o que era: uma mãe solo que passava quase todas as manhãs perguntando a uma criança de dois anos como algo tinha ficado molhado.

Faith tinha gastado metade da noite compilando informações, e gastara quase toda a manhã ao telefone, mas não ia perder a oportunidade de provocar Amanda.

— Tudo isso está escaneado no servidor, se vocês quiserem se aprofundar nos detalhes, mas, por enquanto, vamos fazer exatamente como Amanda mandou e começar com as vítimas das reportagens.

A chefe continuou estoica.

— Joan Feeney. Rennie Seeger. Pia Danske. Charlene Driscoll. Deaundra Baum. Shay van Dorne. Bernadette Baker. Jessica Spivey. — Faith clicou o controle remoto da lousa digital, puxando as imagens que tinha pré-carregado. — Gerald Caterino tem cópias de todos os relatórios de legistas. Como foi afirmado, não foi feita autópsia nas vítimas, porque não havia suspeita de crime. Gerald falou por telefone ou pessoalmente com amigos e familiares. Conversou com alguns dos investigadores locais. Deduzindo a partir das anotações dele, acho que podemos remover Seeger, Driscoll, Spivey, Baker e Baum.

— Por...? — provocou Amanda.

— Seeger tinha histórico de tentativas de suicídio. Driscoll sofria de depressão pós-parto. Spivey obviamente tropeçou e caiu. Baker tinha um marido ciumento e dois namorados ainda mais ciumentos. Baum se afogou em água rasa, o que é suspeito, mas não nosso tipo de suspeito. — Faith apontou para as mulheres restantes. — Joan Feeney. O relatório do legista atesta atividade animal ao redor dos peitos, ânus e vagina. Pia Danske. Atividade animal não especificada. Shay van Dorne. Atividade animal em "órgãos sexuais", segundo o dentista que atua como legista em Dougall County.

Will esclareceu:

— Gerald Caterino não sabia sobre as mutilações, então não perguntou.

Sara interveio:

— Até onde sei, Tommi nunca falou sobre o que aconteceu com ela, e o caso de Leslie Truong tecnicamente ainda está aberto, então não está sujeito ao pedido de acesso à informação.

— Correto — confirmou Amanda. — Faith?

Faith não gostava de ser apressada, mas clicou de novo nas imagens que tinha compilado da parede de assassinatos de Gerald, e prosseguiu:

— A melhor amiga de Pia Danske relatou que ela estava muito preocupada porque a escova de cabelo de prata da avó tinha sumido. Joan Feeney teve que pegar uma faixa de cabelo emprestada de uma amiga na aula de ginástica, porque a que sempre mantinha em sua mala de academia tinha sumido. Shay van Dorne estava dirigindo com a filha do vizinho. A menina pediu um pente, e Van Dorne pareceu muito preocupada por seu pente ter sumido. Além disso, segundo Gerald, todas as três relataram, de forma independente, para um amigo ou familiar que estavam desconfortáveis antes do desaparecimento, como se estivessem sendo observadas. Então, sem nenhum dos corpos, temos duas conexões: os acessórios de cabelo e a sensação de ser perseguida ou observada antes da morte.

Sara questionou:

— Sabemos da disposição dos corpos?

— Todas menos Van Dorne foram cremadas. — Faith caminhou até uma das lousas. — Mas aqui está a parte importante. Tem um padrão nos três assassinatos recentes.

Amanda corrigiu:

— Não temos prova de assassinato.

Faith fez careta.

— Feeney, Danske e Van Dorne. Verifiquei os perfis delas em redes sociais, conferindo sites de encontros, relatórios de crédito, endereços, o de sempre, mas não há ligação. Aí, olhei o calendário. Feeney e Danske desapareceram na última semana de março. Van Dorne desapareceu na última semana de outubro.

Sara completou:

— Tommi Humphrey foi atacada na última semana de outubro. Caterino e Truong foram atacadas no fim de março.

Faith continuou:

— E Alexandra McAllister foi morta em outubro. Temos um assassino com média de duas vítimas por ano, com cerca de cinco a sete meses de distância.

Amanda deu outro olhar afiado para ela, porque aquilo soava demais como um assassino em série.

Nick interveio:

— O perfilador do FBI diz que o assassino passa um tempo pensando sobre o que vai fazer. Há um elemento de fantasia. Aí, algo o dispara. Talvez ele perca mais um emprego, ou a mãe reclame com ele por largar as meias no chão, e aí vem o surto.

— Esperem, tenho uma atualização do laboratório. — Amanda olhou para seu celular. Bateu na tela algumas vezes, depois leu em silêncio. Por fim, disse: — A AIG não tem registro dos relatórios de toxicologia de Leslie Truong de oito anos atrás em Grant County.

Nick falou:

— Na época, a gente ainda mandava por fax. Talvez eu tenha uma cópia nos arquivos antigos. O relatório teria ido de mim para Brock, com uma cópia para o chefe.

— Não estava nos arquivos de Jeffrey — afirmou Sara.

Amanda pediu a Nick:

— Encontre.

Ele fechou a pasta e saiu.

Sara continuou:

— Brock também deve ter uma cópia.

— Ótimo — retrucou Amanda. — Rasheed, volte à prisão e trabalhe no assassinato de Vasquez. Gary, você ainda está começando. Preciso que saia daqui para esta próxima parte.

— Sim, senhora.

Gary fechou o caderno e foi embora com Rasheed.

Amanda esperou até a porta estar fechada. Então disse a Faith:

— Heath Caterino.

Faith duvidava que Sara e Will tivessem falado sobre a revelação de ontem, então, para Sara, explicou:

— Beckey Caterino tem um filho de 7 anos. Vai fazer oito no Natal.

Sara mordeu o lábio inferior. Tinha feito as contas.

Faith contou sobre a carta que Daryl Nesbitt enviara para Gerald da prisão.

— Gerald nos forneceu o relatório de DNA feito com a saliva do selo e do fechamento do envelope. Um laboratório comercial reconhecido por tribunais descartou Daryl Nesbitt como pai.

— Então — Sara claramente estava tendo dificuldade de entender aquele novo detalhe —, se Daryl não é pai de Heath, significa que não foi ele quem atacou Beckey. O que significa que não foi ele que atacou Leslie Truong.

Faith tentou ver o lado positivo.

— Assim que encontrarmos um suspeito, podemos provar que ele estuprou Beckey com um teste de paternidade que o ligue a Heath.

Amanda interveio:

— Podemos provar que ele transou com Beckey na época em que ela foi estuprada. Sim, ela se identificava como lésbica, mas qualquer advogado de defesa com meio cérebro contestaria que ela era fluida. A verdade não vai importar. A garota não está em condições de negar.

Faith apoiou os cotovelos no pódio. Estava se cansando de Amanda colocando-os para baixo. Havia tantos sinais luminosos que era como se estivessem em Vegas.

Amanda percebeu o humor da subordinada.

— Faith, você, entre todos, devia estar familiarizada com um passo de cada vez. Movemos um pé, depois o outro. Não saltamos para o outro lado da sala. Passos lentos e contínuos constroem o caso. E esse site Love2CMurder?

Faith pausou, para todos sentirem sua relutância.

— Segundo o site, Dirk Masterson é um policial de homicídios aposentado de Detroit. Mudou-se para Geórgia com a esposa, professora aposentada, porque queriam ficar perto dos dez netos. As notas fiscais vão para uma caixa postal em Marietta. A cidade de Detroit não tem registro de um agente chamado Dirk Masterson. O sujeito arrancou dezenas de milhares de dólares de Gerald Caterino.

— Dirk Masterson — repetiu Amanda. — Não é um nome pornô?

Nenhum deles estava confortável de ver Amanda fazer essa observação.

Faith se pronunciou primeiro:

— Enviei uma intimação para o fornecedor de internet de Dirk, para descobrirmos quem ele realmente é. Li alguns de seus supostos arquivos de casos. Se ele é policial, eu sou uma galinha.

— Quero você na cola dele até o fim do dia — mandou Amanda. — Além disso, procure mais mulheres desaparecidas nos meses de outubro e março durante os últimos oito anos. Mande a lista para o meu e-mail. Vou fazer algumas ligações discretas.

Faith sentiu uma faísca de esperança, mas temperou tudo com sarcasmo:

— Como não estamos procurando um assassino em série com um padrão específico, devo colocar um alerta para relatórios atuais só de mulheres desaparecidas, ou também de mulheres que relataram que estavam se sentindo observadas?

Amanda estreitou os olhos.

— Claro.

— Obrigada.

A chefe se virou para Sara.

— Você acha que Tommi Humphrey falaria com a gente? É a única vítima sobrevivente que pode dar informações coerentes. Faz nove anos. Talvez ela tenha se lembrado de algo.

A relutância de Sara era palpável.

— Mostrei a ela a foto de Nesbitt, na delegacia, no dia em que foi preso. Para constar, Tommi disse que não era ele, mas no mesmo dia tentou se enforcar no quintal dos pais. Foi levada a um hospital particular para tratamento. A família se mudou de Grant um ano depois.

— O agressor de Tommi falou com ela — lembrou Amanda. — Prometeu não machucar mais mulheres se ela ficasse em silêncio. Podemos deduzir que teve outras conversas. Talvez ela se lembre de alguma coisa. Ou, mais provavelmente, tenha escondido algo.

— É possível — admitiu Sara, mas ainda estava visivelmente relutante.

Amanda pressionou:

— Você estaria mais receptiva a entrar em contato com Tommi Humphrey se fosse escolhida para falar com ela?

Sara desviou do assunto.

— Tommi não viu o rosto dele. Estava drogada quando aconteceu. Recobrava e perdia a consciência sem parar. A medicação por si só poderia causar amnésia.

— Ela lembraria os dias ou semanas antes do ataque — retrucou Amanda.
— Ela sentia que estava sendo observada? Perdeu algo importante?

A relutância de Sara não diminuíra, mas ela acabou concordando e falou:

— Vou tentar.

CAPÍTULO DEZESSEIS

GINA VOGEL NÃO CONSEGUIA se livrar da sensação perturbadora de estar sendo observada. Tinha sentido isso na academia. No supermercado. Nos correios. O único lugar em que não sentia era dentro de casa, e isso porque deixava todas as persianas e cortinas fechadas, mesmo durante o dia.

O que diabos estava acontecendo?

Um elástico de cabelo sumido, e estava virando Howard Hughes — mas sem o dinheiro, a fama e a genialidade. Até as unhas do pé estavam quase tão grandes quando as de Hughes. Tinha cancelado a pedicure de sempre no salão. Fazia dois anos que ia todo mês. Chegava um momento da vida de uma mulher em que ela não podia mais confiar em si mesma para cortar as próprias unhas do pé. Aquela época em que precisava de óculos de leitura para ver os detalhes menores das porcarias dos próprios pés.

Estava mesmo com medo demais para sair de casa?

Gina colocou a mão na nuca. Os cabelos estavam eriçados. Os braços também estavam arrepiados. Teria um colapso nervoso por causa de um elástico sumido e uma sensação genérica de que um louco a perseguia, isso com base em absolutamente nenhuma prova, exceto uma sensação ruim e horas demais assistindo a documentários de assassinato.

Precisava sair daquela casa.

Foi até a porta da frente. Estava com roupas de ficar em casa, mas nenhum dos vizinhos estava por perto. Pelo menos, nenhum dos que ela gostava. Ia andar até a caixa de correio e pegar a correspondência como uma pessoa normal.

Desceu os degraus de concreto até a entrada. Viu um carro passar. Acura. Verde-escuro. Mãe na frente. Filho atrás. Normal. Nada demais. Só uma família indo para a escola ou para uma consulta médica, sem prestar atenção à mulher de pijamas estilosos saindo toda hesitante da porta da frente de casa, como uma medrosa botando os dedos na piscina para ver a temperatura da água, com medo de pular.

Gina desceu mais um passo. Estava no caminho da entrada de casa, virou à direita na calçada, então estava parada em frente à caixa de correio.

A mão tremia quando ela pegou a correspondência. A pilha estava cheia dos lixos de sempre: cupons, catálogos, circulares... Achou a fatura do cartão de crédito, que seria deprimente, e um cartão-postal de campanha política, o que era enfurecedor. A revista reluzente da faculdade era uma boa surpresa. Gina tinha sido bloqueada da página de Facebook oficial depois de postar que o tema da reunião de vinte anos devia ser *Transou? Casou? Morreu?*

A revista começou a tremer, mas só porque a mão de Gina também estava tremendo.

Sentiu o surto atingindo seus nervos como uma chaleira fervente. A mão voltou à nuca. Gina soltou o ar com dificuldade. Os pulmões estavam rígidos. Não conseguia puxar ar o bastante. Sabia que alguém a estava observando. Será que estava atrás dela? Teria ouvido passos? Ouvia um homem caminhando em sua direção, os braços esticados na direção de seu pescoço?

— Merda — sussurrou.

Todo o corpo tremia, mas, por algum motivo, as pernas não se mexiam. Sentiu a bexiga começar a doer. Fechou os olhos. Forçou-se a girar.

Ninguém.

— Merda — disse, desta vez mais alto.

Caminhou de volta para casa. Não parava de olhar por cima do ombro, feito doida. Será que a vizinha na casa do outro lado da rua a estava observando? Aquela enxerida sempre se metia na vida dos outros. Escrevia longos sermões no aplicativo *Nextdoor* sobre as pessoas que deixavam as latas de lixo na rua e não separavam direito os recicláveis. Se não ficasse esperta, alguém ia colocar um naco de presunto no Nissan Leaf dela, e aí o pau ia comer, como na briga de gangues de *Amor, Sublime Amor*.

O joelho de Gina quase cedeu quando ela subiu os degraus da escada da frente aos pulos. Bateu a porta atrás de si. Derrubou a correspondência, que se espalhou pelo chão. Mexeu na fechadura. Não tinha trancado.

A porta ficara aberta enquanto ela estava fora. Será que alguém tinha entrado? Tinha girado bem depressa na caixa de correio, mas passara vários segundos de costas para a porta. Alguém podia ter entrado. Alguém podia estar na casa naquele instante.

— Merda! — Correu para conferir a janela e as trancas das portas, olhando dentro de armários e embaixo da cama, porque era esse nível de paranoia que estava.

Será que enlouquecer era assim?

Voltou ao sofá. Pegou seu iPad. Colocou no Google *sintomas de estar enlouquecendo*.

Apareceu um teste.

1. Você está temperamental?
2. Perdeu o interesse em sexo?
3. Sente-se ansiosa ou inquieta?
4. Está cansada demais ou passa o dia sonolenta?

Ela colocou sim em todas as perguntas, porque, afinal, seu vibrador não sabia ler.

O resultado:

Você está correndo risco de desenvolver depressão. Já considerou conversar com um terapeuta? Localizei quatro especialistas diferentes em ENLOUQUECENDO em sua área.

Gina deixou o iPad cair de novo no sofá. Agora, a internet sabia que estava deprimida. Provavelmente seria inundada de spam e de anúncios de curas naturais e suplementos para melhorar o humor.

Não precisava de um comprimido. Precisava se controlar. A paranoia não era de seu feitio. Gina era focada em objetivos. Uma pessoa com iniciativa. Altamente organizada. Metódica. Socializava com frequência, mas gostava da própria companhia. Todas as coisas que outro teste tinha colocado como boas qualidades quando, dois anos antes, pesquisou *eu sou o tipo de pessoa que pode trabalhar de casa?*

Gina tinha feito a transição do escritório com facilidade, mas logo determinara que precisava de um motivo para raspar as pernas e lavar o cabelo de vez em quando. Suas duas distrações eram a academia, à qual ia pelo menos três vezes por semana, e os almoços com amigas, que tentava marcar pelo menos duas vezes por mês.

Abriu o calendário no iPad. Para sua surpresa, viu que não saía de casa havia seis dias. Planos de almoço cancelados. Treinamentos pulados. Reuniões profissionais perdidas. Em vez de retificar a situação com um monte de telefonemas, começou a criar estratégias. Usando os aplicativos *Postmates* e *InstaCart*, podia passar mais uma semana antes de ser forçada a sair. Era quando seu chefe, um garoto de 12 anos, a queria no escritório para uma videoconferência com clientes em Pequim. Gina definitivamente teria que usar roupas com botões e zíperes e aparecer de verdade, porque a desculpa do *sem querer alimentei um mogwai depois da meia-noite* só funcionava com chefes de 12 anos em 1985.

Analisou os quadrados no calendário. Mais uma semana estenderia seu confinamento a um total de 13 dias. Treze dias não era nada. As pessoas na França faziam *almoços* que duravam 13 dias. Ela mesma tinha durado quase 13 dias na dieta Atkins. Na faculdade, tinha comido miojo por muito mais do que 13 dias. Oras, tinha fingido orgasmos com vários namorados por 13 *anos*.

Ela se levantou do sofá. Foi para a cozinha. Abriu a geladeira. Quatro fatias de tomate num saco Ziploc. Vinte e seis latas de Coca Diet. Um pepino de proporções obscenas. Uma barra de cereais meio comida.

Se a polícia olhasse sua geladeira, ia achar que ela era uma assassina em série.

Achou um bloco de papel e uma caneta na gaveta e começou uma lista de compras para o InstaCart. Podia fazer sopas, caldos e até guisados. Tinha baixado um monte de aplicativos de meditação que sempre estava estressada demais para abrir. Tinha aquele livro que estava adiando ler, aquele que todo mundo estava comentando. Podia baixar. Podia fingir ser o tipo de pessoa que lia livros. Podia virar a noite e preparar sua apresentação para Pequim adiantada. Ia passar por esse surto perturbador comendo refeições saudáveis, mantendo-se em forma, dormindo e cuidando de si mesma, algo que claramente faltava em sua vida.

Luz do sol!

Era disso que precisava. A mãe sempre brigava quando ela era pequena. *Tire a cara desse livro e vá lá para fora!*

Gina podia trazer o exterior para dentro. Abriu as cortinas na sala. Olhou para a rua, que era uma rua normal, sem um homem assustador olhando sua casa. Abriu as cortinas do quarto. Voltou para a cozinha e abriu a porta, para entrar um ar fresco. Apoiou-se na pia para destrancar a janela.

O que realmente tinha que fazer era ligar para Nancy. A irmã ia tirá-la dessa. E ia lembrar do elástico cor-de-rosa e, com sorte, não contaria para a filha que Gina tinha roubado — porque, naquele momento, Gina não conseguiria lidar com um macaquinho guinchando e falando que ela era a pior tia do planeta.

Até que sentiu a bolha de alegria estourando.

Nancy era sua irmã mais velha, naturalmente intrometida e mandona. Pior, queria ser melhor amiga da filha, o que dava tão certo quanto era de se esperar.

Gina tentou encher de novo a bolha.

Nancy não ia contar para a filha sobre o elástico. Ia visitá-la com uma garrafa de vinho, e as duas iam rir de como Gina tinha sido idiota em assistir a programas de TV em que canadenses de 25 anos tinham economizado uma entrada de cem mil dólares para comprar uma casa, e Gina andava pesquisando coisas no Google como: *é seguro comer a parte do pão que não tem mofo?*

Baixou o olhar para a vasilha vazia no parapeito.

O elástico tinha estado lá.

E agora, não estava mais.

Gina sabia que não tinha colocado em outro lugar, porque não fazia isso. Sempre deixava tudo no lugar certo, porque era muito organizada, metódica e ordenada. E era por isso que, segundo um teste, seria uma ótima candidata a trabalhar em casa.

— Caralho.

Os dedos de Gina giraram a tranca da janela de volta. Não ia ligar para Nancy. Não ia dizer nada disso para a irmã porque, legalmente, bastava duas pessoas para obrigar outra a ser internada para observação psiquiátrica por 24 horas, e Gina não conseguia pensar num motivo para a irmã e a mãe *não* a trancarem num quarto com paredes almofadadas.

Refez seu caminho pela casa, trancando as portas, puxando as cortinas, fechando as persianas. Ficou tudo escuro de novo. Ela se sentou no sofá, abriu uma nova pesquisa no Google. Os dedos pairaram acima do teclado. Gina tremeu. Ou era alguém passando por cima da sua cova, ou seu corpo anunciando que ela estava prestes a tomar um caminho sem volta.

Olhou para o cursor no tablet. Examinou a sala. O controle remoto estava alinhado com a beira da mesa de centro, onde sempre o deixava. O cobertor estava cuidadosamente dobrado no lugar de sempre, nas costas da poltrona. A bolsa de ginástica esperava ao lado da porta da cozinha. As chaves estavam na mesinha, logo no início do corredor. A bolsa, pendurada nas costas da cadeira da cozinha.

A vasilha onde sempre deixava o elástico cor-de-rosa com margaridas brancas ainda estava vazia.

Gina digitou no iPad:

Posso comprar uma arma e mandar entregar na minha casa em Atlanta, Geórgia?

CAPÍTULO DEZESSETE

SARA FEZ ALGUMAS ANOTAÇÕES da reunião, sentada à mesa. Olhou fixamente para o nome de Rebecca Caterino. Viu-se listando, em silêncio, os mesmos *e ses* que se perguntara oito anos antes. E se Lena tivesse achado um pulso? E se ela tivesse chegado mais rápido ao bosque? E se aqueles trinta minutos perdidos significassem a diferença entre uma vítima capaz de identificar o agressor e uma jovem condenada a uma vida impensável de sofrimento?

Leslie Truong talvez ainda estivesse viva. Joan Feeney. Pia Danske. Shay van Dorne. Alexandra McAllister. Todas aquelas vidas roubadas podiam ter sido devolvidas, se tivessem achado o verdadeiro agressor de Beckey Caterino.

Ou de Tommi Humphrey.

Sara sentiu o estômago ficar tenso ao pensar em Tommi. Errara em concordar com o pedido de Amanda para falar com a garota. Cada vez que pensava em localizar Tommi, a mente ia para a imagem da jovem arrasada fumando um cigarro atrás do outro no quintal da casa dos pais. Sara não conseguia parar de apertar as mãos por baixo da mesa de piquenique. Jeffrey ouvia em silêncio, alheio ao trauma compartilhado pelas duas mulheres à sua frente.

Sara voltou para as anotações.

Heath Caterino. Quase oito anos de idade. Devia estar começando a passar pelas dores do crescimento. Os dentes permanentes prestes a nascer. O pensamento crítico começando a se afiar. Ele passaria a usar a linguagem para expressar humor.

Faria perguntas...

Quem sou eu? De onde vim? Como cheguei aqui?

Talvez não logo, mas, uma hora, o menino podia descobrir as circunstâncias devastadoras do próprio nascimento. A internet talvez oferecesse respostas que a mãe não era capaz de dar e o avô se recusava a fornecer. Heath podia ler sobre o ataque da mãe. Podia fazer a mesma conta que Sara fizera, as mesmas observações de Faith, e se ver forçado a suportar um peso que criança alguma deveria carregar.

Tantas vidas alteradas, devastadas, por uma infinidade de *e ses*.

Não podia se permitir afogar no passado de novo. Puxou as anotações escaneadas de Faith em seu notebook. Focou os pensamentos nas mulheres à sua frente.

Joan Feeney. Pia Danske. Shay van Dorne. Alexandra McAllister.

Faith claramente tinha começado as investigações antes da reunião. Segundo seus registros, os corpos de Feeney e Danske tinham sido cremados. Não havia relatórios de autópsia. Em cada um, os legistas tinham feito um esboço rudimentar do corpo e documentado a maioria das lesões, mas, fora isso, a trilha esfriara.

Shay van Dorne era diferente. O corpo tinha sido enterrado. Faith listara a informação dos pais ao lado do número da casa funerária que cuidara do enterro. Na sua minúcia usual, Faith tinha ligado para a funerária e averiguado a localização do corpo. Shay van Dorne estava enterrada em Villa Rica, 96 quilômetros a leste da sede da AIG. Uma palavra chamou a atenção de Sara: Faith escrevera INVÓLUCRO em caixa alta, depois circulara.

Sara discou o ramal de Amanda em seu telefone.

A chefe atendeu:

— Rápido, tenho que entrar numa teleconferência em quatro minutos.

— Entendo por que você está relutante em expandir a investigação para as mulheres dos artigos.

— Mas?

— E se fosse só uma jurisdição, um legista, um departamento de polícia?

— Continue.

— Shay van Dorne.

— Você quer exumar o corpo?

— Ela foi enterrada num invólucro — explicou Sara. — É um selo exterior ao redor do caixão. É feito de um desses quatro possíveis materiais: concreto, metal, plástico ou composto. São impermeáveis, para proteger contra o tempo e a natureza e evitar que a terra quebre o caixão. Os mais caros são fechados a vácuo, mas não hermeticamente. Por lei, funerárias não podem garantir que o falecido será preservado, mas fiz exumações em que o corpo estava praticamente intacto.

— Você está dizendo que um cadáver de três anos pode estar perfeitamente preservado?

— Estou dizendo que ela vai estar em decomposição, mas o dano pode ter sido minimizado. Se Shay foi mutilada da mesma forma que Alexandra McAllister e as outras, vamos saber que foi uma das vítimas. E talvez, com sorte, dê para encontrar uma evidência que nos aponte na direção do assassino.

— E você acha que isso vai acontecer?

Sara não estava com grandes esperanças, mas tudo era possível.

— O assassino conseguiu passar pelo menos oito anos sem ser detectado. Às vezes, a experiência pode fazer com que a pessoa tome menos cuidado. O corpo de Shay van Dorne pode ser outra cena de crime. Se vamos nos agarrar a qualquer coisa, essa seria minha primeira aposta.

— Mas é um pedido muito grande para os pais — lembrou Amanda. — Você viu as anotações de Gerald Caterino sobre os telefonemas com os Van Dorne?

— Ainda não.

— Leia. E depois me mande mensagem. Avise se quiser mesmo pedir exumação. — Sara estava prestes a desligar, mas Amanda ainda completou: — E temos uma testemunha viva.

Sara sentiu o estômago se apertar de novo. Estava no quintal de Tommi Humphrey, sentada de frente para Jeffrey. Enquanto faziam a garota repassar o ataque, Tommi dissera:

Não conheço mais aquela pessoa. Não lembro mais quem ela era.

Sara conhecia bem essa sensação. Só recordava vagamente da Sara que tinha ido ao baile de formatura com Steve Mann, da Sara que tinha ficado animada ao ser aceita na faculdade de medicina, da Sara confiante que tinha se candidatado à uma vaga no Grady Hospital. Era como se as memórias pertencessem a outra pessoa, uma velha amiga que acabara saindo de sua vida porque tinham pouco em comum.

— Só posso tentar. Tommi não tem nenhuma obrigação de falar com a gente.

— Obrigada, dra. Linton. Eu também estou familiarizada com as leis dos Estados Unidos.

Sara se permitiu um revirar de olhos.

— Mas me avise sobre o que quiser fazer com Van Dorne — completou Amanda. — Mantenho você atualizada, falo assim que tiver mais informações.

Sara desligou, mas não conseguiu juntar forças para voltar ao trabalho. Imagens de Tommi não paravam de aparecer. Apertou os olhos, forçando-os a sair daquela cena. O que queria mesmo era ligar para Will e falar sobre como tudo isso estava trazendo à tona as lembranças horrendas do próprio estupro. Era uma conversa que podia ter acontecido sem problema algum apenas 24 horas antes. Agora, seria como esfregar sal numa ferida bem aberta.

Só podia se concentrar no trabalho à frente.

Voltou para o seu notebook e abriu o relatório do legista de Dougall County sobre Shay Carola van Dorne. O homem trabalhava como dentista, mas as linhas de abertura mostravam algum interesse em cartografia.

Van Dorne, mulher caucasiana de 35 anos, foi encontrada em decúbito dorsal na porção norte-noroeste do rio Upper Tallapoosa, sub-bacia da bacia do rio ACT, a 514 metros da Mill Road Parkway, a 33.731944, -84.92 e UTM 16S 692701 3734378.

Sara clicou para passar as páginas de mapas até achar as partes importantes.

Segundo relatos, a professora de jardim da infância não andava muito pela floresta e estava vestida com as roupas que usava na escola. A vítima parecia ter escorregado, batido a cabeça numa pedra e sucumbido a um hematoma subdural, um sangramento cerebral, em geral associado à lesão traumática.

Mas era nesse ponto que o relato do dentista não fazia sentido. Diagnosticar a lesão sem raios X nem visualizar o crânio era um milagre médico.

Quando chegou o resumo da descrição de lesões, viu que aquela não era a única coisa que não fazia sentido. O dentista anotara: *atividade animal em órgãos sexuais, como detalhado no desenho.*

Com um clique, ela passou para a frente e achou o esboço do corpo. Um X marcava os olhos e a boca. Dois grandes círculos tinham sido desenhados em volta dos seios e da pelve, com uma flecha apontando para as palavras *ver fotos.*

Sara achou os JPEGS no menu principal. O dentista recuperou um pouco de seu respeito quando ela viu que havia mais de cem fotografias. Sara teria esperado no máximo vinte, o mesmo que encontrara nos arquivos de Alexandra McAllister, feito pelo legista de White County. O legista de Dougall County tinha ido vários passos além. Sara reconheceu os esforços de um homem disposto a investir dezenas de milhares de dólares e centenas de horas de seu tempo num hobby que lhe rendia 1.200 dólares por ano.

Sara foi passando as fotos. O corpo estava em um cômodo fechado, deitado em uma maca de aço inoxidável que ela supunha pertencer a um hospital ou funerária local. A iluminação era excelente. A câmera tinha qualidade profissional. O dentista tirara fotos de todos os ângulos, exceto os que ela precisava. Nesses, ou tinha dado zoom demais, ou ficado muito longe das feridas. Não dava para ver bem os detalhes, não havia como saber se os rasgos do tendão tinham sido feitos por um predador ou um bisturi. As fotos dos *órgãos sexuais* eram comedidas — o que não era incomum considerando o tamanho de Dougall County. O dentista talvez conhecesse Shay van Dorne com a mesma familiaridade com que Sara conhecera Tommi Humphrey.

Passou as fotos. Uma série de mãos e pés. Outra com a boca de Shay aberta.

Parecia óbvio que aquela sequência tinha a intenção de confirmar a ausência de bloqueio ou obstrução na traqueia, mas Sara suspeitava que o dentista quisesse documentar o único siso no quadrante superior direito na boca de uma mulher de 35 anos. Não era comum apenas três outros sisos terem sido removidos. Em geral, esses dentes eram tirados em pares ou todos de uma vez.

Ela fechou as imagens.

Voltou à documentação de Faith, no menu principal. Encontrou as anotações de Gerald Caterino sobre as ligações com os pais de Shay, Larry e Aimee Van Dorne. O casal tinha se divorciado depois da morte de Shay, e nenhum dos dois se casara de novo. Gerald tinha falado com eles em separado, um após o outro.

Larry não relatou nada de incomum na vida da filha, o que não era surpresa. Sara tinha uma relação muito próxima com o próprio pai, mas havia coisas que não contava, já que ele iria querer sair resolvendo tudo.

Segundo Aimee, mãe de Shay, a vítima estava levando a filha de uma vizinha para uma festa de aniversário quando percebeu que seu pente não estava na bolsa. Primeiro, creditara a falta a algum roubo na sala dos professores, mas o desaparecimento claramente a perturbara. Shay tinha confessado à mãe que andava se sentindo estranha, como se alguém a estivesse observando. Primeiro, no mercado, depois em frente ao trabalho, e uma vez enquanto estava correndo na esteira da academia. A mãe não dera importância; que mulher não tinha essa sensação de vez em quando? Mas, depois da morte da filha, Aimee imediatamente se lembrara da conversa.

Sara fez algumas anotações: *Encontrada no bosque. Lesão suspeita na cabeça (martelo?). Mutilação sexual(?). Considerado (encenado?) acidente. Pente sumido. Possível perseguição.*

Os pais sentiam que tinha algo incomum na morte da filha. Shay era atlética, mas não fazia trilhas. Raramente ia ao bosque. Deixara o celular e a bolsa no porta-malas do Fiat 500 amarelo. Larry admitia que Shay talvez estivesse deprimida. Aimee discordava. A filha fazia parte de um círculo social amplo, era soprano no coral da igreja, tinha planos de aula não finalizados na escrivaninha em casa. O novo namorado estava numa conferência em Atlanta, a uma hora e meia de distância.

Sara conferiu a data das ligações de Gerald Caterino. O pai de Beckey tinha esperado exatamente duas semanas depois do funeral para entrar em contato. Mais três anos já tinham se passado desde então. Sara duvidava que Larry e Aimee van Dorne tivessem superado o acontecido. Parecia impossível que qualquer pai pudesse se recuperar de verdade da morte de um filho.

Repassou os passos de requerer a exumação. Não era uma conversa que pudesse delegar a Amanda. Ela que abriria o corpo da filha daqueles dois, e a discussão não seria fácil. Podia haver barreiras religiosas, mas as realmente poderosas seriam emocionais. Muita gente considerava a exumação um sacrilégio, e Sara não podia discordar. Sabia que se acabaria em lágrimas pensando em Jeffrey sendo arrancado da terra.

E, mais importante, os Van Dorne iam querer saber o que Sara esperava encontrar. Ela não tinha certeza de que houvesse uma forma fácil de responder. O conteúdo do estômago de Shay Van Dorne teria sido aspirado durante o embalsamento, então, era improvável que encontrasse Gatorade azul. Uma perfuração da espinha dorsal seria autoevidente. Ainda podia haver sinais de mutilação deliberada dos *órgãos sexuais*. Durante a autópsia de Alexandra McAllister, Sara notara que as paredes do canal vaginal tinham sido arranhadas com uma ferramenta afiada, que criara estrias no tecido. Shay van Dorne podia apresentar danos similares.

Sara levantou o olhar do notebook.

Tommi Humphrey tinha sido ameaçada com uma agulha de tricô. Eles sabiam que o agressor tinha aprendido com cada ataque. O homem desistira do martelo, ao assassinar Leslie Truong. Talvez tenha achado um uso diferente para a agulha de tricô.

Olhou de novo suas notas.

Encontrada no bosque. Lesão suspeita na cabeça (martelo?). Mutilação sexual(?). Considerado (encenado?) acidente. Pente sumido. Possível perseguição.

O invólucro funerário oferecia a possibilidade de ligar Shay aos outros crimes. Sara já tinha supervisionado algumas exumações. O embalsamento, teoricamente, só aguentava algumas semanas, e o corpo se decompunha depressa, depois que estava no solo. Mas, em alguns casos envolvendo enterro selado, o corpo parecia tão imaculado quanto no dia em que entrara na terra. Uma vez, a única evidência da passagem do tempo tinha se passado era um crescimento de mofo no lábio superior.

Sara pensou de novo em Jeffrey. Não restava dúvidas de que o homem tinha sido brutalmente assassinado. E ela vira aquilo com os próprios olhos. Como se sentiria se a causa da morte não tivesse sido determinada?

Pegou seu celular e mandou uma mensagem a Amanda:

Quero falar com os Van Dorne e dar o máximo de informação possível, depois deixar que decidam como vamos proceder.

Amanda respondeu rápido:

Ok.

Vou marcar a reunião em breve.

Ainda preciso dos arquivos de Brock.

E Humphrey?

Sara soltou o telefone. Recostou-se na cadeira. A procrastinação era reservada para tarefas domésticas, não profissionais. Não havia como terminar a faculdade de medicina adiando todas as coisas desagradáveis.

Então por que estava procrastinando tanto agora?

Abriu o navegador no notebook e digitou *Thomasina Tommi Jane Humphrey.*

A menina não estava no Facebook, no Twitter, no Snapchat ou no Instagram. Não estava na base de dados da AIG nem na lista telefônica ou no fórum de mensagens da Grant Tech. Uma busca retornou vários Humphrey escoceses e alguns galeses, mas nada na Geórgia, no Alabama, no Tennessee ou na Carolina do Sul.

Considerando o que acontecera com Tommi, fazia sentido ela ser discreta.

Sara fez as mesmas buscas com Delilah Humphrey e Adam Humphrey.

O *Grant Observer* ofereceu um resultado relevante: quatro anos antes, Adam Humphrey tinha morrido esmagado por um carro que escorregou do macaco. O homem deixava mulher e filha. O velório tinha sido marcado na Funerária Família Brock. Eram encorajadas doações a clínicas da Planned Parenthood, em vez de flores.

Sara analisou a fotografia de um homem de rosto redondo sorrindo. Tinha encontrado Adam Humphrey duas vezes. Da primeira vez, o pai estava carregando sua filha destruída para o banco de trás da van para levá-la a Atlanta.

A última tinha sido aquele dia horrível no quintal da casa dele. Adam tinha ameaçado um policial para proteger a filha.

Sara fechou o navegador. Considerou suas opções. Podia dizer a Amanda que tinha feito um esforço de boa fé, mas as duas saberiam que não era bem a verdade.

Havia um recurso melhor do que a internet para suas conexões em Grant County. Sua mãe frequentara a igreja com os Humphrey. Se ela não soubesse da família, ao menos conheceria alguém que conhecia alguém… Mas a mãe perguntaria como Sara estava. E ela podia até mentir, mas Cathy saberia que havia algo errado só de ouvir sua voz. Aí, haveria uma discussão, talvez uma briga… porque a mãe não era fã de Will. E, considerando seu humor, Sara podia furar os olhos de qualquer um que ousasse dizer algo contra ele.

Marla Simms, da delegacia, seria um bom plano B. Mas Sara detestaria fazer qualquer coisa que a colocasse perto das memórias de Jeffrey. Era difícil seguir em frente, se você ficava olhando sempre por cima do ombro.

Acabou com os cotovelos em cima da mesa e a cabeça nas mãos.

A noite anterior voltou como uma onda quebrando na orla. Ainda se sentia bêbada pela falta de sono. Não havia maquiagem capaz de esconder o inchaço nos olhos. Will tinha sorrido para ela, ao sair da sala de reunião, mas Sara sabia como era um sorriso de verdade no rosto lindo dele, e aquilo não era um sorriso de verdade. Odiava essa sensação de distância entre os dois. Seu corpo doía como se estivesse ficando gripada.

O celular apitou. Sara correu para ver se era alguma mensagem de Will. Não era. Amanda enviava mais uma série de mensagens curtas e arrasadoras:

Laboratório perdeu resultados de Truong.

Nick não consegue achar cópias.

Pegue originais com Brock urgente.

Ligue assim que falar com Humphrey.

Amanda era fã de resolver tudo com urgência.

Em vez de responder às mensagens, Sara abriu o aplicativo Encontre Meu Telefone. Não era errado se você realmente amava a pessoa.

A última localização de Will ainda mostrava o endereço de Lena.

Ela jogou o telefone de volta na mesa.

Na noite anterior, tinha ficado irritada ao perceber que o aparelho de Will estava desligado, mas ver que continuava assim de manhã era devastador. Estava desesperada para ver o pin dele se mexendo no mapa. Seu cérebro dizia que Will ainda estava no prédio. Devia ter parado na máquina de venda para pegar uma rosquinha, antes de ir à sala de Faith. Sara tinha esquecido de colocar um curativo na mão dele. A porcaria ainda estava sangrando. Tinha passado tempo demais para suturas. Devia prescrever uma receita de antibiótico. Devia encontrar com ele e...

E o quê?

Sara foi tomada pelo desejo de ir embora logo, antes que fizesse algo incrivelmente idiota. O que, considerando sua atitude na noite anterior, não precisava de muito. Pegou a bolsa e saiu do escritório. Respondeu às mensagens de Amanda enquanto andava até o estacionamento.

Vou visitar Brock. Ainda procurando contato de Humphrey. Aviso assim que tiver atualizações.

A primeira parte da mensagem era fácil. Brock tinha se mudado para Atlanta quando a mãe passou a precisar de mais cuidados do que ele conseguia oferecer sozinho. Tinha vendido o negócio da família e usado o lucro para colocar a mãe numa das melhores casas de repouso do estado. Seu novo trabalho ficava a vinte minutos de carro da sede da AIG. Sara e ele se encontravam algumas vezes por ano, para almoçar ou jantar. E Brock adoraria ajudar, ainda mais quando descobrisse os casos em que Sara estava trabalhando.

A parte da mensagem sobre Tommi é que a deixava apreensiva. Ainda estava muito dividida sobre entrar ou não em contato com a garota.

Garota.

Tommi Humphrey já devia estar com 30 anos, já se passara quase uma década do estupro brutal que a deixara à beira da morte. Sara queria imaginar que Tommi estava curada, talvez casada, poderia ter adotado um filho ou, quem sabe, se o destino tivesse agido em seu favor, poderia ter conseguido dar à luz o próprio bebê.

A perspectiva de descobrir que nenhuma dessas coisas era verdade parecia avassaladora. Sobretudo a última parte, pois Sara também sofria daquilo: o estupro que sofrera roubara sua capacidade de ter filhos. Não queria olhar Tommi Humphrey e ver sua própria perda refletida.

Olhou para o céu. A previsão era de chuva, o que parecia certo. Soltou um suspiro ao ver o carro de Will estacionado na vaga de sempre, ao lado da sua. Tocou o capô ao passar. Então, sentou-se ao volante de seu Porsche Cayenne — a BMW X5 fora condenada como perda total alguns meses antes. Tinha comprado o Porsche porque Will amava Porsches, algo meio análogo a como comprara a Z4 para irritar Jeffrey.

Pelo jeito, o feminismo de Sara não a acompanhava para dentro das concessionárias.

Apertou a ignição. O motor rugiu. Olhou para o carro de Will, depois se repreendeu por ser tão emotiva. Ele a perdoaria. As coisas logo voltariam ao normal. E ela sabia disso num nível racional, mas ainda precisava resistir ao desejo de correr de volta para o prédio como uma amante abandonada.

Ou uma louca de pedra.

Digitou o número dos pais no celular enquanto saía da vaga. Já podia imaginar a mãe na cozinha, o pai lendo o jornal em voz alta. O telefone na parede tinha um fio que Sara e Tessa esticaram o suficiente para conseguir chegar à varanda, para que pudessem ter um pouco de privacidade.

— Não estou falando com você — anunciou Tessa, em vez de atender com um alô. — O que você quer?

Sara teve que conter os olhos, que queriam revirar. Detestava o identificador de chamadas.

— Eu estava ligando para a mamãe. Preciso entrar em contato com Tommi Humphrey.

— Delilah saiu do estado depois que o Adam morreu. Não tenho nem ideia de onde Tommi está.

— Mamãe tem o telefone da Delilah?

— Você vai ter que perguntar a ela.

— É isso que eu estava tentando... — Sara parou. — Tess, preciso de um tempo. Não aguento mais tanta gente brava comigo.

— Nossa, você não era perfeita? — provocou Tessa. — Quem poderia ficar bravo com você?

Sara sentiu lágrimas inesperadas se formando no canto dos olhos.

Tessa soltou um suspiro forçado.

— Tá bom, conseguiu sua folga. O que foi?

Sara secou os olhos com o dorso da mão.

— Briguei com o Will.

— Por quê?

Sara soltou um suspiro trêmulo.

— Traí Will na minha cabeça com Jeffrey o dia todo. Quando percebi que ele sabia exatamente o que eu estava fazendo, piorei tudo. E ele terminou.

— Espera... O *Will* terminou? — A surpresa tinha tirado a maldade da voz de Tessa. — E depois?

— Deixei uma mensagem de voz para ele.

281

— Se você vai dar uma de doida, melhor não deixar registros — retrucou Tessa, citando um conselho da mãe delas. — E depois?

— E depois... — Sara só contara os pontos mais relevantes da noite anterior para Will. Apenas sua irmã podia saber os detalhes humilhantes. — Esperei que ele voltasse. Como ele não voltou, fui até a casa dele. Depois, voltei para o meu apartamento, mas ele ainda não estava lá. Então, dirigi até a YMCA, o Wendy's, o McDonald's, o Dairy Queen e o posto de gasolina onde ele compra burritos. Aí, dirigi até Buckhead, para ver se ele estava na casa da Amanda. Depois voltei para a casa dele, caso a gente tivesse se desencontrado. Aí, dirigi de volta para casa.

— Mas você não ficou em casa, né?

— Não, não fiquei. — Sara secou os olhos de novo. — Fui até a casa da Faith, e o carro dele estava na entrada. Os dois estavam jogando GTA no sofá como se nada tivesse acontecido. Então, voltei para casa. Aí, esperei mais um pouco. Depois, fui para a casa dele e esperei que ele chegasse em casa para se arrumar para o trabalho. Mas ele não foi para casa. Então, voltei para meu apartamento, passei maquiagem e dirigi até o trabalho. Lá, fui até a sala dele, me joguei aos pés dele, implorando para que me perdoasse. E acho que ele vai perdoar, mas, até lá, sinto como se tivesse uma bola de elásticos de borracha presa no meu peito.

Tessa ficou quieta por um tempo.

Sara agarrou o volante. Teve que lembrar a si mesma por que estava no carro, aonde estava indo.

— Jogando GTA no sofá — comentou Tessa. — É muito específico.

Sara admitiu:

— Olhei pela janela da sala.

— Fica nos fundos ou na frente da casa?

— Fundos.

— E em que parte você lembrou que Faith é uma policial, carrega uma arma e você tecnicamente estava invadindo a propriedade dela no meio da noite?

— Quando tropecei na tampa de plástico da caixa de areia de Emma e caí de cara.

Tessa riu.

Sara deixou.

— Ah, irmãzinha... O cara pegou você de jeito.

— Pegou, sim. — Sara mal conseguiu pronunciar a pior parte. — E não sei como consertar isto.

— Você vai ter que esperar — falou Tessa. — O tempo é o melhor remédio. Outro conselho da mãe delas.

— Ou pode comprar alguma coisa na Ikea e fingir que não consegue montar — completou.

— Acho que não vai funcionar. — Sara procurou as placas de saída. Tinha mais dez minutos de estrada pela frente. — Ele está magoado de verdade. E tem direito de estar.

— Não dá para melhorar as coisas com uma punheta?

— Não.

— Boquete?

— Quem dera.

— Beijo grego?

— Como foi sua entrevista com a parteira, hoje de manhã?

— Blé — retrucou Tessa. — Ela fez apenas um único comentário interessante. Eu estava contando sobre minha irmã mais velha sabe-tudo, a médica chique, e ela lembrou que foram os amadores que construíram a Arca de Nóe, mas foram engenheiros que construíram o *Titanic*.

— Você sabe que a história da Arca é sobre genocídio, né? — Sara mudou de faixa, abrindo caminho para um caminhão. — Noé e uns amigos dele puderam viver, mas o resto da população do mundo foi varrida da face da Terra.

— A história é uma metáfora.

— Sobre o genocídio.

— Sua folga acabou — retrucou Tessa. — Vou informar mamãe de seu pedido.

E ela desligou.

Sara buscou um lenço na bolsa. Assoou o nariz. Um olhar rápido no retrovisor mostrou que a maquiagem à prova d'água não estava cumprindo a promessa. Ainda se sentia trêmula e ansiosa. Contar à irmã toda aquela empreitada insana da noite anterior só a fizera se sentir ainda mais insana. Nunca, em toda a sua vida, deixara um homem afetá-la daquele jeito. Mesmo quando tinha certeza das traições de Jeffrey, Tessa é que catara e colara recibos de hotel rasgados no lixo e o seguira pela cidade como uma Nancy Drew maluca, para Sara poder sair por cima.

Estava tão por baixo com Will que se sentia quase no fundo do oceano, não do poço.

O velocímetro tinha chegado a 140 km/h. Sara desacelerou, entrando na faixa de baixa velocidade. Ficou atrás de uma picape com um adesivo

NO MALARKEY!, mostrando apoio a Joe Biden no para-choque. A mente retomou as falas gastas de recriminação pelas atitudes das últimas 24 horas. Beckey Caterino. Tommi Humphrey. Jeffrey. Will. Adicionou Tessa à lista, porque não estava sendo justa com a irmã. Ela era adulta, mãe, logo seria divorciada... Estava claramente passando por uma crise. Em vez de provocar, Sara devia estar apoiando-a.

Outro relacionamento que precisava consertar.

A saída que a levaria até Brock chegou mais rápido do imaginava. Uma mulher raivosa numa Mercedes mostrou o dedo quando Sara deu uma guinada no Porsche. Ela virou à direita na rua principal, ladeada por restaurantes de fast-food. Estava numa área industrial cheia de armazéns, concessionárias e lojas de peças de automóveis.

Sara tinha ido até o trabalho de Brock algumas vezes ao longo dos anos, mas já fazia tempo desde a última visita para não lembrar a localização exata. Usou o controle de voz do Porsche para acessar o número da rua na lista de endereços. Segundo o GPS, a AllCare Serviços Pós-Vida ficava a 1,6 quilômetros.

O empregador de Brock tinha muito menos clientela do que o Dunedin Life Services Group, o conglomerado da Funerária Ingle, de Sautee. Sara sabia que a AllCare tinha contratado um intermediário para encontrar e fazer uma generosa proposta a Brock, o que adicionou um bônus gordo à venda da Funerária Família Brock para atraí-lo a trabalhar para a empresa. Sua divisão cuidava dos detalhes de bastidores que a maioria dos enlutados achava que acontecia no porão da funerária local.

A população da Geórgia era de cerca de 10,5 milhões. Mais ou menos sessenta mil pessoas morriam a cada ano. Grandes corporações só queriam saber da economia de escala. Nos negócios funerários, isso significava que corpos eram transportados para armazéns cheios de agentes que lavavam, embalsamavam, vestiam e colocavam os mortos no caixão, antes de mandá-los de volta às funerárias locais, para o velório. Ganhava-se muito dinheiro com a simplificação daquele processo sobre o qual muita gente evitava pensar até ser forçada a encarar.

Sara reconheceu o prédio discreto. A placa AllCare estava escondida sob a copa de uma árvore, provavelmente para desencorajar o público geral de descobrir o que acontecia lá dentro. Estacionou numa vaga de visitante. Percebeu, com atraso de vinte minutos, que devia ter ligado antes de ir. Brock era sempre tão complacente que Sara, às vezes, precisava se lembrar de não tirar vantagem dele.

Bem, era tarde demais.

Enfiou o celular no bolso da frente da bolsa, aceitando como uma pequena vitória não ter checado para ver se Will tinha ligado o celular ou se, por algum milagre, mandara mensagem.

O armazém da AllCare era enorme, com o tamanho e o formato aproximado de um campo de futebol. O estacionamento estava cheio de carros de luxo. O dia estava começando de vez. Havia uma fileira de vans mortuárias vazias, esperando para deixar ou levar corpos. Sara contou seis carretas paradas em seis docas de carregamento. Duas pertenciam a um fabricante de caixão local, outra a uma casa de suprimentos funerários, e as três restantes eram da UPS.

Os três motoristas da UPS carregavam carrinhos cheios de caixões até o armazém. Segundo a lei federal, funerárias eram obrigadas a aceitar caixões comprados on-line. Como com qualquer bem de consumo, a Costco, a Walmart e a Amazon mantinham uma boa fatia do mercado. E esses caixões comprados na internet traziam economias muito significativas, para o horror de empresas como a AllCare. Só uma grande corporação para acabar com outra grande corporação.

O celular de Sara apitou com uma mensagem. Esperava que fosse de Amanda e desejava que fosse de Will. Em vez disso, era da irmã.

Tessa: *Você é uma escrota.*

Sara respondeu: *Minha irmã também é.*

Como estava com o celular na mão, checou o Encontre Meu Telefone. A localização de Will continuava congelada na casa de Lena. Sara guardou o celular com cuidado na bolsa, subindo as escadas de concreto até a entrada.

— Bom dia. — A recepcionista da AllCare abriu um sorriso largo quando Sara entrou no saguão. — Posso ajudar?

— Bom dia. — Sara colocou o cartão de visitas no balcão. — Estou procurando Dan Brock.

— Brock acabou de voltar de uma reunião. — O sorriso tinha se aberto mais com o nome dele. — Sente-se. Vou avisar que você está aqui.

Sara estava inquieta demais para ficar sentada. Andou de um lado para o outro no pequeno saguão enquanto esperava pelo amigo. O armazém não atendia ao público geral, e os pôsteres na parede eram propagandas voltadas ao setor: contratos funerários de pré-necessidade, contêineres funerários da Treasured Tributes, um anúncio de um seminário sobre aplicação de sombras para manter traços faciais. Alguém tinha colado um adesivo na porta da frente: *Dirija devagar! Não queremos que seja nosso cliente!*

285

— Sara? — Brock sorria quando ela se virou. — Você por aqui?

Antes de ela poder responder, Brock a envolveu num abraço de urso. Ele cheirava a fluido de embalsamagem e desodorante Old Spice, os mesmos dois aromas que Sara associava a ele desde os 10 anos.

— Minha nossa, você está toda arrumada! — comentou ele. — Estava indo para alguma festa?

Sara sorriu.

— Estou aqui a negócios. Desculpe não ter ligado antes.

— Estou sempre de portas abertas para você, Sara. Você sabe disso. — Ele esperou a recepcionista abrir a porta. — Vamos lá atrás.

A sala de Brock dava para a área de embalsamento, ficando nos fundos do prédio. Ele atualizou Sara das fofocas enquanto a levava por um longo corredor, passando por várias portas fechadas e uma copa ampla dos funcionários. A asma da mãe estava atacando de novo, mas ela parecia satisfeita com a casa de repouso. Tinha descoberto que o pastor da igreja metodista de Heartsdale saíra do cargo sob uma nuvem de suspeitas. Estava testando um novo aplicativo de encontros voltado para solteiros dos negócios funerários, o nome era Lucky Stiffs.

— Não deu certo com Liz? — perguntou Sara.

Brock se encolheu. Sua vida amorosa nunca fora fácil. Ele mudou de assunto, perguntando:

— Como estão sua mãe e todo mundo?

— Will está ótimo — respondeu Sara, entrando um pouco no território do pensamento positivo. — Papai está quase aposentado. Mamãe continua correndo por aí feito doida. Tessa está pensando em virar parteira.

Brock parou na porta do armazém.

— Bom, uma ótima notícia. Tessa é uma pessoa muito amorosa. Acho que seria uma parteira incrível.

Sara sentiu-se culpada por não ter reagido da mesma forma quando a irmã contou seus planos.

— É muita coisa para aprender.

— Qualquer um pode memorizar um livro-texto. Veja só o meu caso. Mas não dá para aprender compaixão, né? Ou a pessoa tem ou não tem.

— Você tem razão.

Brock riu.

— Você é a única mulher da minha vida que me diz essas palavras. Pode entrar.

Ele abriu a porta para a parte principal do armazém. O cheiro pungente de formaldeído a atingiu como uma pedrada na cara. O químico era o ingrediente principal do fluido embalsamador. Sara contou pelo menos trinta embalsamadores trabalhando com corpos. Quase todos os funcionários eram mulheres, e todos brancos. O mercado funerário era notoriamente segregador.

Sara passou por cima de uma longa mangueira que cruzava o chão. Um som de sucção vinha dos ralos. Trinta bombas trabalhavam, forçando fluido para dentro de trinta artérias carótidas e puxando sangue para fora de trinta jugulares. A última parte acontecia nas docas de carregamento. Caixões eram carregados para as vans mortuárias à espera ou encaixotados para serem despachados.

Brock falou:

— Acabei de sair de uma reunião sobre a Honey Creek Woodlands. Estão arrancando uma fatia do nosso mercado.

Sara tinha lido sobre o movimento de enterros sustentáveis. Olhando ao redor do armazém, entendia por que as pessoas estavam optando por abrir mão do embalsamento e escolhendo colocar seus entes queridos num cenário mais natural.

— Até que faz sentido essa história das cinzas às cinzas, do pó ao pó.

— Isso neste prédio é uma blasfêmia. — Brock deu uma risada gentil. — Graças a Deus por Macon-Bibb County. Aprovaram uma lei lá exigindo contêineres à prova de vazamento para todos os enterros. Estamos torcendo para a legislação ser aprovada no estado todo.

— Falando em invólucros. — Sara ficou grata pela abertura. — Tenho uma possível exumação de uma vítima de três anos. Segundo a funerária, foi colocada num invólucro à vácuo.

— Composto ou concreto?

— Não tenho certeza.

Brock abriu a porta da sala de esquina. Lâmpadas fluorescentes forneciam a única luz disponível. As duas janelas que davam para o armazém estavam cobertas por persianas escuras de madeira, ambas bem fechadas. A sala era espaçosa, ou pelo menos Sara imaginava que pudesse ser. Brock nunca tinha sido organizado. Pilhas de papéis e livros estavam por todo lado. Os armários de arquivo estavam transbordando.

— Desculpe a bagunça. Perdi duas secretárias nos últimos três anos. Bem, não posso culpar a primeira, mas a segunda gostava de uma bebidinha no almoço, e você sabe o que eu acho disso.

O pai de Brock tinha sido um alcoolista altamente funcional, um segredo aberto que a cidade preferia ignorar, já que a bebida só o deixava mais agradável.

— Café ou chá? — ofereceu Brock.

Sara queria um banho quente para se livrar do cheiro de formaldeído.

— Não, obrigada. Tecnicamente, ainda estou em serviço.

— Avise se mudar de ideia. — Brock limpou um espaço numa mesinha para Sara se sentar e puxou a outra cadeira. — Agora, vou poupar você dos jargões legais sobre não haver garantia de o corpo estar preservado. Nós dois sabemos que há boas chances, ainda mais se for fechado a vácuo. A não ser que o invólucro seja de concreto. Aí pode ser um problema. Vimos alguma degradação ao longo dos anos, sobretudo na costa, onde o lençol freático é mais alto.

— O corpo está em Villa Rica.

— Ah, assim suas chances acabaram de melhorar muito. O solo da região é bom. Tem três casas servindo a área. Todas usam composto e sabem usar o fechamento a vácuo. Villa Rica é parte do meu território.

Brock apontou para o mapa da Geórgia grudado na parede. Sara entendeu que os condados azuis eram cuidados pela AllCare. Viu que White County, onde Alexandra McAllister tinha sido encontrada, estava fora da área de Brock.

— Mas estou um pouco confuso, Sara. Não fazemos a escavação. Isso é função da funerária local. Você precisa que eu interceda?

— Ah, não, não é por isso que estou aqui — retrucou ela, então explicou: — Dois casos antigos ressurgiram. Rebecca Caterino e Leslie Truong.

O sorriso desapareceu do rosto de Brock. Ele parecia tão horrorizado quanto oito anos antes.

— Deus que me perdoe, mas faz muito tempo que não penso naquelas pobres mulheres. Foi por causa delas que eu me demiti do cargo de legista.

— Eu sei.

— Nossa. — O choque não cedeu. — Acho que faz uns dez anos. Aquela garota, Rebecca... Ela ainda está na cadeira de rodas?

— Sim. — Sara poupou o amigo dos detalhes. — A exumação de que falei está ligada aos casos.

— Ah, não... Não me diga que soltaram aquele cara?

— Daryl Nesbitt. Não, ele ainda está preso. Mas há evidências que podem inocentá-lo, pelo menos quanto aos estupros e assassinatos.

— Evidências? Bem, isso é... — Brock ficou mudo. Olhou em volta, como se os livros e pilhas de papéis da sala pudessem explicar como aquilo tinha acontecido. — Você sabe que não gosto de ser do contra, Sara, mas me parece que Jeffrey pegou aquele tal de Daryl em flagrante. E ninguém na cidade ficou surpreso por ser um Nesbitt. Papai sempre dizia que aqueles Dew-Lollies se matando por mixaria era o que mantivera nossas portas abertas durante a recessão. Simplesmente não vejo como Jeffrey podia estar errado.

— Mas estava — retrucou Sara, e dizer aquilo parecia uma traição, mas era a verdade. — A AIG descobriu novas informações que indicam que o assassino ainda pode estar ativo.

— Ativo? — A cor tinha sido drenada do rosto de Brock. — Tem *mais vítimas*?

— Sim.

No silêncio, dava para ouvir as bombas na sala de embalsamento lá fora.

— Tem certeza de que não é alguém tentando imitar o maldito? — Brock balançou a cabeça assim que o pensamento saiu, já descartando a possibilidade. — Não... Aquele cara é muito ruim, Sara. Estou até enjoado. O que foi que não notamos?

— É por isso que estou aqui.

— Claro. Você vai precisar do meu relatório de legista. Tenho as suas anotações de autópsia e os resultados laboratoriais e... — Ele foi para a escrivaninha e pegou um molho de chaves na gaveta. — Está tudo num depósito da U-Store. Unidade 522. Acabei de voltar de uma reunião, então não posso sair. Mas podemos ir juntos hoje à noite, depois do trabalho. Ou, se preferir, você pode ir agora.

— Acho melhor ir agora. — Sara o viu tirar do chaveiro a chave do cadeado. — Estamos correndo atrás de pistas o mais rápido possível.

— Não consigo imaginar o que podemos ter deixado passar. Tudo apontava para Daryl Nesbitt. E ainda tinha toda aquela coisa do martelo... — Brock balançou a cabeça, claramente sofrendo da mesma falta de respostas que Sara. — Você disse que tem evidências que exoneram Nesbitt?

— Sim.

— O que... Ah, claro, você não pode contar. Desculpe por perguntar. — Ele conseguiu soltar a chave. — Bem, pode me contar o que acontecer? Quer dizer, o quanto puder falar. Sei que você tem que manter isso em segredo por enquanto, mas... Meu Deus, mais mulheres assassinadas. Sem falar na coitada da Leslie Truong. É um assassino em série, Sara.

Ela pegou a chave. O metal estava grudento por causa do suor da mão de Brock.

— Vamos pegar o maldito.

— Rezo para que peguem, mas fico feliz de Jeffrey não ter precisado saber — retrucou Brock. — Você sabe quanto ele amava a nossa cidade. Teria morrido de novo ao saber que errou nesta.

Sara mordeu o lábio para segurar uma enxurrada inesperada de lágrimas. Brock pareceu envergonhado.

— Ah, poxa... Desculpe. Não pensei...

— Tudo bem. — Sara precisava sair dali antes de a represa explodir. — Eu conto depois sobre o que descobrirmos.

— Eu acompanho você de volta até...

— Pode deixar. Obrigada. Eu ligo para marcarmos um jantar, tá?

— Claro, mas...

Sara saiu da sala antes de Brock poder terminar a frase.

Manteve a cabeça baixa ao atravessar o armazém, com a boca aberta porque não conseguia respirar pelo nariz. Deu de cara com alguns funcionários saindo da copa. Todas as salas do corredor estavam cheias de trabalhadores que levantaram os olhares quando ela passou. No lobby, a recepcionista lhe desejou um bom dia, mas já não tinha mais como o dia de Sara ser bom.

Desceu a escadinha para fora aos trancos, soltando uma torrente de palavrões. Devia ter perguntado se Brock sabia onde Delilah ou Tommi Humphrey estavam morando. O único lugar melhor que uma igreja para saber das fofocas era a funerária local. A Funerária Família Brock atendia à área dos três condados havia duas gerações. Brock ou a mãe sempre estavam atualizados das notícias locais.

Ela hesitou, mas só por um momento.

Não conseguia nem pensar em voltar lá para dentro. Em vez disso, foi direto para o carro. Abriu todas as janelas, para deixar o ar fresco entrar. Ainda só conseguia respirar pela boca. Uma dor aguda a fez relaxar a mão. Estava apertando a chave com tanta força que o metal tinha deixado um sulco na palma.

Brock devia ter escolhido a U-Store pelo mesmo motivo que Sara: era a única instalação em Grant County que oferecia armazenamento com controle de temperatura. Senão, os arquivos de Jeffrey e os relatórios de médicos de Sara teriam apodrecido na umidade ou se desfeito no calor. Não podia mandar Tessa de volta uma segunda vez. Não porque Tessa se recusaria, mas porque havia um protocolo a ser seguido. Ela mesma teria que ir, o que significava dirigir até Grant County. E isso trazia à tona a mesma culpa com que tinha lutado no dia anterior.

Considerou ligar para Will e dizer aonde ia, mas, fora o Encontre Meu Telefone, o relacionamento dos dois era baseado na confiança. Não tinha que relatar seus movimentos a ele, que ficaria confuso se ela começasse a agir assim.

Então, por que parecia que estava traindo Will? Seria por que a U-Store ficava na Mercer Avenue, bem em frente ao Heartsdale Memory Gardens, onde Jeffrey estava enterrado?

Não podia controlar a localização do prédio. O que precisava fazer era estudar as informações da autópsia de Leslie Truong, e o mais rápido possível. Podia haver uma pista naquelas páginas, algo que tivessem deixado passar, que ajudasse a achar o assassino.

Sara fez a escolha que parecia menos complicada e mandou uma mensagem a Amanda:

Indo para Grant County pegar os arquivos de Brock. Ainda tentando localizar Humphrey. Volto à sede o quanto antes.

Ligou o motor. Saiu da vaga.

Pela primeira vez na vida, não estava feliz de voltar para casa.

CAPÍTULO DEZOITO

Grant County – quinta-feira

J EFFREY CAMINHOU PELA DELEGACIA acendendo as luzes. Como sempre, era a primeira pessoa a chegar. Ligou o ar-condicionado. Ligou a cafeteira. Abriu as cortinas do escritório. Sentou-se à mesa.

O relógio no computador dizia que eram 5h33 da manhã. Sara tinha trabalhado a noite inteira. Já devia ter finalizado a autópsia de Leslie Truong. Brock a auxiliara. Frank atuara como terceira testemunha. Em geral, Jeffrey teria feito esse trabalho, mas passara as últimas doze horas falando com potenciais testemunhas, reaveriguando o dormitório de Rebecca Caterino, entrevistando as colegas de apartamento de Leslie Truong, interrogando a equipe de trabalhadores da faculdade, passando um pente fino no bosque, em busca de evidências, e oferecendo um ombro para Bonita Truong, mãe de Leslie.

Nada disso fizera a menor diferença. Estava exatamente na mesma posição em que estivera naquele mesmo horário na manhã anterior, só que com a morte de uma universitária para resolver.

Jeffrey abriu o mapa topográfico da floresta em sua mesa. A vista aérea proporcionava um entendimento melhor do terreno. Declives e vales. Morros. Lagos e riachos. O papel ainda estava úmido, depois de ter sido aberto no capô do carro. Com régua e canetinhas de várias cores, Jeffrey desenhara linhas no bosque. O rastro vermelho traçava o possível caminho de Beckey Caterino em sua corrida. A linha azul seguia a trilha mais provável de Leslie Truong para voltar ao campus, depois de achar o corpo de Beckey. A chuva tinha lavado as cenas do crime, mas ele, mesmo assim, ordenara uma busca completa do trecho de mais de três quilômetros.

Leslie tinha sido encontrada entre a vegetação exuberante de uma área a cerca de trinta metros da trilha que ia do campus até o lado norte do lago. Jeffrey não sabia se a jovem tinha caminhado até lá sozinha ou se fora carregada pelo assassino. Sua única certeza era que a parte inferior do corpo de Leslie tinha sido paralisada. A jovem provavelmente tinha sido drogada. E não queria nem imaginar o que ela teria pensado enquanto estava largada no que se tornaria o lugar de seu último descanso. Jeffrey não era religioso; se fosse, estaria rezando a Deus para que a jovem tivesse passado esses últimos momentos completamente inconsciente.

Um X azul marcava o local em que tinham encontrado Leslie. As curvas das linhas topográficas se aproximavam, indicando um vale que Jeffrey considerara imperceptível quando esteve lá. As câmeras de segurança do campus comprovaram que o assassino não adentrara o terreno pelo lado da faculdade. O distrito das panquecas ficava a cerca de 2,5 quilômetros da cena. O ponto de acesso mais próximo do corpo de Leslie era a estradinha que Frank mencionara.

Jeffrey usara uma linha verde pontilhada para sugerir a possível trilha que o assassino percorrera entre o corpo de Leslie e a estradinha não pavimentada de uma só faixa. Mais uma vez, as linhas topográficas mostravam uma pequena elevação, que o culpado aproveitara para estacionar o veículo fora de vista. Não havia marcas de pneu. Nem pegadas. A chuva tinha transformado a via em um lamaçal escorregadio.

Uma van escura. Era só o que Tommi conseguia lembrar da noite de seu estupro brutal. Jeffrey tinha feito uma busca superficial por vans escuras na área dos três condados. Memminger e Bedford, assim como as grandes áreas de Grant County, estavam cheias de pintores, eletricistas, encanadores, carpinteiros e pessoas que simplesmente gostavam de dirigir vans. Quando fechou a busca em seu computador, a contagem era de 1.893, e subindo.

Voltou ao mapa. Seguiu a estrada de acesso até o início, na Stehlik Way, que, por sua vez, era acessada ao norte pela Nager Road e ao sul pela Richter Street. O cemitério Heartsdale Memory Gardens, com seus morros, ficava a cerca de três quilômetros de Richter, direto pela Mercer Avenue.

Um depósito estava sendo construído do outro lado da rua.

Jeffrey pegou seu BlackBerry e enviou um e-mail a Lena Adams, instruindo-a a passar pela obra a caminho da delegacia. Talvez algum pedreiro tivesse visto um veículo suspeito, uma van escura. Também era possível que algum pedreiro tivesse dirigido o veículo suspeito. Ele mandou outro e-mail, mandando Lena pegar todos os nomes de trabalhadores e visitantes da obra nos últimos três meses.

Não era impossível que um estranho tivesse encontrado a estrada de acesso, mas, quanto mais Jeffrey pensava nas mulheres atacadas no bosque, mais parecia provável que o culpado fosse alguém familiarizado com o terreno — um aluno ou professor que morava no campus ou nas redondezas, alguém na divisão de bombeiros, um paramédico, alguém no departamento de transportes, um caixeiro viajante, um adjunto, um zelador, um faz-tudo ou algum morador local que tivesse passado a vida toda por ali.

Contando os alunos, a população do condado chegava a 24 mil residentes. E Jeffrey bateria na porta da vizinhança toda, se fosse preciso. O problema era que o condado não era uma ilha. O assassino podia muito bem ser de uma das cidades adjacentes. Se também contasse a população de Memminger e de Bedford, teria mais de cem mil pessoas. E, se considerasse toda a parte sul do estado, o número subia para milhões.

Buscou na mesa o arquivo que Lena deixara. Como ordenado, a mulher tinha sumarizado todos os casos relatados na área dos três condados. Havia cerca de trinta estupros não resolvidos, o que parecia um número redondo demais. Nenhum dos *modus operandi* era igual ao das mulheres de Grant County. Nenhuma das vítimas compartilhava qualquer similaridade com Tommi Humphrey, Rebecca Caterino e Leslie Truong.

Jeffrey fechou o arquivo.

Na academia de polícia e durante cada seminário subsequente a que já fora, Jeffrey aprendera que estupradores tinham um tipo. Eram atraídos por determinada faixa etária ou aparência; jovens loiras com rabo de cavalo, avós com rolinhos no cabelo, líderes de torcida, prostitutas, mães solteiras... Os agressores escolhiam as vítimas segundo suas próprias fantasias doentias.

Essa teoria não parecia fazer sentido nos casos de Grant County. Tommi tinha cabelo loiro e curto na época do ataque. O de Beckey era castanho e longo. O de Leslie era preto, num corte Chanel arredondado com franja. Uma supostamente era virgem; outra, lésbica; e a terceira, segundo a mãe, bem experiente. As três vítimas eram alunas da Grant Tech, mas a idade, a compleição física, o tom de pele e até o formato da face eram diferentes.

Jeffrey esfregou o rosto. Não podia continuar andando em círculos. Duas mulheres tinham sido atacadas em dois dias. E já estava nascendo uma nova manhã. O que aconteceria naquele dia?

Checou de novo o horário antes de pegar o telefone fixo e discar um número familiar.

— Dia — atendeu Nick Shelton. — Em que posso ajudar?

— Aqui é o Jeffrey. Quanto tempo levaria para o FBI gerar um perfil?

— Quanto tempo até você se aposentar?

— Merda — murmurou Jeffrey. — Tanto tempo assim?

— Posso conseguir em um ano, se colocar o cara certo no caso.

Jeffrey não queria pensar no que aconteceria se o caso se arrastasse por tanto tempo. Vira os danos do ataque à Leslie Truong. Ouvira os detalhes do que acontecera com Tommi Humphrey.

— Nick, vou ser bem franco: se esse negócio chegar até o fim do mês, vou ter que pedir ajuda ao estado. O cara está aprendendo. Vai machucar mais mulheres.

— Você quer mesmo entrar numa competição com a minha chefe? — Nick deu uma risadinha. — Sem ofensa, amigo, mas o pau dela é maior que os nossos juntos.

Jeffrey esfregou os olhos. Se deixasse, a mente retomaria a imagem do martelo de madeira quebrado.

— Meu ego vai superar. Temos que pegar esse cara.

— Olha, eu entendo. Vamos fazer assim: pode me mandar os detalhes. Eu coloco no fluxo. Se assumirmos ou não, vai ser bom ter um agente com cara de J. Edgar preparado para encarar o júri, caso haja julgamento.

— Envio até o fim do dia.

Jeffrey botou o telefone no gancho, mas manteve a mão nele. Pensou em ligar para Brock e pedir um relatório, mas sabia que Sara teria ligado, se tivesse aparecido algo de útil durante a autópsia.

Enrolou o mapa topográfico e o deixou de lado. Passou os olhos pelos e-mails. O prefeito queria conversar. O reitor queria uma reunião. O procurador-geral queria uma verificação. O jornal estudantil de Grant Tech queria uma entrevista por escrito. O *Grant Observer* queria uma entrevista ao vivo. Jeffrey mandou respostas paliativas para todos, resistindo ao desejo de dizer que havia um abismo entre o que *queriam* e o que *precisavam*.

Pelo menos a mãe o deixara em paz. Depois da milésima ligação perdida, Jeffrey enfim telefonara para desejar feliz aniversário. A chamada foi recusada, então Jeffrey se sentiu no direito de fazer *gaslighting* com a própria mãe. Criara a falsa memória de uma conversa que nunca tiveram, "lembrando" que prometera, meses antes, levá-la para jantar no fim de semana após o aniversário. Como uma bêbada inveterada, a mãe simplesmente fingira que lembrava, sim, e ele, como um bom filho de alcoolista, ficou ao mesmo tempo muito satisfeito por encontrar uma forma de usar a bebedeira a seu favor e extremamente culpado por enganá-la.

Foi salvo de mais momentos de introspecção pela máquina de fax atrás de si, que começou a cuspir uma página. Brock enviara detalhes sobre o martelo que Sara retirara da vagina de Leslie Truong. Por pura sorte, havia a marca do fabricante no cabo.

Jeffrey pesquisou o número de série no computador. Reconheceu as faixas amarelas e verdes distintas da marca.

O martelo de bola Brawleigh de 680 gramas era parte de um conjunto de três martelos chamado — claro — de Kit Dead Blow. Martelos de bola eram desenhados especificamente para trabalho com metal. Aliás, o processo de trabalhar uma superfície de metal para melhorar suas propriedades materiais chamava-se *martelagem*. Completando o conjunto, vinha um martelo de pena reta e um de madeira.

Jeffrey escaneou os detalhes. A cabeça do martelo de madeira de 680 gramas era preenchida de areia e coberta de poliuretano, e, assim como o martelo de bola, tinha discos de plástico cobrindo os lados retos da cabeça. Todas as ferramentas eram desenhadas para minimizar o rebote elástico da superfície martelada; daí o estreitamento do cabo de madeira encontrado na vítima.

Deu zoom na imagem no martelo. Havia algo sinistro na cabeça de metal. A pena do lado oposto tinha um formato cônico, usado para moldar ângulos agudos. Não tinha como saber se o martelo tinha sido usado em Tommi Humphrey. Será que o assassino o comprara especificamente para os ataques, ou só encontrara a arma largada em sua oficina?

A Brawleigh era uma marca conhecida em todo o país, tão onipresente na indústria de ferramentas quanto a Snap-On e a Craftsman. Jeffrey fez uma busca genérica por "martelo de bola" e viu que o modelo estava disponível para pronta entrega nas lojas Pep Boys, Home Depot, Costco, Walmart e Amazon. Intimar os registros de venda na região seria uma batalha no estilo Davi contra Golias. O procurador-geral de Grant County trabalhava apenas meio período. Enviar as intimações levaria dias. Jeffrey não tinha dias.

Fechou as abas do navegador e voltou ao site da Brawleigh. O kit Dead Blow estava no menu METALURGIA. Passou o mouse nos submenus. Nada se destacava. Então foi para a parte de CARPINTARIA, onde achou exatamente o que estava procurando.

ESCAREADORES E FURADORES.

Examinou os escareadores, usados para colocar os pregos de finalização na madeira. A ferramenta era uma estaca redonda de aço temperado, com cerca de quinze centímetros de comprimento e mais grossa e plana no topo, para que batessem ali com um martelo. Depois, o cabo se estreitava até ficar pontudo, para escarear a cabeça de pregos. Jeffrey cerrou o punho, medindo. Já tinha segurado muitos escareadores na vida. A ferramenta era pequena demais para ser usada como arma, quanto mais para perfurar a medula espinhal de alguém.

Clicou em FURADORES.

Vazador. Furador ajustável. Furador agulhão.

Deu zoom no furador agulhão, que parecia uma chave de fenda, mas, em vez da ponta reta ou em formato Phillips, tinha uma ponta afiada. Mais uma ferramenta que Jeffrey conhecia bem. Era usada para criar endentações na madeira que ajudariam a guiar pregos ou parafusos na posição correta.

Também era longa e precisa o bastante para perfurar a medula espinhal de uma mulher.

Reparou em uma movimentação na sala do batalhão. Matt estava pegando uma caneca de café. Frank estava tirando o terno, pendurando-o nas costas de sua cadeira.

Jeffrey foi até a sala, já perguntando a Frank:

— E a autópsia?

Frank balançou a cabeça.

— Nada. A não ser o fato de que o cara é um doente filho da puta.

Jeffrey já esperava ouvir isso, mas mesmo assim ficou frustrado.

— Quantas mecânicas e lojas de autopeças você acha que temos na cidade?

— Isso entre a Avondale e a Madison? — indagou Matt. — Lembrando agora, pelo menos dez.

Como Matt foi o primeiro a oferecer a informação, Jeffrey instruiu:

— Preciso que você vá a cada uma e descubra, com toda a discrição, se alguém perdeu um martelo bola da Brawleigh.

— Brawleigh — repetiu Frank. — É a marca que eu uso.

— Eu prefiro a Milwaukee — retrucou Matt.

Tinham chegado a um ponto importante. Os homens tendiam a ser fiéis às marcas de ferramentas. A bancada de trabalho de Jeffrey era pontilhada do amarelo bem distinto da DeWalt.

Ele orientou Matt:

— Mecânicos costumam ter suas próprias ferramentas. Preste atenção em todo mundo que usar Brawleigh.

— Sim, senhor.

Matt bateu continência e saiu porta afora.

Jeffrey perguntou a Frank:

— Alguma sorte com o Daryl do celular de Caterino?

— Conferi todos os nossos relatos de incidentes, entrevistas de campo, multas de trânsito... O único Daryl que apareceu foi Faley Daryl Zowaski, de 84 anos.

— Outro doente filho da puta.

Todos conheciam aquele tarado. Uma das primeiras prisões de Jeffrey em Grant County: pegara Zowaski na frente da escola primária.

— E o registro de agressores sexuais? — perguntou a Frank.

— Temos três agressores oficiais registrados no condado.

Jeffrey sabia que o número devia ser dez vezes maior.

— Vou fazer uma reunião às 8 horas. Até lá, devo ter o relatório completo da autópsia de Truong. Precisamos de um plano.

— Que tipo de plano? — Frank parecia genuinamente curioso. — Esse assassino é muito mais inteligente que nós.

Jeffrey não tinha como negar aquilo, mas mesmo assim perguntou:

— Por que diz isso?

— Ele é metódico, deliberado... Está seguindo essas garotas, certo? E não as agarra à luz do dia sem um plano. — Frank deu de ombros. — Esses sequestros por estranhos são os mais difíceis de resolver. E, se estivermos lidando com uma série de crimes... bem, já era.

Frank soava conformado, mas Jeffrey sabia que o homem já estava naquele ponto da carreira em que não conseguia se chocar com mais nada que alguém fizesse, não importava quão horrendo.

— Ok, ele persegue as mulheres — concordou Jeffrey. — E depois?

— Estou achando que ele não leva as vítimas para nenhum lugar especial, sabe? Talvez ele até tenha estacionado a van naquela estrada de acesso, mas era para a fuga. O que aconteceu foi que ele viu Leslie no bosque. Conseguiu fazer a mulher desviar da trilha. Então, fez o negócio dele e a deixou lá.

— Está dizendo que o meliante ficou no bosque depois de atacar Caterino? E só então viu Leslie Truong?

— Ou talvez Leslie tenha visto o cara?

— Lena está no topo da minha lista de problemas, mas *até ela* teria mencionado se Leslie Truong tivesse visto o homem que atacou Beckey Caterino.

— É, mas talvez Truong não tenha percebido que viu o meliante. Até onde ela sabia, aquilo tudo tinha sido um acidente. Pode ser que tenha sido seguida. Leslie pode ter reconhecido o rosto dele quando encontrou Caterino, então ele foi atrás dela. Ou talvez ela nem tenha tido tempo de reconhecer o cara. Talvez o meliante tenha ficado irritado por ter sido interrompido.

Jeffrey pensou no dano interno sofrido por Tommi Humphrey e Leslie Truong. Rebecca Caterino tinha sido poupada desse horror. Frank só sabia das duas vítimas recentes, então teve que perguntar:

— O que Truong interrompeu?

— A foda? — Frank deu de ombros de novo. — Bundy voltava para visitar os corpos. Ouvi numa palestra inútil do FBI, em Atlanta. O cara fez toda uma apresentação… Disse que Bundy voltava dias, semanas, às vezes meses depois. E passava maquiagem nas vítimas, arrumava o cabelo, batia punheta, fodia com elas… O cara era mesmo perturbado. Às vezes, até cortava a cabeça das mulheres e as levava para casa, para ter um tempo a sós com elas.

Jeffrey não queria uma comparação de Ted Bundy com o caso que tinham em mãos. O assassino em série tinha sido capturado três vezes, duas depois de fugir da prisão, e as capturas não foram nenhum mérito digno de Sherlock da polícia. Em todas as três capturas, Bundy tinha sido parado por violações de trânsito. Não teriam esse tipo de sorte em Grant County.

Frank continuou:

— O alvo de Bundy eram estudantes. O cara tinha um tipo: classe média, cabelo escuro e longo, magra, jovem… Pensando bem, também é o meu tipo.

O BlackBerry de Jeffrey começou a tocar em sua sala. Ele correu para atender antes de ir para a caixa postal. O identificador de chamadas revelou o número de Bonita Truong. Três horas antes, tinha deixado a mulher no hotel Kudzu Arms, nos arredores de Avondale. Jeffrey tinha pedido que ela descansasse um pouco, mas os dois sabiam que isso não ia acontecer.

— Chefe Tolliver.

Ouviu alguém respirando com dificuldade do outro lado da linha. Jeffrey fechou a porta da sala. Sentou-se à beira da escrivaninha e ficou ouvindo a mulher chorar.

Ela tentou:

— E-eu estou t-tão...

— Tudo bem — tranquilizou-a Jeffrey. — Estou aqui.

— E-ela... — As palavras se transformaram num lamento incompreensível.

Jeffrey imaginou aquela mãe, agora sem filha, sentada sozinha no quarto do Kudzu Arms. O carpete marrom que sempre parecia úmido. O teto com infiltração, a pia do banheiro com marcas de cigarro... Depois que Sara o expulsou de casa, Jeffrey tinha passado muitas noites bêbado naquele hotel nojento de beira de estrada. Às vezes sozinho, mas, na maioria das vezes, com alguma mulher que de manhã deixava um número para o qual ambos sabiam que ele nunca ia ligar.

— D-desculpa — pediu Bonita.

— Senhora, não tem por que se desculpar.

A validação trouxe outra onda de lágrimas. Jeffrey ouviu em silêncio, porque era a única coisa que podia fazer. Olhou para a sala do batalhão. Frank estava em sua mesa. Marla Simms pegava o café. Ficou um pouco irritado por Lena ainda não ter chegado, então lembrou que mandara a mulher à obra reunir nomes.

— Eu... — tentou Bonita. — Eu só... Não acredito que ela se foi.

Jeffrey cerrou os dentes, para não soltar alguma idiotice, tipo prometer que iria encontrar e punir o homem que levara a filha dela.

— Sra. Truong, vou fazer tudo que puder para garantir que a senhora tenha justiça.

— Justiça — repetiu Bonita, uma palavra inútil para alguém mergulhada em luto. — Achei... Achei a foto. Com a faixa de cabelo. Você me pediu.

A mulher tinha saído de São Francisco no dia anterior pensando em que foto usar para os pôsteres de DESAPARECIDA. Agora, muito provavelmente, estava examinando as fotos em busca de uma para expor no funeral da filha.

— Falei... — A voz de Bonita falhou de novo. — As colegas de apartamento dela disseram que tinham pegado algumas coisas emprestadas sem pedir. Roupas. Um pouco de maquiagem.

— Eu ainda gostaria das cópias das fotos que a senhora trouxe de casa — pediu Jeffrey.

Precisava pensar sobre o caso já considerando que teria que trabalhar com Nick. Em um papel, anotou algumas coisas sobre a teoria de Frank. Seria um risco para o agressor visitar os corpos, ainda mais porque cada novo contato com a vítima podia deixar rastros e evidências. Ou o assassino dera sorte com a chuva, ou planejara tudo, considerando até o clima.

— Preciso… — A voz de Bonita falhou outra vez. — Preciso descobrir como isso funciona. Como eu posso… Quando eu posso… Preciso levar minha filha para casa. Ela devia estar em casa.

— Posso pedir para a legista ligar para a senhora. Ela vai explicar os detalhes. — Jeffrey sabia que tecnicamente era Brock quem ocupava o cargo, mas queria que Sara ajudasse essa mulher. — A senhora vai ficar no hotel?

— Eu… acho que sim? — Ela deu uma risada forçada. — Onde mais eu iria? Não tem nada que eu possa fazer, né? Nada mesmo.

Jeffrey esperou que ela continuasse, mas a ligação ficou muda.

Digitou o número de Sara no BlackBerry. O dedão pairou acima do botão verde para fazer a ligação. Em vez disso, clicou no botão vermelho, apagando o número.

O hotel Kudzu Arms suscitara algumas memórias pouco lisonjeiras. Não parava de pensar em quando Sara o flagrou no quarto deles. De como ela jogou o carro no lago. E foi a pé para a casa dos pais. Jeffrey pensou em ir atrás, mas, quanto mais Sara se afastava, mais ele sentia um rompimento na corda que os conectava. Desde então, não sabia se a mulher estava brincando de cabo de guerra ou de amarrar uma forca em torno do pescoço dele.

Jeffrey clicou no botão de rolagem até o e-mail de Sara, uma saída covarde, mas eficaz. Sara era boa com pais. Não podia ter filhos biológicos — resultado de uma apendicectomia que dera errado na época da faculdade —, mas sabia lidar com o luto de uma forma que Brock não era capaz. Encaminhou os detalhes de contato de Bonita Truong e pediu que entrasse com a mãe sobre marcar o transporte do corpo da filha.

O restante do relatório de autópsia estava no fax de Jeffrey. Ele folheou tudo, até o fim. As descobertas de Sara apoiavam a avaliação de Frank. A mulher encontrara exatamente o que esperavam que encontrasse: a perfuração na medula espinhal, o líquido azul no estômago. Em outras palavras, nada que os apontasse para alguma direção. Teriam que esperar mais três ou quatro semanas para os relatórios toxicológicos voltarem da AIG. Mas descobrir a presença de GHB ou de Rohypnol não abriria nenhum novo caminho.

— Dia. — Brad Stephens atravessava a sala do batalhão com uma caixa cheia de sacos de evidência selados. O homem passara a noite no apartamento de Leslie Truong, catalogando os itens pessoais da jovem.

Jeffrey o chamou:

— Achou alguma coisa?

— Não, chefe, infelizmente. — Brad entrou em seu escritório e deixou a caixa na escrivaninha. — Vasculhei os contatos dela, como o senhor pediu, mas não tinha um nome, só números de telefone.

Jeffrey estava com o caderno no bolso. Achou a página em que copiara o telefone de Daryl do celular de Rebecca Caterino.

Brad abriu o telefone de Leslie Truong e analisou os contatos.

— Aqui, o terceiro de cima para baixo.

Jeffrey confirmou a informação com os próprios olhos. Duas vítimas, ambas com o mesmo número armazenado nos celulares. Ainda assim, as duas eram universitárias. Se Daryl traficava maconha, seu número devia estar em metade dos telefones do campus.

Mas não sabia se Daryl era mesmo traficante.

O *Broquinha* que Chuck Gaines identificara nas fichas tinha sido preso na tarde do dia anterior.

Jeffrey estava prestes a ligar para Lena e pedir mais informações sobre a prisão quando a viu sentada a uma das mesas. Olhou para o relógio. Sem chance de ela ter tido tempo de ir à obra.

— Lena! — Sua voz estava mais alta do que deveria. Viu Brad se retrair, pegar a caixa de evidências e sair correndo da sala.

— Chefe? — Lena ainda usava a jaqueta larga. O dente do zíper deixara uma marca vermelha no pescoço. — Aconteceu alguma coisa?

— Feche a porta.

Jeffrey gesticulou para que ela se sentasse, mas Lena continuou de pé.

— Por que estou pagando esse BlackBerry se você não vai usar?

Lena pareceu assustada. Jeffrey a viu enfiar a mão no bolso do casaco para pegar o celular.

— Eu mandei você ir naquela obra na Mercer logo de manhã.

Ela estava lendo o e-mail enquanto ele falava.

— Desculpe, chefe. Fiquei acordada a…

— Todos nós ficamos acordados a noite toda, Lena. É o trabalho. Está dizendo que não consegue fazer seu trabalho?

— Não, senhor, eu…

— Broquinha.

— Ahn… — Lena ainda não sabia onde pôr as mãos. — Felix Floyd Abbott. Eu o prendi ontem. Ele está em custódia a caminho de…

— Ele confirmou o apelido Broquinha?

— Aham. Quer dizer, sim, senhor. E bate com a descrição de Chuck. Skatista, cabelo longo, carregando pouco abaixo do limite para intenção de venda...

— Cadê suas anotações? Eu disse que queria cópias.

Lena deu um pulo. Jeffrey a viu correr de volta para a mesa, depois voltar com um punhado de fotocópias.

— Fiz depois de puxar todos aqueles casos de estupro.

Jeffrey arrancou os papéis da mão dela e examinou a caligrafia, uma bela letra de forma. As anotações pareciam uma apresentação de PowerPoint.

— Você reescreveu isso.

— Eu...

— Isso não é o que você mostrou ontem. — Ele achou a lista de passos de Lena para avaliar o corpo de Rebecca Caterino. Tinha sido adicionada uma passagem para explicar, em detalhes, como ela conferira a carótida e o punho duas vezes. — Você colocaria a mão na Bíblia, na frente de um juiz, e juraria que esta é a verdade?

Lena engoliu em seco.

— Sim, chefe.

— Meu Deus... — Ele folheou as cópias. Cada detalhe parecia tão uniforme que podia ter vindo de uma máquina de escrever. Virou a página:

ENTREVISTA PRELIMINAR COM LESLIE TRUONG:

— Homem com gorro preto de tricô...

— Nem ideia da idade/cor de cabelo/cor do olho...

— Não lembra o que ele estava vestindo...

— Não se falaram...

— Nada suspeito...

Jeffrey sentiu uma dor aguda na mandíbula. Tinha lido o relatório oficial dela. Não havia nada sobre um homem de gorro preto de tricô em lugar algum.

— Que porra é essa?

— Ahn... — Lena virou o pescoço para ver. — É o que ela disse. Leslie. Eu escrevi...

— Leslie Truong, a mulher que achou Rebecca Caterino, viu um homem com gorro de tricô e você não pensou que fosse importante o suficiente para me contar?

Pela cara, dava para ver que Lena sabia exatamente o quanto tinha ferrado com tudo.

— Não me pareceu importante, chefe.

— Jesus Cristo! Eu disse que *tudo* era importante. O que mais ela falou?

— Nada — respondeu Lena. — Quer dizer, disse umas coisas. O que eu escrevi. Foi só isso que ela falou. Juro por Deus. Perguntei se tinha visto alguém na área e ela falou que tinha umas quatro pessoas. Três mulheres que não conhecia, mas que achou que fossem alunas, e um cara. E foi esse cara que ela descreveu. Mas não é bem uma descrição, né? Juro que foi só isso que ela disse. Não foi nada. Todo mundo achava que Caterino tivesse sofrido um acidente.

— Nem todo mundo, Lena. — Ele segurava as páginas com tanta força que amassaram. — Leslie Truong foi mutilada. Você sabe o que aconteceu com ela? Com a testemunha que você deixou ir embora?

Jeffrey jogou a conclusão de Sara para cima de Lena. Ela pegou com dificuldade. Então, leu. O horror se espalhou por seu rosto.

— Isso. — Jeffrey bateu com a ponta do dedo no papel. — Foi isso que aconteceu com a mulher que viu o rosto do agressor. Você a deixou ir embora. Leslie tinha uma porra de um alvo nas costas, e você a mandou para o bosque sozinha, e foi isso que aconteceu com ela.

Lena parecia enjoada.

Jeffrey achou ótimo.

— Chefe, eu...

— Você precisa se enfiar naquela obra agora mesmo antes que eu tire seu distintivo e arraste você para fora da minha delegacia.

Ela parecia pronta para ir embora.

Mas Jeffrey não ia deixar que Lena se livrasse tão fácil.

— Volte imediatamente assim que terminar, está me ouvindo? Não vá ficar vadiando por aí, perdendo tempo correndo atrás do próprio rabo. Venha direto para cá. Estou falando sério.

— Sim, chefe.

Ele a viu passar por Frank, pelas portas duplas.

Jeffrey se virou para a janela. Lena estava no estacionamento, tentando destrancar o Celica.

— Chefe? — Frank estava na porta, esperando explicação.

— Agora não. — Jeffrey precisava sair daquele prédio antes que destruísse tudo com as próprias mãos. — Volto para a reunião. Se acontecer alguma coisa, ligue para mim.

Frank deu um passo para o lado para deixá-lo passar.

Jeffrey ignorou os olhares na sala do batalhão e os lábios apertados de Marla atrás da mesa da recepção. Resistiu à tentação de abrir as portas com um chute. Segurou a onda até estar lá fora, na calçada.

— Puta que pariu, mas que caralho de merda! — sussurrou, enfiando as mãos cerradas nos bolsos.

Uma brisa fria o atingiu enquanto caminhava pela rua principal. Ainda assim, estava suando quando virou à esquerda, na direção do lago. O vento era como uma faca cortando a água. A grama ainda estava molhada de orvalho. As barras da calça cinza que usava pouco a pouco ficaram pretas com a umidade.

Jeffrey forçou as mãos a relaxarem. Tentou racionalizar a raiva. Lena tinha feito merda, mas era sua funcionária, o que significava que cada erro caía em seus ombros. Tentou ver o lado dela. Mandara Lena limpar as anotações. Ela limpara as anotações. Quando falou com Leslie Truong, Lena acreditava que Rebecca Caterino tinha sofrido um acidente infeliz. Jeffrey podia mesmo dizer com certeza que teria ido buscar um acompanhante para levar a jovem de volta ao campus? Bem, pelo menos, teria mencionado ao chefe que tinha um homem com gorro de tricô preto perambulando por uma cena de crime.

Que tipo de gorro de tricô? O que "nada suspeito" queria dizer? Que o homem tinha altura, peso, cor de cabelo normais? Ou que o rosto não tinha barba, bigode, piercing, tatuagem?

— Merda.

Jeffrey precisava falar de novo com Lena, desta vez sem gritar. O caderno original dela estava em algum lugar. Precisava ver os detalhes da entrevista com Leslie Truong.

Ele se virou, olhando para os fundos das casas ao longo do lago. Estava a oitocentos metros do centro. A casa de Sara ficava a quatrocentos metros na outra direção. Pensou em bater na porta dela. Tinha a desculpa da autópsia. Podia fingir que não tinha visto o fax na delegacia. Sara estaria se arrumando para o trabalho, exausta pela noite longa. Talvez os dois pudessem tomar um café na varanda. Ele falaria do caso, e Sara faria um pouco de sua mágica para tranquilizá-lo, então ele conseguiria voltar à delegacia e descobrir como impedir aquele assassino sádico de atacar outra estudante.

Jeffrey esfregou a boca.

Foi uma bela fantasia. Foi boa enquanto durou.

Entrou na viela entre duas casas para se colocar no caminho da rua de Sara. As barras molhadas da calça grudavam às panturrilhas. O sol estava ofuscante. Levantou a mão para proteger os olhos.

Sara estava parada a cinquenta metros. Usava roupa de corrida, o cabelo preso para trás, a respiração visível no ar frio da manhã. Estava com as mãos no quadril.

Não parecia feliz em vê-lo.

Jeffrey levantou a mão para acenar, mas Sara deu as costas para ele e saiu correndo.

Sem saber o que estava fazendo, Jeffrey saiu correndo atrás dela. Não sabia se era estupidez, desespero ou só o treinamento policial. Se alguém corria da polícia, a polícia ia atrás.

Sara acelerou numa curva íngreme que seguia a beira do lago. Jeffrey aumentou a velocidade dos pés, moveu os braços. Sara tinha começado antes, mas ele era um corredor mais resistente. Viu quando ela cortou caminho pelo jardim da sra. Beaman, então avançou para a entrada de carros dos Porter e cortou caminho pelo quintal. Quando ambos chegaram ao lago, Jeffrey já tinha conseguido acabar com uns vinte metros da vantagem dela.

Sara não era boa de correr na grama. Ela olhou por cima do ombro. Jeffrey ganhou mais cinco metros. O pé escorregou quando ela acelerou na ladeira íngreme na direção da casa, a mesma ladeira íngreme pela qual o Honda tinha rolado.

Jeffrey diminuiu ainda mais a distância, pulando o muro de contenção e cortando pelo gramado. Estava perto o bastante para sentir o cheiro do suor dela, que subia as escadas para casa. Pulou os degraus, tropeçando no de cima. Endireitou-se, mas não conseguiu parar o impulso. Viu a porta se fechar segundos antes de bater com a cara nela, como o Papa-Léguas.

— Porra! — As mãos foram para o nariz. Sangue escorria entre seus dedos. — Porra!

Jeffrey se abaixou. Sangue pingava no deque. Ele via estrelas. O nariz devia estar quebrado. Sentia o rosto pulsando como um segundo coração.

— Sara? — Ele bateu à porta. — Sar…

Jeffrey ouviu um motor ligando. O Z4. Estava familiarizado com o ruído grave. Ouvia toda porra de vez que estava em sua sala e Sara ligava o carro esportivo de oitenta mil dólares do outro lado da rua.

Sacudiu o sangue das mãos. Achou o lenço no bolso de trás. Precisou de todo o seu autocontrole para não correr até os fundos da casa para vê-la ir embora no carro.

CAPÍTULO DEZENOVE

Atlanta

GINA VOGEL ENDIREITOU A postura, forçando os ombros a se afastarem das orelhas enquanto empurrava o carrinho de compras pelo mercado. A menstruação a forçara a sair para o mundo. Encontrara dois absorventes internos na bolsa e um na mala de academia antes de ficar sem opções. A relação familiar demais com o entregador do InstaCart excluía a opção de entrega em casa. O envio de dois dias da Amazon demorava dois dias a mais do que podia esperar, e não estava doida a ponto de gastar 49,65 dólares no frete expresso de uma caixa de absorvente que podia comprar por oito dólares se saísse de casa.

Além disso, uma mulher não podia viver esse período só com absorventes. Precisava de chocolate, Advil, mais chocolate e uma caixa de bombons, porque as calorias dos doces não contavam se coubessem inteiros na boca.

Apesar desses estímulos, cumprir o sonho de liberdade de escapar da própria casa tinha sido vergonhosamente difícil. Gina procrastinara o máximo possível, virando-se com papel higiênico embolado por tanto tempo que o banheiro estava parecendo a cozinha de Jeffrey Dahmer. Mesmo assim, encontrou várias desculpas. Tinha passado aspirador na casa inteira. Limpado os rodapés. Tirado pó dos ventiladores, lustres e das partes das persianas que conseguia alcançar com as ripas fechadas. Tinha trabalhado a noite inteira no relatório para Pequim.

Sinceramente, Gina não ficava maníaca desse jeito desde que experimentara cocaína, aquelas trezentas vezes na faculdade.

A parte mais difícil tinha sido se obrigar a botar roupas decentes. Gina acreditava que, depois de vestir a roupa certa — trajes de ginástica, terninhos, calcinhas comestíveis —, a pessoa estava comprometida com a tarefa que condissesse com o visual. E vestir o moletom não tinha sido a parte difícil. Na verdade, moletons eram parte integral de seus conjuntos de pijamas diurnos da marca Garanimals. Sair pela porta, expondo-se não só à vizinha enxerida do outro lado da rua, mas ao público em geral, é que tinha parecido uma proposta insuportavelmente arriscada.

Gina estava sendo observada. Isso era fato. Mas não tinha certeza o bastante para contar à irmã. Ou à polícia.

Só de pensar em ligar para a emergência já ficava vermelha, com as bochechas pegando fogo.

Então, por favor, poderia me ajudar a sair da minha casa? Eu juro que não estou louca, mas é que roubei um elástico de cabelo da minha sobrinha mimada... isso, essa mesma. Mas é que agora alguém roubou o elástico de mim, e sinto que sou observada onde quer que eu vá e... sim... eu espero... Alô? Alô? Tem alguém aí?

Gina tinha começado a comparar sua paranoia a uma daquelas máscaras de meia-calça que os assaltantes de banco usavam para cobrir o rosto nos filmes. Ou na vida real. Tanto faz. O negócio é que sentia o peso da própria hesitação como uma coisa real, que desfigurava seus traços.

Estava tão ansiosa com a ideia de sair de casa que tinha tentado, sem sucesso, duas vezes. Nas duas, conseguira chegar ao carro, e em uma inclusive ligou o motor, mas acabou correndo de volta para casa, como aquelas garotinhas idiotas de filme de terror que todo mundo sabe que vão tropeçar e cair e serem cortadas ao meio com uma serra elétrica.

Gina tinha inclusive morado numa república só para meninas, durante a faculdade. Estava no tema de vítimas de filme de terror.

Finalmente, uma ligação da irmã a impulsionou a encarar o mundo.

Nancy estava furiosa com a filha. Gina amava essas raras oportunidades de fofocar, porque era a única hora em que a irmã admitia que a menina era mesmo insuportável. Desta vez, o problema era uma suspeita de gravidez — afinal, quem poderia imaginar que as camisinhas falhavam? Por que não tinha nenhuma reportagem sobre isso? Ou um programa no Discovery?

Gina tinha soltado todos os *ah, não!, como ela pôde!* e *não acredito!*, disposta a arrancar cada detalhe suculento e dramático. Mas, depois de uma hora, Nancy chegara ao ponto de perguntar o que a irmã estava fazendo.

— Na verdade, estava a caminho da Target — respondera.

E vocalizar a intenção tinha sido o empurrão final que a fez não só sair porta afora e assumir o volante do carro, mas dirigir pela rua como uma adulta que sabe dirigir por ruas.

Por sorte, a Target local não era muito cheia nas primeiras horas da manhã. Parecia haver mais caixas que clientes. Gina grunhiu quando o carrinho de compras girou, descontrolado. Tinha feito aquela coisa idiota de pegar um carrinho e sair andando antes de perceber que uma das rodas estava torta, mas, em vez de simplesmente voltar os três metros que tinha avançado, seguira com o carrinho defeituoso, como o sujeito da Caravana Donner que não parava de insistir que encontrariam algo incrível logo depois do próximo morro.

Gina comparou os itens do carrinho com a lista mental: papel higiênico, papel-toalha, sorvete, calda de chocolate, uma caixa de minichocolates, barras de chocolate grandes, dois Twix grandes (em par para que não se sentissem solitários) e Advil com aquela tampa especial para portadores de artrite — ela era jovem demais para de fato precisar daquilo, mas velha demais para conseguir alinhar as flechas desenhadas na tampa sem uma lupa… e por que tinham que fazer uma tampa tão difícil de soltar, para começo de conversa?

— Ah, é. Que burra — murmurou.

Absorventes.

Claro que os produtos de higiene feminina ficavam do outro lado da loja, enfiados no canto dos fundos, junto com fraldas de bebê, calcinhas para incontinência e todos os outros produtos nojentos para vaginas que não deviam perturbar o olhar masculino.

Utilidades domésticas. Roupas de cama. Toalhas. Produtos esportivos.

Aquele mercado não vendia armas. Nem o Walmart ou o Dick's. Foi um choque descobrir que era ilegal comprar uma arma on-line e mandar entregar em casa. A butique de armas — ou fosse lá como se chamasse — mais próxima que Gina conseguira achar na internet ficava além da autoestrada, muito fora do caminho. Podia estar paranoica e prestes a ter um surto psicótico, mas não ia dirigir para tão longe. Além do mais, morava nos Estados Unidos. Onde estava a merda da NRA? Devia poder comprar um AK-47 em uma máquina automática na frente de qualquer Subway.

Produtos femininos.

Gina passou direto pelas caixas gigantes de absorventes. Desacelerou o carrinho para olhar as ofertas mais discretas. A Tampax tinha uma linha chamada *Radiante* que a fazia imaginar um facho de luz saindo da periquita.

Pérola lembrava ostras, o que lembrava uma tirinha que um ex-namorado certa vez lhe mostrara: um cego passava diante de um display em frente a um mercado de peixes e dizia: "Bom dia, garotas."

Ha. Ha.

Ex-namorado, claro.

Passou os olhos pelos vários produtos, todos cor-de-rosa ou azul, igual às porcarias para bebê. Aplicador de papelão. Aplicador de plástico. Sem aplicador. Fluxo pesado. Fluxo médio. Fluxo leve, quem era a piranha que tinha fluxo leve? *Click Compacto* a fazia pensar no espéculo de um ginecologista. *Sport Fresh*, porque ela ama suar durante a menstruação. *Suave*, como o bumbum daquele bebê que você não vai ter daqui a nove meses. *Segurança*, um cadeado para a perseguida. *Deslize suave*, a pior cantada do mundo. *Orgânico,* para nem precisar sair para fazer a compostagem? *Super-aderência: gruda como borracha* parecia um novo hit de funk.

Acabou optando pela velha escolha de sempre: *Playtex Sport com tecnologia FlexFit*. A caixa era o cor-de-rosa e azul de sempre, mas com a silhueta verde de uma mulher feliz e esguia correndo na rua, com cabelo esvoaçante de *Garota exemplar*, iPhone amarrado no braço, fio de fone de ouvido pendurado — porque, como Gina, não podia se dar ao trabalho de descobrir como usar fones sem fio Bluetooth, que ficavam como meleca branca pendurada na orelha.

Imaginou a reunião de marketing na Playtex. Os homens tinham sugerido a garota atlética e alegremente verde, e as mulheres tinham sugerido a silhueta vermelha, quase preta, de uma mulher na perimenopausa deitada em posição fetal, gritando no chão do banheiro.

Deve ter sido uma decisão difícil.

A roda torta quase fez o carrinho bater num display de fraldas. Gina contemplou o vandalismo com uma leve satisfação, mas não era esse tipo de rebelde. Pegou um pacote de 24 pilhas AAA a caminho do caixa, porque seu vibrador adorava sexo durante a menstruação.

Estava pagando quando percebeu que passara pelo menos dez minutos sem um momento debilitante de paranoia.

Olhou ao redor da área dos caixas. Uma mãe exausta lidava com seu bebê. Uma funcionária com cara de gerente suprimia um bocejo enquanto olhava a prancheta. O jovem no caixa que escaneara o que um agente do FBI chamaria de Kit Menstruação mal olhara para ela.

Uma semana inteira se passara desde a última vez que Gina sentira que sorrira de verdade. Ah, a rica tapeçaria da vida. Uma hora estava enfiada num bunker, buscando *delivery de fuzil*, no outro, estava no mundo, batendo os pés no ritmo da versão de elevador de "Funky Cold Medina".

This brother told me a secret... on how to get more chicks...

Tone Loc era um visionário. Previra tanto a queda de Bill Cosby quanto a ascensão gloriosa de Ru Paul.

— Senhora? — O caixa estava esperando.

Gina não ia deixar o *senhora* acabar com seu humor. Passou o Amex na leitora. Fez a assinatura rebuscada no recibo. Foi demasiadamente educada com o caixa, o que foi interpretado como desespero de uma velha doida para ser comida. Mas ele não queria me comer, nesse caso. Gina enfiou a nota fiscal tediosamente longa na bolsa. Empurrou o carrinho rebelde pelas portas deslizantes.

Sol!

Quem poderia imaginar?

O carro estava parado nos fundos do estacionamento, algo que Gina encarara como um desafio de superação, quando estacionou. Agora, estava feliz pelo exercício. As panturrilhas já estavam com formato de pontos de interrogação, de ficarem 24 horas apoiadas no sofá, como uma vovozinha. Gina ainda se sentia mal, toda suada e nojenta, com cólica, mas, pela primeira vez na história de sua vida adulta, isso não era a pior coisa. Devia ser a sua silhueta naquelas caixas de absorvente idiotas.

Absorventes Gina, que venham os coágulos!

Abriu o porta-malas. Nem a roda torta lançando o carrinho contra o para--choques do carro podia estragar seu humor. Guardou as sacolas. Pegou um dos Twix. Abriu a embalagem com os dentes. Enfiou as duas barrinhas de biscoito e chocolate na boca como um papel deslizando na máquina de escrever, uma metáfora que ninguém com menos de 30 anos podia entender.

Como a babaca que era, ficou com preguiça de andar de volta até a loja e devolver o carrinho. Teve a decência de, pelo menos, deixá-lo na divisória de grama ao lado do carro. Acomodou-se no banco do motorista. Pensou em pegar o outro Twix no porta-malas. Mas o sorvete podia derreter. Então teria que comer o sorvete também. Será que voltava para a Target para comprar uma colher? Claro, porque não podia comer uma coisa dessas com as mãos. Claro, porque não podia virar o pote contra o rosto e simplesmente sorver as maravilhas, como os deuses antigos sorviam o néctar de virgens indefesas.

Ouviu um barulho do banco traseiro.

Olhou para o retrovisor, nervosa.

Viu a mão de um homem, depois o braço, depois o ombro. Estranhamente, seu olhar não seguiu a direção natural, subindo para o rosto dele. Seus olhos voltaram de repente para o meio do espelho, focando no reflexo de sol no metal. A boca, ainda cheia de Twix, se abriu. Gina sentiu os olhos se arregalando. As narinas inflaram. Em câmera lenta, seguiu o movimento do martelo sendo erguido, primeiro para trás, depois para a frente, avançando direto para a lateral de sua cabeça.

Só teve um pensamento, e foi incrivelmente idiota: *eu estava certa.*

CAPÍTULO VINTE

W ILL ENFIOU AS MÃOS nos bolsos da calça enquanto andava pelo corredor, mas a dor do tecido roçando os nós dos dedos o fez repensar a decisão. Um novo fio de sangue escorreu pelo dorso da mão. Sara tinha dito que ia colocar um Band-Aid no corte. Não era do feitio dela esquecer, mas os dois estavam se acostumando a essas novas experiências.

Ela estava lhe dando espaço, respeitando os sentimentos dele. Parecia ótimo na teoria, mas, na prática, ninguém nunca dera espaço para Will, quanto mais respeitara seus sentimentos. E não tinha certeza de como encontrar o caminho de volta.

Quando se irritava com Amanda, era provocado e humilhado até deixar para lá. Faith pedia desculpa demais, sempre se constrangendo, dizendo que era uma pessoa ruim, até ele desistir para calar a boca dela e acabar com o sofrimento dos dois. Angie sempre o machucava, mas aí ia embora e, quando voltava, Will já tinha superado. E também estava sedento de sexo, outra forma que Angie usava para controlá-lo.

Nenhuma dessas estratégias ia funcionar com Sara. O fato de ela ser diferente de todos em sua vida era um de seus maiores atrativos. Mas esse *espaço* era completamente novo. Parecia uma péssima ideia esperar que Sara resolvesse as coisas. O que ele realmente queria era mandar uma mensagem com uma berinjela, aí ela mandaria uma *cowgirl*, e as coisas voltariam ao normal.

Entrou na copa para lavar o sangue das mãos, mas acabou parando diante da máquina de porcarias. Will não comia havia mais de uma hora. Enfiou uma nota de um dólar na fenda. A espiral girou. O pão doce caiu. Will pegou seus

25 centavos de volta, metade do que precisava para uma Sprite. Teve que se virar para pegar o troco do bolso de trás com a mão oposta.

Passou para os refrigerantes. Sentia um amor doentio por aquele artefato de alta tecnologia. Enfiou o dinheiro. Ficou olhando pelo vidro quando o braço robô desceu até a prateleira, para que a mão robô pudesse pegar a lata de Sprite e jogá-la na cesta abaixo.

— E aí, cara? — Nick chegou por trás dele e deu aquele tapinha-aperto esquisito em seu ombro. — Pensei mais algumas coisas sobre aquele perfil que os agentes fizeram para o chefe.

Will deixou o pão doce e o refrigerante no balcão e lavou o sangue da mão. Aquela coisa do ombro estava começando a irritar. E também era irritante a forma como Nick chamava Tolliver de *o chefe*, como se o homem fosse o Cavalo Louco dando um pau no general Custer na Batalha de Little Bighorn, não um policial de cidadezinha que tinha irritado o criminoso errado e acabou assassinado.

Will secou as mãos ao se virar.

— O que tem?

Nick estava procurando trocados no bolso. Usava calça jeans tão apertada que o desenho dos dedos ficava visível.

— Você tem alguma moeda de 25 centavos?

— Não. — Will tinha várias, mas seu ombro já doía demais de tanto tapinha-aperto, então não tinha como pegá-las. — O relatório?

— Isso. Eu estava olhando meus cadernos antigos e lembrei de uma conversa que tive com Jeffrey. — Nick tirou a mão do bolso com dificuldade, então selecionou as moedas e as depositou na máquina enquanto explicava: — Estávamos analisando o perfil. Isso foi quase um ano depois da prisão, entende? E o chefe estava incomodado porque o perfil indicava claramente que era Nesbitt.

Will lembrou a avaliação de Nick durante a reunião:

— Você disse que o perfil descrevia Nesbitt em cheio.

— É, mas, lendo minhas anotações, entendi por que o chefe estava com dúvidas. A maior suspeita era porque o perfil era exato demais, como se algum burocrata tivesse visto que Nesbitt tinha sido preso e ajustado o perfil para se adequar a ele. — Nick deu de ombros. — Os caras do FBI querem pegar os bandidos tanto quanto nós. Talvez tenham ficado ansiosos demais e feito uma engenharia reversa para combinar com o que sabíamos de Nesbitt.

Will apoiou-se no balcão, observando Nick enfiar as moedas na máquina.

— Pô, parceiro, você pegou a última Sprite? — Nick apertou os botões uma segunda vez, então aproximou o rosto no vidro para checar as fileiras de refrigerante.

Will deu as costas para ele e sacudiu a lata várias vezes antes de encará-lo, oferecendo:

— Pode ficar com essa. Tem outra na minha sala.

Nick aceitou a lata.

— Valeu, cara.

— Então, por que *o chefe* achou que alguém tinha tomado esse atalho?

Nick pausou, claramente registrando o tom de Will. Mesmo assim, respondeu:

— A única coisa que a gente tinha de verdade eram fotos da cena do crime de Truong e algumas de Caterino tiradas num BlackBerry. São duas cenas com poucas semelhanças entre si. Como se chama quando isso acontece?

Will notou que ele estava esperando resposta. Balançou a cabeça.

Nick bateu o dedo duas vezes no topo da lata de Sprite.

— Validade de conclusão estatística.

Will pensou que tinha mais a ver com as descobertas não serem generalizadas devido a um estudo fraco, mas falou:

— Pode ser.

— Pode ser? Eu apostaria minha bola esquerda nisso — retrucou Nick. — Confio no chefe mais do que na minha memória, se é que me entende. O cara era dos mais espertos. Um policial bom pra caralho. Melhor homem que já conheci.

Will entendeu o que ele queria dizer.

— Enfim. — Nick abriu o anel da lata.

A Sprite voou como um gêiser.

— Merda! — Nick deu um passo para trás, mas não rápido o bastante para evitar a explosão. A calça ficou encharcada na virilha. Caiu até um pouco na barba. — Merda!

Will pegou um pouco de papel-toalha.

Nick o encarou com um olhar calculista e cheio de raiva.

Will também fez os próprios cálculos.

Havia os números óbvios: Nick era 15 anos mais velho e 13 quilos mais leve, sem falar trinta centímetros mais baixo. E, aí, havia as variáveis: os dois trabalhavam juntos. O fator Sara. Tinham mantido aquela farsa por tanto tempo que quebrá-la seria admitir que o jogo estava sendo jogado desde o início.

— Garotos? — Amanda tinha surgido do nada na copa.

Nick jogou a lata de Sprite no lixo e saiu.

Amanda levantou a sobrancelha para Will, antes de perguntar:

— Por que não estou conseguindo localizar seu celular?

Will tinha esquecido que desligara o celular. Ele mostrou o visor desligado para Amanda.

— Quantos limites você vai ultrapassar hoje?

— Dois. — Ele apontou para o terno, que agora usava. — O primeiro já foi retificado.

Amanda franziu a testa, mas deixou para lá.

— Quero uma atualização sobre essa espera interminável em que estamos presos.

Will ouviu sua Faith interna apontando alguns passos que os tirariam da espera, como falar com várias jurisdições políticas sobre um possível assassino em série... Mas ele não era Faith e já tinha cruzado limites demais.

Então apenas explicou:

— Ainda estamos esperando o provedor de internet de Dirk Masterson processar a intimação. Faith está trabalhando com a investigação de Gerald Caterino. Coloquei um alerta no estado todo para qualquer mulher desaparecida ou que tenha relatado estar sendo perseguida. Depois, fiz o acompanhamento de nossos outros casos em aberto.

— Ah, trabalho policial de verdade — retrucou Amanda. — Resuma para mim.

Will resumiu. Uma investigação de incêndio criminoso em Chattooga estava prestes a conduzir a uma prisão. Um exame de polígrafo tinha sido marcado para o suspeito de uma série de roubos a lojas de bebida em Muscogee. Tinha mandado um retratista para Forsyth, para falar com a possível vítima de um estuprador em série. O escritório do delegado de Treutlen County estava mandando um adjunto com amostras de saliva para processar.

— Ótimo. Quero que você mande os relatórios para Caroline por e-mail. Meu dia está cheio. Ela está cuidando da minha carga de trabalho.

Caroline era a assistente de Amanda, uma mulher paciente e imune à humilhação.

— Sim, senhora.

— Sara está a caminho de Grant County. O legista deu a ela a chave do depósito. Eu disse para ela me ligar quando estiver com o exame toxicológico.

Will tentou agir como se não tivesse acabado de levar um soco na cara. Não queria Sara em Grant County depois do que acontecera — o que era justamente o tipo de pensamento que um namorado autoritário e controlador teria.

Amanda olhou seu relógio de pulso.

— Mandei Caroline trazer os pais de Shay van Dorne para cá. Com sorte, Sara já terá voltado até lá. Quero essa história de Dirk Masterson resolvida para ontem. Ligue para o provedor de internet. Diga para acelerarem.

— Você acha que Masterson sabe de alguma coisa?

— Acho que eu sou a chefe e que você faz o que eu mandar.

Will não podia discutir com aquela lógica. Levou seu pão doce para fora da copa. Ligou o celular. Tinha sido um golpe baixo esconder a localização de Sara. Mas, também, ele é que tinha configurado o Encontre Meu Telefone no aparelho dela. Duvidava que Sara alguma vez tivesse aberto aquilo.

Clicou na localização dela. Sara já estava em Grant County. Na Mercer Avenue. O pin azul indicava que estava em um lugar chamado U-Store. Deu zoom no mapa. Alternou para o modo satélite. Parecia que estava em frente a um pasto verdejante.

Cheio de lápides.

— Puta que pariu.

Nenhuma quantidade de berinjelas e vaqueiras podia melhorar aquilo. Will enfiou o celular de volta no bolso. Bateu na porta de Faith ainda enquanto a abria.

A parceira estava sentada à mesa, injetando insulina.

Will ia sair, mas Faith gesticulou para que ele se sentasse, depois apontou para seu celular, que estava no viva-voz.

— Querido — Faith abaixou a blusa e jogou a caneta de insulina fora —, não posso resolver isso para você. Você precisa conversar com ela pessoalmente, não pelo telefone, e tentar resolver.

Will reconheceu o tom. A mescla de amor incondicional e leve irritação que ela só usava com os filhos.

— Por favor, mãe — implorou Jeremy. — Você disse que eu sempre posso pedir ajuda. Eu estou pedindo.

Faith riu.

— Boa tentativa, cara, mas, se acha que vou arriscar um relacionamento que me economiza 24 mil dólares por ano em creche, não conhece sua mãe.

O grunhido que o garoto deu foi idêntico ao de Faith.

— Vou levar roupa suja esta semana.

— Traga sabão em pó, porque é você mesmo quem vai lavar tudo. — Faith desligou o celular, então explicou a Will: — Jeremy está puto com minha mãe. Estou tentando fazer disso um momento de aprendizagem.

Will agarrou a oportunidade:

— Talvez sua mãe possa... ahn, dar um espaço a ele? Sabe, para ele entender como se sente?

Faith o encarou.

— Pisque uma vez se os sequestradores estiverem ouvindo.

Will pigarreou. Agora já tinha entrado naquilo.

— É que... Então, ele está magoado, certo? Mas provavelmente precisa de um tempo para superar. Então acho que ela devia se afastar. E, aí, ele pode depois dizer que está tudo bem... tipo, em algumas horas? Ou dias, talvez? Será que levaria dias?

— *Dias* parece muito tempo.

— Então, horas? Quantas?

— Doze? — Faith notou a cara dele. — Não, três.

Will abriu o embrulho plástico do pão doce e deu uma mordida.

— Olha. — Faith soava genuinamente decepcionada consigo mesma. — Meu filho está brigando com minha mãe. Prometi para minha filha que ia apresentá-la ao Detetive Pikachu se ela me deixasse mijar em paz. Trapaceei naquele joguinho para ganhar dinheiro infinito, porque é o único jeito de dar a vida que meus Sims merecem. Acha mesmo que eu sou a melhor pessoa para perguntar sobre como ser um adulto emocionalmente saudável?

Will analisou o pão doce. A cobertura branca estava derretendo. Ele deu outra mordida grande.

Faith continuou:

— Eu sou uma inútil. Sou uma porcaria. Sou um ser humano horrível.

— Está tudo bem. — Will estava desesperado para apagar os últimos cinco minutos daquela conversa. — "Tenho mil motivos para não te responder..."

— Seu idiota, não venha tentar colocar uma música de *Frozen* na minha cabeça. — Ela empurrou a cadeira de volta para o computador, obviamente entendendo a mensagem: — Você viu o Nick? Ele estava atrás de você.

Nick devia estar era lavando as bolas na pia do banheiro.

— Ele disse que as anotações trouxeram uma memória. Tolliver não estava satisfeito com o perfil.

— Tolliver você quis dizer *o chefe*?

Will a amou por ressaltar aquilo.

— Tolliver achava que tinham primeiro encontrado o cachorro para depois ouvir os latidos.

Faith batucou os dedos na mesa.

— Todos sabemos que o FBI não é infalível. Pense só naquele escândalo dos testes de balística. Ou o escândalo da análise microscópica de cabelos. Ou o escândalo dos escândalos.

Will terminou o pão doce.

— E as cópias das anotações de Lena?

Faith deu risada.

— Parecem um texto do Dickens. Sério, o Dickens mesmo, o escritor. Tipo, alguém editou, revisou e imprimiu para consumo público. Até a letra parece a de uma máquina de escrever.

Will só não ficou decepcionado porque não estava surpreso.

Faith questionou:

— Por que Tolliver não a demitia?

A parceira não estava esperando resposta, mas Will tinha uma:

— Acho que dá para entender a pessoa querer dar uma segunda chance. E também dá para entender a pessoa não querer admitir que errou.

— Você acha que ele estava cego pela própria teimosia?

— É a teoria de Sara. Tolliver não conseguia admitir que estava errado sobre Lena. Já eu acho que a mulher era uma boa ferramenta para ele, como um coelho cinza. — Will já tinha visto essa dinâmica se desenrolar em várias delegacias. — *O chefe* precisa que façam um trabalho sujo, então manda o coelho cinza para as áreas cinzas, para poder manter as mãos branquinhas, branquinhas... E fica sem poder demitir a pessoa, porque ela sabe todos os seus segredos. Não pode se livrar dela porque pode precisar dessa ajuda de novo. Em geral, nenhum dos dois vê que é um relacionamento hostil e de troca, mas ambos saem ganhando. Como se fossem amigos nas trincheiras, talvez.

Faith ficou em silêncio pelo tempo exato que se esperaria quando alguém fala mal de um policial falecido que, por acaso, era o marido de uma de suas melhores amigas.

— Faz muito sentido. Lena está fazendo o mesmo na polícia de Macon — continuou Will, lambendo o açúcar dos dedos.

— Ok, isto não tem nada a ver com Lena. — Faith uniu as mãos sobre a mesa, encarando-o. — Eu tenho um conselho de relacionamento, que é o mesmo que dei para Jeremy, e provavelmente é a última coisa que você quer ouvir: converse com a Sara. Ao vivo. Diga como você se sente. Diga a ela como consertar as coisas. Ela te ama. Você a ama. Resolvam isso.

Will esfregou o rosto. Seus dedos estavam grudentos. Ele indicou o computador de Faith com a cabeça. Imagens das investigações de Gerald Caterino estavam pausadas na tela.

— Achou alguma coisa?

— Tristeza. — Faith rolou a cadeira de volta até o monitor. — Sei como um crime afeta as famílias. Vejo isso todos os dias. Destrói o espírito, é horrível... mas vi tudo o que Gerald fez: os pedidos da lei de acesso à informação, os advogados, os processos, os detetives particulares, as anotações, as ligações e todo o dinheiro que ele gastou. Eu só...

Ela balançou a cabeça, porque não havia mais nada a dizer.

— Amanda está insistindo em Masterson — comentou Will. — Não sei o motivo, mas ela sentiu um cheiro podre, e costuma ter razão.

— Fora dirigir até Austin e me sentar no colo deles, não sei se tenho o que fazer para o provedor ir mais rápido. — Faith empurrou uma página impressa pela mesa. — Olhe esta nota fiscal do Detetive Dirk. Atrasada. E é a mais recente. Caterino está devendo quase trinta mil para esse escroto.

Will viu os números no topo da página.

— Este tem endereço. Achei que você tinha dito que todos os cheques eram enviados para uma caixa postal.

Faith deslizou outro papel com um mapa, endereço de site e telefone.

— Mail Center Station. É uma daquelas lojas em que se pode alugar uma caixa postal e receber um endereço.

Will estava familiarizado com o serviço. Sua ex-esposa era uma usuária prolífica de endereços fantasmas. Tinha sido forçado, em algumas ocasiões, a rastreá-la por meios não exatamente legais.

— O que soa mais ameaçador para uma pessoa comum na rua? — perguntou a Faith. — Dizer que você tem um mandado ou dizer que tem uma intimação?

Ela pensou um pouco.

— Não sei, metade do governo federal ignora intimações. Acho que um mandado?

Will acionou o viva-voz no telefone fixo de Faith, sabendo que apareceria como Agência de Investigação da Geórgia em qualquer identificador de chamadas.

— Você está sujando meu telefone de açúcar? — inquiriu Faith, indignada.

320

— Sim.

Ele discou o número. O telefone tocou uma vez.

— Mailbox Center Station — disse um jovem alegre. — Bryan falando. Como posso ajudar?

— Bryan. — Will deixou a voz mais aguda e adicionou um sotaque pesado do sul da Geórgia. — Aqui é o agente especial Nick Shelton, da Agência de Investigação da Geórgia. Estou preenchendo um mandado oficial para um criminoso que aluga a caixa postal 3421 aí na sua localidade. O juiz está pedindo o nome do proprietário da caixa postal antes de aprovar o mandado, para mandar a equipe de apreensão de fugitivos.

Faith balançou a cabeça, incrédula; qualquer um que soubesse pelo menos um pouco de como a lei funcionava riria na cara dele.

Bryan não riu.

Faith arregalou os olhos quando o ouviu digitando num teclado.

— Sim, senhor... quer dizer, agente especial — disse Bryan. — Só vou... Aqui, achei ... Ok, então: a três-quatro-dois-um é alugada por Miranda New-berry. Precisa do endereço?

Faith derrubou o porta-lápis, buscando algo para anotar.

— Pode falar, filho.

— É Dutch Drive, 4.825, Marietta, 30062.

— Obrigada, amigão. — Will desligou.

— Puta merda! — Faith jogou os braços para cima como um juiz anunciando um gol. — Foi incrível!

— Miranda Newberry.

Faith virou para o computador e começou a digitar. Então, franziu o cenho, depois murmurou:

— Ah, pelo amor de...

Will esperou enquanto ela clicava sem parar no mouse.

Finalmente, Faith explicou:

— Miranda Newberry é uma contadora solteira de 29 anos que se formou na Universidade Estadual da Geórgia e passa a maior parte do tempo em blogs de crime e... É sério isso? Ela está em seis fóruns de livros *infantojuvenis*. É bem do que eu preciso: uma millenial branca e suburbana ditando que livros são apropriados para minha filha latina.

— Fraude — comentou Will, porque não era necessariamente um crime fingir ser alguém on-line, mas era definitivamente ilegal fazer troca de dinheiro sob um nome falso. — Imitar um policial?

— Ah, merda, olha aqui. — Faith apontou para a tela. — Ela acabou de postar uma foto do Big Chicken no Instagram. Diz que vai encontrar o namorado para almoçar em uma hora.

Will se levantou.

— Eu dirijo.

O Big Chicken ficava localizado na interseção da Cobb Parkway com a Roswell Road. O nome vinha da placa de quase 18 metros no formato de um frango gigante no topo de um KFC que, fora isso, era desinteressante. Os locais o usavam como um marco. Davam orientações de antes ou depois, à esquerda ou à direita do Big Chicken.

Will olhou em volta quando abriu a porta. O KFC estava lotado de funcionários de empresas locais tirando sua hora de almoço. Viu Faith guardando um lugar para eles num reservado nos fundos. Ela estava de olho no celular. Tinham chegado 15 minutos antes de Miranda Newberry, que estava 15 minutos atrasada.

A porta se abriu. Ele olhou de novo.

Ainda nada de Miranda Newberry.

Will terminou de encher seu copo na máquina de refrigerante e foi andando até Faith, analisando os outros reservados. A capa do Facebook de Miranda Newberry mostrava uma mulher muito magra segurando dois lulus da Pomerânia vestidos de Bonnie e Clyde. Will aguentara calado as piadas de Faith sobre cachorros pequenos. Betty, sua cadela, era uma chihuahua. Às vezes, as pessoas acabavam adotando cachorros pequenos, e a única coisa a se fazer era cuidar deles.

— Nada. — Faith ainda estava debruçada sobre o celular quando ele se sentou no sofá em frente. — A mulher é claramente uma mentirosa. Podia estar mentindo sobre encontrar o namorado. Aposto que é imaginário.

Will não disse nada. Tinha memórias carinhosas de sua namorada imaginária do ensino médio. Era uma supermodelo.

— Quer mais alguma coisa para comer? — ofereceu.

Faith fez careta. Sua salada parecia já ter sido comida por outra pessoa. E perguntou:

— Por que estou tão irritada com as resenhas de livros infantojuvenis dela?

Will bebeu seu Dr. Pepper.

— Está bem, eu admito que estou parecendo aquela típica mulher branca que grita com o funcionário na estação de omeletes porque o adicional de queijo custa cinquenta centavos. — Ela respirou fundo. — Mas o único motivo, e o único mesmo, para eu nunca ter experimentado cocaína foi justamente o que aconteceu com Regina Morrow. E não vou nem mencionar *Go Ask Alice*. Aquele livro me assustou pra caralho. Eu não tinha nem ideia do que era pó de anjo e mesmo assim fiquei aterrorizada. E daí se um *ghostwriter* de duzentos anos achou que as pessoas falavam "é isso aí, cara"?

A porta se abriu.

Faith ficou tensa.

Will balançou a cabeça.

Faith arrancou uns guardanapos do dispensador e limpou seu celular.

— Eu contei que, no outro dia, fui limpar um pouco de guacamole que tinha caído no meu iPad e sem querer curti um post de um idiota com quem estudei no ensino méd…

— Olha lá.

A porta se abriu de novo.

Miranda Newberry era quase exatamente igual às fotos. A franja estava mais curta. Ela usava um vestido laranja claro com flores azuis e verdes. A bolsa era grande como um saco de ração, com franjas e bordados. Will catalogou os vários tipos de armas que podiam estar escondidas lá dentro, de um punhal até uma Magnun .357. A julgar apenas pelas redes sociais, era mais provável que tivesse roupinhas de cachorro e vários cartões de crédito roubados.

Faith ligou sua câmera em modo *selfie* para poder observar a cena atrás de si.

Miranda não olhou pelo restaurante como alguém que estivesse procurando um namorado com quem ia almoçar. Parou ao lado do balcão frontal lotado, pegou o celular, sorriu, tirou uma *selfie* e saiu de novo pela porta.

Faith saiu da cabine antes de Will. Os dois atravessaram correndo o salão. Lá fora, Miranda não entrou no Honda CRX branco que estava registrado em seu nome. Continuou a pé, cruzando a rua estreita que fazia uma curva atrás do Big Chicken. Aí, continuou por uma fileira de arbustos.

Will alcançou Faith no estacionamento de uma concessionária de caminhões.

— Tomara que a gente não a perca de vista.

Era uma piada. O vestido laranja vivo era como um cone de trânsito.

— Onde ela está indo? — Faith se esgueirou entre duas vans brancas.

— Ao Wendy's. — Will sentia cheiro de batata frita.

E estava certo. Miranda foi direto na direção do prédio baixo e abriu a porta.

Will e Faith desaceleraram o passo. O estacionamento estava cheio de vagas livres. Mesmo tendo acabado de comer uma Big Box, o cheiro de batata frita o deixou com fome de novo.

Os dois se dividiram no restaurante, assumindo papéis opostos. Will foi pegar um reservado, Faith parou atrás de Miranda na fila. De seu posto, Will viu Faith olhando por cima do ombro da suspeita, lendo o telefone dela. Como a maioria das pessoas, Miranda estava totalmente concentrada na tela. Não tinha ideia de que havia uma policial atrás de si, embora Faith carregasse uma arma no quadril, escondida sob o paletó.

Will viu mais dois clientes entrando no restaurante. Tentou se colocar na posição de Miranda. Que tipo de pessoa postava a foto de um restaurante em que não ia comer e mencionava um namorado que não tinha? Supunha que fosse o mesmo tipo de pessoa que enganava um pai desesperado para extorquir trinta mil dólares.

Faith chamou sua atenção enquanto Miranda esperava que o pedido fosse entregue. Faith parecia muito irritada, mas isso não era novidade. O caixa a chamou. Ela manteve o corpo de lado, fazendo o pedido com Miranda ainda em sua linha de visão.

A mulher continuou sem perceber qualquer coisa, hipnotizada pelo que aparecia na tela do celular. Dava para ver um carocinho minúsculo na nuca dela, onde a vértebra saltava, acostumada com a cabeça constantemente inclinada para baixo.

Miranda finalmente levantou os olhos. O pedido estava pronto. Ela pegou a bandeja que lhe esperava no balcão: hambúrguer simples, fritas, bebida. Ela encheu o copo com chá sem açúcar. Faith estava logo ao lado, enchendo o copo de refrigerante, enquanto Miranda ia para a seção de condimentos.

Canudo. Guardanapos. Sal. Talheres de plástico. Ela bombeou o dispensador de ketchup, enchendo seis copinhos de papel.

Miranda seguiu para o lado do salão com um balcão esguio e banquetas que davam vista para a oficina do outro lado da rua.

— Senhora — chamou Faith, e mostrou sua identificação.

Miranda quase derrubou a bandeja.

— Por ali. — Faith apontou na direção de Will. Estava com a pose de policial, que instantaneamente chamava a atenção de todos. — Vamos.

Will viu quando Miranda examinou o salão. Já parecia culpada daquele jeito, parada. Aquele reservado não tinha sido escolhido por acaso: entre ele e Faith, tinham coberto todas as saídas.

O chá respingou do copo de Miranda, de tanto que as mãos estavam trêmulas. Ela deu alguns passos muito pequenos na direção do reservado. Aí, alguns grandes, quando Faith aumentou a intensidade da pose de policial. Faith era pequena, mas podia ser ameaçadora quando a situação exigia.

Miranda se sentou no sofá em frente a Will. Faith se acomodou ao lado dela, empurrando-a mais para o fim do banco, prendendo-a contra a parede.

Will fez as apresentações, porque Faith roubara seu papel de costume, de ser o policial silencioso e imprevisível.

— Eu sou Trent. Esta é Mitchell.

Miranda examinou a identificação dele. As mãos ainda estavam trêmulas.

— Isso é real?

Faith botou o cartão de visita na mesa com um tapa.

— Ligue para o número.

Miranda pegou o cartão. Examinou. Seus olhos estavam cheios de lágrimas. Dava para ver o queixo mexendo enquanto ela rangia os dentes para frente e para trás.

O cartão voltou para a mesa.

Miranda pegou uma batata frita, molhou em cada um dos seis ketchups, aí enfiou na boca.

Will olhou para Faith enquanto a mulher mastigava em silêncio. Adivinhou que Miranda tinha decidido fingir que os dois não estavam lá até desistirem e a deixarem em paz.

Achou melhor falar logo:

— Estamos aqui para conversar com você sobre Gerald Caterino.

A mastigação pausou por um segundo, mas Miranda molhou outra batata frita seis vezes no ketchup e enfiou na boca.

Faith estendeu a mão e pegou uma batata frita da pilha, com cuidado para não desmontar o arranjo.

Miranda soltou um suspiro forçado.

— Conheço meus direitos. Não tenho que falar com a polícia se não quiser.

Will canalizou sua Faith interna.

— E você aprendeu isso na academia de polícia, investigador Masterson?

Mirando parou de mastigar.

325

— Não é ilegal adotar um pseudônimo virtual.

— Isso é questionável — retrucou Will, com sua própria versão do tom irritado de Faith. — Mas *é ilegal* fingir que é um policial. Mesmo um aposentado que nunca existiu.

A notícia claramente a assustou.

Faith estendeu o braço no topo do sofá que ocupava com Miranda, deixando o paletó abrir. A arma ficou visível para qualquer um que olhasse para baixo.

Miranda olhou para baixo.

Ela engoliu em seco, tão alto que o som se projetou.

— Minha cachorra ficou doente — explicou. — Precisou de cirurgia. E depois meu carro quebrou.

— E isso tudo custou trinta mil? — perguntou Will.

— Trabalhei de graça por um ano antes de cobrar qualquer coisa! E, aí, tive que continuar cobrando, porque... — Miranda percebeu que estava falando alto demais. — Tive que continuar cobrando porque ia ser muito suspeito se eu parasse.

— Muito esperto — respondeu Faith.

Miranda voltou os olhos para ela, mas falou para Will:

— O personagem de Masterson foi uma validação. Ninguém me daria ouvidos se soubesse que sou mulher. Você não tem ideia de como é difícil...

Faith fingiu um ronco.

Miranda continuou:

— Eu pago a multa. Devolvo o dinheiro. Não é nada demais.

— Você é contadora pública, não é? — Will esperou que ela assentisse. — Pagou impostos sobre essa renda?

Miranda desviou os olhos de novo.

— Sim.

Will entrou nas questões práticas:

— Preciso de uma cópia da sua licença de detetive particular, a licença para a empresa Love2CMurder e seu número de identidade federal ou de previdência federal, aí, posso verificar...

— O dinheiro foi pago ao longo de dois anos. Isso me qualifica para isenção fiscal de doação.

Faith soltou o ar com força.

Will usou uma de suas frases favoritas:

— Podemos parar com essa palhaçada?

Miranda ficou tensa.

— Não preciso falar com vocês.

— Podemos prender você só pela identidade falsa.

Ela afastou a bandeja.

— Olha, tudo bem. Eu aceitei a doação em dinheiro de Gerald, mas estava ajudando de verdade. Você acha mesmo que aquele dinossauro sabe fazer pesquisas na internet?

Faith não conseguiu se conter:

— Então é trinta mil o valor de mercado para criar um alerta do Google e recortar umas reportagens?

— Fiz bem mais que isso. Trabalhei muitas horas. Processei dados. Mostrei os padrões a ele.

Miranda enfiou a mão na bolsa.

Faith agarrou o pulso dela com força.

— Ai! — Miranda fez careta. — Eu ia só pegar meu celular. Está na minha bolsa.

Faith pegou o garfo de plástico na bandeja de Miranda e remexeu a sacola enorme que ela usava de bolsa. Por fim, assentiu.

— Credo. — Miranda pegou o telefone e deslizou os dedos pela tela. — Vocês têm razão. Mandei para Gerald alertas do Google destacando reportagens sobre ataques similares ao de Beckey. Vocês viram a foto? Ela quase morreu. Tem várias mulheres mortas. Não estou só investigando alguns assassinatos. Estou caçando um maldito assassino em série.

Will não ia ceder.

— E que padrões você mostrou a Gerald?

Miranda foi mexendo no celular enquanto falava.

— Nos casos que enviei, todas as mulheres foram levadas na última semana de março ou na última semana de outubro. Todas desapareceram nas primeiras horas do dia, entre cinco da manhã e meio-dia.

Will notou que Faith se enrijeceu; não sabia desse detalhe do horário dos desaparecimentos.

— Já sabemos sobre as datas e os horários — retrucou Will. — O que mais?

— Gerald contou das coisas de cabelo? E da perseguição?

— Sim.

— Que casos ele mostrou?

Will foi evasivo:

— Que casos você acha que ele mostrou?

— Preciso começar do início. — Miranda virou o celular de lado, num ângulo em que tanto Will quanto Faith conseguissem ver a tela. — Ok, então: aqui está a planilha que fiz no Excel mostrando todos os dados brutos que mandei a Gerald. Meu critério de busca era para mulheres desaparecidas na Geórgia nos últimos oito anos. Levava dias, às vezes semanas e meses, um caso levou até um ano, para rastrear o que acontecia depois que as mulheres desapareciam. Estamos falando de milhares de horas do meu tempo para reunir isso e criar uma base de dados.

— Prossiga — orientou Will.

— Essa coluna aqui mostra o que aconteceu com elas. — Miranda apontou para a tela. — A maioria das mulheres reapareceu, o que é comum. Às vezes elas só precisam de um tempo. Outras acabaram presas por drogas ou coisa parecida, e algumas estavam em abrigos de mulheres, porque os maridos eram abusivos. Algumas nunca reapareceram, mas talvez tenham saído do estado ou fugido com um namorado. Mas uma pequena quantidade foi encontrada morta. Olhe esta coluna.

Faith leu:

— Joan Feeney. Pia Danske. Shay van Dorne. Alexandra McAllister.

Os mesmos nomes que tinha filtrado da lista de Gerald.

— Segundo Gerald Caterino, havia mais vítimas do que você tem nas colunas — comentou Will.

— Ele estava errado. Juro. O homem só via o que queria ver. Aposto que nunca mostrou minha lista total. — Ela deslizou a tela de novo. — Essa coluna aqui mostra os sequestros de outubro durante os últimos oito anos. Esta aqui mostra os de março. Gerald desprezou muitos nomes que dei. Isso ou porque não conseguia entrar em contato com a família, ou porque não houve relatos de nenhum item de cabelo perdido, ou porque as vítimas nunca disseram que se sentiam perseguidas. Mas achei que algumas mulheres se encaixavam na lista porque atendiam a outros critérios.

Will notou uma mudança imperceptível no rosto de Faith. Ela estava se preparando. Sabia que Miranda estava chegando em algum lugar.

— Que outros critérios? — indagou Will.

— Como eu disse, todas desapareceram pela manhã, em algum ponto da última semana de março ou de outubro. E, a não ser por Caterino e Truong, estavam fazendo alguma atividade rotineira relativamente previsível quando foram sequestradas: correndo, indo para o trabalho, ao supermercado ou à farmácia.

Aí, um tempo depois, todas foram encontradas em bosques, fora das trilhas oficiais, com os corpos mutilados, o que os legistas creditaram à atividade animal.

— Creditaram? — questionou Will.

— Nunca saberemos, porque não houve nenhuma autópsia — explicou Miranda. — Esse assassino é esperto e conhece o sistema. Está espalhando as vítimas por várias jurisdições, assim como Bundy fazia. Ele as tortura, assim como Dennis Rader. E é extremamente metódico, assim como Kemper. É esperto o bastante para deixar as vítimas à mercê de animais selvagens. Não sei, talvez ele tenha alguma ideia distorcida da wicca ou do druidismo? Isso me cheira a sacrifício animal, mas num caso em que os animais primeiro comem carne humana.

Will achou que a mulher estava doida, mas não ia corrigir.

— Deixa eu ver isso aqui. — Faith arrancou o telefone da mão de Miranda e começou a digitar. — Vou mandar essa planilha para o meu e-mail.

— Ótimo — retrucou a mulher. — Porque eu preciso de ajuda. Não consigo a informação de que preciso para concluir esse caso.

— Que informação?

Miranda estendeu a mão, pedindo o telefone.

Faith certificou-se de que o e-mail tinha sido enviado antes de devolver.

Miranda clicou em outra aba da planilha.

— Beckey foi a primeira vítima, há oito anos, em março. Mas sobreviveu. Então, o assassino fez outra vítima, Leslie Truong, que morreu. Aí, em novembro daquele ano, outra vítima apareceu no bosque, ao redor do lago Lanier, em Forsyth County.

Will reconheceu os detalhes.

— Pia Danske.

— Isso. Danske foi dada como desaparecida na manhã de 24 de outubro. Foi encontrada morta duas semanas depois. O corpo mostrava sinais de mutilação animal.

Will sabia que isso tudo era registro público.

— O que mais?

— Então, Beckey foi a primeira vítima. Podemos concordar que o assassino começou há oito anos, certo?

Will assentiu. A mulher não sabia de Tommi Humphrey e, no que dependesse dele, nunca saberia.

Miranda continuou:

— Desde então, temos duas vítimas por ano. Multiplicando por oito anos e meio... Com Beckey e Leslie, são dezenove vítimas no total. Mas, na lista, só tem dezesseis nomes.

Faith tinha acessado a planilha em seu próprio celular. Ela tentou visivelmente esconder o choque ao perguntar:

— O que é esta coluna com três nomes? Alice Scott, dada como desaparecida em outubro do ano passado. Theresa Singer, desaparecida em março, quatro anos atrás. Callie Zanger, também em março, dois anos atrás. Quem são?

— Singer teve estresse pós-traumático e uma coisa chamada amnésia dissociativa. Não se lembra nem do próprio nome. Scott sofreu um traumatismo cranioencefálico. Os pais estão cuidando dela no haras da família. Zanger mora e trabalha em Atlanta, mas não retorna minhas ligações. Mandei mensagem no Facebook, e-mails... Enviei até uma carta. Ela me mandou uma ordem de cessação. É rica, ou algo assim.

— Espere... — interrompeu Faith. — O que você está dizendo?

— Essas são as três vítimas que faltam dos últimos oito anos — afirmou Miranda. — Singer. Scott. Zanger. São as mulheres que se salvaram.

CAPÍTULO VINTE E UM

Grant County – quinta-feira

OS MINÚSCULOS OSSOS QUEBRADOS no nariz de Jeffrey soavam como címbalos a cada palavra que ele dizia. Não lhe restava a opção do silêncio. Estava no fim da reunião matinal com a patrulha e já sentia os hematomas inchando sob os olhos. Em circunstâncias normais, podia ter atravessado a rua e pedido que um médico corrigisse a fratura, mas não queria admitir para um daqueles médicos tinha quebrado seu nariz com uma porta sendo fechada na sua cara.

Se os oito patrulheiros que assistiam a reunião acharam estranho que o chefe estivesse com papel higiênico enfiado nas narinas, nenhum teve coragem de comentar. Jeffrey lhes dera os pontos principais do ataque a Caterino e do assassinato de Truong, escondendo os detalhes mais perturbadores. Acreditava que era preciso apresentar todo o trabalho que fizera. Todos aqueles homens moravam na cidade, tinham crescido lá. Sentiam a mesma responsabilidade para com a comunidade que Jeffrey. E, mais importante, estava prestes a passar uma missão de merda, então precisava que estivessem todos muito cooperativos.

Ele apontou para os números na lousa:

— Temos 11.680 vans registradas na área dos três condados. Na porção de Grant County, são 3.498. Dessas, 1.699 são escuras. Quero que cada um pegue uma lista da pilha na saída. Façam suas patrulhas normais, mas, sempre que tiverem uma folga, quero que batam em portas, conversem com os donos, confiram os detalhes. Se surgir o nome Daryl, em qualquer sentido, liguem para mim, para Frank ou para Matt imediatamente. Se alguém parecer suspeito, nem que seja o mínimo, liguem para mim, para Frank ou para Matt imediatamente. Não pressione os suspeitos. Afastem-se. Façam a ligação. Fiquem em segurança. Entendido?

Oito vozes responderam:

— Sim, chefe.

Jeffrey empilhou as anotações. Olhar para baixo fazia o nariz explodir. Fungou sangue. Seu olhar se encheu de estrelas.

Frank entrou na sala enquanto os patrulheiros saíam e disse a Jeffrey:

— Falei com Chuck Gaines. Ele ia colocar um alerta no quadro de mensagem de estudantes, para ver se conseguimos localizar as três mulheres e o homem com gorro de tricô preto que Leslie Truong viu no bosque.

— Ótimo.

Jeffrey não tinha muita esperança. Já tinham colocado um alerta para testemunhas no dia do ataque a Caterino. Vinte e duas alunas tinham se manifestado, mas nenhuma tinha visto nada. Metade nem estava no bosque na hora.

— Ninguém merece a Lena — reclamou Jeffrey.

Frank botou o pé numa das cadeiras. Apoiou o cotovelo no joelho.

Jeffrey sabia que aquilo não era para ventilar as partes baixas.

— Desembucha, Frank.

— Lena é uma boa policial. Pode vir a ser a melhor da força, um dia.

— Não pelo que estou vendo.

— Então levante a cabeça para ver melhor. A menina cometeu o mesmo erro que eu teria cometido. — Frank deu de ombros. — Eu estava lá, chefe. Vi Beckey Caterino. Achei que estivesse morta.

— Com base no que Lena...

— Com base no fato de que ela parecia morta. E estou sendo sincero. Eu me vejo no lugar dela, com uma estudante morta nas mãos, com a garota que a encontrou, e essa quer voltar a pé... vou deixar a garota voltar para o campus, se ela quiser. Por que eu não deixaria?

Jeffrey balançou a cabeça, porque quanto mais se perguntava, mais certeza tinha de que nunca teria deixado Truong ir embora sozinha. Mesmo supondo que Caterino tivesse sofrido um acidente, Truong era uma menina. Tinha acabado de encontrar um cadáver. Essas pessoas precisavam de apoio.

Frank ficou quieto, exceto pelo chiado de ar passando por seus pulmões congestionado.

— Olhe, eu tive um motivo para não aceitar seu trabalho, quando me chamaram. É uma merda.

— Você acha?

— Você é um bom chefe. Não posso falar pelas outras partes da vida. Se fosse a minha filha com você, o nariz quebrado seria o menor de seus problemas. — Frank abriu um sorriso falso. — Quando você estava em Birmingham, quantos assassinatos contabilizou?

Jeffrey balançou a cabeça. Birmingham tinha dez vezes o tamanho de Grant County. E mais de cem homicídios por ano.

— Provavelmente dezenas, né? E mesmo sem os que estavam mortos na chegada, você via sangue toda semana, talvez todo dia. Facadas, tiros... Todo tipo de merda. Aqui em Grant County, temos algumas overdoses, algumas fatalidades em veículos, alguns acidentes de trator, talvez algumas mulheres mortas. — Fran deu de ombros de novo. — Você está usando a lógica de Birmingham para situações de Grant County.

Jeffrey nunca tinha visto nada como o que acontecera com Tommi Humphrey e Leslie Truong em Birmingham.

— Foi o que me contrataram para fazer.

— Então faça. Lena tem potencial. Tem o instinto de fazer o trabalho como precisa ser feito. Você pode ser o chefe que vai moldar essa mulher numa boa policial, ou o babaca que a transformará em um nada porque se sente melhor assim.

— Nunca imaginei que você fosse psiquiatra.

Frank deu um aperto no ombro de Jeffrey do tipo que se dá em um homem que você quer que obedeça como um cachorro.

— E eu nunca imaginei que você fosse mulherengo, mas o que se pode fazer?

— Obrigado pela conversa animadora, Frank.

— Às ordens, chefe.

Frank o agraciou com outro tapinha degradante no ombro antes de sair.

Por hábito, Jeffrey virou a lousa para a parede antes de sair. Pegou suas anotações do pódio. Foi recompensado com outra dor pulsante no rosto. Passou a mão de leve pelo contorno do nariz. Definitivamente, algo estava de um jeito que não devia estar. Segurou a respiração, aumentando a pressão e tentando fazer os ossos voltarem para o lugar com um estalo.

Os olhos lacrimejaram. A dor era intensa demais. A não ser que quisesse ficar parecendo um gangster dos anos 1930 para o resto da vida, teria que ir a um médico a três cidades de distância para conseguir ser atendido.

— Chefe? — Marla entrou com um saco de batatas fritas congeladas numa mão e um pote de Advil na outra. — Peguei as batatas com Pete na lanchonete. Ele vai querer de volta.

Jeffrey pressionou o saco contra o nariz. Gesticulou para Marla abrir o pote.

— Lena já voltou?

— Vi o carro dela encostando quando estava voltando da lanchonete.

— Obrigado. — Jeffrey engoliu quatro cápsulas de Advil a seco enquanto andava de volta para a sala do batalhão.

Lena estava tirando o casaco e, ao vê-lo, fez o olhar inocente e assustado de sempre. Jeffrey não gostou do medo que viu nos olhos dela.

Noventa por cento do serviço policial era lidar com homens raivosos. Se a mulher não conseguia aguentar a raiva do chefe, não se daria bem na rua.

— Na minha sala — disse.

Lena o seguiu para dentro e fechou a porta sem que ele mandasse. Começou a se sentar, mas Jeffrey a impediu.

— Fique de pé. — Ele jogou o saco de batatas fritas na mesa ao se sentar. A mudança de altitude fez o nariz latejar mais forte.

— Chefe…

Ele enfiou o dedo nas fotocópias das anotações.

— Que porra é essa?

Lena segurou a respiração. Claramente esperava que a comida de rabo de antes tivesse sido a última.

— Olhe para isso. — Ele devolveu as cópias. — Você é uma policial. Quer ser investigadora. Então me diga o que há de errado com suas anotações, futura investigadora.

Lena olhou para as palavras muito organizadas, os passos cuidadosamente detalhados de suas várias ações.

— Não tem… — Lena pigarreou. — Não tem erro algum.

— Certo — falou Jeffrey. — Nenhuma frase inacabada, nenhuma marca solta, nenhum pensamento cruzado, nem um único erro de ortografia. Ou você é a porra da policial mais inteligente deste prédio, ou é a mais burra. Qual é a opção?

Lena colocou as cópias de volta na mesa dele. Trocou o peso dos pés.

— Quais anotações quer que eu mantenha? — continuou Jeffrey. — Que conjunto quer que seja intimado pelos advogados de Gerald Caterino? Ou de Bonita Truong, porque a filha dela foi assassinada quando você a mandou voltar sozinha para a faculdade.

Lena manteve os olhos baixos.

— Você vai fazer um juramento. Qual conjunto de notas é o verdadeiro?

Lena não levantou o olhar, mas colocou a mão nas cópias.

— Este.

Jeffrey se recostou na cadeira. O saco de batatas fritas congeladas estava deixando uma marca de umidade na escrivaninha.

— Onde está seu caderno original?

— Em casa.

— Jogue fora — mandou Jeffrey. — Se esta é a sua escolha, você vai ter que defender até o fim.

— Sim, senhor.

— Conte mais sobre a entrevista com Leslie Truong.

Lena se remexeu, nervosa.

— Perguntei se Leslie tinha visto mais alguém na área. Ela disse que tinha passado por três mulheres ao entrar no bosque. Estavam indo na direção da faculdade. Duas usavam as cores da Grant Tech. A outra, não, mas parecia aluna. Leslie não as reconheceu. Eu a pressionei sobre isso e...

— E o homem?

— Ela achou que também fosse aluno. — Lena encontrou o olhar dele, mas logo desviou. — Só lembrava do gorro. Era de tricô preto, tipo uma boina. E não lembrava do rosto nem da cor do cabelo ou dos olhos, nem da altura ou do peso. Disse que só parecia um cara normal, provavelmente um aluno. Estava trotando na trilha.

— Trotando? Não correndo?

— Foi o que eu perguntei, e ela definitivamente disse trotando. E não estava agindo de modo suspeito nem nada. Lena supôs que fosse um aluno saindo para correr.

— Ela falou aluno, dando a entender que estava nessa faixa etária?

— Eu perguntei, e ela respondeu que não saberia dizer, exceto que ele corria como se fosse mais jovem. Acho que as pessoas mais velhas, quando correm, talvez tenham problemas no joelho ou não sejam tão rápidas? — Ela deu de ombros. — Desculpe, chefe... Será que ela... ela está morta porque eu...

O olhar de Lena encontrou o dele. Desta vez, ela não desviou.

As palavras de Frank voltaram. Jeffrey podia destruí-la. Podia dizer aquilo que ia esmagá-la até virar pó, e Lena nunca mais conseguiria fazer o trabalho.

Então falou:

— Leslie Truong está morta porque alguém a assassinou.

A luz do teto reluziu na umidade nos olhos dela.

— Quase todo o trabalho policial é de assistência social. — Jeffrey já tinha dito isso a ela, mas esperava que, desta vez, a lição tivesse significado. — Sei como é estar na patrulha. Você escreve multas o dia todo, vendo quem atravessa fora da faixa, entediada como o diabo... aí um cadáver aparece, e é empolgante.

A expressão culpada de Lena confirmou que Jeffrey tinha chegado à verdade.

— E essa empolgação é ótima, mas impede que você pense em qualquer outra coisa. Você perde coisas. Comete erros bobos. Não temos muita margem de manobra, como policiais. Temos que ver tudo. Até o menor detalhe pode ser a diferença entre vida e morte.

— Desculpe, chefe. Não vai acontecer de novo.

Jeffrey não tinha terminado.

— O motivo para eu ter me mudado de Birmingham para cá é que estava cansado de prender um traficante por atirar em outro. Queria me sentir conectado às pessoas que estava protegendo. Você pode ser uma boa policial, Lena. Uma policial boa pra caramba. Mas precisa trabalhar nessa conexão.

— Sim, chefe. Vou trabalhar.

Jeffrey não tinha certeza de que ela trabalharia no que quer que fosse, e mais dez minutos ou dez horas de sermão não mudariam isso.

— Sente-se.

Lena sentou-se na beirada da cadeira.

O nariz tinha começado a coçar, como se Jeffrey precisasse espirrar. Ele encostou as batatas fritas congeladas de volta no rosto.

— Agora quero saber da obra.

Lena prendeu a respiração por um breve instante, enquanto pegava o caderno no bolso de trás.

— Falei com todo mundo na obra. Estão construindo um depósito climatizado.

Jeffrey meneou a cabeça para que ela continuasse.

— Tem mais operários do que seria de se esperar, sabe? Instaladores de porta de garagem, soldadores e seguranças, além dos empreiteiros de costume e tal. Eu ia digitar isso, mas...

Ela ofereceu o caderno.

Jeffrey não pegou.

— Era você que estava lá. Algum dos nomes chamou a atenção?

— Na verdade, não. — Lena olhou de relance para cima, depois para baixo. A culpa tinha voltado. — Eu ia passar o nome de todos pela base de dados, para conferir passagens na polícia ou mandados pendentes, mas...

Jeffrey sabia que não ia gostar do que estava vindo, mas mesmo assim precisava ouvir.

— Desembucha.

— Sei que você me disse para ir à obra e voltar aqui assim que possível, mas... — Lena levantou o olhar para ele. — Eu dirigi até o Home Depot de Memminger.

Jeffrey ficou pensando na informação. Lena tinha desobedecido suas ordens — de novo, diga-se de passagem —, mas seus instintos eram bons. Todos os empreiteiros na área dos três condados contratavam trabalhadores ilegais, a maioria morava perto do Home Depot. Em geral, os empreiteiros os pegavam no início da manhã e os faziam trabalhar até o talo por um salário de fome, depois os deixavam no Home Depot à noite, aí iam à igreja no domingo e reclamavam de como os imigrantes estavam arruinando o país.

— E?

— Eu não falo espanhol, mas achei que topariam falar comigo. — Lena esperou que Jeffrey assentisse para continuar. — No início, ficaram assustados com meu uniforme, mas aí deixei claro que não ia mexer com eles, que estava procurando informação, entende?

A voz ficou mais aguda na última palavra. Lena devia estar com medo de se encrencar de novo.

Jeffrey perguntou:

— E eles falaram com você?

— Alguns falaram. — Lena estava tímida de novo.

— Interprete os sinais. Eu não estou gritando com você.

— É que metade disse que trabalhava na obra do depósito. Eram chamados dependendo do que precisasse, mas disseram que era estranho porque também tinha um gringo aceitando dinheiro por baixo dos panos. — Ela pausou, esperando um aceno. — Eles não sabiam o nome, mas todo mundo chamava por um apelido. Eu pressionei um pouco, e um cara disse que achava que era algo com B.

— Algo com B — repetiu Jeffrey. Algo no nome soava um alarme. — Vem de broca?

— Não tenho certeza. Mas fiquei pensando no Felix Abbott, porque...

— Merda. — Jeffrey levantou tão depressa que o nariz pegou fogo. — Felix admitiu que seu apelido é *Broquinha*. Pode haver um *Brocão*. E talvez esse Brocão seja Daryl, e talvez Daryl tenha acesso a uma van. Cadê o Felix? Ainda na cela?

Lena se levantou, imitando o chefe.

— Fui conferir quando entrei. Estão preparando o meliante para ir de ônibus ao tribunal. A audiência é hoje de manhã.

— Vá atrás dele. Pode arrancar o maldito do ônibus, se precisar. Pegue a pasta de prisão com o guarda e bote o cara no interrogatório. Vá.

Lena bateu a porta com tanta força que sacudiu o vidro.

— Frank? — Jeffrey não o viu na sala do batalhão. Correu até a copa. — Frank?

Frank levantou os olhos. Estava parado na beira da pia comendo um bolinho de bacon.

— Felix Abbott. 23 anos. Skatista. Traficante de maconha?

— Por que o nome dele apareceu de novo? — indagou Frank, com migalhas caindo da boca. — Está suspeitando dele nos ataques?

— Deveria?

— A árvore genealógica é uma privada cheia de merda, mas não. A geração mais jovem destruiu os negócios da família. Típico problema de sucessão. Na terceira geração, não tem mais ética profissional. — Frank tossiu mais algumas migalhas. — Eu procuraria o pai do garoto. Um dos…

Jeffrey se afastou da dispersão de migalhas quando Frank tossiu de novo.

— Dos tios, eu estava dizendo. — Ele cuspiu na pia. Ligou a torneira para limpar. — Tem umas cinco ou seis famílias em Memminger para procurar, quando acontece algo suspeito. Os Abbott estão no topo da lista. Boa sorte tentando fazer os malditos falarem a verdade. São uns híbridos, como cadelas no cio.

— Fale mais sobre os Abbott.

— Putz, deixa eu ver se lembro. — Frank tossiu de novo. — Se estou pensando nos merdas certos, o pai está na estadual por homicídio duplo. A avó tentou acobertar e acabou pegando cinco em Wentworth. São seis filhos, todos brigões, que viviam no bar e batiam nas esposas, com tantos filhos, enteados e bastardos que ninguém consegue nem contar.

— Algum chamado Daryl?

— Não faço a menor ideia. São problema de Memminger. Quando ouço o nome deles, eu só dou risada.

— Você parece saber muito sobre a família.

— Tenho ensaio de coral todo mês com um adjunto lá de Memminger. O cara canta muito.

Ensaio de coral, na linguagem dos policiais, é o tipo que acontece num bar, não numa igreja.

— Algum dos Abbott já trabalhou na faculdade?

— Não iam nunca passar na verificação de antecedentes.

— E o apelido *Brocão*? Já apareceu?

— Não, mas tem uma boa quantidade de ingestão durante o coral — admitiu Frank. — Posso ligar para Memminger e investigar.

— Faça isso. Se pudermos provar que Daryl é o gringo com apelido de Brocão na obra da Mercer, isso o coloca nas proximidades da estrada de acesso que dá na cena de crime de Truong.

— Caralho.

— Caralho, mesmo. Vá para o telefone.

Jeffrey estava na ponta dos pés, algo entre uma caminhada rápida e uma corrida, indo para a sala de interrogatório.

Lena estava levando Felix Abbott pelo corredor. O homem estava com as mãos algemadas nas costas e arrastava os pés, embora os tornozelos não estivessem amarrados. Jeffrey sentia o cheiro de trapaça nele. Não era a primeira vez que Felix era preso. Estava com o peito estufado, como um fedelho desafiando um policial a dar um golpe.

Ficou tentado, mas em vez disso abriu a porta da sala de interrogatório e esperou o garoto entrar. Felix deu um sorrisinho ao passar. Ombros para trás. Peito estufado.

Apesar de toda a postura, parecia um garoto normal de vinte e poucos anos. Nem alto, nem magro demais. Cabelo castanho desleixado, bem como Chuck descrevera. Felix estava com roupas de skatista: bermuda larga, moletom com gorro e zíper e uma camiseta desbotada do Ramones. O hematoma na lateral da cabeça era um indicativo de que Lena não estava brincando quando disse que o jogara para fora do skate.

Felix notou o nariz machucado de Jeffrey e perguntou:

— Essa vaca também te derrubou?

Jeffrey arrancou os pedaços de papel higiênico das narinas e os jogou no lixo. A sala era pequena, típica da maioria das delegacias. Uma mesa parafusada no chão. Cadeiras de cada lado. Um espelho falso que dava para uma sala de observação minúscula que fazia as vezes de armário de depósito.

Lena jogou a pasta de prisão de Felix Abbott na mesa.

Jeffrey não se sentou. Ficou olhando a pasta, analisando os detalhes. Felix tinha sido preso duas vezes, ambas por posse, e escapou apenas com um aviso. Tinha muitas tatuagens. Seu apelido era Broquinha. Segundo a carteira de motorista, Felix morava em Memminger. Jeffrey reconheceu o endereço de Dew-Lolly, um hotel de merda que alugava por semana. A única coisa que precisava daquele moleque era um nome. Nem mesmo um primeiro nome. Jeffrey sabia que achar Daryl o levaria a uma pista — ou seria *a* pista que desvendaria o caso todo.

Jeffrey ergueu o olhar. Felix estava de pé do outro lado da mesa. A mandíbula, angulada, pedindo um soco. O garoto tinha uma espinha no queixo. A cabeça branca, cheia de pus, estudava Jeffrey como olhos vermelhos.

— Sente-se — mandou.

Felix se demorou, andando ao redor da mesa. As mãos de Lena apertaram os ombros dele, e ela o empurrou para a cadeira de plástico.

— Caralho! — reclamou Felix.

Jeffrey gesticulou para que ela se sentasse em frente a Felix. Cruzou os braços, olhando com raiva para o garoto.

Felix levantou o olhar para Jeffrey, depois se voltou para Lena. Ela também estava de braços cruzados.

Jeffrey começou aos poucos.

— Você foi preso com uns sacos de erva.

— E daí?

— É sua terceira prisão por posse. Já liguei para o procurador-geral. Estamos fazendo uma coisa nova na cidade, para diminuir as reincidências.

Ele deu de ombros, com desdém.

— E daí?

— E daí que você está correndo risco de ir para a prisão de gente grande desta vez, chega de férias na cela do condado.

Ele deu de ombros de novo. Devia ter tios na prisão. A estadia seria mais tranquila do que a da maioria.

Ainda assim, Jeffrey esperou uma resposta.

O garoto retrucou, pela terceira vez:

— E daí?

A mão de Lena se moveu como um chicote. Ela deu um tapa de mão aberta na cara de Felix.

— Puta que pariu, moça! — Felix levou as mãos ao rosto. Olhou para Jeffrey. — Que porra é essa, cara?

Jeffrey assentiu.

Lena deu outro tapa.

— O quê? — gritou Felix. — O que você quer?

Jeffrey disse:

— Seu apelido é Broquinha.

— E da… — Ele repensou a resposta. — Isso é crime?

— De onde veio o apelido?

— Do meu… Sei lá. De um dos meus tios? Eu era pequeno. Eles eram grandes.

Grandes. Brocão.

— Jesus. — Felix esfregou a bochecha. — Qual é o seu problema, sua vaca?

Jeffrey estalou os dedos para chamar a atenção de Felix.

— Não se preocupe com ela. Olhe para mim.

— Com o que mais eu preciso me preocupar, cara? — Ele pôs a mão no rosto e falou, para Lena: — Você precisa parar, tá? Arde muito.

Jeffrey respirou fundo. Queria chacoalhar aquele merdinha até os dentes dele caírem, mas a pior forma de conseguir informação era mostrar ao suspeito que precisava dele. Apertou os nós dos dedos na mesa e se inclinou à frente.

— Quer que eu bata em você, em vez disso?

Felix balançou a cabeça com tanta força que o cabelo sacudiu.

Jeffrey baixou o olhar para ele com raiva. Estava errado sobre Daryl ser o suspeito mais provável? Seria Felix o homem que atacara Beckey Caterino? Que chutara um martelo entre as pernas de Leslie Truong com tanta força que a cabeça quebrara?

— Preciso de um médico. — Felix não parava de esfregar a bochecha. O lábio inferior estava inchado.

Se ele fosse um psicopata, era um muito bom.

Jeffrey perguntou:

— Onde você estava há dois dias, entre as cinco e sete da manhã?

— Dois dias? — Felix ajeitou o cabelo. — Merda, cara, não sei. Dormindo na minha cama?

Lena pegou o caderno e a caneta.

Felix pareceu nervoso com a perspectiva de ser citado oficialmente.

Jeffrey provocou:

— Você estava dormindo há dois dias entre as cinco e sete da manhã?

— Ahn, talvez? — Ele olhou para Lena, depois para Jeffrey. — Não sei, cara. Um dia, acordei na cela dos bêbados de Memminger. Não sei se foi nesse dia.

341

Jeffrey viu Lena fazer um traço ao lado da anotação, para verificar o possível álibi.

E disse a Felix:

— O diretor de segurança do campus identificou você como traficante de maconha.

Felix não negou.

Jeffrey perguntou:

— Você estava na faculdade ontem?

— Estava, cara. — Felix pôs o cabelo para trás de novo. — Estava fazendo uns negócios na frente da biblioteca. É só dar cinco paus para os seguranças que eles fazem vista grossa.

Jeffrey não ficou surpreso de os homens de Chuck aceitarem suborno. Olhou o caderno de Lena, que fez outro traço para checar as fitas de segurança da frente da biblioteca.

Perguntou a Felix:

— Você costuma ir ao bosque?

— Quê? — O garoto pareceu enojado. — Não, cara. Não dá para andar de skate no bosque. Tem terra e essas paradas.

— Alguém mais na sua família tem apelido?

— Tem, e daí? — Ele afastou o rosto, esperando outro tapa. — Que porra está acontecendo com vocês? Achei que iam me oferecer uma troca.

— Uma troca pelo quê?

— Sei lá. Meu fornecedor?

— Sem trocas — retrucou Jeffrey. — Fale sobre os apelidos.

Felix estava confuso o suficiente para responder.

— Meu avô, a gente chama de Bomba, porque ele detonou uns caras. Tenho um tio chamado Pê, porque peida sem parar. Tem o Bubba, Bubba Salsicha…

Jeffrey deixou que ele passasse pela lista. Não ficou surpreso por ser longa. Homens se davam apelidos o tempo todo. O chamavam de Engomadinho no ensino médio. Seu melhor amigo era o Gambá.

— Meu tio Graxa rodou e está cumprindo pena na Wheeler, o que é meio engraçado. Porque Wheel é roda. Sacou?

Jeffrey tinha sacado que os Abbott não eram fãs de planejamento familiar. Talvez Felix tivesse um tio de idade próxima à sua.

— Há quanto tempo o Graxa está na cadeia?

— Três meses? Sei lá. Vocês podem olhar.

Jeffrey viu Lena fazer outro traço, indicando para dar prosseguimento.

Perguntou a Felix:

— O Graxa trabalha com carros?

— Claro. É por isso que chamam ele assim. Graxa não nasceu na Wheeler.

Jeffrey pensou no kit Dead Blow, no martelo de bola.

— Ele faz trabalho de funilaria, conserta amassados e arranhões?

— Ele trabalha em tudo, cara. É um gênio dos motores. Sabe como consertar até skate.

Jeffrey deu um passo mental para trás. Só tinha uma chance com esse moleque.

— Vocês dois devem ser próximos, se ele conserta seus skates.

— Nada, cara, o Graxa nunca fez merda alguma pra mim. Não me suporta.

Jeffrey tinha começado a suar. Sentia que estava muito perto.

— Então ele conserta o skate de quem?

— Do filho dele. Só que não é filho dele de verdade. Tipo, ele nunca adotou, nem depois que a mãe morreu. — Felix balançou a cabeça para tirar o cabelo dos olhos. Claramente ficava mais confortável com essa linha de interrogatório, que era exatamente o que Jeffrey queria. — Meu primo, foi ele que me apresentou ao skate. Eu sou sombra dele desde sempre. Ele estava comigo quando fiz meu primeiro *alley-oop*.

Meu primo.

Lena levantou os olhos do caderno.

Felix se virou para ela.

Jeffrey considerou suas opções. Podiam fazer uma busca pelos tios de Felix, encontrar o que se chamava Graxa e que estava na Prisão Estadual de Wheeler, aí dirigir até Wheeler e tentar arrancar a informação.

Ou podia se juntar a Frank e fazer umas ligações para ver se alguém sabia algo sobre o garoto que Graxa tinha criado e não era oficialmente filho dele.

Ou podia arrancar a resposta daquele fedelho de merda.

De novo, circulou o assunto, perguntando a Felix:

— O que é um *alley-oop*?

— Cara, é demais. Você gira pra um lado e voa para o outro, tipo um peixe saindo da água.

— Parece difícil.

— Ah, é mesmo. Pode deslocar o quadril.

— Qual é o nome do seu primo?

Como um interruptor sendo ligado, o comportamento de Felix mudou. Ele já não estava no modo skatista relaxado. Era um garoto de uma família de criminosos que morava numa parte ruim da cidade e sabia que não podia denunciar o próprio sangue.

— Por quê?

Jeffrey se ajoelhou, ficando no nível de Felix.

— O apelido dele é Brocão, não é? E você é o Broquinha, porque é a sombra dele?

Felix olhou de novo para Lena, depois para Jeffrey, então para Lena. Ele estava tentando entender se tinha falado demais.

Jeffrey só podia chutar as conexões que o garoto estava tentando fazer. Precisava das palavras. Levantou o queixo para Lena, indicando que ela devia sair.

Lena fechou seu caderno. Clicou a caneta. Saiu pela porta.

Jeffrey demorou para se levantar. Caminhou lentamente para a cadeira de Lena para dar a ela tempo de se posicionar atrás do espelho falso.

Ele se sentou. Uniu as mãos na mesa.

Tentou manter suas opções abertas, dizendo:

— Daryl não está correndo perigo.

— Merda. — Felix começou a bater o pé no chão. — Merda-merda-merda-merda.

Jeffrey tomou aquilo como confirmação de que estava no caminho certo. Tentou se colocar na posição de Felix. Não ia dedurar o primo. Pelo menos, não de propósito.

— Felix, vou ser direto com você. É sobre a obra na Mercer.

O batuque parou.

— O depósito?

— A polícia federal está se envolvendo por causa de violações de segurança do trabalho. — Jeffrey sentiu a mentira se espalhar pelo cérebro como uma droga. — Você sabe o que é uma investigação de segurança do trabalho?

— É quando visitam pra ver se as pessoas se machucam no trabalho porque os chefes estão tentando economizar.

— Isso mesmo. A agência de segurança do trabalho está procurando testemunhas contra os chefes. E sabem que Brocão estava trabalhando na obra. Querem falar com ele em *off*.

O garoto cutucou a espinha. Ambas as mãos foram ao rosto, por causa das algemas.

— As pessoas se machucaram demais?

— Bastante. — Jeffrey ficou se perguntando para que lado ir. Será que a oferta de uma recompensa falsa seria óbvia demais? Será que devia voltar ao skate?

No fim, Jeffrey escolheu o silêncio, tão difícil para ele segurar quanto para Felix aguentar.

O garoto desistiu primeiro, dizendo:

— Não quero ferrar meu primo, mano.

Jeffrey se inclinou para a frente:

— Está preocupado com a ficha dele?

A expressão de Felix deu toda a confirmação de que precisava. O primo tinha uma ficha de prisão, possivelmente um ou dois mandados pendentes. Era por isso que Brocão estava trabalhando na obra junto dos outros operários ilegais. Não podia arriscar que seu número de previdência social entrasse no sistema.

Jeffrey falou:

— Não me importa se ele teve problemas antes. Não é disso que se trata.

— Você não entende, cara. Eu já disse: eu sou sombra dele desde molequinho.

Jeffrey desistiu da mentira. Escolheu um motivador mais confiável, o interesse próprio.

— Está bem, Felix. Você quer mesmo uma troca? Ainda não teve sua audiência. Posso tirar a acusação de maconha. Posso até perder esses papéis. Só me dê o nome dele, e você pode sair daqui agora.

Felix cutucou a espinha outra vez.

Jeffrey respirou pelo nariz quebrado. Ouvia um silvo leve. Aquilo não estava indo a lugar algum. Teria que tomar uma decisão.

Deu uma última chance ao menino.

— E então?

— E então, o quê? — Felix estava com raiva. — Ele nem é meu primo de verdade! Meu tio Graxa pegou a mãe dele uns dias, antes de ela morrer de overdose, aí ficou preso com o menino. Quer dizer, a gente é próximo, mas tecnicamente não é parente. A gente não tem nem o mesmo sobrenome.

Jeffrey cerrou a mandíbula, esperando.

— Tá, tudo bem — disse Felix, por fim. — Ele tá na casa do Graxa, ok? Tipo, eu tô enfiado em Dew-Lolly com um bando de viciados, e ele curtindo em Avondale sem pagar aluguel.

— Preciso do nome dele, Felix.

— Nesbitt — respondeu. — Daryl Nesbitt.

Jeffrey sentiu os pulmões se abrirem pela primeira vez em dois dias. Quase teve um segundo completo de alívio antes de a porta se abrir com força.

— Chefe? — Era Frank. — Preciso de você.

Jeffrey se levantou. Sentia-se desequilibrado.

Daryl Nesbitt.

Precisava voltar para Felix, descobrir por que Caterino e Truong tinham o telefone de Daryl em seus celulares. Será que ele era parte do tráfico de maconha? Os celulares eram justificativa o bastante para levar Daryl à delegacia?

Nesbitt tinha trabalhado na obra perto da estrada de acesso. O pai consertava carros quebrados. Graxa Abbott devia ter um kit de martelos Dead Blow na caixa de ferramentas, que estaria em posse do enteado enquanto o pai estava na prisão.

Daryl teria acesso a uma van escura? Estivera na vizinhança da faculdade nos últimos dois dias? Jeffrey ia precisar de registros de telefone. Faturas de cartão de crédito. Ficha criminal. Redes sociais.

— Aqui. — Frank o puxou pelo corredor. Algo estava errado.

Jeffrey tentou fechar a lista na cabeça, dizendo a Frank:

— Já estou com Daryl...

— O reitor acabou de ligar — anunciou Frank. — Outra aluna sumiu.

CAPÍTULO VINTE E DOIS

Atlanta

— ARGH. — FAITH LEVANTOU o olhar do celular, dando uma pausa na leitura para não ficar enjoada no carro.

Will dirigia enquanto ela buscava relatórios policiais, reportagens e redes sociais para montar um perfil de Callie Zanger. Faith tinha começado a tarefa pensando que ia provar a Miranda Newberry que sua planilha de oitenta abas coordenada por cores estava errada, mas tudo até agora apontava para uma vítima que tinha conseguido escapar.

Will perguntou:

— E então?

— Primeiro, Callie Zanger é bonita pra caramba.

Will tirou os olhos da estrada para examinar a foto no telefone de Faith. Não disse nada, mas não precisava. Zanger era lindíssima. Cabelo longo, nariz perfeito de botão, um queixo capaz de cortar diamantes. Devia levantar às quatro da manhã para fazer pilates e atualizar seu mural de desejos.

O mural de desejos de Faith era uma fotografia esfarrapada dela dormindo. Deu o resumo a Will.

— Zanger é sócia de um escritório de advocacia rico chamado Guthrie, Hodges e Zanger. Divorciada. Sem filhos. Especializada em litígio fiscal. Quarenta e um anos. Mora numa cobertura de seis milhões de dólares no One Museum, na frente do High. Foi dada como desaparecida há dois anos, em 28 de março.

— Início da manhã? — indagou Will.

— Provavelmente. Faltou a uma reunião obrigatória na quarta de manhã. Parece que ela é bem controladora, nunca perde uma reunião, então todo mundo surtou. Ligaram para os hospitais, a polícia, foram no apartamento dela, checaram a academia. A BMW estava na garagem. A mãe de Zanger, Veronica Houston-Bailey, estava na delegacia do centro de Atlanta ao meio-dia, acompanhada do advogado da família, e é por isso que imagino que o Departamento de Polícia de Atlanta não a mandou voltar em 24 horas.

— Houston-Bailey da Imobiliária Houston-Bailey?

— A própria. — A empresa era de longe a maior imobiliária comercial de Atlanta. — Para ser justa, concordo que o DPA precisava começar a resolver logo o assunto. Advogadas poderosas e cheias de conexões políticas não desaparecem do nada. Ainda mais no meio de um divórcio sórdido de zilhões de dólares que aparece todo dia nos jornais e noticiários.

— O DPA foi para cima do marido?

— Rod Zanger. Sim, foram para cima dele como um bando de velociraptors. Rod alegou não ter ideia de onde a ex estava ou por que tinha desaparecido, o de sempre. Mas não podia confirmar seu paradeiro na quarta de manhã, quando ela desapareceu. Sem recibos, sem registro telefônico, sem testemunhas para o álibi. Disse que estava em casa, na mansão deles de Buckhead, resfriado. No dia de folga da empregada. E do jardineiro. O DPA caiu com tudo nele.

— O carro dela estava estacionado no trabalho?

— Na vaga no One Museum, convenientemente localizada num ponto cego que as câmeras de segurança não pegavam. Ela, às vezes, ia a pé para o trabalho, se o clima estivesse bom. Mas a bolsa e o telefone foram encontrados trancados no porta-malas.

— Parece familiar.

— Quase um padrão. Você se lembra do divórcio? Foi bem grande, uma história de Cinderela às avessas. Os dois se conheceram na Faculdade de Direito de Luke. Rod era o caubói pobre de Wyoming. Callie era a debutante rica do Sul que roubou seu coração. Os jornais o chamavam de submisso.

Will balançou a cabeça, porque só lia revistas de carro e revistas sobre carro.

Faith tinha recebido uma mensagem. Ela segurou o telefone na frente do rosto, em vez de baixar os olhos para a tela. Jeremy ainda estava implorando por ajuda.

Ela fechou a mensagem, dizendo a Will:

— É aqui que fica interessante. Trinta e seis horas depois que foi dada como desaparecida, Zanger foi encontrada perambulando pela Cascade Road no meio da noite. Estava atordoada e confusa. Sangue escorria de uma ferida na cabeça. As roupas estavam rasgadas. Estava coberta de lama. Sem sapatos. No hospital, trataram-na para concussão grave e fratura exposta.

— Que tipo de ferida? — perguntou Will. — Pode ter sido de um martelo?

— O relatório policial não especifica, e as reportagens são irritantemente vagas. Mas Zanger foi levada a Grady, e Sara trabalhava lá, então...?

— Você quer que ela viole a privacidade da paciente?

Faith se afastou daquele sonho impossível.

— Zanger assinou a própria alta do hospital na manhã seguinte. Segundo os jornais, não há registro dela ser admitida em qualquer outro centro médico da região metropolitana. Segundo o DPA, ela se recusou a fazer uma denúncia formal ou a se submeter a uma entrevista informal. Não queria falar com quem quer que fosse. O marido não queria falar. A mãe com certeza não ia falar. Então, a investigação foi fechada, o acordo de divórcio virou confidencial, e os jornais não tinham mais nada a relatar. E aqui estamos, dois anos depois.

— Como Zanger foi da Cascade Road ao hospital? — perguntou Will.

— Um casal mais velho estava dirigindo com a neta bebê, tentando fazê-la dormir. O que só funciona com netos, aliás. Nunca dá certo com seus próprios filhos.

— Tem muitas áreas de floresta perto da Cascade.

— Quero pegar um mapa satélite gigante do estado para poder colocar Xs nos lugares onde as mulheres moravam, onde foram encontradas e a última localização conhecida em que foram vistas vivas.

— Aposto que Miranda tem um mapa desses.

Faith ficou furiosa, que era provavelmente o motivo de Will ter falado aquilo.

— Então me explique isto, Batman: se *Dirk Masterson* tinha tanta certeza de que estava *caçando um assassino em série*, por que não foi à polícia?

— Porque ela sabia que o que fosse acontecer ia acontecer?

Faith olhou seu celular e respondeu à mensagem de Jeremy com mais atenção do que o necessário. Will tinha sugerido que deixassem Miranda e Gerald Caterino chegarem juntos a um plano de pagamento com validade legal e com juros, mas Will teria deixado até Bonnie Parker se safar, se ela jurasse juradinho que nunca mais ia roubar um banco com Clyde Barrow.

Will falou:

— Não estou dizendo que Miranda é uma cidadã exemplar, mas não saberíamos nada disso se não fosse ela. Foi Miranda quem deu a informação a Gerald, que a mandou a Nesbitt. E Nesbitt nos trouxe até aqui.

— Obrigada pelo resumo dos últimos dois dias — retrucou Faith. — Miranda Newberry não consegue nem falar a verdade sobre onde vai almoçar. Ela criou uma empresa falsa com um nome e um site falso e uma conta bancária legítima para poder depositar os cheques. Acha mesmo que Gerald Caterino é a única vítima?

Dessa vez, Will não tinha uma resposta.

— Trapaceiros vão trapacear — lembrou Faith. — Mas, sério, podemos falar do óbvio? Até parece que eu ia almoçar no Wendy's e usar um vestido cor de peido de palhaço se alguém tivesse me pagado uma bolada de trinta mil livre de impostos.

O celular de Will começou a tocar. Ele aceitou a chamada.

— Somos nós. Você está no viva-voz — disse Faith.

— Estão muito longe do escritório de Zanger? — perguntou Amanda.

Faith chutou:

— Uns cinco minutos?

— Sara está a mais ou menos isso da sede. Os Van Dorne chegaram adiantados. Caroline os colocou na sala de reuniões. Quero os dois de volta aqui urgente.

Faith supôs que tivessem decidido pedir permissão aos pais para exumar o corpo. Achou melhor não pressionar Amanda com a ideia de um assassino em série.

— Vamos pegar engarrafamento. Não sei quanto tempo vamos levar.

Will perguntou:

— E os arquivos de Brock?

— Sara deu uma olhada preliminar. Está tudo lá. O relatório do legista. As anotações originais de autópsia. Exames laboratoriais, fotografias, e até um vídeo da cena do crime. Os exames de sangue e de urina deram negativo, exceto para canabinoide. Truong era universitária, então era de se esperar — contou Amanda. — Segundo Sara, Rohypnol e GHB tem meia-vida curta e metabolismo rápido, portanto, os resultados toxicológicos por si só não podem excluir que Truong possivelmente tenha sido drogada. Os sintomas incluem um ou todos os seguintes: amnésia, perda de consciência, sensação de euforia, paranoia e perda de controle muscular, ou seja, pernas e braços paralisados. Os efeitos podem durar de oito a doze horas.

Will perguntou:

— E o Gatorade azul?

— O laboratório confirmou uma substância açucarada achada no conteúdo do estômago consistente com uma bebida esportiva de cor azul. Olha, quero que reportem imediatamente depois de falar com Zanger.

— Espere. — Faith, afinal, não conseguiu deixar para lá. — Você não vai perguntar nada sobre a planilha?

— Eu acho que só preciso perguntar por que nenhum dos meus investigadores altamente treinados viu essas possíveis conexões antes de uma civil posando como detetive de filme pornô.

Faith aceitou a provocação, porque claramente era para ela.

— Você sabe quantos casos eu conseguiria achar se tivesse sessenta bilhões de horas para gastar na frente do computador?

Will olhou desconfiado para a parceira.

Amanda respondeu:

— A melhor parte de não aprender com os próprios erros, Faith, é que você pode continuar errando até aprender.

Faith abriu a boca.

Will desligou antes de ela conseguir falar.

Esperou um segundo, então disse à parceira:

— Você sabe que Amanda deve estar trabalhando nisso nos bastidores, né?

Faith não ia entrar numa discussão sobre como Amanda tinha o hábito de brincar de esconde-esconde com as informações. A chefe gostava de ser o Mágico por trás da cortina. Faith estava cansada de ficar sentada na cestinha de Dorothy.

— Amanda tem uma intuição sobre Masterson — comentou Will. — É por isso que fica insistindo no provedor de internet. Ela sabe que é uma série de assassinatos. Você precisa confiar que ela tem um plano. Ela está tentando nos manter na rédea curta.

— Acho que é o segundo dia seguido que terei que explicar a um homem que não sou um cavalo.

Will olhou para a rua à frente.

— Zanger ficou 36 horas desaparecida. Que motivo ela teria para não abrir uma ocorrência?

— Medo? — perguntou Faith. Era o motivo para a maioria das mulheres não denunciarem agressões. E ofereceu mais um: — Talvez estivesse preocupada que ninguém fosse acreditar?

— Ela foi ao hospital. Tinha provas físicas de que foi machucada.

— Talvez ela não quisesse lidar com aquilo? O divórcio estava realmente desagradável. Começou porque o marido estava transando com strippers. As strippers falaram. Aí, o ex-namorado de Zanger veio com uma história sobre ela ser viciada em Adderall durante a faculdade. E isso não era só fofoca; passou até no noticiário nacional. E, aí, além de tudo, ela é estuprada?

Faith tinha sido poupada desse trauma específico, mas ficara grávida aos 15 anos na época em que ainda queimavam bruxas. Sabia como era ter todos falando de você, julgando, dissecando como um espécime num microscópio.

— Olha, não temos como saber o que aconteceu com Callie Zanger no bosque — continuou Faith. — Olhe o outro lado da moeda. Ela tem um trabalho estressante e importante, e, no meio de tudo isso, está passando por um divórcio horrível em que seus detalhes mais íntimos estão sendo expostos para estranhos. Talvez ela não aguentasse mais. Foi para o bosque para acabar com aquilo. Mas o que fez, seja lá o que foi, não funcionou. Então ela mudou de ideia e voltou, e agora está com vergonha.

Will demorou um pouco para responder:

— Você acredita que foi isso que aconteceu?

Faith achava que uma mulher daquelas desapareceria num spa do Four Seasons antes de ir para o bosque.

— Não.

— Nem eu.

Faith abriu o Google Maps em seu celular para se certificar de que estavam indo na direção certa. Will não tinha GPS no velho Porsche 911. O carro era bacana por dentro, o próprio Will o restaurara à glória anterior, mas, infelizmente, esses dias de glória eram anteriores a porta-copos e aquecimento global. A temperatura mais baixa do ar-condicionado era *quente*.

— Aqui. — Ela apontou para a esquerda. — Desça a Crescent Avenue. O acesso ao estacionamento é pelos fundos do prédio.

Will ligou o pisca-alerta.

— Ligamos antes ou só aparecemos no escritório?

Faith considerou as opções enquanto esperavam o semáforo abrir.

— Zanger se recusou a falar com os policiais. Enviou a Dirk-barra-Miranda uma ordem de cessação. Deixou bem claro que não quer uma investigação.

— Ela é advogada tributarista, não criminal. Uma ligação da AIG provavelmente a assustaria pra caramba. — Ele completou: — Mas aparecer pessoalmente...?

— Estamos falando de assustar uma mulher que foi brutalmente estuprada, certo? Tipo, foi o pior dia da vida dela, que passou os últimos dois anos tentando esquecer, e agora vamos aparecer com nossos distintivos e cutucar essa ferida até sangrar?

— Consigo pensar em três possibilidades. — Will contou nos dedos. — Ou ela está traumatizada com o que aconteceu, e é por isso que não consegue falar; ou está com medo do agressor voltar e ser machucada de novo, o que também é traumatizante; ou podem ser as duas coisas. Mas não importa. De qualquer forma, Zanger está traumatizada e estamos tentando forçá-la a fazer algo que ela não quer, que é falar sobre o que aconteceu.

Faith fez a pergunta que os dois estavam evitando.

— E se ela foi machucada como Tommi Humphrey?

O carro ficou em silêncio.

Com pouco esforço, Faith conseguiu se colocar de volta à sala de reunião. Sara segurava a foto do cabo quebrado do martelo.

Quatro meses.

Cento e vinte dias.

Foi o tempo que Tommi Humphrey precisou aguentar até os médicos poderem começar a reparar o dano físico em seu corpo. O dano psicológico, provavelmente, levaria uma eternidade. A jovem tinha tentado se enforcar no dia da condenação de Daryl Nesbitt por posse de pornografia infantil. Amanda dissera a Sara para procurá-la. Talvez não fosse possível. Talvez Tommi Humphrey tivesse finalmente tirado a própria vida e encontrado a paz.

Faith disse a Will:

— Não imagino como Tommi Humphrey pode ter superado o que aconteceu.

Will pigarreou.

— Provavelmente, conseguiu isso evitando falar do assunto.

— É.

O carro ficou em silêncio de novo. Faith se sentiu pesada, como se seu sangue tivesse virado areia.

Will falou:

— Eu posso...

— Pode deixar. — Faith discou o número do escritório Guthrie, Hodges e Zanger. Falou com uma recepcionista que parecia esnobe demais, dando suas credenciais completas da AIG e pedindo para falar com Callie Zanger.

Will tinha virado na Crescent e estava procurando a entrada da garagem quando Zanger entrou na linha.

— Sobre o que é? — A voz da mulher parecia tão afiada quanto o queixo.

Faith disse:

— Sou a agente especial...

— Eu sei quem você é. O que você quer? — Zanger falava num sussurro rouco. Parecia em pânico, o que era angustiante, mas também dava uma abertura.

Faith escolheu primeiro a possibilidade mais fácil.

— Desculpe incomodar, sra. Zanger, mas minha chefe, vice-diretora da AIG, recebeu uma ligação de uma repórter esta manhã. Transferiu para nosso departamento de relações públicas, mas precisamos dar seguimento com você em alguns aspectos.

— Que aspectos? Basta dizer "sem comentários" e esquecer.

Faith olhou de relance para Will, que estava estacionando em uma vaga na rua.

— Infelizmente, somos uma agência governamental — explicou Faith. — Não temos a opção de dizer "sem comentários". Temos que responder ao povo.

— Conversa fiada — sibilou Zanger. — Não sou obrigada a...

— Entendo que você não tenha obrigação de falar comigo. — Faith tentou outra possibilidade. — Mas acho que quer. Acho que está assustada com a chance de que o que aconteceu com você vá acontecer de novo.

— Você está errada.

Zanger parecia bem segura de si.

— Vai ser completamente em *off* — assegurou Faith.

— Não existe "*em off*".

— Olha. — Faith estava ficando sem possibilidades. — Estou em frente à garagem do seu prédio. Tem um restaurante do outro lado da rua. Estarei no bar durante os próximos dez minutos, depois vou subir no seu escritório para falar com você pessoalmente.

— Maldita.

O telefone bateu duas vezes antes de Zanger conseguir colocar o receptor no gancho.

Faith se sentia enojada. A última coisa que ouviu foi o choro sentido de Callie Zanger.

Colocou a cabeça nas mãos.

— Odeio meu emprego.

— Ela vai esperar que você esteja sozinha — comentou Will.

— Eu sei.

Faith saiu do carro. A areia em suas veias continuava a pesar enquanto caminhava para o restaurante, que parecia da moda. Música alta tocava no pátio externo. Viu seu próprio reflexo na porta de vidro antes de abri-la. Will estava seis metros atrás, mantendo distância porque não queria assustar Callie Zanger, se a mulher realmente aparecesse.

Faith rezava para encontrá-la no bar. A ligação devia ter detonado uma pequena explosão no escritório. Aparecer pessoalmente com Will, mostrando os distintivos, seria uma detonação nuclear.

Olhou o relógio de pulso ao sentar-se no bar vazio. Mais nove minutos. Pediu um chá gelado para um bartender que usava um chapéu pork pie ridículo. Mais sete minutos. Olhou o restaurante. Era fim de tarde. Ela era a única no bar. Will era um de três homens solitários sentados em suas mesas.

No lugar de Callie Zanger, Faith ficaria furiosa com a invasão em sua vida pessoal. Mas tinha que se colocar no lugar de Pia Danske. Joan Feeney. Shay van Dorne. Alexandra McAllister. Rebecca Caterino. Leslie Truong. Eram tantas vítimas que Faith não se lembrava de todos os nomes. Tirou o celular da bolsa. Acessou a planilha de Miranda. Oito anos. Dezenove mulheres. Vinte, contando Tommi Humphrey.

— Investigadora Mitchell?

Faith não a corrigiu sobre o título. Reconheceu Callie Zanger das fotos. A tributarista não estava usando muita maquiagem, e o cabelo estava preso, mas ainda era linda, mesmo quando se jogou pesadamente na banqueta ao lado de Faith.

Callie disse ao bartender:

— Kettle One dupla com um twist de limão.

Faith ouviu uma cadência ensaiada no pedido da mulher. Esperaria que uma advogada tributarista cara curtisse vinho ou uísque. Vodca direto da garrafa era uma bebida de quem bebia.

— Você é aquele outro detetive? Masterson? — indagou Callie.

— Não, e ele não é detetive.

A mulher balançou a cabeça em desgosto.

— Deixe-me adivinhar, ele é repórter?

Faith analisou Zanger. Parecia tão abatida. Será que estava se recuperando da mesma forma que Tommi Humphrey estava se recuperando? Faith se repreendeu em silêncio por deixar que as emoções atrapalhassem. Esforçou-se para manter a distância profissional.

— Senhora? — O bartender a cumprimentou com um toque no chapéu ao colocar a dose dupla de vodca no balcão.

Faith baixou o olhar para a bebida, que era uma dose bem generosa.

Callie não pareceu notar. Mexeu o canudo ao redor do copo. Esperou o bartender sair antes de dizer:

— Odeio homens que usam chapéus para compensar a falta de personalidade.

Faith gostou dela na hora.

— É sobre Rod? — quis saber Callie.

— Por que você acha que estou aqui para falar do seu ex-marido?

— Porque foi *meu ex-marido* quem me sequestrou.

Faith observou a mulher engolir metade da bebida. Não sabia o que fazer. Rod Zanger não era parte das possibilidades. Fez menção de pegar seu caderno na bolsa.

— Em *off* — disse Callie. — Foi o que você prometeu ao telefone.

Faith fechou a bolsa.

Callie terminou a bebida com mais um gole. Fez sinal, pedindo um refil.

— Nada é em *off* de verdade, né?

Faith não podia mentir àquela mulher.

— Não.

Ela tirou o canudo do copo vazio e deslizou-o de uma ponta a outra do bar.

— Eu tinha 13 anos na primeira vez que um homem me tocou sem permissão.

Faith observou o canudo cair por entre os dedos da mulher.

— Estava fazendo limpeza nos dentes, e o dentista pegou nos meus peitos. Nunca contei a ninguém. — Ela olhou para Faith. — E por que não contei a alguém?

Faith balançou a cabeça. Tinha suas próprias histórias para contar.

— Porque ele ia te chamar de piranha e de mentirosa.

Callie riu.

— Já me chamam disso.

Faith riu também, mas estava unindo as pistas.

— Seu marido machucou você?

Callie fez que sim, lentamente, de modo quase imperceptível.

Faith mordeu a língua para segurar a onda de perguntas. Will era bem melhor em aproveitar o silêncio. Ela só conseguia tomar seu chá gelado e esperar.

O bartender voltou. Fez aquele aceno de chapéu, colocou a vodca dupla no bar. Desta vez, a dose não era só generosa. Estava mais para tripla. O homem notou o olhar de Faith e deu uma piscadela antes de se afastar.

Callie olhou para o líquido claro. Tinha começado a morder o interior do lábio.

— Achei uma daquelas coisas de GPS no meu carro.

— Isso foi há dois anos?

— Sim. Durante o divórcio. — Callie começou a girar o copo num círculo. — O transmissor estava numa caixa preta de metal, grudado com um ímã por dentro da roda. Não sei por que fui olhar. Bem, sim, na verdade sei. Eu sentia que estava sendo observada. Sabia que Rod não ia me largar.

Faith perguntou:

— Você contou a alguém, na época?

— Minha advogada de divórcio. — Ela direcionou o olhar para Faith. — Sempre ouça seu advogado. Eles sabem das coisas.

Faith entendeu pelo tom que estava sendo sarcástica.

— Ela me disse para deixar no carro, exatamente onde encontrei. Não queria alertar Rod. Queríamos manter a confidencialidade, então o escritório dela entrou em contato direto com um cara de TI para tentar rastrear o dispositivo. O homem acabou dizendo que não tinha como conseguir a informação sem uma intimação, e abrir uma intimação alertaria Rod, então…

Faith ansiava por seu caderno. Se Callie desse à advogada permissão de quebrar a confidencialidade, a policial podia arrumar uma intimação em algumas horas.

— E como aconteceu?

— Eu estava sentada no meu carro. Prestes a dirigir para o trabalho. Tinha uma reunião, mas… — Ela balançou a mão, apagando tudo. — Não acho que foi o próprio Rod. Ele deve ter contratado alguém. Rod gostava de me olhar nos olhos enquanto me batia. Esse cara não queria ser visto.

Callie tomou um longo gole. Bateu o copo no balcão. As mãos não estavam tremendo, mas pareciam instáveis.

— Ainda consigo ver, sabe? O martelo. Por acaso, olhei no retrovisor. Não tenho ideia de por quê. Vi o martelo. Era estranho, com uma cabeça esquisita. Fiz mil buscas na internet para saber do que chamar, mas tem centenas de martelos diferentes, com cabos de fibra de vidro e de madeira, uma para molduras, outro para gesso… Sabia que tem até vídeos de YouTube mostrando a melhor forma de bater em alguém com um martelo?

Faith balançou a cabeça, fingindo que o coração não tinha ido parar no estômago.

Última semana de março. Início da manhã. Martelo.

Callie fez sinal para o bartender, pedindo mais um e dizendo:

— Traga um para minha amiga também.

Faith tentou impedi-la.

Callie questionou:

— É em *off* ou não?

Faith assentiu para o homem trazer dois drinques.

Callie observou o bartender caminhando até a outra ponta do bar e comentou:

— Ele tem uma bela bunda.

Faith não ligava para a bunda do sujeito. O ar tinha ficado pesado. Olhou no espelho. Will estava sentado à mesa, do outro lado do salão. Estava com o celular na mão, mas o olhar no bar.

— Qual é a próxima coisa de que você se lembra?

— Acordei no bosque, por incrível que pareça. — Callie inspirou. — Nosso primeiro encontro foi em um piquenique na área do Biltmore. Rod sempre foi esperto. Sabia que não ia conseguir me impressionar com um restaurante chique ou um clube particular. Então me deu algo que o dinheiro não podia comprar: sanduíches feitos em casa, batatinhas, guardanapos de papel, copos de plástico. Até escreveu um poema. Meu caubói romântico.

Callie tinha se afastado para aquele momento no bosque. Faith a deixou divagar um pouco.

— Da primeira vez que Rod me bateu, estávamos a uma semana do casamento. Ele acabou comigo. — Ela olhou desejosa para o copo vazio. — Depois chorou igual a um bebê. E partiu meu coração. Aquele caubói grande e forte ficou soluçando com a cabeça no meu colo, me implorando por perdão, prometendo que nunca, nunca mais ia acontecer, e eu só...

A voz dela foi sumindo. Havia um toque de tristeza no tom. Callie Zanger era uma mulher inteligente. Sabia o ponto exato de sua vida em que tudo começara a dar errado.

Ela olhou para Faith:

— Você já ouviu essa história antes, né? Como policial?

Faith assentiu.

— É muito patético como todos seguem o mesmo livro tedioso e previsível — comentou Callie. — Eles choram, e você perdoa. Aí, uma hora, percebem que chorar não vai mais funcionar, então fazem com que você se sinta culpada. Aí a culpa para de funcionar, e eles lançam mão de ameaças. E, sem perceber, você começa a morrer de medo de ir embora e morrer de medo de ficar, e nisso vão 15 anos e...

Faith não podia deixar que ela se perdesse de novo.

— E o que foi a gota d'água?

— Eu engravidei. — Callie deu um sorriso fraco. — Rod não queria filhos.

Faith não precisava perguntar o que acontecera. A mulher tinha razão. Ela já ouvira aquela história inúmeras vezes.

— Foi uma bênção, sinceramente. Eu não tinha nem como *me* proteger. Como ia proteger uma criança?

O bartender fez sua terceira aparição. Desta vez, pulou o aceno de chapéu. Colocou os dois copos com um giro ensaiado dos pulsos. Faith imaginou que ele já tivesse visto Callie por ali. Sabia que uma dose dupla significava uma dose tripla. Muito provavelmente sabia que seria bem recompensado depois.

— Saúde — disse Callie.

Faith segurou o copo. O líquido estava gelado. Ela fingiu beber.

Callie tomou um grande gole. Estava na terceira vodca tripla, prestes a ficar bêbada. Faith se perguntou se a mulher teria tomado mais alguma coisa antes de descer ao restaurante. As pálpebras estavam pesadas. Ela não parava de morder o interior do lábio.

— Rod fez muitos jogos comigo durante o divórcio. Achei que estava enlouquecendo.

Faith fingiu tomar outro gole.

— Quando a gente era casado, ele sempre verificava se eu tinha colocado as coisas de volta no lugar. Se algo estivesse fora do lugar... — Ela não precisava terminar a frase. — Quando me mudei, quando tive meu próprio espaço, só pensei: "Vou ser bagunceira. Vou deixar minhas roupas no chão e o leite fora da geladeira e viver perigosamente."

A risada dela soava como um cristal se quebrando.

— Você sabe o que acontece quando o leite fica fora da geladeira? — Ela revirou os olhos para Faith. — Tive 15 anos de treinamento. Não conseguia quebrar a mania de organização. E gosto de saber onde estão as coisas. Mas, de repente, elas não estavam onde deveriam.

Faith sentiu um aperto no peito.

— Como o quê?

— Ah, não sei. Talvez tudo estivesse onde deveria. Ouvi uma vez um comediante contar uma piada sobre invadir a casa das pessoas e mover as coisas um centímetro de onde deviam estar. Não é insano?

Faith não respondeu.

— Eu só me sentia... examinada? — Callie não pareceu satisfeita com a palavra. — Como se alguém estivesse mexendo nas minhas coisas. Tocando nas minhas coisas. Nada tinha desaparecido, mas aí, um dia, de repente, não consegui encontrar meu prendedor de cabelo favorito.

Faith apertou o copo.

— Meu *prendedor de cabelo* — repetiu Callie, como se para destacar a insignificância da coisa. — Fui procurar na bolsa e não estava lá, então eu simplesmente surtei. Desarrumei tudo procurando por todo lado, mas tinha sumido.

— Como ele era?

— Só um prendedor vermelho. — Ela deu de ombros. — Custou algumas centenas de dólares.

Faith olhou para o prendedor no cabelo de Callie. Havia um pingente de ouro pendurado no elástico. Reconheceu os Cs duplos do logo da Chanel.

— Sei que parece ridículo, mas aquele prendedor era importante para mim. Em geral, eu pedia permissão de Rod até para comprar um chiclete. Mas aquilo foi a primeira coisa que comprei sozinha. E foi porque ele sempre me obrigava a usar o cabelo solto. Sempre. Fazia inspeções surpresas no trabalho... — Ela deu uma risada amarga. — Então, ele invadiu meu apartamento e o roubou de mim.

— As câmeras de segurança o pegaram?

Ela balançou a cabeça.

— Nunca olhei. Não queria meu zelador falando para todo mundo no prédio sobre a mulher histérica chorando por causa de um prendedor de cabelo perdido.

Faith achava que uma cobertura de seis milhões de dólares desse direito a alguma indulgência.

Callie continuou:

— Foi assim que Rod venceu. Ele fez com que eu me sentisse louca, como se não pudesse falar para ninguém o que estava acontecendo, porque não iam acreditar.

Faith a conduziu gentilmente de volta ao ataque.

— Você foi golpeada na cabeça com um martelo. Ficou desaparecida por 36 horas. Foi...

— Foi um *presente*. — Seu tom deixava claro que, disso, tinha certeza. — Rod ia me arrastar para o tribunal e lavar toda a roupa suja. E acredite, tem muita. Não só sobre mim, mas sobre minha família. Minha mãe. O negócio dela... Rod queria queimar todos nós em praça pública. Mas, aí, ele me deu esse presente. Esse presente abominável, horrível, e troquei meu silêncio pela minha liberdade. Rod rastejou de volta para Wyoming só com a roupa do corpo. Eu saí com a minha vida.

Faith baixou os olhos para o copo em sua mão. Callie Zanger parecia triunfante, vingada. Mas quanto mais ela falava, mais Faith se convencia de que estava errada.

Ela tentou:

— Você lembra de como foi do carro para o bosque?

— Não. Os médicos dizem que é normal ter amnésia depois de um golpe forte na cabeça. — Callie tinha terminado a bebida e gesticulou para o copo de Faith. — Eu sei reconhecer quando alguém está fingindo beber.

Faith deslizou seu copo na direção de Callie. Sabia reconhecer quando alguém era alcoolista.

— Eu me lembro de acordar no bosque. — Callie jogou a cabeça para trás. Metade do líquido desapareceu. — Acordei várias vezes, na verdade. Não sei se foi o ferimento na cabeça ou a merda que o cara estava me forçando a beber, mas eu ficava dormindo e acordando, dormindo e acordando.

— O que ele forçou você a beber?

— Não sei, mas fiquei completamente chapada. Delirando. Não conseguia controlar meus pensamentos. Uma hora estava apavorada, daí em seguia estava flutuando no éter. Não conseguia mexer os braços e as pernas. Não parava de me esquecer onde estava e até quem eu era.

Faith achou que parecia Rohypnol.

— Você reconheceu o gosto?

— Claro: tinha gosto de mijo e açúcar. Prefiro isto. — Callie ergueu o copo num brinde, então finalizou a vodca de vez. O álcool pareceu afetá-la de vez também. Os olhos ficaram vítreos. Ela teve dificuldade de colocar o copo vazio no balcão.

Faith estendeu a mão para ajudar.

— Sabe, é estranho como o que causou o fim com Rod foi o que me fez ficar apaixonada por ele. — Callie explicou: — Rod sempre precisou me controlar. E não podia só me largar lá para morrer. Ficava voltando. Voltou três ou quatro vezes. Eu acordei, e ele estava lá.

— Você o viu? — Faith perguntou. — Viu o rosto dele?

— Não, ele tomou cuidado. Mas eu sentia que era ele. — Callie balançou a cabeça lentamente. — Ele amava me observar. Quando nos conhecemos, achei aquilo insuportavelmente sexy. Eu ia ao café ou à biblioteca e via aquele caubói alto, bonito, por trás do balcão, me encarando com um olhar intenso.

Faith a viu levar o copo aos lábios e franzir o cenho ao vê-lo vazio.

O bartender tinha entrado na cozinha. Will se sentara no bar, bebendo uma Coca, olhando pelo espelho.

— Quando você é jovem assim, acha esse tipo de comportamento desesperadamente romântico. Agora, percebo que ele estava me perseguindo. — Ela deu um olhar sábio a Faith. — Acho que leva uns três meses transando para um homem mostrar quem realmente é.

Faith a levou de volta ao bosque.

— Do que mais você se lembra?

Callie esfregou os olhos preguiçosamente. A vodca a deixara mais solta.

— Sombras. Folhas caindo. O som das botas de caubói de Rod presas na lama. Choveu muito enquanto eu estava lá. Ele com certeza planejou isso, não?

Era uma pergunta que Faith não sabia responder.

O prendedor de cabelo. O bosque. O Gatorade. A paralisia.

Callie falou:

— Eu me lembro de ter um sonho em que ele estava escovando meu cabelo. E começou a chorar, aí eu comecei a chorar. Foi muito estranho, porque me senti em paz, sabe? Eu estava pronta para desistir. Mas não desisti. Não queria. E a melhor parte é que é tudo culpa dele. Ele realmente, realmente fodeu tudo.

— Como?

— Porque ele me estuprou. — Callie deu de ombros, como se não fosse nada. — Já tinha feito isso antes. Nossa, não sei nem contar quantas vezes. O Rod de sempre. Não consegue nem inovar.

Faith sabia que aquele tom era um mecanismo de defesa.

— Ele esperou até escurecer. Não consegui ver seu rosto. Não podia me mexer. Não sentia minha pele. Mas meu corpo começou... — Ela ergueu um pouco o corpo, os pés no apoio da banqueta, aí desceu, depois ergueu o corpo de novo, simulando um movimento de sexo. — E eu me lembro de pensar "é a última vez que você vai fazer isso comigo, Rodney Phillip Zanger".

Callie deu de ombros de novo, mas estava procurando o bartender.

Faith disse:

— Callie, o que...

— *Oquemaisoquemaisoquemais?* — Ela enrolou as palavras. — Passei 15 anos do meu casamento treinando esse *o que mais.* Levar um soco, aprender a fingir que minhas costelas não estavam fraturadas, ou que minha clavícula não estava fraturada, ou que meu cu não estava sangrando.

Callie levou a mão à boca, como se tivesse feito uma piadinha inapropriada.

— O que mais? — perguntou Faith.

— Ele terminou de me estuprar. Me obrigou a beber o negócio. Eu engoli. Ele foi embora. Eu vomitei. — Ela sorriu. — Obrigada, adolescentes escrotas do internato, por me ensinarem a vomitar quando quiser.

Faith sentia a garganta pegando fogo.

— Devo ter perdido o forro do estômago, de tão forte que vomitei. — O orgulho na voz era devastador. — Era uma cor muito esquisita. — Ela alisou a frente da blusa, desajeitada. — Tive que jogar as roupas que estava usando fora. Assim, não que eu quisesse ficar com elas. Mas estava parecendo um integrante daquele grupo que dança e tem tambores... Que grupo é? Um monte de gente azul? Eles se apresentam em Vegas...

— O Blue Man Group?

— Isso. — Callie procurou o bartender de novo. — Parecia que eu tinha sido estuprada pelo Blue Man Group.

Ela riu, mas Faith notou as lágrimas em seus olhos.

— Enfim, vomitei tudo. Levantei. Saí andando. Tropeçando, na verdade. Minhas pernas pareciam espaguete. Achei a estrada. Um casal bonzinho me ajudou. Meu Deus, como me senti mal por isso. Eu estava acabada, e eles ficaram muito preocupados. Tentei pagar depois, dar uma recompensa por terem me salvado, e eles recusaram. Eu fiquei insistindo, até que, finalmente, deixaram-me doar o dinheiro para o fundo deles para construir uma igreja. Isso se qualifica como uma 501(c)3, mas não aproveitei a dedução fiscal. Por favor, não conte a ninguém. Minha carreira estaria acabada.

Faith tentou engolir a queimação na garganta antes de perguntar:

— Rod alguma vez admitiu que foi ele?

De novo, Callie riu.

— Ah, de jeito nenhum. Ele é covarde demais. É o segredinho dele. É por isto que bate nas mulheres: porque morre de medo delas. E, agora, está morrendo de medo de mim.

Faith apertou as mãos. Callie estava claramente bêbada. Como podia contar a essa mulher que seu momento de triunfo, sua vingança final, era uma mentira?

— Rod e eu tivemos um momento no escritório da minha advogada. — Callie se virou na direção de Faith. — Estávamos só nós dois. Pedi para os advogados saírem. Soltei o cabelo. Balancei igual à porra da Cindy Crawford. Falei para ele: "Sua vida está nas minhas mãos, seu babaca. Posso te destruir com um estalar de dedos."

— O que ele disse?

— Ah, o de sempre. Me chamou de puta, de louca, ficou insistindo que eu estava inventando tudo... Mas foi o olhar dele. — Callie apontou para os próprios olhos. — Ele estava com medo. As mãos estavam tremendo. Ele começou a se humilhar, me implorando para não ir à polícia, choramingando que nunca faria nada assim. Que me amava. Que nunca me machucaria.

A risada amarga ecoou no salão.

— E sabe o que eu disse?

Callie claramente esperava uma resposta.

Faith precisou engolir em seco antes de conseguir perguntar:

— O quê?

— Cheguei bem perto dele, olhei naqueles olhinhos apertados de porco e disse: "Eu venci." — Ela bateu o punho no bar. — Vá. Se. Foder. Rod. Eu. Venci.

CAPÍTULO VINTE E TRÊS

G INA NÃO CONSEGUIA ABRIR os olhos.

Ou talvez conseguisse, mas não queria. Tinha esquecido de como era dormir. Dormir de verdade, sabe? O tipo de sono de quando se é jovem e chega àquele momento bom entre a puberdade e a faculdade, quando é só fechar seus olhos e acordar à tarde no dia seguinte num estado de felicidade total.

Onde estava?

Não *onde estava* num sentido metafórico. No sentido físico. Tipo, *onde caralhos seu corpo estava localizado no planeta Terra?*

Abriu os olhos só um pouquinho.

Poeira, folhas, terra, pássaros cantando, árvores balançando, insetos insetando.

Nossa, o display de camping da Target era incrivelmente realista! Quase podia sentir o cheiro de marshmallows assando numa fogueira aberta. Ou feijões enlatados, como naquela cena de *Banzé no Oeste* em que todos começavam a peidar.

Gina riu.

Aí tossiu.

Aí começou a chorar.

Estava deitada num bosque, de costas no chão. Escorria sangue de onde o martelo se chocara contra sua cabeça. Ia ser estuprada. Precisava sair correndo dali.

Por que não conseguia se mexer?

Gina não entendia nada de anatomia, mas devia haver alguma espécie de linha elétrica que se conectava do cérebro e ia até as pernas, permitindo que fossem para cima e para baixo ou para os lados, para ela poder rolar e se levantar.

Manteve os olhos fechados. Tentou limpar a mente. Imaginou a linha. Tentou mandar um impulso elétrico para a linha. Acorde, linha. É hora de se mexer, linha. Olá, linha.

I am a lineman for the county...

Ah, como a mãe ria de Gina elogiando o R.E.M com a versão de "Wichita Linema", sendo que a música era famosa na voz da cantora Glenn Close.

Glenn Close?

Glen *Campbell.*

E como estaria Michael Stipe? Ele era como se Julian Assange tivesse transado com o Unabomber.

Seus olhos se encheram de lágrimas. Ia ser estuprada. Ia ser estuprada. Ia ser estuprada.

Por que não conseguia mexer as pernas?

Dedos. Pés. Tornozelos. Joelhos. Dedos. Cotovelos. Até as pálpebras. Nada mexia.

Estava paralisada?

Ouviu uma respiração. Não achava que fosse a respiração do próprio pulmão. Havia alguém atrás dela. Estava sentado logo atrás.

O homem do carro.

O cara do martelo.

E estava chorando.

Gina só tinha visto um homem adulto chorar uma única vez na vida: o pai, no Onze de Setembro. Estava na biblioteca quando chegou a notícia do primeiro avião. Tinha pulado no carro e dirigido para o lugar mais seguro que conhecia, a casa dos pais. Todos tinham se juntado na frente da televisão. Gina, a mãe e o pai. A irmã, Nancy, estava trancada no trabalho. Diane Sawyer usava seu suéter vermelho. Ficaram assistindo, horrorizados, enquanto milhares de pessoas eram assassinadas bem na sua frente. O pai a abraçara, um abraço agarrado, como se tivesse medo de soltar. As lágrimas dele se misturaram às de Gina. Todos estavam em prantos. O país todo chorava.

O pai morreu de câncer de pulmão menos de um ano depois.

E, agora, Gina estava num bosque.

O homem chorando não era seu pai.

E ia estuprá-la.

O homem tinha batido nela com um martelo.

Levado ela para o bosque.

Drogado seu corpo.

E ia estuprá-la.

Gina tinha visto o rosto dele no carro. A memória coçava no fundo do cérebro. Não conseguia lembrar os traços, mas havia uma sensação de familiaridade. Já o vira antes. Na academia? No mercado? Dentro do escritório em que ia para reuniões mensais?

O rosto pertencia ao homem que a observara aquele tempo todo. Ele era a fonte de sua paranoia. Era a pessoa que roubara seu elástico cor-de-rosa. Era o motivo de Gina fechar as persianas, checar as fechaduras, virar uma ermitã dentro de casa.

Nancy não tinha ideia de que Gina estava desaparecida. As duas tinham se falado antes de ela sair para a Target. A irmã ligava uma vez por mês, no máximo. A mãe, uma vez por semana. A última ligação tinha sido no dia anterior, então a próxima seria só dali a seis dias.

Seis dias.

O chefe mirim, com seus 12 anos, já estava com o relatório de Pequim. Mandaria e-mails, mas Gina já o treinara para não esperar respostas rápidas aos e-mails tediosos, porque idosos não entendiam computadores. Sua vizinha enxerida não era enxerida de verdade. A única pessoa que notaria sua ausência era o entregador do InstaCart, e sabia que ele estava atendendo outras pessoas.

Seu cérebro clicou de volta ao presente.

O choro do homem secou como água rolando pelo ralo.

Ele fungou uma vez, como conclusão.

Estava de pé, se mexendo. Aí os joelhos dele se colocaram um de cada lado do quadril de Gina, e o corpo ficou em cima dela.

Ia ser estuprada. Ia ser estuprada.

Sentiu os dedos dele apertando as bochechas. O homem estava forçando sua boca a se abrir. Ela queria resistir, mas os músculos não respondiam. Esperou sentir o pênis dele enfiado na garganta. Preparou a mente. Rezou para ter forças, rezou por uma onda momentânea de poder que forçasse a mandíbula a se fechar quando ele começasse a estuprá-la.

Sentiu o plástico bater contra os dentes.

O homem estava segurando uma garrafa contra seus lábios.

Ela tossiu, engasgou, então engoliu o líquido que enchia sua boca. Tinha gosto de... Tinha gosto de quê?

Açúcar. Algodão doce. Urina.

A boca se fechou.

O homem se afastou. Ela estava com a cabeça levantada. O homem se sentou nas folhas. Apoiou a cabeça de Gina em sua virilha. A parte de trás da cabeça, não da frente. Ela sentiu o pau semiereto cutucar a nuca. As pernas dele estavam esticadas, uma de cada lado de seu corpo. O homem a puxara para o colo, como se fossem dois velhos amantes assistindo juntos aos fogos de artifício do Dia da Independência.

Gina sentiu o couro cabeludo sendo puxado. Sentiu uma pressão na cabeça. Um arranhão familiar, suave.

Ele estava penteando seu cabelo.

CAPÍTULO VINTE E QUATRO

SARA ESTAVA NERVOSA AO entrar na sede da AIG. A falta de sono estava cobrando seu preço. O caminho de uma hora e meia para voltar de Grant County tinha virado três horas por causa de um acidente e do trânsito na hora do rush. A monotonia a levara a um estado de semiconsciência. Suas roupas fediam a formaldeído do depósito de Brock e a umidade da U-Store bolorenta. Ela queria desesperadamente um café, mas já estava atrasada. Sara abriu a porta que dava para a escada. O cérebro parecia estar latejando dentro do crânio ao subir os degraus.

— Dra. Linton. — Amanda esperava por ela no patamar do primeiro andar. Levantou o olhar do telefone. — Caroline colocou os Van Dorne na sala de reuniões. Will e Faith estão entrevistando uma possível vítima.

Tommi Humphrey.

— Que vítima?

— Callie Zanger. Advogada tributaristas. Vamos receber os detalhes quando chegarem. — Amanda começou a subir as escadas. — Liguei para a funerária que cuidou do corpo de Shay van Dorne. Confirmaram que o caixão foi enterrado com um invólucro. À vácuo, como você mencionou. Os pais são Aimee e Larry. Divorciaram-se pouco depois da morte de Shay. Caroline lhes disse que estamos considerando reabrir o caso, mas não contou o motivo.

— Você não falou com eles pessoalmente? — Sara parou. — Pediu para Caroline cuidar disso?

— Sim, dra. Linton. É mais fácil dizer que você não sabe os detalhes quando realmente não sabe os detalhes. — Amanda continuou subindo. — Caroline disse que com certeza tem uma tensão entre eles. Eu e você podemos lidar com eles juntas.

Sara não expressou o desgosto que sentiu ao ouvir a palavra *lidar*. Os Van Dorne eram pais em luto. A filha deles tinha morrido de forma inesperada há três anos. O casamento deles tinha terminado pouco depois. Sara não estava ali para manipulá-los. Estava ali para dar a eles uma escolha.

— Gostaria de falar com eles sozinha — disse Sara.

— Por qual motivo...?

Ela estava exausta de confrontos.

— Porque eu quero.

— Você é quem sabe, dra. Linton. — Amanda já estava com a cabeça enfiada no telefone ao subir o próximo lance de escadas.

Sara esfregou os olhos. Conseguia sentir seu rímel embolando. A caminho da sala de reuniões, entrou no banheiro para se certificar de que estava apresentável. O espelho lhe revelou que não muito, mas, pelo menos, não se transformara num guaxinim. Sara lavou o rosto. Não podia fazer algo em relação ao cheiro de suas roupas. Não podia fazer algo em relação a nada daquilo, a não ser seguir em frente e aguentar o tranco. Ela tentou se preparar enquanto ia na direção da sala de reunião.

Os Van Dorne ficaram de pé quando Sara abriu a porta.

Tinham tomado lados opostos na mesa de reuniões longa e ampla. Os pais de Shay não tinham a aparência que ela esperava. Por algum motivo, Sara tinha imaginado uma mulher mais velha com um vestido abotoado como os de June Cleaver e um homem de terno com cabelo raspado.

Aimee van Dorn estava com uma blusa de seda preta, uma saia lápis preta e salto alto. Seu cabelo loiro tinha uma textura estilosa, com uma franja lateral. Larry estava de jeans largos e uma blusa de flanela. Seu cabelo tinha a cor cinza escuro e era mais longo que o de Sara, trançado para trás. O casal era a encarnação do urbano vs. rural.

— Sou a dra. Linton. Sinto muito por fazê-los esperar — disse Sara.

Todos apertaram as mãos, fizeram apresentações e cuidadosamente ignoraram a tensão nervosa na sala. Sara teve que sentar à cabeceira da mesa, para poder falar com os dois ao mesmo tempo. Lembrou a si mesma de que a única coisa que podia tornar aquilo um pouco menos doloroso era ir direto ao ponto.

— Sou examinadora médica do estado. Sei que Caroline lhes disse que estamos considerando reabrir o caso de sua filha. O motivo para isso é que, revisando o relatório do legista sobre o acidente de Shay, achei algumas inconsistências que...

— Eu sabia, Larry! — Aimee apontou o dedo para o ex-marido. — Eu disse que tinha algo estranho naquele *acidente*. Eu disse!

Larry tinha se assustado com o som da voz de Aimee.

Sara lhe deu um momento para se recuperar antes de perguntar à mulher:

— Tem algum motivo para a senhora não concordar com a conclusão do legista?

— Vários. — Aimee foi direto ao ponto. — Shay nunca ia ao bosque. Nunca. E estava vestida para ir à escola. Por que estaria fazendo uma trilha quando tinha uma aula para dar? Por que a bolsa e o telefone dela estavam trancados no porta-malas do carro? E tinha aquela sensação esquisita que ela estava sentindo. Eu sei que ela falou que não era importante, mas uma mãe sabe quando tem algo de errado com a filha.

Sara buscou a confirmação de Larry.

Ele pigarreou.

— Shay estava deprimida.

Aimee cruzou os braços.

— Ela não estava deprimida. Estava em transição. Toda mulher passa por um acerto de contas consigo mesma aos trinta e poucos. Eu passei, minha mãe também.

Sara via que aquela era uma discussão recorrente. Perguntou a Larry:

— Por que Shay estava deprimida?

— A vida? — arriscou. — Shay estava envelhecendo. O trabalho estava ficando político. As coisas não tinham dado certo com Tyler.

— O ex dela — explicou Aimee. — Eles estavam juntos desde a faculdade, mas Shay não queria filhos e Tyler, sim, então eles concordaram que seria melhor terminar. Não foi fácil, mas foi uma decisão que tomaram juntos.

Sara falou:

— Segundo o relatório policial, Shay estava saindo com alguém novo?

— Um casinho — contou Aimee. — Era só uma diversão passageira.

Larry discordou:

— Eles passavam muitas noites juntos.

— É o que se faz quando está se divertindo. — Aimee disse a Sara: — Shay ainda estava apaixonada por Tyler. Achei que ela fosse mudar de ideia sobre ter filhos, mas ela era teimosa.

— Não sei de quem ela puxou isso — disse Larry.

A observação podia ter causado uma briga, mas teve o efeito oposto. Aimee sorriu. Larry sorriu. Sara via que ainda tinha algo entre eles. Aquele algo, ela imaginou, era a filha.

Sara falou:

— Não tem forma fácil de pedir isso, mas eu gostaria de reexaminar o corpo de Shay.

Nenhum dos pais teve uma reação imediata. Olharam um para o outro. Voltaram-se lentamente para Sara.

Larry foi o primeiro a falar:

— Como? Tem uma máquina?

— Larry — chamou Aimee. — A mulher não está falando de sonar. Ela quer desenterrar Shay.

Os lábios secos dele se abriram em surpresa.

— Oficialmente, é chamado de exumação — Sara corrigiu. — Mas, sim, estou perguntando se podemos remover o corpo de sua filha do túmulo.

Larry baixou o olhar para as mãos. Estavam retorcidas pela artrite. Sara podia ver um calo ao longo da membrana do dedão e do indicador da mão direita. Ele estava acostumado a segurar ferramentas, consertar ou criar coisas. Aimee claramente era uma mulher de negócios, a que cuidava dos detalhes. Os pais de Sara tinham a mesma dinâmica.

— Deixe-me explicar os passos do que inclui uma exumação — pediu Sara. — Vocês podem fazer quantas perguntas quiserem. Vou responder o mais honestamente possível. Aí, posso deixá-los sozinhos ou vocês podem sair para conversar, para tomarem uma decisão embasada.

— Você precisa da nossa permissão? — perguntou Larry.

Amanda podia achar uma forma de passar por cima, mas não com ajuda de Sara.

— Sim, preciso de sua permissão por escrito antes de exumar o corpo.

— Shay pode... — Ele procurou as palavras. — Se ela tiver feito isso consigo mesma, você veria? Poderia nos dizer?

Sara falou:

— Não posso garantir, mas se houver evidências de autodano, é possível que eu consiga encontrar.

— Então, você não sabe exatamente o que está procurando, e não sabe bem o que vai encontrar — comentou ele.

Sara não ia dar a eles os detalhes brutais.

— Só posso prometer que vou ser o mais respeitosa e minuciosa possível com o corpo da sua filha.

— Mas vocês suspeitam de algo. Acham que tem algo suspeito, senão, não iam fazer isso, certo? — falou Aimee.

— Certo.

— Nós não... — Larry parou. — Eu não tenho muito dinheiro.

— Vocês não teriam que pagar pela exumação nem pelo novo enterro.

— Ah. Bem. — Ele estava ficando sem razões para dizer não, exceto que seu coração estava se partindo de novo. — Quando você precisa de uma resposta?

— Não quero apressá-los. — Sara olhou para Aimee, para que ela se sentisse incluída. — É uma decisão importante, mas, se estão me pedindo um prazo, eu diria que quanto antes, melhor.

Ele assentiu lentamente, absorvendo a informação.

— E depois? Escrevemos uma carta?

— Tem formulários que...

— Não precisamos de formulários nem fazer isso por etapas, nem tempo — concluiu Aimee. — Você vai desenterrá-la. Vai olhar dentro dela. Vai nos dizer o que aconteceu. Eu digo que sim, faça isso agora. Larry?

As palmas de Larry estavam pressionadas contra o peito. Ele não estava pronto.

— Faz três anos. Ela não estaria...

Sara explicou:

— Quando vocês fizeram o enterro, pediram que ela fosse colocada num invólucro. Se o vácuo estiver intacto, e não tenho por que acreditar que não esteja, o corpo vai estar em boa condição.

Os olhos de Larry se fecharam. Lágrimas saíram. Cada músculo de seu corpo estava tenso, como se ele quisesse lutar fisicamente contra o pedido de Sara.

Aimee não estava cega à dor do ex-marido. Sua voz estava mais suave quando ela disse a Sara:

— Talvez eu precise, sim, fazer isso por etapas. Como funcionaria?

— Marcaríamos a exumação para de manhã cedo. É o melhor, para não ter espectadores. — Ela viu Larry se encolher. — Vocês podem estar lá, se quiserem. A escolha é de vocês. Tudo isso é escolha de vocês.

— E nós... — Larry parou. — Nós a veríamos?

— Eu não aconselharia de maneira alguma.

Aimee tinha tirado um lenço da bolsa. Ela limpou as lágrimas, tentando não borrar o delineador.

373

— Vocês fariam a autópsia aqui?

— Sim — disse Sara. — Ela será trazida a este prédio. Vamos fazer os raios X para procurar ossos quebrados, fraturas ou qualquer coisa estranha que possa ter passado da primeira vez. Vou fazer uma autópsia e examinarei os órgãos e tecidos. O embalsamento interfere com os estudos toxicológicos, mas cabelo e unhas podem fornecer respostas.

— É óbvio assim? — perguntou Aimee. — Você consegue ver se tem algo de errado?

De novo, Sara omitiu os detalhes.

— Meu objetivo é poder dizer a vocês, definitivamente, se a morte de Shay foi acidental ou se deu por outros meios.

Aimee questionou:

— Você quer dizer assassinato?

— Assassinato? — Larry teve problemas com a palavra. — O que quer dizer, assassinato? Quem machucaria nossa...

— Larry — disse Aimee, com a voz mais suave. — Ou Shay morreu acidentalmente num bosque, ou tirou a própria vida, ou foi assassinada. Não tem outra coisa além disso que possa ter acontecido.

Larry buscou confirmação em Sara.

Sara fez que sim.

— E se... — A voz de Larry ficou presa. — Você vai conseguir ver outras coisas?

Aimee perguntou:

— Que outras coisas?

Sara sabia qual era o maior medo dele.

— Sr. Van Dorne, se sua filha foi assassinada, é possível que tenha sido estuprada.

Ele não olhava nos olhos de Sara.

— Você vai poder descobrir?

— Como? — perguntou Aimee. — O esperma? Você pode conseguir o DNA?

— Não, senhora. Qualquer material genético teria sido absorvido. — Sara escolheu as palavras com cuidado. — Se houver hematoma ou danos internos, ainda conseguiríamos ver.

Larry perguntou:

— Danos?

— Sim.

Ele olhou fixamente para Sara, mudo. Seus olhos eram verdes, como os dela. Como os do pai dela.

Eddie nunca tinha perguntado, e Sara nunca tinha lhe contado os detalhes de seu estupro, embora o peso disso tivesse mudado o relacionamento deles de forma sutil. A mãe dela comparava-a quando Adão comeu da árvore do conhecimento do bem e do mal. Os dois tinham sido expulsos do paraíso.

— Larry. — Aimee estava com os braços cruzados de novo. Dava para ver que ela estava lutando para segurar as lágrimas. — Você sabe minha posição. Mas a decisão não é só minha. Shay é tão sua quanto minha.

Larry baixou os olhos para suas mãos torcidas.

— Dois sins, um não.

Sara reconheceu a frase de quando trabalhou na clínica pediátrica. Muitos pais concordavam com a máxima de que, nas decisões importantes, era preciso ter duas respostas positivas. Um *não* de qualquer um dos pais, por qualquer motivo, encerrava a conversa.

Larry inclinou-se para pegar o lenço no bolso traseiro. Assoou o nariz.

Sara estava prestes a se oferecer para sair, mas o pai a impediu.

— Sim — disse. — Pode desenterrá-la. Eu quero saber.

Sara espalhou a papelada de Leslie Truong por várias mesas, tentando descobrir o que estava lhe incomodando. Não chegou nem perto. Sua concentração estava detonada. Seu cérebro tinha perdido toda a noção de lógica. Ela estava na sala de reunião, a mesma em que todos estiveram naquela manhã, mas com outras doze horas estressantes somadas à última noite insone.

O *timing*. Algo no *timing* a incomodava.

Um bocejo desviou sua linha de raciocínio. Nenhuma das duas porções de café que ela tinha tomado estavam tendo o efeito desejado. A única coisa que Sara queria no mundo era apoiar a cabeça em uma das mesas e tirar uma soneca de cinco minutos. Ela olhou para o relógio na parede. 19h02. As janelas do chão ao teto mostravam uma escuridão ameaçadora lá fora. Ela esfregou os olhos. Lascas de rímel ainda grudavam em seus cílios. Ela tinha tomado banho no chuveiro nos fundos do necrotério. Sua roupa cirúrgica estava com o cheiro dos químicos que Gary usava para esfregar as mesas, mas ela preferia de longe isso ao fedor de formaldeído e da umidade da U-Store.

Ela olhou de novo para o relógio, porque ficava perdendo a noção do tempo. Era o que acontecia quando se dirigia pela cidade a noite com um monte de merda na cabeça. Pelo menos, Tessa tinha dado uma boa risada com aquilo.

Ela precisou olhar para o relógio uma terceira vez.

19h03.

A única esperança de Sara era tomar novo fôlego quando a reunião começasse. Aí, iria para casa e cairia na cama.

Se Will estaria ou não ao seu lado estava completamente fora de seu controle.

— Doutora. — Nick colocou sua pasta de caubói com strass em uma das cadeiras. — Amanda me disse que você esteve em Grant County hoje.

— Por dois segundos. Brock me deu acesso ao depósito dele.

— Achou algum cadáver taxidermizado vestido como a mãe dele?

Sara abominava esse tipo de provocação.

— Achei os arquivos de que precisamos para investigar este caso, e sou grata por Brock estar disposto a nos ajudar.

As sobrancelhas de Nick subiram, mas ele não pediu desculpas. Tirou os óculos da camisa. Baixou o olhar para os papéis nas mesas.

— É isso?

— Sim.

Ele passou seus dedos por alguns parágrafos.

— É difícil aceitar que Jeffrey estava errado neste caso.

— Quer dizer *o chefe*?

Nick manteve os olhos na página, mas ela viu o sorriso malicioso nos lábios dele. Quando Jeffrey era vivo, ele nunca o chamara assim.

— Nick, o que você estava fazendo com Will — falou. — Eu sei que Jeffrey ia gostar, mas eu não gosto.

Ele olhou para ela por cima dos óculos. Fez um aceno de cabeça breve.

— Mensagem recebida.

— Dra. Linton. — O topo da cabeça de Amanda entrou na sala primeiro. Como sempre, ela estava digitando no telefone. — Mandei a papelada de Van Dorne para Villa Rica. Eles marcaram a exumação para as cinco da manhã de amanhã. A informação está no servidor.

— Ótimo — disse Sara, porque ficar de pé num cemitério frio e escuro na aurora era muito melhor do que dormir na cama quente dela.

Nick perguntou a Amanda:

— Como foi com Zanger? Ela é uma das vítimas ou aquela tal de Miranda estava só tirando com a nossa cara?

— Não fui atualizada. — Virou-se e perguntou a Sara: — Tommi Humphrey?

O cérebro de Sara levou um momento para acompanhar. Não era do feitio de Faith e Will não reportar.

— Não consegui achar Tommi na internet. Nem em nossa base de dados ou nas redes sociais. Pedi para minha mãe dar uma investigada.

— Falar com Humphrey é prioridade.

Sara mordeu o lábio para não dizer a Amanda que não dava para *tudo* ser prioridade.

— Vou ligar de novo.

— Faça isso.

Sara revirou os olhos ao sair para o corredor. Ela encostou as costas contra a parede. Fechou os olhos. Estava à beira da exaustão. Era incapaz de invocar a aluna de medicina interior, que amava plantões emendados.

Seu telefone vibrou com uma notificação. Sara teve de piscar os olhos várias vezes para eles focarem. Ela deslizou as mensagens. Agentes pedindo relatórios. Gary pedindo folga para levar o gato ao veterinário. Brock querendo ver se Sara tinha achado tudo de que precisava na U-Store. Pensar em responder qualquer uma delas era demais. Só a culpa a fez responder a Brock:

Peguei tudo. Ajudou muito. Devolvo a chave em breve. Obg.

Sara pensou que também podia se livrar logo da mãe. Uma ligação parecia um martírio. Ela mandou mensagem no estilo formal que Cathy exigia.

Ei, mama. Tessie te pediu para achar o telefone ou a localização de Tommi Humphrey para mim? A informação da mãe dela também serviria. É para um caso muito importante. Precisamos mesmo falar com ela o quanto antes. Te amo. S.

Sara deslizou o telefone de volta para o bolso. Não esperava uma resposta rápida. O telefone de Cathy devia estar no balcão da cozinha, ligado no carregador, que era onde ela costumava deixar quando estava em casa.

Involuntariamente, a mão de Sara voltou para o bolso. Pegou o telefone. Arrastou o dedão para cima. Ela era como uma viciada. Horas tinham se passado desde sua última dose. Não conseguia mais resistir à tentação.

Abriu o Encontre Meu Telefone.

Em vez do endereço de Lena, o mapa mostrava um pin de verdade.

Will tinha se feito visível a ela de novo. Ele estava dentro do prédio. Sara quase chorou de alívio. Segurou o telefone contra o peito enquanto se repreendia por ser tão desesperada.

Naquele exato momento, a porta da escada se abriu com um tranco. Will deu um passo para o lado, deixando Faith entrar no corredor à sua frente. Seu primeiro pensamento foi que Faith parecia pior do que Sara se sentia. Seus ombros estavam curvados. Ela estava agarrando a bolsa contra o peito como uma bola de futebol americano. Seu ar usual de descontentamento tinha sido substituído por uma angústia esmagadora.

Ela virou à esquerda para a sala de reunião, dizendo a Sara:

— Que trabalho do caralho.

Will parecia tão assombrado quanto Faith. Em vez de falar com Sara, ele balançou cabeça.

Ela o seguiu para dentro da sala.

Amanda perguntou:

— E então?

— E então, isto. — Faith jogou a bolsa numa das mesas. O conteúdo virou no chão. Ela deu alguns passos na direção da janela. Suas mãos foram para o cabelo. Todo mundo, menos Will, ficou chocado. Faith nunca surtava. Sara sempre pensava nela como alguém inabalável.

Ela olhou para Will, mas ele tinha se ajoelhado para colocar as coisas da parceira de volta na bolsa.

Amanda disse a ele:

— Fale.

Will colocou a bolsa na mesa.

— Ligamos para Callie Zanger do carro, na frente do escritório dela.

Ele transmitiu cuidadosamente a conversa telefônica de Faith com a advogada. Will sempre ficava desconfortável liderando reuniões. Sua voz estava monocórdica, quase mecânica. Sara sentou-se na primeira fileira. Will se dirigia a Faith, embora ela claramente já soubesse os detalhes. Então Sara percebeu que ele estava observando a parceira, pronto para agir se ela precisasse dele.

Ele continuou:

— Zanger sentou no bar com Faith. Eu fiquei numa mesa a uns três metros.

Sara ouviu uma dureza na voz dele. Ele estava tão abalado quanto Faith pela história de Callie Zanger. Contou todos os detalhes dolorosos. O sequestro. A certeza da mulher de que o ex-marido era o homem que a machucara, que a estuprara, que a deixara para morrer.

Conforme falava, Will passava o dedão pelo nó do dedo machucado. Sangue escorria por seus dedos. Quando terminou de contar a história de Callie Zanger, o carpete embaixo de sua mão tinha pontos de sangue.

Will disse:

— Zanger tem certeza de que foi o marido. Não a contrariamos.

Ele disse *nós*, mas Sara sabia, pela história, que Will nunca falara com a mulher.

— O bartender me disse que ia garantir que ela não voltasse para casa dirigindo. E aí, fomos embora. Foi isso.

— Eu não consegui dizer a ela. — Faith tinha se jogado numa cadeira. Parecia sobrecarregada pelos acontecimentos do dia. — Callie acha que venceu. Foi o que ela disse. "Eu venci."

Ninguém falou de imediato.

Nick ficou puxando uma fita no canto de sua pasta.

Will apoiou as costas contra a parede.

Amanda soltou uma expiração longa e lenta. Ela era a mais durona de todos, mas também tinha ligações íntimas com a família Mitchell. No início de sua carreira, tinha sido parceira da mãe de Faith, Evelyn. Tinha namorado o tio de Faith. Jeremy e Emma a chamavam de tia Mandy.

— Nick — chamou Amanda. — Tem uma garrafa de uísque na última gaveta da minha mesa.

Nick saiu correndo.

Faith falou:

— Não quero beber.

— Eu quero. — Amanda estava sempre de pé, mas sentou-se à mesa ao lado de Faith. Perguntou a Will: — Rod Zanger?

Will explicou:

— Nós o localizamos em Cheyenne. Está na prisão do condado de Laramie há três meses. Bate na nova esposa também.

Faith colocou a cabeça nas mãos.

— Não consegui contar para ela. Ela mal está aguentando. *Eu* mal estou aguentando.

Amanda perguntou a Will:

— O transmissor no carro dela?

— Não podíamos pedir sem contar por quê.

— Eu não ia fazer isso com ela — falou Faith. — Não podia tirar aquilo dela.

Amanda fez um aceno de cabeça para Will continuar.

— Rod tem uma presença extensa nas redes sociais datando de dez anos. Na semana dos ataques em Grant County, estava na Antuérpia com Callie

Zanger para alguma conferência sobre impostos. Tem fotos deles numa escada rolante laranja de madeira famosa na cidade.

Amanda falou:

— Pelo que lembro, ele não tem álibi de onde estava quando a mulher foi sequestrada.

— Sim — confirmou Will. — Ele sempre negou.

— Não foi ele. — Faith se virou para Amanda, incrédula. — Jesus Cristo, dá para parar de enrolar com isso? Tudo se alinha. O prendedor de cabelo. O martelo. O mês e a hora do dia. O bosque. A porra do Gatorade azul. Tudo o que Callie disse confirma, assim como tudo confirmava hoje de manhã quando estávamos sentados nesta mesma porcaria de sala e você estava dizendo, repreendendo, avisando que não podíamos chamar o cara de assassino em série quando todas as porras de pistas apontavam para um assassino em série.

Amanda ignorou a acusação, dizendo a Will:

— Quero falar com o investigador que trabalhou no desaparecimento de Zanger. Ligue para o zelador do prédio dela. Ele talvez tenha os HDs de dois anos atrás no escritório. Se conseguirmos...

Faith se levantou. Estava olhando as fotos da autópsia de Leslie Truong.

— Tem dezenove mulheres, Amanda. Dezenove mulheres que foram atacadas. Quinze estão mortas, e isso nem inclui Tommi Humphrey. Você sabe o que ele fez com ela. Você *sabe*!

Amanda aceitou o abuso de cabeça erguida.

— Eu sei.

— Então por que caralho estamos fingindo que isso não está conectado quando... — Ela segurou uma das fotos. Sua voz estava tremendo. — Olhe isto! É isso que ele faz. É isso o que teria acontecido com Callie Zanger se ela não tivesse conseguido sei lá como pensar, agir, sair daquele bosque sozinha!

Amanda a deixou desabafar.

— Quantas mulheres ainda têm por aí? Ele pode estar machucando outra mulher agora mesmo, Amanda. Agora mesmo, porque ele é um assassino em série de mulheres. É isso que ele é. Uma porra de um assassino em série.

Amanda assentiu uma vez.

— Sim, estamos lidando com um assassino em série.

O reconhecimento tirou o fôlego de Faith.

Amanda perguntou:

— Você se sente melhor dando um nome?

— Não — assumiu. — Porque você não queria me ouvir, mas ouviu a porra da planilha idiota de Miranda Newberry.

— A fonte dos dados é irrelevante — disse Amanda. — A sorte favorece os preparados.

— Inacreditável.

Faith voltou para sua mesa.

Amanda dirigiu sua atenção para Will.

— Com exceção de Grant County e Alexandra McAllister, temos 13 jurisdições separadas em que foram achados corpos. Por enquanto, vamos deixar de fora os três casos das mulheres que conseguiram escapar. Amanhã cedo quero que você e Faith dividam os condados com Nick. Precisamos lotar os telefones, começar a marcar reuniões e entrevistas. Sejam casuais. Não contem muito.

Will ainda estava obviamente preocupado com Faith, mas sugeriu:

— Podemos dizer que estamos fazendo uma checagem aleatória no estado todo de casos de pessoas desaparecidas.

— Sim, ótimo. Diga a eles que estamos estudando como melhorar o processo de denúncias. Foque os nomes da nossa lista. Preciso de todos os depoimentos de testemunhas, relatos de legistas, quaisquer fotografias, gravações, perícia, mapas, diagramas de cena de crime, anotações de investigadores e nomes de cada um que estivesse na cena. E faça isso discretamente, Wilbur. Minhas ligações hoje de manhã já causaram algum rebuliço. O assassino pode se esconder se ficar sabendo que estamos fazendo o trabalho de base para uma força-tarefa.

— Você estava fazendo ligações hoje de manhã para criar uma força-tarefa — repetiu Faith. — Então, não foi só a planilha? Você estava arrumando isso desde a reunião, mas, por algum motivo, não só escondeu esse detalhe, mas ficou insistindo para ignorarmos o óbvio.

— Estive trabalhando *em silêncio* desde hoje de manhã, que é a palavra-chave que você parece não estar entendendo. — Amanda encerrou o assunto. — A última coisa de que precisamos é um adjunto caipira despreparado em Butts County soltando a língua para a imprensa sobre como temos o próximo Jack, o Estripador no nosso quintal. É assim que evitamos que isso aconteça. Um passo de cada vez.

Faith soltou um suspiro exasperado.

Amanda parecia pronta para seguir em frente, mas recalibrou, dizendo a Faith:

— Sim, eu podia ter contado para você antes.

— Mas?

— Mas eu podia ter contado para você antes.

Era o mais perto que Sara já tinha visto Amanda chegar de admitir um erro. Faith não pareceu apaziguada. Tinha outra coisa perturbando ela.

— Não posso contar a ela, Mandy. Quando for a hora, não posso ser a pessoa a contar para Callie Zanger que não foi o marido dela.

Amanda afagou as costas de Faith.

— Vamos pular dessa ponte quando chegarmos nela.

Nick voltou com o uísque e com uma caneca de cerâmica da cozinha. Colocou uma boa dose. Ofereceu a Faith.

Ela negou com a cabeça.

— Tenho que dirigir.

— Eu te levo — ofereceu a chefe. — Emma ainda está com o pai. A gente vai ao Evelyn's.

Faith aceitou a caneca e a levou até a boca. Do outro lado da sala, Sara pôde ouvi-la engolindo.

— Dra. Linton — falou Amanda. — Vamos falar sobre o assassino voltando à vítima. A história de Zanger confirma um padrão.

Sara sentiu que foi pega em flagrante. O cérebro dela estava esgotado demais para mudar de assunto tão rápido.

Amanda chamou:

— Dra. Linton?

Sara teve dificuldade de gerar uma tese provisória.

Will a salvou.

— O padrão é: o assassino de alguma forma incapacita suas vítimas, provavelmente com um martelo. Então, leva elas a um bosque e as droga. Quando o composto perde o efeito, ele perfura a medula espinhal. O objetivo é paralisá--las, controlá-las completamente. Ele fica voltando às mulheres até elas serem encontradas.

Sara disse:

— Os nervos cortados no plexo braquial de Alexandra McAllister mostram uma progressão.

Amanda verificou:

— Você diz desde Tommi Humphrey?

— Desde as três vítimas de Grant County. — Sara, finalmente, pegou fôlego. — Sempre pensei que as três vítimas, Humphrey, Caterino, Truong, eram um estudo de caso em escala. O assassino estava tentando achar a técnica perfeita, a dose certa do Gatorade, a melhor ferramenta para paralisá-las e quando.

Amanda questionou:

— Por que o Gatorade? Por que não imobilizá-las imediatamente?

Sara podia apenas opinar.

— O Rohypnol teria retornos decrescentes. A não ser que ele seja farmacêutico, é uma droga muito complexa de se testar. A morte é um efeito colateral severo. A respiração chega ao ponto de hipóxia. A morte cerebral pode ocorrer em minutos.

Will disse:

— A não ser que ele ficasse com elas o tempo todo, devia haver um ponto entre quando eram drogadas e quando ficavam paralisadas em que tinham uma chance de fugir.

— Ele teve muitas mulheres em quem testar — afirmou Sara. — Ele aprendeu algo novo com cada vítima.

— Se voltarmos ao perfil do FBI, o cara gosta de correr riscos. Pode ser que, no começo, estivesse dando uma chance a elas — replicou Nick.

Will falou:

— Se vale de alguma coisa, Humphrey e Caterino escaparam. Zanger escapou.

Faith pigarreou. Ainda estava sofrendo, mas disse:

— Callie me falou que vomitou o líquido azul. Não só vomitou como expeliu o próprio estômago. Isso lhe deu alguma clareza para levantar e buscar ajuda.

Will adicionou:

— Miranda Newberry achou outras duas mulheres que acha serem vítimas sobreviventes. Elas conseguiram escapar, mas sofreram danos devastadores.

Sara finalmente conseguiu articular o que estava lhe incomodando no relatório de autópsia de Truong.

— Leslie Truong parece ser a vítima de um assassino completamente diferente. Seu corpo exibia todas as assinaturas do assassino: a mutilação, a medula espinhal perfurada, o líquido azul. Mas ela foi morta e mutilada em cerca de trinta minutos. O ritual não aconteceu aos poucos. Ele fez tudo de uma vez.

— Fez tudo o que podia — resumiu Amanda.

— Ele estava em pânico — falou Nick. — Ela era uma possível testemunha.

Sara não concordava totalmente com aquilo.

— Me incomoda não haver rastros de Rohypnol no sangue nem na urina dela. A droga se metaboliza rápido, mas a morte desliga essa função. Então devia haver um pouco do conteúdo no estômago. Ela tinha uma mancha azul nos lábios, mas acho que foi deixada lá de propósito. Olhando em retrospecto, o que mais me lembro daquela cena é de pensar que parecia montada, só que pela mesma pessoa que atacou Beckey. Eu sei que não faz muito sentido, mas parecia... diferente?

Nick disse:

— Jeffrey imaginou que o assassino tivesse sido desleixado com Truong porque sabia que estávamos atrás dele. O campus estava cheio de policiais. A cidade toda estava em alerta.

Sara ainda não conseguia especificar o que a incomodava.

— Não estou dizendo que um homem diferente atacou Leslie, mas é possível que a motivação fosse diferente. Ele chutou o martelo com força suficiente para quebrar, me parece que ele estava com raiva. Nada que aprendemos sobre o assassino até aqui aponta para raiva descontrolada. Aliás, ele fica completamente no controle.

Will disse:

— Seria preciso muita força para quebrar aquele cabo. Ele teria que chutar algumas vezes.

— A faixa de cabelo de Leslie Truong tinha sumido. É a única coisa que me faz pensar que ela não foi escolhida só porque podia identificar o assassino — disse Amanda.

— Gerald não foi enfático nisso, lembra? — perguntou Faith. — Ela morava com outras estudantes, que, provavelmente, conhecera no início do semestre. Jovens roubam as porcarias uns dos outros o tempo todo. Me deixa louca.

— Vamos tirar a faixa de cabelo da equação. Sara?

— O assassino sempre foi muito cuidadoso ao cobrir seus rastros. Desde Tommi Humphrey, ele levava um pano à cena para limpar o DNA. As vítimas subsequentes foram posadas de forma convincente para parecer acidentes. — O cérebro dela tinha finalmente voltado à vida. — Pense nisto: no caso de Leslie, ele deixou uma evidência gritante completamente à mostra.

Faith falou:

— O cabo do martelo tinha um número de fabricação.

Amanda quis saber de Will:

— Isso é comum?

— Não — respondeu ele. — Em geral, fica estampado no metal.

Faith pegou seu caderno. Estava de volta ao jogo.

— Então, A mais B é igual a C, certo? Quem atacou Tommi atacou Beckey e Leslie.

Nick disse:

— A única coisa é que Daryl Nesbitt era um suspeito extremamente sólido. Havia provas reais contra ele.

— Ok — falou Amanda. — Vamos verificar isso. Por que Daryl era um bom suspeito?

— Principalmente, por causa de Leslie Truong. — Sara passou pelos detalhes de comprovação que Jeffrey detalhara em suas anotações. — O martelo dentro de Leslie era de um tipo muito específico. Daryl estava em posse das ferramentas do padrasto, Graxa Abbott, que estava na prisão. Ele conhecia os bosques. Andava de skate com Felix no campus. As câmeras de segurança mostraram os dois praticando em frente à biblioteca. Daryl trabalhava perto da estrada que dava acesso à cena de crime de Leslie Truong. Um telefone descartável correspondente ao número nos contatos tanto de Caterino quanto de Truong foi encontrado na casa dele.

Faith disse:

— Vou bancar a advogada do diabo aqui. Tem um motivo para Daryl Nesbitt estar preso por posse de pornografia infantil, e não agressão e assassinato. Tudo isso é circunstancial ou facilmente explicável.

Em retrospecto, Sara não podia discordar. Há oito anos, ela estivera tão certa da culpa de Nesbitt quanto Jeffrey.

Amanda perguntou a ela:

— E o vídeo dos arquivos do caso Truong?

— Ainda não assisti. — Sara esperava poder ver sozinha, para se preparar, mas já não tinha mais essa oportunidade.

Ela caminhou até a televisão gigante de tubo. Will muitas vezes olhava para o videocassete com desdém, mas a máquina finalmente estava provando seu valor. Sara colocou a fita na abertura. Apertou o topo. Achou o controle remoto. Desenrolou o fio enquanto voltava ao seu lugar. E apertou play.

A imagem na tela fez um ziguezague, e então começou a reproduzir o vídeo.

Will assumiu. Ajustou os mostradores e, de repente, Sara viu a si mesma oito anos mais nova.

Ela parecia tão jovem, foi o primeiro pensamento que veio à sua mente. Seu cabelo estava mais brilhante. Sua pele, mais macia. Seus lábios, mais cheios.

Estava vestida com uma camiseta branca, moletom cinza e jeans. Luvas de exame cobriam suas mãos. Seu cabelo estava preso. A Sara mais jovem estava olhando para a câmera e dando a data, o horário e a localização.

— Sou a dra. Linton. Estou com Dan Brock, legista de Grant County, e Jeffrey Tolliver, chefe de polícia.

Sara mordeu o lábio enquanto a câmera se virava na direção do rosto de cada um que seu eu mais jovem nomeava.

Jeffrey estava com um terno cor de carvão. Uma máscara de algodão cobria sua boca e seu nariz. Ele parecia preocupado. Todos pareciam.

Ela observou sua versão mais jovem começar o exame preliminar usando uma lanterna de bolso para checar se havia petéquia, virando a cabeça para ver melhor a marca redonda, vermelha na têmpora de Leslie Truong.

— Esse pode ter sido o primeiro golpe — disse a Sara mais jovem.

A Sara atual, a Sara em pessoa, queria olhar para Will, analisar o rosto dele, deduzir no que estava pensando.

Mas ela não podia.

Na tela, a câmera tinha se inclinado. A lente saiu de foco. Ela via o branco borrado da máscara de Jeffrey. Ainda conseguia se lembrar do cheiro de fezes e apodrecimento saindo do corpo. O fedor tinha feito seus olhos lacrimejarem. Agora, ela estudava a mancha azul no lábio superior de Leslie Truong. Tinha esperado ver uma marca similar à que vinha de beber o conteúdo durante um longo período de tempo. Em retrospecto, parecia que o líquido tinha sido derramado nos lábios dela, depois deixado para secar.

— Bloqueio? — A voz de Brock estava alta. Ele estava segurando a câmera.

Sara ouviu a si mesma explicar o que encontrara. Parecia tão segura de si. Oito anos depois, ela raramente falava com a mesma convicção. O preço de ter vivido os anos seguintes foi entender que havia muito poucas situações que podiam ser vistas com certeza absoluta.

— Achamos que o assassino estava tentando paralisar as vítimas — disse Jeffrey.

Um caroço veio na garganta de Sara. Ela não tinha pensado o suficiente para se dar conta de que ia ouvir a voz de Jeffrey de novo. Ela se projetou com a mesma ressonância grave de que se lembrava. Sentiu seu batimento cardíaco falhar com o som.

Seu eu mais jovem estava levantando o moletom de Leslie Truong, encontrando uma costela deslocada.

Sara permitiu que seu olhar baixasse até o cronômetro piscando no videocassete.

Ela se ouviu dizer a Brock:

— Mostre mais perto isso.

Sara abriu os lábios. Respirou fundo. Conseguia sentir os olhos de Will em si. Quase podia ouvir a dúvida atormentando a mente dele. Ele era um pouco mais alto que Jeffrey, mas não tão classicamente bonito. Will era mais em forma. Jeffrey, mais confiante. Will tinha Sara. Será que Jeffrey ainda a tinha também?

No vídeo, Brock disse:

— Pronto.

Sara direcionou o olhar para a TV. Brock a estava ajudando a rolar Leslie Truong de lado. Jeffrey estava atrás da câmera. Tinha dado um zoom amplo para pegar o comprimento total do corpo. Havia sujeira e galhos grudados às costas nuas da garota. A Sara mais jovem estava postulando se a garota tinha levantado suas calças ou o assassino fizera aquilo por ela.

— Espere. — Faith se levantou. — Pause. Volte.

Sara procurou os botões, mas Faith pegou o controle de suas mãos.

— Aqui. — Ela colocou o vídeo em câmera lenta. — Nas árvores.

Sara apertou os olhos para a TV. Havia pessoas à distância, a aproximadamente 15 metros. Estavam paradas atrás da fita amarela da polícia. Ela não conseguia ver o rosto de Brad Stephens, mas reconhecia seu uniforme engomado e sua pose desajeitada enquanto ele tentava manter os espectadores longe do cordão de isolamento.

— Esse cara. — Faith pausou a imagem. Apontou para um dos alunos. — Está usando um gorro de tricô preto.

Sara conseguia ver o gorro, mas o rosto estava borrado.

Faith disse:

— As anotações de Lena falavam sobre o testemunho de Leslie Truong na cena de Caterino. Truong relatou ver três mulheres e um homem no bosque. Ela não lembrava de nada sobre o homem, exceto que era um aluno usando um gorro de tricô preto, estilo boina.

Sara caminhou até a TV, para olhar mais de perto. A fita era antiga, a tecnologia, ainda mais antiga. O rosto do homem estava pixelado até virar uma mancha amorfa.

— Reconheço Brad porque conheço Brad, mas só.

Faith estava olhando para Amanda com uma expressão suplicante no rosto.

Os lábios de Amanda se curvaram. A chance de alguma tecnologia melhorar a imagem era baixa. Para não acabar com as esperanças de Faith, ela disse:

— Vamos pedir para a TI olhar.

Faith pausou o vídeo. Apertou o botão de ejetar.

— Posso levar lá para baixo agora.

— Leve. — Amanda olhou para seu relógio. — Encontro você no lobby.

Faith pegou sua bolsa. Sara a ouviu correndo pelo corredor. Como todos, ela estava desesperada por uma pista.

— Will — disse Amanda. — Quero Faith na mesa dela amanhã. Tem muitas ligações para fazer. Temos 13 jurisdições diferentes com as quais lidar. Vamos nos encontrar na minha sala às sete da manhã e estabelecer os critérios. Está bem?

— Sim, senhora.

— Nick — falou. — Will pode atualizá-lo sobre o que você perdeu. Minha última ordem é para todos vocês. Vão para casa. Durmam um pouco. Hoje foi um dia difícil. Amanhã vai ser ainda pior.

Nick e Will responderam com um "sim, senhora" a ela.

Sara começou a reunir sua papelada da autópsia de Leslie Truong. Ouviu quando Will contou a Nick sobre a formação de uma força-tarefa. O telefone dela vibrou no bolso. Sara rezou para não ser a mãe, porque sabia que não podia adiar mais encontrar Tommi Humphrey.

A mensagem era de Brock, um ponto de interrogação seguido por:

Acho que era para Cathy? Posso perguntar para algumas pessoas, se quiser.

Sara acidentalmente tinha mandado a Brock a mensagem para sua mãe. Ela digitou um pedido de desculpa rápido, depois copiou e colocou o texto para Cathy.

Surpreendentemente, a mãe respondeu em segundos:

Querida, já deixei uma mensagem para o pastor Nelson. Como sabe, está bem tarde para a maioria das pessoas retornarem uma ligação; mas Marla acha que Delilah se casou de novo e saiu do estado depois da morte de Adam. Papai manda beijos, e eu também. Mama. P.S.: Por que você está brigando com sua irmã?

Sara ficou olhando o P.S. Tessa tinha dito à mãe delas que estavam brigando, o que significava que a situação era mais grave do que Sara queria admitir.

— Aconteceu alguma coisa? — perguntou Will.

Sara levantou os olhos. Nick tinha ido embora. Eles estavam sozinhos na sala.

— Minha mãe está tentando achar Tommi para mim.

Will assentiu.

E, então, ficou lá parado, esperando.

Sara disse:

— Sinto muito sobre… sobre Callie Zanger. Deve ter sido…

— Você foi para Grant County hoje. — Ele pegou a caixa de arquivos vazia e colocou na mesa. — Teve tempo de ver alguém?

— Não, precisei voltar para encontrar os Van Dorne, depois fiquei presa no trânsito, o que levou um tempão. — Sara sentiu uma explosão de culpa, como se estivesse escondendo algo dele. Ela tinha decidido abrir o jogo. — O depósito fica em frente ao cemitério.

Ele empilhou os arquivos e os jogou na caixa.

— Eu não entrei. — Sara tinha parado com esse hábito regular há anos, pelo bem de sua própria sanidade. — Coloco flores no túmulo uma vez por ano. Você sabe.

Ele falou:

— Foi estranho ver você na fita hoje. Você era diferente.

— Eu era oito anos mais nova.

— Não é isso que eu quero dizer. — Will fechou a caixa. Parecia querer dizer mais, mas falou: — Estou cansado.

Sara não sabia se ele queria dizer que estava fisicamente cansado ou que estava cansado do jeito que tinha agido na noite anterior, ao deixá-la.

Ela disse:

— Will…

— Não quero mais conversar.

Sara mordeu o lábio inferior para ele não tremer.

— Quero ir para casa, pedir uma pizza e ver TV até dormir.

Ela tentou engolir a bola de algodão na garganta.

Ele se virou para ela.

— Você pode fazer isso comigo?

— Sim, por favor.

CAPÍTULO VINTE E CINCO

Grant County – quinta-feira

J EFFREY SÓ CONSEGUIU OLHAR para Frank.

— O que você disse?

— O reitor ligou — Frank repetiu. — Tem outra aluna desaparecida. Rosario Lopez, 21 anos, sumiu há cinco horas.

Jeffrey ouviu uma porta se abrindo. Lena tinha saído da sala de observação. Estava com o BlackBerry na mão.

Frank disse a Jeffrey:

— Chuck Gaines fez seu pessoal revirar o campus de cabeça para baixo. Estão revistando os bosques agora. O reitor emitiu um chamado para voluntários.

— Certifique-se de que todos façam a busca em pares. — Jeffrey tinha começado a suar frio. Três alunas em três dias. Seu pesadelo estava se tornando realidade. — Tire Jefferson e White da patrulha. Coloque-os na organização. Enquanto isso, preciso que você reúna o máximo de informação sobre Daryl Nesbitt.

— Nesbitt?

— Ele deve ter uma ficha criminal. O padrasto...

— Espere. — Frank pegou seu caderno. — Vai.

— Daryl tem um padrasto na prisão estadual de Wheeler, apelidado de Graxa, último nome Abbott. Ele tem uma casa em Avondale em que Daryl está morando. Cheque os registros fiscais. Veja se tem planta da construção ou um mapa que mostre a posição da casa na propriedade. Mande Matt passar de carro para checar se tem alguém lá. Chame o resto do turno da patrulha e diga para suspenderem a busca pela van escura. Não use seu rádio. Não sabemos se Daryl tem um escâner policial.

Frank ainda estava escrevendo quando Jeffrey se virou para Lena.

Ela falou:

— Liguei para Memminger. Felix estava dormindo na cela para bêbados na manhã em que Caterino e Truong foram atacadas. Só saiu na hora do almoço. Não tem como ter sido ele.

Ele disse a ela:

— Comigo.

Jeffrey voltou à sala de interrogatório. Felix Abbott estava cutucando a espinha em seu queixo.

— Caramba, cara, quando eu posso...

Jeffrey o agarrou pela frente da camisa e o jogou na parede.

— Que mer...

Jeffrey enfiou o antebraço na garganta de Felix com força o bastante para levantá-lo do chão.

— Ouça com cuidado, moleque, porque agora, ou você é útil ou não é. Entendeu?

A boca de Felix se abriu quando ele tentou puxar ar. Ele assentiu com dificuldade.

— Beckey Caterino. Leslie Truong.

Os olhos de Felix se arregalaram. Ele tentou falar, mas sua garganta estava esmagada.

Jeffrey lhe deu alguns centímetros de alívio.

— Você as conhece?

— Elas são... — Ele engasgou em busca de ar. — Alunas.

— O número de Daryl estava no telefone delas. Por quê?

Ele tentou respirar. Seus pés chutavam loucamente. Seus lábios estavam ficando azuis. Ele tossiu, dizendo:

— Maconha.

— Daryl vendia maconha a Beckey Caterino e Leslie Truong? Ele é traficante de maconha?

As pálpebras de Felix começaram a tremer.

— Sim.

— Há quanto tempo?

Felix tossiu.

— Há quanto tempo Daryl vende maconha na faculdade?

— A-anos...

— E Rosario Lopez?

— Eu não... — Ele engoliu. — Não consigo...

Jeffrey olhou nos olhos dele.

— Você a conhece?

— Eu nunca... — Ele engasgou de novo quando o braço de Jeffrey se flexionou na garganta dele. — Não.

Jeffrey o soltou.

Felix caiu de joelhos. Seu rosto tinha ficado vermelho. Ele começou a tossir.

Jeffrey disse a Lena:

— Algeme-o à mesa. Mantenha-o isolado. Sem telefonemas. Traga um pouco de água para ele. Feche a porta. Venha falar comigo.

— Sim, chefe.

Jeffrey secou as mãos na camisa ao caminhar na direção da sala do batalhão. Ele viu Brad em um dos computadores. Marla no telefone. Sentia uma corrente elétrica passando por tudo. Outra aluna tinha desaparecido. Eles podiam estar se aproximando do assassino.

— Matt está a caminho da casa de Abbott. — Frank saiu da sala de Jeffrey. Estava lendo seu caderno. — Daryl Eric Nesbitt. Vinte e oito anos. Limpo, mas meu camarada em Memminger diz que sua ficha juvenil é tão grande quanto meu pau.

— Motivo?

— Merdas de Dew-Lolly: brigas de rua, roubo de lojas, vadiagem. Mas olhe isto, quando Daryl tinha 15 anos, cuidava da prima de seis. A garota chegou em casa com sangue na calcinha. A mãe fez uma denúncia, mas a família a obrigou a retirar.

Criminoso sexual. Histórico criminal. Conhecia as vítimas.

Jeffrey pensou em Tommi Humphrey. Ela conhecia Daryl Nesbitt? Ele a tinha visto andando pelo campus e decidido machucá-la?

— Chefe? — Brad apontou para o computador.

Jeffrey viu a foto de Daryl Eric Nesbitt em sua carteira de motorista da Geórgia. Ele parecia um bandido. Seu cabelo era oleoso. Os olhos eram redondos e pequenos. Ele olhava para a câmera com raiva como se estivesse posando para uma foto na delegacia.

Brad disse:

— Nesbitt tem uma multa pendente por dirigir com a carteira vencida.

— Ele estava numa van?

— Caminhonete. Chevy Silverado 1999. Foi apreendida, está na garagem do condado. — Brad falou: — Achei a casa de Avondale. Fica em Woodland Hills, na Bennet Way.

Jeffrey foi até o mapa grande do condado que ocupava a parede dos fundos inteira. Ele conhecia aquela parte da cidade. Era exatamente onde se esperaria encontrar um mecânico de carros com práticas ilegais.

— Número?

— Três-quatro-seis-dois.

Jeffrey traçou as ruas com os dedos. Ele usou um post-it amarelo para marcar o local. Havia uma outra fileira de casas atrás da residência atual de Nesbitt. Depois disso, os bosques se espalhavam por quilômetros, serpenteando atrás do lago e levando à faculdade.

Proximidade à cena do crime.

— A casa tem dois andares. — Frank estava lendo o monitor por cima do ombros de Brad. — Os registros fiscais têm o mapa e as plantas originais.

Brad bateu em algumas teclas.

— Estou mandando imprimir.

A primeira página ainda estava quente quando Jeffrey arrancou da máquina. Elevação frontal. Estilo Cape Cod de 1950 com uma varanda frontal quadrada e duas mansardas saindo da linha do telhado.

A segunda página saiu. Layout do primeiro andar. Jeffrey virou o papel para que a porta da frente estivesse voltada para o peito dele. A porta dos fundos estava logo à sua frente.

A entrada dava direto na sala de estar, que ocupava o canto frontal esquerdo da casa. Sala de jantar à direita. Closet do hall e escadas de cada lado de um corredor curto. Sala à esquerda. Cozinha à direita. Saída dos fundos nos degraus que saem lá de trás.

Lena tinha se juntado a eles quando a terceira folha de papel saiu da impressora.

Andar de cima. Quatro quartos, um maior que os outros três. Duas janelas em cada. Armários pequenos. Jeffrey sabia que os tetos seriam inclinados com a linha do telhado. Um banheiro no fim do corredor. Banheira, privada, pia, janela pequena.

A quarta mostrava o porão. As escadas que levavam até lá estavam escondidas embaixo das escadas que levavam ao segundo andar. No desenho, o espaço era um quadrado aberto com uma pequena caixa para indicar a sala de máquinas. Colunas de suporte e bases estavam marcadas com quadrados abertos. Qualquer reforma ilegal não teria entrado no registro fiscal, então podia haver quartos no porão, uma sala de lazer, uma lavanderia, talvez até uma gaiola com Rosario Lopez presa lá dentro. Sara tinha comentado que o assassino estava aprendendo com cada nova vítima. Talvez a lição de Caterino e Truong fosse que ele precisava de privacidade.

— Chefe? — chamou Marla da frente da sala. — Matt na linha três.

Jeffrey o colocou no viva-voz.

— O que você tem para nós?

— Acabei de ver Nesbitt entrar na casa — falou Matt. — Estava carregando duas sacolas, uma do Burger King e uma da loja de ferramentas.

Jeffrey sentiu seu estômago se encolher numa bola. O martelo tinha sido deixado dentro de Leslie Truong. O assassino precisaria de um novo.

Matt falou:

— Daryl estava dirigindo uma van de carga de um modelo mais antigo, uma GMC Savana chumbo. Placa 499 XVM.

Brad começou a digitar. Ele informou:

— Está registrada no nome de Vincent John Abbott.

— O padrasto — disse Frank. — Confirmei que ele está preso em Wheeler há três meses.

— O porão fica no subsolo. Sem entrada externa, mas parece que tem dois basculantes de cada lado — continuou Matt.

Basculantes eram pequenos demais para que um adulto conseguisse cruzá--los, mesmo se fosse uma mulher pequena.

Matt disse:

— Estou indo embora, mas consegui espiar a garagem. A porta está aberta. Parece que tem um carrinho de ferramentas com rodas lá dentro, talvez um metro e meio por um metro e meio, com gavetas. Faixas verdes e amarelas.

Frank informou:

— São as cores da Brawleigh.

Brawleigh, a mesma marca do martelo achado dentro de Leslie Truong.

Acesso à arma do crime.

Jeffrey olhou a última página da impressora. O mapa mostrava o tamanho do lote e a posição da casa. Havia dois prédios exteriores. Um era uma garagem independente ao lado da sala de estar. O outro era um galpão de três metros por três metros a aproximadamente cinco metros da porta dos fundos.

Ele disse a Matt:

— Tem um galpão nos fundos.

— Não consigo ver da rua.

— Fica atrás da casa. — Jeffrey consultou o mapa de ruas na parede. Olhou acima do post-it amarelo. — Está com seu binóculo?

No viva-voz, ele ouvia Matt se movendo. Um clique. Um porta-luvas sendo fechado.

— Sim.

— Tem uma rua atrás da Bennett, chamada Valley Ridge. Os lotes são baixos. Talvez você consiga ver o quintal dos fundos de lá.

— Dando a volta agora — disse Matt.

— Vamos ficar na linha.

Eles ouviram os barulhos da rua enquanto Matt dava a volta no quarteirão. Seu escâner policial estava ligado bem baixo. Ele pigarreou. Os freios rangeram no semáforo fechado. As mãos dele deslizaram sobre o volante quando ele fez a curva.

A tensão era quase insuportável. Todos estavam olhando para o telefone, esperando. Brad tinha se virado em sua cadeira. Lena estava inclinada para a frente, numa pose de corredora. Frank estava sentado com as mãos bem apertadas uma na outra. Havia oito homens na patrulha agora. Dois tinham sido enviados ao bosque atrás da faculdade. Isso deixava Jeffrey com dez policiais para colocar em ação.

Ele checou a lista que estava catalogando mentalmente.

Criminoso sexual. Histórico criminal. Proximidade à cena do crime. Conhecia Caterino e Truong. Acesso a uma van escura. Acesso à arma do crime. Trabalhava na U-Store perto da estrada de acesso.

O detalhe sobre a van tinha vindo de Tommi Humphrey. Ela não tinha feito um depoimento oficial. A U-Store era uma conexão solta fornecida por alguém que, oficialmente, não estava envolvido no caso. O número de Daryl estar no telefone das duas vítimas podia ser explicado pelo tráfico de maconha.

Jeffrey tinha causa provável o bastante para justificar bater na porta de Daryl Nesbitt, mas não para invadir. Ele não podia arriscar que aquele animal skatista se safasse por um detalhe técnico.

Ele adicionou outro detalhe:

Rosario Lopez. Aluna. Desaparecida há cinco horas.

Uma gota de suor escorreu por suas costas. Jeffrey não tinha conexão entre Daryl e Rosario Lopez. Tinha uma intuição, mas juiz algum na cidade assinaria um mandado por causa de uma intuição.

Os olhos dele voltaram ao telefone. Matt tinha tossido de novo. Aquilo estava demorando demais. Woodland Hills ficava a cinco quilômetros de onde eles estavam. Será que Jeffrey tinha enviado um de seus investigadores para rodar pelo bairro enquanto Rosario Lopez estava sendo torturada, paralisada, estuprada?

O estômago dele estava tão contraído que os músculos convulsionaram.

Tommi Humphrey tinha dito a Jeffrey do que o assassino era capaz. O corpo de Leslie Truong ilustrava em detalhes excruciantes como podia ser sádico. Como todos aqueles policiais conseguiam ficar parados enquanto outra jovem podia estar sentindo um martelo entrando em sua nuca?

— Estou aqui — disse Matt, enfim. — Peguei meu binóculo. Consigo ver o topo do galpão. O teto é inclinado como uma pista de esqui, e, caralho...

Os freios guincharam no telefone.

Matt disse:

— O galpão tem uma janela nos fundos. Está pintada, mas tem grades de segurança na frente do vidro e... Puta que pariu. Estou vendo a porta lateral. Também tem grades de segurança e um cadeado.

Jeffrey sentiu a tensão na sala se esticar como uma corda.

Rosario Lopez poderia estar trancada naquele galpão.

Matt continuou:

— Quer que eu entre?

— Ainda não. — Jeffrey não ia mandá-lo sozinho. Voltou ao mapa da parede. Passou o dedo pela rota. — Estacione na Hollister. Se Nesbitt sair da casa, essa é sua única rota para ir embora do bairro. Mantenha a linha aberta. Você precisa ouvir isto.

— Sim, chefe.

— Marla, só celulares. — ordenou Jeffey. — Preciso de Landry, Cheshire, Dawson, Lam, Hendricks e Schoeder. Diga para irem à localização de Matt. Com luzes, mas sem sirene.

Marla virou-se para pegar seu telefone.

Jeffrey limpou a mesa mais próxima com um movimento amplo do braço. Papéis e canetas se espalharam pelo chão. Dispôs os desenhos da casa — elevação frontal, primeiro andar, segundo andar, mapa. Achou uma caneta.

— Escutem o que eu vou dizer porque vocês estão no comando de suas equipes. Matt?

— Estou aqui.

— Você está com Hendricks. Quero que os dois me deem cobertura na porta da frente, de olho nas janelas e basculantes na lateral da casa. Precisamos de alguma distância. Não quero que Nesbitt entre em pânico.

Matt disse:

— Tem um carro estacionado do outro lado da rua em frente à porta principal dele. Podemos nos esconder atrás.

— Ótimo — falou Jeffrey. — Lena, você bate na porta.

Ela pareceu chocada.

— Vou estar bem atrás — explicou a ela. — Você vai bater na porta. Vai dizer a Nesbitt que está lá para falar da multa pela carteira de motorista vencida.

O choque diminuiu um pouco. Se havia uma coisa que o condado sabia sobre Jeffrey Tolliver era que ele era um pentelho com violações de trânsito. As multas eram responsáveis por metade do orçamento do departamento.

Ele disse a Lena:

— Mantenha-o calmo. Diga que é rotina, nada com que se preocupar. Você está lá para levá-lo à delegacia, e ele pode ou pagar a multa ou sair com fiança em uma hora. Se ele vier, ótimo. Se recusar, deixe.

Os lábios dela se abriram em surpresa.

— Senhor?

— Precisamos de causa provável para entrar na casa. — Jeffrey escolheu suas palavras com cuidado. — Felix acaba de nos confirmar que Daryl vendia maconha a Caterino e Truong. Talvez você sinta cheiro de maconha em Daryl quando ele abrir a porta. Ou talvez ouça um barulho lá dentro. Precisamos articular claramente junto ao procurador-geral nosso motivo para entrar na residência.

Lena assentiu lentamente. De todos na sala, ela sabia o que ele estava pedindo.

— Lena, se você acreditar que tem causa provável para entrar na casa, dê sinal e se afaste. Eu sou o primeiro a passar pela porta. — Jeffrey achou a planta do andar principal. Fez um X no centro do corredor. — Lena, este é o ponto de estrangulamento. Se Nesbitt descer as escadas do porão ou subir as que levam ao segundo andar, você conseguirá ver desde ponto.

Lena pressionou os lábios, e assentiu.

— Armário de casacos. — Ele desenhou um círculo. — Não fique de costas a não ser que tenha checado dentro. Janelas, portas e mãos, ok?

— Sim, chefe.

— Brad. — Jeffrey bateu a caneta na porta da cozinha. — Você vai ser responsável pelos fundos da casa. Landry vai ficar com você. Entre pelo lado da Valley Ridge. Fique de olho nas janelas laterais. Ninguém sai.

Brad pareceu aterrorizado, mas disse:

— Sim, chefe.

— Vamos colocar Dawson e Cheshiere em ambos os lados da Bennett Street. Schoeder e Lam vão bloquear a Valley Ridge, caso ele consiga chegar lá. Frank, quero que fique de olho no galpão.

A mandíbula de Frank estava dura.

Ele botou a mão no ombro de Frank para lembrá-lo de que era Jeffrey que estava no comando. Não tinha tempo para egos machucados, e não ia perder Daryl Nesbitt porque Frank não conseguia correr mais de vinte passos sem perder o fôlego.

— Se Rosario Lopez estiver naquele galpão, não quero ninguém mais a encontrando.

Frank não se convenceu.

— E se quando Lena bater, Nesbitt abrir a porta da frente, vir o que está acontecendo, segurar Lena e a fizer de refém?

— Aí, vou colocar uma bala na cabeça dele antes que consiga fechar a porta.

Jeffrey pegou suas chaves no bolso enquanto caminhava até o arsenal. Pegou duas espingardas, cápsulas, cartuchos, carregadores, coletes Kevlar e distribuiu.

Lena tirou a jaqueta larga e, com um giro, colocou o colete. A parte da frente era mais ampla que o corpo dela. A parte de trás ultrapassava seu quadril.

Jeffrey ajustou as placas. Realinhou as faixas de velcro. Lena ficou parada, com os braços para o lado. Ele nunca tinha vestido uma criança, mas provavelmente era igual àquilo. Ele deixou que seu olhar encontrasse o de Lena. Ela parecia assustada, mas muito ansiosa. Era exatamente por isso que ela tinha se candidatado. O perigo. A ação. Ele viu no rosto dela sua própria necessidade desesperada de se provar no início da carreira. A única outra vez que Jeffrey tinha visto aquele homem no espelho foi quando ele estava colocando o terno de seu casamento.

— Vamos.

Jeffrey checou sua Glock para garantir que houvesse uma bala na câmara enquanto saíam atrás de Lena.

Ele levantou os olhos, fazendo uma careta à luz do sol. Seu olhar foi para a clínica pediátrica, como sempre. A BMW de Sara estava estacionada em seu ângulo de showroom de sempre. Jeffrey tocou a própria boca. Um rastro de sangue de seu nariz quebrado tinha secado.

O colete Kevlar de Lena quase a engoliu quando ela sentou no banco do passageiro. Jeffrey teve que se forçar a não agarrar o volante. O carro ficou em silêncio até eles saírem da rua principal.

Ela perguntou:

— Fui colocada para bater na porta de Nesbitt porque você acha que ele não vai ficar intimidado por uma mulher?

— Você foi colocada na porta porque precisamos de uma causa provável blindada.

Lena assentiu uma vez. Entendia que ele estava contando com ela para mentir.

Ela devolveu as palavras dele:

— Ele é traficante de maconha. Eu senti cheiro da droga nele.

— Ótimo.

Jeffrey virou o carro na curva acentuada que marcava o limite entre Heartsdale e Avondale. Sentiu a dor disparando através de sua mandíbula de tanto apertar os dentes. Cada segundo que se passava dava a Nesbitt a oportunidade de fugir. De ir para o galpão. De descer a rua. De ir para o bosque com o martelo.

Três mulheres. Três dias.

Nesbitt não podia ficar livre para uma quarta vítima.

Ele contou seis viaturas de Grant County na boca da Hollister Road. Matt estava dando as ordens a Landry, Cheshire, Dawson, Lam, Hendricks e Schoeder. Ele estava segurando seu BlackBerry. Estava mostrando a foto da carteira de motorista de Nesbitt. Todos estavam vestindo coletes Kevlar. Armas estavam sendo checadas. Espingardas estavam sendo carregadas. A ansiedade compartilhada saiu das formas de sempre: empurrando uns aos outros, quicando na ponta dos pés, enquanto, por dentro, suas entranhas se enrolavam como molas.

Frank e Brad ultrapassaram o carro de Jeffrey. Pararam para pegar Landry, depois voltaram a Valley Ridge. Três homens nos fundos da casa. Quatro na frente. Quatro patrulhas fazendo a segurança do perímetro.

Será que era suficiente?

Jeffrey desacelerou até parar. Queria olhar cada homem nos olhos.

Ele disse:

— Não usem o rádio. Vocês têm três minutos para assumir a posição.

— Sim, chefe. — Eles soavam como um pelotão, mas eram maridos, filhos, namorados, pais, irmãos. E eram responsabilidade de Jeffrey, que os estava mandando para a linha de fogo.

Ele os viu separarem-se em grupos. As quatro viaturas se afastaram. Matt e Hendricks correram na direção da casa de Daryl, mãos no coldre para as Glocks não baterem na lateral do corpo.

Jeffrey olhou seu relógio. Queria dar-lhes cada segundo daqueles três minutos para se prepararem. Precisava que eles fizessem o que eram treinados para fazer. Assumir a posição, respirar e tirar um momento para se acostumar com a adrenalina correndo como metanfetamina por sua corrente sanguínea.

Ele viu a boca de Lena abrir quando ela puxou o ar.

Perguntou:

— Está bem nesse colete?

Ela fez que sim. Seu queixo bateu na gola.

— Amanhã de manhã, vamos olhar um catálogo de suprimentos — continuou ele. — Aposto que tem desses em cor-de-rosa.

Ela ficou com raiva até perceber que ele estava brincando. Inspirou de novo. Sorriu de volta. Sua bochecha se contraiu com o esforço.

— Você não estaria aqui se eu não soubesse que é capaz disso.

Engoliu em seco de novo. Ela assentiu mais uma vez. Olhou pela janela, esperando.

Jeffrey observou a segunda volta do ponteiro em torno de seu relógio.

— É agora.

Ele manteve a velocidade abaixo de cinquenta ao dirigir pela Bennett Street. Viu Matt e Hendricks ajoelhados atrás de um Chevy Malibu velho estacionado na frente da porta da frente de Nesbitt. Jeffrey parou o carro a trezentos metros da van chumbo, certificando-se de bloqueá-la.

Ele levantou o olhar para a casa. As persianas das janelas frontais estavam abertas. A luz da varanda estava ligada. Nenhum rosto aparecia no vidro.

Ele disse a si mesmo que ia ser fácil. Nesbitt ia abrir a porta. Lena ia dizer-lhe para sair. As algemas iam ser usadas. Eles achariam Rosario Lopez. Colocariam Daryl Nesbitt num buraco do qual ele nunca mais ia conseguir sair.

Ele disse a Lena:

— Você vai na frente.

A mão dela foi para a maçaneta da porta. Ela respirou fundo mais uma vez e a segurou.

Jeffrey seguiu Lena quando ela saiu do carro. A policial ajustou o colete e assumiu um ar decidido. Obviamente, tinha resolvido tratar aquela como qualquer outra prisão. Nada era rotineiro, mas algumas coisas eram menos difíceis do que outras. Um cara com uma multa pendente e sua caminhonete apreendida. Mais seiscentos dólares adicionados ao orçamento do departamento. Mais uma marca na cota que Jeffrey negava existir.

Lena bateu os dedos no painel traseiro da van chumbo ao passar.

Jeffrey fez o mesmo. Olhou para a garagem. O carrinho verde e amarelo estava fechado com cadeado. Ele viu uma ferramenta em cima. Faixas verdes e amarelas. O martelo de madeira de 680 gramas era preenchido de areia e revestido de poliuretano. Era um dos três martelos do kit Dead Blow da Brawleigh.

Jeffrey abriu o coldre. Lena parou na varanda. Ele parou nos degraus da frente, assumindo uma posição ampla. Havia três metros e meio entre ele e a porta. Espaço suficiente para Daryl Nesbitt tentar correr. Espaço suficiente para Jeffrey pará-lo.

Lena não olhou para Jeffrey para pedir o sinal verde. Ela levantou o braço, bateu com a mão na porta. Deu um passo para trás. Esperou.

Nada.

Jeffrey contou devagar mentalmente.

Quando chegou a dezenove, Lena bateu de novo na porta.

Jeffrey estava prestes a corrigi-la. Era lição de patrulha para iniciantes. Ela devia chamar o nome de Nesbitt, dizendo que era policial.

— Caralho! — Alguém gritou do interior da casa. Voz masculina. Irritada. — Que porra é essa?

Passos. Uma corrente deslizando. Ferrolhos clicando.

A porta se abriu.

Jeffrey reconheceu Daryl Nesbitt da foto de sua carteira de motorista. Seu cabelo oleoso era da cor de pinha. Ele estava vestindo um short amarelo de academia. A única outra peça de roupa eram meias brancas de esporte com listras azuis na borda. Seu peito nu estava vermelho até o rosto. Mesmo a três metros e meio de distância, Jeffrey conseguia ver que o cara estava com uma ereção. Ele não cheirava a maconha. Cheirava a sexo.

O queixo de Lena foi para cima. Ela também tinha sentido.

— O que foi? — Daryl olhou-a com raiva. — Que porra você quer?

— Daryl Nesbitt? — perguntou Lena.

— Ele não mora mais aqui. Mudou para o Alabama na semana passada.

A porta começou a se fechar.

Foi tão rápido que Jeffrey só teve tempo de pensar a palavra:

Não faça isso.

A mão de Lena se fechou no punho de Daryl. Ele tentou puxar. Deu um passo para trás. Lena tropeçou para frente. Seu pé esquerdo cruzou a soleira. Depois, o direito. Ela estava dentro da casa. Continuou indo para a frente. O braço de Daryl se soltou, desaparecendo por trás do batente da porta. Ele podia estar procurando uma faca, uma arma, um martelo.

A porta começou a se fechar.

Jeffrey sentiu seu dedo no gatilho da Glock antes mesmo de perceber que a tinha tirado do coldre, levantado no ar e apontado para a cabeça de Daryl Nesbitt.

A arma explodiu.

A porta lascou ao se fechar.

Jeffrey deu um pulo na varanda. A porta estava fechada. Ele deu um passo para trás e abriu com um chute. Sua arma apontou para a sala, mas nada era como ele esperava. A sala de jantar. A sala de estar. A cozinha. Ele não via nada. Havia portas por todo lado, todas fechadas.

— À sua esquerda! — Matt passou rasgando ao lado dele. Hendricks vinha atrás. O tiro tinha sido como uma largada. Matt entrou voando pela porta frágil do corredor. Hendricks invadiu a sala de jantar. Jeffrey deu um passo. Seu pé bateu em algo duro. Ele viu a arma de Lena deslizar pelo chão.

— Lena! — gritou.

Uma espingarda disparou.

Brad Stephens entrou tropeçando na cozinha.

— Lena! — Jeffrey subiu as escadas duas de cada vez. Estava no meio do caminho antes de lembrar que alguém podia estar lá em cima esperando para estourar os miolos dele.

Jeffrey se abaixou e rolou. Acabou no banheiro do corredor. Olhou atrás de si. Quatro quartos. As portas estavam fechadas.

Lena gritou.

Jeffrey correu na direção do quarto principal. Estilhaçou a porta.

Lena estava dobrada ao lado da cama. A cabeça dela estava sangrando. Ela tinha caído e batido contra uma escrivaninha de madeira. Jeffrey se sentiu enjoado ao correr para ela. Responsabilidade dele. Cagada dele. A vida de Lena. Verificou o pulso dela. A batida da carótida dela contra as pontas dos dedos dele desacelerou seus próprios batimentos cardíacos em um milissegundo.

Ele olhou para cima.

Viu o notebook em cima da mesa.

Crianças.

Jeffrey engoliu o vômito que subiu em sua garganta. Girou os olhos ao redor do cômodo. Persiana plástica barata na janela. O armário sem porta. Roupas estavam empilhadas no chão. A cama era um colchão no carpete. Uma meia esportiva branca suja estava amassada no chão.

— Chefe! — Matt estava no fim do corredor. Brad estava protegendo as costas dele. Eles começaram a abrir portas.

Lena sussurrou:

— Jeffrey?

O mundo desacelerou enquanto ele se virava para olhar para ela.

Ela nunca o tinha chamado pelo nome. Havia algo muito íntimo na forma como ela dizia. O braço de Lena estava levantado. A mão dela estava tremendo com o esforço.

Ela estava apontando para a janela. As ripas de plástico clicavam com o vento.

— Merda! — Jeffrey arrancou as persianas. A janela tinha guilhotinado, o painel de cima deslizando atrás do de baixo. Daryl Nesbitt estava a centímetros de distância, parado no beiral acima da porta da cozinha.

Enquanto Jeffrey o observava, o homem correu e pulou. Os braços de Daryl estavam esticados. Suas pernas pedalaram no ar. Ele caiu com um baque no telhado do galpão.

Jeffrey não parou para pensar.

Chutou a janela. Saiu para o beiral, o que lhe dava não mais que um metro e meio. Mais três até o galpão. O teto tinha um declive, como Matt dissera, como uma pista de esqui.

Jeffrey deu impulso correndo e jogou o corpo no ar.

Seus braços se agitaram. Ele tentou alinhar seus pés para o pouso. Viu-se calculando todas as coisas que podiam dar errado. Ele podia não acertar o telhado. Quebrar a madeira compensada. Cair de lado. Quebrar a perna, o braço, a porra do pescoço.

Jeffrey caiu com os dedos do pé direito. Sentiu seu corpo torcer com o impacto, a coluna girando dolorosamente. Ele apoiou o pé esquerdo, tropeçou para trás com o direito e tombou pelo lado inferior do declive. Caiu de bunda no chão.

Teve de chacoalhar a cabeça para parar de ver estrelas. Estava sem fôlego. Olhou ao redor.

Daryl corria pelo quintal dos fundos. Olhou por cima do ombro para Jeffrey ao pular a cerca para o quintal do vizinho.

Jeffrey levantou e correu atrás dele, tomando fôlego ao passar pela cerca. Seu pé escorregou na grama. O crânio estava latejando. Ele sentia que algo tinha se rasgado em suas costas. Recuperou o apoio enquanto corria pela lateral da casa.

Viu Daryl acelerando pela rua. Seus braços começaram a girar como um moinho enquanto ele fazia uma curva acelerada na Valley Ridge. Seus pés descalços pulavam pelo asfalto. Quando Jeffrey fez a curva, o homem estava a trinta metros.

— Não-não-não — Jeffrey implorou.

Ele não conseguia alcançá-lo. O cara era rápido demais. Jeffrey olhou pela rua, buscando Dawson. A viatura estava a um campo de futebol de distância. Dawson tinha visto Daryl. Estava fora do carro, correndo em direção à ação.

A sensação de alívio de Jeffrey foi cortada pelo grito cortante de uma mulher.

Mais uma vez, o mundo desacelerou, o borrão das casas e árvores na periferia de Jeffrey gaguejou até congelar.

A mulher estava andando até seu carro. Jeffrey viu a boca dela abrir. Viu o punho de Daryl indo para trás.

Jeffrey tentou:

— Não!

Era tarde demais. A mulher caiu no chão. Daryl agarrou as chaves do carro dela.

Jeffrey continuou correndo. Ganhou cinco metros com dificuldade enquanto Daryl tentava abrir a porta da perua vermelha da mulher.

Outro metro e meio enquanto Daryl tentava ligar o motor.

Mais um e meio enquanto ele colocava o carro em ré.

Jeffrey arrancou o último grama de adrenalina em seu corpo e se jogou contra a janela aberta.

A mão dele agarrou a primeira coisa que conseguiu alcançar, o cabelo oleoso de Daryl.

— Filho da pu... — Daryl deu um soco nele, o pé ainda no acelerador.

A cabeça de Jeffrey foi para trás. Seus sapatos deslizaram pela rua. Daryl o socou de novo, depois outra vez. De repente, os músculos de Jeffrey cederam à exaustão. O cabelo de Daryl escorregou de seus dedos.

Jeffrey caiu no chão. Sua cabeça bateu contra o asfalto. Algo lhe dizia para levantar o mais rápido possível. Ele empurrou as mãos contra o asfalto. Olhou para cima.

Atrás do retrovisor, a boca de Daryl se torceu num sorriso maldoso. Ele ia atropelar Jeffrey. O garoto colocou o pé no acelerador.

Jeffrey se mexeu com dificuldade.

Em vez de ir para a frente, o carro foi para trás, pulando por cima da calçada e batendo na casa do outro lado da rua.

Não só na casa.

No registro do gás.

Como todo homem que já começara um churrasco, Jeffrey tinha visto combustível pegar fogo. O brilho azul esbranquiçado era quase hipnotizador quando os gases entravam em ignição e viravam chamas grossas. O registro de gás na frente da casa estava cheio de nada mais que gases. Ele observou, impotente, quando a linha de fornecimento de metal foi arrancada por 1.300 quilos de aço. Não houve nada para encantá-lo, só uma faísca de metal como um fósforo sendo riscado, e aí o ar queimou com luz.

Os braços de Jeffrey voaram para cobrir seu rosto.

A explosão fez uma bola de fogo colidir ao redor do seu corpo. Vidro estilhaçou. Um alarme de carro soou. Seus ouvidos começaram a apitar. Ele sentia que sua cabeça estava dentro de um gongo. O calor era como o de uma sauna. Jeffrey tentou se levantar. Perdeu o equilíbrio. Seu joelho bateu no asfalto.

— Socorro!

Daryl ainda estava no carro. Estava preso. Enfiou o ombro contra a porta, tentando furiosamente sair. Seus gritos eram como uma sirene.

— Chefe! — Dawson estava a cinquenta metros. Seus braços iam para a frente e para trás enquanto ele corria.

— Socorro! — gritou Daryl. Estava com metade do corpo para fora do carro. — Ajudem!

Jeffrey tropeçou pela rua. Parecia que o calor estava comendo seu rosto.

— Socorro! — berrou. O fogo lambeu suas costas. Ele estava dobrado por cima da porta, arranhando o chão. Sua perna estava presa lá dentro. Ele não conseguia sair. — Por favor! Socorro!

Jeffrey se esquivou das chamas. Agarrou os punhos de Daryl e o puxou.

— Mais forte! — Daryl começou a chutar o volante com a perna livre.

As chamas subiram mais. O calor estava derretendo a tinta do carro. Jeffrey via o fundo plano de metal do tanque de combustível brilhando vermelho.

— Puxe! — implorou.

Jeffrey se inclinou para trás, usando cada grama de peso de seu corpo.

— Não! — gritou Daryl. — Ah, Deus! Não!

Jeffrey sentiu algo se soltando. Era como uma rolha de champanhe voando pela sala. Seu corpo caiu para trás. Daryl Nesbitt colapsou em cima dele. Jeffrey tentou tirá-lo. O tanque de combustível ia explodir.

— Chefe! — Dawson pegou Jeffrey e o arrastou para longe das chamas. Alguém jogou água no rosto dele. Outra pessoa envolveu seus ombros com uma jaqueta.

Jeffrey tossiu uma poça de líquido preto no chão. Seus olhos estavam queimando. Sua pele parecia tostada. Os pelos dos braços tinham queimado.

— Chefe? — disse Matt. Brad estava com ele. Cheshire. Hendricks. Dawson.

Jeffrey rolou. Tinha sangue pingando em seu pescoço. Seu nariz estava quebrado de novo. Ele virou a cabeça.

Daryl Nesbitt estava de costas no chão, braços esticados, olhos fechados, sem se mexer.

Igual a Tommi Humphrey.

Igual a Beckey Caterino.

Igual a Leslie Truong.

Jeffrey se levantou sob os cotovelos. Viu uma linha grossa de sangue na grama voltando até o carro em chamas. Seguiu a linha até Daryl.

A rolha de champanhe.

O *pop* tinha vindo da junta do tornozelo de Daryl Nesbitt quando seu pé foi arrancado da perna.

CAPÍTULO VINTE E SEIS

Atlanta

WILL ESTAVA CATANDO MILHO no teclado, calmamente preenchendo a última caixa do pedido de intimação. Tinha passado no One Museum a caminho do trabalho. O superintendente do prédio de Callie Zanger não tinha gostado de ser arrancado da cama às cinco da manhã, mas o homem foi coerente o suficiente para dar a Will a informação de que ele precisava.

Não havia HDS de dois anos atrás. O inovador sistema de segurança do prédio ficava armazenado na nuvem. A empresa de segurança exigia que eles guardassem os dados criptografados por cinco anos. Will estava pedindo para o juiz dar à AIG acesso a todas as gravações dos últimos três meses antes e depois do sequestro de Callie Zanger.

Ele tocou o dedo embaixo de cada palavra, checando erros antes de fazer upload do pedido no sistema. Recostou-se na cadeira. A intimação podia levar até quatro horas para ser aprovada por um juiz. Aí, os advogados se envolveriam. Outro dia podia se passar até os dados serem transferidos. Analisar quase mil horas de vídeo exigiria mais olhos do que Will tinha.

Ele checou o horário. Amanda tinha marcado a reunião para as sete em ponto. Ele pediria para ela acelerar a intimação. Por enquanto, tinha oito minutos de paz antes de seu dia começar.

Ele se permitiu quatro minutos para se preocupar.

Primeiro, com Faith. Ela tinha ficado arrasada com a entrevista de Callie Zanger. Will não estava muito melhor. O caminho de volta à sede tinha sido excruciante para os dois, Faith porque estava tentando não chorar e Will porque ver Faith tentando tanto não chorar tinha lhe dado vontade de quebrar coisas.

Ele afiou o ouvido na direção da porta aberta de sua sala. A de Faith estava fechada. Ela tinha chegado há 15 minutos. Ouvia as coisas se movimentando dentro do escritório, mas ela não tinha ido até lá, e ele não tinha certeza de que ela quisesse ser incomodada.

Will olhou para o relógio em seu computador. Mais um minuto.

Ele deixou seus pensamentos irem para a próxima mulher com quem ele estava preocupado: Sara. A exumação de Shay van Dorne não ia ser fácil. Mas essa não era única coisa o perturbando. Os dois tinham pegado no sono no sofá na noite anterior, a cabeça de Sara como um peso morto no peito dele, mas toda vez que Will pensava na conexão entre eles, seu cérebro trazia a imagem de uma extensão solta a seiscentos metros da tomada.

Will não conseguia achar uma forma de plugar de volta.

Sara tinha contado a ele sobre a U-Store ficar do outro lado da rua do cemitério, e Will acreditara quando ela falou que não tinha visitado Jeffrey, mas cada vez que ele se via pensando sobre *o chefe*, queria agarrar Sara, jogá-la por cima do ombro e trancá-la num quarto como um homem das cavernas.

Ou um assassino em série.

Will cutucou o Band-Aid que Sara tinha enrolado em torno dos nós de seus dedos. Ele nunca tinha pensado em si como um homem ciumento. Mas, também, Angie nunca lhe pertencera por completo. Ela transava por aí desde que tinha idade suficiente para pular por uma janela. Will ficava irritado com a má reputação da mulher, e ficava furioso com a sífilis, mas achava todo tipo de jeito de justificar a não monogamia dela. Angie tinha sido ferida por muitos homens em sua vida. O sexo era a forma de ela roubar de volta um pouco desse poder. Will era o único homem que ela já amara. Ou, pelo menos, era o que ela dizia.

Estar com Sara, saber como o amor era de verdade, tinha exposto a extensão da mentira dela.

— Dia, amigo. — Nick entrou na sala dele. — A reunião vai começar.

Will pensou em dar um soco nele.

— Olha, cara. — Nick se sentou no sofá sem ser convidado. — Posso ser sincero com você?

Will virou sua cadeira para ele. Em geral, quando alguém perguntava se podia ser honesto, queria dizer que estava mentindo antes ou ia começar a mentir agora.

Nick disse:

— Da primeira vez que fiquei sabendo que você estava ficando com Sara, preciso admitir, queria matar você tão morto que nem Deus ia procurar seu corpo.

Will nunca tinha *ficado* com Sara.

— Ainda dá pra tentar.

— Não, cara, eu sei de quem é o coração dela.

Will não sabia o que dizer, então não disse nada.

— Mas você fez merda... — Nick sorriu como um palhaço raivoso. — Aceite um conselho de um homem morto. Mulher alguma na Terra é tão boa quanto a que você tem bem aí, na palma da sua mão.

Eles se olharam nos olhos. Will pensou em algumas respostas, mas achou que jogar um "não me diga, *amigo*" não ia fazer aquela competição masculina acabar.

Ele escolheu sua velha tática. Resmungou, depois fez um aceno de cabeça, e aí esperou Nick sair.

Os olhos de Will voltaram ao horário em seu computador.

Nick tinha acumulado um déficit de um minuto.

A sala de Faith ficava no caminho das escadas. Will fez aquela coisa de bater na porta e entrar para dizer a ela que estava na hora da reunião. As palavras emperraram em sua garganta.

A cabeça de Faith estava na mesa. A cara dela estava enfiada no braço.

Will engoliu, tentando encontrar a coisa certa se dizer.

— Faith?

Ela virou a cabeça, apertando os olhos para Will.

— Estou com uma puta ressaca.

O alívio de Will foi cortado pela exasperação. Ele nunca fora fã de álcool. Quando era criança, um adulto bêbado significava que ele estava prestes a apanhar.

— São quase sete horas.

— Que ótimo. — Faith reuniu seu caderno e seu café da Starbucks. Suas roupas estavam amassadas. Ela tinha olheiras escuras. — Amanda e minha mãe me forçaram a ir num ensaio de coral ontem à noite. Desmaiei quando elas começaram a falar de fetiches com a série *CHiPs*.

Will se encolheu.

— Né? — Faith fechou a porta atrás de si. — Entendo totalmente ficar secando Eric Estrada, mas Larry Wilco? Sério, Amanda?

— Então, vocês duas estão bem.

— Blé. Não vou mudar. Ela não vai mudar. Não adianta ficar relinchando. — Faith riu. — E esta é minha terceira e última piada sobre cavalo em muitos dias.

Will não tinha certeza de que era uma piada, mas ficou feliz de ouvir Faith voltar ao seu eu sarcástico.

Ele segurou a porta das escadas. A voz de Faith ecoou no concreto quando ela lhe contou a história sobre seu ex levando Emma e algumas amigas para brincar na Fun Zone.

— Bem-vindo à criação de filhos, meu querido. — Faith gargalhou. — Você pagou sessenta paus para expor sua filha a uma doença transmissível.

Will segurou a próxima porta. Faith começou outra história. Ele deixou seus pensamentos voltarem a Sara. Ainda conseguia sentir o peso da cabeça dela em seu peito. A forma como ela tinha olhado para ele na noite passada era diferente. Ela estava hesitante. Ainda estava preocupada com os sentimentos dele. Will se sentia mesquinho, porque uma parte profunda, sombria, talvez até sádica dele gostava da ideia de ela estar insegura.

Amanda não estava em seu escritório, mas Nick já tinha garantido um lugar no sofá. Sua bota de caubói estava apoiada na beira da mesa de centro. Faith sentou-se ao lado dele, entrando na conversa fiada de sempre. Will encostou as costas contra a parede, o que ele tinha feito tantas vezes antes que era um milagre suas escápulas não terem deixado marca no cimento.

Ele ouviu o toc-toc dos pés minúsculos de Amanda se aproximando. A aparência dela era exatamente igual à de todos os dias. Cabelo em formato de capacete com fios grisalhos. Saia e terninho combinando. Maquiagem discreta. Se ela estava de ressaca, estava guardando para si.

— Vamos ser rápidos. — Amanda entregou uma pilha de papéis a Faith. Deu um olhar a Nick que fez o pé dele ir para o chão. Apoiou-se na mesa, o que, em geral, era o mais perto de que ela chegava de se sentar. — Preciso dirigir até o congresso ainda de manhã para falar com o líder do comitê de fiscalização. Uma de nossas vítimas está no distrito dele. Não preciso dele estressadinho no meu pé.

Will baixou o olhar para as páginas enquanto Faith as folheava. Ele reconheceu alguns dos nomes das 13 jurisdições policiais em que os corpos tinham sido achados.

Amanda perguntou a Will:

— O que é a intimação que você pediu hoje de manhã?

Will contou a ela sobre a ida ao One Museum.

— Sabemos do DPA que não havia algo do estacionamento, mas tem uma câmera no corredor do apartamento de Zanger. Se você pudesse apressar a...

— Ligo para o juiz a caminho do centro — disse. — Enquanto espera, preciso que você seja meus olhos na autópsia de Van Dorne. No segundo, e quero dizer no segundo, em que Sara confirmar ou negar que Shay van Dorne foi assassinada, envie me uma mensagem. Entendido?

Ela não esperou uma resposta. Disse a Faith e Nick:

— Quero a bunda de vocês na cadeira hoje de manhã. Passem pelas listas. Marquem as reuniões. Lembrem: supostamente, estamos revisando a coleção de dados relativos a pessoas desaparecidas. Pisem com cuidado e sintam as pessoas. Não quero ninguém suspeitando. Sejam...

— Discretos — completou Faith.

Amanda levantou uma sobrancelha, e as duas entraram numa batalha silenciosa.

Nick falou:

— Por favor, posso?

Amanda demorou a olhar na direção dele.

— Estive pensando em Daryl Nesbitt. Sei que está claro para todo mundo neste prédio o que sinto por Jeffrey Tolliver, mas é difícil pensar que ele errou tanto neste caso.

Amanda chacoalhou a mão para ele continuar falando.

Nick perguntou:

— O que fez vocês excluírem Nesbitt tão rápido?

Will percebeu que ele não tinha ficado sabendo sobre Heath Caterino, filho de Beckey. Não era uma situação de *relinchar*. Amanda estava mantendo a informação num círculo pequeno porque o menino podia correr perigo mortal.

— Boa pergunta. — Amanda sempre fora uma mentirosa ágil. Não demorava nem um segundo. — Nosso laboratório achou um antigo relatório de DNA da autópsia de Truong. Comparamos com um envelope que Daryl Nesbitt enviou a Gerald Caterino. Deu negativo.

Nick puxou a barba. Estava procurando furos na história.

Will sabia a história real e viu um furo enorme que tinha passado despercebido:

— Por que temos tanta certeza de que foi Daryl que lambeu o envelope?

A sala ficou em silêncio, exceto pelo computador de Amanda.

— Caraaaaaaalho. — Faith se virou para Will. — Trapaceiro trapaceando.

— Nick. — Amanda pegou o telefone da mesa. Discou um número, dizendo a ele: — Vá à prisão agora. Quero uma amostra bucal nova de Daryl Nesbitt em meu laboratório ao meio-dia.

Ela esperou até Nick ir embora para desligar o telefone. Disse a Faith:

— Fale.

— O laudo que Gerald Caterino meu deu era original, não uma cópia. Ele mandou o esfregaço bucal de Heath junto com o envelope de Daryl Nesbitt para um laboratório certificado pela AABB e reconhecido pelos tribunais. Eles são especializados em casos de paternidade. O relatório foi definitivo. Nesbitt foi completamente descartado como pai de Heath.

— Will tem razão. Essa informação parte do pressuposto de que foi Nesbitt quem lambeu o envelope. — Amanda se virou para Will. — O que você acha?

— Nesbitt está preso há oito anos. Bandidos sabem mais de procedimentos forenses e DNA do que a maioria dos policiais.

Faith adicionou:

— Ele é um jogador de xadrez. Até Lena Adams percebeu isso. Nesbitt cria estratégias. Ele joga as pessoas umas contra as outras. Sabemos que ele tem acesso à internet por meio de telefones contrabandeados. Ele pode ter descoberto sobre Heath e feito a mesma conta que nós fizemos.

Amanda assentiu. Tinha tomado sua decisão.

— O DNA de Nesbitt já está em nossa base de dados porque é um pedófilo condenado. Precisamos de uma cadeia de custódia limpa do DNA de Heath Caterino. Por motivos óbvios, não quero pedir um mandado.

Faith disse:

— Você quer que eu peça para Gerald Caterino voluntariamente me deixar pegar uma amostra da boca do menino? O menino que ele finge ser seu próprio filho porque tem pânico de o agressor de Beckey descobrir?

Will disse:

— Eu posso...

— Eu vou — falou Faith. — Will está na exumação. Está esperando a intimação das gravações de segurança. Nós dois temos trabalhos a fazer.

— Ótimo — falou Amanda. — Vou colocar outra equipe nas ligações. Você pode pegar as informações com eles quando voltarem.

Faith jogou os papéis na mesa de centro.

O corpo de Will ficou tenso quando ela saiu. Ele não sabia se ela queria que ele a impedisse ou fosse junto.

Amanda falou:

— Wilbur, neste momento, é irrelevante se o DNA de Daryl Nesbitt combina ou não com o de Heath Caterino. O que temos à nossa frente é um corpo exumado que pode oferecer novas pistas e uma intimação que pode nos dar acesso a um vídeo que revela o rosto do assassino.

Will reconhecia uma dispensa quando a ouvia. Enfiou as mãos nos bolsos ao ir na direção das escadas. Seus músculos ainda estavam tensos, mas a breve explosão de urgência tinha sofrido uma freada brusca. Só restara a ansiedade. Ele não gostava da ideia de Faith estar sozinha. Estava irritado por não ter pensado em verificar o DNA do teste de laboratório. Estava ansioso, porque Amanda tinha razão. Nesbitt não tinha assassinado 15 mulheres e aterrorizado outras cinco nos últimos oito anos.

Então, quem tinha?

Alguém com conhecimento íntimo de crimes. Alguém conectado o bastante a Daryl Nesbitt para armar contra ele. Alguém esperto o suficiente para cobrir seus rastros. Alguém que tinha uma coleção de faixas de cabelo, pentes, escovas e presilhas.

Perseguidor? Imitador? Maluco? Assassino?

Dois dias depois, Will estava fazendo as mesmas perguntas que eles tinham feito na capela da prisão.

Ele saiu pela porta no fim da escada. O necrotério ficava atrás do prédio da sede, numa estrutura de metal que parecia um hangar. O vento chicoteou seu paletó enquanto ele andava pela calçada. Will manteve o olhar no chão. Não havia muito para ver no céu. Nuvens escuras. Trovão. Ele conseguia sentir minúsculas gotas de chuva cutucando seu rosto.

Uma van mortuária escura estava estacionada na doca de carregamento. As duas portas estavam abertas. Gary ajudava o motorista a transferir o caixão de Shay van Dorne para uma maca com rodas. Quando Will pensara na exumação, tinha visualizado nacos quebrados de terra e detrito, talvez uma mão de guardião da Cripta saindo da madeira apodrecida. O caixão de metal estava imaculado, a tinta preta ainda brilhante como um espelho. O único indicativo de que não tinha acabado de sair do display eram as várias teias de aranha penduradas em um dos cantos. Uma aranha tinha conseguido ser selada dentro do invólucro.

Will atravessou o lobby principal do necrotério. Janelas de vidro davam para a sala de autópsia. Dois examinadores médicos já estavam trabalhando. Estavam vestidos com aventais amarelos e roupas cirúrgicas azuis. Máscaras brancas. Toucas coloridas. Luvas creme.

Sara estava numa sala minúscula no fim de um corredor longo. Fotos de cenas de crime serviam como arte nas paredes. O escritório dos fundos era para ser um espaço de trabalho temporário para quem necessitasse. Mesa. Telefone. Duas cadeiras. Sem janela.

Will diminuiu o passo para poder admirá-la.

Os braços de Sara estavam esticados na mesa. Ela estava olhando seu iPhone. Tinha colocado roupa cirúrgica. Usava óculos. Seu cabelo castanho--avermelhado longo estava preso num coque solto no topo da cabeça. Will estudou o perfil dela.

Eu sei de quem é o coração dela.

Will devia ter vergonha de si mesmo, porque Sara tinha se ajoelhado e dito repetidas vezes que o amava e que o escolhera, mas nada disso significava tanto quanto Nick Shelton casualmente afirmando que Will tinha Sara na palma da mão.

Ela ainda não o tinha visto. Soltou o telefone. Ele a viu abrir a gaveta de cima da mesa. Ela achou um tubo de hidratante. Começou a passar nas mãos, depois pelos braços nus.

Will estava vagando por ali por tempo demais para um cara que dizia a si mesmo que não era um assassino em série. Anunciou sua presença dizendo a Sara:

— Amanda quer que eu testemunhe a autópsia.

Ela sorriu para ele. Não o sorriso de sempre. Incerta.

Ela disse:

— Minha mãe achou um endereço de e-mail de Delilah Humphrey. Não sei o que dizer.

Will também não sabia o que dizer. Ele precisava achar uma forma de consertar as coisas com Sara. Essa falta de conexão estava se arrastando por tempo demais. Ele assumiu a cadeira ao lado da mesa. Deixou seu joelho tocar a perna dela.

Sara baixou os olhos, mas o toque das pernas não parecia suficiente.

— Minha, ahn... — Will pigarreou. Ele esticou a mão sem ferimentos. — Minha pele também está um pouco seca.

As sobrancelhas dela se uniram, mas ela entrou no jogo. Massageou creme na mão dele. Ele observou os dedos dela alisarem suavemente sua pele. Will sentiu a tensão em seus ombros começar a ceder também. Sua respiração ficou mais lenta. A de Sara também. Devagar, enfim, o clima mudou no cômodo sem janelas. Ele viu que ela também sentia. Ela sorriu ao apertar com suavidade cada um dos dedos, depois usou o dedão para seguir as linhas da palma da mão dele. A mãe de Will curtia astrologia. Ele tinha encontrado um pôster de leitura de mãos em seus pertences. Pensou nos nomes enquanto Sara os traçava.

Linha da vida. Linha do destino. Linha da cabeça. Linha do coração.

Sara levantou o olhar.

Ele disse:

— Oi.

Ela respondeu:

— Oi.

E, assim, o plugue entrou de volta na tomada.

Sara se aproximou. Pressionou os lábios contra a palma dele. Era uma mulher incomum. Tinha tido uma atração pela caligrafia de Jeffrey. Tinha uma atração pelas mãos de Will.

Ele perguntou:

— Quer que eu ajude com o e-mail?

— Sim. Por favor. — Ela pegou de novo o telefone. — Posso ler o que escrevi?

Will fez que sim.

Sara falou:

— Tem as coisas de velhos conhecidos. Dei meu número de celular, caso ela não queira fazer uma declaração oficial. Aí, escrevi: "Sei que isso é difícil, mas eu gostaria de falar com Tommi. Qualquer coisa que ela diga vai ficar por trás dos panos, como antes. Por favor, peça para ela entrar em contato comigo, mas apenas se ela estiver confortável. Entendo e respeito o direito dela de recusar."

Will pensou na reação de Delilah lendo o e-mail. Não tinha motivo para a mãe escrever de volta, quanto mais envolver a filha.

— Será que você deve explicar por quê?

— É isso que não consigo decidir. — Sara soltou o telefone de novo. Segurou a mão dele. — Tommi nunca acreditou que Daryl Nesbitt era seu agressor. Eu mostrei a foto de fichamento dele. Ela falou que não era ele. Sem hesitar.

Will jogou a mesma bomba que tinha feito Nick e Faith saírem correndo para atravessar o estado em direções opostas.

— Vamos testar de novo as amostras de DNA de Nesbitt e Heath Caterino.

Os lábios de Sara se abriram em surpresa. Ela viu o furo escancarado ainda mais rápido do que Will.

— Você acha que Daryl pediu para outra pessoa lamber a aba do envelope.

— Sabemos que Nesbitt gosta de jogos, e ele definitivamente tem interesses pessoais. Nunca conheci um bandido que não gostasse de culpar outra pessoa pela furada em que se enfiou.

— Ele culpava Jeffrey pela perda do pé. Pediu danos como parte de seu processo.

— E as evidências?

Sara listou.

— O martelo era igual à marca e ao conjunto encontrado na garagem de Nesbitt. Ele morava a duas ruas do bosque. Conhecia a cidade. Duas vítimas tinham o telefone dele. Ele não tinha álibi para os ataques. Trabalhava numa obra perto da estrada de acesso. Dirigia uma van escura como a que Tommi lembrava. Claro, era difícil que Tommi testemunhasse. E havia o galpão.

Will se lembrou de ter cuidado. Ele não ia pisotear a memória do ex-marido dela. Pelo menos, não na cara dela.

— Entendo que ele estava encurralado por causa da terceira aluna desaparecida, Rosario Lopez. Mas, tirando o barulho da guerra, não é um caso muito bom.

— Eu não discordo. Foi por isso que Jeffrey não pressionou o procurador-geral pela acusação. — Sara explicou: — Com Nesbitt preso, ele achou que mais testemunhas se apresentariam ou mais evidências seriam encontradas. Trabalhou no caso por mais um ano tentando encontrar alguma coisa, qualquer coisa, que colocasse os ataques na ficha de Nesbitt. Mas ninguém se apresentou e ele não conseguiu formar um caso. No fim, Nesbitt acabou adicionando tentativa de homicídio à sua pasta, então...

Gary bateu no batente da porta.

— Dra. Linton? Estamos prontos.

— Em um segundo. — Sara estava de novo no telefone. Ela leu as palavras em voz alta ao digitar. — "Por favor, peça para Tommi me ligar ou mandar um e-mail. É possível que ela estivesse certa sobre a foto." O que você acha?

— Depende — comentou Will. — Você quer assustá-la?

— E ela não deveria estar assustada?

— Mande — disse Will.

Sara esperou o e-mail fazer *woosh* antes de enfiar o telefone no bolso traseiro. Ela falou a Will:

— Gary nunca fez uma exumação, então, vai ser lento, tudo bem?

— Lento está bom para mim.

416

Ela segurou a mão de Will enquanto subiam pelo corredor. Sara não o soltou até chegarem ao armário de suprimentos. Ela tirou um avental amarelo, touca cirúrgica azul, duas máscaras faciais.

Sara lembrou a Will:

— Com Alexandra McAllister, havia ferimentos feitos por uma ferramenta similar a uma lâmina ou bisturi. O assassino sabia que o sangue atrairia predadores ao corpo. Os nervos do plexo braquial estavam cortados de forma limpa. A perfuração espinhal estava escondida, mas eu sabia o que procurar. Devo poder afirmar relativamente rápido se Shay van Dorne exibir os mesmos padrões de danos.

— Amanda quer que eu a avise urgente.

— Alguma coisa não é urgente pra Amanda? — Sara esticou a mão para Will. Ela amarrou a máscara em torno da nuca dele, dizendo: — A quebra do invólucro dissipou a maior parte do odor. Você não deve precisar disso, mas tudo bem se precisar.

Ela se vestiu, amarrando as alças do avental duas vezes ao redor de sua cintura. Prendendo o cabelo dentro da touca cirúrgica. Colocando as luvas. Will notou a transformação ocorrendo enquanto ela se preparava para Shay van Dorne. Às vezes, médicos brincavam para deixar mais leve uma situação muito cruel. Sara nunca brincava. Ela abordava cada investigação de morte com um ar de solenidade respeitosa.

Gray tinha empurrado o caixão até a antessala. Um envelope plástico transparente estava grudado na tampa. Will viu documentos e o que parecia uma manivela do tipo que se usaria para abrir uma janela velha de alumínio.

Will soltou a gravata. As luzes agiam como lâmpadas de aquecimento fervendo o ar. Elas se projetavam do teto como braços de robôs. Havia câmeras e microfones por toda a sala, incluindo uma apontada direto para o caixão. Uma maca com um lençol branco dobrado e protetor de pescoço de borracha esperavam pelo corpo. Outra cama estava coberta de papel-pardo para proteger as roupas de contaminação cruzada. Uma terceira mesa guardava uma lupa e instrumentos cirúrgicos. Gary tinha disposto uma cópia impressa do relatório original de acidente de Shay van Dorne. Fotografias coloridas da cena estavam empilhadas ao lado.

Will não tinha baixado as fotos do servidor. Olhou-as naquele momento. Shay van Dorne tinha sido encontrada de costas no meio da floresta. Ela estava vestida com uma calça de sarja verde e uma polo de tricô branca. As roupas estavam rasgadas onde animais haviam se refestelado: nos seios, no torso e na área pélvica. Seus lábios e pálpebras tinham sido comidos. Parte do nariz dela tinha desaparecido.

— Prontos? — Sara esperou que todos assentissem. Bateu num pedal de pé para ligar as câmeras e os microfones. Will a ouviu informar data, horário, apresentar-se e anunciar quem mais estava presente.

Ele não conseguiu evitar de pensar no vídeo de Leslie Truong que tinha sido mostrado no videocassete na noite passada. Sara fora tão diferente. Oito anos depois, embora estivesse dizendo as mesmas coisas, ela também soava diferente.

— Vou fazer o exame preliminar nesta sala, depois Gary vai tirar os raios X, e então vamos levá-la para a sala de autópsia. — Sara tinha terminado os detalhes técnicos. Ela direcionou suas palavras seguintes a Gary. — A maioria dos caixões de madeira são fechados com uma fivela de metal. Os modelos mais caros usam um cadeado que exige uma chave hexagonal.

— Como uma chave Allen? — perguntou Gary.

— Exatamente. — Sara desgrudou o envelope plástico do caixão. Ela inclinou um pouco a manivela e mostrou a chave. — Esta é uma chave de caixão. A haste é mais longa, porque destranca um caixão de metal. O cadeado fica sempre na parte de baixo, chamada de painel inferior. O que cobre a cabeça é chamado de tampa. Consegue sentir a vedação de borracha?

Gary passou o dedo pela borda da tampa.

— Sim.

— A vedação sela o caixão, mas não hermeticamente. Lembre-se do que falei sobre desgaseificação durante a decomposição. Se o selo do caixão ou invólucro for apertado demais, um dos dois ou os dois podem explodir. — Sara andou até o pé do caixão. — Alguns estados exigem invólucros. Outros, não. Tenha em mente que as pessoas são forçadas a tomar decisões funerárias nos piores momentos de suas vidas, então, sempre lembre de que não importa o que escolheram, aquela é a melhor decisão que podem tomar na hora.

Gary disse:

— Minha avó era fã da Geórgia, então compramos um caixão vermelho e preto com um buldogue em cima.

Will se perguntou se o jovem tinha esquecido a gravação.

Sara obviamente não tinha. Ela colocou a chave no buraco e continuou a aula, que era tanto para Gary quando para um futuro júri.

— Caixões de madeira abrem com um giro de noventa graus para a esquerda. O metal exige vários giros. Estamos soltando as garras que seguram a tampa e o painel inferior. Pronto?

Desta vez, Sara não esperou uma resposta. Apoiou as duas mãos na manivela. Fez força com os ombros ao girar. O selo da vedação se rompeu. Will ouviu um fluxo de ar não muito diferente do *woosh* de um e-mail sendo mandado pelo iPhone.

As mãos dele foram para a máscara pendurada em torno de seu pescoço, mas Sara tinha razão. Ele não precisava. O cheiro que estava sentindo era o mesmo odor doce enjoativo que emanava do corpo de Shay van Dorne há três anos, quando ela tinha sido hermeticamente selada dentro da caixa de metal.

Sara deslizou os dedos por baixo da borda do painel inferior. Esperou Gary fazer o mesmo com a tampa.

Will estava parado atrás de Gary, mas sua altura lhe dava uma visão direta do caixão.

A pele de Shay van Dorne parecia amarela e encerada. A distensão tinha inchado seu pescoço. O mofo marcava sua testa. Ela estava vestida com uma camisa preta de seda e uma saia preta longa. Seu cabelo castanho estava liso em volta dos ombros. As bochechas estavam artificialmente rosadas e cheias. Seus lábios, seu nariz e suas pálpebras tinha sido habilmente reconstruídos com cera cadavérica. Exceto pela varação na cor, Will nunca teria adivinhado que um animal os ingerira. A maquiagem não era absorvida pela pele morta.

As mãos dela estava dobradas em frente ao peito. As unhas eram longas e curvadas. Ela tinha segurado uma pequena bolsinha de renda nos últimos três anos.

Sara removeu cuidadosamente a bolsa. Sacudiu o conteúdo na mão. Duas alianças de casamento caíram, uma simples e uma com um diamante grande.

Will conseguiu ver as lágrimas umedecendo os olhos de Sara. Sua própria aliança de casamento estava junto com a de Jeffrey. Ela guardava as duas dentro de uma pequena caixa de madeira. Quando Will a conheceu, a caixa ficava em cima da lareira. Agora, estava numa prateleira dentro do armário do quarto de hóspedes.

Sara disse a Gary:

— É comum achar itens pessoais com os falecidos. Certifique-se de catalogá-los e fotografá-los para que possam ser devolvidos antes do enterro.

Gary pegou a bolsinha e a colocou com cuidado no papel-pardo.

— Vamos passá-la para a mesa. — Sara arrastou um banquinho baixo para perto.

Gary achou outro perto da porta.

Will apoiou as costas contra a parede. Não precisavam da ajuda dele para transferir aquele corpo de 52 quilos para a maca. Gary a levantou pelos ombros. Sara levantou as pernas. Will viu a mão de Shay cair quando ela foi colocada na máquina. Olhou seus pés descalços. As unhas dos dedos estavam curvadas como uma garra de gato. Ele dobrou o pescoço, localizando um par de saltos altos dentro de um saco plástico encaixado dentro do caixão.

Sara disse:

— A substância encerada que você está vendo na pele é adipocere. A hidrólise bacteriana anaeróbica da gordura se desenvolve durante a putrefação, o quinto estágio da morte. É uma lenda urbana que cabelo e unhas continuam a crescer. A pele se retrai, dando às unhas uma aparência mais longa. O fluido de embalsamento não consegue circular para os folículos, então, o cabelo perde o brilho.

Gary moveu o caixão para fora das câmeras e empurrou a maca em seu lugar.

— Por que os sapatos dela não estão nos pés? — perguntou Gary.

— Não é incomum, especialmente com saltos altos. Às vezes, encontramos lingerie guardada num saco perto dos pés. Se tiver sido feita uma autópsia, você pode achar um saco selado contendo órgãos.

Gary pareceu impressionado.

— Nada disso está fora das práticas-padrão do setor — explicou. — Vamos despi-la.

Will manteve as costas contra a parede enquanto trabalhavam. Gary desabotoou a blusa de Shay e a colocou no papel-pardo. O sutiã se fechava na frente. O gancho de plástico estava quebrado. Ele tirou cuidadosamente. Havia sido colocado algodão na taça onde Shay tinha perdido um dos seios. O material tinha ficado preso na ferida aberta. O braço caiu afastado do corpo. Havia mais algodão na axila.

Sara disse a Gary:

— Durante o embalsamento, o preenchimento com algodão é usado para fechar os orifícios e qualquer ferida aberta. Isso impede o vazamento de fluidos.

Sara puxou a saia para baixo. Não havia lingerie. As coxas se abriram. Will viu mais algodão colocado entre as pernas dela, quase como uma fralda. Ele não conseguiu evitar de pensar em Leslie Truong, Tommi Humphrey, Alexandra McAllister e todas as outras mulheres da planilha.

Sara virou suavemente a cabeça de Shay. Esfregou o dedo pelas vértebras cervicais. Depois, olhou as axilas. Precisou usar as pinças para tirar o enchimento de algodão. A um metro e meio de distância, Will conseguia ver os nervos e as veias saindo da axila da mulher como um monte de cabos arrancados de um computador.

Sara usou a lupa para estudar a ferida. Ela levantou os olhos para Will e assentiu. O ferimento de perfuração na C5. Os nervos cortados de forma limpa no plexo braquial.

Shay van Dorne estava mostrando as mesmas evidências que Alexandra McAllister.

Enquanto Sara enunciava as descobertas para o registro, Will tirou o telefone do bolso. Manteve-o baixo, fora do enquadramento da câmera. Mandou para Amanda um joinha. Ela digitou de volta um "Ok". Ele estava prestes a guardar o telefone quando pensou em Faith. Ela estava conectada nos serviços de localização de Will. Observou que ela tinha pegado o trânsito tranquilo e estava a vinte minutos da subdivisão de Gerald Caterino.

Pensou em mandar a ela uma mensagem de encorajamento, mas um joinha não parecia certo. Faith já tinha sido forçada a lidar com Callie Zanger sozinha. Will não sabia se ela aguentaria caso Gerald começasse a chorar de novo. Os soluços do homem no closet pequeno tinham sido agonizantes.

Will se lembrava dos bebês pequenos que, às vezes, acabavam no lar de crianças. Eles choravam por dias até descobrirem que ninguém ia consolá-los.

Acabou mandando o emoji de um inhame. Faith entenderia.

— Por quê? — perguntou Gary.

Will levantou os olhos.

Sara estava explicando:

— Não vamos achar algo de extraordinário ao abrir as pálpebras dela.

Will guardou o telefone. Ele sabia que ela estava dizendo *extraordinário* no sentido literal. Por causa dos danos animais, as órbitas estariam vazias embaixo dos tapa-olhos de plástico que mantinham o formato da pálpebra. Não havia nada de extraordinário naquilo.

Sara puxou a cera que dava forma aos lábios de Shay van Dorne. A mandíbula continuou fechada. Ela colocou a cera no papel-pardo. Apontou para a boca, dizendo a Gary:

— Está vendo os quatro conjuntos de fios metálicos presos às gengivas de cima e de baixo?

Ele disse:

— Parecem arames de fechar saco de pão.

— O embalsamador usou um injetor de agulha para fechar a boca. O dispositivo parece um cruzamento entre uma seringa e uma tesoura, mas pense nele como um pequeno arpão. O injetor punciona um alfinete pontudo com um fio conectado diretamente ao maxilar e à mandíbula. Você gira para unir os fios de cima e de baixo e manter a boca fechada. Preciso dos alicates pequenos.

Gary colocou a ferramenta na mão de Sara.

Ela cortou os fios. A boca se abriu, caindo para baixo e para o lado como se a mandíbula estivesse quebrada. Sara pressionou os dedos ao longo do osso.

— A junta está deslocada.

Will via pela voz dela que ela estava perturbada com a descoberta. Ele pegou o relatório do legista do carrinho. O formulário era padrão. Ele sabia que a caixa rotulada DESCRIÇÃO DE FERIMENTOS – RESUMO estava na terceira página. Seu dedo seguiu a única frase escrita no papel.

Atividade animal nos órgãos sexuais, como detalhado no desenho.

Will analisou o desenho anatômico. Os seios e a pelve estavam circulados. Havia Xs nos olhos e na boca. Nada na área da mandíbula. O legista de Dougall County era dentista de formação. O homem teria notado uma mandíbula deslocada.

Will levantou o olhar de novo.

Sara estava colocando uma luz na boca. Ela arrastou de volta o banquinho. Do ponto de vista mais alto, ela podia ver diretamente o fundo da garganta. Apertou a mandíbula, abrindo a boca o máximo possível, e pegou a lupa.

Para a gravação, ela explicou:

— Estou olhando o quadrante direito superior. Uma peça de látex ou vinil está alojada entre o último molar e o siso.

Gary tinha percebido a mudança no comportamento. Ele perguntou:

— Isso é estranho?

Ela contornou a pergunta.

— Dentes do siso em geral nascem no fim da adolescência ou pouco depois dos 20 anos. Na maioria das vezes, são desalinhados. Podem apertar os outros dentes e causar dor pungente. Normalmente são arrancados em pares ou todos de uma vez, então é notável que uma mulher de 35 anos só tenha um siso remanescente.

Sara desceu do banquinho. O olhar que direcionou a Will mostrou que havia algo terrivelmente errado. Ela espalhou as fotografias do legista de Dougall County. Achou o que estava procurando.

— O látex não estava aí quando o legista tirou as fotos da boca.

Gary disse:

— O embalsamador usaria luvas, certo? Por causa de doenças?

— Sim. Preciso do fórceps.

Sara voltou ao corpo de Shay. Mudou o ângulo da luz do teto. Colocou as pinças longas na boca de Shay. O látex se esticou quando ela tentou puxar. Então, a mandíbula começou a deslizar.

— Estabilize a mandíbula — disse a Gary. — Está bem obstruído.

Ele colocou os dedos em concha de cada lado do queixo e forçou a boca a se abrir o máximo possível.

Sara tentou de novo, puxando o látex. O material era fino, quase translúcido.

O telefone dela começou a tocar. O som estava abafado no bolso de trás. Ela se virou para Will, franzindo a testa.

— Pode atender? Pode ser a...

Sara não queria dizer o nome de Delilah Humphrey na gravação.

Will pegou o telefone do bolso dela. Mostrou-lhe a tela.

Sara disse a Gary:

— Vou atender no corredor.

Will a seguiu saindo da sala. Ela segurou as mãos enluvadas no ar. Não podia tocar no telefone.

Sara disse a ele:

— Pode escutar.

Will bateu no ícone de viva-voz, depois segurou o telefone perto da boca dela.

Sara disse:

— Sra. Humphrey?

Houve estática. Will pensou que eles tivessem deixado passar toques demais, mas o contador ainda estava correndo na tela.

Sara tentou de novo:

— Sra. Humphrey, é a dra. Linton. Está aí?

Mais estática, mas uma voz de mulher respondeu:

— E aí, doutora?

O choque passou pelos olhos de Sara.

— Tommi?

— Eu mesma. — A voz dela era mais grave do que Will imaginara. Ele tinha pensado na mulher como tímida, destruída. A voz do outro lado da linha era dura como aço.

Sara disse:

— Desculpe incomodar.

— "É possível que ela estivesse certa sobre a foto." — Tommi estava citando o e-mail de Sara. — Eu disse a você que não era Daryl Nesbitt há oito anos.

Sara pressionou os lábios. Will percebia que ela não tinha chegado até esta parte, que mandar mensagem para sua própria mãe e e-mail para Delilah tinham sido os únicos passos que ela tinha imaginado.

— Tommi — falou Sara. — Preciso saber se você se lembrou de algo.

— O que eu lembraria? — O aço virou uma lâmina. — *Por que* eu lembraria?

— Eu sei que é difícil.

— Sim, eu sei que você sabe.

Sara assentiu antes que Will pudesse pensar em como fazer a pergunta. Ela tinha contado a Tommi sobre seu próprio estupro.

— Tommi...

Tommi a interrompeu com um suspiro longo e dolorido. Will podia imaginar fumaça do cigarro saindo da boca dela.

Ela disse a Sara:

— Não posso ter filhos.

O olhar de Sara encontrou de novo os de Will. Ela segurou o olhar dele.

— Eu sinto muito.

Will percebeu que ela estava falando com ele.

Ele balançou a cabeça. Ela não precisava se desculpar por aquilo.

— Eu queria ser feliz, sabe? Olhei para você e pensei: "Se a dra. Linton pode ser feliz, então eu posso ser feliz."

Sara não a insultou com clichês.

— É difícil.

Mais silêncio. Will ouviu um isqueiro clicando. Uma boca sugando fumaça e soltando.

Tommi continuou:

— Não sei como estar com um homem a não ser que ele esteja me machucando.

A revelação veio de repente. Will via que Sara estava fazendo a mesma coisa que ele — desacelerando, tentando achar uma forma de contornar a certeza na voz da mulher.

Sara balançou lentamente a cabeça. Ela não conseguia encontrar um caminho. Só conseguia se sentir arrasada.

Tommi quis saber:

— Você também é assim?

Sara levantou o olhar para Will.

— Às vezes.

Tommi soprou um longo fluxo de fumaça.

Inalou de novo.

— Ele me disse que era culpa minha. É disso que eu lembro. Que era culpa minha.

A boca de Sara se abriu. Ela inspirou.

— Ele te disse por quê?

Tommi pausou de novo para fumar, passando pela inalação profunda e a exalação lenta.

— Ele falou que me viu e me quis, e que sabia que eu era metida demais para dar bola para ele, então, teve que me obrigar.

Sara disse:

— Tommi, você sabe que não é sua culpa.

— É, precisamos parar de perguntar para vítimas de estupro o que elas fizeram de errado e começar a perguntar a homens por que eles as estupram.

Tinha uma qualidade cantada na voz dela, como se ela tivesse ouvido o mantra num grupo de autoajuda.

— Eu sei que não dá para acabar com esse sentimento só pela lógica. Sempre vai haver momentos em que se culpa.

— É o que acontece com você?

— Às vezes — admitiu Sara. — Mas não o tempo todo.

— O tempo todo *é* o tempo para mim — disse Tommi. — A porra do tempo todo.

— Tommi...

— Ele chorou — continuou ela. — É o que eu mais lembro. Ele chorou igual a uma merda de bebê. Tipo, de joelhos, em prantos, e balançando para frente e para trás como uma criancinha.

Will sentiu o ar indo embora de seus pulmões. O suor correu por sua nuca.

Ainda no dia anterior, ele tinha visto um homem chorar daquele mesmo jeito.

De joelhos. Balançando para a frente e para trás. Soluçando como uma criança.

Will estivera parado no closet de assassinatos de Gerald Caterino. A obsessão do pai com o ataque a sua filha estava espalhada pelas paredes. Relatórios de legistas. Artigos de jornais. Relatórios policiais. Depoimentos de testemunhas. DNA. Uma escova. Um pente. Um elástico. Uma faixa. Uma presilha.

Ninguém na Terra sabia tanto sobre os ataques a Rebecca Caterino e Leslie Truong quanto Gerald Caterino.

Perseguidor? Imitador? Maluco? Assassino?

Eles tinham suposto que Daryl Nesbitt tinha falsificado o DNA no envelope.

E se Gerald Caterino fosse o falsificador?

Will tirou com dificuldade o telefone do bolso. Faith provavelmente estava estacionando na casa de Caterino agora. Ele precisava avisá-la.

Sara sabia que havia algo errado.

— Tommi...

— A mãe dele estava no hospital.

— O quê?

A pergunta atordoada de Sara fez Will congelar. Ela tinha quase gritado.

Tommi explicou:

— Foi por isso que ele fez. Essa foi a razão. A mãe dele estava doente no hospital. Ele estava com medo de que ela fosse morrer. Precisava de alguém para consolá-lo.

— Tommi...

— Eu sou um belo de um consolo, sim. — Ela deu uma risada amarga. — Ei, Sara, faça um favor. Esqueça este número. Não posso te ajudar. Não posso ajudar nem a mim mesma.

O viva-voz fez um som. Ela tinha desligado.

Will mexeu em seu telefone, puxando o número de Faith.

— Eu preciso...

— O látex — disse Sara. — Will, não é de uma luva. É de uma camisinha.

CAPÍTULO VINTE E SETE

Grant County – quinta-feira – uma semana depois

JEFFREY TENTOU NÃO MANCAR ao caminhar pela rua principal. Exatamente uma semana inteira havia se passado desde a invasão à casa de Daryl Nesbitt, e ele queria que a cidade visse que seu chefe de polícia estava bem. Ou tão bem quanto um homem com um nariz quebrado, as costas doendo e um chiado no peito que parecia um chihuahua doente.

Rosario Lopez nunca tinha estado em perigo, e, tecnicamente, nem havia desaparecido. A aluna fora para a casa de um garoto que conheceu na lanchonete e, como muitos estudantes, eles acabaram passando o dia na cama, pedindo delivery e falando da infância. A caçada pelo bosque e o medo de Jeffrey de ela estar presa no galpão foram infundados.

Ele podia se torturar de todas as formas como teria lidado com Daryl Nesbitt sem o possível sequestro de Rosario Lopez em suas costas, mas Jeffrey tinha aprendido há muito tempo que ficar se culpando pelo passado só atrapalhava o futuro.

Além do mais, havia erros maiores tirando seu sono.

Rebecca Caterino ainda estava em coma. Ninguém sabia dizer quanto dano cerebral ela sofrera. Era tudo uma questão de esperar para ver. Jeffrey ficava dizendo a si mesmo que ela acabaria se recuperando. Beckey nunca mais conseguiria andar, mas podia ter uma vida. Podia voltar à faculdade. Podia se formar. A seguradora do condado já estava negociando uma compensação com o pai da menina. A universidade ia pagar uma bolada. Bem lá embaixo da lista estava o fato de que Jeffrey não perderia seu emprego.

Pelo menos, por enquanto.

Bonita Truong tinha voado de volta a São Francisco com o corpo de sua filha. Ela tinha ligado para Jeffrey duas vezes desde então. Em ambas, tudo o que ele pôde fazer foi ouvi-la chorar. Não havia algo que alguém pudesse dizer para diminuir seu luto. Como Cathy Linton costumava dizer, o tempo era o melhor remédio.

Jeffrey ansiava por esse elixir curador. Queria que o relógio acelerasse para ele estar do outro lado de sua própria dor. Ele tinha saído de Birmingham para se afastar desse tipo de caso violento, devastador. Achava que Grant County seria sua Valhalla, onde a pior coisa que podia acontecer era uma bicicleta roubada ou um universitário enfiando o carro numa árvore.

Ele disse a si mesmo que nada tinha mudado. Daryl Nesbitt era uma aberração. Um psicopata do tipo que só se vê uma vez na vida. A carreira de Jeffrey desse ponto em diante seria passada apertando mãos em reuniões do Clube Rotary e ajudando velhinhas a achar seus gatos.

Ele desembrulhou uma pastilha de tosse e a jogou na boca.

A primavera estava se fazendo visível de uma ponta da rua principal à outra. O centro ainda estava perfeito, apesar dos horrores que tinham se passado no bosque na semana anterior. As folhas nos cornisos balançavam freneticamente com a brisa. As flores que o clube de jardinagem plantara estavam completamente desabrochadas. O gazebo em frente à loja de ferramentas era acompanhado por um banco de madeira. A prateleira de roupas em liquidação na frente da loja de roupa tinha sido toda comprada.

Jeffrey tossiu de novo.

A inalação de fumaça não era o único motivo para sua garganta estar doendo. Ele passara a última hora discutindo com o procurador-geral e o prefeito sobre as evidências contra Daryl Nesbitt. O martelo. A proximidade. O número de telefone.

O galpão.

Jeffrey sentia pavor sempre que pensava sobre a prisão caseira no quintal dos fundos de Daryl Nesbitt. As barras na janela e na porta tinham sido instaladas com parafusos de segurança de vinte centímetros. Eles tiveram que usar uma furadeira para tirá-las e abrir a porta. Dentro, haviam achado um catre com um cobertor cor-de-rosa pastel. Havia um balde no canto. Uma escova de cabelo cor-de-rosa e um pente combinando.

Também havia uma corrente grudada a um anel de metal concretado no chão.

Sem sangue. Sem fluidos. Sem cabelo. Sem DNA. O galpão parecia uma cela de prisão, mas ter um galpão que parecia uma cela de prisão não era ilegal. Trabalhar perto de uma estrada de acesso que oferecia entrada fácil ao local onde fora achado um cadáver também não. Nem possuir um martelo de madeira de 680 gramas que fazia parte de um conjunto Dead Blow da Brawleigh. Nem dirigir uma van chumbo. Nem seu número aparecer nos telefones de duas mulheres que tinham sido agredidas.

A pornografia infantil, por outro lado, era suficiente para trancafiar Daryl Nesbitt por pelo menos cinco anos.

Cinco anos.

Jeffrey podia trabalhar em cima disso. Testemunhas se apresentariam. As pessoas lembrariam coisas. Tommi Humphrey podia decidir quebrar seu silêncio. Jeffrey duvidava da reação negativa dela à foto de Daryl Nesbitt. Ele queria colocar o pedófilo numa sala de suspeitos, dar a Tommi tempo para analisar o rosto dele na segurança da escuridão. Ver uma foto policial unidimensional era muito diferente de ver um homem pessoalmente.

O maior obstáculo era o advogado de Nesbitt. Ele era de Memminger, acostumado a defender crápulas. O advogado seria contra uma sala de reconhecimento. Ele já tinha negado acesso ao seu cliente. Conseguira para Nesbitt uma internação extensa no Hospital Macon em vez de na cela do condado. Pior, tinha entrado com um pedido de extinção da ação com base em falta de causa provável para entrar na casa. Se um juiz comprasse a história, Nesbitt seria solto.

Jeffrey e Lena eram as duas únicas pessoas capazes de impedir que isso acontecesse. Ambos tinham assinado depoimentos juramentados sob pena de falso testemunho. Ambos estavam dispostos a colocar a mão sobre a Bíblia e jurar falar a verdade.

Ambos sabiam que tudo o que iam dizer seria mentira.

Havia na lei uma doutrina chamada *fruto da árvore envenenada*. Se não existisse causa provável para entrar numa residência, tudo o que a polícia achasse dentro da residência podia ser considerado inadmissível num tribunal.

Lena definitivamente tinha entrado na casa sem causa. Era perfeitamente legal estar dentro de sua residência com uma ereção. Era perfeitamente legal se recusar a falar com a polícia. Você tinha permissão até para bater a porta na cara deles. O erro de Lena tinha sido agarrar o braço de Daryl. Ele se afastara. Em vez de soltar, ela entrara na casa. Aí, dera outro passo. Então, a porta se fechara e o alvoroço tinha começado.

A defesa "senti cheiro de maconha nele" colapsara naquele instante.

Felizmente, Lena e Jeffrey tinham conseguido chegar a uma série de acontecimentos alternativa, em que aquilo que Frank os alertara que aconteceria realmente acontecera: Daryl tinha agarrado Lena e fechado a porta.

Fazia o *eu avisei* gigante que Frank não parava de falar valer a pena. Matt e Hendricks apoiavam a história. Jeffrey supunha que achavam que era verdade. Os homens estavam a 15 metros, agachados atrás de um carro. Era difícil saber, daquela distância, quem estava puxando quem.

Muitos detalhes vergonhosos foram encobertos pela mentira. Lena não anunciando que era policial. Matt e Hendricks quebrando a formação. Brad correndo para a cozinha e disparando sua espingarda. Frank caindo do outro lado do galpão. Lena perdendo a arma ao perseguir Daryl escada acima. E, mais crucial, Daryl jogando Lena do outro lado do quarto como uma boneca de pano. Ela tinha batido a cabeça contra a escrivaninha. O notebook tinha chacoalhado e acendido.

Uma sorte idiota, mas ainda assim, uma sorte.

A pornografia infantil era o único motivo para Daryl Nesbitt estar vislumbrando uma cela de prisão e não perseguindo sua próxima vítima. Muitas coisas ruins podiam acontecer com um pedófilo na prisão. Homens adultos não tendiam a estar atrás das grades por ter tido infâncias felizes. Devia haver pelo menos um preso mais do que disposto a dar um jeito em Daryl Nesbitt. Fora isso, homens como ele tendiam a achar todo tipo de jeito de se manter lá dentro quando as paredes começavam a se fechar ao seu redor.

Jeffrey subiu na calçada, fingindo que os músculos estirados de suas costas não haviam se transformado num nó. Ele tinha terminado a pastilha para tosse quando chegou ao Grant Medical Center. O estacionamento estava vazio, exceto pela van do Encanadores Linton e Filhas. Ele abriu a porta lateral, torcendo para Tessa usar o elevador.

Essa esperança foi pisoteada quando ele desceu o quarto degrau. Jeffrey ouviu um assovio. Olhou por cima do corrimão, esperando ver o topo de uma cabeça loira-avermelhada.

Outro golpe devastador.

Eddie Linton levantou o olhar. Estava sorrindo.

E, então, ele o viu.

Jeffrey não estava em condições de correr. Apressar o passo não resolveria o problema. O pai de Sara estava notavelmente em forma para um homem que passava o maior tempo de sua vida profissional embaixo de uma pia de cozinha ou engatinhando em algum espaço apertado.

Eddie parou no patamar abaixo de Jeffrey. Seu cinto de ferramentas estava baixo no quadril. Entre sua empresa de encanamentos e investimentos imobiliários, Eddie provavelmente era um dos homens mais ricos da cidade, mas se vestia como um mendigo. Camisetas rasgadas. Jeans desgastados. O cabelo raramente estava penteado. Suas sobrancelhas espiralavam como um fusilli.

Jeffrey quebrou o gelo.

— Eddie.

Eddie cruzou os braços em frente ao peito.

— Como está a casa de Colton?

— Precisando de um encanador.

Eddie sorriu.

— Arrume um balde de metal. Plástico absorve o cheiro.

Jeffrey tinha de admirar a sintonia.

— Quanto tempo isso vai durar?

— Quanto tempo você espera viver?

Eddie estava bloqueando a escada. Jeffrey não era idiota o suficiente para tentar ultrapassá-lo, mas era orgulhoso demais para ir embora.

Eddie disse:

— Andei pensando muito sobre essa situação em que nós dois nos encontramos.

Jeffrey pensou que só um deles estava nela por escolha.

— Minha esposa me contou algo profundo quando Sara nasceu. Você conhece minha esposa?

Jeffrey lançou um olhar a ele.

— Acho que ela frequenta a minha igreja.

— É, bem, ela é uma mulher bem inteligente. Lembro algo que ela me disse quando Sara nasceu. Estávamos na maternidade. Eu segurava aquela menininha ruiva nos braços, e minha mulher, que se chama Cathy, me disse que era melhor eu andar na linha, porque as meninas tendem a se casar com homens parecidos com seus pais. — Ele deu um sorriso melancólico. — Bem ali naquele hospital, jurei ser gentil e respeitoso com minha bebê. Ouvi-la e confiar nela e deixar claro que ela só devia esperar o melhor.

Jeffrey disse:

— Eu sei que em algum lugar dessa história tem uma moral.

— A moral é que joguei meu tempo fora. — Ele deu de ombros. — Devia tê-la ignorado para ela saber lidar com homens que a tratam como merda.

Eddie agarrou o corrimão e foi escada acima. Seu ombro bateu no de Jeffrey. O músculo estirado gritou desesperadamente, mas ele não ia dar essa satisfação a Eddie Linton.

Jeffrey fez uma careta de dor ao descer um degrau. A dor pressionou sua coluna. Não foi nada em comparação a como ele se sentiu ao ver a porta do necrotério fechada.

Para seus deveres de legista, Brock usava o porão da funerária de sua família. Sara antes usava o necrotério do hospital. O nome dela ainda estava gravado no vidro desde sua última passagem pelo cargo. As letras diziam SARA TOLLIVER.

Uma fita isolante cobria o nome dele. Por cima, estava escrito LINTON com caneta preta.

Jeffrey pensou que podia ter escolhido outra mulher com quem trair Sara que não a única fabricante de placas da cidade.

Ele cutucou o canto da fita, mas seu senso de dignidade o impediu de arrancar. Ele inclinou a cabeça, prestando atenção a sons do outro lado da porta. Não estava a fim de ser atacado por Tessa. Não ouviu vozes. Ouviu música. Paul Simon.

"50 Ways to Leave Your Lover".

Sara estava tocando a música deles.

Jeffrey endireitou os ombros, ignorou a pontada de protesto em suas costas e abriu a porta.

Sara estava de joelhos, luvas de borracha nas mãos, bandana azul amarrada na cabeça, esfregando o piso de azulejos.

Ela levantou o olhar para Jeffrey por cima do aro dos óculos.

— Encontrou meu pai?

— Aham, ele me tocou o *Crepúsculo dos deuses* inteiro.

Ela se interrompeu antes de sorrir. O escovão caiu no balde. As luvas foram tiradas. Ela se levantou e limpou a sujeira dos joelhos. Estava usando short e uma camiseta com manchas de tinta e um logo desbotado azul e laranja da escola Heartsdale High na frente.

— Nesbitt? — perguntou Sara.

— O procurador-geral está negando tudo, menos a acusação de pornografia. Aqui entre nós, não posso culpá-lo. É um caso fraco. Tudo é circunstancial, e isso sendo generoso. Estamos sujeitos a um processo por Caterino. Ninguém quer agir até sabermos que vamos acertar.

— Você tem certeza de que é Nesbitt?

— Quem mais seria? — questionou Jeffrey. — Deixe de lado as provas circunstanciais. O assassino conhecia o bosque. Sabia sobre a estrada de acesso. Estava familiarizado com o campus. Perseguia as vítimas. Roubava itens pessoais. Conhecia as rotinas delas. Tudo isso aponta para um homem que se mistura facilmente.

— Tudo isso aponta para alguém que foi criado em Grant County.

— Daryl Nesbitt — concluiu Jeffrey.

Sara concordou:

— Ele atacou duas mulheres com trinta minutos de diferença entre elas. É significativo ninguém mais ter sido machucada desde a prisão dele.

— Estou esperando que um bandido com problemas com o pai o mate antes de ele ir a julgamento.

Sara franziu o cenho. Ela tinha o luxo de não acreditar na justiça vingativa. Como policial, Jeffrey aprendera que, às vezes, era preciso adentrar áreas cinzas para garantir que as pessoas erradas não se machucassem. O truque era se certificar de não passar a vida nelas.

Ela perguntou:

— Você falou com Brock?

Jeffrey tinha falado com ele mais vezes na última semana do que com qualquer policial em sua equipe. O homem queria ouvir cada detalhe das investigações.

— Tenho cinco mensagens na minha caixa postal. Ele está bem chateado com os ataques.

— Não acho que seja isso — falou Sara. — Sem o pai, ele está perdido. Você sabe como é difícil para Brock criar conexões. A família é tudo para ele.

Jeffrey sentiu culpa por evitar as ligações de Brock, o que era exatamente a intenção de Sara.

— Ele ainda tem a mãe.

— Não sei por quanto tempo — disse Sara. — Myrna quase morreu no ano passado. Ela estava em casa sozinha e teve um ataque de asma sério. Foi

Brock quem a encontrou. Foi delicado por algumas semanas. Eu já o vi chorar, mas nunca daquele jeito. Ele estava soluçando.

Jeffrey balançou a cabeça.

— Não me lembro.

— Eu só lembro a data porque o ataque a Tommi Humphrey aconteceu enquanto Myrna estava no hospital. — Sara puxou a bandana da cabeça e sacudiu o cabelo. — Brock me pediu para ficar com ela. O pai dele estava bêbado. Ele estava cuidando do negócio. Fiquei com ela por algumas horas para dar uma folga a ele. Ele estava frenético quando voltou. Quase eufórico, acho que pela falta de sono e pelo medo. Fiquei preocupada com ele a noite toda. Aí, fui trabalhar naquela manhã e Sibyl me ligou para falar de Tommi.

Jeffrey entendeu a mensagem.

— Vou retornar as ligações de Brock.

— Obrigada.

Sara pegou o balde de plástico.

— Quer levar para casa?

— Me disseram que metal é melhor.

Sara estava sorrindo ao carregar o balde à pia.

Jeffrey olhou ao redor do necrotério enquanto ela enxaguava o resíduo de sabão. Não tinha estado no porão há pelo menos um ano. Nada mudara, mas, também, nada mudava havia quase um século. O hospital fora construído em 1930, durante uma das épocas de *boom* do condado. O porão não era tocado desde então. Os azulejos azul-claro nas paredes eram tão velhos que estavam voltando à moda. Os pisos eram um padrão xadrez mesclado de verde e marrom. A mesa de autópsia era de porcelana com laterais arredondadas e um ralo no meio. Havia uma pia rasa e uma torneira no pé. Uma balança como as de uma seção de frutas e verduras de um mercado estava pendurada no teto.

— Jeff? — A torneira estava desligada, e Sara estava apoiada contra o balcão. — Por que está aqui?

— Senti saudade de seus lindos olhos azuis.

Ele viu os olhos dela revirarem. Era uma velha piada do casamento dos dois. Os olhos de Sara eram verdes.

Ele explicou:

— Queria te dizer que estou feliz que você tenha assumido o lugar de Brock. O condado precisa de uma examinadora médica. As coisas estão mudando. Até comunidades rurais estão vendo uma ascensão de crimes violentos.

— Você está testando algum workshop de segurança pública comigo?

— Desculpe. Estou um pouco instável sem minha balança emocional para me equilibrar.

Ela olhou para o rosto dele pela primeira vez desde que ele entrara pela porta.

— Como estão seus pulmões? O médico recomendou exercícios respiratórios?

— Três vezes ao dia. — Jeffrey fez uma anotação mental para começar a fazê-los. — Meu nariz dói mais que qualquer coisa.

— Parece quebrado.

— Você devia ver a outra garota.

Sara não sorriu, desta vez. Tirou os óculos e limpou as lentes com a barra da camiseta. Ela não olhou para ele até terminar.

— Foi mesmo por isso que você me traiu? Porque eu estava passando tempo demais com a minha família?

Jeffrey tentou recalibrar.

— É o que você disse no meu consultório na semana passada. Uma das muitas coisas que você disse. — Sara o lembrou: — Que eu devia ter passado mais tempo com você em vez de ficar com a minha família.

Jeffrey pegou uma pastilha para tosse no bolso. Abriu com cuidado o papel.

— Você esqueceu a sequência de acontecimentos — disse Sara. — Não fui para a cidade na manhã seguinte e pedi um divórcio sem falar com você. Eu te liguei no hotel na noite em que aconteceu. Estava disposta a te ouvir.

Jeffrey lembrou sua primeira noite bêbado no Kudzu Arms. Ele estava com uma mulher no chuveiro e aquela que muito em breve seria sua ex-mulher furiosa no telefone.

Ela disse:

— Eu pedi para você fazer terapia de casal comigo.

Ele enfiou a pastilha na boca.

— Eu não queria pagar para outra mulher me falar que eu sou um escroto.

Sara apoiou o queixo no peito. Os dois sabiam que seria ela que escreveria os cheques.

Ela disse:

— Você podia falado. Sobre minha família. Que estava te incomodando.

— Na época, já não estávamos nos falando muito. — Jeffrey viu uma abertura. — Antes de casarmos, a gente conversava o tempo todo. Lembra?

Ela olhou para ele com uma expressão inescrutável.

— Eu amava conversar com você, Sara. Amava a forma como seu cérebro funciona. Você vê as coisas de um jeito que eu não consigo.

Ela abaixou a cabeça de novo.

— Senti como se sua vida tivesse virado um segredo que só sua família podia saber.

— É a minha família.

— Eles são uma muralha de Jericó ao seu redor, e tudo bem. Eu sabia disso quando casamos. Mas você me perguntou o que aconteceu. Você parou de falar comigo. Essa foi uma parte importante.

A confissão sincera o fez merecer uma risada rápida.

— Nunca fui acusada de não falar o bastante.

— Quero dizer sobre as coisas importantes. Como você se sente. O que está te incomodando. Problemas no trabalho. Eu era seu confidente. Você podia me contar tudo. — Ele colocou todas as cartas na mesa. — Achei que estava me casando com o amor da minha vida. Acabei com uma esposa que não falava.

Ele viu a mudança no corpo dela, uma tensão familiar a que ela sempre se apegava quando estava machucada.

— Isto — disse, tentando manter a voz suave. — Isto é o que você faz quando eu tento conversar com você.

— O que quer que eu diga? — A voz dela era pouco mais que um sussurro, outro indicativo de que ela estava magoada. — O que você *queria* que eu dissesse?

Ele balançou a cabeça. Não conseguia fazer isso enquanto ela estava chateada.

— Diga o que eu fiz de errado — disse ela. — Diga, porque, uma hora, eu vou conhecer alguém e não quero cometer o mesmo erro de novo.

Pensar nela conhecendo alguém novo fez Jeffrey querer explodir o prédio.

— Eu já disse, estava tudo bem em você escolher sua família. Mas, às vezes, eu queria que você me escolhesse.

— Teria mudado algo? — perguntou. — Você teria achado outro motivo. Você traiu todas as mulheres com quem se relacionou. Você só fica feliz se estiver num estado constante de limerência.

— Limerência. — Ele tentou tirar um pouco da acidez do tom dela. — É como quando você disse que queria que eu fosse *hapaxântico*, e fui humilhado uma segunda vez porque tive que pesquisar a palavra?

Ela deu um sorriso relutante.

— É um estado de encantamento. É como a gente se sente quando se apaixona por alguém pela primeira vez. Fica obcecado pela pessoa. Eufórico. Só consegue pensar nela.

— Parece ótimo.

— E é, mas você precisa tirar o lixo e pagar as contas e fingir que gosta dos seus sogros, e isso é um relacionamento. Limerência faz a gente entrar nele, mas tem que ter outra coisa para se manter ali.

— Eu sei que você não está me acusando de não te amar.

— Jeffrey...

— O que posso fazer para reconquistá-la?

A pergunta suscitou uma risada genuína.

— Não sou um troféu.

Ela não tinha ideia.

Jeffrey fez as palavras saírem antes de o senso comum o impedir.

— Eu ainda te amo.

O corpo dela se colocou em tensão de novo. Ele pensou na pele dela. As curvas e fendas suaves. Eles só tinham transado uma vez desde o divórcio. Sara batera na porta dele no meio da noite. Não lhe dera tempo suficiente para perguntar por que ela estava lá. Ela o beijara, e então eles estavam na cama. Ambos tinham lágrimas nos olhos. Jeffrey não tinha percebido, na época, que Sara estava de luto por algo que tinha perdido, enquanto ele achava ter algo precioso de volta.

— Sara, eu ainda te amo. — Quanto mais ele dizia, mais sabia ser verdade. — Não vou desistir. Vou continuar empurrando aquela pedra até ela chegar lá em cima.

Ela balançou a cabeça, perguntando:

— Funcionou para Sísifo?

— Não sei. Ele está morto há dois mil anos e ainda estamos falando dele.

O sorriso de Sara ainda era relutante. Mesmo assim, ainda era um sorriso.

Ela pediu:

— Seja sincero comigo. Não vai curar as coisas, mas vai ajudá-las a cicatrizarem.

Ele sabia o que ela queria, mas disse:

— Ser sincero sobre o quê?

— As mulheres. Se você quer consertar isso, seja sincero. Eu sei que não foi só Jolene.

— Eu já disse, Sara. Foi só Jolene, e só algumas vezes. E não significou nada.

Ela assentiu uma vez, como se isso resolvesse a questão.

— Vou embora.

— Sara...

— Meus pais estão me esperando para almoçar.

Jeffrey a observou pegar a bolsa, as chaves do carro.

Ele falou:

— Não acabou, Sara. Não vou te perder.

Ela andou na direção dele. Colocou as mãos em seus ombros. Ficou nas pontas dos pés para poder olhá-lo nos olhos.

Ficaram assim por um momento, presos um no outro. Ela mordeu o lábio inferior, chamando a atenção dele para sua boca maravilhosa.

Jeffrey começou a se mover na direção dela.

As mãos dela deram um tapinha no ombro dele.

Ela disse:

— Apague as luzes quando sair.

Jeffrey a observou até a porta cortar sua visão. A sombra dela não durou muito no vidro jateado. Do outro lado da fita adesiva, ele ainda conseguia ler TOLLIVER.

Ele inspirou o mais fundo que seus pulmões danificados pela fumaça permitiam. Olhou ao redor. A sala de Sara ficava nos fundos. Jeffrey podia ver que ela trouxera algumas caixas de papelão para armazenar seus novos arquivos. Um pacote de canetas compradas em atacado. Uma pilha não aberta de blocos de papel. O antigo compressor na câmara frigorífica começou a gemer quando o motor acelerou.

Além de comprar um carro esportivo ridículo, Sara tinha tomado duas decisões de mudança de vida depois de expulsar Jeffrey. Tinha dado entrada nos papéis do divórcio no tribunal. Tinha deixado sua carta de demissão da posição de legista com o prefeito. E, um ano depois, ali estavam, com apenas uma dessas coisas durando.

Jeffrey gostava de suas chances.

Ele tirou seu BlackBerry. Clicou no botão de rolar para acessar a seção *notas*.

Jeffrey era das antigas em todos os aspectos de sua vida, exceto um: ainda tinha uma agenda telefônica. Todas as suas anotações de caso e lembretes eram escritos. Ele tinha um calendário de papel. Seus cadernos espiralados estavam empilhados em seu sótão e, provavelmente, acabariam no sótão de qualquer casa em que ele estivesse morando ao se aposentar.

Sara ia estar morando naquela casa com ele mesmo se fosse a última coisa que ele fizesse.

Jeffrey olhou a lista secreta de nomes e números de telefone em sua tela.

Heidi. Lillie. Kathy. Kaitlin. Emmie. Jolene.

Um por um, ele passou pela lista e os deletou.

CAPÍTULO VINTE E OITO

Atlanta

S ARA ESTAVA SEM CAMISETA. Estava parada com os braços esticados enquanto Faith grudava um pequeno microfone a seu peito. Elas estavam no ônibus de investigação de cena de crime da AIG. Os monitores na parede mostravam uma imagem ao vivo da porta dos fundos fechada. A câmera estava escondida na bolsa de Sara. O buraco minúsculo perfurando o couro não era maior que a circunferência de seu dedinho.

Faith arrancou outro pedaço de fita crepe do rolo.

Sara levantou o olhar para o teto. Tentava não chorar, mas pensar no que tinha deixado passar, o que estava bem na frente dos olhos dela há oito anos, a fazia se sentir como se estivesse sendo atingido por uma avalanche.

O látex nos dentes de Shay van Dorne tinha desengatilhado o primeiro tremor. Sara estava passando pela sequência mentalmente — o látex não estava nos dentes antes de Shay ser embalsamada, mas estava lá depois — quando Tommi Humphrey tinha ligado.

O segundo tremor foi causado por uma frase familiar.

O agressor de Tommi alegava ter sido forçado a sequestrá-la porque ela era metida demais para dar bola para ele.

Metida.

Sara lembrava de Brock olhando desejoso para as líderes de torcida indo para a mesa dos populares no refeitório.

— *Elas nem me olham* — tinha sussurrado Brock. — *São metidas demais para me dar bola.*

O terceiro tremor foi o soluço.

Sara não conhecia Daryl Nesbitt pessoalmente, mas não conseguia imaginá-lo chorando por algum de seus crimes. O único homem que ela já conhecera que caía em prantos rotineiramente era o mesmo homem que tinha sentado ao seu lado num ônibus escolar por dez anos.

O quarto e último tremor tinha feito o mundo desabar.

A mãe de Brock havia sido internada no hospital na última semana de outubro. Sara não se lembrava de todos os detalhes, mas ainda lembrava de como Brock tinha estado diferente ao voltar para casa no meio da noite. Seus modos subservientes demais tinham desaparecido. Ele estava animado, praticamente eufórico. Sara tinha atribuído aquilo à ansiedade pela mãe. Em retrospecto, conseguia ver o comportamento dele pelo que era.

Triunfo.

— Estou quase acabando. — Faith parou ao lado de Sara, encaixando o transmissor no microfone na parte de trás da calça dela.

Dan Brock estudara durante dois anos para conseguir seu diploma de associado em ciências mortuárias. As aulas eram intensas, exigindo uma compreensão profunda de tanatologia, química e anatomia humana. Como legista do condado, ele fora obrigado a frequentar quarenta horas de treinamento no Centro de Treinamento de Segurança Pública da Geórgia, em Forsyth. Lá, aprendera técnicas forenses e de investigação de cena de crime. A cada ano, ele precisava passar por mais 24 horas de treinamento adicional no serviço, para estar atualizado sobre quaisquer avanços em ciências de investigação da morte.

Ele saberia paralisar alguém. Saberia como encobrir seus rastros.

Por baixo dos destroços da avalanche, Sara tinha localizado a pista final, a mais comprometedora.

Ela mandara uma mensagem com a foto de Brock para Tommi Humphrey, perguntando:

É ele?

Depois de quatro minutos insuportáveis, Tommi respondera:

Sim.

— Ok — disse Faith. — Pode colocar a camisa.

Sara a abotoou. Seus dedos pareciam grossos. Ela pensou na equação matemática de Faith durante a reunião da manhã anterior.

A + B = C.

O homem que tinha atacado e mutilado Tommi Humphrey era o mesmo homem que tinha atacado Rebecca Caterino e Leslie Truong.

Era o mesmo homem que tinha assassinado as mulheres da planilha de Miranda Newberry.

Era o mesmo homem que tinha sequestrado, drogado e estuprado Callie Zanger.

Era o mesmo homem que Sara chamava de amigo.

Seus olhos se encheram de lágrimas. Ela estava com raiva. Estava apavorada. Estava destruída.

Por mais de três décadas, Sara sentira tanto afeto e carinho por Dan Brock. Como o menininho que sentava ao lado dela no jardim da infância, o adolescente desengonçado com humor autodepreciativo, podia ser o monstro que havia torturado, estuprado e matado tantas mulheres?

— Vai. — Faith estava segurando um lado dos fones de ouvido em sua orelha.

Sara tentou manter sua voz o mais normal possível.

— Um-dois-três. Um-dois-três.

— Ótimo. — Faith apoiou os fones na mesa. — Tem certeza de que quer fazer isso?

— Não — admitiu Sara. — Mas não temos corpos nem cenas de crime. Temos palpites e planilhas. As famílias merecem respostas, e esta é a única forma de conseguir.

— Podemos rolar os dados — disse Faith. — Prendê-lo. Assustá-lo. Pode ser que ele confesse.

Sara sabia que isso nunca ia acontecer.

— Quando se tornar público, ele vai fazer de tudo para negar. Os Van Dorne, Callie Zanger, Gerald Caterino... Todas as vítimas que ele deixou para trás. Elas nunca vão saber a verdade. Brock não vai confessar, especialmente enquanto a mãe dele ainda estiver viva.

Faith pareceu triste. Ela abriu a porta.

Will estava de vigia do lado de fora. Estava vestindo um colete Kevlar. Um rifle pendurado no ombro. O corpo dele exalava ameaça como se fosse suor.

Ele olhou para Sara, em silêncio, mas o silêncio dizia tudo.

Sara colocou seu cardigã azul com os bolsos fundos.

Amanda subiu na van, dizendo a Sara:

— A palavra-chave é *salada*.

Sara olhou de novo para Will. Ele balançou a cabeça. Não queria que ela fizesse aquilo.

Amanda continuou:

— No minuto que você quiser parar, por qualquer motivo, é só dizer e vamos correndo. Ok?

— Ok — pigarreou Sara.

Faith estudou os monitores. Estavam a oitocentos metros das instalações da AllCare. A câmera no painel do carro de Nick lhes mostrava a frente do armazém. Não havia câmeras dentro por questões de privacidade.

Amanda instruiu:

— Uma confissão total de todos os assassinatos seria a glória, mas qualquer detalhe que você conseguir arrancar de Brock sobre Caterino ou Truong é suficiente para enfiar uma agulha no braço dele.

Ela estava falando de pena de morte.

— Tenho homens na frente das docas de carregamento e nos fundos do prédio, mas não podemos entrar. Não sabemos se as persianas dentro da sala de Brock ainda estão fechadas. Quando você estiver no armazém, Will e Faith vão se posicionar no corredor. É o mais perto que alguém pode chegar sem arriscar se expor. Tudo que a câmera e o microfone pegarem vai ser transmitido para os telefones deles. Se você disser a palavra-chave, vai levar de oito a dez segundos para eles abrirem a porta da sala.

Sara assentiu. Seu corpo tinha ficado dormente.

— Aqui. — Faith segurou um revólver carregado, com o cano apontado para baixo. — Se precisar usar isso, não pare de puxar o gatilho até o cilindro estar vazio, ok? Seis tiros. Não hesite. Não atire para ferir. Atire para parar.

Sara sentiu o peso do revólver em sua mão. Olhou para Will. Enfiou a arma em um dos bolsos fundos de seu cardigã.

— Nick? — falou Amanda no rádio. — Relatório?

— O alvo ainda está lá dentro. — A voz de Nick arranhou no viva-voz. — Turno do almoço esvaziou o prédio. Nós os pegamos quando saíram para a rua. Segurei o gerente e tive uma conversinha. Eles só voltam a receber entregas às 13 horas. Estamos com a rua bloqueada nas duas pontas. Tem nove carros ainda no estacionamento. Um pertence a Brock. Os outros estão registrados no nome de funcionários. O gerente diz que eles estão na copa.

Amanda disse:

— Faith, o primeiro trabalho é tirar aqueles civis de lá sem alertar Brock.

— A copa tem uma janela que dá para o armazém — explicou Faith. Ela tinha achado as plantas do prédio no site do condado. — Vamos ter que ser cuidadosos.

— Cada segundo dessa operação tem que ser cuidadoso. — Amanda se virou para Sara. — A escolha é sua, dra. Linton. Podemos levá-lo agora mesmo. Tommi pode identificá-lo. Ela seria uma testemunha convincente. Podemos embasar o caso sem uma confissão.

Shay van Dorne. Alexandra McAllister. Rebecca Caterino. Leslie Truong. Callie Zanger. Pia Danske. Theresa Singer. Alice Scott. Joan Feeney...

Sara colocou a alça da bolsa no ombro.

— Estou pronta.

Will a ajudou a descer da van. Ela segurou a mão dele. Beijou-o na boca, e disse:

— A gente vai comer um lanche do McDonald's no jantar.

Ele não quis deixar que ela aliviasse o clima.

— Se ele tocar em você, eu o mato.

Sara apertou a mão dele antes de soltar. Quanto mais se afastava de Will, mais entorpecida se sentia. Uma espécie de anestesia se espalhou dos membros dela para o peito, de modo que, quando chegou ao carro, seus movimentos eram robóticos. Ela colocou o cinto. Ligou o motor. Engatou a marcha. Entrou na rua.

Will e Faith seguiram atrás num sedã preto. Sara via a tensão resignada na mandíbula de Will pelo retrovisor. O caminho de oitocentos metros até o armazém se estendia infinitamente. Sua mente se encheu de tudo e nada ao mesmo tempo.

Ela devia fazer aquilo? Podia fazer aquilo? E se Brock não falasse? E se ele ficasse com raiva? Ela tinha dito a todo mundo que Brock nunca a machucaria, que ele podia ter feito isso há muito tempo se quisesse, mas e se o Brock que Sara conhecia se transformasse no Brock que sentia prazer com o sofrimento de mulheres? Ela vira em primeira mão provas da loucura dele. Ele não se satisfazia em estuprar as mulheres. Ele as destruía. Sara estava prestes a empurrá-lo de um penhasco. Ele tentaria destrui-la também?

Ela deu a seta. Fez a curva.

O armazém da AllCare tinha a mesma aparência do dia anterior. A SWAT já estava no telhado do prédio. Um olhar de relance para o outro lado da rua lhe mostrou que um atirador estava cobrindo a entrada da frente. Sara sabia que outro estaria guardando a retaguarda. Dois outros homens de preto estavam de cada lado das escadas de concreto que levavam ao lobby.

Se tudo saísse como planejado, Brock estaria esperando por ela em sua sala atulhada. Sara tinha ligado para avisar que ia passar para deixar a chave do depósito. Brock parecia encantado por vê-la de novo. Ele estaria almoçando em sua mesa. Ofereceu dividir um bolo que tinha levado de casa.

Receita da mamãe.

Sara entrou numa vaga perto da porta. Ela devia tirar um momento para respirar, para acalmar seu coração batendo, mas o exercício seria inútil. Nada podia acalmá-la.

Ela ajustou a bolsa no ombro direito ao sair do carro. Sua mão esquerda se enfiou no bolso do cardigã. Segurou a arma para que não batesse contra seu quadril enquanto ela caminhava até a entrada.

Havia dois homens com rifles de ambos os lados do degrau de concreto, de costas para a parede. Seus olhos rastreavam Sara enquanto ela subia a escada.

Atrás dela, um motor de carro foi desligado. Portas foram abertas e fechadas. Sara não se virou para ver Will de novo, mas sabia o que ele estava fazendo enquanto a seguia à distância. Seu amor era um criador de listas inveterado. Ele devia estar catalogando mentalmente todos os desfechos possíveis:

1. Brock confessa e se entrega
2. Brock confessa e não se entrega
3. Brock faz Sara de refém
4. Will atira em Brock

Sara adicionou seu próprio desfecho:

5. Brock explica como tudo isso é um terrível mal-entendido

Dentro do lobby vazio, Sara ajustou sua bolsa para a câmera apontar bem para a frente. A recepcionista tinha colocado uma placa de ALMOÇO no balcão. Um relógio de plástico mostrava uma da tarde, indicando o horário de sua volta.

Sara inspirou superficialmente. Agarrou a alça da bolsa. Segurou mais forte o revólver.

Ela se sentiu tonta ao caminhar pelo corredor. Tinha ouvido Will e Faith entrarem no lobby. Sara queria desesperadamente se virar, mas não tinha certeza de conseguir continuar andando se visse Will de novo.

Oito a dez segundos.

Era o tempo que Amanda estimava que levaria para entrar na sala de Brock.

Sara duvidava que Will levasse mais de três.

A porta do armazém ficava a cinco passos. Um fio de suor escorreu por seu peito. Ela conseguiu senti-lo deslizar pelo microfone e fazer uma poça em seu sutiã. Olhou de relance para as fotografias na parede.

David Harper, Funcionário do Mês.

Hal Watson, Gerente do Estabelecimento.

Dan Brock, Diretor de Serviços de Embalsamento.

Havia um mapa do estado pregado ao lado da foto de Brock. Áreas sombreadas em azul indicavam o território da AllCare. Era uma versão mais recente do que o mapa na sala dele. White County estava toda em azul.

Meu território.

Sara ouviu o falatório de vozes graves. Ela se virou. Faith estava tirando os funcionários da copa. Will estava com a mão no rifle, dedo apoiado na guarda do gatilho.

Seus olhos se encontraram uma última vez.

Sara respirou fundo.

Ela abriu a porta e entrou no armazém.

Seus sentidos foram sobrecarregados. O cheiro de formaldeído. As luzes duras do teto que deixavam cada canto da sala angulosa. As trinta mesas de aço inoxidável estavam vazias, exceto por uma. Uma embalsamadora lavava o cabelo da mulher morta em sua estação. Sua mão ia para a frente e para trás enquanto ela tirava os nós.

Sara confirmou que as persianas de madeira da sala de Brock estavam fechadas. Pigarreou. Disse à mulher:

— Hal perguntou se você pode ir à sala dele por um segundo.

— Hal? — repetiu a mulher, surpresa. — Só preciso...

Sara checou de novo as persianas.

— Vá.

Os olhos da mulher foram para a copa, depois voltaram para Sara. Ela soltou o pente. Removeu as luvas. Desamarrou o avental enquanto se afastava rapidamente.

Sara sentiu seus batimentos cardíacos triplicaram quando se aproximou da sala de Brock. Suas mãos tinham começado a tremer. Anos de prática como médica, cirurgiã e examinadora médica tinham lhe dado a habilidade de esconder suas emoções. Parada na frente da porta da sala de Brock, ela se viu incapaz de se desligar.

Ele era um de seus amigos mais antigos.

Ele era um estuprador.

Ele era um assassino.

Sara bateu na porta.

— Sara? É você?

A porta se abriu.

Brock estava sorrindo, o sorriso de sempre. Ele foi abraçá-la, mas ela se afastou.

— D-desculpa. — Sara ficou em pânico por gaguejar. Tinha planejado essa parte. Ela sabia que ele ia tentar abraçá-la, porque eles sempre se abraçavam. — Estou ficando gripada. Não quero passar para você.

— Tenho a resistência de um bode depois de trabalhar neste lugar. — Ele fez um gesto para ela entrar. — Desculpa não poder sair para almoçar. Tive de me preparar para uma reunião.

A mão esquerda de Sara ficou no bolso. O revólver estava coberto do suor dela. Ela forçou suas pernas a se moverem. Olhou ao redor, esperando que tudo parecesse igual ao dia anterior.

Nada estava igual.

Brock tinha limpado sua sala. Deve ter trabalhado a noite inteira. Os arquivos transbordando tinham sido guardados. As ordens de compra e os formulários estavam empilhados e organizados em bandejas rotuladas. A mesa estava limpa, exceto por dois fichários grandes. Cada um tinha pelo menos oito centímetros de grossura. As capas de vinil eram verde-escuro. Ela via os logos da AllCare gravados em relevo dourado na frente. Tentou não parecer nervosa ao olhar para as ripas fechadas das persianas de madeira.

Eles não conseguiam ver lá fora. Ninguém conseguia ver dentro.

— Desculpe por estar tão quente aqui. — Brock tinha desabotoado os punhos de sua camisa social. Estava arregaçando as mangas. — Quer uma água ou algo para beber?

— Não, obrigada. — Sara se esforçou para tirar o tremor de sua voz. — Você arrumou.

— Fiquei muito envergonhado ontem depois que você foi embora. Geralmente não deixo as coisas ficarem tão ruins. — Ele gesticulou para a mesa pequena. — Sente. Você tem um tempinho para ficar?

Sara colocou a bolsa na mesa, garantindo que a câmera estivesse apontada na direção da outra cadeira. Sentou-se bem atrás, colocando o máximo de espaço possível entre eles.

Brock disse:

— Talvez seja melhor não arriscar pegar sua gripe.

Em vez de sentar na cadeira ao lado dela, Brock foi para trás de sua mesa e se sentou.

Os fichários grossos estavam à sua frente. Sara conseguia ver suas mãos pousadas na mesa, mas a câmera, não.

O buraco na bolsa dela era baixo demais.

Will ficaria ansioso. Ele ia querer ver as mãos de Brock o tempo todo. Ela rezou para ele não chegar chutando a porta.

Brock perguntou:

— Você conseguiu o número que estava procurando?

Ela sentiu suas sobrancelhas se levantarem.

— De Delilah? — continuou Brock. — Perguntei para mamãe, mas você sabe como ela é esquecida, coitadinha.

Sara sentiu um tremor em seu lábio inferior. Aquilo era normal demais. Ela não podia deixar ser tão normal.

— Sara?

— Sim. — Ela teve que forçar as palavras a saírem. — Eu a encontrei.

— Que bom. Como Lucas e o pessoal trataram você em Villa Rica hoje de manhã?

Ela sentiu a surpresa se espalhar por seu rosto. Lucas assistira à exumação de Shay van Dorne.

Ele disse:

— Lucas usa a AllCare para o embalsamento.

O lábio dela não parava de tremer. Ela não conseguiria manter aquele jogo.

— Tinha látex.

Ele esperou.

— Os d-dentes dela — disse, gaguejando de novo. — Achei látex preso nos dentes de Shay.

O rosto de Brock estava sem expressão.

— De uma camisinha — explicou. — *Post-mortem.*

O rosto dele não mudou. Ele endireitou os fichários verdes, certificando-se de estarem paralelos à beira da mesa.

— Quer ouvir algo engraçado, Sara?

Ela sentiu seu estômago afundar. Tinha pressionado Brock rápido demais, cedo demais. Ela tentou:

— Brock...

— Depois que você foi embora ontem, fiquei pensando na primeira vez em que percebi que você era minha amiga. Aposto que você nem notou quando aconteceu, né?

Sara não conseguia fazer aquilo.

— Dan, por favor.

— Você sempre foi muito gentil comigo. Era a única que era gentil. — A voz dele assumira um tom melancólico. — Eu me lembro de pensar: bem, Sara Linton é gentil com todo mundo, e eu era parte de todo mundo, então por isso estava incluído. Mas aí, um dia, você me defendeu. Lembra o que você fez?

Ela teve de morder o lábio para parar o tremor. O que ele estava fazendo? Ela tinha contado a ele sobre o látex. Ezra Ingle provavelmente tinha compartilhado os detalhes do exame de Alexandra McAllister. Brock tinha lido a mensagem sobre Tommi Humphrey que Sara acidentalmente mandara para ele, em vez de para sua mãe.

— A gente estava no sexto ano. — Brock levantou as mãos, balançou os dedos. — Professor Childers, de educação física.

Sara sentiu uma memória distante chegando à sua consciência. Childers era fazendeiro. Complementava sua renda na escola.

— Ele ficou preso numa debulhadora.

— Isso mesmo. Os cilindros da colheitadeira de milho o puxaram. Cortaram todos os dedos de uma mão. Arrancaram o outro braço inteiro. O pobre coitado sangrou até a morte antes de alguém conseguir salvá-lo.

Sara balançou a cabeça. Para que isso? Por que ele estava contando aquela história?

— Lembro quando papai levou o professor Childers para o porão. Eu não tinha permissão de descer lá sozinho, mas precisava ver. — Brock riu, como se estivesse contando uma travessura juvenil. — Esperei até todo mundo estar dormindo, depois desci e abri o saco. O professor Childers estava deitado lá de costas. O braço dele estava numa sacola plástica no peito dele. Acho que não conseguiram localizar os dedos.

Sara lembrava, agora. No dia seguinte à morte do professor Childers, Brock tinha entrado no ônibus com um coro de provocação das crianças. Todas sabiam os detalhes do acidente. Todas sabiam para onde o corpo do professor Childers tinha sido levado.

Ela disse:

— Mão de morto.

O sorriso de Brock não tinha alegria.

— Isso mesmo. Era isso que elas não paravam de dizer. Mão de morto, mão de morto.

Ele balançou as mãos da mesma forma que as crianças tinham feito. Brock estava sofrendo as provocações maliciosas delas há semanas.

Ele perguntou:

— Lembra o que você fez?

Ela engoliu. Não tinha mais saliva em sua boca.

— Gritei com elas.

— Você não só gritou. Levantou-se no meio daquele ônibus e berrou para todas elas *calarem a porra da boca.* — Brock riu, como se ainda estivesse maravilhado. — Não acho que algum de nós tivesse ouvido aquela palavra em voz alta. Caramba, a maioria de nós nem sabia o que queria dizer. Minha mãe falou: "Ah, aquele Eddie Linton é um boca suja, xingando perto das meninas." Mas lembra o que aconteceu depois?

Aquilo parecia tão normal. Como podia parecer normal?

Ela falou:

— Eu fui para a detenção.

— Você nunca tinha se encrencado um dia sequer da sua vida. — O sorriso dele falhou. — Você fez aquilo por mim, Sara. Foi assim que eu soube que você era minha amiga.

Ela apertou os lábios um contra o outro. A sala parecia quente. O suor estava escorrendo pelas costas dela. Ela não sabia o que fazer, o que dizer. Implorou:

— Por favor.

— Ah, Sara. Eu sei que isso é difícil. — Brock uniu as mãos em cima da mesa. — Sinto muito.

A voz dele era tão familiar, tão cheia de compaixão. Ela o ouvira usar o mesmo tom reconfortante com inúmeros familiares de luto. Lembrava dele por sua própria experiência no dia em que fora à funerária tomar as providências para Jeffrey.

Brock disse:

— Levei o braço do professor para o bosque comigo.

Sara se concentrou na ansiedade nos olhos dele. Ele sempre morrera de medo de rejeição. Ela tentou forçar o interruptor em sua mente para desligar suas emoções.

— Eu estava muito solitário. — Ele a observava, tentando testar até onde podia ir. — Só queria estar com alguém. Sempre foi só isso para mim, Sara. Queria alguém que não risse de mim nem me afastasse.

A mão dela tinha ido para a boca. Sua mente se recusou a entender o que ele estava dizendo.

Ele falou:

— Levei um tempo para descobrir que sangue é lubrificante.

O vômito se agitou na boca de Sara. Ela engoliu de volta, tentando se estabilizar. Não podia recuar. Precisava fazê-lo continuar falando. Era para as famílias. Era para as vítimas sobre as quais eles não sabiam.

— Você faz uma perfuração aqui. — Brock esfregou os dedos no peito. — Aí, aperta, e a boca se enche de sangue.

A garganta dela ficou tensa. Ele estava fazendo aquilo soar quase gentil, mas a mandíbula de Shay van Dorne tinha sido deslocada. A camisinha tinha rasgado contra os dentes dela. Tommi Humphrey tinha sido mutilada. Alexandra McAllister tinha sido rasgada com uma agulha de tricô.

Sara forçou as imagens a saírem de sua cabeça.

Ela se obrigou a encontrar o olhar carente de Brock. Ele estava esperando permissão para continuar.

Ela não conseguia confiar em si mesma para falar, então, assentiu.

Ele disse:

— A primeira vez foi com Hannah Nesbitt.

Ela sentiu a garganta se apertar.

— Eu estava de férias da faculdade. Daryl era criança, talvez 10 ou 11 anos, quando a mãe dele morreu. Você pode verificar, certo?

Ele estava esperando uma resposta. Ela sabia que a mãe de Daryl Nesbitt tinha morrido de overdose quando ele tinha 8 anos, mas disse a ele:

— Sim.

— A família pediu um caixão aberto. Eu estava na sala de observação garantindo que tudo fosse bem. E, aí, tive esse ímpeto de precisar beijá-la uma última vez.

Uma última vez?

— Foi muito inocente. Só toquei meus lábios nos dela. — Ele segurou a respiração por um momento antes de soltar. — Eu me virei, e lá estava Daryl. Parado lá. Assistindo. Ninguém disse algo, mas houve essa comunicação silenciosa entre nós. Éramos duas pessoas solitárias que sabiam que algo bem no fundo de nós estava errado.

Sara teve dificuldade de manter seu silêncio. Ela tinha estado dentro daquela sala. Conseguia visualizar a cena do beijo em sua mente. Daryl era uma criança quando encontrara um homem adulto profanando o cadáver de sua mãe. Ele provavelmente tinha ficado assustado demais, confuso demais para entender.

— Eu tinha certeza de que ele ia contar. — Brock não conseguia mais olhar para ela. Baixou o olhar para sua mesa. — Esperei que ele corresse e soltasse a língua, mas ele não fez isso. Guardou o segredo. Então, tive que guardar o dele.

Brock fungou. Limpou o nariz com o dorso da mão.

— Papai fazia dez ou doze velórios por ano para um Nesbitt ou um Abbott ou algum Dew-Lolly que tinha casado com alguém da família. Daryl sempre estava perto das meninas novinhas. Até das próprias primas. Ele se esfregava nelas. Brincava com o cabelo delas. Às vezes as levava para o banheiro e elas voltavam chorando.

Os olhos de Brock estavam molhados de lágrimas.

— Eu ficava muito bravo, porque sabia que não podia delatá-lo. Daryl ia me dedurar, papai e mamãe iam ficar sabendo, e seria o fim da minha vida. — Ele olhou para Sara. — Eu não podia fazer isso com mamãe. Entende o que estou dizendo? Ela nunca pode saber.

Sara assentiu, mas não em concordância. O interruptor emocional tinha se desligado quando ele confessou ter envolvido uma criança no seu segredo doentio.

Ela deslizou a mão de volta para o bolso do cardigã. O revólver estava grudento de suor.

— Muita gente, quando bebe, faz coisas horríveis. Aí, ficam sóbrias e dizem: "Não fui eu. Foi a bebida." — Ele focou a sua mesa. — Mas sempre me perguntei: e se quem eles são quando estão bêbados for quem eles são de verdade? E se a pessoa que está sóbria for a que na verdade está fingindo?

Sara tinha discernido um padrão. Ele saía do assunto, depois jogava um detalhe que sabia que ia fazer com que ela continuasse ouvindo. Ela não precisou esperar muito.

— Graxa, o padrasto de Daryl, fazia trabalhos para nós. Às vezes, tem um caixão de metal com um canto esmagado ou um amassado. O seguro paga, mas ainda dá para vender se você achar alguém para consertar o dano. Alguém que saiba trabalhar com metal.

Sara disse:

— O kit Dead Blow.

— Graxa deixou o martelo em um dos caixões. — O sorriso fraco de Brock tinha voltado. — Não sei por que fiquei com ele. Gostei do peso. A cabeça era pontuda. Achei útil.

Brock tinha parado de olhar para ela de novo. Ele cutucou o canto de um dos fichários verdes. O barulho fez um som de tique.

Ela disse:

— Você deixou o martelo dentro de Leslie. Sabia que podia ser rastreado pelo número de fabricação do cabo.

— Planejei dizer algo quando você puxou, tipo, "ah, eu vi esse negócio antes". Mas eu não sabia que Graxa estava na prisão — explicou Brock. — Jeffrey contou algo a Frank quando estávamos andando até a cena do crime. Você lembra daquele dia no bosque?

Sara se lembrou do vídeo. Do sangue que jorrara do meio das pernas de Leslie. Do martelo lascado se projetando como cacos de vidro.

Brock continuou:

— Ouvi Jeffrey perguntar a Frank sobre Daryl. A ideia já estava na cabeça dele. Eu sabia que Daryl tinha acesso às ferramentas de Graxa porque, às vezes, ele levava Daryl lá em casa para ajudar a consertar um caixão.

Sara queria aquela confissão clara na gravação.

— Você deixou o martelo dentro de Leslie Truong para incriminar Graxa Abbott?

Brock respondeu inclinando de leve a cabeça, o que não era suficiente.

Ela disse:

— O martelo estava enfiado tão fundo em Leslie que eu tive que cortar.

Brock limpou a boca com os dedos. Pela primeira vez, expressou arrependimento.

— Eu me deixei levar. Precisava… precisava ser rápido. Ela estava quase no campus quando a alcancei. Não tive muito tempo para raciocinar.

Ele não estava raciocinando sobre o que quer que fosse. Estava agindo segundo seus instintos mais sombrios e odiosos. Leslie Truong não era uma de suas fantasias. Ela era um impedimento para Brock realizar seus desejos doentios.

Ela perguntou:

— Você pegou algo de Leslie? Estava seguindo ela?

— Eu não a conhecia até aquele dia.

A aleatoriedade não fez a violação parecer menos penosa.

— Sara, você precisa entender. Não houve tempo de planejar. Ela estava voltando ao campus. Eu sabia que ela tinha me visto no bosque. Se você não estivesse lá, eu ia ter que inventar uma mentira para contar a Jeffrey para poder achá-la.

Sara lembrou de achar Brock apoiado contra uma árvore, soluçando pela perda recente de seu pai. Pelo menos, era o que ela supusera na época. Agora, perguntava-se se ele estava chorando porque tinha medo de ser pego.

Brock disse:

— Eu tinha que aproveitar a oportunidade. Tinha pouco tempo para lidar com ela. E você tem razão sobre o martelo. Eu sabia que o número no cabo ia ajudar Jeffrey a montar o quebra-cabeças. Foi por isso que deixei lá. Mas achei que quem ia se ferrar era o Graxa. E acabou sendo Daryl. Tudo se alinhou tão perfeitamente, Sara. Era como se fosse a vontade de Deus.

Era mais como uma sorte estúpida.

— Não coloque Deus no meio disso.

— Eu impedi um pedófilo de machucar mais crianças — falou Brock. — Você sabe sobre aquele galpão, Sara. Daryl estava planejando sequestrar uma criança. Estava com tudo pronto. Eu impedi que isso acontecesse. Ajudei a colocar um estuprador de bebês na prisão.

Ela mordeu a língua para não dizer a ele que os dois eram estupradores.

Brock percebeu a reação dela mesmo assim. Seus olhos não encontravam mais os de Sara. Ele começou a cutucar de novo o canto do fichário.

Tique-tique-tique.

— Mamãe teve aquele ataque de asma em outubro, antes da morte do papai. É sobre isso que você quer saber, né?

O coração de Sara foi para a garganta.

— Sim.

— Eu precisava de consolo — confessou, como tinha dito a Tommi Humphrey nove anos antes. — Não planejei fazer o que fiz, mas eu a observava há muito tempo, e o impulso dentro de mim ficou intenso e, quando vi, estávamos no bosque juntos.

Sara sabia que era mentira. Ele estava preparado quando sequestrou Tommi. Tinha levado o Gatorade batizado. Tinha mergulhado o pano em água sanitária. Tinha pressionado uma agulha de tricô contra a nuca dela. Ele a tinha mutilado tão feio que ela não podia ter filhos. A aberração sádica não estava procurando por conforto. Ele queria criar a sua própria versão da esposa silenciosa.

— Diga o nome dela — ordenou Sara. Não estava pedindo para a gravação. Estava pedindo por si mesma, por Tommi, por todas as mulheres que ele tinha destruído. — Diga o nome dela.

Ele não o fez, mas continuou:

— Isso foi em outubro. Aí, em março, foi quando papai morreu.

Março. Rebecca Caterino. Leslie Truong.

Ele perguntou:

— Você se lembra de Johanna Mettes? Acho que você cuidou dos filhos dela na clínica.

Ele estava à beira de voltar à outra ponta do círculo. Sara tentou apressá-lo.

— Ela morreu num acidente de carro.

— Eu estava com ela quando papai desceu as escadas do porão. — A voz de Brock ficou pesada. — Eu estava dentro da boca dela, e papai nos pegou.

A mão de Sara foi para a garganta.

— Papai simplesmente colapsou. Ele nem segurou o braço. Achei que ele tivesse caído da escada. Não foi o ataque cardíaco que o matou. Foi me ver.

Brock abriu a gaveta da mesa. Tirou um pacote de lenços. Limpou os olhos.

— Fiquei com tanta vergonha. Mas também senti uma liberdade. Eu não precisava mais me esconder nem me esgueirar. Mamãe nunca ia ao porão. Eu podia fazer o que eu quisesse, mas… — A voz dele se perdeu. — Eu fiz tudo errado da primeira vez. Nada aconteceu do jeito que eu achei que seria. Eu não sabia a dosagem certa do Rohypnol. Ela continuava acordando e se mexendo. Eu não conseguia o que queria dela. Entende o que estou dizendo, Sara? Eu precisava que ela ficasse imóvel.

Sara tinha visto exatamente o que ele fizera.

— Você mutilou Tommi.

— Ela estava muito seca, e eu precisava… — A voz dele virou um sussurro. — Eu sei que me deixei levar. O martelo ficava agarrando, e eu não percebi o quanto a agulha de tricô era afiada e… E eu estava acostumado com o sangue ser frio. Ela era tão quente. Como uma mão se fechando ao meu redor. Eu queria mais e mais. Foi tão bom estar com alguém que era uma coisa viva, respirando.

Lágrimas de raiva queimaram os olhos de Sara. Tommi não era uma *coisa*.

— Ela tentou ao máximo ficar parada, mas não parava de tremer. Foi por isso que usei o furador em Beckey. Para ela não conseguir se mexer.

Sara conseguiu respirar fundo pela primeira vez. Ali estava a confissão dele. Ele finalmente tinha dito um nome.

Brock seguiu:

— O furador só paralisou as extremidades inferiores. Descobri como consertar isso por tentativa e erro.

Sara só conseguia pensar em todas as vítimas que representavam aquelas tentativas e erros.

— Com Beckey, ela ficava balançando os punhos pequenininhos. Não conseguia segurar o Gatorade. Precisei bater nela para ela parar. Mas veja bem.

Sara se recostou quando ele se inclinou para a frente.

— Beckey se safou, não é? — Ele levantou a palma da mão, indicando que Sara não devia responder. — Eu dava uma chance a elas. Eu as deixava sozinhas. Todas, em algum ponto, tiveram a oportunidade de me deixar.

Sara balançou a cabeça com a mentira. Ele não tinha dado a elas uma chance. Ele as drogara até que o entorpecente perdesse o efeito, e aí tinha usado o furador para paralisá-las. Algumas delas, tão poucas, tiveram sorte o bastante para aproveitar a estreita janela de oportunidade nesse meio-tempo.

Brock disse:

— Quando eu ia visitá-las nos bosques e via que ainda estavam lá, era simplesmente… mágico.

Havia algo explicitamente sexual na forma como ele passou de leve os dedos pelos lábios.

— As que ficavam comigo, eu aproveitava meu tempo com elas. Escovava os cabelos delas. Arrumava a maquiagem. Nem sempre tinha a ver com fazer amor. Às vezes, eu segurava as mãos delas. E, quando elas iam embora, eu deixava os animais se servirem. É a ordem natural das coisas, não é? Das cinzas às cinzas, do pó ao pó.

Ele estava fazendo referência à conversa deles da manhã anterior. Sara não ia deixá-lo justificar seus delírios.

— Todas acabaram aqui, não foi? Eu vi o mapa no corredor. Todos os condados onde você deixou os corpos são condados que você atende. Foi assim que Shay van Dorne acabou com a camisinha presa entre os dentes. Você a estuprou de novo quando ela foi trazida para cá.

Brock abriu outra gaveta. Colocou a mão dentro.

Sara ficou tensa, mas, então, viu o que ele estava fazendo.

Brock colocou um elástico de cabelo em cima de um dos fichários. O tecido era estampado com margaridas brancas desenhadas. A mão dele desapareceu de novo. Ele puxou uma fivela de plástico. Uma faixa de cabelo cor-de-rosa. Um prendedor da Chanel. Uma escova prateada. Um pente de plástico. Uma presilha de couraça de tartaruga com um dos dentes faltando. Sara perdeu a conta do número de prendedores e faixas até Brock pegar o último de seus troféus, uma longa fita de cetim branco. Sara não precisou ler as letras laranjas e azuis para reconhecer o logo da Heartsdale High School.

— Isso é...

— Eu nunca machucaria você, Sara.

O calor correu pelo corpo dela. Ensino médio. Equipe de tênis. Sara se lembrava de amarrar seu cabelo com uma fita exatamente igual àquela pendurada entre os dedos dele.

— Você pegou isso de mim?

— Sim, mas só para você não usar mais. — Ele esticou a fita cuidadosamente em cima de dois fichários. — Era assim que elas chamavam minha atenção. Uma jogada de cabelo. Passar os dedos pelos cachos. Elas estavam no mercado ou na academia e só levantavam a mão e... Eram esses momentos particulares que sempre me atraíam. Era especial, algo que só eu via. Eu via uma luz se espalhar ao redor delas. Não como um holofote, mas um brilho que vem de dentro.

Sara sentiu lágrimas em suas bochechas. Lembrava-se, agora, da fita de cabelo. Tinha pegado emprestada de Tessa. Aí, perdera. Houvera, então, uma briga de gritos com portas batendo, e Cathy, por fim, mandara cada uma a seu quarto.

De repente, Brock disse:

— Gina Vogel.

O nome ecoou na mente de Sara. Ela não conseguia tirar os olhos da fita.

— Eu vi Gina no mercado há alguns meses. Ela é muito engraçada. Você ia gostar dela.

— Quê? — Sara só conseguia ver a si mesma no mercado, Brock a observando de longe enquanto ela desamarrava a fita do cabelo.

— Sara? — Ele esperou que ela levantasse o olhar. — Eu estava guardando Gina para março, mas precisei adiantar as coisas. Sabia que não ia te enganar pela segunda vez.

Sara sentiu o peso do que ele estava tentando dizer cair sobre ela como outra avalanche.

Aquilo que eles mais temiam estava acontecendo.

Ela disse:

— Você sequestrou outra mulher?

— Gina é minha apólice de seguro.

Sara olhou ao redor da sala dele com uma nova compreensão. Ele sabia que ia ser assim. As caixas estavam cuidadosamente etiquetadas. Toda a papelada tinha sido enviada. Era o escritório de um homem que tinha decidido colocar suas coisas em ordem.

— Você quer trocar Gina pelo quê? Você não vai sair daqui, Brock. Não tem for...

— Você vai cuidar da mamãe para mim, não vai?

Sara foi para a ponta de sua cadeira. Ela conseguia ver por cima dos fichários verdes. Brock não estava planejando sair dali. Ele tinha colocado uma seringa fora do enquadramento da câmera. O líquido dentro era marrom-escuro. O êmbolo estava puxado até o fim.

Ela negou com a cabeça.

— Não.

— Posso contar onde Gina está.

— Brock...

— Você é uma pessoa tão gentil, Sara. É por isso que está aqui. Não quer dar um encerramento às famílias?

Ela viu os olhos dele irem para a câmera. Ele sabia que estava sendo gravado.

— Ainda dá para salvar Gina. Se vocês a encontrarem a tempo.

Sara buscou freneticamente uma forma de impedi-lo. Ele ia se injetar. O que ela podia fazer? Tirar o revólver do bolso e ameaçá-lo? Atirar nele? Dizer a palavra-chave e torcer para Will matar Brock antes de ele conseguir se suicidar?

Gina Vogel.

Ainda dá para salvar.

— Você é uma mulher inteligente, Sara. Vai juntar as informações. — Os olhos dele foram para os fichários. Ele estava dizendo a ela o que havia dentro.

— Não quero um julgamento.

— Diga onde Gina está — implorou. — Podemos parar isto agora.

As mãos dele se moveram metodicamente atrás dos fichários. Ele tirou a tampa da seringa. Bateu o ar do cano de plástico.

— Você sabe que eles vão me dar a pena de morte. Talvez eu mereça. Não dei uma chance de verdade àquelas mulheres. Não estou tão louco a ponto de não saber disso.

— Por favor — implorou.

— Quero agradecer por sua amizade, Sara. De verdade.

— Dan. Podemos fazer algum acordo. Só me diga onde ela está.

— Intersecção da Wallace Road com a 515, a cerca de um quilômetro e meio de Ellijay.

— Por favor...

A agulha entrou na veia dele. Ele posicionou o dedão sobre o êmbolo.

— Gina está três quilômetros para o oeste, a uns cinquenta metros da estrada de acesso. Sempre gostei de uma estrada de acesso.

Sara disse a última palavra que ele ouviria.

— Salada.

Brock pareceu confuso, mas seu dedão já estava pressionando o êmbolo. O líquido jorrou em sua veia. Sua boca se abriu. Suas pupilas se contraíram.

— Ah. — Ele arfou, surpreso pela adrenalina.

Quando Will estourou a porta, Brock estava morto.

CAPÍTULO VINTE E NOVE

GINA SENTIU ALGO ÚMIDO bater no seu rosto. Achou que um cachorro estava mijando nela, aí achou que estava no chuveiro, depois lembrou que estava em um bosque.

Seus olhos se abriram.

As árvores balançavam no céu. Nuvens escuras. Ainda era dia. Um pingo de chuva bateu em seu globo ocular.

Seus olhos estavam abertos!

Ela piscou. Aí, piscou de novo para provar que era capaz. Estava controlando seus olhos. Estava olhando para cima, vendo coisas. Era dia. Ela estava sozinha. Ele não estava lá.

Ela tinha que ir embora!

Gina pensou nos músculos de seu estômago. O... o abdome. O tanquinho. Os quadradinhos. O que estava acontecendo com ela? Por que a única coisa que ela sabia sobre músculos do estômago vinha de Jersey Shore?

Mas que caralho.

Ele ia voltar. Tinha dito a ela que ia voltar.

Ela contraiu os músculos. Todos. Cada placa estriada de seu corpo. Abriu a boca. Gritou o mais alto possível, pelo maior tempo possível, uma única palavra.

— Vá!

Seu corpo virou de lado. Ela não fazia ideia de como tinha conseguido se virar, mas tinha conseguido, então, provavelmente conseguia fazer outras coisas.

Mas ela estava tão cansada.

E tão tonta que o mundo virou de ponta-cabeça.

O vômito subiu pela sua garganta. A dor de apertar seu estômago era uma lâmina dentro de seu corpo. Ela não conseguia parar de vomitar. O cheiro a deixou enjoada. Seu rosto estava enfiado no vômito. Subiu pelo nariz. Era azul com pontinhos pretos. Ela estava vomitando azul.

Um gemido saiu da garganta dela. Ela fungou. A porção de vômito em seu nariz escorregou de volta pela garganta.

Ela fechou os olhos.

Não feche os olhos!

Ela viu sua mão na poça de vômito. Perto do rosto. Conseguia cheirar. Sentir o gosto. Viu seus dedos se moverem entre os caroços grossos, azuis. Ela ia ficar de pé. Ela sabia ficar de pé. Conseguia sentir tudo agora. Cada nervo de seu corpo estava vivo e pegando fogo.

A dor...

Ela não podia deixar que a dor a impedisse. Precisava se mexer. Precisava sair dali. Ele ia voltar. Ele tinha prometido que ia voltar.

Ele tinha implorado para ela esperar por ele.

Mexa-se! Mexa-se! Mexa-se!

Ela tentou se empurrar. Joelhos no chão. Uma flexão de menina. Ela conseguia fazer isso. Sua cabeça estava latejando. Seu coração girava como uma roda. Suas pálpebras vibravam. Ela estava tão cansada.

Ouviu passos.

Mexa-se, caramba, mexa-se.

Viu sapatos. Nikes pretos. Movimentos pretos. Calças pretas.

Ele ia estuprá-la.

Ele ia estuprá-la.

De novo.

Ela estreitou os olhos.

Não beba. Cuspa. Corra.

Ela ouviu a batida dos joelhos dele no chão quando ele se ajoelhou ao lado dela.

Seus dedos pressionaram suas pálpebras para que se abrissem. Ele a estava obrigando a encará-lo. Ela tinha tentado muito não ver o rosto dele, para poder dizer honestamente que não tinha ideia de como ele era, que não ia contar à polícia, que não podia identificá-lo, que ele podia confiar nela porque ela nunca ia contar, e, neste momento, ele a obrigava, forçando-a a olhar para o rosto dele.

Ela sentiu seus olhos revirarem rapidamente, como um cão raivoso, ao olhar para o chão, o vômito, as árvores, tudo menos o rosto dele.

— Gina Vogel? — perguntou o homem.

Seus olhos se moveram por conta própria. Ele era mais jovem do que ela tinha pensado. Estava usando um boné preto. Ela viu a palavra em cima da aba. Letras brancas brilhantes costuradas contra o preto.

POLÍCIA.

— O qu... — resmungou. Sua garganta estava doendo demais. Do frio. Das coisas que ele a estava obrigando a beber. Do vômito.

Dele.

— Você vai ficar bem — POLÍCIA disse a ela. — Vou ficar com você até a ambulância chegar.

Ele enrolou um cobertor em torno do corpo dela. Ela não conseguia se sentar. Estava muito tonta. Luzes ficavam brilhando em seus olhos. Tantas luzes. Seu cérebro era como aquela coisinha que gira dentro de uma viatura de polícia, rodando e rodando, às vezes iluminando a realidade, depois deixando-a escapar.

— O homem que fez isso com você está morto — POLÍCIA disse a ela. — Ele nunca mais vai machucar outra mulher.

A mão de Gina foi aos seus lábios. Ela tentou segurar as palavras dele, não deixá-las escapar. Ela tinha sobrevivido. Estava viva. Ia para casa. Ia fazer mudanças. Ia se alimentar de forma mais saudável. Ia se exercitar três vezes por semana. Ia ligar para sua mãe mais vezes. Seria gentil com a sobrinha mal-humorada e rabugenta. Diria para seu chefe de 12 anos que, na verdade, sabia, sim, como sincronizar seu calendário do Outlook.

O POLÍCIA esfregou o braço dela.

— Só tente respirar, está bem? Você foi drogada.

Não me diga, senhor, isso está óbvio!

— Eles estão quase aqui — disse o POLÍCIA. — Pode chorar se precisar. Não vou sair daqui.

Gina percebeu que tinha enfiado a mão dentro da boca. Olhou para seus dedos como um bebê despreocupado. Indicador. Meio. Anelar. Dedinho. Dedão. Ela conseguia mexer todos. Conseguia fechar os olhos. Ainda os sentia se mexendo. Não precisava nem pensar.

Uma risada fluiu de sua boca. Caralho, ela estava muito chapada. Como podia estar tão chapada quando acabara de vomitar seu estômago? Ele estava no chão como uma merda de Smurf. Ela balançou os dedos de novo, tentando pegar as bolhas de sabão que flutuavam como amebas no ar. As cores eram belíssimas. Gina era belíssima! Era uma pedra preciosa girando dentro de um caleidoscópio. Uma meia quentinha e peluda dançando preguiçosamente ao redor de outras meias quentinhas e peludas numa secadora de roupas.

— Senhora? — disse o POLÍCIA. — Senhora?

Que merda, ela ainda era velha.

CAPÍTULO TRINTA

Uma semana depois

SARA OLHOU PELA JANELA de seu escritório. O sol estava se pondo. O estacionamento da AIG estava quase vazio. Ela viu o carro de Will parado ao lado do Mini de Faith. O carro de Sara estava em casa. Will tinha insistido em levá-la nos últimos dias. O Acura de Amanda estava várias vagas mais perto da entrada da frente.

Ela se voltou para o seu laptop. Tinha pausado o vídeo do depósito de Brock. A única parte com que se importava eram os últimos dezesseis segundos.

Sara analisou o rosto de Brock.

Ela queria ver ali loucura, perigo, agressão...

Mas era só o rosto dele.

Ele tinha pedido que ela cuidasse de sua mãe. Myrna Brock tinha sido achada morta em seu quarto na casa de repouso. Seu cabelo e maquiagem estavam feitos. Havia uma seringa vazia em sua mesa de cabeceira. O resíduo dentro era marrom-escuro. A análise mostrou que ela tinha sido injetada com o que se chamava de *hotshot*, heroína misturada com uma substância letal, neste caso, fluido embalsamador.

Os mesmos químicos tinham sido achados na seringa que Brock injetara em seu próprio braço.

Ele designara Sara como executora de seus bens. Tinha deixado instruções exatas de como os restos mortais de sua mãe deviam ser cuidados. Deixara tudo pago, uma prática comum no setor. Sara tinha garantido que Myrna recebesse um enterro cristão adequado no Heartsdale Memory Gardens. Sua própria mãe tinha ido ao velório, mas o resto da cidade passara longe.

Quanto aos restos mortais de Brock, nada tinha sido especificado em seus documentos. Ele tinha deixado para Sara dispor de seu corpo. Ela imaginava que ele supunha que Sara seria *gentil*.

Ela tinha pago pela cremação dele do próprio bolso. Tinha ficado na frente da privada na casa funerária e dado descarga até cada pedacinho de suas cinzas ter desaparecido.

Sara apertou a barra de espaço para dar início ao vídeo.

Brock dizia:

— Não dei uma chance de verdade àquelas mulheres...

Ela fechou os olhos, mas tinha assistido à cena tantas vezes que ainda conseguia ver a sombra de um sorriso no rosto dele. Brock estivera no controle desde o momento em que Sara entrara em sua sala. Ela o tinha visto arregaçar as mangas. Ele preparara a injeção com antecedência. Escondera perto da lombada de um dos fichários. Garantira que sua mãe nunca ficasse sabendo de seus crimes. Ameaçara Sara com a vida de Gina Vogel.

Ao contrário de suas vítimas, ele tinha morrido nos próprios termos.

No vídeo, Brock dizia:

— Sempre gostei de uma estrada de acesso.

Sara abriu os olhos. Essa era a parte que sempre a afetava. O único indicativo de que Brock estava se injetando era um tremor quase imperceptível nos ombros.

Ela ouviu seu próprio arfar na gravação.

Ele estava pressionando o êmbolo.

Ela parou o vídeo.

Gina Vogel. Ainda dá para salvar.

A mão de Sara se fechou num punho. As repreensões vieram como notícias de última hora na parte inferior de uma televisão. Essa mão estava segurando um revólver carregado. Essa mão podia ter agarrado a seringa. Essa mão podia ter batido na cara de Dan Brock, dado uma surra nele, esmurrado-o, em vez de ficar em segurança dentro do bolso.

Sara não sabia o que fazer com sua raiva. Uma parte dela desejava ver Brock acorrentado, arrastando os pés pelo tribunal, cabeça baixa, sua brutalidade exposta ao mundo.

E havia também a parte dela que já tinha estado do outro lado daquele tribunal. Uma vítima vendo seu estuprador. Seus olhos inchados de tanto chorar.

A garganta em carne viva. Subindo para depor, levantando debilmente o braço para apontar o homem que tinha tirado seu senso de identidade.

Será que Tommi Humphrey conseguiria fazer isso? Conseguiria atravessar um tribunal lotado e subir para depor? Será que a chance de confrontar Brock ajudaria a curar a alma dela? Sara nunca teria a oportunidade de perguntar. Tommi tinha bloqueado o número de Sara. Delilah tinha encerrado sua conta de e-mail.

A Callie Zanger não tinha sido concedida a mesma invisibilidade. Faith lhe contara pessoalmente. A mulher tinha direito de saber. Eles não podiam guardar segredo.

Nenhuma das vítimas ou suas famílias conseguiriam manter seus segredos por muito tempo. Os meios de comunicação já estavam trabalhando para saber os detalhes sob as Sunshine Laws, as leis de transparência da Geórgia. Queriam acesso aos fichários verdes.

Dan Brock tinha deixado 16 centímetros de páginas registrando meticulosamente seus crimes contra vivas e mortas. Seus diários de perseguição datavam do ensino médio. Ele tinha estuprado pela primeira vez durante o curso de mortuário. Tommi Humphrey tinha sido sua primeira mutilação. Rebecca Caterino, sua primeira paralisia. Leslie Truong, seu primeiro assassinato.

Suas anotações incluíam a cor do cabelo e dos olhos das vítimas, constituição física e informação sobre as personalidades delas. Sua coleção de acessórios de cabelo roubados estava descrita em detalhes, incluindo a localização exata em que tinham sido encontrados. Brock tinha levado suas atribuições de legista para as cenas de crime, descrevendo feridas e talhos, detalhando as localizações, as degradações, as voltas, os efeitos minguantes do Rohypnol, em que pontos ele tinha decidido paralisá-las de forma permanente, os horários aproximados de morte, a ferramenta de corte que tinha usado para tirar sangue, para que os animais cuidassem de qualquer evidência residual.

Assassinato, estupro, agressão, assédio, sodomia forçada, mutilação de cadáver, necrofilia.

Dan Brock tinha construído quase cem casos contra si mesmo.

E, aí, tinha garantido que nunca tivesse que responder por eles.

— Socorro. — Faith bateu no batente da porta ao entrar na sala. Ela mostrou seu telefone a Sara. — Isso é ebola?

Sara olhou a fotografia da alergia na barriga de Emma.

— Você mudou seu sabão de lavar roupas recentemente?

— Com certeza o pai pão-duro dela mudou. — Faith se jogou numa cadeira. — Terminamos de olhar todas as imagens de segurança do prédio de

Callie Zanger. Brock entrou no apartamento dela três meses antes de ela ser atacada, como descreveu em seu diário de perseguições.

Sara sabia que eles iam passar os próximos meses verificando os detalhes dos fichários de Brock. Só um tolo acreditaria na palavra dele.

— E o homem com gorro de tricô preto do vídeo da cena de crime de Leslie Truong?

— Nada. É VHS. Eles só conseguiram ver um borrão.

Sara olhou de novo para o vídeo pausado. O dedão de Brock descansava no êmbolo da agulha hipodérmica. Ela queria deixá-lo assim: congelado para sempre no processo de pegar a saída mais fácil.

Faith disse:

— Estou dizendo como amiga. Você precisa parar de ver esse vídeo.

Sara fechou seu notebook.

— Eu devia ter feito alguma coisa.

— Vamos tirar a parte em que você salvou a vida de Gina Vogel entrando naquela sala, para começo de conversa. Se você tivesse tentado pegar aquela agulha, Brock podia ter injetado em você. Ou batido em você. Ou algo ruim, Sara, porque ele era legal com você por algum motivo, mas era um psicopata que assassinava e mutilava mulheres.

Sara fechou as mãos em cima do colo. Will tinha lhe dito a mesma coisa. Repetidamente.

— Estou com tanta raiva dele ter controlado tudo. Ele pôde acabar com isso em seus próprios termos.

— Morto é morto — disse Faith. — Aceite a vitória.

Nada daquilo era uma vitória. Todo mundo tinha perdido.

Exceto Lena Adams. Nada que acharam contradizia o testemunho de Lena detalhando como a pornografia infantil fora achada no notebook de Nesbitt. Mais uma vez ela tinha conseguido sair ilesa.

Só que, desta vez, estava saindo com um bebê nos braços.

Sara não precisava de outra coisa com que se indignar. Ela mudou de assunto, perguntando a Faith:

— Como está Gina Vogel?

— Talvez bem. Ela falou algo sobre se mudar para Pequim, depois disse que nunca podia ir embora de Atlanta. — Faith deu de ombros. — Em um minuto ela está chorando, no outro está rindo, aí volta a chorar. Acho que vai superar isso, mas sei lá.

Sara também não sabia. De alguma forma, ela tinha conseguido voltar. Não sabia como nem por quê. Algumas pessoas simplesmente tinham sorte.

— Daryl Nesbitt está no hospital. A perna dele está em sepse. — Faith não parecia perturbada com a condição do homem. — Os médicos estão dizendo que não parece bom. Vão ter que tirar mais uma parte da perna.

Sara sabia que aquele seria o começo do fim para Daryl Nesbitt. A parte intelectual dela queria criticar o sistema cruel, mas a parte mais instintiva de sua natureza estava contente que Daryl ia desaparecer. Perder Jeffrey lhe tinha ensinado que, às vezes, a justiça precisava de um empurrãozinho.

Ela perguntou a Faith:

— E a oferta de Nesbitt de trocar informações sobre os telefones ilegais sendo contrabandeados para dentro da prisão?

— Agora que ele sabe que não vai tirar a acusação de pedófilo de sua ficha, não está nem aí para os telefones.

— Trapaceiros vão trapacear — comentou Sara, antecipando a visão de Faith sobre o assunto.

— Pelo menos, Gerald Caterino tirou algo disso. — Ela deu de ombros. — Ele não quer nos deixar testar o DNA de Brock com o de Heath. Mas, pelo que ouvi, o menino foi matriculado na escola primária. Já é alguma coisa, né?

— Claro. — Sara se perguntou se Caterino estava tentando manter uma negação plausível. Um dia, Heath ia perguntar sobre as circunstâncias de seu nascimento. Era mais fácil mentir se você nunca procurasse saber a verdade.

Continuou:

— Fiquei sabendo que Miranda conseguiu um acordo.

— Ela vai sair em 18 meses. — Faith soava amargamente decepcionada. Gerald Caterino não era a única vítima dela. Ela tinha arrancado dezenas de milhares de dólares de dúzias de pais e cônjuges em luto.

— Ela fez um trabalho de investigação sólido. Quase todos os nomes daquela planilha estavam envolvidos no caso.

— Se ela queria ser investigadora, devia ter ido à academia de polícia ou tirado uma licença de detetive particular. — Faith fizera o que foi preciso. Tinha muito pouca tolerância para quem não fazia. — Você sabe o que dizem. "Quando você faz a palhaçada, o palhaço volta pra te pegar."

— Jane Austen?

— Mo'Nique. — Faith se apoiou para levantar da cadeira. — Estou indo, amiga. Por favor, pare de ver esse vídeo.

Sara forçou um sorriso em seus lábios até Faith ir embora.

Abriu o notebook. Deu play no vídeo de novo.

Brock colocava a fita branca atravessada nos fichários verdes.

Sara não fazia ideia de por que se lembrava tão claramente de perder aquela fita de cabelo. A briga com Tessa fora uma de muitas. O cabelo de Sara sempre fora longo. Durante os anos, ela perdera centenas de fitas e elásticos. Não tinha ideia de por que Brock tinha roubado aquela em particular. E estava tão certa, ao entrar na sala dele dentro do armazém da AllCare, de que ele não a machucaria.

Agora, não tinha tanta certeza.

O telefone dela apitou. Will tinha mandado um emoji de carro. Ela mandou de volta uma mulher correndo e um homem atrás de uma mesa, avisando que o encontraria na sala dele.

Sara enfiou seu notebook de volta na pasta. O saco de papel marrom na parte externa tinha amassado. Ela precisou tirar tudo e rearrumar. Pegou sua bolsa no sofá. Verificou se estava com as chaves e trancou a porta de sua sala.

Discou o número de Tessa enquanto descia as escadas.

A irmã atendeu:

— E aí, Atração Fatal?

Sara a presenteou com uma risada. Sua irmãzinha nunca ia deixá-la esquecer a noite correndo atrás de Will pela cidade como uma louca.

— Eu estava pensando em algo.

— Cuidado para não se machucar.

Sara revirou os olhos. Empurrou a porta do necrotério.

— Quando me decepcionei em Atlanta, voltei para casa. E, aí, quando me decepcionei em casa, fui para Atlanta.

Tessa deu um suspiro dramático.

— Esqueci como deduzir.

— Você sofreu uma decepção e agora está em casa, e preciso apoiar isso.

— Demorou bastante, hein.

— Obrigada por sua graciosidade. — Sara apagou as luzes do corredor.

— Fiz umas ligações e consegui recomendações de algumas parteiras muito boas. Elas sempre estão atrás de aprendizes. Mando os contatos por e-mail quando chegar em casa.

O som de bufo de Tessa sinalizava que ela não se acalmaria tão fácil.

— Como estão as coisas com Will?

Sara olhou para trás. Conseguia ver a sala minúscula nos fundos do necrotério onde tinha passado loção na pele de Will.

— Você tinha razão. Resolvi usando as mãos.

— Muito bem — disse Tessa. — Ainda estou brava com você.

Sara olhou para o telefone. Tessa tinha desligado na cara dela de novo.

Ela canalizou sua boca suja interior ao caminhar na direção do prédio principal. Amava sua irmã mais nova, mas ela era muito irmã mais nova.

Sara subiu mais uma escada, porque sua vida na AIG era uma pilha infinita de Legos. Mudou a pasta de mão, ajustou a bolsa. Sentiu um frio na barriga ao pensar em ver Will. Ele tinha sido tão paciente com ela desde o suicídio de Brock. Sara se revirando na cama o impedia de dormir. Ele não permitia que ela dormisse no sofá. Will tinha passado a infância lidando com traumas. Sabia que, às vezes, só era preciso escutar.

O corredor estava escuro quando Sara abriu a porta. Amanda e Faith já tinham ido embora. Só a luz da sala de Will formava um triângulo no carpete do corredor. Sara ouviu Bruce Springsteen tocando no computador dele.

"I'm on Fire."

Sara colocou a mão para trás e puxou a fita do cabelo, para ele cair sobre seus ombros.

Esperou Will notá-la em sua porta.

Ele sorriu.

— Oi.

— Oi. — Sara se sentou no sofá de dois lugares no canto. Deixou a pasta e a bolsa caírem no chão. Deu um tapinha na almofada ao seu lado. — Vem cá. Tenho uma coisa para mostrar.

Ele a olhou curioso, mas se sentou ao lado dela.

Sara fez uma respiração para se acalmar. Tinha ensaiado esse momento em silêncio por dias, mas, agora que a hora tinha chegado de verdade, estava com frio na barriga.

Will perguntou:

— Aconteceu alguma coisa?

— Não, meu amor.

Ela puxou o saco de papel marrom da pasta. Abriu-o e colocou no sofá entre eles.

Will riu. Reconheceu a logo do McDonald's. Ele se inclinou para a frente, olhando dentro do saco.

— É um Big Mac.

Sara esperou.

Ele tirou a caixa da sacola. Seu sorriso vacilou.

— Tem algo aqui dentro, mas não tem o peso de um Big Mac.

— Mais tarde, vamos debater como você sabe o peso de um Big Mac.

— Está bem. Mas você jogou no lixo normal ou no lixo de pessoas mortas?

— Amor, deixe o hambúrguer pra lá.

Ele ainda parecia decepcionado, mas ela achou que aquilo ia mudar logo. Will abriu a caixa.

Olhou a caixa de anel azul da Tiffany que Sara tinha colocado numa cama de lenços de papel.

A aliança de titânio e platina era escura por fora, clara por dentro. Will nunca usava joias. A aliança de seu primeiro casamento fora comprada numa loja de penhores. Por Will. Angie nunca lhe dera nada.

Ele olhou para o anel, mas não falou.

Sara passou por uma série de considerações silenciosas, porque a aliança era grossa demais ou ele não gostava da cor, ou tinha mudado de ideia.

Ela teve de perguntar a ele:

— Você mudou de ideia?

Ele colocou a caixa com cuidado no sofá entre os dois.

— Estive pensando muito sobre meu trabalho. Não o dinheiro, que não é muito, mas como faço meu trabalho — disse Will.

Ela apertou um lábio contra o outro.

— O que eu faço é tentar me colocar no lugar do bandido. É assim que eu entendo quem eles são.

Ela conseguia sentir sua garganta contraindo. Ele estava ignorando completamente o anel.

Will continuou:

— Eu consigo imaginar assassinos e ladrões, agressores de mulheres e estupradores. Consigo até entender Brock, de certa forma. Sou muito bom em imaginar muitas coisas, mas não consigo imaginar o que faria se você morresse.

Sara sentiu lágrimas ardendo em seus olhos. Pensar em perder Will era tão insuportável quanto pensar nele tendo que passar pelo mesmo inferno que ela passara com a morte de Jeffrey.

Ele disse:

— Eu vi você naquela fita de Grant County de oito anos atrás e não a reconheci.

Ela secou os olhos. Oito anos parecia uma vida inteira.

— No lar de crianças, a forma da gente aguentar era que, tudo de ruim que acontecia, você dizia a si mesmo que tinha acontecido com outra pessoa.

Que você não era aquela pessoa. Você se dividia, e a nova pessoa era a que conseguia seguir em frente.

Sara manteve a boca fechada. Era tão raro ele falar sobre sua infância que ela não queria dar motivo para ele parar.

Will olhou para a aliança.

Ela tinha gastado dinheiro demais. Ele não gostava da cor. O metal era pesado demais.

Ele falou:

— Você sabe que minha mãe era prostituta.

Ele estava tentando convencê-la a desistir.

— Amor, você sabe que eu não ligo pra isso.

O rosto dele ainda estava voltado ao anel.

— Quando recebi os pertences dela, tinha um monte de bijuterias baratas.

Sara mordeu a língua. O anel não tinha sido barato.

— Colares, pulseiras e… como se chama aquela coisa feia que Amanda usa no paletó?

— Broche.

— Um broche. Os colares eram tão velhos que os fios se desintegraram. Todas as pulseiras de prata tinham ficado pretas. Tinha pelo menos vinte. Acho que ela empilhava todas. Como se chamam aquelas pulseiras prateadas?

— Braceletes.

— Braceletes. — Ele finalmente tinha levantado o olhar do anel. Ele pousou a mão nas costas do sofá. Seus dedos brincaram com as pontas do cabelo dela.

— Como chama aquele tipo de colar que é apertado, tipo uma coleira de cachorro?

— Gargantilha — disse. — Quer que eu mostre algumas fotos no meu notebook?

Ele puxou de leve o cabelo dela. Ela percebeu que ele a estava provocando.

— Você é tão bonita.

O coração dela pulou. O sorriso dele estava sonhador. Sara já se apaixonara antes, mas Will era o único homem capaz de deixar seus joelhos fracos.

— Seus olhos têm uma cor muito específica de verde, quase como se não fossem reais — elogiou Will.

Ele acariciou o cabelo dela atrás da orelha. Sara tentou não ronronar como um gato.

— Quando eu te conheci, fiquei pensando que já tinha visto essa cor antes. Fiquei maluco tentando lembrar onde. — A mão dele caiu, apoiando de novo nas costas do sofá. — Estou olhando anéis há meses. Lapidação princesa e marquise e almofada, e aí entrei em pânico achando que tinha que gastar oitenta mil.

— Will, você não precisa...

Ele colocou a mão no bolso. Tirou um anel pequeno, de prata. Era uma bijuteria barata. O metal estava amassado. A pedra verde estava arranhada do lado.

A cor era quase idêntica aos olhos dela.

Ele explicou:

— Era da minha mãe.

As mãos de Sara tinham ido para a boca. Ele estava andando com o anel no bolso. Estava esperando o momento certo.

Ele perguntou:

— E então?

— Sim, meu amor. Eu vou amar me casar com você.

Sara não precisava ouvir a pergunta.

Ela não ia estragar as coisas desta vez.

NOTA DA AUTORA

Querido leitor,

Aqui está seu alerta enorme, gigante, de que esta carta está cheia de SPOILERS, então, por favor, saiba que, se você continuar antes de ler *A esposa silenciosa*, a história vai ser completamente arruinada e você não vai ter alguém a culpar que não si mesmo. Estou falando sério! Não me diga que leu esta carta e a história foi arruinada, porque eu vou lhe mostrar este parágrafo e gritar de forma muito teatral: A RESPONSABILIDADE É SUA.

Agora que tiramos isso do caminho, quero agradecê-lo por ler meus livros, seja você um novo leitor ou esteja lendo desde o primeiro. Se estiver na última categoria e se perguntando quantos anos faz desde *Cega*, o número que está buscando é 19.

Eu sei o que você está pensando: "Eu li *Cega* quando minha primeira filha nasceu e agora ela está grávida do primeiro filho dela!"

Leitor, essas são histórias comoventes que não quero ouvir.

Quando comecei a pensar na ideia para *A esposa silenciosa*, sabia que queria voltar a Grant County, mas também sabia que, depois de 19 anos (e 16 livros) colocando Sara nas situações mais odiosas possíveis, não conseguiria fazê-la ter quarenta anos. Aliás, nos livros atuais de Will Trent, só cinco anos se passaram entre a morte de Jeffrey e as histórias atuais, o que funcionou bem no mundo de Will Trent, mas virou um problema quando eu estava estruturando a história mais recente, principalmente por causa do abismo tecnológico enorme entre as duas séries. Em 2001, o Yahoo! e BlackBerrys eram a vanguarda. Facebook, Google e iPhones ou não tinham sido inventados ou estavam em seus primeiros anos de existência. Lembro-me de usar um CD da AOL como descanso de copos ao lado de meu monitor de tubos enquanto escrevia o livro. Pelo amor de Deus, meu notebook tinha quase o peso do meu gato.

Considerando esses desafios, decidi aproveitar o fato de que meus livros são ficção. Em vez de 19 anos terem se passado entre *Cega* e *A esposa silenciosa*, o número é oito. (Estranhamente, é exatamente o quanto eu envelheci no mundo real.) Em Grant County, Sara agora dirige uma Z4 em vez de um Z3. Lena tem um BlackBerry, Marla Simms ainda usa uma IBM Selectric, mas isso era considerado jurássico mesmo em 2001. Se você está se perguntando de onde vem a aflição de Gina Vogel, agora sabe.

Espero que perdoe meu salto quântico. Gostei muito de estar com Jeffrey de novo, em especial, nesse ponto da relação com Sara, sobre o qual nunca escrevi antes. Mas também me lembrei do quanto amo Will e de como, quando escolhi terminar a história de Jeffrey, disse a mim mesmo que a melhor forma de honrá-lo era fazer Will merecedor. Se você está prestando atenção, Will com certeza mereceu. Para mim, o trecho que resume os dois grandes amores da vida de Sara vem no início de *O silêncio da esposa*, quando ela pensa: "Com Jeffrey, sabia que havia dezenas, possivelmente centenas de mulheres capazes de amá-lo com a mesma intensidade que ela. Com Will, tinha a certeza nítida que era única mulher da Terra capaz de amá-lo da forma que ele merecia."

Aposto que vocês não notaram que eu estava escrevendo histórias de amor secretamente.

Histórias de amor bem sombrias e violentas.

Bem no início de minha carreira, naqueles longos 19 anos atrás (ou oito em Anos de Karin), tomei a decisão de que ia escrever sobre o que continuaria sendo importante de um livro para o outro. Foi por isso que decidi deixar Jeffrey partir. Foi por isso que decidi escrever abertamente sobre violência contra mulheres. Senti que era importante descrever com honestidade como é de fato essa violência, e explorar os efeitos duradouros do trauma da forma mais realista possível. Se consegui conquistar algo com essas duas séries, espero que as pessoas as vejam como um relato sincero de histórias que não ouvimos com frequência, sobre sobreviventes, guerreiras, mães, filhas, irmãs, mulheres, amigas e rebeldes.

E para responder à pergunta que espero que você esteja se fazendo, vai haver mais histórias de Sara e Will. Aguardo ansiosamente pelo caminho à frente.

Karin Slaughter
Atlanta, Geórgia

AGRADECIMENTOS

O PRIMEIRO AGRADECIMENTO SEMPRE VAI para Kate Elton e Victoria Sanders, que estão comigo desde o início. Depois, quero agradecer minhas queridas (pois são, em sua maioria, mulheres) da HarperCollins GPP tanto em casa quanto no exterior, incluindo, mas não limitado a, todos os nomes que usei como vítimas neste romance. De nada! Também gostaria de mandar um agradecimento de coração a Hilary Zaitz Michael na WME e, na VSA, Diane Dickensheid, Bernadette Baker-Baughman e Jessica Spivey.

Palmas para meus amigos autores! Carolina De Robertis me ajudou de novo com meu espanhol péssimo. Alafair Burke me ofereceu conselhos legais sem compromisso. Charlaine Harris me ofereceu conselhos em outras áreas. Lisa Unger conversou comigo sobre unicórnios até eu dormir. Kate White foi incrível com toda a sua Kate Whitice.

No lado médico, o dr. David Harper foi gentil e incrivelmente útil como sempre. David me ajuda a assassinar pessoas violentamente (e, às vezes, a salvá-las) desde os primeiros romances de Grant County, e sou eternamente grata por sua paciência. Quaisquer erros são meus — então, se você for médico, por favor, note que se trata de uma obra de ficção e, se não for, por favor, não tente nada disso em casa.

A dra. Judy Melinek me ofereceu ótimas dicas como examinadora médica. O dr. Stephen LaScala conversou comigo sobre ligamentos e juntas. Carola Vriend-Schurink me fascinou com detalhes funerários. A agente especial Dona Robertson ter se aposentado da AIG foi uma grande perda para o estado, mas uma oportunidade maravilhosa para mim (e sua biblioteca local). A dra. Lynne

Nygaard me ajudou com a linguagem científica. Theresa Singer, que aparece no livro como Rennie Seeger, venceu meu concurso de dança para aparecer neste livro. Espero que tenha valido a pena!

O último agradecimento vai a D.A., que está no centro do meu coração há bem mais de oito Anos de Karin, e para meu pai, que ainda me traz sopa enquanto estou escrevendo, embora tenha se esquecido de trazer broa de milho algumas vezes este ano. Sinto-me obrigada a colocar por escrito que esses descuidos não são aceitáveis.

Uma nota geral sobre o conteúdo: quero deixar claro que, propositalmente, não mencionei o nome do criminoso que assassinou pelo menos quatro pessoas em florestas nacionais localizadas na Geórgia, Flórida e Carolina do Norte, entre os anos de 2007 e 2008. Também gostaria de dar meu apoio vocal ao projeto de lei 1.322, da Câmara dos Deputados da Geórgia.

Este livro foi impresso pela Vozes, em 2023, para a
HarperCollins Brasil. O papel do miolo é avena 70g/m²,
e o da capa é cartão 250g/m².